乌利茨卡娅作品集

Людмила Улицкая

〔俄〕柳德米拉·乌利茨卡娅 著　任光宣 译

雅科夫的梯子

Лестница Якова

湖南文艺出版社

图书在版编目（CIP）数据

雅科夫的梯子 / (俄罗斯) 柳德米拉・乌利茨卡娅著;
任光宣译. -- 长沙 : 湖南文艺出版社, 2024.5
ISBN 978-7-5726-1125-4

Ⅰ. ①雅… Ⅱ. ①柳… ②任… Ⅲ. ①长篇小说—俄
罗斯—现代 Ⅳ. ①I512.45

中国国家版本馆CIP数据核字(2023)第078567号

雅科夫的梯子

YAKEFU DE TIZI

著　　者：〔俄〕柳德米拉・乌利茨卡娅
译　　者：任光宣
出 版 人：陈新文
责任编辑：陈志宏　陈　辞
装帧设计：yieln
内文排版：玉书美书

出版发行：湖南文艺出版社
（长沙市雨花区东二环一段508号　邮编：410014）
印　　刷：湖南省众鑫印务有限公司
开　　本：880 mm×1230 mm　1/32
印　　张：22
字　　数：522千字
版　　次：2024年5月第1版
印　　次：2024年5月第1次印刷
书　　号：ISBN 978-7-5726-1125-4
定　　价：128.00 元

（如有印装质量问题，请直接与本社出版科联系调换）

人即使身处地狱也要往上爬[1]

——代译序

俄罗斯当代著名女作家柳德米拉·乌利茨卡娅的小说《绿色帐篷》2011年出版后，她曾表示这是自己的封笔之作，因为不愿再让自己"遭受几年的极为痛苦的折磨"。可她的新作——长篇小说《雅科夫的梯子》于2015年10月28日问世，看来，女作家没有守住自己的诺言。

究竟是什么原因让女作家乌利茨卡娅食言？请看她对记者塔季扬娜·帕察普说的一段话："2011年我翻开了一个厚夹子，它在我们家里存放了很久，我祖母去世那时起就有。我在那个厚夹子里发现了她与祖父持续多年的通信，从1911年就开始了。我的祖父数次坐牢，但他俩的通信从未间断，这对于我是一个发现。读完那些信件，我明白了家庭内部的亲人们被一种异常的纽带维系着……写完《绿色帐篷》后，我原打算不再写任何小说，但我发现的这些信件迫使我再次提笔，写出这部异常艰难、简直有点力不从心的作品。现在可以确切地说，这是我的最后一部小说。"[2]乌利茨卡娅接受记者纳·科切特科娃采访时，也提到过创作这部

1　原名《战胜对遗忘的恐惧——俄罗斯作家乌利茨卡娅新作〈雅科夫的梯子〉评析》，曾经刊登在《外国文学动态研究》2016年第1期上，这次对文章内容做了增补和修改。

2　见塔季扬娜·帕察普的《柳德米拉·乌利茨卡娅的最后一部小说〈雅科夫的梯子〉在10月问世》一文，摘自塔斯社网站，2015年8月19日。

小说的动机。她说："我曾经打开过夹子最上面的一封，上面的落款日期是1911年，共有大约五百封信，然后我就把那个夹子合上了。因为我感到恐惧，好像有一种个人隐私外露的感觉。这是那些不再说话的几代人带给我的恐惧——因为我们不知道父母的许多隐私，况且也不想知道。后来我读完了那些信，那已经是2011年，距写第一封信的时间已整整一百年。我深知，我的孩子们在我去世后会把那些信扔到垃圾箱里，这一想法又让我感到了恐惧。这次是一种对遗忘的恐惧，如今我的整个国家都深深地患上了这种遗忘症。"[1]读完乌利茨卡娅的这两段话后，就不难理解女作家要写《雅科夫的梯子》这部小说的原因。

乌利茨卡娅耗时四年写出这部"纪念祖父"的史诗——《雅科夫的梯子》。这是一本叙述20世纪历史的怀旧小说。乌利茨卡娅本人在接受记者采访时也承认这本小说在写历史，因为"离开过去人就不可能弄清楚当今的生活，不可能弄明白自己"。

小说起名"雅科夫的梯子"，这来自《圣经·创世记》第二十八章中的一个故事：雅各是以撒的儿子和亚伯拉罕的孙子，他从母亲口中得知自己的哥哥要杀他，于是离开别是巴向哈兰走去。他因疲累在途中睡着了，"梦见一个梯子立在地上，梯子头顶着天，有神的使者在梯子上，上去下来"。梯子在这里是一个连天接地的象征。人即使犯了罪，上帝也不抛弃他，而递给他一个天梯让他爬上来，上帝在梯顶等着他，那些在天梯上爬上爬下的使者代表着上帝之爱。小说主人公雅科夫也像《圣经》里的雅各一样，面前也竖着一个梯子，在人生困境面前，他应沿着梯子爬上去，而不是自暴自弃，碌碌无为地度过人生。乌利茨卡娅坦率地说："我的这本

---

1 见塔季扬娜·帕察普的《柳德米拉·乌利茨卡娅的最后一部小说〈雅科夫的梯子〉在10月问世》一文，摘自塔斯社网站，2015年8月19日。

书就是要告诉人们，人即使处在地狱底层也要一直往上爬。”[1]

小说《雅科夫的梯子》开篇就是描写女主人公娜拉的儿子尤利克的诞生：“小家伙初来人世那一刻就看上去很俊。下巴上有个明显的小酒窝，头发也长得很顺溜，好像经过了一位高级理发师之手。他的头发很短，像妈妈的一样，只是颜色稍微发亮些。娜拉立刻就爱上了他，尽管之前还不大相信自己会这样。娜拉已经三十二岁了，认为自己已学会凭着人的优点去爱他们，而不仅因有什么亲戚血缘关系。这个婴儿完全值得去爱，这种爱无所谓有什么理由——他睡得好，不哭不闹，吃奶也香，同时还会津津有味地仔细观看自己那双攥紧的小拳头。”

娜拉刚迎来了一个新生命诞生，尚未习惯于初为人母的忙碌，她的祖母玛露霞就撒手人寰。娜拉赶紧去祖母家里，给刚去世的祖母净身：“她和父亲一起把那具僵硬的尸体搬到一张拉开的桌子上。祖母的尸体并不沉。父亲去厨房抽烟了，娜拉拿起一把剪刀，剪开祖母身穿的那件破旧的睡衣，睡衣在她手中绽了开来。随后娜拉把凉水倒进一个小盆里，开始给祖母洗身子，她的身体就像一只细窄的小船，娜拉奇怪祖母的身体怎么会与自己的相像：纤细的长腿，高高的脚面，前凸的长脚趾，指甲很久没有修剪了，干瘪的乳房，粉红的乳头，颀长的脖子，尖尖的下巴。她身上的皮肤白皙，没有毛发，比脸要显得年轻……”

生与死这两种人生现象几乎出现在同一时间，本应引起女主人公娜拉的一场大喜大悲的感情跌宕，可娜拉对儿子出生的冷静和对祖母去世的漠然，给人一种截然相反的感觉，似乎她对人的生老病死早就习以为常。

1　见纳达莉娅·什库连诺克的《干吗要一个毁坏道德基础的国家？》一文，摘自《新时代》杂志，2015 年第 34 期，2015 年 10 月 15 日出版。

接下来，娜拉从祖母的遗物中偶然发现了祖母与祖父雅科夫的通信，还有祖父的日记和一些记事。祖父和祖母的通信从1911年3月16日开始直到1936年结束，记下了他们长达四分之一世纪的爱情、友谊和婚姻的历史。祖父在娜拉的记忆中并不深刻，她对祖父更没有什么了解。当她看过了祖父母的通信之后，一封封信就像一个梭子穿梭于几个时代、各种人物和诸多事件之间，把雅科夫和玛露霞与他们的后代——儿子亨里希、儿媳阿玛丽娅、孙女娜拉、曾外孙尤利克的外部生活和内心世界编织在一起，展示出奥谢茨基家族几代人的一部百年家史。

小说《雅科夫的梯子》的情节线明了简洁，基本由两条线索构成。第一条情节线是历史线索，由众多的信件构成，描写娜拉的祖父、主人公雅科夫·奥谢茨基的悲剧命运；第二条情节线是现代线索，这条线索的女主角是娜拉，写她的事业、婚姻和家庭生活。书中的两条线索按照章节穿插交替，通过几代人物的人生命运把历史与现代编织在一起。每个主人公就像是奥谢茨基家族总谱的各个分谱乐手，在乌利茨卡娅娴熟的"指挥"下，共同奏出一部奥谢茨基家族历史的交响乐。

雅科夫·奥谢茨基是第一条情节线的主要人物和"核心"。这条线索借用雅科夫与妻子玛露霞的通信而展开，描述了以雅科夫为代表的奥谢茨基家族老一辈人的生活、工作和感情的历程。雅科夫·奥谢茨基是位经济师，他才华横溢，博学多才，品德高尚，渴望荣誉，并具有极高的音乐和诗歌的天赋。雅科夫一生都在不断认知，达尔文的进化论、穆勒的生物遗传法、爱因斯坦的相对论、现代舞蹈家邓肯的艺术、尼采的超人理论、陀思妥耶夫斯基与列夫·托尔斯泰和契诃夫的小说、先锋派绘画、拉赫玛尼诺夫的交响乐和一些经济学家的理论均在雅科夫的兴趣范围之内。他的私人藏书几千册，其中半数以上是各种外文书籍，可见他的文化修养不同一般。但雅科夫生不逢时，个人的天赋得不到正常的发挥，最后随着他的命运转折全都化为乌有。

雅科夫的妻子玛露霞是个混血儿。其父克恩斯是个钟表匠，但喜欢看书读报，熟悉历史，通晓德、法、俄和乌克兰文，简言之，克恩斯是个文化人。1873年他从瑞士来到乌克兰，娶了一名乌克兰籍犹太姑娘为妻生下了玛露霞。玛露霞天生丽质，头脑聪颖，喜爱音乐和文学。她十六岁开始步入社会，从事儿童教育工作，接近了先进的社会思想，对社会的不公正现象嫉恶如仇。玛露霞与雅科夫在拉赫玛尼诺夫的一次音乐会上邂逅，对音乐和文学的爱好成为他们感情的基础，并开始了长达几十年的感情历程。无论处在怎样的人生逆境，雅科夫对妻子玛露霞的感情始终如一。然而命运让他们聚少离多，因此他只能不断地用书信告知自己的人生处境，倾吐心声。起初，妻子玛露霞也以同样的感情回报，把写给雅科夫的每封情书视为自己的一次创作。他俩之间的通信热情、坦诚、感人。在信中，他们谈未来，谈文学艺术，探讨人的内心世界和感受，表达对对方的真挚感情……雅科夫和玛露霞的爱情完全是老一辈人的感情模式，是情爱和性爱的一致，“不容许下半身控制上半身”。读者读着他俩的通信，自然而然就成为他们爱情、婚姻和家庭生活的见证人。但是，如此美好的爱情在外部力量的作用下变为一场离散的悲剧。

第二条情节线以俄罗斯当代生活为基础，围绕着剧院舞美师娜拉的人生轨迹展开。娜拉是雅科夫和玛露霞的孙女。娜拉十三岁那年父母离异，是祖母玛露霞把她抚养成人的。玛露霞当过儿童院保育员，很会带孩子，她教会了娜拉读书，还教会她许多其他本领。因此，祖母对娜拉的成长起了很大的作用。娜拉也受到玛露霞爱好音乐的影响，上了音乐学校。娜拉算不上美女，长得还有点男性化，她天马行空，我行我素，在感情上走的是另一种道路。念中学的时候，娜拉就与同班男生尼基塔相好，且不顾母亲反对与尼基塔同居。因此她的“性革命早在中学就已开始”。事情暴露后，她母亲在家长会上受到老师和其他家长的谴责，她本人也被学校除名……后来，娜拉又与同班同学、数学神童维克多·切博塔廖夫闪电式结婚。可他俩的爱好和性格差距很大，也几乎没有什么感情。他们虽生了儿子尤利克，但儿子并不是爱情的结晶，维克多·切博塔廖夫只是参与了“制造”儿子尤利克而已。娜拉的真爱是一位有妇之夫，格鲁吉亚人、导演坦吉兹。他们在戏剧业务上是很好的合作伙伴，一起成功地排演了许多名剧并且到世界许多国家——包括美国——去巡演。娜拉与坦吉兹维系着长达十一年的恋情，这期间一直周旋于丈夫与情人之间，过着一种双重的感情生活。

娜拉对长辈的态度有所区别。她觉得父亲性格优柔寡断，说话吞吞吐吐，办事犹犹豫豫，活得有些窝囊，不大像个男子汉。娜拉也很少与母亲阿玛丽娅来往，认为母亲毫无个性，一把年纪了还与心爱的男人卿卿我我。在娜拉看来，母亲的“这种老年欲望之大火，吞噬了整个世界”，也吞噬了她对女儿的爱。但得知父亲和母亲得了不治之症时，娜拉还是尽到了女儿之孝，对父母做到了临终的关怀。娜拉对待祖父母则是另外一种态度，她尊敬自己的祖母，感谢她的养育之恩，对祖父虽不了解，但看过祖父母的通信和了解他们之间的一切之后，便对自己的祖父肃然起敬。

娜拉的儿子尤利克，用中国话说属于“70后”，成长在与娜拉不同的环境。尤利克生性懒惰，但为人真诚。他对学校的学习不感兴趣，但从小喜欢披头士音乐，每天拿着一把吉他弹奏，甚至为此着迷。娜拉对尤利克的宠爱多于教育，关心多于劝导，因此，尤利克成长为一个缺乏社会免疫力、对社会生活无所适从的人。尤利克大学考不上，又面临征兵的“威胁”，于是娜拉把他送到美国他的父亲维克多那里。最后，他在美国也没有混出个样来，却染上毒品难以自拔，只好返回俄罗斯。

娜拉晚年年老力衰，疾病缠身。她后来还经历了一场致命的疾病，似乎快要走到生命尽头……可看到自己的孙子（也叫雅科夫，生于2011年）来到人世，娜拉再次燃起了生活的希望，重新感到了人生的快乐和意义。这是作家乌利茨卡娅在小说结尾给读者的一道光明，尽管这种光明让娜拉付出了几乎一生的代价。

在小说《雅科夫的梯子》里，每个主人公在人生中都面临选择，尤其是在历史的重大转折面前。20世纪的战争、革命和“大清洗”等事件对主人公们的命运产生了影响，但并没有决定他们的命运。因为对于每个人来说，各种外部事件只起着次要的作用，决定的因素还是人自己，最终还是人自己决定自己的命运。

《雅科夫的梯子》这部小说的主人公雅科夫及其他人物的经历与女作家乌利茨卡娅本人及家庭人物的生平有许多相似之处，在娜拉这个人物身上可以感觉到有乌利茨卡娅的影子。如，乌利茨卡娅的祖父雅科夫·乌利茨基也像小说主人公雅科夫·奥谢茨基一样，多年在集中营和流放地度过。她在书中还使用或改写了自己祖父的私人档案、书信和日记。此外，乌利茨卡娅的小儿子彼得也有与娜拉的儿子尤利克类似的经历，等等。因此，有人把《雅科夫的梯子》称作一部女作家的自传体小说。

乌利茨卡娅并不承认《雅科夫的梯子》是自传体小说，而认为是一部叙述小说。因为小说中有不少东西是她的艺术构思，以补充小说情节衔接上的“漏洞”。但是，乌利茨卡娅承认把自己的一些思想和感受注入女主人公身上：“我把自己部分的世界观、人生经验和感受委托给我的女主人公娜拉。所有的其他人物也像娜拉一样，在某种程度上表达出我对人生的思考。”她还说，在这部小说里“放进去自己个人的生活，在书中有全部的人生经验，有所有的遐想，有读过的全部东西，有杜撰的东西，真实的材料，还有梦……这是一种忏悔和结构的结合”[1]。这是一种真实事件与构思故事互补。

《雅科夫的梯子》是作家乌利茨卡娅小说创作的又一尝试，小说有以下几个特点。第一，小说体裁有点“非驴非马”。这既不是书信体小说，也不是家庭记事；既不是寓意小说，也不是编年史。乌利茨卡娅以家庭记事的形式，借用了书信体小说的某些方法，充分运用心理分析和寓意手段娴熟地写出一部富有传奇色彩的史诗般的作品。第二，小说的时间跨度很长。作家用一个家族的变迁展现出俄罗斯民族百年来的痛苦和磨难，作品具有一种编年史的意义。第三，作品描述奥谢茨基家族几代人的命运，勾画出每一代人物的肖像，记叙他们的事业、爱情、婚姻、家庭，表明在家族几代人之间不但存在着代沟，更重要的是有着共同的根，共同的历史和联系，不应被人们忽视和遗忘。第四，作者讲述了人的尊严这个问题，成功地塑造了各种职业、各种民族的人物性格。第五，小说的语言轻快优美，具有幽默感。作家善于找到需要的词汇去描写人物的事业及其日常生活，叙述中不乏俄罗斯人的幽默。第六，这是一部关于“人生科学”的小说，一部教会人生活的“百科全书”。更确切些说，是一部教会人在各种境遇中怎样度过人生才能获得幸福的小说。

---

1 见玛琳娜·苏拉诺娃的《重要的是，要确定你个人不想跨过去的界限》一文，摘自《新消息报》，2015 年 12 月 3 日。

小说《雅科夫的梯子》一问世立即引起俄罗斯文学评论界和读者的关注。文学评论家加林娜·约瑟福维奇认为，乌利茨卡娅的长篇小说一向带有一种淡淡的“被禁快感”的味道，你无论怎么都摆不脱一种感觉，仿佛在与一位女友坐在厨房（或咖啡厅）里，女友给你讲述自己家庭的一个鲜活的、引人入胜的悲剧历史。“毫无任何夸张地说，乌利茨卡娅的《雅科夫的梯子》——是一部新小说，它重新让我们体验到许多复杂的感受。还是厨房，还是一位女友，还是女人的一阵平缓的、没完没了的叙述，讲述所经历的往事，讲述几代人所受的伤害，讲述过去怎样把真实而热诚的人们当作自己一些没心没肺的、孤独无助的载体去使用。”[1]俄罗斯《新报》特约评论员塔季扬娜·索哈列娃认为，《雅科夫的梯子》“不是一本普通的书。这本书仿佛清除了她的小说经常具有的那种个人和国家的冲突。……个性在这里不是与国家机器或者历史的不公正作斗争，而是与一些平平常常的、不时地落在一个有病的知识分子头上的事情作斗争”。[2]许多读者也在网络上留下了读后感言。如，女读者乌尔莎认为这本小说写得深刻，引起读者强烈的感受并与书中的主人公们共同感受。听着女作家的讲述，仿佛走过人生的几次轮回，在沿着一个永恒的、无穷尽的生存螺旋向上攀登。读者安德烈认为，这是部出色的小说，语言是优雅而精美的俄罗斯语言。还有位读者认为，乌利茨卡娅的小说完成了一次穿越时空的旅行，把过去和现在呈现在读者面前，等等。总之，不少读者认为小说《雅科夫的梯子》是女作家又一部成功地塑造了俄罗斯性格的小说，再次确立了作家乌利茨卡娅在当代俄罗斯文学中的领军地位。

1　见加林娜·约瑟福维奇的《〈雅科夫的梯子〉和血腥的得克萨斯》一文，摘自《美杜莎》新闻网，2015 年 10 月 23 日。

2　见塔季扬娜·索哈列娃的《给每个人的梯子》一文，摘自俄罗斯《新报》，2015 年 10 月 30 日。

乌利茨卡娅的小说《雅科夫的梯子》是一部“人生科学”的小说。小说告诉人们，人不管处在多么艰难的时代，也不管落入怎样的人生困境，都可能找到一些生存的方法。因此，不能垂头丧气，更不要自暴自弃；而要做出正确的选择，顽强地生存下去。诚如乌利茨卡娅所说，“人即使处在地狱底层也要一直往上爬”。小说主人公雅科夫以及其他几位主人公的人生已给出了这个答案。读者潜心阅读这部小说时，在感叹各个时代、几种文化和不同世界观的奇妙的交织和融合的同时，也会理出自己对人生的认识和答案。

任光宣

致中国读者

亲爱的中国读者！

每当我的小说中文版问世，我心中都感到忐忑不安。其原因就在于中国文化是世界上最古老的一种文化，中华文化博大精深，恪守传统。俄罗斯文化要稚嫩许多，并且形成得比较迅速，这可能会给理解和翻译这种文化带来很大的困难。然而，俄中两种文化一直相互有着浓厚的兴趣。

我第一次接触真实的中国人，是我十一岁那年。我当时得病住院，有一位年轻的中国医生给我做了手术。他当时在莫斯科一家儿童医院进修，那是位出色的大夫，认真负责，十分亲和。

我的这本书是献给自己的祖父的，书中有很大部分反映出我们的家族史。但这毕竟不是家庭回忆录，而是一部小说，我在书中想提醒我的所有读者，在我们之前有自己上百代的先祖，他们的名字已经消失在时间长河中。但要知道我们每人都有自己的父母和爷爷奶奶，他们经历过战争、饥饿、被捕和迫害，可在我们国家里许多人对他们的人生情况简直一无所知，甚至什么都不想知道，怕破坏自己的情绪。然而，了解并记住他们，这是人生之必需。因为整个人类文化正是基于记忆之上。

尽管俄中两国存在着一些文化差异，可我们大家都属于同一种生物种类，同一个人类大家庭，为了能够生存在这个地球上，我们所有人都必须互相理解，互相帮助和互相尊重。文学、音乐、造型艺术就是人类的一种共同语言，它能让我们团结在一起，帮助我们摆脱相互的恐惧以及因这种恐惧而产生的冒犯行为。

请你们接受我最美好的祝愿！

你们的柳德米拉·乌利茨卡娅

目　录

第 一 章　小柳条箱（1975 年）　003

第 二 章　马林斯基－报喜大街上的钟表店（1905 — 1907 年）　034

第 三 章　藏在小柳条箱里　雅科夫 · 奥谢茨基的日记（1910 年）　043

第 四 章　停排契诃夫戏剧（1974 年）　065

第 五 章　一个新方案（1974 — 1975 年）　072

第 六 章　同班同学（1955 — 1963 年）　079

第 七 章　藏在小柳条箱里　雅科夫 · 奥谢茨基的日记（1911 年）　092

第 八 章　人才培养园地（1958— 1974 年）　098

第 九 章　认亲（1975 — 1976 年）　112

第 十 章　福禄培尔训练班的女学员（1907— 1910 年）　121

第十一章　米哈伊尔 · 克恩斯给妹妹玛利亚的一封信（1910 年）　126

第十二章　与众不同的尤利克　人形兽和智慧马（1976 — 1981 年）　132

第 十 三 章　重要的一年（1911 年）　154
第 十 四 章　母系家族（1975 — 1980 年）　170
第 十 五 章　本来面目的男人（1981 年）　177
第 十 六 章　秘密结婚（1911 年）　190
第 十 七 章　藏在小柳条箱里　雅科夫的记事本（1911 年）　198
第 十 八 章　玛露霞的来信（1911 年 12 月）　207
第 十 九 章　一年级　剪指甲风波（1982 年）　211
第 二 十 章　藏在小柳条箱里　雅科夫的信　后备军士官生奥谢茨基（1911 — 1912 年）　216
第二十一章　幸福的一年（1985 年）　220
第二十二章　藏在小柳条箱里　从乌拉尔的来信和寄往乌拉尔的信（1912 年 10 月 — 1913 年 5 月）　236
第二十三章　新的方向（1976 — 1982 年）　273
第二十四章　卡门（1985 年）　279
第二十五章　钻石门（1986 年）　287
第二十六章　藏在小柳条箱里　雅科夫与玛利亚的通信（1913 年 5 月 — 1914 年 1 月）　293
第二十七章　娜拉在美国　与维佳和玛莎见面（1987 年）　317
第二十八章　一只左手（1988 — 1989 年）　325
第二十九章　亨里希出生（1916 年）　333
第 三 十 章　结局（1988 — 1989 年）　339
第三十一章　小船驶向彼岸（1988 — 1991 年）　352
第三十二章　藏在小柳条箱里　家庭通信（1916 年）　364
第三十三章　基辅—莫斯科（1917— 1923 年）　390

第三十四章　尤利克在美国（1991—2000年）　396
第三十五章　玛利亚从苏达克写给雅科夫的信
（1925年7月—8月）　431
第三十六章　姆岑斯克县的麦克白夫人
（1999—2000年）　448
第三十七章　乌尊-瑟尔特山—斯大林格勒拖拉机厂
（1925—1933年）　459
第三十八章　第一次流放　斯大林格勒拖拉机厂
（1931—1933年）　469
第三十九章　尤利克归来（2000年1月）　482
第四十章　藏在小柳条箱里　比斯克　雅科夫的书信
（1934—1937年）　494
第四十一章　战争　藏在小柳条箱里的信（1942—1943年）　531
第四十二章　第五次尝试（2000—2009年）　547
第四十三章　家庭秘密（1936—1937年）　557
第四十四章　《屋顶上的小提琴手》主题变奏（1992年）　584
第四十五章　在米霍埃尔斯身边（1946—1948年）　596
第四十六章　莫斯科见面（2003年）　607
第四十七章　影子剧（2010年）　618
第四十八章　最后的刑期（1955年）　628
第四十九章　新的一位雅科夫诞生（2011年）　644
第五十章　一份档案（2011年）　652
尾声　673

奥谢茨基家族的家族树 676
致亲朋好友的感谢信 678
译后记 680

拖长的存在幽灵
篇章外泛着蓝光，
就像明日的云朵，
永无止境的诗行。

——弗拉基米尔·纳博科夫

第一章

小柳条箱

（1975年）

小家伙初来人世那一刻就看上去很俊。下巴上有个明显的小酒窝，头发也长得很顺溜，好像经过了一位高级理发师之手。他的头发很短，像妈妈的一样，只是颜色稍微发亮些。娜拉立刻就爱上了他，尽管之前还不大相信自己会这样。娜拉已经三十二岁了，认为自己已学会凭着人的优点去爱他们，而不仅因有什么亲戚血缘关系。这个婴儿完全值得去爱，这种爱无所谓有什么理由——他睡得好，不哭不闹，吃奶也香，同时还会津津有味地仔细观看自己那双攥紧的小拳头。可小家伙不守规矩：有时睡两小时，有时又能一直睡六小时，醒来后就凭空吧嗒着小嘴，于是娜拉赶紧把他抱起来喂奶。娜拉也不喜欢守什么规矩，因此发现了这是娘俩的共同特征。

她的乳房发生了从未有过的变化。早在怀孕期间，乳房就开始肿胀起来，显得十分饱满。之前，两个乳头总是耷拉在扁平的胸前，可如今乳房充满了奶水，变得十分壮观了。娜拉很看重自己的乳房，同时觉得这种变化给她带来了一种奇怪的感觉。尽管这种变化让她在生理上并不感到好受，因为胸前经常有一种不舒服的憋闷感。在喂奶过程中，还有一种让人摸不清的快感，这与喂奶本身毫不相干……小家伙来到人世已经三个月了，她不再称他是“婴儿”，而给他起名叫尤利克。

尤利克住的那个房间从前是娜拉的母亲住的，自从母亲阿玛丽娅·亚历山德罗夫娜彻底搬到奥卡河畔台地自然保护区，去丈夫安德烈·伊万诺维奇那里居住之后，房间就没什么人住了。分娩前两周，娜拉草草地把房间粉刷了一遍，尤利克出生后就放在那个房间里的一张白色床上，那张床曾经是《三姊妹》第二场中的一个道具。现在，这已经没有任何意义了，可在上一个演季，因《三姊妹》一剧停演闹出的那场风波让整个剧院不寒而栗。娜拉是那个剧组的舞美设计，导演是坦吉兹·库济阿尼。

在飞往第比利斯之前，坦吉兹就曾甩下话，说他再也不会回莫斯科了。一年后，他给娜拉来了电话，告知巴尔瑙尔有人请他去排演《没有嫁妆的新娘》一剧，说他正在考虑这件事。电话快结束时，他提议娜拉与他一起去当剧组的舞美设计……他好像并不知道娜拉生了孩子。或是装作不知道？那这就奇怪了：难道这次的幕后电台出错了？戏剧界是个肮脏的垃圾堆，人的私生活总会被翻个底朝天，只要出芝麻大点小事，谁爱上了谁，谁抛弃了谁，谁在外省巡演时与谁在宾馆偶尔上了床，哪位女演员怀上谁的孩子打胎了，立即就会传得沸沸扬扬的。

娜拉与这些事情不沾边，因为她不是戏剧界明星。倘若是的话，那会弄出一场让人完蛋的花边新闻，更何况还生出个孩子。可戏剧界人士内部有个心照不宣的疑问：她与谁有的孩子？关于她与导演坦吉兹的罗曼史那是路人皆知。她的丈夫不是戏剧界的，而是“圈外人”，况且她本人是个年轻画家，虽然刚开始出道，但好像已结束了艺术生涯……因为这些原因，戏剧界那些小人并不特别关注娜拉，对她既没有背后的窃窃私语，也没有当面的仔细端详。这一切如今已经没有意义，因为娜拉已从剧院辞职……

尤利克早8点就醒了。娜拉等着护士塔伊西娅9点时来给打疫苗针，可时间已11点了，她依然没有来。娜拉在浴室洗衣服，当下没有听见门铃声，等听到时她赶紧跑出来开门。塔伊西娅在门口就喋喋不休起来……她不仅是儿科咨询诊疗所的一名护士，而且还是个有使命感的医护人员。她培训不会带孩子的妈妈，教她们抚育婴儿的秘籍，顺便还与她们分享女人百年来的处事经验，给她们的家庭生活出主意，还是个处理与公婆以及丈夫其他亲朋好友——包括丈夫前妻——关系的好手。塔伊西娅是个乐天派，多嘴多舌，好搬弄是非，喜欢散布小道消息。她坚信所有这些婴儿若离开她的庇护（所以，她的职务就叫做“家庭保健护士”）大概就不会成长得好。任何的育儿方式，除了她自己的以外，她都不给予承认。因此，斯波克[1]医生的名字让塔伊西娅内心失去了平衡……

在所有的“年轻妈妈”中间，塔伊西娅最喜欢像娜拉这种类型的：既是单亲母亲，又是初次生育，还没有可依靠的母亲。娜拉简直就是个理想人物：她因产后虚弱需要调养身体，恢复体力，并且也不拒绝塔伊西娅的那套育儿经。况且，娜拉有在剧院工作的经验，那里有些演员就像孩子一样，总是争吵不休，互相羡慕，相互妒忌，而她已学会故意摆出注意的样子，听他们的各种胡言乱语，在需要时沉默不语，或同情地点点头。

娜拉站在塔伊西娅身边，一边听着她没完没了地叨叨，一边观察落在她的皮大衣上的雪花怎样在皮毛尖上化成水珠掉到地上……

“请原谅我来晚了，你想我先去了希夫科夫那一家，你认识15

1　本杰明·斯波克（1903—1998），美国著名儿科医师，哥伦比亚大学医学博士。斯波克致力于儿科研究，并教授精神病学和儿童发展学。斯波克1946年出版的《婴幼儿保健常识》（亦译作《斯波克育儿经》）是本畅销书，影响了几代父母。

号公寓的娜塔莎·希夫科娃吧？她有个八个月的女孩，叫奥莲卡，长得真可爱，将来可能会给你当儿媳妇，我正碰上他们吵架。婆婆从卡拉干达来了，对儿媳有一大堆意见，说她不会照顾丈夫，孩子也看得不好，还说生病是饮食不好造成的。喂，你知道我这个人，在他家一会儿就把所有问题全摆平了。”

塔伊西娅一边去浴室洗手，一边还指出了她看不惯的几件事：

“我对你说过多少次了，给孩子洗衣服要买儿童肥皂，千万不能用洗衣粉。你要听我的，我说的肯定都对……”

已经11点多了。尤利克已经睡着了，娜拉不想把他弄醒，提出先去厨房喝点茶。塔伊西娅随即便坐到了厨房女主人常坐的位置上。她也适合坐在桌子的主位上：她的脑袋长得硕大，满头鬈发用齿状发卡拢成一束马尾，这样在她身边就自然形成了一个空间，她立刻置身于茶杯和托盘的中心，茶杯和托盘向她靠拢，就像羊群向牧羊人靠拢一样。“这个构图不错。”娜拉脱口说了一句。

娜拉把一盒绘着飞鹿的巧克力摆到桌上。这是客人们有时候带来的，娜拉不喜欢吃甜食，人们送的这盒巧克力是“以防万一”招待来客的，上面已落上了一层细细的灰尘。

塔伊西娅一只手把头发上的水珠拢到桌上，另一只手探到远处，不知挑选那盒价格不菲的巧克力中的哪一块，可她突然把手悬在空中问道：

“娜拉，你到底结过婚没有？”

塔伊西娅刚把育儿秘籍告诉我，就想探听我的隐私，拿一块儿童肥皂换我的隐私……坦吉兹教会了我应怎样去理解人们的对话，以及他们的内心活动。

“我结过。”

一句也不能多说，言多必失，这场对话应该由自己操纵，由自己发问……

“结婚多久了？”

“十四年了，中学刚毕业那时候。”

对话停顿了片刻。一切按部就班往下走。

“那怎么我来你家，家里总是你自己……从来不见他帮你，就连产科咨询也是你独自去的……”

娜拉瞬间有点犹豫不决了：说丈夫是个远航的船长，还是说他正在狱中服刑？

“我丈夫有时候过来。他与自己母亲住在一起。他是个特殊人物，很有才华，是搞数学的，可在生活方面就像个尤利克这么大的孩子。”娜拉说的是真话，但只是真话的一点而已。

“哎呀，”塔伊西娅顿时来劲了，“我也知道一种类似的情况！”

这时娜拉敏感地听到了某种动静，于是向孩子那里走去。尤利克醒来了，他似乎用惊奇的眼神看着妈妈。塔伊西娅站在娜拉身后，他的目光又盯住塔伊西娅。

“尤拉奇卡[1]，我们睡醒啦？”塔伊西娅满面笑容地问。

娜拉把孩子从床上抱起来。他的头扭向护士一边，期待地看着她。

娜拉家里没有专门的小桌给孩子换尿布，只有一个带翻盖的活写字板，但尤利克在上面放不下，况且娜拉压根儿就没有用过它。缝纫店给娜拉做了两套连衫裤，是那里的小姑娘们模仿外国的某种连衫裤“翻版”的。塔伊西娅对资本主义国家发明的这种带橡胶膜的短裤发了点牢骚，因为这种湿尿布会让孩子起疹子，她吻了一下孩子的屁股，让娜拉把一块干净的单子铺在沙发床上，她去

1 尤利克的爱称。

准备注射疫苗……

她从另一个小药瓶里又掺和了某种药水，之后把药液吸入了针管，轻轻地把针头插进孩子的臀部。小家伙的脸抽搐了一下，本想大哭一声，但又改变了主意。之后，他看了妈妈一眼，脸上露出了笑容。

“真乖，他什么都懂。”娜拉夸奖儿子说。

塔伊西娅本来要去厨房扔掉药棉，突然站在门槛上喊了起来：

“漏水了！娜拉！水管漏水了！水漫金山了！”

浴缸的水满后溢出来流到了走廊，又向厨房流去。娜拉赶紧把尤利克放到小床里，但显然动作太猛，有点过分匆忙，因此小家伙吓得哭了起来。娜拉先把浴缸的水龙头拧紧，又往地上扔了几块毛巾，开始收拾地上的积水。塔伊西娅麻利地帮着她。这时候，传来一阵电话铃声，都盖过了扔在床上的孩子的哭声。

“肯定是水把几个邻居家也给淹了。”娜拉心想着，赶紧向电话跑去，要告诉邻居自己正在收拾水的残局……

但这电话不是邻居打来的，而是娜拉的父亲亨里希·雅科夫列维奇打来的。

“总是这样，电话来得真不是时候。”娜拉还来得及想到这点。尤利克在小床上委屈地哭喊，他有生以来第一次这样号啕大哭，还有浴缸溢水淹了邻居家……

“爸，我家发大水了，我待会儿再打电话给你。”

“娜拉，我妈走了，”他严肃而缓慢地说，“今天半夜……死在家中……”随后，他强作镇定地补充了一句：

“你赶快过来，我不知道该怎么办……”

娜拉光着两只脚，把拧干的一块抹布摔到地板上；总是这样，死都不是时候，自己的亲戚为什么就连死都选择这么不合适的时间？

塔伊西娅一下子就全都明白了。

“谁死了？”

“祖母。”

“她多大年纪？”

“我想有八十多岁了。她向外人隐瞒了自己的一生，总是把自己打扮得很年轻，又经常换护照……你放我一两个钟头好不好？”

“你去吧，我在。”

娜拉又洗了一遍手，这事做得很荒唐，因为她的手已经反复洗过多次了，她赶紧跑过去给尤利克喂奶。起初，小家伙委屈地推开了奶头，娜拉用奶头蹭蹭他的嘴唇，他才一口含住奶头，安静了下来。

塔伊西娅这时脱了裙子和短上衣，手脚麻利地把地上的积水舀进一只桶里，再倒进厕所，她那粉红的衬裤和白色的衬裙不时地在走廊里闪来闪去，一缕浓发从散开的马尾辫掉了出来。看着她麻利、优美、准确干活的动作，娜拉脸上无形中露出了一丝微笑……

“是否需要很长时间，那我说不准……我会给你打电话。她就住在附近，厨师大街。”

“去吧，你走吧，我推掉两个预约就是了。只是要弄清情况以防万一——你在那里一旦抽不开身，这种事情……”

“真没想到，”娜拉心里想着，“这个人似乎是泮水相逢，可立刻就来帮你……真是个不错的女人……”

十分钟后，娜拉已经穿过了一条林荫道，在尼基塔大门广场处拐了弯，又走了十分钟就到了一个挂着“奥谢茨基家族”小铜牌的楼门口，她按了门铃。在门口的一个普通纸板上，写着其余七家住户的姓名……

父亲嘴角叼着一个咬痕斑斑的烟嘴，烟火已熄灭了，他用一只无力的手抱了她一下，同时哭了起来。随后他停下了哭泣，说：

“你瞧，我给奈曼打了电话，本想告诉他妈妈死了，谁想到他也去世了！还有，急救车来了，医生给开了死亡证明，现在还需去医院开一份文件，还要决定怎么下葬。母亲曾经说过，她葬在什么地方都无所谓，只要不与父亲葬在一起就行……”

这些话都是他跟在娜拉身后，走在那条长走廊里说的。一个满脸横肉的邻居从一个门口探出头来，那是祖母的仇人科洛科里采夫，身材矮小的赖莎也开门出来看了一眼，走廊里迎头还碰见最初的住户卡佳大婶。她就是这样称呼自己的，因为从这栋楼始建起她的母亲就在这座楼里当女仆，卡佳生在一家人的厨房里，她知道这栋楼居民的全部历史，直到如今她还经常写一些文理不通的密信告邻居，邻居们对此都心知肚明。不过，她这个人倒是没什么心眼儿，因为她总预先警告大家：你们要知道，我要写信告你们所有人！

祖母那个房间里积满灰尘，弥漫着烟草（父亲抽烟）与三合古龙水混合在一起的味道，祖母一生都在用喷子给自己房间喷这种香水，并且用这种办法代替了房间的清扫。此刻她躺在自制的沙发床上，身着一件白色睡衣，领口有几处打着补丁。她身材矮小，两眼并没有完全合拢，似乎高傲地向后仰着头。她的颌骨微微松弛，嘴稍张着，脸上现出了一丝微笑……

因可怜死去的祖母，娜拉喉咙说不出话来。她突然间仿佛看到了祖母这辈子生活得多么辛苦，可又生活得多么值啊。只是她的意识形态太贫瘠了。按照她的看法，裸窗、帷幔是小市民的标志。一套从前的穿廊式公寓里，有两扇门带着装饰，更像是堵成的街垒，一扇门后是餐柜，另一扇门后是书橱。书橱里积的灰尘并不比书少。娜拉从小起就在那里过夜，于是患上了灰尘过敏症。她在那些年代叫祖母为玛露霞[1]·穆尔雷卡，并以一种小孩的热情崇拜祖母。她对书架上的所有书都如数家珍，有看过的，也有熟读过的。就是到今天，娜拉也以自己对文化的深刻了解让一切无知之徒刮目相看。她的全部文化知识就是从这两百多本书中来的，她把它们挑选出来，好像要拿到一个无人居住的孤岛，那些书的空边上用铅笔密密麻麻地标满了各种记号。从《圣经》到弗洛伊德[2]的作品都有。是的，那是一个渺无人烟的孤岛。不过，这个孤岛完全有生命的存在——那里有成堆的臭虫。娜拉在小时候挨过它们的叮咬，可祖母从未注意到它们，或是它们没有注意到祖母的存在？

在一扇门上挂着一幅绣花彩幔，自打挂上就从未清洗过。一盏没有灯罩的电灯，是伊里奇[3]牌的，祖母对伊里奇既深深崇拜又有些惧怕。是啊，她认识克鲁普斯卡娅[4]、卢那察尔斯基[5]，研究过文化，她曾说过怎样为流浪儿童组织戏剧社的事……一个多么神奇而古怪的世界！在这个世界里，卡尔·马克思和弗洛伊德，斯坦尼斯拉夫斯基[6]和叶夫列伊诺夫[7]，安德烈·别雷[8]和尼古拉·奥斯特洛

1 玛露霞是玛利亚的爱称。

2 西格蒙得·弗洛伊德（1856—1939），奥地利精神病医师、心理学家、精神分析学派创始人。

3 指列宁。

4 康斯坦丁·克鲁普斯卡娅（1869—1939），全名娜杰日达·康斯坦丁诺夫娜·克鲁普斯卡娅，教育家，无产阶级政治活动家，列宁的夫人。

5 阿纳托利·卢那察尔斯基（1875—1933），苏联文学家、教育家、美学家、哲学家和政治活动家。

6 康斯坦丁·斯坦尼斯拉夫斯基（1863—1938），苏联演员、导演、戏剧教育家和理论家，斯坦尼斯拉夫斯基表演体系创始人。

7 尼古拉·叶夫列伊诺夫（1879—1953），苏联导演、戏剧家和戏剧革新家。

8 安德烈·别雷（1880—1934），苏联作家，俄国象征主义代表之一。

夫斯基[1]，拉赫玛尼诺夫[2]和格里格[3]，易卜生[4]和契诃夫[5]同时并存，毫不冲突。当然，还有她喜爱的作家汉姆生[6]。一个饥肠辘辘的新闻记者[7]，他已经在啃皮绳充饥，因饥饿产生了美妙的幻觉，直到一个睿智的想法进入了脑际——是否该去找个工作？于是，他去当轮船的见习水兵。

祖母曾练过一些神秘兮兮的舞蹈，后来又从事过被人遗忘和遭科学迫害的儿童学研究，在人生晚年她自称是"特写作家"。她一生就是靠着精神生活支撑下来的……这种生活就像侏罗纪时代一样距当今的生活是那么遥远……娜拉站在彻底离开人世的祖母遗体面前，还没有脱掉外衣就一股脑地想起这一切。

娜拉从祖母身上学到的东西太多了……祖母弹着这架钢琴，娜拉在乐曲伴奏下"跳出了情绪"……在这里，她坐在桌角画了一匹蓝马……祖母对她的画赞叹不已，因为想到了康定斯基[8]的《蓝骑士》……她俩一起参观过普希金博物馆……去剧院看过戏……娜拉那时对祖母的爱是多么深……后来又对她大为失望，并冷漠地离开了她。祖母深恶痛绝一切资产阶级现象，也对市侩行为嗤之以鼻，她自称是"党外布尔什维克"……她与祖母八年前狠狠地吵了一架——因一些政治观点的分歧——现在都耻于启口……真是太荒唐了……简直是一场胡闹……

---

1 尼古拉·奥斯特洛夫斯基（1904—1936），苏联著名的无产阶级作家、布尔什维克战士。主要作品是小说《钢铁是怎样炼成的》。

2 谢尔盖·拉赫玛尼诺夫（1873—1943），俄国古典音乐作曲家、钢琴家、指挥家。

3 爱德华·格里格（1843—1907），挪威作曲家，19 世纪下半叶挪威民族乐派代表人物。

4 亨里克·易卜生（1828—1906），挪威剧作家，被称为"现代戏剧之父"。

5 安东·契诃夫（1860—1904），俄国小说家，19 世纪末期的批判现实主义艺术大师。

6 克努特·汉姆生（1859—1952），挪威小说家、戏剧家、诗人。1920 年获诺贝尔文学奖。

7 这里讲的是汉姆生的小说《饥饿》的主人公。

8 瓦西里·康定斯基（1866—1944），俄裔法国画家和美术理论家。

她和父亲一起把那具僵硬的尸体搬到一张拉开的桌子上。祖母的尸体并不沉。父亲去厨房抽烟了，娜拉拿起一把剪刀，剪开祖母身穿的那件破旧的睡衣，睡衣在她手中绽了开来。随后娜拉把凉水倒进一个小盆里，开始给祖母洗身子，她的身体就像一只细窄的小船，娜拉奇怪祖母的身体怎么会与自己的相像：纤细的长腿，高高的脚面，前凸的长脚趾，指甲很久没有修剪了，干瘪的乳房，粉红的乳头，颀长的脖子，尖尖的下巴。她身上的皮肤白皙，没有毛发，比脸要显得年轻……父亲在大厨房里抽烟，那里按家庭的数目摆着各家的餐桌，他不时地到走廊里的那台老式悬挂电话前给亲戚们报丧……娜拉听到了他那悲戚的声音，还有翻来覆去的那几句话：母亲今天半夜去世了，安葬事宜随后通知……

洗干净了祖母的身子，又用从被套撕下来的一块布擦干，这时娜拉感觉到有一股暖乎乎的奶水沿着胸前流下。她此刻好像才醒悟到自己把尤利克忘了，他要吃的奶水也自然地白白流出来了。她想坐在沙发床上，但发现床单上留下了一摊污迹，那是从死者身体里最后流出来的粪便。娜拉一把扯起了床单，攥成一团扔到屋角去了。她找到了另一个地方，那是靠窗户的一张沙发，祖母通常就坐在那里，总在看书柜里已有的那些书，因为在娜拉的记忆中，书柜从没有增加什么新书。她把一个把柄已坏的大杯子（她从小就知道有这个杯子）放在跟前，很快地就把奶水挤出来，几乎挤满了杯子，然后把奶水倒入一个盆里。她心想不能把这三百克奶水从这里带回家里……她用自己的背心擦干净乳头，觉得房间里的所有东西似乎都染上了一种死亡气息，就连那个无辜的杯子也一样。

娜拉穿好了衣服去到走廊，父亲穿着一件纯毛哔叽大衣，头戴馅饼式帽子，还在厨房里抽烟。他已从离这里不远的、位于阿尔巴特大街上的诊所回来了，取回了需要的证明。

“我打不通火葬场的电话，总是占线。我想去那里一趟，把这一切很快地了结……”——他用一只手画了一个不太确切的圆圈，意思是尽快结束这件事。之后，又开始给某个地方打电话。

随后，娜拉拨了自家的电话，塔伊西娅立刻拿起了电话：

“别着急，娜拉，别急。我已给家里打过电话，谢廖申卡自己能应付得了，所以我一直能待到傍晚……睡着呢，尤利克在睡着。”

娜拉爬到了放衣服的地方，那是餐柜后面的一个角落，三个衣架挂着祖母的全部衣服。天哪，多么简陋的赤贫生活！一件羊羔皮长领的冬大衣已经磨得破旧不堪，一件蓝色上衣还是用男式旧西装改的，还有两件女式衬衫，每件都是娜拉从小时候就记得的破烂货。根据样式看，还是二十年代末的款式……娜拉选了其中穿得不太破旧的一件。根据衣服的这些残迹就可以研究服装史……因为衣袖上还留有某种仿埃及图案装饰的痕迹。

尸体已经发僵了，就像石膏渐渐硬化一样，因此只好剪开那件女式衬衫的背部，摊开在尸体的旁边。

“要好好地把祖母入殓，”娜拉心想着，“但现在先要给她穿上衣服，不能赤裸裸地躺在这里。”

她突然感觉到房间里很冷。她真想给祖母穿得暖和一些，于是把衣架上的夹克取下来。裙子就不需要剪开了，穿过两腿拉上来就行。祖母是白银时代[1]的孩子，也是那个时代的产品和牺牲品。一个美女的两张倩影挂在钢琴上方的墙上，由于落满灰尘已模糊得看不清。祖母长得漂亮，真的很美。

娜拉从推到沙发床下的手提箱里找出一双旧鞋，这件老古董都

1　指俄罗斯 19 世纪末 20 世纪初这一文学时期。

可以当作博物馆的收藏物：皮扣上还有个皮套包，高跟就像小高脚杯。祖母还是在实行新经济政策[1]那些年代穿过这双鞋……到了腿弯不了的时候就不能穿了。

娜拉这一切做得很麻利，就像她一生就是从事这种职业的。其实，这是她生平第一次干这种事。外祖母季娜伊达是怎么死的，娜拉已经记不得了，当时她才六岁。自己的祖父和外祖父她也根本不记得……全家都是女人，唯一的男子汉是她的爸爸亨里希。他与她们在尼基塔大街生活了没有多久，他与阿玛丽娅离婚的时候，娜拉才十三岁……

玛露霞做事从不反悔。娜拉也未能赶上与祖母和解，可如今得给她净身，穿衣服……于是，对整个世界秩序，对这个曾深爱过的人躺在这个讨厌的匣子里从心底产生了一种久远的怨恨……一具石棺，每具尸体都是石棺……真可以排演这样一个剧：所有主人公都在石棺里，临死的时候，才从那里爬出来……意思是，一切生物都已是僵尸……应当把这个想法告诉坦吉兹……

奶水又开始胀满了乳房，背心上洇出来黑乎乎的一片。当然，这是十分自然的生理现象，告诉她这点的第一个人是玛露霞。这是女人生理的不幸……她可怜而怯懦地为女性的尊严和公正而斗争，是个女——革——命——者！当年娜拉被学校除名时，她怕得要死！她不让娜拉回这个家！她还摆出一副洋洋得意、盛气凌人的样子！后来她与孙女和好了。但三年后两人又恶吵了一架：苏维埃政权就像一只黑猫[2]在她俩中间跑过，从此就再没有什么相互信任、什么亲近感了……后来又出了捷克斯洛伐克事件……如今想起来只能让人一笑而已。多么荒唐啊……

1　苏联在 1921—1936 年实行的经济政策，为区别于此前实行的“战时共产主义”政策而定名。

2　俄罗斯谚语。意思是在她们之间有了嫌隙，出现了不和。

娜拉瞅了窗外一眼。窗上的玻璃很脏，已有些年头没有擦洗了。但看得出来，户外灰蒙蒙的雪花已变成蒙蒙的细雨。我之前为什么没有为她做任何的事情？生老太婆的气多么荒唐……我真是个铁石心肠的坏蛋……

可要知道，她对祖母的爱胜过爱世上的任何人！几乎每天放学后，她都要沿着放映旧影片的电影院附近的那条熟路飞奔，在尼基塔大门广场那里横穿马路，然后经过罐头商店，穿过几条纵横交错的小巷——梅尔兹利亚科夫小巷、桌布小巷、面包小巷和斯卡里亚金小巷——之后，突然窜到了厨师大街，向祖母住的那座楼跑去。当沿着楼梯跑着登上三楼后，便一头扑到祖母玛露霞怀里，幸福得好像心跳都要停下来……

皮肤多么白皙啊……她的眼皮微张着，眼睛似乎还冷漠地看着娜拉。娜拉把那件衬衫从背部剪开，衬衫的右半从祖母的右臂套上去，左半从她的左臂穿上去，之后稍微抬起她那沉甸甸的脑袋，再从背后把剪开的领子接在一起。看来，玛露霞近二十年来就连一件新衣服也没有买。是日子穷吗？是由于性格偏执？还是因为某种无法理解的原则？

有人在怯生生地敲门，这是父亲，他生怕看到自己母亲的裸体。他手臂上搭着大衣，带着一副干练、高兴的样子走进来。

“娜尔卡[1]，我把棺材订好了。明天早上10点前拉来。连死亡证明都没要！只是问问亡者的身高。我告诉身高是一米六。”

“是一米五八，”娜拉准确地说出祖母的身高，“你今后别这样叫我。人们都叫我娜拉。你母亲也叫我娜拉。易卜生的小说你读过吗？”

---

1 娜拉的爱称。

太阳瞬间闪了出来，房间和祖母的脸立刻被照亮了，还在领口下面用珠母做的按扣上映出了一个光点，之后太阳躲进灰蒙蒙的小雨中。

娜拉把翻领上别着黄铜圆胸针的那件夹克衫剪成两半，掖到祖母尸体下的一侧。玛露霞曾穿着这件夹克去某个（新闻记者的或是戏剧工作者的）工会委员会参加会议……

“你留在这里过夜吗？”娜拉问父亲。

“不能，我要回家去，”他生怕留下来，因此赶紧说，“我明天早9点前来这里。你来吗，女儿？”他并不十分自信地又问了一句，“我还要去火葬场……明天能把一切办完就好了。”

“后天办完也可以嘛……”

“我想尽快办完。我试试吧。今晚我给你打电话。”

亨里希·雅科夫列维奇表现了自己办事的麻利。

“我9点到这里。”娜拉冷冰冰地点点头。她觉得不能把已亡人独自留在房间里，但也不能把尤利克抱到这个房间里过夜。

娜拉走到走廊里，沿着从童年起就熟悉的走廊拐了两个弯。在厨房里，最早的住户卡佳背对她站着，两只胳膊肘猛烈地扭动着，在餐桌上切着什么东西。

“卡佳大婶，想跟你商量件事……”

卡佳全身都转了过来，看不见她的脖子，因为脑袋直接稳稳地安在肩膀上。

“什么事，妞拉？”这位可爱的傻瓜从来就这样称呼娜拉。

“你能在玛露霞的房间里陪一宿吗？”

“你应当陪，你就陪她一宿吧，干吗要我去陪呢？”

“我的孩子还小，我该把他丢给谁呢？”

“你生孩子了，是吗？”

“嗯。”

“我的女儿宁卡也生了！那亨尼卡[1]干吗不能陪一夜呢？”

“他急着回家。我付钱给你。”

“妞拉，那我就要拿你家的餐柜了。我很喜欢那个餐柜。”

“行，”娜拉同意了，“你拿去用吧。只是它搬不进去你家。”

“那我就把房间也租下来。我搬进去住，谁能对我说什么呢？宁卡在丈夫那里住，可户口在这里呀！”

“好了，好了。”娜拉无所谓地点点头，已想象到卡佳将在房间里怎样搜寻东西发财了。

“十卢布，妞拉！少了不干。”卡佳因自己的厚颜无耻也皱了一下眉头。

“要是十卢布的话，那就要包括陪住一宿和打扫房间！”娜拉明确地指出。

一场交易就这样决定了。

塔伊西娅主动提出第二天来照看尤利克，这样娜拉就无须费脑筋去找人了。能叫来的女友只有两个，一个是娜塔莎·弗拉索娃，另一个是玛琳娜·齐普科夫斯卡娅，她的外号从戏剧学校那时起就叫齐帕。这两个人都可靠，但娜塔莎有个五岁的男孩，而齐帕发疯似的干着三份工作，她要养活自己的残疾母亲和小妹妹……

在停放着祖母遗体的房间里，娜拉见到了几个人——父亲，他的助手瓦列里·别兹波罗德科，卡佳和女儿宁卡，女邻居赖莎，还有一位来自房产管理处的头戴棕色大花假发的大婶。女人们都在忙于交谈，声音虽小，但谈性很浓。娜拉猜想大概是如何解决一些物质的问题。

1　娜拉父亲亨里希的爱称。

“玛露申卡[1]死得真可惜，”赖莎轻轻摇着头说，“要知道我们相处差不多快五十年了，住得就隔一堵墙。我一辈子也说不出她有什么不好……我希望铭记……”

“赖莎，您究竟想说什么？”亨里希猛然打断她的话。

“没什么，亨尼亚[2]，我只是想说，我们和睦相处几乎有五十年了……”随后她就退到门口那里。

“瞧，一帮乌鸦聚在一起了……”娜拉很快地就把她们所有人毅然地撵走了。父亲感激地看了她一眼：他从小就住在这套公寓里，记得这些老太婆还是年轻媳妇的时候的样子，但一直没有学会与她们交谈，他总平衡不了与她们的关系，时而好像对她们盛气凌人，时而又讨好巴结她们。况且，娜拉也知道他不会与人们平等相处，这个梯子总不是偏高，就是偏低……“一个可怜虫。”她可怜父亲，甚至觉得对他有了点温情。他似乎也明白了这点，于是把一只手搭在女儿肩上，但做得不很自信。他从娜拉小时候起就认为，他是娜拉的父亲，这点就让他高她一等，因此总以一种领导的姿态与她谈话。后来她长大成人了，才把一切关系理顺了。十八岁那年，她有一次去他的新家，去他新组建的家庭，他因为离群索居，见到娜拉便开始抱怨，说她很少来看望他，这肯定是受了她妈的影响，因为她妈不希望他们父女来往。娜拉断然打断他的话说：“爸，难道你不明白，如果我妈不愿意我就不来吗……我来与不来对于她根本就无所谓……”

从那时起，他对娜拉就不再提什么意见……

10点钟，棺材运来了。两位棺材匠麻利地把棺材抬到桌上，把尸体移动了一下，随后迅速地、简直优美地抬起了尸体，尸体立刻

1　同玛露霞，玛露申卡是爱称。

2　同亨尼卡，娜拉父亲亨里希的爱称。

就咚的一声落到了应放的地方。父亲与两个棺材匠一起走出去了，娜拉一个人留在屋里。他在走廊里的家门前与他们结算，娜拉听见了他俩对父亲表示感谢。显然，父亲付给他们的钱超出了他们的期望。

娜拉把一堆剪开的散乱东西推到跟前，把祖母稀疏的白发梳成分头，那是她常见的发型，又把掉出来的几缕头发拢到后面，之后开始出神地看着她那稍带倾斜的高额头和长长的眼睑。在祖母身上呈现出一条完整的线条，这条线始于颧骨的轮廓，然后从脖子延伸到肩部，再从肘部下延到指尖……娜拉真想立刻拿起铅笔画一下……死去的祖母好像经过这个晚上变好看了。她的脸长得消瘦俊俏，并不漂亮，可很耐看，还有她生前下巴下面那片多余的老年赘肉不见了，因此显得年轻。很可惜，自己的脸长得不像她……

“娜拉，邻居们说应当摆一桌，这……叫做酬客宴……”父亲以期待的目光看着她。

娜拉考虑了片刻，祖母一生都无法忍耐女邻居们来她的房间串门。但现在一切都无所谓了。

“告诉卡吉卡[1]，把钱给她，让她准备一桌饭。就在厨房吃这顿饭吧。只是伏特加酒别买多了，否则人们要喝得烂醉如泥。看来不吃这顿酬客宴无论如何说不过去……”

父亲同意了。

“战前很少摆酬客宴，但要摆总是在厨房里。那时候很多老头住在公寓里。他们都去世了。我从来不参加酬客宴，妈妈也不参加。可奇怪的是，父亲总去参加那些酬客宴……”

1 即卡佳。

这几乎是有生以来亨里希第一次提到父亲……娜拉发现了这点，并感到奇怪：其实，家人从来没有对她讲过有关雅科夫·奥谢茨基的任何事情。从儿时起，她就觉得有某种东西很模糊……尽管她记得，有一次他来过他们住的尼基塔大街上的家里，还记得他的某些特征：满脸长着密密麻麻的胡子，两个长长的大耳朵，还有他自己用整块木头制作的那根手杖，手杖一头的弯处正好用作手柄。她之后再没有见过他。

父亲去找刚被撵出去的卡佳了。她很高兴这件差事，也高兴拿到手的钱，说她会到那座高楼的商店里把东西全都买回来。父亲点点头，他觉得谁办这件事情都无所谓，可卡佳心里可美得不得了。娜拉和卡佳几乎同时从屋里走出来，一个去阿尔巴特的花店，另一个向起义广场方向走去。卡佳兴奋不已，因为拿在手中的钱是她养老金的一倍半，因此她盘算着怎样精打细算买东西，好节省出来留给自己点……

在阿尔巴特一家花店里，娜拉碰到一件吃惊的事，她生平第一次看见这么绚丽多彩的风信子，整整有一大桶。她买的花色各异，有蓝紫色的、白色的，还有几支藕荷色的。娜拉把自己兜里的现金全都拿了出来。花店售货员给她买的花裹了几层报纸，之后还白送给她一只木桶。于是，她提着那桶花先沿着消防员小巷走了一小段路，这条巷子沿着一条新干线通向老阿尔巴特街，随后穿过新阿尔巴特大街，重新来到消防员小巷，又走了一段比较长的路。下的是蒙蒙雨还是雪，真辨别不清，因为颜色有点像灰珍珠母。那只桶很沉，皮靴全湿了，她开始觉得乳房的奶水又胀起来，可卷成团的尿布已经塞在乳罩里，还用旧手帕裹住那团尿布，这是大清早急忙跑来的塔伊西娅用找碴的声音告诉她的，若不用手帕裹住尿布，就不放她去参加葬礼。娜拉笑了一下，用手帕裹上了。

她与灵车同时到达。她赶在葬礼服务人员之前上了楼。房间里站着几位神情沮丧的远亲，还有一些记不太清楚的熟人，他们吻了吻娜拉和亨里希的脸颊，说了几句这种场合的套话，让人感到程度不同的温暖。一个围着白围巾、头戴贝雷小帽的矮个老太太在轻声地痛哭，在房间一角有人往祖母的那只“小酒杯”里倒了几滴缬草汁递给她表示安慰。这个老太太真的没有见过。

娜拉把风信子撒到棺材里，那些花无须特别摆弄就摊开了。神奇之处还在于，那些花改变了周围一切的情景——贫穷一下子变为奢华，就像童话故事中的灰姑娘一样。看来，娜拉是个有经验的人，不愧是戏剧舞美设计师，这种人的全部本事就在于用一些技术手段去改变舞台的艺术空间，她见状都惊喜得呆住了。这就像一盏神灯，很久以前就用在莫斯科艺术剧院排演的《青鸟》[1]一剧中。在舞台上，蒂蒂儿和米蒂儿来到死人国，去找自己的祖父和祖母。当然，正是玛露霞领着五岁的她去看的这个剧……她似乎觉得，祖母未闭紧的眼睑中间露出一条细缝，从中闪出一丝赞许之意。风信子花具有某种难以置信的力量，让房间充满了一阵浓郁的清香，无论香水，也无论灰尘和缬草汁的气味全都被盖了下去。娜拉甚至还想到，假如用魔棒一点，整个房间就会变成一座宫殿，而可怜的、踌躇满志的祖母就会变成她一生都想成为，却没有成为的那种人……

后来，四个男子汉把棺材抬起来搬到户外。大约七个亲戚坐进了灵车，父亲开着自己那辆“莫斯科人”牌汽车尾随其后。

去顿斯科依火葬场的时间并不长，比预定时间早到了，因此在原地又磨蹭了半小时，排队等着火葬。之后，把棺材装到一个车站

1 梅特林克于1908年创作的童话剧剧本，讲述了蒂蒂儿和米蒂儿兄妹寻找一只青鸟的故事，是象征主义戏剧的代表作。

用的那种推车上，娜拉和亨里希先于其他人进去了。娜拉重新摆弄那些风信子花。她觉得风信子自从买回来后似乎变得蓬松了，也全都开了花。现在她不是毫无次序地将之随便摊开，而是有意地要表现出一种想法：让几枝粉红色的花放得靠近祖母那张蜡黄的脸，而雪青色的几枝花在脑袋周围密密地摆成一圈。亲戚们刚送来的所有那些不太起眼的石竹花，娜拉决定把它们扔到两脚底前。

后来，送葬的人都走进来，大家清一色穿着黑色的厚大衣，胸前插着一朵红石竹花，亲戚们马蹄状围在棺材的周围，在娜拉眼前轻轻地闪来闪去，看得相当清晰。娜拉透过这种清晰突然发现，所有亲戚的长相能分成两种：父亲的叔伯兄弟都长得像刺猬，额头上方长着硬撅撅的一缕浓发，长鼻子的鼻尖翘起，短短的下巴；而祖母的侄儿侄女都长着细条脸，大眼睛，还有三角形的鱼嘴……

“我的长相也属于刺猬型这种。”娜拉心里想着，同时心中感到一阵热乎乎的恶心。这时候响起了肖邦的《葬礼进行曲》，破坏了她的这种奇怪的幻觉。这首《葬礼进行曲》早就变成了一种不伦不类的声音，只适用于喜剧舞台……

“给我拿住帽子。”站在一旁的亨里希轻轻说了一句，把自己那顶羊羔皮“馅饼帽”塞到她手中，随后伸手到公文包检查是否把自己的护照忘在家里了……娜拉顿时闻到了帽子里散出来他的头发味，她从小就觉得这种味道很难闻。况且，即便是她自己的头发，如果每天不洗，也会散发出这种把劣等油脂与某种难闻的植物混合在一起的味道……

那位身穿制服的房产管理处的妇女照稿念完了一篇胡乱拟好的正式公文。随后父亲说了几句更加平淡无味的话，娜拉的心情让这套平庸而俗气的做法搞得郁闷不已。突然间，屋里那位身材矮小的老太太的失声痛哭打破了这种枯燥忧郁的气氛。她走到死者的头跟前，用突如其来的声音清晰地发表了一席真正的讲话，不过，她是从套话开始的："今天，我们与玛露霞告别……"可她随后的讲话令人感到意外，并且充满感情……

"我们所有人，今天站在这里的人，包括许多已经葬入坟墓，即入土的人，都会因玛露霞在他们的生活中出现而感到震惊，感到一种真正的震惊。我不知道有什么人与她只是点头之交。她让所有人都彻底改变了自己的生活方式。谁都不像她那么有才华，那么光彩照人，甚至我行我素。你们要相信我说的话。由于她的出现人们开始觉得奇怪，开始用自己的头脑考虑问题。你们以为雅科夫·奥谢茨基生来就是个有才之人吗？不是的，他之所以那么有才，是因为从十九岁起他俩就产生了一种只有在小说里才能看到的爱情……"

在一群身穿黑大衣的亲戚中间有人在窃窃私语，小老太太发现后说：

"西玛，你闭嘴！我早知道你在那里说什么！不错，我是爱过他！是的，我陪在他身边度过了他人生的最后一年，可这是我的幸福，而不是他的幸福。因为她丢下他不管了。你们无须知道她为什么要这样做。就连我本人也不理解她怎能这么做……但我站在她棺材边想当着众人说，我没有对不起她，我甚至从来没有丝毫偏袒过奥谢茨基，他是位男神，而玛露霞是个女神。那我是什么？我只是个医士！我没有对不起玛露霞，可玛露霞是否对不起雅科夫呢……"

这时候，亨里希上前阻止了那位老太太，她讲话的热劲顿时消下去了。起初，她还用自己干瘦的双手抵挡了两下，后来她佝偻着身子，快步离开了告别厅。

葬礼的气氛消沉下来了。管理处的那位大婶跑过来，那段令人无法忍受的音乐重新响起来，棺材一点点往炉子里放，直到一团不熄灭的火、带硫黄的雨水把它吞没了……应当问问父亲，这个老太太是什么人，有一段怎样的故事……

在这令人难耐的整个程序结束的时候，娜拉早把酬客宴的事情忘得一干二净了，是父亲说“走吧”才提醒了还有这件事。

亲戚们规规矩矩地上了车。娜拉坐进了父亲那辆“莫斯科人”牌小汽车。他眼睛盯着前面的路，在途中问了娜拉一句：

“怎么，你妈认为没有必要来告别吗？”

“她在生病。”娜拉随便撒个谎说。其实，娜拉根本就没有给她打电话。她终究会知道的。亨里希离婚后，玛露霞就没有再见过阿玛丽娅……

公寓的门大敞着，从走廊飘来一股薄饼的香味。祖母房间的门也开着，香水和清洗过地板的气味与厨房的香味混在一起。房间里的一扇窗户也大敞着，穿堂风把蒙在镜子上的白色枕套[1]刮得晃来晃去……娜拉进屋后，脱掉夹克衫扔到沙发上。她坐在夹克衫上，从头上摘下了毛线帽，环顾了一下四周，就连钢琴盖上那层久久未动的尘土都给擦得干干净净。祖母曾经用这台钢琴教她弹琴，那年她才五岁，要在琴凳上垫上两个枕头。但娜拉那时更多的是想玩那个琴凳，她把琴凳扳倒在一侧，坐在琴凳的一条腿上，就像转动方向盘一样扭动着琴凳。娜拉动了动那个琴凳，当年漆得锃亮，可如今漆面早已掉光……“要么，把这架琴拿回去给尤利克？”她心里想，但立刻打消了这个念头，因为要雇搬运工，找调琴师，还要移动屋里的家具……算了，别折腾了……

随后，整个大巴下来的人都进了屋，两人一对地坐在那里：长

1　按照东正教的习俗，家中有人死后，要把镜子用布之类的东西遮起来。

得像父亲一样，额头留着刺猬头的叔伯兄弟有四对，他们脱掉自己身穿的黑大衣扔到沙发床上。之后是长着鱼形嘴的一群女人鱼贯地潜入开着门的房间里。祖母的三个侄女还带来自己的两个年轻的女儿，她们是娜拉的表姊妹，都长着尖瘦的小下巴，真好看。还有两位不大认识的女士。小时候，娜拉在祖母为自己亲戚的孩子们举办的节日活动上见过这两位表姊妹。但那时候她俩很小，因此娜拉与她们在一起感到没意思。娜拉不喜欢比自己年龄小的人，总愿意与比自己年龄大的人交往。在那群女人当中有一个女人特别显眼，是个子高挑的米凯拉，她满头乌发，还长着黑色的唇须，年纪六十岁上下。娜拉尽量想回忆起来，她是谁的女儿或妻子，但是想不起来，忘了……总的说来，所有这些亲戚她每隔十多年才见一次，一般是家里发生某些大事的时候。父亲最后一次把大家召集在一起，是为庆祝自己的博士论文答辩成功……叫来了柳莎、纽霞和薇拉这几位堂姑堂婶，她们的女儿娜佳和柳芭……还有这位没有结伴而来的米凯拉……

女人们在玛露霞门前的脚垫上跺跺脚，弄掉沾在鞋上的脏雪。随后，进门把皮大衣扔到沙发床上。娜拉这时候发现，从自己鞋底融化的雪水也流到了干净的地板上……

所有人鱼贯而入进了厨房，几位女邻居已在招呼大家。席面的荒诞躲不过任何人的眼睛：在公用厨房中央摆着两张铺着报纸的桌子，桌子中间高高地堆起一摞烙饼，加利娅还在那里用三个饼铛继续烙着，加利娅是位老演员，曾是祖母的闺蜜，但最近二十年她俩没有说过话。卡佳把温乎乎的一锅羹倒入祖母生前用的一个布满小裂痕的洗衣罐里，从一对分居夫妇那里借来的一个小洗脸盆里堆满了经济大烩菜，那是用她妹妹拉来的不用花钱的蔬菜亲手切碎做成的。除了伏特加外，桌上没有任何饮料。

在祖母的那张小桌（她从不在上面做饭，认为最好用它与人共餐或者吃干面包）上，已经摆着一个斟满伏特加的高脚杯，杯口用一块黑面包盖着。娜拉觉得一股强烈的怒气涌上心头：一切都是闹剧，是胡来。祖母生前从来滴酒不沾，对于她来说，一个人饮酒就如同到了堕落的边缘……这种荒诞场面的出现还在于：娜拉觉得自己对此负有责任。明确地说一句“不办，不给你们办任何酬客宴！”有什么难呢？可现在竟然由几个女邻居来导演这个场面，现在还得把这个公共的丧宴进行到底。

女邻居卡佳觉得自己是这场生命庆典的主人，亲戚们似乎是被邀来参加她的庆典活动，亨里希觉得悠闲自在，因为一切烦恼都已经过去了。人们自斟自饮，连杯都不碰。愿亡者入土为安吧……

亨里希饥肠辘辘，便扑向那些吃的东西。这时娜拉胸中又升起了一种习惯的、对父亲的反感——当他为下葬事宜忙碌的时候，这种反感好像已化为乌有了。他使劲地咀嚼着。娜拉从小就饭量很小且吃得很慢，她回想起父亲在家里生活的那些年，观察着父亲贪婪的吃相，心中往往很反感。

“我对他多么不客气，”娜拉心里想，“他只不过是饭量大而已。”

她从大杂烩里挑出一小块甜菜。甜菜做得很香。但总的说来她不想吃什么东西。况且乳房在发胀，该清理奶水了……

年迈的科洛科里采夫坐在一个小凳上，穿着运动裤的屁股半悬在座位上。赖莎领来了女儿罗拉奇卡，这个老姑娘不知怎么有一副知识分子长相。卡佳的女儿宁卡也占了自己的位置，玛露霞生前曾与宁卡有过一段友好的交往。玛露霞自认为是教育儿童的专家，她带了娜拉总共五年，直到娜拉上小学。宁卡在婴儿时常穿娜拉穿过的小衣服。但快八岁的时候，她的个子长得超过了娜拉，尽管还小娜拉两岁。后来，有些坏女孩教她偷东西，她就走上了邪道。宁卡被送到儿童教养所后，玛露霞可伤心了一阵子，因为她认为宁卡的素质还是不错的……

素质不错的宁卡坐在小凳子上，丰满的胸脯都贴住了桌面。她想与娜拉说说孩子的事情，生了男孩还是女孩，还记得是怎么分娩的没有。她不久前也生了孩子，但几乎没有母乳，只能给孩子喂合成奶粉，小家伙常常哭个不停……

最终，所有的亲戚都在长桌这一边而坐，而邻居们则坐在另一边，双方形成一种对垒的阵势。因此，娜拉已看到了一出戏，大概可以在这个地方演出，用的正是这些舞台布景，还带着一种意味深长的社会潜台词。他们将怎样突然开始缅怀已故的玛露霞，会说起什么……想起什么……娜拉还来不及想好究竟要说什么和想起什么，因为头戴大花假发的那位房产管理处的女人从身后拽了她一把，她昨晚与几个女邻居就来过一趟：

“娜拉，请出来一会儿，到走廊。我有话对你说。”

父亲已经在那里站着。房产处的女人说，这间房要归还国家，明天有人来贴封条，若有要拿走的东西，那就今天拿走。父亲没有吭声，娜拉也没说话。

“我们走吧，去看看大家。”那位大婶提议说。

大家走进了屋，窗户已经稍稍关上了，但屋里依然很冷，镜子罩上枕巾就照不清人，像患了白内障一样。上面的那盏灯泡烧了，台灯的光线十分昏暗。

“我马上换个新灯泡。”父亲说，这种事情总是他去干，于是他找灯泡去了，他知道灯泡放在哪里。灯泡拧上后，发出一股刺眼的强光。祖母家的灯从来没有灯罩——不能沾染小市民的习气。

“这是一个戏剧环境。”娜拉再次想到了这点。

钢琴上摆的一台圆形座钟像大苹果那么大，父亲从上面拿下来，那是钟表匠外祖父留下的纪念。

“我再没有什么需要拿的了，”他说，“娜拉，你想要什么就拿吧。”

娜拉环顾了一下四周。她本想把所有东西都拿走。尽管除了那些书籍外，这里没有任何对生活有用之物。惨啊，非常惨。

“难道明天决定不行吗？要把东西清理一下。”她犹豫不决地说。

“明天片警就来贴封条，我不知道他早晨来还是中午来。我建议你今天把这件事情做完算了。”房产处的那个女人很识相地离开了，娜拉留在那里，心里很难过，她想肯定是这位大婶与几个女邻居密谋串通好了，只花点代价，目的是让娜拉与亨里希尽快离开，之后她们自己抄走那里的所有东西。

亨里希忧郁地环顾了一下房间，这是他自己生下来就住的地方。祖父在基辅大街上的那套公寓，是他出生的地方，可他几乎记不得了，而这个长形的有两扇窗户的房间，是他与父母三个人曾经住过的屋子，他在这里长到十四岁，一直到1931年父亲被捕入狱。

亨里希不需要这套穷家产中的任何东西。况且，倘若他把这些破烂货拿回家中，他如今的妻子伊丽什卡也要数落一番。

“不，不，娜拉，我什么都不要。”他说罢就咚咚地走到厨房，继续吃酬客宴了。

娜拉把门虚掩上，甚至还插上那个小铜插销。她坐到祖母生前坐的沙发上，最后一次环顾了房间，尽管女主人已经去世，可房间依然存在。墙上挂着几幅尺寸像明信片大小的油画。娜拉对那几幅画了如指掌。有祖母的哥哥米哈伊尔的肖像，有卡恰洛夫[1]亲

1　瓦西里·卡恰洛夫（1875—1948），苏联演员、艺术教育家。

笔签名的肖像，还有一幅肖像尺寸最小，上面的男子身穿燕尾服，“赠玛利亚[1]”的题词都压住了脸颊。真不知道这个人是谁……为什么她从没问过祖母这位先生是谁。要问一下亨里希。娜拉看了看表，该回家了。可怜的塔伊西娅整个休息天都消磨在她家了……

窗户下放着一个小箱子，是用柳条编的。娜拉把盖子打开，看到里面有一些旧练习本、记事本，几捆写得密密麻麻的信纸。她打开最上面的一封，既不像书稿，也不像日记……还有一沓明信片和报纸上剪下来的东西。

我要把书籍和这个小箱子拿走，这就是要拿的全部东西。她回过头又看了一看，又把墙上的几幅画、放着祖母的几个发簪的一个细长银酒杯、一个孤零零的小瓷托盘（瓷杯让娜拉在小时候给打碎了）塞进了小箱子。随后，她又从餐柜里取出一个小糖罐和破块糖的小钳子。祖母有糖尿病，却酷爱甜食，因此她不时地用这把小钳子抠下像火柴头大小的一块糖吃。她又想起祖母的那个洗衣罐和小脸盆，但这两件东西已在老厨房里派上了新用场，变成了大家吃饭的器皿。那就去他的吧！

一小时后亲戚们都各自散去了，娜拉与父亲两个人把那只小箱子和书装进了汽车。他俩把小箱子塞进后备厢，那些书堆在后座上，就像一座小山，堵得都看不见后车窗了。父亲把娜拉送到家，帮她把这堆破烂拖到了公寓门口。父亲没有进屋，在门口停住了，何况娜拉也没有请他进屋。两个月前他曾来这里看望刚出生的外孙……在这里，在这套不大的三间屋子里，他一家四口人——他、妻子、女儿和岳母曾经住过。可现在这里只住两个人……

“这套公寓不错，很适合人居住。好在现在住得也不拥挤。”

1 即玛露霞。

他心里想。同时有个念头在脑海里闪过——还是很可惜，妈妈那间房还给国家了……

之后，他向季米里亚泽夫农学院方向开去，回自己的新家找妻子伊丽什卡去了。

塔伊西娅很快地就收拾好了，亲了一下娜拉的脸颊，跨过散放在地上的一堆书，临出门时猛然想起来说："哎，有个叫图霞的给你打过电话，维佳[1]也打了两次，还有个亚美尼亚人也来过电话，他的名字我记不清了……"

说完她就赶快走了。

终于，这一切都结束了……

在厨房桌子上，三个刷得干干净净的瓶子闪着亮光——小家伙吃掉了六百毫升奶水。娜拉向尤利克的房间瞥了一眼，他肚皮朝下，两条小腿团起来睡着，看不见他的小脸，只是圆乎乎的脸蛋儿和一个毛茸茸的耳垂从一侧露了出来。娜拉连帽子也没摘，马上抽出一张纸，拿出来铅笔，寥寥数笔就立刻画出来一张速写。这是一张很不错的速写画。娜拉多年没有过这样的日子：只要眼睛捕捉到某个令她稍微高兴的东西，就马上把它画在纸上。可这种画积攒得愈来愈多，最后就干脆扔掉了。但记忆好像需要把这种绘画的任何瞬间定格下来。

她用铅笔不假思考、机械地画着……

后来，她看了一眼堆在门口的书，就明白了不把一切归置好，今天不会去睡觉的。最讨厌的是那堆书的灰尘味。她把一块抹布浸湿拧干后，开始一本本地擦去书上的灰尘，根本不看书皮和书脊上的字。她一摸就知道是本什么书，因为太熟悉它们了。她把

1　即维克多，维佳是爱称。

两个大书橱里的空格放满，之后又开始把书一摞摞地堆在她用作画室的那个穿堂房间里。下午4点就把书归整完了，就剩下整理小箱子。可现在她觉得筋疲力尽了，于是坐到那个吱吱作响的维也纳式椅子上喘口气。这时尤利克翻动了起来，她脱掉那件落满灰尘的外衣，趁他还在那里哼哼唧唧的时候冲个澡，同时不明白为什么还不给送饭来，她把身子擦干净后，光着身子，晃着两个积满奶水的乳房就向儿子跑了过去。小家伙明亮的眸子闪出了笑容，同时张开了小嘴。他吃奶的时候，娜拉打起盹来；儿子睡着了，她醒来了。她穿上睡衣，便一头倒在隔壁房间的沙发床上。

她睡得很沉，就像块石头，醒来后就像受了烧伤一样。她四下一看，自己身上爬着一排臭虫，它们身后是一串显而易见的咬痕。她晃了一下脑袋看看表，已经晚上7点多了。睡了还不到两个钟头。她跳起身来走到门口前，顿时明白了那些臭虫是遇暖后从那个柳条箱的编织缝里爬出来咬人的。娜拉把箱盖掀开，里面全是纸，那是几代臭虫的老窝，因此她感觉到对臭虫的一种固有的恐惧。这可得到一份好遗产！真是可恶至极……

她抓住两个拎手中尚还存留的一个，把箱子拉起来。阳台在尤利克的那个房间外面，她拖着小箱子从那个树条编的白色小床旁边走过，打开阳台门，一股冷空气猛地吹进屋来，她把小箱子推到户外。让那些人民公敌全都冻死吧！之后她随手关上了阳台门。

尤利克醒来了，他伸着懒腰，安逸地笑着。孩子的被褥上趴着一个饿扁的臭虫，正在那里沉思。娜拉厌恶已极，一下子把它抖到地板上，捡起来立刻扔到阳台去了。小家伙笑了，他已经开始会玩了，并且明白母亲挥动双手是请他来玩，所以也挥动起自己的小拳头。

娜拉把从门到阳台的这段路全都抹上了一层煤油，又反复抖了抖自己的衣服，开始等着是否会有新的臭虫出现。但后来发现臭虫全都在阳台上找到了自己的死亡归宿。就这样，娜拉暂时忘掉了那个小箱子，也忘掉了那些臭虫。

第二天，先是一阵姗姗来迟的严寒，后来又下起倾盆大雨。五月，娜拉搬到在季什科沃村里租赁的一个别墅去住，几乎在那里闭门待了三个多月。当她回到莫斯科，开始清扫一夏天积满灰尘的房间，又看到了阳台上的那个小箱子。箱子的柳条因雨水的冲刷有些微微发胀，因此样子看上去甚至比刚拿过来的时候更好些。她打开了箱盖，发现全是让雨水泡胀的一堆文件及其洇开墨水的痕迹，铅笔写的东西就根本看不清楚了。

"也好，"她心里想，"这就无须潜心去钻研这段被泡胀了的历史了。"她从厨房提来一只脏水桶，把那堆散发着臭味的纸浆倒了进去。她总共把四桶水倒进了污水池，这时发现在箱底有一卷东西用一块玫瑰色药用漆布仔细地包着。打开包裹一看，那里有几沓信用一根小细绳认真地捆着。她抽出来最上面的一封，信封上写着地址："基辅，马林斯基－报喜大街22号"，还盖有"1911年3月16日"的邮戳。收信人是玛利亚·克恩斯。发信人是基辅，铁匠大街23号的雅科夫·奥谢茨基。这是一包多年的通信，仔细地按照年代整理出来。这有意思，很有意思。还有几个记事本，里面老式的蝇头小字写得密密麻麻。她认真地翻阅几沓信件——不希望让这个家再次遭受臭虫的袭击了。一切都是干净的。她把那卷东西与漆布一起存放入自己当时已有的戏剧档案里。之后，这件东西又被遗忘了许多年。

躺在黑暗中的文件陈放了好多年——直到所有能回答因阅读这些陈年旧信而产生的问题的老人都故去了……

第二章

马林斯基-报喜大街上的钟表店

（1905 — 1907年）

玛利亚出生在基辅，她父亲平哈斯·克恩斯于1873年从瑞士西部的小城拉绍德封[1]迁到那里，二十年后她才来到人世。父亲平哈斯·克恩斯的祖辈和父辈都是钟表匠，他打算在基辅开一个自家的小钟表店，类似瑞士国内的那种，因为当时瑞士钟表已誉满全球了。克恩斯与钟表厂老板路易·勃兰特私交甚密，勃兰特就是后来创办的“欧米茄”钟表厂的老板，他启发了克恩斯开钟表店的这种想法。平哈斯是位一流的攒表匠，因此凭着他的勤劳和那股认真劲儿，足能够用瑞士零件在基辅把表攒出来，成为一位在基辅这个新地方收入颇丰、钱币哗哗的攒表匠。路易·勃兰特甚至还给予他新开的钟表店以部分资助。

平哈斯渐渐地葬送了自己所代表的西方资本主义的光荣使命，尽管他在新的地方扎下根来，还娶了一位当地的犹太姑娘为妻，生了三个儿子和女儿玛利亚。随着时间推移，他学会了两种新的斯拉夫语言。他很习惯同时使用两种语言，因为在他的故乡拉绍德封，德语与法语一样通用；除了习惯使用这两种语言外，在家里还有两种犹太语言——家庭用的意第绪语和更体面的“高级”希伯来语——作为补充。

1　瑞士城市，主要有钟表制造业。

用于搬家和安置的那些瑞士钱币并没有完全白费，因为克恩斯很快就确信，自己经商远不如当手艺人，所以他就在马林斯基-报喜大街上开了一家修表店，专门维修一些非名牌钟表，钟表的种类各式各样，多数为当地钟表匠所制作。他高度评价自己的这门手艺，并对经商不屑一顾，认为那是变相的骗人手段。尽管在那时马克思的《资本论》已经写成，可那位世界性天才在这部具有前瞻性的著作里尚未发挥出自己的全部威力，虽已用奉承的语言提到了克恩斯的故乡小城拉绍德封，将之视为资本主义生产专业化的范例，可钟表匠克恩斯却从来没有看过那本共产主义的“圣经”。克恩斯一辈子都是手艺人，别说他成熟到能有共产主义的思维，他甚至连资本主义的思维也不具备……然而他的几个孩子很早就掌握了人类的一些先进思想，他们虽深爱着自己心地善良、生性快乐、方方面面都优秀的父亲，却经常取笑他身上的一些古老习俗、带法语口音的德语以及那套几乎穿了四十年的老式瑞士礼服。

克恩斯的所有孩子都能叽里呱啦地讲法语，并且这种状况把他们变成了怪人——同胞的兄弟姊妹说的却是另一种语言。钟表匠的后代们虽精通母亲说的犹太语，可他们之间却喜欢说几句贵族用的法语，尽管在他们的居住之地法语已完全不再时尚。他们都接受了家庭教育，家境殷实的那些时候，克恩斯给两个大儿子马克和约瑟夫请了一位家庭教师；家道中落之后，小儿子只能从两个哥哥那里学东西了。米哈伊尔稍长大些之后，就帮助小妹妹学习。家境好的那几年，克恩斯甚至还把音乐教师科萨尔科夫斯基先生请到家来，他从大学生变成了这个家庭的一位朋友……玛利亚对音乐有着特别的兴趣。克恩斯的孩子们相处融洽，小妹妹则是全家的宠爱对象。身边人们，尤其是男人们的宠爱和信任，使得她在成年后的生活中屡屡深深地上当受骗，可在青年时代这种信任只能令她陶醉不已。

按照那些年代的形势，中学招生有定额，因此中学大门对克恩斯的孩子们是关闭的。大儿子约瑟夫很早就投入了无产阶级的队伍。二儿子马克由于名额问题未能进入中学，小儿子米哈伊尔根本就没有去试，两个人只是作为校外考生参加了中学考试。

平哈斯·克恩斯与路易·勃兰特的业务联系老早就陷入了困境，可他还与路易的继承人——他的大儿子以书信形式保持着友好的关系。克恩斯按期还清了自己的债务，还不时地从“欧米茄”钟表厂购买一些钟表零件。无疑，平哈斯·克恩斯的家境一天比一天糟糕。这家人的家境虽然不好，但依然热情好客，经常办一些茶会和音乐晚会，有身份不同的青年前来聚会，主要是一些具有自由思想的年轻人……每年春暖花开的季节，他们在那套公寓一楼前的小院里摆上茶炊，前来聚会的青年就尤其多。看来，贫穷并不妨碍人们的欢乐。

1905年10月，在基辅发生了一场蹂躏犹太人的暴行，给这缓慢的衰落过程彻底画上了句号：克恩斯的钟表店被完全砸掉，家庭财产也被洗劫一空；未被抢劫走的东西都遭到毁坏，就连那个茶炊竟然也被踩扁了。

基辅犹太人的商业和手工业都已破产，但那场暴行的后果不仅仅在物质方面。犹太人经历了那场暴行后，感到把他们与彻底毁灭隔开的那层薄膜竟是如此脆弱。一些学者研究犹太教法典，他们虽满腹经纶，对上千年的历史知识了如指掌，却也陷入痛苦和悲伤之中。犹太复国主义逐渐盛行，他们宣传要把被驱逐的犹太人集结在一块圣地上，以恢复历史上的以色列，然而社会主义思想在犹太青年中间也颇有市场。1905年革命虽失败了，但关于一场崭新的、让人得到净化和解放的革命的想法却鼓舞人心。那时候，政治渐渐成为一种时髦。平哈斯·克恩斯从小就热衷于用他懂得的几种语言看报，可唯独他自己失去了对记者和政治家们的争论的兴趣，他不再看报纸，而是开始维修被暴徒们损坏的那个老式八音盒。他只是唉声叹气，默默地听着自己的儿子们及其朋友们没完没了地谈论什么改造非人道构成的社会，还有什么未来的变革和斗争。老平哈斯认为，这种斗争只能带来一些新暴行和不快，此外，别想期待任何东西。

蹂躏犹太人暴行的那三天三夜，即10月18日到20日，十五岁的玛利亚被善良的邻居雅科文科一家人藏进自己的卧室里，在最危险的几小时则躲在地下室，她后来成为虔信基督的激进分子步入了社会。在基辅蒙受奇耻大辱的这几天，她的性格完全变得成熟了，先前亲切的世界如今不留任何痕迹地截然生成两类人：一类人是斗士，他们为人的尊严和自由而斗争；另一类人是前者的敌人，是剥削者和黑色百人团[1]分子。在恐怖的日子里，把玛利亚藏起来，给她饭吃和保全她性命的雅科文科一家人，既不属于第一类人，也不属于第二类人，她为了方便起见将他们算作亲戚，这些人你爱他们是因为有天然的血缘关系。

在两个窗框之间摆着一尊圣母玛利亚怀抱着圣婴的小圣像，当别拉盖娅·奥尼西莫夫娜·雅科文科把它拿下来的时候，玛利亚盯着那块涂着颜色的小木板，一种慌乱的感激之情同时对两个人油然而生：一个是长着小眼睛，头顶上盘着一圈辫子，身材高大的乌克兰女邻居；另一个是怀抱圣婴、与她同名的犹太女子玛利亚，是这两个人保护她免遭那帮自诩基督徒，却像野兽般嚎叫的家伙的蹂躏。于是，某种离奇的想法由此而生，内心一个明确的思想

1　极端反动的保皇党，仇视犹太人和工人运动。

扩散开来，世界已不再是按照好人与坏人分成两半，而是以某种另外的方式分开的。别拉盖娅·奥尼西莫夫娜和塔拉斯舅舅是帝制派分子，是两栋房子和一家小酒馆的小业主，就是说他们属于剥削者，但他俩是好人，甚至是见义勇为的好人。在蹂躏犹太人暴行的那些可怕的日子里，传说一帮暴徒把隐藏犹太老太婆的俄罗斯人全家都杀了。雅科文科一家把玛露霞藏在家，肯定也冒着巨大的风险……脑海里的一切乱无头绪，各种想法相互干扰，既理不清，也弄不明，心中只有不安，只有一种必须立即改变人生的感觉。况且，在尚未做出决定之前，玛露霞本人也在发生变化；大哥约瑟夫参加了犹太人自卫队，他跟在蹂躏犹太人暴行的日子拿起武器自卫的所有人一样，被押送到伊尔库茨克省流放三年。马克离开家更早，他在彼得堡大学法律系毕业后留在了首都，在一家律师事务所谋到了一个不起眼的职位。这令父亲万分伤心，因为父亲认为马克对自己接受的“高等”教育做了廉价的回报：因为他信奉了路德教。对这件事情在家里无人说起，就像人们不去谈论一些羞于启齿的疾病。

老平哈斯虽说一辈子都在跟踪报纸，可并没有成为宗教狂热分子，但他常去犹太教堂，并与一些教友保持着联系。他不赞成大儿子的所为，但没有公开表示反对，而是默默地承受着痛苦。马克做了许多努力，想让弟弟米哈伊尔来彼得堡念书。确实，米哈伊尔不久就离开基辅，成了彼得堡大学的一名旁听生。

全家人都在那次蹂躏犹太人的暴行中幸存下来，倘若把这件幸事不算在内，那么家庭的情况很惨。不过，生活自然地做了自我调整。从“为蹂躏犹太人暴行受害者募捐委员会”寄来了钱和衣物，衣服虽有点旧，但状况还好，只是所有衣服的尺码都大。母亲坐下来把那些衣服拆开，重新裁剪，或把长的部分折起来。玛露霞从来没有过这么好看的连衣裙：面料是栗色毛绒布，四周还镶着绸边。大人又给她买了一双带扣皮鞋，第一次买的不是童鞋，而是带高跟的。玛露霞似乎变成了一个公主。

玛露霞被来她家的许多青年人给宠坏了，她已习惯于聆听有文化内涵的交谈和热烈的争论，也习惯了家庭玩笑以及家里举办的娱乐活动和游戏。当三个哥哥各奔东西后，她才发现自己原来过的是他人的生活，自己什么都不是。如今，谁都不登她的家门了，光顾的只有令人感到乏味的几个远亲，米沙[1]的同窗学友伊万·别洛乌索夫，还有昔日的音乐教师、如今在歌剧院乐队里吹单簧管的波格丹·科萨尔科夫斯基。

苦恼，真苦恼啊！如今在他们家里再也听不到音乐的声音，那架旧钢琴已经被暴徒们砸成了一堆碎木片，而现在的家庭状况根本谈不到去买一架新的。往日快乐的节日欢宴已不复存在，代之的是哥哥们偶尔的来信，还有米哈伊尔的许多明信片，上面附着简短留言，还描绘着色彩斑斓的彼得堡生活。那些明信片把玛露霞的心情搞得更是一团糟。

父亲把钟表店和寓所里被毁坏的窗户重新装起来，粉刷了墙壁，修好装着一些精制弹簧和金属配件的钟表箱，把它挂在自己工作台的一旁。父亲大半天时间在钟表店，但不是接待顾客，因为几乎没有顾客，而是在修理那个音乐多宝盒。平哈斯毫不惜气力，把那个已被弄扁、起着乐谱作用的圆柱盒恢复了原状，这可是件精细的活儿，因为要重新让那些复原的乐谱齿与一个也有破损的“拾音”梳状器匹配。

玛露霞一向喜欢少言寡语的父亲而不是喋喋不休的母亲，她在

1　米哈伊尔的爱称。

父亲的钟表店里给自己找到了蜗居的角落，把身子团在一张旧沙发上，一本接着一本地看书，那些书是以奇特的方式落到哥哥米哈伊尔手里的。全部藏书由二百本书构成，那是一份礼物，作家柯罗连科得知在蹂躏犹太人的暴行期间这位犹太大学生的全部藏书均被撕破和焚烧，便把那批书寄到家里来了……

有谁能预见到这些书将伴随米哈伊尔走到生命的尽头，并且成为一套著名全集的基础，那套全集迄今还保存在他的孙女柳芭（娜拉·奥谢茨卡娅的表妹）在莫斯科特维尔大街的寓所里。

玛露霞的身体消瘦，眼圈发青，手里拿着1903年出版的一本《大众新杂志》，封面上盖着一枚蓝色印章，上面写着“弗拉基米尔·加拉克季昂诺维奇·柯罗连科的藏书”。她把契诃夫的小说《新娘》一连读了三遍。作家似乎不但了解小说中那位女主人公的一切，而且也了解她的一切，因为契诃夫笔下的女主人公想逃离外省苟且偷生的庸俗气息，去追求一种高尚的新生活，而玛露霞也希望摆脱这种枯燥而郁闷的环境，去追求一种自由的、有意义的，说不出有多么美好的生活。

母亲叫玛露霞吃饭，她拒绝了。父亲用一块干净的抹布揩去手上的金属粉尘，又一次招呼她吃饭，可她摇了摇头，因为一看见鸡汤她就反胃，甚至从后屋飘来的鸡汤味都让她感到恶心。

“好，那你就待在这儿吧。如果有人来，你叫我一声。”父亲待在钟表店，几乎足不出户，生怕漏掉了顾客。

父亲前脚刚走，门铃就响了。玛露霞把那本杂志放到一摞书上，那是近几周收拢到沙发椅旁边的。她起身前去开门，进来的是位女士，她身穿一件镶着丝绒绲边的呢绒女上衣，头戴一顶插着羽毛的矮礼帽，无论在基辅还是在其他城市都看不到女人有她的这身装扮。玛露霞把那位女士让进来，请她坐下来稍等片刻，自己去叫父亲。

在玛露霞去叫父亲，父亲洗手的时候，那位女士浏览了堆在沙发椅前地板上的那摞书。《大众新杂志》并没有引起她的注意。可另一本书的封面让她感兴趣，难道这位娇弱的女孩在用法语阅读不久前问世的当红作家罗曼·罗兰的《贝多芬传》吗？

几分钟后老钟表匠走了进来，那位女士把这个问题提给了他。

“这是我女儿，她喜欢看书。”

女士拿来修的那块坤表，当然是首批生产的“欧米茄”圆形金表，钟表匠对那批“欧米茄”表记忆犹新。于是，他们攀谈起来了。勒鲁女士原来是瑞士人，她的双亲来自上汝拉，她就像平哈斯一样，虽说早就离开了故乡，可只要提起那里的山谷河流的名字就令他们感到亲切。在愉快的交谈中，钟表匠打开了坤表后盖，把一个像单透镜的镶着骨边的镜片卡在一只眼睛上，之后用镊子取出了某个报废的小螺钉，在桌子的抽屉里翻了半天，找出来同样型号的一个螺钉。表盘盖上还少了一颗小钻石，平哈斯问那颗钻石是什么颜色。

“是红色的，”那位女士说，“全都是红色的。”

平哈斯点了一下头。钻石要从瑞士订购，小红钻石在他这里没有库存。

喜欢看书的女儿拒绝了喝可恶的鸡汤，之后她像影子一样不声不响地溜进了钟表店。那位顾客忘记了自己修的表，转身与玛露霞攀谈起来。

“您能用法语看书？您喜欢这本书吗？”她用法语问。

“是的。很喜欢。”

“您喜欢贝多芬吗？”

玛露霞点点头。

从那一刻起，玛露霞渴望已久的那种新生活开始了。勒鲁女士是该城福禄培尔[1]协会的秘书，一家民间幼儿园的园长，十分钟交谈之后，她就邀请玛露霞参观他们的那座独一无二的幼儿园。1月份，玛利亚·克恩斯在自己生日一周之后，谋到了人生的第一份工作——在一家幼儿园里当助理保育员，这家幼儿园是不久前专门为贫困家长和雇佣女工的子女成立的。就这样，玛露霞十六岁就步入成年人的生活中。那年秋天，她考入基辅大学重新办的福禄培尔训练班，成为一名福禄培尔门徒，那时她们被称为“儿童的园丁”。

1 弗里德里希·福禄培尔（1782—1852），德国教育家、学前儿童教育理论家，首次提出“幼儿园”概念。

第三章

藏在小柳条箱里
雅科夫·奥谢茨基的日记

（1910年）

1月6日

病了一周多，我还从来没有病得这么厉害。有几天真好像在梦中——妈妈端着一杯茶突然闯入我的梦中，还有弗拉基米尔斯基医生和某些不认识的人，其中有几位长得十分可爱，但他们身后一直站着一个十分危险甚至可怕的人。我无法描述他的长相，可就连想起他都不舒服。我时而觉得自己处在一个扁平得令人害怕的漆黑空间里，并且意识到自己已经死了。我觉得如果我不把这种感觉写下来，一切就一去不复返，消失得无影无踪了。可那里曾有过某种无比重要的东西——那完全是关于我未来的生活。我很羡慕作家，因为我的语言贫乏。

1月10日

重新开始看书了，甚至是贪婪地看书。在患病期间，我简直感到了对书的饥渴。我现在看一些有关生物学方面的书。尤拉拿给我的达尔文著作全都看了。

（施奈德：《从自然科学角度观看世界图像》

特罗尔斯·伦德：《天体观与世界观》）

关于达尔文学说的几点想法：在我看来，有机生命的进化论图标就像一根主轴心，从它分出诸多分支。现存的动物世界里各个物种分布在这些分支末端，我们从中央轴心并不能知道全部的物种，因为过渡性的物种并非永恒存在。它们完成自己的使命后（假如可以这样说的话），即过渡到另一种物种之后，就会消亡。

最有意思的一个问题，是寻找人在这个图标上的位置。人是否也是向另外某个物种过渡的一个阶段（比如，向尼采的超人[1]过渡），或是他占着某个分支的末端位置，好让自己这个有机物种永葆青春。

现在，我想到了解决这个问题的方法。假如我们去繁殖某种能迅速繁衍的动物，譬如说，繁殖一些低级动物或简单动物，或者去繁殖细菌，那么一段时间后我们就会看到几百代的这种动物，并且由于进化规律的作用，这种动物的最后一代可能与最初几代有着极大的差别。假如能发现这种动物需要经过几代才会出现差异，假如能知道每一代的长成和把生命延续给下一代需要多长的时间，我们就可以导出生命年龄与生命差异形成周期之间的关系。

这种关系可以用于判断人的生命，并且得知这样一些差异过去或将来的什么时候能够在人身上出现，借助这些差异我们就可以判断，人在过去的和现存的物种系谱里所处的位置。

我这是以人的年龄与他把生命赋予另一些人的周期之间有着一种正比例关系为前提，由此导出了这个小小的理论。

现在，当我把这一切写下来之后，我立刻就有了反驳的意见。甚至在我写完上一页的那个时候，我已知道我一旦结束这套“理论”，就会写出一种反驳意见。

达尔文证实的只是有机生命的进化规律，又补充了自己对这

1　哲学概念。尼采宣称超人是“超越善恶概念”的人，是超于凡人之上的人，是在人类进化过程达到顶点时出现的。

一规律的解释，即自然选择理论。

达尔文没敢把人的进化纳入自己的理论体系。托马斯·赫胥黎做到了这点，他承认（关于物种起源）与人类最接近的物种是猿类。

其实，这种说法并不确切。达尔文经常说："人类起源于某种低级动物这点不容置疑。猿类与人类同源。"

恩斯特·海克尔[1]的生物基因规律就在于个体发育或者胚胎发育复演着进化的发展或者物种的发展过程。

非受精繁殖，或者单性繁殖以及无雄性和精子参加的繁殖，在大自然里十分常见（例如，雄蜂）。

假若精子能够用人工培育所代替，那么精子的作用大概就只归结于向所给的卵子发起冲击。人工的物理和化学的操纵方法也能起到类似的作用。

另一方面，已知的还有一些所谓的"无核卵块受精发育"，或者培育和繁殖精子的办法。这样看来，一些高级动物的受孕过程原来仅是大自然达到繁衍目的的方法之一。倘若不是有音乐，那就可以去从事生物学。这是我最近阅读的一门最有意思的学科。

不过，对于我更为重要的是音乐!!!

1月15日

现在我已经爱上写日记了，并喜欢写作带来的享受。

我第一本书的写作已经快结束了，这是"雅·奥谢茨基全集"的第一卷。

我要带着比写第一卷更大的快感开始第二卷的写作。

1　恩斯特·海克尔（1834—1919），德国博物学家。他把达尔文的进化论引入德国。

周围一片静悄悄……

我打开了小窗户，一群麻雀唧唧喳喳地叫着，我的内心很平静，可稍有点忧郁，在日记上做好标记后感到了满足。此外，面对不可知的未来不知怎么产生了忧郁的心情……

今天我第一次走出家门。

2 月 1 日

人是多么脆弱啊！我好像有自己的原则、世界观，有自己的意志观和性道德观，可只要看到袒胸露背的洗衣女，就立刻觉得一股热血涌上心头（正是涌到心上），其实我没有什么非分之想，可就是不由得想接近她……

她走了，我又恢复常态，只是觉得两手在微微地颤抖。我很讨厌这么不善于自控。我相信，只要有任何一位女子向我眨个眼，我就会像小狗一样跑过去；大概会把爱伦·凯[1]、托尔斯泰和帕约[2]全都抛到脑后了。

多强烈的反差啊！这之后，我坐下来看爱伦·凯的作品。

这是为了强化自己的性格，是为了强化明天自己会跑去找洗衣女的那种性格。

2 月 15 日

今天我决定与爸爸谈谈自己今后受教育的问题。明年春天我将在商业中等学校毕业，之后我想从事音乐。之前，我的这个愿望表达得过分强烈，如今我明白了这点。爸爸漫不经心地听了我的请求，仿佛他老早就做出了决定，并且不容置疑。他说我应当去报

1 爱伦·凯（1849—1926），瑞典作家、妇女运动活动家。

2 儒勒·帕约（1859—1940），法国教育家。

考商学院，他答应如果我成为商学院的学生，那么他就同意为我上音乐课付费。这次谈话让我心里很不痛快，是因为付费的问题。他不论谈到什么，最后总要归结到物质上，归结到钱上。

4月7日

读了里姆斯基-科萨科夫的《大事记》。这次给我留下了十分强烈的印象。我真想把琴弹得很好，真希望去彼得堡，找有才华的人请教，我自己也很想成为一个有才华的人。我一边看书，一边相信自己一定能够走上那条道路。也许，五六年之后我会觉得自己如今的想法幼稚可笑……

4月11日

上音乐课。是一位新老师，贝林金先生。好像我之前什么也没有学过似的。这是另外一种音乐！我完全以一种新的方法去听它。他说之前我弹琴的方法不对！

4月19日

比尔兹利[1]有一幅版画《肖邦叙事曲》（作品47号）。

4月20日

今天我有个发现，可随后我已将之否定。

由于调节音律，钢琴的低音部和高音部并不全部吻合。因此，对大字一组的C音来说，同度音在小字四组里就不是C，而是升C。此时就产生了这样的想法：在大字一组内，弹奏一个八度的持续

1　奥伯利·比尔兹利（1872—1898），英国插画艺术家。

C 音。

在这种背景下，有一个小的、基于 C 大调第四个八度的旋律音型在流动，和弦听起来是和谐的。然后在这个旋律音型保持不变的情况下，过渡到第三个、第二个和第一个小八度、大八度，并且过渡到低音八度。

在低音八度里生成的这个小小的误差已变成一种不协和音。

这可以称为“协和音向不协和音的渐进过渡”。这是个很有趣的想法！

总的来说，基于钢琴的调节音律这点可以变出各种不同的“戏法”。

4 月 24 日

我从来不能过独居的日子。我喜欢社交，只有在与人们的交往中我感到活泼、快乐，觉得自己思维敏锐。

我完全想象不出来，我与人们不交往的未来是怎么个样子。我希望能处在人们中间，并且我是那里的中心。

我心中有一些秘而不宣的理想，那就是让我登上舞台，台下的观众为我鼓掌，为我欢呼。周围是些身穿燕尾服的人们，各种彩带飘扬，女人的肩膀裸露……无数鲜花抛向我……可若离开了社会会怎样？

“先生们，你们无法想象一个走投无路的人是多么痛苦。人总需要有个地方可去哇。”甚至陀思妥耶夫斯基，这位作家中神情最忧郁、内心最痛苦的人也要借助马美拉多夫之口把内心的孤独和寂寞说出来。就连巨人陀思妥耶夫斯基也承受不了孤独的恐惧！……

我内心感到恐惧。正是人待在黑暗的房间里这种环境让我感到害怕。现在，我课后坐在舒适的房间里写东西。我心里想着待一会儿我就要去认识的几位同班女生那里做客。一想到这点我心中就热乎乎的。可有某个人还独自坐在房间里思考问题……

最好是去找他，亲切地带他走，把他领进与人们交往的圈子，强迫他说话。最好告诉他，不与人交往是多么难受和愚蠢……可无论是这种本事、灵活性还是精力，他都没有……

5月11日

干吗不给乐队写点练习曲呢？他尤其需要一些能把所有声音“糅在一起”的练习曲，以形成“乐队”的一种特有的音色。

伊利亚刚才建议我加入他们的小组，并且给它（小组）写一部艺术作品。我不知道能否接受他的建议，可我十分希望接受这个建议。恰好我有个有趣的想法：“现代音乐瞬间的鉴定。”我似乎觉得，现代音乐的一个基本特征，是思念的力量……倘若想一下，这不仅仅在音乐里。

6月19日

我听格利埃尔[1]弦乐四重奏。在艺术领域的最新流派——点描派、印象派和现代音乐之间存在着某一方面的相似。

在画面里有朦胧性和抒情成分，主要的是，有一种不可捉摸的、轻飘飘的东西。由点和线条构成的画面仿佛盖上一层轻飘的空气帷幔。在音乐里，有复调性和复杂性，同样是一种朦胧的抒情，同样不可捉摸。

当然，好在有一种相似性。

---

1 赖因霍尔德·格利埃尔（1875—1956），苏联作曲家、教育家、指挥和音乐社会活动家。

就是说，所有的艺术种类都有一些共同的理念和理论基础。

我现在真想写东西，想多写点东西。

乐队正演奏得活泼欢快，是四重奏的第三乐章。

谐谑曲演奏完了，这是一段小的华彩。

总的来看，是复杂的，我喜欢格利埃尔这位作曲家。

他把俄罗斯风格与现代主义绝妙地糅合在一起。

俄罗斯旋律变为一种觉察不到其旋律的东西。

第四乐章是以东方主题开始的。

这个弦乐四重奏的乐谱相当复杂。

在小提琴独奏的那段东方旋律中，可以感到一段具有颓废风格的展开部。

一切都是奇怪的。有某种崭新的、不祥的情调。

接着，又是俄罗斯旋律。

8月4日

“在语言沉默的地方，音乐必然会响起来。音乐虽没有能力去表达人的行为意志，但能深刻而强有力地揭示人的内心状态，表达人纯洁的情感。”

8月20日

我有两周多没有写东西了。可确实决定了许多事情。我考入了商学院，主要的是，也进了音乐学校。这个理想实现了！真的实现了。

这一年的计划——多极了！

音乐上要学的东西很多，圣诞节前在商学院里有五门考试，明年5月还有四门，每周我还想上两节德语课。我在商学院需要学习四年。这全是为了有个地方可住。不然，就要告别音乐、教育学和出国的梦想了。我面前摆的是一条银行职员的道路。这是一条肤浅的、可恶的，可每年能够涨薪的道路。你会渐渐地一步一步被套上枷锁，直到你感觉到没有挣脱的可能。倘若我再抛弃了音乐，那我就是死路一条。我也有过一些完全靠幻想为生的时日，那是我彻底摆脱开日常生活的时候。那时候，罗亭[1]和培尔·金特[2]占据了我的绝大部分生活。由于自己生性懦弱，我担心自己就连百分之一的理想也不会实现。

11月5日

这一天传来了噩耗。托尔斯泰去世了。回想起半小时前我站在幽暗的前室里，用手帕捂住嘴号啕大哭的情景，生怕有人听见，我现在才彻底平静下来，不知怎么甚至感到有点欣喜。痛哭一场之后心里轻松了许多。看来，泪水能够洗刷人的悲痛。

大街上有人卖着小报。不知怎么心里有些害怕，我凝神静气地从那些阅读小报的人身边走过去。

淫雨霏霏，令人昏昏欲睡。

托尔斯泰的巨幅肖像挂在一家商店的橱窗里。一张小牌子上写着他去世的日子——1910年11月4日。

我回家后要说这件事，不，还是别说吧。

你若听到一个新闻，首先想到的是尽快把它告诉别人。可我到家后不会说这件事。

瞧，世界，整个世界都为这件不幸的事难过，可我却固执地时刻想着自己。我倾听自己的想法，同情自己的痛苦，考虑着自己

1　19世纪俄国作家伊·屠格涅夫的长篇小说《罗亭》的主人公。

2　19世纪挪威戏剧家易卜生的剧作《培尔·金特》的主人公。

悲痛的面部表情。

亨里希在敖德萨，他也许也在哭泣，他躺在床上哭泣。哥哥是我最亲近的一个亲人，遗憾此刻他不在我身边。

我站在桌边，雨还在下着。我终于憋不住了，对妈妈说："妈妈，托尔斯泰死了。"我再也无法自持，说完就哭了起来，然后跑到餐厅，又去前室痛哭起来……他们什么都不懂，根本什么都不明白。

我在想，这难道是一个普遍的社会性规律吗？或者仅是我们一个家庭的悲剧？为什么我的父母，如此善良、如此有爱心的人怎么都弄不明白我们是以什么为生的？为什么他们既不懂我的想法，也不懂我的感情？难道在我身上也会出现同样的现象——我的孩子们也将要困惑不解地看着我，同时他们心里想到：父亲这么善良，这么有爱心，可与他无话可谈。他整天沉迷在自己的世界里，沉迷于一个枯燥而乏味的世界。不，在我身上不会出现这样的情况。我发誓将竭力去理解自己孩子们的生活，甚至要与他们过同样一种生活。只是不知道，是否有这种可能？

11月5日

托尔斯泰没有死！他还活着！电报传遍世界所有城市，说他去世了，但幸运的是，原来这是个假消息！

11月7日

没错，托尔斯泰只是在今天，11月7日早晨6点离开了人世。

我（又是我！）内心几乎完全平静地接受了这一消息。我的眼泪已在早些时候哭干了。

我曾经说过这样一段话：死亡是如此令人害怕的东西，最好是从不去想它。谁若总是想到死，谁就当然不会看到生命的意义，甚至不是生命的意义，而是日常生活琐事的意义，这种人只能去悬梁自尽。

但是人们并没有悬梁自尽，那就意味着在日常的生活琐事里有意义，那就不要去考虑死的事。

这些想法在我的脑海里具有这样一种合乎逻辑的固定模式；若把它们写在纸上，就显得有些考虑欠周，幼稚可笑，甚至有些小儿科。但我知道我说的是什么。一个人死了，大家就应立刻忘掉他。我曾经说过，在弥留之际，我自己一定把所有的照片、所写的一切东西统统毁掉，恳请孩子们别再谈到我，还禁止他们为我治丧。

有些事情需要推进一下，因为不这样做时间也会办到。

总之，已无法挽回像噩梦一样逝去的一切，生活以迅雷不及掩耳的速度飞逝而去。

"人生就是瞬间。"因此不应沉湎于那些折磨今日的回忆中，而人生的意义正是寓于今日里。有什么东西可以比逝去的时光更多?

11月8日

有时候我简直无法忍受自己的父母，这种情况往往发生在我与他们进行严肃谈话的时候。可当我见不到他们，又开始想念他们。有一次，我给一位熟悉的女友讲了许多关于我爸爸的事情，讲得我几乎要痛哭流涕，嗓子里开始咕咕抽动起来，就是现在我也感到不舒服，因为今天需要与他共进午餐。我们完全是不同的两种人，可我为什么要靠他的钱生活？每当我俩走在一起或应一起去某个地方（我总是想方设法避免这样做），我便开始没完没了地胡诌乱扯，反正不让自己住口。他对我说的话从来不感兴趣，他似乎从来不尊重我，也不尊重我的意见和习惯，然而却爱着我，大概是这样。这真是奇怪的爱！

我觉得，他们在一些鸡毛蒜皮的小事上让我生气和狂怒。我往往只错在说了不该说的话，挑起了一些大概难以让他们信服的话题。因此，我如今与他们的交谈愈来愈少。

我有时喜欢妈妈，但说不上对她有多么尊敬。这有点可怕，因为几个形如陌路的人待在一起，互相折磨，只会把生活搞得更糟。此外，大家还要指望他人为生。爸爸干活就像只公牛。在旁人看来，这是一种"幸福的家庭生活"。更为糟糕的是，我本人也渐渐地感到，自己将来也会有这样的家庭生活。

不，不会的，我不会有这样的家庭生活！我对此深信不疑。

11月9日

罗登巴赫[1]的小说《死城布吕赫》，一部植根于死亡的艺术作品。太可怕了。不能去想这件事。

两年前祖父去世了，他去世对我没有丝毫的触动。

最近几天我把拉耶奇卡抱在膝上。她身体羸弱，苍白的小脸很美，经常露出知识分子的沉思表情。我想到了她的死。我似乎觉得，我双手抱着即将死去的拉耶奇卡在房间里来回走着。我突然明白了这个瞬间：把小女孩的冰冷尸体紧紧搂在胸前，同时强烈地感到无力挽救一个即将逝去的生命。

瞧，我现在就在写这件事，每当我想到这件事的时候，便开始如鲠在喉……拉耶奇卡此刻正在另一个房间里唱着一首关于小蚊子的歌曲。

1　乔治·罗登巴赫（1855—1898），比利时作家，用法语写作。《死城布吕赫》（1892）这部小说给罗登巴赫带来了世界性声誉。

最好的办法是，在那一瞬间把属于死者的那块地盘从自己心中全部清除，将之从回忆中一笔勾销，忘掉爱，彻底忘掉！……尽管这样做异常艰难，但需要这样做！

另一方面，人为什么要压抑自己的感情？时间会消除种种令人思绪起伏、内心别扭的感受。人有时想要大哭几声，发发忧愁，抱怨一下命运的不公。希望回忆一下往事，就像明天要幻想一下未来？……

不知怎么感到有点不安，有些模糊的沉重，觉得要有某种事情发生……

可托尔斯泰安详地躺在阿斯塔波沃车站。他的身子已被洗净，身穿一件衬衫，面部表情平静安详。

也许，他的表情是庄重的，在仔细地倾听这身边世界的一片忙乱。

11月10日

教堂里在为某位亡者做安魂弥撒。这几天我总是想到宗教、荣誉，尤其是荣誉问题。理智告诉我不需要荣誉，可我在感情上热切而紧张地渴望得到荣誉，得到一种极其微不足道的、没有任何内涵的荣誉。安德烈·博尔孔斯基[1]，也就是托尔斯泰思考过这个问题，思考过“人类之爱”的空虚和渺小。可我却真切希望街上的十字路口上写上我的名字，让众人都夸我，赞扬我。

我十分清楚，即使我走到了这种地步，大概也会很快对此失望的。所有名人，托尔斯泰、阿尔志跋绥夫、契诃夫和其他人的经历都证实了这点。我知道荣誉会带来外在的荣光和内在的空虚、

1　列夫·托尔斯泰的长篇小说《战争与和平》里的一位主人公。

成堆麻烦、艰难和痛苦，尤其让人失去个人的生活，还要承担经常与人们交往的负担；我还知道，荣誉在我们人生中最伟大的东西——死亡面前一文不值（诚如阿尔志跋绥夫早就说过的）。他把诗人巴什金之死描写得惟妙惟肖，还带着一种温馨的色彩：“……在一个行将就木的人面前，眼前是一个渐渐平息的、发出最后几声垂死叹息的胸脯，我似乎觉得自己祈望的荣誉、希望出人头地的想法和获得文学的功名是多么微不足道、多么渺小哇。”

我在理性上对这一切都能接受，但内心却希望看到自己的文章刊登在报纸上，下面的落款是粗体字的“雅·奥谢茨基”。不管这种愿望显得多么渺小浅薄，可我还是期盼着。

那天傍晚，我去上音乐理论课。

……我乘电车回家，站在车后的平台处，观看着车下的场景。

傍晚时分。电车飞驰向前，铁轨急速地从车下向后退去，闪着亮光向后迅速移动，只剩下两条平行线。这个瞬间给我留下了尤为深刻的记忆。

我那时特别感觉到了时间飞奔的脚步，觉得时间在分分秒秒地跳动。

瞧，我们刚才还待在这个地方，转眼间这个地方已经离开我们几俄尺、几俄里、几个街区了。

我这个人说话太啰唆！若找到一位听者会给他讲个没完没了，回到家里我会一言不发。干吗要把我想当指挥家这件事情喋喋不休地讲给众人听呢？

托尔斯泰说……顺便提一下托尔斯泰：今天有一张报纸整版地纪念皮罗戈夫[1]一百周年诞辰。关于托尔斯泰只有两篇文章。明

1　尼古拉·皮罗戈夫（1810—1881），俄国最知名的医生之一。

天还有一篇，后天在报纸第一版只是一篇时事述评："基辅站"站长的周年纪念日。

是的，事情会是这样，也应当是这样。时间会磨平记忆，并会带来另一些事件。

从报纸上刊登的文章来看，一切就是如此明显。

心中有点郁闷……

11月20日

我觉得，奥·德莫夫[1]描写的梦境最为出色。在他笔下既有梦的那种不可捉摸性，也有你清早醒来躺在床上，还在为一场已经遗忘的梦而感到郁闷的那种感觉。

我刚醒来，似乎还记得某些东西，但怎么也回想不起来梦的是什么。

现在我在学德语。看完了一个短篇，身子往椅背上一靠，意识到这一节课已经结束。我有一种怡然自得的感觉……轻轻地沉入梦境……醒来后还记得，梦到了几个不同的场景，与不同的人们接触，发生了各不相同的事情，但我只记住了在剧院休息室的一个场面，有某位女士解开了束胸的几个扣子……

其余的场面什么都记不得了，无论琐事，无论一句话，也无论某个细节全都记不得了……

我只记得这个梦让我很爽……我找到了一套两岁儿童所做的体操讲解；把一些衬垫堆在地板上，让孩子们躺在上面手脚乱动。孩子们要想从衬垫中爬出来，需要费很大的力气。要让拉耶奇卡玩这样的游戏，我想她会喜欢的。要知道这是一种训练运动的方法。这

1　奥西普·德莫夫（1878—1959），苏联作家。

种训练是自然进行的，而这些练习能够完善这种（运动）技能。

11月22日

最近一段时间过得卓有成效，这是从来没有过的。如今，我所有的课程都去上，并且几乎所有课程都学得不错。一个月后（现在是11月）我将参加商学院的三门考试：统计学、政治经济学和历史政治经济。统计学我已经学完了，政治经济学课还在上；每天学德语一小时并且学有成效；每天弹琴三小时，每周去上两次音乐课（用去两小时），还有两次去上音乐理论课。只是不能天天看书。

……总的来说很好……甚至好得十分奇怪，就连我自己都不知道，我现在还需要什么。

一切应有尽有，什么东西都在学……也许只是缺少一位“密友”能对这一切像我一样高兴，这点倒是真的。我如今确实一个朋友（无论什么年龄、民族和性别）都没有。

12月1日

刚从剧院看戏回来。看的是《霍万斯基之乱》一剧。到家后就想写点东西……第一场我听得罕见地认真。总的说最初几场我听得都很好。同时注意观察全剧的过程，个别演员的表演，尤其关注乐队的演奏和指挥的动作。

我觉得，音乐中俄罗斯风格有些单调并令人厌倦。然而，格林卡这位作曲家无人可以超越。就连里姆斯基－科萨科夫这位谱写了众多俄罗斯歌剧的作曲家也自称是“格林卡的弟子”。而我对《霍万斯基之乱》这部歌剧的态度基本上是安然的。尽管在剧中有些戏剧性片段，可音乐处处四平八稳，甚至有些单调……我很想听到一些爆发式的片段、悲剧性的欲望——但这类东西没有。

……中场休息时间，我发现了一位年轻的姑娘。她就坐在离我很近的地方。我立刻就十分喜欢上了她。最后一场听得很不好：心里总在想她。我很喜欢她，可她并不知道这点，我也许今后再也见不到她了，最糟糕的是，我很快就会忘掉她的脸长得什么样，这让我心里很郁闷。我贪婪地盯着她，竭力想记住她的模样。在一场剧中的时候，她开始剧烈地咳嗽起来，这令我十分不安。我已经判定她的肺有病，心里感到有点担心。她的脸长得很好看，甚至很漂亮。她身着白色大翻领，打着一条蓝色领带。她身上穿的一切很得体。与她坐在一起的是两个讨厌的大学生。

我在脑海里想复原她的形象，可这时发现这个形象相当模糊，并且很快就忘掉了。

回家路上我生自己的气：能轻易地记住大街上、电车上的几十张面孔，可就是这张可爱的小脸这么快就忘掉了。

现在我就开始想入非非：我沿着大街走，遇见她，她独自一人（一定是她），我走到跟前与她相识，之后我们一起去看剧……我立刻就编出来我将对她说些什么……

如果我在街上遇见她，就立刻能认出她来，并久久地记住她的那张脸。只要遇见她就好。

我坐下来要写另一件事，立刻看见了之前写的最后一句话"只要遇见她就好"。这句话还散发着昨天的，遥远的昨天的气息。今天我只是在早晨想起这位姑娘，只有一次，之后就再没有想到她。

最近以来我不知怎么开始明显地感到了自己的幸福。其实，我具备成为幸福人的一切必要条件：有音乐素养，受过教育，有清洁的房间、崭新的礼服、高质量的大衣、贝多芬的奏鸣曲——那还要什么呢？

即使有人给我二十卢布，我都不知道该往哪里花。当然，我会把它们花掉的：买些曲谱（并不是我弹的），再买一台风琴和某些东西。需要“努力”把钱花掉。但只是没有强烈的花钱愿望，可有小小的、近乎无所谓的花钱愿望（钱我是有的，足够去看剧）。

现在，我坐在自己房间里学习德语。

我给自己端进房间一杯茶。我喝着茶，全身传遍了静谧、舒适的感觉……还有了一种居家生活情调。

一只镀镍灯泡上映出了一个小小的人影在品茶。我似乎觉得我从上方的某个地方观看着雅·奥谢茨基这个小人，观察他的生活。他是如此微小的一个人。

一片静谧……安宁。

12月5日

看了契诃夫的几个短篇，许多地方是写女性的。不过，我总觉得他写得有辱女性。一个深受女人伤害的人怎么能写好女性？应好好考虑一下这个问题。《挂在脖子上的安娜》！就像安娜一样，当感到自己有力量时，就把莫杰斯特·阿列克谢伊奇撵走：“滚蛋，你这个蠢货！”这简直能让人倒吸一口凉气。她的性格在瞬间发生了一百八十度的大转弯！安娜乘车走在大街上，她那喝得醉醺醺的父亲、两个弟弟，作家满怀着同情去描写他们，可她从身旁走过……尤其可怕的是短篇小说《泥潭》。女主人公是个如此可怕而贪婪的女人。他好像要因他自己无法抵制她的魅力而报复似的！还带有一种反犹太主义的情绪。要知道在托尔斯泰之后，最伟大的作家就是契诃夫！在此我有些东西不明白——仿佛女人优雅的双臂、白皙的脖子和从秀发中散落下来的鬈发的全部魅力，仅仅是为了激起男人的最卑鄙的情欲。但绝不是这样的！！！

施特劳斯的钢琴和小提琴奏鸣曲。

小提琴加弱音器演奏，钢琴以很弱（PP）弹着旋律。

乐队演奏得棒极了！多亏了每天安排得满，最近我几乎不再想入非非，这样会更好！到此为止吧！我只考虑着怎样更好地去安排每天的时间，想着上好音乐课和学习德语。

乐队结束了第二乐章。演奏得有点即兴。

此刻开始演奏尾声。

现在，一些最为遥远的梦想不会在夏天结束之前消失，我打算卓有成效地利用一下。

最近几天音乐课学得不大有成效。是一部降e小调弦乐四重奏。

我读了布拉姆斯传记，他死于1897年。就是说他去世那年我已经七岁了。

关于对称问题

在自然界对称并不存在。自然界不是对称的，也不是非对称的：自然界游离于对称之外。

对称只是存在于有人发现对称的地方。唯有人能够发现千变万化的大自然的个别情况：当他觉得有两个一半相互相似。

自然界不存在审美。物理、化学，尤其是力学是存在的，而审美（还有几种学科）并不存在。也没有什么分类学，没有什么重要和不重要的东西之分。这一切都是人为想出来的。

苦恼啊……况且更为苦恼的是，现在我将用一些平庸的话语去讲述日常琐事。

刚合上了德莫夫的一本书，他是我读过的一位最为忧郁和温情的诗人。他甚至比契诃夫的性格还要温情。可我干吗要苦恼呢?

……我听着音乐，心里感到郁闷：怎么我的琴弹不成这样，怎么我就连自己写的音乐剧都弹不成自己希望的那样好……

每当我观察一些强人、俊男，心中就升起一股怒火：这是怎么了？……

我现在一边写，一边回忆着德莫夫的短篇小说《傍晚写的信》。

没有注明日期（在记事本末尾）

也许，应当宣布，无根基性恰恰寓于艺术之中。

没有什么标准，也没有什么艺术理论。只有艺术家存在——不存在什么艺术史，可存在着绘画作品目录。

每个人从艺术中撷取自己喜欢的东西。没有什么客观性，只有主观性。

邓肯的创作。

假如还可以捕捉到现代艺术的一些典型特征，那么就能够描绘出一套适合于所有时代和艺术家的理论，这完全不可思议。

《唐豪瑟》[1]（其实，就是瓦格纳）。

1. 艺术家的创作取决于个性、时代和环境。况且，艺术家不是临摹环境，而只是创造理想的环境。

2. 在艺术里缺乏标准。这点在艺术家，尤其在评论家和大众身上得到十分艰难的反映。

3. 现代创作的特征。思念力量，追求强大。罗丹、弗鲁别利、瓦格纳、勃留索夫、勃克林和洛里奇。

4. 现代派风格在建筑里的反映。

1　唐豪瑟是德国中世纪诗人，后来成为德国许多传说和民间故事的主人公。歌剧《唐豪瑟》的全名为《唐豪瑟与瓦特堡的歌唱比赛》，是瓦格纳的第五部歌剧作品。

5. 一些具有现代派技术手段的特征。

6. 现代艺术全然不是我描绘出来的那幅图像。在现代艺术里只有上述的一种愿望。

7. 现代生活对昔日的事物，对“复兴”的追求。洛里奇、索莫夫、伯努瓦和穆萨托夫。

8. 这种追求的缺点。

9. 艺术应当是现代的。需要记住，历史会明白搞不清楚的事情。

10. 现代生活在我国艺术中微弱的反映。

11. 艺术以实用形式进行无力的传播。

艺术家们不喜欢为工业服务。可这是一条最正确的道路。老一辈大师。

在歌剧《黑桃皇后》里，当公爵夫人幻影出现的那一瞬间，乐队奏出了一系列完整的渐次变化的声音。

浮士德

六个适合初学者的小序曲

十二个小序曲

弗鲁别利，波提切利，

罗丹，勃克林，比尔兹利，

黎尔，鲍姆巴赫

属和弦和声

（五度—六度—三度—四度）

阅读：

泰纳的《艺术哲学》

居友的《从社会学角度看艺术》

莱辛的《拉奥孔》

利贝尔的《西欧文学史》

尤金的《家庭中的艺术》

阿波利纳里·瓦斯涅佐夫的《美术》

安德烈·别雷和维亚切斯拉夫·伊万诺夫的《关于新剧院的书》

王尔德

汉斯力克的《关于音乐之美》

韦尔曼的《艺术史》

穆特的《19世纪绘画史》

格涅季奇的《艺术史》

《大众新杂志》(1902年)

契诃夫的《新娘》

没有时间！时间真不够啊！应少睡点觉！我在什么地方看过，说拿破仑每天只睡三小时。

第四章

停排契诃夫戏剧

（**1974年**）

他俩的关系进入了第十一个年头。坦吉兹说，该是结束排演契诃夫戏剧的时候了。娜拉吃了一惊：这是为什么？有哪个俄罗斯剧院不排演契诃夫呢？但坦吉兹说他早就对此有所准备。同时，他开始细致入微地分析《三姊妹》一剧。他的分析出乎意料地尖锐，能致人死命。他举起自己那双顺眼的、十分好看的手，将之停滞在空中，娜拉就连一个单独的词都没有听进去，可不知怎么却把一些怪怪的、无法将之转述的句子囫囵吞枣地全都吸收了。他的俄语讲得并不完全正确，表情却异常丰富。他说俄语带着十分明显的格鲁吉亚口音，由于这点说出话的意思都有点变味，甚至把意思扩展了。为什么会出现这样的情况，娜拉从来也弄不明白，但她总感到高兴，觉得问题不仅在于语言，而且在于一个来自另外一块土地和代表另一种文化的人的整个思维方式……

"请告诉我，为什么他们停排叶夫罗斯[1]导演的剧？他排的《三姊妹》可是忠于原作啊！可怜的人儿，我真同情他们。我同情得都要落泪了！从1901年开始，有人把这部剧一直往高抬，都捧到天上去了。真的是这样吗？这让我再也看不下去了！已经够了，是

1　阿纳托利·叶夫罗斯（1925—1987），苏联电影戏剧导演、教育家、功勋艺术活动家。

吗？”他简直要把自己那声拖长的、结尾语调升高的“是吗”扔到娜拉头上。

“娜拉！娜拉！托尔斯泰曾评价过《三姊妹》，说那部剧枯燥至极！列夫·托尔斯泰看明白了什么？还是没有？人人都苦恼，谁都不干活儿！在俄罗斯谁也不工作，顺便提一下，在格鲁吉亚人们也同样不工作！如果有人工作，那也是带着一种极大的厌恶情绪！奥尔加是位中学校长，这是个好差事，尤其在世纪之初，在女子中学工作，让女子接受教育，开始学习科学，而不只是会绣花和读《圣经》，开始出现了最初一批有专业知识的女子，有专业的女孩！可就连她，奥尔加也苦恼，觉得自己身上的精力和青春一点点地耗费掉了。玛莎由于苦恼爱上了韦尔希宁，这位男子气质相当高贵，但愚蠢到家！软弱怯懦！这叫什么男人？我弄不明白！伊琳娜在城市管理局工作还是在电报局，天知道她在哪儿，可工作也是无聊，枯燥，什么都不好！她不想工作，而想去莫斯科！人人都在抱怨！时时刻刻都在怨天尤人！那么，他们去莫斯科能干什么？什么都干不了！所以就没有去！安德烈这个人微不足道，娜塔莎是个‘毛发蓬乱的’畜生！索廖内是真正的牲口！而可怜的屠森巴赫怎能娶一个完全不爱他的女子为妻？娜拉！那真是一种乱七八糟的生活！你知道剧中哪位是最主要的主人公？喂，你知道吗？好，那你想想！是安菲萨！安菲萨是最主要的主人公！这个保姆给所有人打扫房间！她的生活还算有点意思，娜拉！她有扫帚、拖把、抹布，她会擦抹洗刷，会收拾房间，还会熨烫衣服！其余的所有人都在装疯卖傻，还说什么寂寞难耐。他们当然要寂寞的！而周围的世界在做什么？那是世纪之初，对吗？那时正在修铁路，办工厂，架桥梁！他们想去莫斯科，可就连火车站都去不了！你明白我说的话，对吗？是这样吗？”

娜拉的思绪已飞到了远处，她已知道坦吉兹此刻要描绘什么，要做什么，她知道自己若不离开这个地方就立刻把全部东西，把全剧的舞台布景构思出来，他将会多么高兴！她看到了普洛佐洛夫那家人的房子已被拆卸，裸露着，并被抬到了台口，舞台的左右，四周都是脚手架，还有几台起重设备，几节车厢滑动着办自己的事，生活在行进，台上发出咯吱咯吱的响声，还听到了某些汽笛声，看到某些信号……但在普洛佐洛夫的房子里，根本发现不了这种务实的生活，发现不了外界的运动和变化，他们在屋里来回溜达，喝着茶聊天……只有安菲萨一个人提着水桶，手拿抹布，把盆里的水倒出去……好，棒极了！所有人都是影子一样的主人公，而唯独安菲萨是个实在的人物。所有人都身着薄纱，似乎在云雾中，就连几个军人也是模模糊糊的。一种贫血现象，一个无所归属的空间。一个几乎没有形体精灵的花园。可安菲萨让人人罩上一种褐色，就像老照片的颜色那样，人们穿的衣服晦暗、没有色彩，是一种历史的旧东西！是的，娜塔莎·普洛佐洛娃当然也是个实在人物，有自己的形体。她身穿一件深玫瑰色连衣裙，还扎着一根绿色腰带！在所有人身披薄纱，不显颜色的驼褐色背景下……这种穿扮太绝了！

娜拉说了一声“是的”。坦吉兹一把搂住了她，使劲地贴在自己怀里：“娜拉，我们要排一场人们没有看过的那种戏！并且今后也永远不会看到！当然，有人会把我俩撕得粉身碎骨！但我们要这样做！这将是你我排演过的所有剧作中最好的一部！”

他俩两个月待在一起没有离开。坦吉兹在排练《三姊妹》。契诃夫剧本文字描写的日常生活看似普通，可总充满细腻的潜台词和附带的含义让导演去发挥，这种剧本文字变成一种无意识的絮语，而黏黏糊糊的家庭空间变成一种梦境式的空间，就仿佛诸多的理想和无法实现的计划就是生活的现实，就是在空中飘浮的想象图案。好一个影子剧！但在这个模糊不清的空间里，干活的只有两个人——手拿抹布的安菲萨和娜塔莎。娜塔莎把生活的全部内容——姊妹的房间、那座房子、花园、当地市政长官和她可以接近的整个世界——全都揽到自己手中。

坦吉兹并没有向演员们揭示自己惊人的计划，演员们一次次地朗诵着腻歪的台词，心情郁闷而困惑不已。坦吉兹正需要他们这样。

坦吉兹在莫斯科住在自己姑姑姆济娅的公寓里，姑姑是钢琴家的遗孀，她十分赏识坦吉兹的才能。娜拉应坦吉兹的请求也搬到他姑姑的家住。那是座二层小楼，建筑样式别致，位于普希金博物馆的后街，是被毁的贵族庄园的一个杂用房，至今奇迹般幸存下来。姆济娅把二楼的两个小房间让给他俩住，她自己住在底层的一个大房间里，地板下还有一个弄不清有多深的老式冰窖，里面曾整个夏天储存着从河里运来的冰块，可如今只是个潮湿的空窖，空荡得能发出回声，上面盖着一个用条板拼的盖子。

娜拉与坦吉兹又一次在一起庆祝这个节日：在工作和爱情的压力下，在所有的精力和能力极其高涨的情况下，一切条条框框都荡然无存。充实而丰富的生活让他俩感到吃惊。娜拉忘掉了什么是过去和将来，也忘掉了所有人——亲朋好友全都消失得无影无踪。这两个月内她只给母亲打过两三次电话。打个电话很费劲，通常要到中央电话局去打，先要填写预约单，还要坐在那里等待，通话信号也不好。阿玛丽娅那边还要走三公里路到邮局通话室接电话。可她依然生闷气，抱怨娜拉很少给她打电话。

其实，一切情况很早就默默地安排到位：自从他在她的生活中出现那刻起，阿玛丽娅·亚历山德罗夫娜就对自己的丈夫安德烈·伊万诺维奇崇拜得五体投地，把女儿推到了一边。娜拉认为，老年人的这种欲火把整个世界都吞噬了。他们搬到安德烈·伊万诺维奇的故乡，奥卡河畔台地自然保护区住了，他找了一份管理员工作，买了房子，并且在那里过起了一种天堂般的生活，可对娜拉来说则是无法忍受的。这次母亲邀请娜拉带上“自己的导演”去他们村里做客，娜拉答应了。她通常不会撒谎，但这次她不想把时间浪费在空聊一顿上。

在一周内，娜拉就把绘图纸裁下一块，初步做了一个舞台空间模型，认真地把模型攒了起来。坦吉兹仔细观看着起重机几乎要碰到普洛佐洛夫家的屋顶，又看了看在背景布上画的既不像摩天大楼，也不像哥特式教堂的几座楼，惊喜得哼哼起来。这场剧就简直自然而然开始了：安菲萨从尚未开启的大幕前面走了过去，擦干净台口的地板，之后传来了建筑工地的喧嚣声，幕布慢慢地拉开，舞台的全部空间呈现出一种夸张化的工业生活：金属声轰鸣，风镐吱吱响，起重机摇臂转来转去。然后工地静了下来，似乎在空中蒸发，这时从灯光照射的天幕后面映出普洛佐洛夫家的房子……早晨……餐桌已经摆好……“在整整一年前，父亲去世了，恰好就在这天，5月5日……”

一切就像院子里长的青草自然地发生，只是发生得太快了。这座老剧院劳苦功高，剧院艺术总监斯维斯塔洛夫为人傲慢，自命不凡，可他出乎意料地尊敬坦吉兹，可能有点把坦吉兹与帖木儿·齐赫泽[1]弄混了。他给制作车间下达命令，立刻开始制作布景，这种放“绿灯”的情况还从未见过。大家都知道斯维斯塔洛夫的性格，他喜欢显示自己的个人权力：他与鲍罗夫斯基顶过嘴，阻止了

1　帖木儿·齐赫泽（1943—2022），苏联和格鲁吉亚的著名戏剧导演，“俄罗斯人民演员”称号获得者和列宁奖金得主。

巴尔欣的方案，又把舍因奇斯剋了一顿——就是说所有的人，娜拉喜欢的所有艺术家都让他收拾过……如今出现了怪事，简直是怪事连连！也许，这位格鲁吉亚人的外貌确实深深地打动了艺术总监，因为总的来说，格鲁吉亚人在俄罗斯不知怎么还是受人喜爱的，不像犹太人、亚美尼亚人和阿塞拜疆人……

他俩乘着爱的云朵，通过工作人员入口处成双地飞了进来，有个门卫向他俩微笑，小卖部女售货员也向他们微笑，这样的幸福好像把他俩裹在蚕茧里，因此娜拉感觉到他们在往前走，步调一致，既不像跳双人芭蕾舞那样，也不像双人滑冰选手，而是飞啊，飞啊……

这个剧的排练在首演式前夕结束，他们只来得及搞了一次演员穿服装、摆好布景的总联排。当剩下的只是内部的观众，演员的爸爸妈妈们才开始散去。之后，留下来的就是部里来的几位恶人，他们故意要比邀请他们的日子早来一天，一场争吵显然就要在此刻爆发。坦吉兹登上舞台，请几位嘉宾留下来讨论。他的这个建议让部里来的几位专家变得更加凶恶，仅十五分钟他们就把这个剧给毙了。

这时，坦吉兹拉着娜拉的手再次彬彬有礼地登上舞台，他因为生气，便声音洪亮地说：

“尊敬的诸位！你们允许叶夫罗斯排的剧演了三十三场！我们排练的《三姊妹》难道要坏得多吗？”

娜拉把坦吉兹送到机场。春天灰蒙蒙的，没有一个春光明媚的日子，坦吉兹的脸色也是阴沉沉的。他好像没有看见娜拉，似乎谁都不再向他们微笑，爱的云朵已经散去，他乘着一架沉重的铁飞机飞往第比利斯找妻子女儿去了。他低头站在那里，鬓角斑白，胡子也没有刮，向后仰着他那尼安德特人一样的前额，他身上散出一股酒气和汗味，不知怎么还有橘子味。他从兜里掏出一个橘子塞到娜拉手中，随后眨了眨眼睛，吻了一下她的脸，转身向登机口走去。

第五章

一个新方案

（1974—1975年）

娜拉从机场直接回到姆济娅那里，她在二楼上又住了两周，没事就闲躺在床上，床上还留着坦吉兹的气味。她浑身的骨头狠狠地痛了十天，后来好了。姆济娅每天早晨给她送茶来。娜拉装作还在睡觉，姆济娅就把茶放在甘松木桌面的一张茶几上，然后离开把房门掩上。几乎每天中午12点左右，开始从楼下传上来音阶练习曲——那是学生们来上钢琴课。有几个是初学者，弹的是车尔尼练习曲，还有几个弹得已经滚瓜烂熟，有个小男孩每周晚上来两次，他弹得很棒，姆济娅教他已有很长一段时间了。他似乎在弹贝多芬的某个奏鸣曲，但娜拉记不起来究竟是哪一首。肯定不是第十七奏鸣曲，也不是最后的三首奏鸣曲……娜拉上六年级时就不去音乐学校了，属于中途辍学。她在音乐上没有很高的天赋，但音乐的记忆力很好，这是父亲的遗传。

姆济娅的钢琴音色很好，但音量不大，声音较轻……一听到音乐她就觉得身上的骨头不怎么痛了。早上醒来后，娜拉自言自语，今天站不起来，明天也许会吧。但是第二天照样站不起来。有时候，姆济娅还走到门口来叫她吃饭。第五天娜拉下了楼。姆济娅什么都没问，娜拉内心很感激她。只是现在娜拉才仔细地观察了一下她的脸，那张脸显得仪容高贵，虽布满轻轻的皱纹，可双颊还微微泛出绯红，她按照高加索方式把头发用浓指甲花染料染过，在头顶上盘成一束，两条腿又细又长，脚上穿着尖细的高跟鞋，走路踏出嗒嗒的节奏……坦吉兹在这里待的时候，娜拉几乎没有注意到他的这位少言寡语的姑姑，甚至都没有很好地看过她那座稀奇古怪的房子。此刻，她在楼下坐在一张铺着酒红色的丝绒桌布的桌子旁边，姆济娅把一个小盘子放到桌上，盘子里是两片夹肉面包和一个削了皮、切成状似小船的两半苹果。

“打从我丈夫死后，我一次饭也没有做过。”姆济娅抱歉地说，于是娜拉觉得她俩似乎属同一种人……

“我有生以来也没给自己丈夫做过一次饭。”娜拉心里想着。她这几天里脸上第一次露出了笑容并且说：

“姆济娅，请原谅我让您受累了。”

“住着吧，住着吧，孩子。我已经习惯于一个人的生活。我很早就独自生活了，不过，你并不碍我的事。”

“那我就再待几天，好吗？”

姆济娅点点头。之后，她俩再没说什么话，也无话可谈。

娜拉躺在坦吉兹睡过的床单上，直到几乎闻不到他留下的气味，只是那个枕头仿佛突然间显出他的某种身影，于是娜拉浑身便哆嗦起来。

“这只不过是某个分子，是他的汗分子，”娜拉心想，“可我有一种病，对这种气味极度敏感。这是倒了什么霉？为什么这么短短几天装的火药还能这样熊熊燃烧，留下这么深刻的痕迹，这么大的伤口？如果他是个普通情人，你与他去克里米亚玩一周或在剧组巡演时有过一段罗曼史（去年在基辅曾经有过一个很好的男孩，还有过一位上年纪的卢基扬诺夫，他是演员、色鬼，喜欢刨根问底，年纪几乎大二十岁……），也许就不会这么难受？”但她找不到答案……

这是娜拉与坦吉兹第六次分手，每一次分手都变得愈加难受。

她闻着那个枕头，但已经没有他的气味了，只闻到一种尘土与石灰掺和的潮湿味。她一会儿睡着，一会儿又醒来了。从楼下传来了学生弹的音阶练习曲和姆济娅的声音："米沙，弹三度！右手从曲谱上的'咪'开始！转弹十度！右手从曲谱上的'咪'开始弹，但要高一个八度！米沙！"

音阶练习曲又开始了，娜拉睡着又醒来，之后又睡着了……

"我不能不爱他，应把他彻底埋葬！只想出来这样一个办法。长痛不如短痛，要一刀两断！让他沉没在大海里或掉在山谷里粉身碎骨……最好还是让他在一场车祸中丧生。不，我俩要一起在车祸中死去。两具棺材盖上棺板并排放着。他妻子从第比利斯来了，身着一身黑丧服……我妈哭得痛不欲生。维佳带着神经兮兮的瓦尔瓦拉一起来了。就连瓦尔瓦拉也在哭！"这时她却笑了，因为她婆婆受不了这种场面，也许，她把参加娜拉的葬礼当成出席某个节日盛会……可怜的人儿……两个疯子……不，全是一场可怕的胡闹。

娜拉似睡非睡，梦中不是接到了坦吉兹去世的电报，就是撕了他的护照，或是把他的上衣丢到污水坑，或是塞进了垃圾桶，就是摆脱开他了。在第二周，她开始给自己考虑一种新的生活。离开剧院，这是一件事；还要想出某种新的事儿去干，这甚至不是去少先队小组（早就邀请她去了）教绘画，而完全是另一种工作。要去接受新的教育，要去搞化学或者生物，或是成为一位出色的裁缝……不行，不愿意与女人们一起工作。总之，她暂时还没有给自己找到一件合适的事去做。不过，一个有趣的想法突然闯入她的脑海，于是她开始慢慢地习惯，小心翼翼地去适应……这纯粹是为了自己……之前从没有过这样的想法……

又过了三天，娜拉从空空的床上爬下来，前去与姆济娅告别。姆济娅吻了她一下，希望她再来，希望别忘掉她。姑姑的举止令娜拉吃惊，因为她连一个字都没有提坦吉兹！娜拉很看重她这点。

她走出那个封闭的小院，穿过兹纳缅卡小巷去阿尔巴特广场。一切都在身边。娜拉走得很慢，因为（原来是）浑身没劲了。空中的小雨下个不停。走过了阿尔巴特广场，就快到家门了。在门洞口遇见了女邻居奥尔加·彼得拉科娃推着儿童车。娜拉帮着把儿童车推进了电梯。那位女邻居已不年轻，四十岁开外，她已有一个相当大的女孩了，十五岁左右，瞧，她又新生了一个婴儿。

“你怎么这样瞅着我？这是我的外孙女。我的娜塔莎生的。你难道不知道？整个楼的人都知道！”

这自然是一个放荡的女中学生作的孽。她大概还在上九年级。真有意思。我九年级的时候……也找到了一个超人……尼基塔·特列古布斯基。因为我那时大胆，不懂羞耻，还自负得很，可生孩子？那时候要是有了多半会堕胎！

娜拉向儿童车里看了一眼，只有一个小鼻头露在玫瑰色小帽外面。

“好俊啊！”娜拉夸奖那个小家伙。她随手把儿童车往电梯里推了推。“你上去吧，我步行上去。”

“俊什么呀？长得全像他爸爸！瞧，小鼻头长得像个亚美尼亚人！”她用一只手撑住要关上的电梯门，还是要把自己的话说完，“全家人在那里简直高兴得转圈圈，就是说，他们是亚美尼亚人！”

娜拉步行爬上了四楼，当走进自己的家门时，已确信如今能给自己安排一种有意义的、之前尚未有过的生活。

房门上了两道锁，这表明妈妈来过了。因为娜拉自己通常只锁住下边那个锁。妈妈与丈夫安德烈·伊万诺维奇很少来莫斯科。在厨房的餐桌上留着一张字条："娜拉，阿纳斯塔西娅·伊利尼奇娜、别尔齐欣娜和齐帕给你打过电话。我们星期五晚上来，留下来过星期六。吻你，妈妈。"

只是弄不明白，这指的哪个星期五，是上一个还是上上一个。每周的星期几和几号她全都记不得了。

她没进自己的房间，而直接去了浴室。好久没有好好洗个澡了。她躺在浴缸里甚至打起盹来。她总朦胧地觉得坦吉兹要闯进来，想让她知道他的存在，娜拉总是把他赶走。他当时把安东·帕夫洛维奇[1]及其身穿褐色衣服的三姊妹派来了，这是他的错误，因为三姊妹情绪忧郁，生活不幸，她们把她渐渐地推到一种没有感情，只有难题和需要做出决定的残酷生活中……她着急了，从水已变凉的浴缸站起身来，站到了拧开了热水的龙头下。

"我有了一个新方案。"她自言自语，之后从浴缸跳出来，用绒毛浴衣擦干净身子，因为忘记拿干净的毛巾了，因此浑身感觉到一阵透心凉。

"今天怎么也不会是星期五，很可能是星期三。现在我就去'肠子'商店（人们这样称呼在尼基塔大门附近的那座有长长的售货大厅的食品商店）一趟，去买点吃的，再给维佳打个电话。"真是个忠诚的维塔夏[2]！他是个可笑的丈夫，他俩就连一天也没有在一起生活过，况且也不可能在一起。他是个才子，但性格自闭，癫狂。他俩上完中学就立即结婚了。那根本谈不上爱情，完全是一种算计。确切点说，是一种愚蠢的报复。这点她想显示给谁看？是给尼基塔·特列古布斯基……大约在五年后，她在"蓝鸟"咖

1 这里指契诃夫。契诃夫的全名为安东·帕夫洛维奇·契诃夫。

2 即维佳。

啡馆与尼基塔·特列古布斯基邂逅了，他耸耸肩，以运动员的步伐走到跟前，好像两人昨天才分手，似乎什么事也没有发生……“天啊，一个十足的白痴！一个塑料的人体模型！你这个糊涂蛋，爱上了什么呀？可这怎么办？坦吉兹同样属于超人类型！哪怕能遇见另一种类型的人也好哇……他们全是充满激素的魔鬼！新方案！一个新方案！维佳，维塔夏！”

她打了电话。过来接电话的是瓦尔瓦拉·瓦西里耶夫娜，她立刻就把话筒转给了儿子。她不想与娜拉对话。婆婆对娜拉恨得要命，根本见不得她。无论儿子还是母亲，两个人都毕竟不大正常，只是表现的形式不同。

“维塔夏，你晚上能过来吗？”

“好的……”

“也许，我这样做不太好？可要知道我为什么要嫁给他？就是想试一把。不对，嫁给他绝对正确。万一能生个天才呢？那么就不会说这是孩子的胡闹行为……”娜拉想。

快到傍晚时雨下大了。娜拉穿上带风帽的上衣，跑到“肠子”商店买香肠去了……要给丈夫买点吃的。

坦吉兹走后已经一年了，甚至过去一年还要多。娜拉把生活中的一切彻底变了个儿。她不希望留下过去生活的痕迹，希望在今后永远不会有什么大火、水灾和地震之类的事情发生，因为应当学会生活，应当活下去，而坦吉兹永远走掉了……永远见不到的还有他那张胡子拉碴的脸，像米开朗琪罗创作的雕像大卫一样的浮雕般的手臂，咬合不正的牙齿，狭窄的臀部和像狗一样的细腿，永远闻不到他身上劣质烟草的味道，永远也不会再排那部伟大的、令人震撼的剧作……

他们之间没有通信的习惯。只是坦吉兹偶尔单方面地给娜拉打打电话。或是他不想让她知道自己在第比利斯的生活，或是他们多年的全部关系就像某个特别珍贵的东西被封存起来，因为这个东西无法与娜拉所不知道的坦吉兹的生活混在一起。在后一种生活里，既有他与一些女人的来往，也有与某个有时帮他摆脱麻烦的、大的犯罪分子的亲属关系……娜拉收到坦吉兹唯一的一封信，那是他走后过了半年，他在波兰的耶日·格罗托夫斯基[1]的工作室待了一个月之后。那封信的字歪歪扭扭地写在好像是一张包装纸上，纸是褐色的，看上去很旧。他向她保证，说自己改变了信念，从前的一切已被击成碎片，而碎片看来要胜过完整的东西……他在信下方写了一句："应当谈一谈。"但这次谈话过了两年之后才落实。

尤利克已经会走了，但走得摇摇晃晃，有时还坐个屁股墩儿。

1 耶日·格罗托夫斯基（1933—1999），波兰戏剧导演，戏剧理论家。

第六章

同班同学

（1955—1963年）

维佳·切博塔廖夫该挨揍，真该揍他一顿。但他运气不错，挨打的是另一个学生，叫格里沙·利伯。但是，打得不厉害，而只是意思一下，触及点皮肉，有人更多的是想表示一下讨厌这个犹太神童。维佳和格里沙都是神童，不过，格里沙是个犹太小男孩，胖乎乎的，粉红的小脸，而维佳的个头很高，身强体壮，往往能用一种完全不解的神态化解大家对他的不满。维佳的上嘴唇稍稍翘起，露出一排密集的牙齿，这让他具有一种温和的表情。他在一定程度上有自闭症，性格“有点古怪”，他的亲妈瓦尔瓦拉·瓦西里耶夫娜就是这样评价他的。瓦尔瓦拉·瓦西里耶夫娜是位农村妇女，朴实但脑袋瓜好使，她从家庭女工一直奋斗到当上房管所的秘书，她甚至凭着从前做家庭女工的人际关系，在维佳入学之前就带着他去找过认识的一位老教授，后者告诉她，说她的儿子根本不是低能儿，甚至很可能是个才华横溢的人，但有一些特殊的癖性。这样的孩子生在世上的凤毛麟角，因此应以极其耐心的方式去对待他们：倘若方法正确，在这样的儿童中间会出现一些大学者，假若方法不正确，他们就会在封闭的生活中碌碌无为……瓦尔瓦拉听到这席话后欣喜万分，她对自己儿子从未动过一个指头，且对他精心呵护，盼望他将来能有大的出息。何况，她自己也是从人生逆境开始，后来才有所成绩的人。她在几个待她不错的主人家干活的同时，还能学完七年制中学的课程，又从城市公共事业技校毕业，弄到了一间房子。后来，已经在房管所工作的时候，她在市中心又弄到单独的一套公寓，那座几乎沉入地下的居民楼离果戈理临终的故居不远，她的那套公寓又在地下一层，有人将之尊称为勒脚层。这就是瓦尔瓦拉·瓦西里耶夫娜的仕途之路——好像是自来水管道工一步登天成了院士。因此，她对自己这个儿子寄予很大的希望，尽管他并非十分圆满的爱情的结果。况且儿子也没有辜负自己母亲的期望。维佳刚上学那几年，女教师抱怨他上课不注意听讲，生活闲散，不能与其他孩子打成一片，瓦尔瓦拉·瓦西里耶夫娜把那些日子挺过去了。等到上了五年级，当代数和几何代替了简单的算术，维佳便扬眉吐气，神采飞扬了。数学教师立刻发现了他与其他学生的不同，开始派他去参加数学奥林匹克竞赛，于是，维佳第一次扬了名。

那位老教授言中了！维佳并不注意自己不感兴趣的东西，而凡是一切需要动脑筋思考的东西，他的反应迅速敏捷，还表现出对一切知识的渴望。他的记忆力非凡，天生具有逻辑思维能力，可在感情方面迟钝，甚至压根儿就缺乏幽默感。他的大脑里怎么能出现这样的短路，这不得而知。但正是由于这种短路，他能在抽象的数学领域里无比幸福地驰骋，可任何一篇文学课文，从童话故事《小红帽》到儿时看过的《李尔王》都只能让他深感困惑，因为他认为缺乏逻辑，牵强附会，无论主人公还是作者的行为中的因果关系业已破坏。

同班男孩们踢足球、玩“海战”游戏[1]很少能引起他的兴趣，

1　一种双人玩的猜谜游戏。

班上唯有格里沙·利伯能与他谈得来。他俩构成了一个十分滑稽的双人组合：小格里沙的个头儿虽不及同班的男孩们，可体重大大地超过他们，他整天就像一颗小球围着个子细高的维佳团团转，还经常要向维佳证实着什么。维佳则是默默地听着，点点头，挠挠前凸的脑门儿。维佳从格里沙口中知道了许多有趣的事情，因为格里沙的父亲是搞物理的，经常与儿子讨论许多问题。格里沙生性好与人交往，甚至多嘴多舌，因此他俩是可笑的一对——喋喋不休的小球和沉默不语的细高杆儿。同班男孩们学过《堂吉诃德》之后，就开始叫格里沙"桑丘·潘沙"。这样叫他很确切，因为他的体形正好像那个人。多亏了格里沙，维佳最终才认识了自己的同班同学们，因为他之前根本不注意同学们的存在，以至于就连全班同学的名字都叫不出来。

上五年级的时候，男校与女校合校了。维佳几乎没有察觉令年轻人血脉偾张的这件事，况且女孩子的目光也不会注意到他的。唯一与他偶尔说两句话的女生是娜拉。他俩的交往全看在文学女教师兼班主任薇拉·阿列克谢耶夫娜的面子上，娜拉天生喜好文学并喜欢阅读，她让娜拉在文学上帮维佳一把。

在补课过程中，他俩并没有处成朋友，但至少是相互认识了。这样一直到九年级，娜拉都在帮他。维佳让娜拉感兴趣之处在于，他敢于评论任何一部文学作品，还能准确无误地或是指出某个比喻不恰当，或是指出整个人文科学不严密和缺乏逻辑。他的俄语课和文学课的成绩从来没有超过三分[1]，但由于他是历届中学数学奥林匹克竞赛的冠军得主，大家在许多方面就原谅了他。

班里的同学们不喜欢维佳，女孩们都认为他好"想入非非"，

1　俄罗斯学校使用五级计分制。三分为及格，四分为良好，五分为优秀。

但他并不是什么想入非非，他的想象颇具特色，在这段时间才激发出来。况且，他的想象只是在那个没有女孩，甚至都感觉不到有她们气息的领域里驰骋。

上七年级时，班上流行了一阵风，就像起水痘一样，男女学生全都交起朋友来。女孩们为男朋友争风吃醋，吵架哭泣，男孩们为争女孩打起架来比平常更凶，就像微电荷悬在空中一触即发。维佳从来不为此与男生打架，女生对他也不感兴趣。

男孩们争风吃醋，都云集在尼娜·克尼亚泽娃和玛莎·涅尔谢相周围。尼娜是个刚显出美人坯子的女孩，十四岁的玛莎已出脱成一个早熟的东方美人。还有几个女孩长得也不错，虽也引起男孩的注意，但他们对她们的兴趣不甚强烈。娜拉不属于那些女孩之列。但也有个男生——可爱而风趣的格里沙在追求她，娜拉全然看不上格里沙。她从小就显示出独立自主的个性，可这次却随波逐流了。尼基塔·特列古布斯基符合女孩子心目中美男子的所有标准：走路潇洒，笑容可掬，待人和蔼，需要时也会发狠。因此，几乎无人是他的竞争对手，其余的男孩尚缺乏赢得女性芳心的男子汉气质。班里一半女孩一看到尼基塔就想要与他繁衍后代，娜拉也是这样想的。早在上六年级时，她就神魂颠倒地爱上尼基塔，上八年级后就不管不顾，毫无羞耻地与他开始了真正的性爱生活。娜拉深信在床上能发现一个多么神奇的世界，因此在几个月期间，凡遇到方便的机会她都会幸福地委身于这种发现。后来，尼基塔竟在娜拉那里留宿。虽然阿玛丽娅·亚历山德罗夫娜不吱声，但她内心的慌乱依然可现。

两个年轻的情人把这个秘密整整保守了一年。九年级开始，学校里开始有人悄悄议论，甚至流言四起……很有可能的是，尼基塔在男同学面前吹嘘了自己的本事，这件事情最终让老师知道了。

班主任薇拉·阿列克谢耶夫娜以教师身份找娜拉谈话，希望把这场业已传开的丑闻压下去。薇拉·阿列克谢耶夫娜心里忐忑不安，她一边用手挠着波浪形秀发，一边简单地从道德角度开始了这场微妙的谈话……可娜拉并没有让老师把话说下去。她冷冰冰地说，她不打算在这里讨论自己的私生活，至于说她与男人们（她就是这样说的）关系问题的事——“与男人们”！（薇拉·阿列克谢耶夫娜又立刻使劲地挠了挠头）——与别人毫不相干，这事只涉及她本人和另一个人，在这里她不打算说出那个人的名字。一句话，这不是您该管的事！

薇拉·阿列克谢耶夫娜觉得受了侮辱，她决定把事情弄大。学校党组织负责人埃列奥诺拉·阿齐佐夫娜提议举行一次非例行的教务会议，专门讨论九年级学生的未成年人恶劣行为。他们把犯错学生的家长叫来参加会议。“罗密欧”表现得比较怯懦，当众悔过了自己与女生发生过关系，同时说出了一个相当令人信服的理由，说在这件事情上并非他主动，而自己多半是个受害者。“受害者”的爸爸是位冰球教练，身体块头壮得像个三开门橱柜，他满脸通红，冲着阿玛丽娅·亚历山德罗夫娜揭露了一番。他对犯错误的未成年女孩母亲的家庭生活了如指掌，那时阿玛丽娅·亚历山德罗夫娜与安德烈·伊万诺维奇还没有结婚。就是说，她与一位有妇之夫有染，与会的教师已让绯闻弄得瞠目结舌，从特列古布斯基口中又知道了一个新的绯闻。娜拉瞥了母亲一眼，她脸色灰白，神情沮丧，坐在教室的一角，她生平从未受过如此突如其来的奇耻大辱。那个老公猪竟敢如此羞辱她的母亲！娜拉觉得眼前的世界变成一片火红，她突然发作起来。后来，她怎么也想不起来自己对特列古布斯基的父亲，同时对到会的教师骂了些什么，反正是“奥热戈夫词典”[1]里没有的那些词语。她一把抓起母亲的手，把门砰地一摔就走出了教室。不久后，她就被学校开除了，这点甚至都未经过开会通过。

第二天，娜拉因血管充血两眼通红，她就像个起跳前的跳伞运动员，浑身上下穿得紧绷绷地去学校把有关文件拿回来。之后，她闭门三天不停地号啕大哭。阿玛丽娅·亚历山德罗夫娜想去安慰她，但娜拉拒绝接受母亲对她身遭不幸的任何同情。可怜的阿玛丽娅因这个惩罚受到的伤害也不亚于自己的女儿。娜拉更多地也是为母亲感到委屈，而不是为自己，她更加生安德烈·伊万诺维奇的气，因为他把自己的情人置于一种难堪的处境，她也恨死了尼基塔，可同时又想他马上——哪怕此时此刻与她进行罪孽的做爱操练，这也许会消除学校给她带来的一切不快。

从这件事得出来一个重要的人生经验：首先，她决心不像母亲那样，在今后的人生道路上绝不与有妇之夫有染。其次，她懂得了爱会让人变得孤独无助，身受伤害，还明白了出于个人安全的考虑，应当把性与恋爱关系分开。再次，她告诫自己：我不希望别人怜悯我。况且我自己也不会怜悯自己。

在学校公示牌上贴出娜拉被开除的告示那天，娜拉大闹教务会议的消息在高年级学生中不胫而走，同时在校门口发生了一件不算是打架，而可以说是冲突的事件。格里沙·利伯在门口叫住了也像自己一样经常迟到的尼基塔·特列古布斯基，一本正经地对他说：特列古布斯基，你真是个混蛋！

格里沙抡起了一只手，真想狠狠地扇特列古布斯基一个耳光，可他的这个戏剧性的手势尚未得手，尼基塔已经抢先在前，冲着

1　著名语言学家奥热戈夫在乌沙科夫《俄语详解词典》基础上编纂的一卷本《俄语详解词典》，1949年第一版问世，在苏联时期十分通用。

格里沙那张软绵绵的小脸就是一拳。后来，并没有决斗，因为格里沙已经咚的一声倒在地上，倒地时头又碰到了校门的铁把手，而尼基塔穿过敞开的校门，一溜烟跑上了三层。他的家就在学校旁边，因此是学生中唯一不穿大衣来上学的，不管是什么天气都是如此……格里沙满脸是血，校医把他送到最近一家外伤诊所。格里沙的颧骨上留下了一个伤疤。他解释说是自己摔了一跤，颧骨碰到门上了……伤疤就像一个小对钩，这是他最初暗恋娜拉的标记，这个对钩他保留了终生。

娜拉被学校开除一事，维佳一周后才知道，而且是她亲口告诉他的。他去到她家，什么也没说，什么也不问就坐下了。然后他掏出了文学笔记本，该轮到学冈察洛夫[1]了。

“好，我们今天来看奥勃洛摩夫[2]吧。”

“怎么，你还想让我辅导吗？我已被学校除名了！”

不知怎么，他竟没能注意到一个炒得沸沸扬扬的、人们在男女厕所里议论纷纷的事情。娜拉当下就笑了起来。她把自己与特列古布斯基的那段艳史讲给他听。维佳坐了大约有一刻钟，两人不但没有心思去谈奥勃洛摩夫和“奥勃洛摩夫气质”，而且再也无话可说。他喝完了一杯加了五勺糖的茶水，把给他拿出来的食物全部吃完，又把冰箱里的东西一扫而光，之后向门口走去。他这次突然登门让娜拉很快乐，她追上了维佳请他再来，假如还需要写作文的话。维佳的造访让娜拉心里更美滋滋的是，甚至娜拉同班的女生中谁都没来看过她。不过，她与班上的任何一位女生都没有处成朋友。要说朋友只有齐帕——玛琳娜·齐普科夫斯卡娅一个，娜拉与她不是在学校而是艺校相识并好上的，那一年娜拉

1　19 世纪下半叶俄国作家，代表作为长篇小说《奥勃洛摩夫》。

2　小说《奥勃洛摩夫》的主人公。

上了艺校。

维佳定期到娜拉家里来，但次数并不很多。每当他在门口出现时，娜拉怎么也搞不明白，他为什么要常来她这里，总不至于为了喝杯茶吧！况且，他本人也解释不了干吗要来。多半是受某种惯性的驱使，或者几乎是一种条件反射：文学，娜拉，作文……就这样，他去娜拉家一直坚持到年末，第二年夏天他们的见面才算终止，这也是一种十分自然的结局，因为学校里的课程已经结束。

夏天，娜拉轻而易举地考上了戏剧艺术学校。从新学年开始，她每天乘 B 路无轨电车去斯列坚卡大街[1]上课。从无轨电车线路到学校的各门课程，这一切都让她很感兴趣。她最主要的收获是，碰到了一位大师级的老师阿纳斯塔西娅·伊利尼奇娜·普斯腾采娃，昵称图霞，一位真正的戏剧舞美教师。在娜拉看来，图霞是现代理想女性的体现。学习戏剧舞美很有意思，因此娜拉甚至庆幸被学校开除了，不然的话，她还得在教室倒数第二排的课桌上枯燥地坐上两年。

唯一给她的生活罩上阴影的是自己的外貌，她从来不满意自己的长相，这种感觉在那一年尤为突出。不过，戏剧艺术赋予她对待生活的一种新态度！于是娜拉开始了探索新的生活方式的试验：开始浓妆艳抹，头发几乎推成秃瓢，体重还下降了——并非有意，但她喜欢这样。小脸蛋儿胖乎乎的，毕竟会让人想到脸色粉红的洋娃娃，而颧骨下消瘦的脸颊很时髦，很酷。她开始保持自己消瘦的体形。有一次，她对自己说了“我不爱吃这个”，就此告别了吃甜食的习惯（顺便指出，这个禁忌她保持了一生）。后来，她仿佛确实不爱吃甜食了。可她开始吸烟，抽得很多很凶，但没感到任何

1　莫斯科戏剧学校所在的大街。

的快感。阿玛丽娅清理烟灰缸里的烟头时，几乎带着一种哭腔说："娜拉，你就是喝酒也比抽烟强啊。抽烟对身体有害不说，烟味也让人很讨厌！契诃夫说过，吻抽烟的女人就如同舔烟灰缸。"娜拉挥手一笑说：

"好妈妈！反正我也不会与契诃夫接吻……"

一般来说，她还是很愿意接吻，需要在爱情上有某种小小的收获，最好这种收获要多几次。她冷静地环视了一下周围，发现身边的小伙子不少，但最招人喜欢的一个男生是装潢专业三年级的，叫若拉·别金斯基，虽说他长得不像尼基塔·特列古布斯基那么帅，但做派有点让人想到尼基塔·特列古布斯基。别，可不需要这种派头！尤其在一些超人身上。在未来的布景管理员、灯光师和音响师中间，颜值一般或者长相看不下去的男子就多了去了。娜拉没用多久就几次轻易得手。这种得手无须多大的代价，这点娜拉心知肚明，但在人生的这个时期她感兴趣的是做爱的技术层面，因此每当场合适当，她与差不多相配的每个男伴操练这种新技术。每得手一次，她的女性自尊心就高升一次。

在这帮人当中，维佳原本是个无意中的猎物，况且他还是个知道感恩的猎物。他这个猎物是在帮他写有关《静静的顿河》的作文那个区域落入娜拉手中的。他万万料想不到，在世界上还有一种快感会与数学分析无关……于是，为体验这种新鲜的快感，他准备丢掉一部分极其宝贵的数学时间，也全然不顾已上十年级了，更何况他还要准备入数学力学系的考试。对于他这位历届数学奥赛的冠军得主来说，数学力学系是个最高的目标。他俩开始频频见面，名义上还是补课，但内容却大为改变了。

在维佳身上没有任何游戏人生的影子，凡他着手做的事情，他都十分真诚、严肃和认真。在维佳身边，长相好坏这个问题已完全不再让娜拉感到不安：因为他根本不去注意娜拉所做的种种努力，让自己美一些，有好模样，能博得男子欢心。他只发现了她的头发剪得不像女人……

维佳（她叫他维塔夏）在娜拉生活中固定的出现，让娜拉以某种方式摆脱了因自己长得丑而产生的不安。就连男人喜不喜欢她这个问题也从她的日程表上去掉了。他俩各自忙于自己的学习，当排满课程的生活中出现了空隙，两人便在娜拉家里幽会，一切都很轻松，每次都很成功。他俩没有什么可聊的，何况说到底他们幽会也不是为了闲聊啊！

学年快结束的时候，娜拉突发奇想，倘若在那场闹得满城风雨的被学校开除的事件之后，她身着一身洁白的衣裙，头戴婚纱，以维佳的新娘的身份出现在中学生的毕业晚会上该多么好玩啊。那确实会逗人开心！要让那些老家伙羡慕一下，也让尼基塔难受难受，我倒要去看看他们！她还提议与维佳结婚，当然是开个玩笑而已。维佳并不觉得娜拉的那个想法怎么好玩，就是她提出结婚一事也没有破坏他的人生计划。何况，他自己关于人类普通生活的一些观念，主要是从母亲的嘟囔中听来的，多亏母亲他才形成了一种观念，认为婚外的性关系几乎等于犯罪，至少是不对的。

于是，他俩没有告知任何人就去了结婚登记处，并递交了一份结婚申请。

结婚申请书被收下了，但结婚证没有立刻批下来。娜拉低下头，把一只手攥成拳头放在肚子上，低声地对办理证件的一位女办事员说，自己有理由要急于办证。那个女办事员立刻明白怎么回事，何况这种情况在办证中又不是第一次。他们遇到了一个富有同情心的办事员大婶，她也善解人意。她给他们解释了一下办证的程序。在娜拉的努力下，因新婚夫妇尚未达到法定结婚年龄而引起的一切来自官僚主义的阻力都被排除了，这多亏了艺校一位高年级同学的鼎力相助，他想出来弄假介绍信、假车票和其他一些并不复杂的假文件，结果在7月初，他俩新领的护照上盖上了一枚所需的印章[1]。

后来，娜拉改变了穿白连衣裙的主意，因为她考虑到在毕业晚会上，有许多女孩会穿上白色连衣裙把自己扮成新娘的样子，因此她没有穿白连衣裙，而穿了一件古怪的戏装。

娜拉与维佳手牵着手出席学校的毕业晚会，一进门她就向全校宣布他俩已经结婚。她的穿着怪模怪样，在身穿亮色的、几乎像是穿着婚礼服的女孩们中间，她的样子就像一只落在雪地上的乌鸦：一条磨得破旧不堪的黑短裤，配着一件完全透肉的黑衬衫，外面套着一件从斯坦尼斯拉夫服装室借来的白缎束身鲸须背心，精心策划的效果达到了，对两年前那场闹剧记忆犹新的教师们为之一震：是把她撵出去，还是让她在这个毕业晚会舞上一段？因为是她自己剥夺了自己参加这场晚会的权利。娜拉这个女孩的放荡、无赖真是名不虚传。

这个戏剧场面——娜拉结婚的消息以及她在毕业晚会上的出现——给格里沙留下了极为强烈的印象。他绝没有料想到，蔫了吧唧的维佳在爱情这方面会这么得手……格里沙对娜拉的那段学校爱情早就消失了，留下的只是颧骨上的那道伤疤：让他印象更为深刻的是，维佳怎能对自己唯一的朋友隐瞒了自己与娜拉关系的秘密？更别说结婚的消息了……

教师们认为维佳是娜拉的又一位受害者。维佳并没有发现娜拉身穿的那件古怪的戏装，他只盼望着一件事，那就是这场正式活动仪式尽快结束，那么他就可以与娜拉一起去她家，把门一关

1　此处指结婚印章。俄罗斯人结婚登记时应在自己的护照上盖此章，以证明已婚。

开始干那件他有时觉得比解数学题更为有趣的事情。娜拉并没有向尼基塔·特列古布斯基这边看，那位也下不了决心往她这边走，只是眨巴着两只浓眉下的羊眼。娜拉策划了这场精彩的结婚节目正是给他看的。遗憾的是，娜拉本人并未因此得到任何的快感。

他们两人很快就把这场一次性的表演忘得一干二净了，这对新人的父母大约两年后才知道了这种奇怪的结婚，既不能将之称为虚假婚姻，但也不能称为正常的婚姻。瓦尔瓦拉·瓦西里耶夫娜因这个反常行为感到很不自在，也困惑了好久，后来她不再困惑了，代之是对儿媳的一种真正的怨恨，但娜拉并没有直接发现这点。她俩是在一个偶然的场合下认识的，瓦尔瓦拉·瓦西里耶夫娜很不喜欢娜拉，似乎这是一种永远的反感。阿玛丽娅得知女儿秘密结婚一事，只是双手一摊说："唉，娜拉！根本猜不到你的把戏！"

维佳偶尔会给娜拉打个电话，之后两人见个面，但两次见面之间，娜拉并不记得有他的存在。有一两次，她把自己盖着已婚印章的护照拿给一个女友看，多半是为了一笑了之，可她是已婚妇女，这个身份让她摆脱了折磨着身边其他女孩的那种不安。

结婚第三年，娜拉有过一次疯狂的罗曼史，那场罗曼史持续了两周。这是她第一次不是与同龄人，而是与成年人的婚外恋，那位导演跑到图霞的工作室祝贺她已度过的生日。导演在第一个晚上还有点躲闪的意思，可娜拉简直像个轮子一样在他身边转来转去，他架不住女人的软缠硬磨，于是慢吞吞地同意了。他一向对丰乳肥臀、满头浓发、大脚丫的女人感兴趣，而那些两腿纤细、耳廓透明、嘴唇贪婪、头发几乎推光的女孩令他见后生畏。可这样的女孩最近在戏剧界很多，因此迄今他都在自卫。但这个晚上他累了，喝了些酒，被女人的话弄得心软了，失去了警戒，几乎是不战而降。本来，莫斯科的任何艳遇都不在他的计划之列，但这个女孩缠住他不放，他们有两周都无法离开，一直黏在一起。后来他走了，带走了对自己的敬重和对娜拉的感激。娜拉用自己炽热的爱在他身上唤起了那种潜藏的、当然是用于另外某种事情上的力量。

娜拉留在莫斯科，心里没着没落的，她试图填补一个窟窿，可说白了这个窟窿就是她自己。她与尼基塔·特列古布斯基的那段往来本应当让她从中汲取很好的教训，但看来并没有教会她什么，因为她再次堕入了情网。可现在她已经知道了要以其人之道还治其人之身。她把几个追求自己的男人调动起来，在不同地方以各种姿势与他们在床上翻滚，可坦吉兹这个鬼东西对她还是不离不弃。娜拉那时真的希望与坦吉兹结束关系，可无论他还是她都未料到，这段恋情竟然持续了一生。

娜拉与维佳在那一年几乎没有见过面。有一次，他俩在地铁站附近恰巧碰上了，两人又热乎了一阵子。安德烈·伊万诺维奇在这段时间里终于把离婚手续磨了下来，阿玛丽娅也从设计局离职——她在那里几乎干了二十年绘图员，他俩去奥卡河畔台地自然保护区的乡下生活了。起初，他们还不时地来莫斯科，后来在当地翻盖了一处房子，屋里设备齐全，还养了家禽，因此来莫斯科愈来愈少了。

维佳又开始常到娜拉这里来，有时候还留宿不走。瓦尔瓦拉·瓦西里耶夫娜虽久不见儿媳，可对她的怨气有增无减，然而娜拉对此并无察觉。这也让婆婆感到窝火，这究竟是什么婆媳关系？她曾有心把心中郁积的一切全都说给娜拉，甚至痛快地吵一架，可一直没有这种机会，等了好久也没有等到。何况坦诚地说，娜拉一辈子也没有赏给婆婆一个把心病一吐为快的机会……

第七章

藏在小柳条箱里
雅科夫·奥谢茨基的日记

（1911年）

1月1日

今天早晨醒得很早，一个遥远童年的场景突然真真切切地浮在眼前。那是十三年前的往事。当时我还不到七岁。妈妈教我学习，我每天要练两页习字。我坐在餐厅里，我们那座小屋位于勒季谢沃大街上。暮色来临，我把整个故事都抄完了，可还剩下两页纸空白。我在上面写了雅科夫·奥谢茨基，1898年1月1日。妈妈对我说，离1月1日还有两个小时，现在还是12月呐。我回答说：“反正都一样，我现在要去睡觉了。”

第二天早晨，一位仆人走进来，他身后还有一个我不认识的男人，他们向我恭贺新年，还把黑麦和大麦粒洒在地上[1]。《生活与艺术》那张报纸很大，上面有各种插图。后来亨里希来了，他是我的哥哥，我多么有福啊！我那时是多么爱他啊！其实，就是如今他也是我们家庭里最有趣和最有教养的人。他的母亲因分娩去世了，是姨妈收养了他，姨妈当时有个吃奶的孩子，一并用奶水喂养他。因此，他就在那个家庭里长大了。父亲再婚娶了妈妈，我父母想把他要回来，但他姨妈不想给。我还是小孩的时候，非常眷恋他。即使现在，当我好久见不到他，也还是十分想念。他去德国

1　这是俄罗斯人祝贺新年的一个习俗，寓意是播种，期望今年获得好收成。

哥廷根大学学习已有一年半之久。哥廷根大学是有钱人的大家庭。我父亲没有能力送我去德国上学。但我相信我自己会慢慢挣够学费，像亨里希一样去德国上学，去哥廷根大学或者马尔堡大学。

有个哥哥真好，尽管我很少见到他……有弟弟妹妹则是另一回事了。几个小弟弟妹妹都很可爱，可我如今最喜欢、最疼爱的是伊娃。我对于她比所有人都更重要，这点一辈子都是如此。她已经不像小女孩，已出脱成一个大姑娘，丰满的乳峰像个真正的女人，就连她自己都为此感到难为情。伊娃真是个美人坯子。我有时突然想到，有怎样一个男子会爱上她，与她将会有怎样一段情爱，他们又会有怎样的孩子。不知为什么每当想到这里我心里就很不舒服。再过三周我就二十岁了，可我自己却判定不了自己是成年人还是少年。我经常想，当我真正去搞音乐或钻研数学，或去阅读一些内容丰富的好书，那我就完全是个成年人，可只要我与自己的弟弟妹妹们待在一起，我的年龄就好像减去了五至七岁。昨天我们玩得多么开心，我与他们一起疯玩，直到拉耶奇卡玩得累倒在地，鼻子出血……难道我会有孩子，有许多孩子吗？不过先要有个妻子，可我看不清妻子长得什么样。我觉得我已知道她应长成什么样，但未必能很快找到这样的妻子。

1月10日

尤拉昨天说，拉赫玛尼诺夫要来基辅演出，1月21日和27日将举办两场音乐会！现在至关重要的问题是，我要搞到音乐会的票。售票还没有开始，我今天就跑去找拉杰茨基，求他找他在基辅音乐协会多年当秘书的姨妈，让他姨妈给弄张票，哪怕下跪都行，只是我不知道该给谁下跪，是给拉杰茨基还是给他姨妈！

1月22日

昨天连写日记的力气都没有，就是今天也没有。可总觉得倘若不把从最初一刻直到最后一刻在我身边发生的事情记下来，那就可能会忘掉的。我人生中还从未体验过这样激烈动荡的感情，最主要的是，仿佛人生只是从昨天才开始，之前的一切只不过是人生的某种训练，一些练习曲和一堆音阶练习而已！

首先，要说拉赫玛尼诺夫。音乐会前半场，他指挥了交响乐队，演奏曲目是他的《第二钢琴协奏曲》。我之前没有听过。他是位新时代的天才人物。应当多去听他的音乐会，因为有许多我所不熟悉的东西。拉赫玛尼诺夫并没有像乐队指挥通常那样身着燕尾服，而是穿了一件长襟礼服。他剪着一头短发，仿佛是个飞行员或者化学家，而不是演员。但他的外貌是如此有力感人，从最初那刻就可以明白这是位怎样了不起的巨擘！在演出的整个前半场，我简直不知道自己身处何处——是在九霄云外吗？只知道不在地上。可这个地方不是神性的空间，而是人间的地盘，只不过是一个高度人性化的空间罢了。在这个空间里，旋律开始得十分强劲，有力。与斯克里亚宾的旋律相比，完全是另外一种风格，可它更符合我的心意。甚至我产生了这样的感觉，仿佛身体内部各个器官——心脏、两肺和肝脏听到这些声音都各自感到高兴。顺便说一下，我买的是池座票，而不是花三十戈比买的便宜票。父亲在我生日前给了我十卢布。可能伊娃对他说过，我早就盼着去听这场音乐会，哪怕是坐在顶层楼座，哪怕站在楼梯上听都行。可我买到一张池座票，这张票引出了一个重要的成果。第一场结束后，全场观众起立鼓掌，长达十分钟。我从没见过这么成功的演出。我走进休息室，观众依然处在极度兴奋的状态，到处都能听到赞美之词，简直是在大声喧哗。突然，我发现在一根廊柱旁边站着一位瘦弱的少女，她脸色苍白，纤细的脖子从白色大翻领裸露出来，就像是长出来的一根白草茎。我几乎是从一侧看见她并立刻认出了她。是她！就是她！就是那位在白色翻领里打着一条蓝领带的姑娘。我甚至都没有看清她的脸，就向她跑去说："多么幸运啊！我知道我一定会碰到您！并且一定会在这种音乐会上！"她神态安静地看着我，可语气稍微吃惊地说："对不起，您认错人了！我并不认识您。""当然，当然啦，我们并不认识！但有一次我在看歌剧《霍万斯基之乱》演出时见到过您。当时与您在一起的还有两位大学生，他俩真烦人！"——这句话从我嘴里脱口而出，就连我自己都后悔怎能这么说话。她十分惊奇地看了我一眼，然后发出一阵优美的、少女的笑声，就像伊沃奇卡[1]笑起来那样。

"那两个年轻人有什么让您不喜欢呀？其中一个是我哥哥，另一个是我哥哥的好友！您太不会与人搭讪！"

她依然笑容可掬，身子往旁边挪了挪，于是我明白了她不是独自来的，她身边还站着一位体态臃肿的女人，她已上了年纪，暗灰色头发上罩着一个怪怪的纱帽，看上去像个有品位的女人。

我担心得要命，就怕一切会此刻完结，她若扭头走掉，那我就再也见不到她。于是，我完全像个疯子，一把抓住她的连衣裙袖子没让她走开。她一点儿也不害怕，把我的一只手推开，说她要登上最高层的楼座，并祝我在后半场音乐会能得到更多的享受。

完了，她若现在走掉，那就一切都完了！"我恳求您，恳求您别去顶层楼座了，我父亲今天赠给我一张池座票，因为是我的生日，您知道吗……我请求与您换票，这张票在五排中间，十一号。"

1　伊娃的爱称。

她万般同情地看了我一眼，然后点点头说："我请您别这么激动，我很愿意到您的座位上去，更何况我的座位那里不但什么都看不见，而且听得也不好。承蒙您的好意，我深表感谢。"

她向自己的那位女伴挥挥手，用法语说："勒鲁夫人，我遇见一个熟人，他主动要与我换票，他的票在池座。"

姑娘半信半疑地接过票，似乎要把票递给那位法国女人，可那个女人笑容可掬地把她的手推开，扬起眉峰，甚至仿佛稍带幽默地说，去吧，去吧，玛利……去看看您在池座是否还有个熟人。

就这样，我与她把票换了，我把她领到自己的座位前让她坐下，她感激地向我点点头，但她的点头很自如，可能是个教养极好的姑娘，只有受过良好教育的人才能有这种质朴的交往方式。

我登上顶层楼座的时候，拉赫玛尼诺夫已经就坐在钢琴前。他刚奏起第一段和弦，我就简直忘记了自己的存在。现在几乎整整两天过去了，我通过单簧管演奏员菲利蒙诺夫弄到了《第二钢琴协奏曲》的总谱，我看了一遍，还要好好研究一下，但依然有种感觉，觉得协奏曲第一乐章达到了尽善尽美的高度。最初是高音部与中音部的对话，随后是大字一组的 F 音，其后才是强有力的第一主题音乐开始，弦乐和单簧管奏出了引子部分……这场音乐会的内容充实，没有任何空洞的花样，任何噱头，全都是实实在在的东西！下半场结束后，大厅里响起了雷鸣般的掌声！观众处于神经质的亢奋状态，可拉赫玛尼诺夫是如此淡定，不动声色，真是位巨人啊！他合着拍子鼓掌，打着节奏，随意地鼓了几下掌之后，又打起节奏来。

哦，天哪！我忘了，完全把那位美丽的姑娘忘了。当听众的欢呼声和掌声停息，并已陆续散去的时候，我才想起那位姑娘，我知道我把她弄丢了，她已走掉，我再也找不到她了。我几乎从楼梯一滚而下，观众确实正在陆续离去，我奔向更衣间取自己的大衣，迷人的音乐依然回响在耳际，我感到幸福，但也感到自己的不幸，因为我知道自己丢掉了一个现在再也找不回来的东西。我取了大衣，一边穿一边向门口走去，希望（倘若运气好的话）在楼梯口或在电车站追上她……这时，我的大衣襟蹭到了一位女士，她坐在一张丝绒板凳上穿鞋。我说了声对不起，突然发现原来是她！音乐会后她脸上露出了倦意，但那张脸依然光彩照人。她当然忘了我，甚至没有立刻认出我来。

我送她回了家。她家住在马林斯基－报喜大街，离我家步行只有五分钟。她叫玛利亚，玛利亚，玛利亚。

第八章

人才培养园地

（1958—1974年）

早在上八年级的时候，格里沙·利伯和维佳·切博塔廖夫就去数学力学系参加了系办的一个小组活动。有二十几个男孩和少有的两个女孩在那里完全开始了一种特别的生活。但就连在这个筛选出来的人才培养园地里，维佳依然是佼佼者。他就在同年成为莫斯科中学生数学竞赛的冠军得主，尤其令人惊讶的是，他战胜了几位九年级学生！一年后，在布加勒斯特举办的第一届世界中学生数学奥林匹克竞赛上，他获得了第二名，诚然，不是第一名。可这并没有让他灰心，而更多是让他感到惊喜。这时候，他已经习惯于在同龄人中间无人能与他匹敌。但他并不沾沾自喜，因为他是个有天赋的学者，对于他来说，解出一道数学难题就是最好的奖励。

上九年级那年秋天，维佳患扁桃体炎，格里沙给他拿来一本书。那是战前出版的豪斯多夫[1]的《集论》，书的装帧一般，且破旧不堪，不知经过多少人的手和阅读之后才到了维佳手中，可它却以极其深刻的方式彻底改变他的整个人生。

傍晚，格里沙走后，他吃了一定剂量的药片，又用水漱了漱喉咙，之后躺在沙发上，想在入睡之前看看那本小册子，格里沙一再

1　费利克斯·豪斯多夫（1868—1942），德国数学家，现代拓扑学奠基人之一。

嘱咐不要把书弄脏，要精心爱护它，因为这本书十分珍贵。维佳打开了书，起初他并没有发现什么珍贵之处。可随后无论睡意、扁桃体炎，还是现实存在的感觉本身，都离开了他，他仿佛蒸发掉了！他每读一页都觉得自己的身体在发生变化。几年来，他一直在解答一些零散的、费解的数学题并认为自己在研究数学，可直到这天晚上他觉得自己才真正走进了数学的空间。整个星球就是一种奇妙而多样的集合。早上他望了一眼窗外，发现外部世界丝毫没有发生变化，因此他不明白，在世界上有“集论”这种东西，楼房怎么还能耸立，怎么还没有倒塌！

维佳从来没有读过曼德尔施塔姆的那几行著名的诗句，但是他体验到了那种感觉，诗人曾用朦胧的诗句描述出来：

于是我走出一片空间
走进荒芜的人才园地，
虚假的恒定面对深渊
自我同意有诸多原因。

你的课本是读不完的书
我独自阅读，无人打扰——
一本无页的古怪的通俗医书——
一个数量极大的求根习题集。

一句话，他去的正是那个园地。再也无法想象有什么更美的地方。

快升十年级时，维佳已成了真正的数学家。他的颅骨在额头部分稍稍变宽（这是儿童患过轻微脑积水的常见现象），容下了一颗大脑，不断扩大的宇宙在大脑里呼吸运动、翻滚沸腾，而身体发出的一切其他信号——吃喝，大小便——只能对大脑的经常性工作造成妨碍，而大脑的紧张工作能让他感到幸福。数学之外的任何东西都引不起他的兴趣，就连与格里沙的友谊也有些减弱了，因为格里沙作为一个对谈者已满足不了他的需求。确切些说，他从数学音乐的声音中体验到的快感，大大地胜过了所有其他的快乐，其中包括与人们交往带来的快乐。因此，他轻易地拒绝了一切“身外之物”。当男孩们因激素突变而感到十分难受的时候，他便把身体发育本身几乎视为扁桃体炎，当作一种有碍身体的东西。维佳找到了一种摆脱妨碍身体发育的简单方法：加重大脑的工作负担……

娜拉处在维佳所感兴趣的世界边缘，恰恰在这时她十分及时地变换了自己的身份，从文学补习教师变成了性伴侣，并且她心甘情愿迎合他这个成熟男子的需求。她是性革命的私生子，却对这个革命一无所知，只是听玛露霞对社会主义国家里妇女的彻底解放问题发表过一些大胆的，但业已陈旧的看法，那还是她怕邻居们听见悄悄说的。

维佳感激娜拉让他解脱了激素的压抑之苦，这种解脱在他俩短暂而热烈的幽会之后就立刻开始了，那是些探讨床上技术的幽会……中学毕业后立即办理的那场滑稽的结婚没有让他俩的关系有丝毫的变化。有时候他去找娜拉，去的目的明确，一起待得也不错，有时候娜拉给他打电话，两人幽会一次，可分手时并不确定下次见面的时间。什么时间都行……维佳把自己的全部精力献给了另外的罗曼史——与数学为伴，而娜拉极大的乐趣是作画、听戏剧史讲座和看书。

维佳考上了数学力学系，他上一年级时就潜心去研究集论。

集论是一门相对年轻的学科，19世纪中叶才出现在数学领域，可它往往让不少研究者发疯和自杀。维佳的内心也开始受到了折磨。起初，一些研究者的命运、性格和生平还没有列在一系列定理的名称之后。只是在稍后几年，当有人开始把以尼古拉·布尔巴基为笔名的数学家小组撰写的一套多卷集数学文献及其历史译成俄文的时候，维佳才知道了这个学派的奠基人格奥尔格·康托尔[1]的命运，他生在彼得堡，创建了实无穷概念，他还是哲学家、音乐家和研究莎士比亚的专家，可最终他在自己所创造的世界的迷宫里不能自拔，并死于哈雷市的一家精神病医院。他死后，除了所有列举的东西，只留下了“康托尔问题”，这是个“连续统假设”，诚如随后的几代数学家确信的那样，这个问题既不可能驳倒，也不可能证实……维佳也知道费利克斯·豪斯多夫去世的消息，他在1942年被发配到集中营之前自杀身亡，他给后辈人留下了豪斯多夫空间和豪斯多夫悖论，也留下了许多其他的东西，这些东西与其说涉及数学，莫如说涉及一些数学家本人。

整个四年级维佳都在撰写一篇可计算函数的论文，这篇论文令教研室主任欣喜若狂，他同样是个性格古怪的人。

教研室主任是个举世闻名的学者，校领导不得不顾及他在数学上的杰出贡献，因此宽恕了他的古怪行为，可对他的学生维佳就没什么宽恕可言。那些年代的学风是由党委来定调子，系办只是听从而已。大学生均处在严格的管控之中：一定要参加共青团会议，政治学习，还要完成一些社会性工作。因蔑视学校现行的规章制度，维佳不时地受到惩罚，有一次因未参加体育课考查而被剥夺参加其他考试的权利，还有一次因“马铃薯和胡萝卜事件”差

1　格奥尔格·康托尔（1845—1918），德国数学家，集论的创始人。

点儿被学校除名。

每年9月份，大学生都要去“挖马铃薯”。有些学生较能应对苏维埃生活，他们提早就把医院证明开好了。瓦尔瓦拉·瓦西里耶夫娜凭着她是房管所的秘书身份，再加上她与整个区里的医院都有很好的关系，因此她要弄一张需要的证明不费吹灰之力，可维佳没有让她及时去办，所以只好参加共青团组织的这次活动。

大学生们这次劳动的干劲十足，因为年级团小组长坚尼科夫曾许下诺言，只要学生们把集体农庄的一大块田地里的马铃薯全部挖完，就可以让他们回家。孩子们深受这个许诺的鼓舞，他们起早贪黑地干活，两周内就把马铃薯全部收割完毕，并且为自己赢得了十五天的自由生活（假期）而高兴不已。然而在收割快要结束时，坚尼科夫悄悄溜掉了，共青团有要事把他叫回去了，代替他的另一名“党员同志”宣称，现在他们全都还要去挖胡萝卜。这时候突然下起雨来。

大学生们都气得大喊大叫，可还是去地里挖胡萝卜。但并非所有人都去了——有几个坚持原则的学生坐车走了。维佳也回去了，可他不属于坚持原则，而是因为生病。他得了感冒，发起高烧，卧床不起，躺在床上还沉湎于数学的梦境。他身上出现了一种现象，他后来在较为成熟的年代里称之为“直觉视觉”，他甚至试图描绘自己对集合世界，对森林或对一些极美的网状花纹在空间来回移动的感受，那个空间与粗糙的现实毫无共同之处。在这个现实中，厨房里的茶壶烧开了，水熬干了，瓦尔瓦拉·瓦西里耶夫娜想消灭的蟑螂依然在厨房窜来窜去，从尼基塔林荫道排出来的废气喷到半地下的那扇窗户上。但他的描绘未能实现……

在半昏迷状态中，一些莫名其妙的模糊幻影交替出现，娜拉的影子也在其中，她用一个亮金属制成的大平盘给他端来某些神奇的东西，那是一些计算方法，可它们是活的，在轻微地蠕动并且相互碰撞。维佳觉得自己必须把某个精妙的思想记录下来，但缺少某个东西，总是欠缺某个东西……有位高个子男人沿着一条长长的走廊走来，走廊尽头有个窟窿亮得刺眼，那个人也拿着一个托盘，就是维佳看见在娜拉手里拿的那种，托盘上同样放着一些东西，可它们是函数和函数分析论。那个人叫安德烈·尼古拉耶维奇，维佳必须让这个安德烈·尼古拉耶维奇一定注意到他，但按照某种众所周知的做法他又不敢喊他一声，因此需要等待，好让安德烈·尼古拉耶维奇本人发现他。可后来他错过了这个机会，高个子男人走了，可放着计算方法的那个托盘却到了维佳手中，然而计算方法已全都死掉，不再蠕动了，于是他浑身感到了一阵恐惧……

他病了很久，还得了几种继发症，当他病愈去大学那天，正好举行了一次会议，要把一些逃避“挖马铃薯”，确切些说，是逃避“挖胡萝卜”的大学生开除出共青团。他们的命运已经注定：被开除出共青团之后，下一步就是不可避免地被学校除名。对维克多·切博塔廖夫的问题是单独讨论的：虽说他有一份医院证明，但开证明的日期晚了两天，即那是个后补的证明。

从逻辑上看，他做得不对，并且不应得到宽容，但从人道主义角度来看，他确实病了，更何况还是纯医学方面的事情：开证明的前两天可能是疾病的潜伏期，虽然那时尚未出现病症，但感染已在机体内起着毒害作用。

总之，鉴于上述一些情况，维佳被从轻处理，给了警告处分，而其他犯错误的学生全部被清除出共青团。

他坐在共青团会议室，脑海里竭力回想着自己为什么要加入共青团。他完全忘掉了自己履历中还有这件事。后来想起来了，是妈妈坚持让他入团的。是的，瓦尔瓦拉·瓦西里耶夫娜认为入团是必须的。她本人是党员，因此确切知道，儿子必须有大家都有的一些东西，甚至要比他们有的东西还要多，但不要破坏生活规律。维佳在鸡毛蒜皮的小事上从来不与母亲对着干，因此上八年级时随便地写了份入团申请书，两年后他也同样随便地写了一份结婚申请书。

他在自己不感兴趣的事情上从来表现不出有什么原则性。可这次他突然觉得对自己的处理不公：他们所有人都被骗了，因为有人许诺说把马铃薯挖完后他们就可以回家嘛，但是没有放他们走。他们错在哪里？难道错在相信了团小组长的许诺？要知道这是一场欺骗啊！

“别说了，住嘴吧，你这个傻瓜，你在做什么啊？”他的朋友斯拉瓦·别列日诺伊悄声对他说，“你这样做于事无补，只能让自己更倒霉！”

事情确实如此，维佳也被开除出团了。这个结果让他感到震惊。他回家后倒在沙发上，一声也不吭。瓦尔瓦拉·瓦西里耶夫娜也问不出来究竟出了什么事。于是，她对发生的事情做了一番自己的想象，开始把维佳的沮丧情绪归罪于娜拉——自己不承认的儿媳妇。这时候她俩已经相互见过面，瓦尔瓦拉·瓦西里耶夫娜弄到了她的电话，对房管所的工作人员来说这并不困难。她给娜拉打过了电话，但并没有得到明确的回答。于是她认为娜拉对某件事有所隐瞒。

一周后，同班同学斯拉瓦·别列日诺伊去他们家，向她做了一番解释。可维佳没有与斯拉瓦讨论任何事情，总之他整个晚上都闷着没说话。然而瓦尔瓦拉·瓦西里耶夫娜全都明白了，她去大学直接找了党委，又像共产党员与共产党员那样，与他们的系主任好好谈了一通，系主任按照人之常理全都明白了：战士的遗孀独自拉扯儿子多不容易……瓦尔瓦拉在那里把情况说得与实际情况不大相符：她既不全是战士的妻子，也不全是遗孀……但在她的话里有一点是千真万确的：维佳曾经得过忧郁症，是瓦尔瓦拉·瓦西里耶夫娜借助良药把儿子救了出来，几乎用了三个月时间。她找学校的结果是，维佳恢复了团籍，也没有被大学除名。就连教研室主任也帮忙说了话：虽然那个怪老头是担着风险去求情，可他不希望失去一位出色的学生。他说，维佳是苏维埃数学的未来！

维佳继续留在大学里读书，还休了一段学术假，但这件事情对他的伤害很深。在生活中，除了早饭的夹香肠面包、数学和偶尔出现的娜拉外，又出现了一些之前尚未认出来的困难——他很希望不知道那些困难，也不想去注意它们。他对这些困难没有任何的免疫力，这让他在日后的生活中吃了不少苦头。

但是，瓦尔瓦拉·瓦西里耶夫娜不同于儿子，她在日常生活的一些事情上十分在行，真不愧是在房管所工作：她在神经精神病防治所搞到了一张证明，证明维克多·斯捷潘诺维奇·切博塔廖夫曾有过忧郁型精神病的发作，而身体其他方面基本正常。生活后来证明，她办的这件事并非完全无用。

这样，一切都摆平了。维佳以极佳的方式完成了论文答辩，并留在教研室继续读研究生，准备三年后进行论文答辩，他的论文题目叫做“集合的可计算程序”。这是个全新的课题，这个东西不搞数学的人根本不懂，就连搞数学的人也并非人人明白。在教研室组织的预答辩上，有某个教授发言对论文做了尖锐的批评，他指责答辩人违背了“结构数学”原理本身。他虽是最新的，但并非人人都能接受的“结构数学”的杰出代表，可在数学逻辑教研室深受同行的敬重。维佳根本不能接受这位教授的攻击，他心平气和地进行反驳，坚持认为一些已有的最具结构的对象，其中包括他所心爱的各种计算方法，都可以在正统的逻辑学和数学的框架下去研究，况且那些框架已被其他所有的教研室所接受。于是开始了一场辩论，维佳的答辩论文只不过是个导火索，因为在学术问题背后隐藏的是维佳不知道的人际关系的分歧。维佳听着这场争吵，怎么也不明白他的论敌和辩护人在争论什么。他企图说点什么，但根本不给他说话的机会，于是他悄悄地走出了教室。

在教研室会议上，两派观点又争论了好久，这场预答辩就算告吹了。维佳按照习惯的路线走到沙发床旁，这一躺又是连续三个月。

瓦尔瓦拉·瓦西里耶夫娜同样以习惯的路线去神经精神病防治所，给儿子开了药，维佳服药后渐渐恢复过来了。

1968年就这样平安地过去了。震撼社会主义世界的任何政治事件，维佳都发现不了。他的数学好友斯拉瓦·别列日诺伊不时地去他家做客，谈起一些重要的事情，斯拉瓦发现自己的朋友在政治上十分幼稚，便说了一句：

“你简直就是个卢津[1]！”

维佳当下浑身哆嗦了一下，因为他十分看重卢津这位数学家。

“你指的是什么呀，斯拉瓦？这与卢津有什么相干？”

斯拉瓦给维佳转述了梅里尼科夫教授上课时讲的一个笑话：伟大的卢津在战后的一次课堂讨论上是怎样发言的：1917年，我人生中发生了一个最伟大的事件——我开始研究三角级数了……

“什么？他接着又说什么了？”维佳感兴趣地问了一句，因为他对梅里尼科夫的评价也很高。

---

1 卢津（1883—1950），苏联数学家，苏联科学院院士。

斯拉瓦对他这种天真无邪感到吃惊：

“什么都没有说！人人都记得1917年发生了另外一件大事！”

“什么大事？”维佳又在刨根问底。

斯拉瓦把手一挥说：“维佳，十月革命爆发在1917年！”

“啊哈，明白了……”

论文答辩导师（他就是教研室主任）很赏识维佳，在未能举行的预答辩两周过后，他亲自去了维佳的家里。维佳在这段时间已从那场伤害中缓了过来，并在考虑“今后”怎么办。那位论敌虽让他的预答辩流产，可提出的两条个别的批评意见涉及助定理2.2和定理6.4，含有某种让维佳很感兴趣的思想萌芽。他本人已看清了在自己的答辩论文里有某些东西即便不是缺点，那也是含糊之处，他感到不安起来，因为自己一下子涌进了灵活多变、分支诸多、大大超出了可怜的三维世界范围的集论深奥之处。

教研室主任在靠近尼基塔大门的那套半地下室的公寓里待了两小时，并且伤心地走了，因为他的学生离开了一个他认为是现实的数学空间，而跳到了那个因巨大的负担而让智力受损的领域。有些数学家的职业冒险就在于此，并且这位教授在一生中已有两次看到了这种充满矛盾的迷惘。这真令人惋惜。小伙子有能力，也许是个天才，研究生毕业了，可拒绝答辩……当然，他找不到工作，没有生活的来源。能为他做什么呢？不行，帮他一把是不可能的。

可在这种情况下，教授的判断局部有误。半年来，维佳紧扣住一些定理的难关和拦路虎，找到一条完全意料不到的、简直是绝妙的途径，从业已形成的局势中跳了出来。他坐下来就写出来一篇论文。之后他给娜拉打了电话，她虽有点心不在焉，但还是高兴地接了电话。他在她那里住了三天，在他俩的关系中甚至有某种柔情一闪而过。临走的时候，维塔夏才问娜拉：

“要不我们真的结婚吧？看来在一起很好……”

“那还能怎样？”娜拉笑了笑说，“我们这不是已经结婚了？要住在一起吗？去你那儿？”

“嗯，这不行，”维佳掂量了一下娜拉与瓦尔瓦拉·瓦西里耶夫娜住在一起的情景，十分清醒地估计了形势，之后说，“除非住在你那儿……”

“住我这儿？不行，对不起……”

娜拉身边的人形形色色：有画家、演员、一半时间从事戏剧工作的人和与戏剧沾点边的人、才华横溢的人、妙趣横生的人和千方百计想展示自己喜好的人，可像维佳这么特殊、不带一点普通的俗气和一点也不懂美观的人，却一个都没有。人人都想成为天才，却实现不了！维塔夏比所有人都更像天才，娜拉早在学校时就悟出了这点，况且都不需要什么证实，但决不能把他拴在自己家里。

还有几个从事数学的朋友赏识维佳的才华。其中有永远的朋友格里沙·利伯和斯拉瓦·别列日诺伊。况且，是否需要很多朋友？维佳在感情方面是迟钝的，他基本不会与人进行一般话题的交谈，所以他交的朋友注定只能在数学圈子里。

斯拉瓦·别列日诺伊因“马铃薯”事件被学校开除之后，他在莫斯科高等技术学院夜校毕业，从很早的时候就迷上了电脑编程工作，正是他把维佳安排在计算中心工作，维佳十分称心这份工作，因为计算法距离编程只是一步之遥。维佳搞数学还从来没有得到任何实际的好处，数学只是一种纯粹的令人陶醉的智力游戏，可现在用一种人工的、简单的逻辑语言记载下来的计算法，就能解决诸多千变万化的、其实与数学并没有关系的难题。

计算中心的领导很赏识维佳，斯拉瓦对维佳取得的成绩甚至比自己的还要高兴。而维佳生平以来第一次领到了工资，他花钱买了数学书和贵重的糖果。说他喜欢吃甜食，这话甚至说得轻了，他是真正的嗜糖狂，离开甜食他就活不下去。

工作留给了维佳充足的时间。他把严格规定的编程任务稍稍推到一边，解开了部分是他自己编的难题，甚至还撰写了两篇论文投到学术杂志去。然而，维佳自认为其中极可能投中的一篇论文被退了回来，退稿的附言写得很不客气，因此他一气之下把两篇文章全都要了回来。受了这次不公正的委屈后，他改弦更张，把两篇文章转寄给美国的一家数学杂志。只是一年后他才得知，两篇文章都已发表了。

就在那个时候，由于维佳诚实到笨拙的程度，他与计算中心的头儿波格丹诺夫发生了一场冲突。按照当时的尺度来看，那个人外表上相当彬彬有礼，却是个野心勃勃的家伙。之前不久，他已获得了一项政府的秘密奖励，因为计算中心的部分工作属于保密，是个军事项目，可现在正在调整这个最新的、应把西方远远地甩在后面的程序。就是说，不是赶上西方，而是超过西方。

波格丹诺夫名义上是这个项目的牵头人，可不参加任何的实际工作。之所以没有参加，是因为他对编程了解甚少。总之，他属于党政干部，而不是学者出身。所以，为弥补自己学术水平的不足，他常常把自己的名字放到集体作者中间。

这项工作由五个人来做，维塔夏年纪最大，最小的是数学力学系即将毕业的大学生阿马亚克·萨尔格相。应当说，做这件工作要有一个聪明的头脑。

维佳对计算中心的行政管理机构情况所知甚少。计算机本身占据一座可观的大楼。楼里塞满众多的穿孔卡片，还有不断地把穿孔卡片从一处移到另一处的姑娘们，所以计算还要包括女工作人员穿着高跟鞋嗒嗒地上下楼的能量消耗。维佳并不怀疑还存在着一种肉眼看不到的，但与人际关系有联系的层次。总之，在把这个项目送交上级审核的某一刻维佳发现，对这个项目没做任何事情的波格丹诺夫的大名排在作者名单最前面，可那位精明能干的大学生，他对维佳帮助最多，尤其在程序调整方面做了许多工作，他的名字根本就没有。

维佳便在接待日去找波格丹诺夫问个究竟。也许，倘若他以一种比较巧妙婉转的方式开始这次谈话，那么事情大概会是另一种结果。但维佳张口就说这样做不公正，因为波格丹诺夫让自己的名字在作者名单中排第一，虽说他间接地对这个项目的优点和不足有所了解，可萨尔格相直接参加了编程并且做了许多实际的工作，却不知什么原因没有他的名字。波格丹诺夫冷冰冰地回答说他要查一下。

这次谈话后，维佳就再无法见到他了。维佳在每周的接待日频频去找他，但往往找不到，直到波格丹诺夫的女秘书悄悄告诉他别再来找了，因为这样做没有用。于是，有一天，维佳突然闯进了计算中心主任办公室，并且真正地大闹了一番。他甚至大喊了起来，说当官的根本不注重国家的利益！可怜的阿马亚克立即被计算中心撵走了，也没有让他进行毕业论文答辩，他作为十分慎重严谨的人，再写出一篇新的答辩论文，已经来不及了。维佳对正义的渴望让可怜的阿马亚克吃了许多苦头，可却坚定了他对人的信念。

一个半月之后，维佳本人也丢掉了工作。他处在深度的困惑和沮丧之中。这与其说是因为他自己的名字也被从那个项目的作者名单中除掉，莫如说他根本无法理解整个这种野蛮而残酷的做法。

维佳躺在床上，一声也不吭，他不打算去找新的工作，对母亲的问话也只是敷衍几句。瓦尔瓦拉·瓦西里耶夫娜虽依然希望自己的儿子是个天才，但也开始怀疑那个神经兮兮的老头说的话，因为他在去世前不久还预言，维佳会谋得某个特别的、出色的位置。那这个位置在哪里，在哪儿啊？

维佳从来没考虑过自己有什么特殊的天赋。被计算中心解聘后，他凭惯性继续思考编程问题。在沙发床上躺了一段时间后，他想到那个程序还可以继续改进。于是，他搞起了一项甚至无法向任何人展示的工作。这个工作就是他个人的程序，他的机体调整到这个程序中，因为他的大脑离开智力工作就无法生存，就像正常人的身体离开食物不可能生存一样。也许，他会很高兴去从事其他什么工作，可其他工作他都不会。他因连夜失眠抑郁症愈来愈厉害，直到瓦尔瓦拉·瓦西里耶夫娜决定带他去看医生。这还是那个陷阱，在倒霉的副博士论文答辩之前就曾出现过。

多雨的春天，阴冷得就像是秋天，坦吉兹像通常一样，一走就永远不见了。娜拉打算开始一种新的生活。她给维塔夏打电话请他来。他来了。他吃香肠的时候，给娜拉讲了他的头儿原来是个败类。他还解释了好程序与坏程序的区别在哪儿。娜拉听了他几句话，便把方向引到了卧室。

维塔夏诚恳认真地完成了自己应干的那件事。就这样，开始了一种新的生活：1975年初，尤利克出生了。

第九章

认　亲

（1975—1976年）

安德烈·伊万诺维奇患了严重的肺炎，从入秋起一直拖到了初冬，阿玛丽娅·亚历山德罗夫娜寸步不离地守护在身边，直到他彻底痊愈。这样一来，结果亨里希成了第一个来看望新生婴儿的亲人。他带着自己妻子伊丽什卡，拿着礼物和糖果来了。伊丽什卡这个女人心眼儿不错，可好唠叨。她父母不知怎么给她挑了这么一个最不适合她的名字。在娜拉的概念里，伊琳娜[1]这个名字应当属于那种面容清瘦、身材苗条、行动敏锐的女人，可这个女人简直像只邋遢的母熊，满脸就显出一个宽扁的鼻子，下巴长得不像下巴，而是一堆松软的赘肉。她大概应当起名叫多姆纳[2]或者哈弗罗尼亚[3]才对，娜拉这样认为……

不过，这次拿来的礼物还有点实际意义——一个悬吊式秋千和一个丑得可爱的大狗熊，那个狗熊有点像伊丽什卡。顺便提一句，尤利克真的爱上了那只狗熊，两年后开始称它为“熊友”，并且这是他最初学会说的词之一。

父亲通常总送给娜拉一些完全没有用的东西，要么是一个烤

1　伊琳娜即伊丽什卡的大名，伊丽什卡是爱称。

2　多姆纳，拉丁语为“女士”，后来指性格强悍、办事果断的女人。

3　哈弗罗尼亚这个名字源于古希腊文，意思是“快乐的，头脑清楚的女人”。

各种形状饼干的带格框的盒子，要么是一套超大尺寸的刀具，它们可能只对市场上卖肉的适用，还有一次他平白无故就送给娜拉一顶昂贵的褐狐皮帽，娜拉立即就把它拿到剧院了。

父亲从布拉格饭店的熟食店买的食品通常都很好吃。祖母玛露霞本人也曾在这个熟食店打打牙祭，她还买牛腱子肉做的圆馅饼或者鱼肉冻给孙女吃，凝固的鱼在透明鱼肉冻里就像在冰块下一样闪着亮光。伊丽什卡很想抱抱婴儿，但发现了娜拉冷淡的目光，只好从远处发出呃呃声逗逗孩子。尤利克只是惊异地看了她一眼，可娜拉高兴得很，心想："真是自己的儿子！什么都明白！"

亨里希也没有去动孩子，但用十分赞赏和关心的目光仔细地看着婴儿。

"他长得像我们家的人，圆脑袋，大耳朵……况且不是大嘴巴，而是紧收的小嘴！"

娜拉只好稍带苦涩地同意他的说法。因为小家伙还真的带着亨里希长相的某些特征。

一个半月后，阿玛丽娅来了，当然是与安德烈·伊万诺维奇一起来的。刚进门还没有脱大衣，她就抱住娜拉立刻哭了起来。她哭得很厉害，像小孩一样泪汪汪的：

"请原谅，女儿！请原谅我！我们实在无法早一些脱身！但你还是能理解的，我聪明的孩子！"

娜拉是理解的。自从安德烈·伊万诺维奇出现那刻起，她似乎就一切都明白了，尽管那时她才刚过了十岁。他第一次走进这个家的时候，她似乎觉得这张脸很熟。当他站在尼基塔林荫道的时候，她发现他时不时地看看她与妈妈一起散步，见过他开车把突发阑尾炎的妈妈送往费拉托夫医院，还见到过他接妈妈和她走出剧院，他像影子一样跟在后面，就是为了伴随心爱的女人（马列奇卡[1])度过二十分钟幻梦的时光。母亲只是偶尔回过头看看他，心里暗自发笑：就为了这点事他向妻子胡乱地撒了谎，好不容易从家中脱身，跑来赶上剧场散戏……怎样的情人才能做到这种事？

娜拉长大后对这个谨慎小心、又干又瘦的男人有过各种的感情——妒忌、无声的愤怒、赞叹和朦胧的爱……他站在母亲身后，总是摆出一副保镖的架势，好像随时准备庇护她，打退任何的袭击，打跑所有敢于欺负她的人。娜拉甚至在拥抱母亲的时候，都无法打消母亲背叛她，背叛自己唯一的女儿的感觉。阿玛丽娅对自己的安德烈爱得太深，结果让另一种爱——对女儿的爱遭受了损失。

她现在哭了。就是说，她才明白……无论娜拉怀孕的最后几周，也无论她分娩时还是把初生婴儿抱回家的头几天她都没有露面，这母亲当得太差劲。娜拉隔着厚呢大衣摸着母亲的脊背，脑海里一直有着这个坎，难以释怀，可从来都无法对母亲说出口。安德烈·伊万诺维奇面带愧色地站在身后。患病期间，他曾经多次催马列奇卡去一趟莫斯科，可她怎么也不想把他这个病人独自丢在乡下……母亲的眼泪此刻掉在娜拉身上，娜拉擦去编织帽上的泪水，她既同情母亲又嫉妒母亲，同时心中充满一种优越感，心想她自己不会这样做，大概也就不会这样痛哭流涕……

娜拉帮母亲脱掉了大衣，安德烈·伊万诺维奇一下子冲过来接住大衣，蹲下给她解开了鞋扣环，随后把一双拖鞋塞到她的脚跟前。阿玛丽娅趁机无意识地用手拢拢他那向前俯的头顶上的几根稀疏的头发。他的两手顺着腿往上滑……偷偷摸了摸她的膝盖，这让娜拉用眼角瞟见了。

1　阿玛丽娅的爱称。

往往有这样一些时刻，他俩示爱的抚摸让娜拉觉得仿佛被火烧了一下。他们的行为真有伤大雅。两个人已经一把年纪，可这种相互的吸引，这种永不消退的欲望，让娜拉感到恼火。

“这说明自己身上有妒忌心，”娜拉打断了自己的想法，“真可耻。”

娜拉对所有人都毫不留情面，对自己也是这样。

母亲用手背擦去了流到面颊上的泪水，说：

“喂，快让我看看小外孙！”

娜拉把门推开了：从门口可以看到一张白色小床，婴儿躺在那里，面对着进来的人。

“天啊！”阿玛丽娅脱口而出，“长得真好看！”

她麻利地一下就把小家伙从婴儿床抱起来，紧紧搂着，开始细细地观察起他，同时轻轻地拍着外孙的背部。

“长得多可爱啊，娜拉！等你给孩子断了奶，我们就把他接到我们那里！好吗，安德烈？怎么样？那里空气清新，有羊奶喝，可以去树林采野果，新栽的苹果树也开始结果了……”她起初说得很高兴，很自信，可随后语速就变慢了，在等着娜拉的反应，“瞧，安德留沙[1]，我们活到了有外孙啦！”

安德烈·伊万诺维奇这个人话不多，此外还有点口吃。可他与心爱的阿玛丽娅说话却不口吃。她把婴儿递给了丈夫，后者一只手接过小家伙，另一只手搂住了妻子。

是啊，他俩还不算太老的人。整体看上去就像四十岁的人……安德烈·伊万诺维奇这个人怪怪的，可很有魅力，是个阳刚的男子汉，但动不动就脸红，对妈妈倒是可以理解，是呀，这是一对

1 安德烈的爱称。

儿……他俩怎么互相飙到一块了？简直就像我跟坦吉兹。只是坦吉兹不像安德烈，他是另一种类型的。这位显得年轻，满头淡发，鬓角根本没有斑白，可坦吉兹头发早就花白了，真是未老先衰。安德烈·伊万诺维奇尽管比坦吉兹大二十岁，可看上去比坦吉兹还年轻。这两个人均来自农村，都是在农田里长大的。

他们三人，妈妈、安德烈和他俩目光投向的小家伙——站在那里，就像一尊组雕。也许，等孩子稍微长大点，确实可以把他送到他们那里度夏……

娜拉第一次有了让妈妈带儿子这个念头。她立刻回想起早已忘却的情景：妈妈是娜拉童年时代的一个活泼快乐、性格随和的女伴——她总是笑呵呵的，动作灵巧，所有女孩子都羡慕她，因为妈妈是所有女友中最好的一个。后来，当然就是祖母玛露霞，但已是另外一种类型了……虽说小男孩更需要男子汉朋友……安德烈·伊万诺维奇就是需要的那种男子汉：他当过兵，如今是护林人，他的两只手什么都会干，不管是盖木舍，还是挖水井……不过，小男孩需要有父亲，或者需要在家里有个男子汉……哦，那当然不是维塔夏……

稍后，他俩走了。娜拉用铅笔画了一张速写，画得很像。她凭记忆画他们的时候，想象着他俩认识时还很年轻，年龄比娜拉现在稍大一些，是三十八岁，还是三十九岁？那时大概还可能有自己的孩子，可事情总是凑不到一起。起初，是阿玛丽娅权衡了好久，没有丈夫生出孩子这算怎么回事，这件事他倒是没有长久地考虑，心想等自己的孩子长大后再说。当他的孩子长大了，既不愿意见他这个离婚的爸爸，也不原谅他的背叛……对了，他们现在大概想抓住尤利克不放。于是，娜拉的嫉妒心又来了：绝不放开自己的儿子。可随后她又感到自责:这是私有者的心理，这样很不好，娜拉。小孩子就应当让许多人喜欢，让大家去爱他。

快到年终的时候，尤利克结束了与整整一圈近亲们的认亲。为了第一次见儿子，维佳准备了好久。这时候，维佳已习惯了一个有趣的事实，那就是娜拉生了孩子，并且这个孩子是他的儿子，维佳好不容易才接受了这个事实。问题一定程度上就在于，当他俩的孩子从一个细胞变成胎盘，渐渐成形，生成新组织和新器官的胚胎时，维克多正深深地患着抑郁症。当娜拉已经显出来肚子，她请了丈夫来，要告诉他孩子很快出生的消息。维佳以内心的抗议对待这个消息——他表示坚决、彻底的反对。他觉得个人的生活已经是一种强加的负担和痛苦，因此他不希望把一个像他本人一样遭受痛苦的生命再带到人世。更何况，他从道义上对娜拉有意见：她怎能不预先告诉他就做出这样重大的决定！他是对的，但娜拉根本不打算认真考虑他有什么意见。她摆脱了自己爱情的病痛，何况是告别了生理意义上的不孕症，生个孩子在她看来是一条最理智的出路，因而不理睬维塔夏的意见。她甚至都认为他是个不够格的父亲……只是个造人的机器而已。

维佳感觉受了侮辱。大概，这是他俩若即若离的整个交往时间里，维佳最强烈的一次感情波动。整个那一年维佳都感到异常难耐。他在精神病院住了三个月。他的病在那里治得稍微好了些，出院后就更不愿意与人交往，变得体态臃肿了，不过，医生们都认为病的危险期已经过去。

娜拉打电话邀请他来参加儿子的生日，这让他感到一阵慌乱，他甚至不知所措，赶紧把这件事告诉了母亲。瓦尔瓦拉·瓦西里耶夫娜一向对他的“这个所谓的妻子”怀有复杂的、彻底负面的感情，于是立即产生出自己的猜测：娜拉与其他男人生了孩子，现在想向维佳索取抚养费。然而，她却表示愿意与维佳一起去看看那个“所谓的孙子”。

维佳认为母亲的猜测不大可能，但他还是和母亲一起去第一次见尤利克。

维佳本人不会撒谎，虽说他那种独特的智能装置在许多方面超乎普通人的能力，可却接受不了一些普通的东西，无论撒谎、要滑，还是贪心，他都不会。

为迎接丈夫和婆婆到访，娜拉还是精心准备了一番：清洗干净家里的地板，买了一块“布拉格”牌蛋糕，还给尤利克穿上了一件用自己的旧裤子改的丝绒裤。这次是否要去认亲，这样做对于维佳是好还是不好，瓦尔瓦拉·瓦西里耶夫娜反复考虑了好久。她用塔罗牌占卜“去”还是“不去”，就连维佳也参加进来了。塔罗牌占卜的结果——去！

娜拉已预先知道维佳要同他母亲一起来，她当然不指望有什么好事，但认为他们这次来访本身就意味着，自己对可怜的瓦尔瓦拉多年的怨恨所持的漠视取得了重大的胜利。

两位亲人迟到了一小时后才来。尤利克站在儿童室门口，稍微摇晃着身子打算向来客的方向走去。维塔夏的身子把整个门口全堵上了，因此瓦尔瓦拉·瓦西里耶夫娜只好从一侧向里面瞧。维佳的样子让娜拉吃惊：脸色惨白，毫无表情，身体虚胖，行动拘谨……她心中顿时升起了一种深深的怜悯：可怜的人，他还完全是个病人……真可怕……难道这是我的错吗？她也像可怜的瓦尔瓦拉一样，多年来一直不想认为维塔夏有精神病。但显而易见他现在是个病人。

“我们来认识一下。”维塔夏慢慢地说，同时伸出一只肥胖的大手。尤利克被吓哭了，因为他从来没有见过这么大的手和这么大块头的人。维塔夏吓得也不比尤利克轻，他还向后退了一步。

瓦尔瓦拉上来解围——把一辆红色玩具消防车递给了尤利克。娜拉还没有给儿子买过任何玩具汽车，这是他人生中的第一辆如此漂亮的玩具小汽车。娜拉暗自吃惊，绝没有料到婆婆会选了这样一个在各方面都不错的玩具。

尤利克一下子就不哭了。他紧紧抓住玩具车，拿住它敲了几下地板，很快就发现了那几个好看的金属小车轮。他转了转车轮，然后试着往嘴里塞。瓦尔瓦拉的身子抖了一下，说：

“娜拉，他想往嘴里放！”

“没事，没关系！”娜拉安慰她说，“他在长牙。他的牙床总在发痒。让他这会儿先习惯一下你们，然后自己就会过来的。你们喝茶还是咖啡？”

瓦尔瓦拉慢慢环视了一眼儿媳的房间。她觉得儿媳的房间很脏，但文化气息蛮浓。所有这些年间，瓦尔瓦拉只见过儿媳两三次，并且她有这样一种印象，认为儿媳的家境贫寒。但现在她明白了，儿媳很可能出身于贵族家庭。她总爱给别人划分家庭成分——出身普通家庭或是贵族家庭……茶壶没有摆在厨房，而摆在一个像是餐厅的房间，那里有一个椭圆形小桌和封闭的餐柜。餐柜是真正的，并非捷克式的。茶杯是瓷的，古色古香，勺子是银质的，蛋糕已经从纸盒里倒到一个圆盘上，侧面还摆着一个专用小铲。小家伙在隔壁房间里用玩具汽车使劲地敲着地板，同时发出满意的咕噜声。

切开蛋糕后就开吃了。娜拉把第二块蛋糕又放到维佳跟前的盘子里。他的表情漠然，但很快就把第二块蛋糕也消灭光了。娜拉牵着尤利克一只手把他领到桌旁。小家伙小心地看了维佳一眼，可维佳对他已不再有任何兴趣。瓦尔瓦拉的心情有点急躁——一切都本末倒置了。她本不应当来这里，也不应让维佳来这里。但她曾抱着希望，或许小家伙能在某种程度上除掉维佳身上的那种令人痛心的、对一切都漠然的态度。可这全是白下功夫，全都没有用!

娜拉也几乎在人生中第一次想到这件与婆婆所想的东西吻合的事情。他的变化可太大了！当然，他是天才，但是个有病的天才，这点必须承认。能有什么保证小家伙只遗传他父亲的天赋，而不遗传他的疾病？但能有什么办法呢？她与坦吉兹怎么也怀不上，可与维塔夏不需要折腾很久，一下子就有了。维佳把蛋糕全都吃完了。尤利克这时对维佳的那双鞋感起兴趣来，想让小汽车从上面轧过去。瓦尔瓦拉把放着蛋糕的盘子从儿子身边挪开了。可他并没有明白这是什么意思。

瓦尔瓦拉准备起身告辞，她感谢了娜拉，夸了小家伙：

“小家伙真好！”

在下楼梯时，她又重复了一句，但这次已是对儿子说：

“小家伙真好。可惜不是我们的。”

“你这话是什么意思？”维佳请她把话说清楚。

“哦，娜拉的孩子真不错，但这不是你的儿子。”

停了好长一段时间后，维佳才回答说：

“这有什么差别，妈妈？”

瓦尔瓦拉吃惊得都说不出话来：

“这有什么差别——你怎能说这种话？”

“从理论来看，对于我这没有任何意义；从实践来讲，现在有些方法能鉴定谁是生父。”

直到进家之前，维佳再没有说一句话。进家后，他只说了四个字：

“蛋糕好吃。”

第十章

福禄培尔训练班的女学员

（1907—1910年）

玛露霞不愿意回首往事，已彻底忘掉了那两年郁郁寡欢的日子，当时她待在父亲的修表店里，在寂寞无奈中毫无头绪地看书，期待着一种真正的，然而总也无法开始的生活。这种生活终于到来了。现在，她每天很早起床，洗漱梳整一番，再按照瑞士人的做法，洗个冷水浴，之后穿上工作服跑步上班去了。她穿的工作服就像医院的护士服，为贫穷雇佣女工的孩子设立的幼儿园的全体工作人员都穿……这家日托幼儿园是由一些漂亮的、多数青春已不再的女士、夫人或小姐创办和经营的，她们的丈夫或父亲——就是剥削这些贫困女工的人——很富有。这家幼儿园的园长是勒鲁夫人，上帝派她来照管无产者的孩子和改变玛露霞的命运。玛露霞的确是跑步上班的，因为早晨7点孩子们就被送来了，她按时等待着迎接他们。还有一个原因是，下午1点钟她要结束在小班的唱歌课，还要在员工小食堂吃面包喝汤，之后再跑到福禄培尔高级训练班上课。

训练班能接纳她，全凭着勒鲁夫人的帮助，幼儿园员工都叫勒鲁夫人为雅克利娜·约瑟福夫娜。她是福禄培尔协会派来处理基辅事务的重要人物，在这里已经兢兢业业地工作了五年，并赢得了州里各位长官及其夫人们极大的尊敬。玛露霞参加了几门规定的考试，虽说考得并不很好，但都及格了。这个训练班的大部分女学员是中学毕业生，所以玛露霞难以与她们竞争。其实，根本没有任何的竞争，因为所有想参加并能够付起学费的人都被录取了。学费是个不小的数目——每年五十卢布。是哥哥马克给她弄来了所需的学费。那笔钱在路上走了很久，汇款办法复杂，是通过所谓的“犹太人”邮局寄到的——某些亲戚的朋友或者朋友的亲戚把钱送来时已很晚了，那时玛露霞已经为自己的贫困和不幸的命运痛哭了一场。收到钱当天，玛露霞就去找福禄培尔协会的出纳员瓦尔瓦拉·米哈伊洛夫娜·布尔加科娃，后者客气地收了学费，尽管训练班已经开课了。

瓦尔瓦拉·米哈伊洛夫娜这个女人通晓事理，丈夫死后给她留下七个孩子和两个侄儿，丈夫的抚恤金很少，她对自己的子女（其中一个后来成了作家）反复说，我不会给你们留什么遗产，我可以留给你们的唯一东西，就是教育。迫使她接受出纳员这个差事的原因，不仅是对崇高事业——女性教育发展的理解，而且也有物质上的需求。

如今，玛露霞既不羡慕在彼得堡学业有成的哥哥米哈伊尔，也不羡慕被历史语言系开除并彻底献身于非法革命活动的伊万·别洛乌索夫。她常收到他的一些来信，有点像暗示又有点像是建议，让她走一条唯一正确的道路，但她没有受到引诱。她只接受自己梦寐以求的学习机会。

她的身体一向羸弱，但后来好了起来，这并不是在父母把她送去的疗养院养好的，而在于她给自己选择了一种极其紧张的生活方式。她之前曾患过的偏头痛、神经炎和身体的各种小毛病都自然地消失了。她后来的全部生活证明，凡在无事可干的时候，身体总要出问题，一旦她面前出现一些宏伟的任务——诸如解放人类，身体顿时就好起来了。

福禄培尔训练班的学习给予她如此巨大的享受，因此生活的困难就似乎变得微不足道了。多年之后，她回想起这是自己人生中最幸福的一段时光。她进训练班学习之前的那段漫无头绪的阅读也并非全然无用，因为她从包罗万象的百科全书或者阅读文学作品所攫取的一切书本知识，全都用到了需要的地方，注入新的课程之中。那些课程是多么新颖啊！玛露霞天天都去上课——文学史、哲学、心理学和发音朗诵课。此外，还有生物学、动物学、植物学，甚至还去参加为儿童举办的体操练习课！做这些讲座的都是知名教授，他们如雷贯耳的姓名让玛露霞的整个余生都时而感到骄傲，时而又感到惧怕，有时甚至害怕说出他们的大名。可她就连一位教授的名字也没有忘……

然而，她好不容易才消化掉的所有这些知识还不具有独立的价值，它们只是服务于一个伟大的目标，即培养品德优秀、思想自由的新人。勒鲁女士没有抛开自己所庇护的女孩玛露霞，她偶尔请女孩到家中做客，询问她对教师们的看法，也谈到自己的一些计划。还有几次她请玛露霞去看戏，听音乐会，拿一些有关教育学的书让她阅读，还给她从瑞士和意大利弄来最新的图书。玛露霞根本没有想到，勒鲁夫人打算把她培养成自己的助手。

这段时间，玛露霞更加迷恋幼儿园的工作。现在，她不但给孩子们上音乐课，而且还给大班的孩了们排一些小剧日，雅克利娜·约瑟福夫娜给予她很大的鼓励。如今，玛露霞已毫不怀疑，教育是唯一值得从事的工作，而滞留在西伯利亚的哥哥约瑟夫所宣传的革命思想，她似乎觉得并不那么诱人了，因为只要给孩子们指出一个正确的、符合他们能力的道德方向，并让他们接受一种与劳动结合的教育，那么社会的痼疾会自然而然地根除。

当然，伊万·别洛乌索夫的教育工作是另一种类型，有利于社会，但玛露霞的学生们正是伊万要唤起的那些无产者的子女，因此这项工作更符合玛露霞对社会贡献的一些理解。

米哈伊尔回家过圣诞节，他发现自己的小妹妹已长大成人，出脱为一个成熟的、风姿绰约的年轻姑娘，因此他甚至有点惘然若失：现在再用从前那种调侃玩笑的语调说话已不合适了，他刚开始交谈时甚至有点紧张。他一向习惯于小妹妹听他说话就好像听圣哲的话一样，可现在一下子发现她有了自己独立的见解，还突如其来地蹦出一些生硬的话，这样的现象他之前从未发现。他已不再是她的偶像，她也不再对他写的诗句赞叹不已，因为他现在写诗不是为了在家里消遣，而是具有相当严肃的目的。

玛露霞还对哥哥的诗作做了一些让人心凉的点评，说写得既不像勃洛克，也不像纳德松，甚至也不是勃留索夫，这大伤他的自尊。让他感到气恼的是，这个他从小培养的外省小姑娘，他不在的时候，没有他的引导，就学会了一门最主要的学问——学习。

米哈伊尔的到来让家里的气氛活跃起来。就连老克恩斯也打起了精神，他整天让被流放的、偶尔来信写几句话的大儿子弄得愁眉苦脸。他默不作声地来参加朋友的聚会，并随着年轻朋友们的到来也快活起来了。除了米哈伊尔的老朋友伊万·别洛乌索夫和科萨尔科夫斯基外，还出现了几张新的面孔。钢琴被炸坏后，家里有了一把吉他。这种替换太悬殊了。随着吉他的出现，朋友聚会的音乐节目也变了——变得更多是唱歌。犹太歌曲、乌克兰歌曲、俄罗斯浪漫曲——什么歌都唱过了……

米哈伊尔给玛露霞买了看歌剧和听音乐会的票，一下子各买了五张，虽说是顶层楼座的，但这已让玛露霞格外高兴，因为她可以邀请几个表妹或者女友一同去。米沙的慷慨不同寻常，如今他每次回家都变成了一种节日。也许，这些节日唯一让人有点扫兴的是——每次都会出现一种令人气愤的嫉妒：米哈伊尔经常周旋于某些空中楼阁式的首都圈子里，并觉得自己狂喜得简直要插翅飞翔。多年来，玛露霞一直保存着他那个时期的一封来信，却在多年之后才拿给他看，那是因意识形态问题他俩发生激烈争吵的那天，作为他贪图虚荣和华而不实的证据。

“赫列斯塔科夫[1]！赫列斯塔科夫！”玛露霞气愤地冲着哥哥喊道。这封信保存在那个小箱子里，与那些重要的信件在一起，玛露霞总想整理一下，却一直来不及。

1 赫列斯塔科夫式人物，吹牛撒谎、招摇撞骗的人（源自果戈理《钦差大臣》主人公的名字）。

第十一章

米哈伊尔·克恩斯给妹妹玛利亚的一封信

（**1910年**）

圣彼得堡—基辅

1910年11月25日

早晨8点（确切说，是半夜，因为早晨7点我醒来，还要点两小时灯。窗外还是一片漆黑）。

我亲爱的玛露霞！

你给我写信生气地指出一点，说我给其他人写的信要比给你的写得认真，写得详细。为了在一封信里哪怕能引起你的求知欲，满足你的一些要求（完全正当的），请让我从描述自己每天的日常生活开始〔别奇怪为什么墨水颜色变了：这段时间里我已走完了整条铸造厂大街，穿过了谢苗诺夫大桥（架在丰坦卡河上的），又走了整条商队大街和涅瓦大街的一段，我现在坐在“让·布洛克”公司事务所给你写这封信〕。凭着我的描述你能够想象到我走了五俄里，可走这段路才用了十一二分钟。这里的桥多了去了，并且有许多大桥修建得很宏伟：稍后些就会看到（往往有这种情况，你以为站在一条宽阔的大街上，其实，这是圣三一大桥或是铸造厂大桥）。我继续往下写：这里到10月末还有太阳，曾经有过阳光灿烂的日子，可现在无论你怎么期盼，都不会见到一块晴朗的天空！

就这样一直要到2月末，就连一个好天气都没有！然后，再说说昼夜的时间：确实，每天早晨9点半天才亮。哦，不过我们这里毕竟还是冬天，恐怕早晨7点很难爬起来看书写字吧？这里下午3点或3点半天就黑了。要知道，我们这里是冬天，何况往往都是阴天！总之，人们都抱怨我们彼得堡的天气！

继续给你写：早晨（夜里）7点起床，之后点着灯开始洗漱。在圣彼得堡我要每天刮胡子，因为想显示自己是个有趣的青年（哪怕只为了给编辑们看），此外，就不再给谁看了！……然后，快到8点玛丽亚端来茶炊（这一切均在夜间照明下）。玛丽亚是位可爱的老太婆，好叨叨，她大多数时间是与一些无生命物——电炉、茶炊、电灯、炉灶和地板刷等谈话，这是生活中的一景。有时会出现以下的一段独白——玛丽亚（说话亲切温柔，语气带着同情）："可怜的油灯啊！你怎么不着哇？哦，天啊！是灯芯有了问题，灯芯，你太短了！那该怎么办？啊？我亲爱的你呀！嗯，没关系，我去给你买个新的灯芯，你就会点着了，会着得很好！……"

看门人叫我去接电话，可又叫不出我的名字，她就很快地说道："我知道，知道，既然不能叫出名字，那大概就是我们的人！……"

我继续写：9点整我就坐在事务所。从前我能睡到下午2点。我在这里工作（看书，写诗，给所有员工——他们整整十五人——讲笑话）到下午5点，中间稍事休息，喝两杯茶，吃四分之一磅火腿肠。5点整我去吃午饭。我此刻正在有历史意义的迦百农饭店吃饭。我认为你在文学作品里见到过这家饭店，因为我国许多大作家都赞扬过它。这里聚集了整个彼得堡的文学界。（人们在世纪饭店只是吃晚饭，可所有人在这里进午餐。）曾有陀思妥耶夫斯基、格里鲍耶陀夫、普希金、莱蒙托夫、茹科夫斯基、萨尔蒂科夫、谢勒和屠格涅夫到此光顾——总之，能列出长长一串名人！在这里还可以见到库普林、波塔片科、巴兰采维奇、波罗申、格拉多夫斯基、斯卡比切夫斯基和阿尔志跋绥夫——所有的现代派作家，所有的冷酷者，总之，能见到所有所有的人！我每天通常下午5点半至晚上7点在那里。

从晚上7点起我开始按照自己的心愿生活：到各个编辑部，听讲座（不放过任何一个文学学术讲座，因为应当学习），星期五去参加一个内部的文学会议（不是为广大听众，即仅为搞文学的人）。弗·谢·利哈乔夫朗诵了大约六十首自己的诗作。他朗诵得很好！为了让你熟悉我如今经常打交道的圈子里的一些人，我告诉你我新认识的、总能与他们随便交谈的一些人：安年斯基（“我们”的主席）、巴丘什科夫、奥夫相尼科－库里科夫斯基（正是那位）、博古恰尔斯基、温格罗夫、里涅夫（达林）（你记得他的《并非童话故事》吗），布鲁西洛夫斯基、安德鲁松、波罗申（这三个人经常来我家里），梅列日科夫斯基（德米特里·谢尔盖耶维奇是个聪明人）、利哈乔夫、格拉多夫斯基（我的庇护人和朋友，他的年龄大我两倍，他把自己的《两个悲剧》送给我，还附上作者的亲切签名）。伊·亚·波罗申也给我赠书了，哎呀，丘明娜这个人差点儿给忘了：这是我们最喜欢的一个女人，大家都赞叹其才华，还有可爱的娜杰日达·亚历山德罗夫娜·洛赫维茨卡娅（苔菲），如今她是我的一位女谈伴，她甚至还听说过你。我不想继续列举所有人的名字，因为你可能会嫉妒得受不了。

我就像一棵盛开的芳香四溢的牛蒡草！我只把自己的诗作朗诵给文学家和诗人们。我只有一次为广大听众朗诵了自己的《在钟表匠的小店里》和《夜之梦幻》（一则新闻——“巨大的成功”，在广告上有时这样写着）。我可以写许多东西，可以讲许多东西，感受也颇多：我的两胁下长出来翅膀……我的诗作已被《大家杂志》《教育》《警言》《世界》和《远方》采用。这种起步已不错了。有的编辑部给我的稿费标准与给罗斯拉夫列夫和费佳大叔的一样：每一诗行四十戈比。2月份左右我就会发财的，目前还是债务在身，我不知道到新年佳节时能否还清债务，因为我目前的薪水五十卢布，只是杯水车薪……玛露霞，你别担心，我会用自己的文学劳动给你交每年的学费！不要总去向马克要！真的！《在镜子旁》一作要投往《戏剧与艺术》杂志。此外，我还定期在阿贝尔琴科（《讽刺书卷》的那位主编）那儿打工。他有时给一卢布，有时给两卢布，这也是钱啊。

你写信说妈妈因我不给她写信生气了。请让她想一下我的处境：我简直忙得不可开交，根本没有一刻空闲的时间。此外，要知道我给你写信的时候，我似乎看到你们都在我面前，觉得在与你们大家说话。请给他们解释一下吧！

我想，这封信会让你对逝去的时间“心满意足”的。

请给我在那种薄信纸上，用容量大的“小号字体”写信。我有时会给你寄些邮票。我们家里有什么消息？家人没有挨冻吧？我的天啊，每当想到一些糟糕事，想到房间冷如冰窖，我就心如刀割……

下周五我要去文学家和学者协会，格拉多夫斯基要在那里朗诵（他本应排在这个星期五，但他病了，利哈乔夫替了他）。在那里朗诵会总在星期五举行。

总的来说，星期五对于我是个极佳的日子，因为在这天我在“幻想倾向”（诚如可爱的伊万·伊万诺维奇·马尔热茨基所说）的云端里漫游，并且处在一个光明幸福的文学家庭圈子里。我好像已经告诉你了，我得到了圣彼得堡文学协会的记名证，并且还有人建议让我获得投票权。我表面上（装样子）不愿意，可心里乐开了花。临近新年我将入选，因为我的名字已被印好（应这样做）并且分发给所有会员，以便了解是否有人知道我有什么劣迹。然后在两次例行会议上“宣读”介绍我，最后才举行无记名投票选举。这有点像古代封建社会的“骑士册封”习俗。我很胆怯，因为似乎还没有为文学做出什么特殊的“贡献”……一句话，未来是一片晴朗无云的蓝天（“蓝天”这个词似乎谁都没有说过）。我喜欢一些新词：“быстреет”，“близнь”，“итаксигрансталь”，“покомопсткжопактотепепль”[1]……还喜欢“妖精声音洪亮……”这句诗。总之，我是个现代派诗人（我有一首戏剧性诗作《我是现代派诗人》，因这首诗我大概要狠批自己一顿。以防万一，我把它寄给你）。作为对《书》一诗的补充，我又写了《报纸》一诗。这首诗也会寄出的。在哪儿发表，我还不知道，因为这需要好好斟酌一番。我只知道，任何一家报纸大概都无法登它。

妈妈怎么样？难道她如今还转在炉灶旁？这让我十分难过！你们大家根本无法想象，我是多么希望你们过上一种美好、温馨和无忧无虑的日子！唉，我是多么想当泰斗级人物啊！这倒不是为了有名，而是为了有钱！反正都一样！我有一首诗叫做《致美食家》，你必须读一读。你会发现诗中有多少真理！你去内莉太太那里一趟，向她鞠个躬，吻一下阿尼亚、阿霞、芭霞、穆霞、杜霞、薇露霞和其他那些名字押不上韵的表姊妹。请向布玛鞠个躬，别忘了。为什么她不回信？我记不清了，似乎我给她写过信。你暂时先告诉内莉太太，就说我与一位波兰文学家安·涅莫耶夫斯基交成了密友。她读过他的作品吗？请告诉她，有一位先生在我们

1　20世纪初，俄罗斯先锋派诗人喜欢自己造词，这些词就是其中一部分，它们的意思很难猜出。

事务所一连坐了三天，与谁都没有说一句话（我起初把他当成英国人），原来他是波兰人，当我开始用波兰语与他攀谈，他几乎要扑过来吻我（我们华沙的做法），就连一步也不想离开我。因此，我也就不再不好意思了，一直与他讲波兰语，就像个天生的……土耳其人！因为我显然说错了一大堆！

要写的东西很多，但今天就到此为止！我做什么事情都好走极端！

若有事的话，请写“存局待取”或者地址写“让·布洛克公司，涅瓦大街62号”，再写上我的名字。

收到了几份报纸和杂志，还买了几本书……

这里有许多的碧眼女郎，可她们全都不合我的心意……

给你写信用了四个小时。再没有力气写了！今后会有的！

第十二章

与众不同的尤利克
人形兽和智慧马

（1976—1981年）

小家伙生下才一年多，娜拉就明白自己身上发生了多么深刻的变化。除了众所周知的一般变化，尤利克来到人世把她带入了一种终生听命于他人的处境，一种在生理上深深受制于自己孩子的状态：他是否吃饱，身体是否健康，情绪是否良好，等等。她发现自己好像开始从双重角度去认识世界，并且这种认识获得了立体的效果：从窗外吹进来一股清爽的轻风也会让她担惊受怕，坐卧不安，因为那股气流从尤利克脸边吹过，他便在小床上翻起身来；楼上公寓里装修的锤头声，若在从前她可能根本发现不了，可现在就觉得难以忍受，并且像婴儿一样，从身体内部对这些锤头声有着反应；一般热度的饭菜她也开始觉得烫嘴；袜子的猴皮筋紧一点也令她生气，此外，她仿佛开始用两种不同的温度计（成人的和儿童的）去衡量许多事物。

这种经常的分析很快就变成了根深蒂固的习惯，因此娜拉对自己有点害怕起来：她料想不到为人母会如此深刻地改变人体的整个生理结构，故希望停止哺乳之后，自己习惯的那个世界能够得到恢复，可这种事并没有发生。相反，她好像与自己孩子一起开发了一个又柔软又坚硬的、滚烫而刺鼻的世界，她以一种原生的好奇心去观看每一根树枝、每一个玩具和每一件事物。她也像婴儿一样撕报纸，还爱听撕毁报纸发出的沙沙声，用舌头舔玩具，感觉到塑料小鸭子要比橡胶猫咪味道好。有一次，她奶完了尤利克后，发现自己在用手收拾掉在桌上稠糊糊的米粥，并想到用手把粥在桌子上抹开很惬意……尤利克看到妈妈这样做很高兴，也开始用小手指抹开洒在桌上的米粥。母子俩的手在桌上啪嗒啪嗒地抹来抹去，两个人都感到很痛快……

娜拉完全能够理解小家伙的惊奇和狂喜，那是他第一次见到下雪，见到铺满白雪的大地，他用小毡靴踏雪，认真地观看胶皮套鞋鞋底踏在雪上留下的齿痕，他用手捕捉雪花，然后把雪放到嘴里，本想咀嚼一下，可雪花融化了，他搞不懂究竟是怎么回事，于是把毡靴塞到嘴边舔了起来。娜拉站在他身边，试图用儿子的眼睛去观看周围的一切：一条大狗高出你整整一头，一条长椅很高，既爬不上去也坐不上去，还有季米里亚泽夫纪念碑，她的眼睛只能看见纪念碑的基座，无法看到高耸入云的碑身。

娜拉与儿子在一起，重新感受了洗澡的感觉——她把浴缸注满了水，与孩子一起进了浴缸，欣赏儿子怎样用两只小手击打着水面，试图喝下流的水柱，还想把水抓起来喝，就是不明白水为什么会顺着指缝流下去。

娜拉觉得儿子及其神奇的世界要把她引到一些模糊的地方，她就决定抛锚了。她给自己找了一个“周末”情人，这就是年轻的科斯佳，是她几年前举办的青年学习班中一个成年学员。她把科斯佳傍晚匆忙的造访称作“清血”。她为此已不再邀请维塔夏，维佳感到受了委屈，并怎么也不原谅她无耻地利用他来满足自己生理需求的这种做法。科斯佳生性活泼好动，可几乎不爱说话，他对娜拉没有什么要求，甚至有时还送花给她。有一次，娜拉在头天晚上把一些普普通通的石竹花插到花瓶里，第二天早晨醒来，她看到了一个十分有趣的场面：尤利克爬到桌子上，把花从花瓶里抽出来，在皱着眉头吃石竹花的花瓣。娜拉一把把他从桌子上拉下来，也立刻嚼了个花瓣尝尝。花瓣不好吃，但能吃。就是说，若相信这种东西能吃，那就可以爱上它。

坦吉兹给她生活中冲开的那个窟窿，就连尤利克的降生也未能将之彻底填平，于是她就用任何适宜它的材料来填充。"周末"情人科斯佳也填不平这个窟窿，因为伤口大药膏小。最好是用工作把伤口填平，因此她什么事情都做，只要不离开家就行。

她买了几盒水彩贴纸，每盒二十张，每天晚上，打发孩子睡觉后，如果剧院的各位朋友也没有来打扰（他们来这里，是因为她家是莫斯科几条路线交叉的一个方便落脚点），她就画孩子的手指、耳朵、背部和皮肤皱褶处，并试图捕捉他的一些动作……世界上唯有这个身体她了解得这么仔细：小小的脑瓜，稍稍扁平的后脑勺，又圆又薄的耳廓，比面部所有其他部件娇嫩很多，但并不秀气的眉头，深深陷入眼窝的核桃眼，沿着面颊向下的两道深纹，鹰钩鼻，清秀的鼻梁，抿起来包住下嘴唇的小嘴和刚长出来的几颗牙。她用自己的手指、嘴唇曾一寸不落地抚摸和吻过这个身体，大概都能把它捏成雕像，她闭着眼就能知道，小家伙脖子上有一块褪掉的皮在微微下坠，知道他身上哪儿肉多——胸部和前臂，当他像土耳其人那样盘起两条细腿弓腰坐在那里，肚皮上会形成几道皱褶。娜拉也曾经对坦吉兹，对他的身体构造的全部曲线了如指掌（虽说有几次大的间断，但却愈来愈深），可坦吉兹在那些年逐年变老，小家伙却每个月都会增加些可爱的小本事，他在成长，松软虚胖的身体具有了一些明显的最初轮廓，脚掌的肉结实了，脚也变得能走路了，又长出了几颗新牙稍稍挤在上嘴唇下，嘴型也变了……

娜拉试图这样安排自己的生活，希望能脱离坦吉兹。这话说得可笑，他本来就不在，还要摆脱他……

当娜拉觉得自己已经与他彻底一刀两断，并且他在身边时电影是彩色片，而他不在身边时电影就变成黑白片，但依然有意思的时候，坦吉兹出现了，总是这样……他当下就打电话问，如果他十五分钟后来，她是否方便。

“来吧，当然可以了。”娜拉自然地回答。他已经有两年多没有露面了。

她放下电话就忙乱起来。突然觉得一阵突发的神经性发冷，可还没有缓过来，门铃就立即响了起来。他站在门口，身穿一件总是散发着羊皮酸味的旧的牧人羊皮袄，他手里拿着一个玩具熊，跟亨里希送来的那个一模一样。还有一个旧式手提包，这是他旅行的随身必带。

“你不至于把我撵出去吧？”坦吉兹边脱皮袄边问。

娜拉当时暗自说了声——撵走他！可同时却出声地说了一句——进来吧！

一场严寒结束了。娜拉明白，她在一瞬间就走进了自己生活的主要状态——与坦吉兹待在一起。这是一种，也许是一种她熟悉的最好状态——与他说话，与他同桌吃饭，一起睡觉和默而不语。

“我真想把你撵出去，也真希望把你按倒在床上。坦吉兹，我是摩羯座。对于摩羯座的人来说，当他从事自己心爱的事业时，世界就不存在。可我的心爱事业——就是你……”

“我崇拜你，娜拉。可我才搞清楚，自己原来属龙。纳捷拉迷上了天文学，这是她有过的最好的一种不理智行为。”

“哎，且慢，龙来自另一种日历。按照中国日历来说，我也不属鱼，好像是属羊。”

“凡属龙的人这都无所谓！属龙的全都是睿智的豪杰，他们处处走运！就像我一样！”

这场对话虽还在继续进行，但两人的衣服已经在衣架旁团成了一堆，娜拉闻着世界上这种唯一的气味，她身上的全部器官都冲着它——羊皮味、乡下烟草味和坦吉兹身体的味道。他呼哧呼哧地吐着气，就像一位刚撞线的短跑运动员。

“你别介意，我只是好久没来这里了。”

但他已经在这里，并且还是那个人，完好无损。这么确切的吻合是否有可能？吸气、呼气、脉搏、血型，还有什么都一样……娜拉吐出来刚弄到嘴里的一根毛。坦吉兹笑了，把那根毛从她嘴角拿下去。上一次他来莫斯科，时值冬天，那件皮袄忠实地为他俩服务，跟着他们经历了诸多无法预料的奇遇。

一岁半的尤利克醒来了，他从小床上爬下来，蹒跚着走到他俩跟前。这时他立刻发现了放在门旁边的那只玩具熊，便一把抓住它。他根本没有去注意坦吉兹。娜拉一条腿跳着，伸进了翻过来的一条裤腿里。坦吉兹把皮袄抖了一下，挥手扇去一股羊皮味，之后把它挂在衣架上。

“我们说到哪儿了？”他问娜拉，并从旅行包里掏出来一瓶白兰地和一捧橘子。橘子是阿布哈兹产的，只是皮有点蔫了。

“正说到这个地方了。”娜拉笑了起来。不，没有分开过。从来也没有分开过。

娜拉把手拿玩具熊的尤利克抱起来，给他穿上衣服。

趁尤利克摆弄自己的玩具熊的时候，娜拉去厨房准备饭了。

“你饿了吗？”

坦吉兹点了一下头。

“从昨天起就水米没沾牙。”

“荞麦粥，酸白菜。再就没什么可吃的了。”

“这就很好。”

他吃饭的时候——他慢慢地吃着，似乎不想吃，又好像不饿似的，吃相就像所有有教养的格鲁吉亚人。娜拉坐在那里，十指交叉，双手托着下巴，心里没有任何感觉，只看到他坐在自己身边，一声不吭地吃着东西，可觉得自己的整个身体因他的存在满满的，幸福得满脸泛光。

坦吉兹把叉子放在空盘子里，之后说：

“瞧吧！娜拉，我们要开始一项新的工作。排木偶剧。这次我们要与木偶打交道。木偶会很大，像建筑物那么大，演员在里面操作，还有可能走到外面来表演！格列佛[1]要由真的演员来演。”

“等一下，先别说！我可从来没有与木偶演员合作过！这是什么剧？写的什么地方？”

“娜拉！当然是斯威夫特啦！”

“格列佛漫游小人国？”

“是的，不过只是讲一些人形兽和智慧马的故事！讲一些失去人形的人和智慧超人的马！而格列佛只不过是衡量这种温度的工具而已。”

“那剧本呢？”

“娜拉，还问什么剧本？根本没有这样的剧本！”

“那么，总有个脚本吧？”

“我们先要把一切构思出来，然后我知道请谁去写脚本。”坦吉兹处在自己的最佳状态，处在工作的极度兴奋中，并且这种高度的兴奋已经传给了娜拉，尽管娜拉还是在童年时看过斯威夫特的那本书，看的是为初学者改编的简缩本，并且也不大记得书的

1　格列佛是英国作家斯威夫特的小说《格列佛游记》的主人公。

内容。

坦吉兹从旅行包里抽出一本皱了吧唧的书："拿去看吧！"

娜拉把斯威夫特的那本书在手里掂了掂，随后开始看了起来，书是俄文版的，封皮上盖着一枚蓝色的图书馆藏书章，章上是格鲁吉亚文，1947年出版。

"从图书馆偷的？"

"拿来为拍戏用的！"

"我要好好看看。"

"那你就坐下看吧。"

"需要带尤利克出去散散步，哪怕一小时也好。"

"这不成问题！给小家伙穿好衣服，我带他去散步，你好好看书吧！"

娜拉给尤利克穿衣服的时候，娘俩折腾了一阵子，因为他想拿上两个玩具熊去散步，可娜拉要把玩具熊夺下来，而塞给他一把玩具小铲子。

"多麻烦啊！出去玩还要拿上两个熊！小东西！"坦吉兹带着生硬的格鲁吉亚口音坚决地说，"我们去玩吧！"

娜拉本来深信尤利克不会与坦吉兹一起出去玩，可小家伙却去了！坦吉兹边走边把皮袄披在身上，尤利克把两个毛茸茸的狗熊紧紧地搂在胸前。娜拉从身后看着他们嗒嗒地走到下楼平台的电梯跟前，内心升起了一种前所未有的慌乱。瞧，这两个男子汉，她人生中最重要的两个男子在一起相处了，但这只是沿着尼基塔林荫道散步一小时而已，他俩在一起相处的时间不可能长久……

傍晚，把尤利克安顿好睡觉后，他俩继续那场谈话。

"哦，那好，让我们继续吧……为什么要排木偶剧？我们的国立木偶剧院都是儿童的，那我们还排给谁看？此外，你还没有提到，我们将在哪儿排呢？”

坦吉兹不耐烦地挥了一下手说：

“怎么就是儿童了？这是什么话？你明明都知道！在17世纪，已是莎士比亚去世后，英国国会曾经下令取缔剧院。通过了一项法案，还是出了告示，我记不清了。有过这种事情，对吗？结果怎样呢？木偶剧那时候盛行了起来！在广场上，市场里演起来了！这确实是一种高级戏剧！根本不是什么儿童剧！哎，你说说，有什么可反驳的？你瞧这个人形兽，流氓，无赖，可他旁边是高贵的动物，是一匹马！你什么时候骑过马？喂，你了解马吗？况且，那是个不错的剧院！总是这样，是外省的剧院，在阿尔泰地区！已经邀请我了。协议还没有签。现在我与你商量一下，之后我就飞往那里……总之，我要对你说，如今最有意义的事情发生在一些木偶剧院。那里有自由……哦，当然，是木偶的自由……”

娜拉晃了晃头。坦吉兹等着听她的反驳意见，这是他俩一向的乐趣——正是基于她提出的一些问题，他做出自己当导演的回答。况且，任何人都不会把这点做得比她更好。

“我不懂得马。我们家没有养过马。我们家就连猫也没有养过！我们家的人有过敏症……木偶剧我也不懂。我应先把那本书看完。一无所知，我做不出来。”

娜拉凌晨才读完了那本书。她看得很快，可午夜的时刻她没有看斯威夫特的那部小说——坦吉兹把她搂在怀里，对她说：

“你看书吧，别分心！”

然而，他俩还是干了别的事。后来，尤利克醒来了，他在哭泣，娜拉觉得孩子可能发烧了，可转眼他又睡着了。因此，看病的事就推到天亮再说。

两个男子汉睡得很久。娜拉把斯威夫特的小说合上了，书中有许多东西值得思考。她熬了一锅燕麦粥，然后把锅藏在床下枕头的位置。她拿出一根软铅笔开始画马。这是她有生以来画的第一匹马……同时她一直想着，智慧马与普通马区别在什么地方？……人形兽与普通人的区别又何在？尤利克醒来了，他的身体根本没事儿。他们喝了粥。娜拉说了声“好的”。

得到娜拉的首肯后，坦吉兹飞往阿尔泰签约并去讨论排练的细节问题。那家剧院的总导演是坦吉兹在莫斯科艺术剧院培训班的同学，在那些难忘的岁月里，他曾在那里学习了两年……万事顺遂。三天后他满脸幸福地回来了。他在那里找到了一位演员，据他说很有才华。

娜拉人生中最幸福的一段时光开始了，她与尤利克和坦吉兹三个人生活在一起。

那次排练产生于一些草案，产生于对一个极为重要的问题的争论。争论的焦点是，人变成兽和兽变成人的界线在哪儿，这种区别究竟何在，并且如何能够用人的形体造型表现出来……进一步仔细地看了那本书后，娜拉得出一个结论：智慧马的圈子也并不怎么好——它们呆头呆脑，行为局限，总的说来，是一群枯燥无味的畜生……于是娜拉伤心起来，因为不知怎么无法把对智慧马的圈子和人类社会的思考纳入木偶剧的语言范畴。但一段时间过后，这点就迎刃而解了。坦吉兹说的话对她还稍有点安慰：我们有格列佛，也就是斯威夫特的关于人类的一些论述就够工作了——“他从没有见过一种动物有这么难看，第一眼看上去就令人厌恶”。

“为了能够用这种材料工作，应当把我们自己的猜测推到一边去，认为智慧马虽高尚，可情感迟钝，认为它们不懂爱情和友谊，也不知道悲伤和恐惧，认为它们只对人形兽感到愤怒和痛恨，因为人形兽在它们的世界里所占的地位，就相当于犹太人在纳粹德国所占的地位一样。”

娜拉接受了这样的条件。人变成兽和兽变成人的界线也确定了下来。坦吉兹与娜拉一起搬到在曼苏罗夫小巷的一栋几乎要倒塌的平房去住。那座房子就在克鲁泡特金地铁站旁边，属于一位上了年纪的女戏剧家，她是先锋派导演的遗孀，那位导演在战前死于一场不幸的事故，这让他幸运地免遭被捕的命运。那位遗孀是一位深受白银时代生活磨炼的妇女，她给他俩倒上了浓茶，亲切地接待了他们，对他们深表同情和关切，并立刻就明白了他们需要什么。脚本在一周内就写好了，并且写得很成功，在排练时只需稍加润色就行……可那位女剧作家却没有来得及从剧院领取稿费，因为剧院签订了合同后才向文化部申请稿费，在这个过程中她死掉了。

娜拉工作认真负责，工作开始之前她想接触一下真正的大自然，于是带上尤利克去逛动物园，要观看一下所有有蹄类动物。尤利克最感兴趣的却是麻雀和鸽子，可它们并不是观赏的对象，而更像是些陪衬物。就连那头大象也没有引起尤利克的任何兴趣，他简直都没有注意到那个庞然大物。娜拉在便条本上画了几幅速写，之后明白了自己的路子走得不对。因此她摈弃了研究模特的思路，专心致力于造型艺术了。她在图书馆里琢磨画册里马的各种姿态。全俄戏剧协会图书馆容许她带着尤利克进去，因为她与那里的几位馆员有着二十多年的友谊。若去其他图书馆就只能请塔伊西娅来帮忙。有时候，娜塔莎·弗拉索娃接走尤利克，领回自己家让费佳看护，他最会逗小家伙开心。

不久，娜拉就确切知道自己需要画怎样的一些马了。还有怎样画一些人形兽！

坦吉兹去第比利斯处理完了某些家事，回来后一进门就宣称，一周后开始彩排。

娜拉把画好的一沓纸放在他面前，他拿起了最上面的一张。上面一侧画着格列佛，中间画着两匹透亮的马，它们好像是位儿童设计师用金属板条装起来的，接头处用铰链连接，螺丝拧紧粗制的垫片，马肚子很鼓，里面装着演员的活动平台。那两匹马头有点像人的脑袋，龇开牙笑着，样子有点吓人。

“你是个天才，娜拉！你把全部活儿都干完了。”

第二张纸上，格列佛从一个可折叠的小门勉强挤出来，走出那个屋顶扣着一个铁环的小屋。他身边是些张牙舞爪、披头散发的怪物，它们长着怪怪的，但肯定是人的嘴脸，可全都被套在一个网子内。

“太棒了，”坦吉兹赞扬说，“一帮群氓。”

他又拿起下一张纸。

他坐在那里，她站在他面前，两个人一坐一站几乎一般高。他用手指撸着脸颊上灰白间杂的须发，吧嗒着嘴，皱着眉头有点郁闷地说：

“你把一切都想了出来，离开我也可以继续工作！”

“是离开我，坦吉兹，是你不需要我啦！”

“这怎么说呢？”

“我不能与你一起去。尤利克该留给谁呢？”

“谁说要把他留下呢？我们带着孩子一起去。我租了一套两居室公寓。三间一套在整个城里都没有。这套也很大，都住得下。”

娜拉摇摇头说：“不行，我不去。”

“你疯了吗？没有你我无法工作！我知道！我试过！你怎么能丢下我？我们一块飞走吧，三天之后，让孩子跟我们一起走。机票已经给我们买好了。”

尤利克这时蹒跚着走过来，让坦吉兹抱他。娜拉明白了他是可以去的。无论是飞去，还是爬去，去哪儿都行。去阿尔泰、科雷马，去多远都行……

“我们去玩吧？”坦吉兹问。尤利克跑回自己的房间，从那里拖出来两只玩具熊。

“在那里怎么解决制作车间问题？这匹马结构相当复杂，我向莫斯科一位最优秀的木偶设计师咨询过，这匹马不是任何技师都能做。”

“那里有个军工厂倒闭了。他们车间里有两位技师，别说是做匹马，就是火箭也能给你攒出来！”

后来，阿玛丽娅来了。她说要把尤利克接到奥卡河畔的自然保护区去住。那里空气清新，能喝到羊奶，吃农家的蔬菜……而安德烈·伊万诺维奇也认为把小孩子弄到那么远的地方是个错误……

她提到安德烈·伊万诺维奇，提到他说的错误也是白搭。在这个问题上发生过的争吵不止一次了。

“妈妈，让我自己也犯犯错误。假如我不犯些错误，那我就不是我，而是你了。”

“那你也要可怜一下孩子啊！你这么冷酷……像谁呀……”——这本来是个反问句，不需要回答，但她还是回答了。

“像你。”

阿玛丽娅当下就哭起来，娜拉心情也很不好受：本来可以不作声嘛！娜拉抱住了母亲，凑到她耳边轻声说：好妈妈，请原谅，我今后不再这样了，你也别再烦我……请别管我……

告别时，她俩的心情已经平和了。两人的关系甚至比之前还要好，因为都觉得自己有错。

一段幸福的生活又开始了。在阿尔泰地区的一个外省小镇里，一条大河从城边潺潺流过，他们又像过节一样地工作。娜拉发现了木偶演员是一类特别的演员，这类演员还没有远离草台戏和民间节日。在戏剧界根本找不到这些引人入胜的、自娱自乐的演员！剧院女经理曾是共产党的一个官儿，她原来是个女中豪杰，空前优秀，可后来她被解除了职务，幸好不是因为同意排演“格列佛”，而是因为之后的一件事……她因“格列佛”仅是遭到了处分。

在阿尔泰度过的这个夏天对尤利克也很重要。他说话晚，正是在这里他开始说话了，并且能立刻说一些复杂的句子，还说得十分逗人。许多年过后，他才发现正是这里唤起了他自己那种非凡的记忆力：他最初的一些回忆与剧院，与剧院车间和与他视为父亲的坦吉兹有联系。

首演式是在9月15日举行的。那天早晨，坦吉兹收到一份电报，告知他母亲去世。剧刚演完他就飞走了。那部剧的首演式非常棒，观众欣喜若狂，可坦吉兹未能走到前台鞠躬谢幕，因为他已经乘上一架当地飞机摇摇晃晃地飞往新西伯利亚，到莫斯科中转再飞往第比利斯。

娜拉还是来得及与他告了别。她在剧院又待了三天，甚至还赶上看到在当地一家报纸上刊登的一篇令人吃惊的毁灭性评论（无论如何你也想不到！），那是当地文化局副局长撰写的，这位有点像科尔日科夫[1]的同志在剧中发现了“资产阶级的先锋主义和口味变态”！另一篇评论文章似乎切中了要害问题：“这种对人的不敬是来自哪里？该剧的导演是否想展示人还不如动物？这是不是对苏维埃人的污蔑？”

娜拉与尤利克9月下旬回到了莫斯科。整个7月和8月阴雨绵

1　维塔利·科尔日科夫（1931—2007），苏联儿童作家和诗人。

绵，可迎来了一段真正的晴和初秋天气作为补偿。坦吉兹没打过电话。他曾顺便提过一句，说秋天打算去弗罗茨瓦夫一趟，要去耶日·格罗托夫斯基的工作室工作。波兰是社会主义国家中最自由的国家，而格鲁吉亚是苏联的加盟共和国中最自由的共和国。他的这次外出基本上已得到了文化部的许可。坦吉兹在来信中从没有写过格罗托夫斯基，也没有写过其他人的情况。这样一来，娜拉只好再次经受彻底分别的痛苦。但这次分别带给她的痛苦要轻一些，也许，是尤利克给减轻的？

他们三人在一起生活了有半年，之后就开始了另一种生活，她应重新适应这种生活，并去填平坦吉兹不在所形成的那个发出呼呼响声的窟窿。

她重新开始了离开坦吉兹的生活。不过，现在她有一种预感，觉得他还会出现，会拎着自己的手提包走进屋来，还是身穿那件皮袄，或是自己织的高领绒线衫，或是那件绷紧在身上的背心，那么，日子又将会像过节一样……

塔伊西娅一直就是"听召唤"才来帮忙，她几乎是这个家庭的一员，总认为尤利克发育缓慢。但当尤利克在阿尔泰待了两个月回来，听到他说了一句"满头密发的塔伊西娅来看尤利克，带来了糖果"，她就有一段时间不再固执地建议娜拉带孩子去找精神神经科医生、残疾儿童医生或儿童心理医生看病了……

娜拉已经感到了尤利克的童年生活是由她来掌控的。她虽还像以往那样画儿子，但如今在那些绘图纸上还把儿子说的一些话记下来。应及时记下他说的话，因为他有时说的话十分奇怪，令人费解，他说的是什么意思，娜拉还需要破解一番。

儿子在浴缸里洗手，拧着两个龙头，一会儿放凉水，一会儿又放热水。娜拉耐心地等着。

“娜拉，为什么凉水发出男人的声音，而热水的声音像女人？”

娜拉想了想，她自己并没有听出什么差别，也就这样告诉他了。可他失望地挥了一下小手说：

“那你告诉我，哪儿是水的中间？……”

这时娜拉觉得在对世界非凡的认知和揭示方面，自己还不如儿子。

“在一切东西里都能点着火。”小家伙玩着一根绳子，同时宣称。

“我不明白，你指的是什么？”娜拉弯下腰对他说。

他用一只手使劲攥住绳子，另一只手猛地将之抽了出去。

“你瞧，绳子里有点火，它很烫手……”

他伸展了小手，手掌上留下一道粉红的印子。

“妈，绳子的脸是圆的吗？”

快到五岁时，尤利克有了一个新的爱好。娜拉的朋友，木偶剧演员谢廖扎·尼古拉耶夫送给尤利克一个真正的非洲鼓，还给他打出了十分简单的节奏——老鼓手，老鼓手，老鼓手睡得香……这个简单的东西有好几个月成了尤利克最心爱的玩具。尤利克能一连几小时去敲鼓：时而用双手、小勺，时而又用小鼓棒和干巴巴的指头敲，同时还围着那只鼓发疯似的跑着绕圈圈。娜拉让这种不断的咚咚声弄得疲惫不堪，努力试图转移一下他的注意力，让他去玩某种声音不太吵闹的游戏。有一次，她甚至向谢廖扎抱怨，说他送的玩具搞乱了她的生活。谢廖扎虽挥了一下手表示不予理睬，但还是接受了她的建议，因此他送来另一个礼物——木琴。的确，这让情况有所改善。尤利克开始玩那件新的乐器，应当说，木琴的声音要比非洲鼓的撕裂声让人稍微好受些。

“当时真应当把祖母的钢琴运过来，”娜拉心里想，“也许，他有音乐天分？很可惜，把那架钢琴留给了邻居们……”她至今记忆犹新，祖母是怎样希望让她学钢琴的，可那对她是一种何等的折磨。同时，对祖母来说也同样是折磨……她对音乐完全不感兴趣。也许，是因为她的乐感不够敏锐？亨里希的乐感非常出色，娜拉还记得，在那些遥远的年代每逢举办节日酒宴，酒过一巡他便要放歌，唱几首很长的歌剧咏叹调……阿玛丽娅总在低声地哼一些苏联歌曲。娜拉的外祖父是教堂合唱指挥，就是说，耳音也相当好。也许，尤利克在这方面会像亨里希或者曾外祖父……

“再长大些，就把他送到音乐学校去。”娜拉暗自决定这样做。

后来，尤利克学会了看书，是独自看书。这点娜拉是偶然发现的。有一次，他闹了好久不睡觉，还让给他念书。已经晚上11点多，娜拉自己也困了，便把书合上说：

“行了，睡觉吧。”

他好像受了委屈似的说：

“那我就自己给自己念。”

娜拉在任何事情上都拗不过他，于是同意了。

“那好。只是你要念出声来。我给你读过了，现在轮到你念了。”

于是，他突然念了起来——念得不太自信，读读停停，也不大顺溜。是个关于小苹果树的童话故事，他不能把它全都背下来，这是第一次读。娜拉没有作声，也没有问他什么时候学会念书的。只是她心里想，好了，又一个儿童的年龄段结束了，又跨过了某条界线。他的大脑像维佳一样聪明。可能，会成为数学家，或者物理学家。

然而，她并没有发现这有什么好……

尤利克经常让娜拉感到吃惊。他能蹲在那里，久久地仔细观察刚长出来的一棵小草。

“你在那儿看到了什么？”娜拉感兴趣地问。他的眼睛继续盯着那株草，头也不回问了一句：

“娜拉！我长个子是头向上长，还是脚向下长？”

然后，他突然抱住一棵树，把一只耳朵贴紧树干，用手摸着树皮，然后攥紧拳头敲敲树干，耳朵重新贴着树干认真听着。当娜拉问他听到了什么，他摇摇脑袋说：

“什么也没听见。我想，为什么人的体形不像树干这么漂亮？你不懂吧？这是因为树木美美地站着，而人总在奔跑，跑来跑去……”

于是，他停在那棵树旁边，伸开双手肃立在那里。小家伙身穿一件红上衣，肚子上有个兜儿……

坦吉兹消失不会很久，如今他常招呼娜拉与他一起工作，不是去波罗的海，就是去西伯利亚。国家幅员辽阔——从布列斯特到符拉迪沃斯托克。各地剧院开始邀请他俩一起去工作，因为这对情侣能保证排演成功，有时会是一种引起轩然大波的成功。他们轮流地要么获得奖励，要么得到警告。有人提议坦吉兹去库塔伊西[1]的一家剧院工作，他考虑后拒绝了，这多半是因为娜拉。在那里出任总导演就不可能这样自由地跑遍全国各地，可他又不可能邀请娜拉去格鲁吉亚，况且她也不可能去。坦吉兹偶尔也来娜拉家，但尽可能不在她家过夜，而去旅馆住。小家伙已把他当成父亲……每次都缠住他不放，因此不组成一个家庭都显得有些残酷了。况且，坦吉兹自身的处境也愈来愈难……

快到六岁时，尤利克开始频频询问爸爸在哪儿。娜拉对这个问题早有准备。尤利克只在一岁时见过维塔夏一次，他早就从尤

1 格鲁吉亚第二大工业城市。

利克的儿童记忆中蒸发了，后来他又去过娜拉家两三次，但每次都碰到小家伙在睡觉。其实，维佳已习惯地认为，这个孩子不是两人商量好要生的，而是娜拉骗了他，可他后来对这个孩子来到世上也听之任之。因此，当娜拉打电话问他是否想见见儿子，他总是勉强表示同意。这次，他没有征求自己母亲的意见。娜拉与维佳两个人约好，这次娜拉要带上尤利克去他那里做客。

于是娜拉暗自发笑，买了一盒“布拉格”牌蛋糕，拎着探亲去了。这几年，维佳与母亲从尼基塔林荫道搬到青年地铁站附近住，这次搬迁总算是给他俩多年来若断若续的虚假关系又添加了一个句号。

这次探亲的时间并不长。瓦尔瓦拉对娜拉又恨又好奇，这种矛盾的感情折磨着她，便到一位女邻居家串门去了。维佳把象棋子摆在棋盘上，给尤利克演示怎么走。

“这是打仗游戏吗？”尤利克好奇地问。

维佳想了想，同意了他的说法。

“为什么这么多棋子，它们都是一样的呀？”

“哦，它们就像步兵，为了保卫国王和王后，还能出击杀敌。”

维佳走了第一步，之后说：

“开始下棋叫做开局。”

“能按另外的方法开局吗？”

十五分钟后，尤利克对下棋渐渐熟悉了，提出想以另一种方法开局。但是维佳不同意，说半路悔棋是不诚实的行为……他很快就赢了这局棋。又开了新的一盘棋。正当儿子与不太想承认的孙子的第三盘棋鏖战正酣，瓦尔瓦拉还是回来了。她内心的好奇心占了上风。她这次的举止甚至比以往的更加恶劣，因为她装作自己并不知道娜拉要带着儿子来的这次定好的造访。她来了一次当场做戏，可维佳为人宽厚，永葆自己的诚实，他惊讶地睁大了自己的碧眼，这个表情立即就把瓦尔瓦拉揭露了：

“妈，你这是怎么啦？我跟你说过的！”

她只是把手一挥说：

“唉，维佳，你真是好坏不分啊！”

尤利克一连输掉三局，正要咧开嘴哭，这时维佳对他说：

“小朋友，你的棋下得很好！我在你这么大的年纪远不如你！现在我告诉你一个诀窍，那任何人都赢不了你。”

维佳重新把棋子在棋盘上摆开，给尤利克演示一种象棋“双吃法”。尤利克立刻就明白了，他笑了起来，并请维佳再给演示某个把戏。孩子很喜欢维佳，因此喜欢与他不时地玩玩。

“好极了！你可以常来我们这儿，可以与他下下象棋。只是要提前打个电话。”

乘地铁回家的路上，娜拉一直在想着，一旦尤利克再问起他父亲的时候，自己该怎么说。其实，她不用说什么。一周半过后，尤利克无意中提了一个问题，这个问题本身就内含着一个令人满意的答案：

“妈妈，会有表爸爸吗？”

在娜拉结识的男人中间，谁是亲的，谁是表的，还真弄不清楚……维佳开始偶尔过来一趟。在其他众多的“岔路口”来访者中间，他显得并不另类。娜拉所有的朋友都喜欢尤利克并且宠着他——无论认为尤利克是个十分聪明和好玩的孩子的人，还是因尤利克的性格古怪而对他有所警觉的人……塔伊西娅就属于后一类人，她愈来愈固执地想让娜拉带着尤利克去看精神神经科大夫和其他专家医生。然而，娜拉直到明白了尤利克只能辨认一些艳丽的色彩后，才开始带他去做一些医学检查。起初，她带儿子去看眼科医生，眼科医生让孩子仔细看了十分钟色盲表后，对她说孩子是色盲，并且似乎是相当罕见的一种类型。他们又去看了神经科医生，后来娜拉领着儿子看遍了儿童医院的所有的医科专家。最后，她被介绍到残疾人研究所，整整一帮医生给尤利克做了检查。娜拉亲临了这次会诊现场，医生提出的问题模糊，可尤利克的回答确切，这让她感到惊讶。起初，他们想弄清楚尤利克是否知道一些基本的几何图形，诸如，三角形、圆形和矩形。然后又问圣诞树是什么形状。

“圆形的。”他立刻回答。

他们又拿出一些图形，并且反复提问。

“圆形的。”孩子回答。接着，是一种新的解释和那个重复的问题。

“要知道我是从上往下看的！”尤利克气愤地说，娜拉也强忍住不笑出来。她知道自己儿子有从自己的角度观看事物的能力。

几位医生互使了一下眼色，之后给他提出了下一个问题。一张纸上画成四部分，每部分里分别画着马、狗、鹅和雪橇。

“这里哪幅画是多余的？”一位身穿白大褂的上年纪女大夫声音甜甜地问道，她头上别着一个编花漆发卡。

“马。”尤利克坚定地说。

“为什么？”所有医生异口同声问道。

“因为其他的画是全的，而只有马画了马的一部分，只是一个头。”

“不，不对，你再想想。”头上别着编花漆发卡的女大夫问。尤利克十分认真地端详着那幅画，想了想说：

“是那只鹅。”尤利克果断地说。

所有的医生又感到惊奇地问：

"为什么？"

"因为马和狗能拉雪橇，而鹅不能。"

几位身穿白大褂的上年纪女大夫又颇有深意地相互递了一下眼神，之后请孩子的母亲退场。娜拉这时已猜到了正确答案应当是"雪橇"，因为它在这组动物里是唯一的非生命物。娜拉走出来了。

在走廊里，她已经不觉得可笑，而在生自己的气，干吗要把自己聪明的小儿子带到这帮白痴跟前。他们甚至不懂得他的大脑构造要比他们的强得多。但诊断结果出来了，说尤利克的精神发育迟缓。他们甚至还给娜拉开具了一封介绍信，让她去一所精神障碍儿童的寄宿学校。

生活中再不做这种事！明年，等到孩子满七岁，他将会去她（即娜拉）的父母曾经学习过的学校上学，即去位于梅尔兹利亚科夫小巷那所昔日的110中学念书……当年她进不了那所学校，因为根据市区新的划分，尼基塔林荫道的一部分与兹纳缅卡大街衔接，故住在尼基塔林荫道的孩子就划到了娜拉不愿回想的另一所学校入学。离孩子上学还剩下一年，因此娜拉决定领儿子去报音乐学校，那是距音乐学院最近的一个，名为中央音乐学校，这是莫斯科最好的音乐学校之一。这个学校所处的地段比较讲究，那里住的人也比较斯文。学校因维修暂时搬出过一段时间，刚刚搬回自己原来的大楼。周围处处涂成那种墨守成规的绿色和褐色，散发出一股强烈的油漆味。尤利克也用鼻子闻了闻那种气味。一位体态丰满的上年纪女教师把头发拢成松散的一束，上面夹着精致的龟形发卡，她主持了面试。起初，他让尤利克唱歌，但尤利克断然拒绝，反而提出来要与女教师下盘象棋。女教师扬了一下眉峰，拒绝了他的建议。随后她用指头在钢琴盖上敲了几下，让尤利克也敲出同样的几声。尤利克把手指放到琴盖上，敲出了某种又长又复杂、完全不像所给出来的节奏。他可能是想起了自己的那个非洲鼓……那位女士显得十分耐心，她向尤利克俯下身，让他重复敲出一组并不复杂的节奏。可尤利克又敲出了自己的某个节奏。女教师打开了琴盖，弹了一组琶音“哆——咪——嗦——咪——哆”，站在一旁的尤利克闻了闻周边的空气，之后说：

“这里的气味真难闻。”

也许，那位女士如果用的不是在那时已经过时的“美丽莫斯科”牌香水，而是某种“银色铃兰”牌或者“卡门”牌香水，那么尤利克的生活可能会走上另一种轨道……

母子俩走在回家路上。尤利克一路上什么都没说，在聚精会神地思考着什么。在门洞口他停下脚步，拉住母亲的一只手问：

“娜拉，为什么我是‘我’呀？”

娜拉张大嘴吸了一口气。该怎么回答他这个谁都不知道答案的问题呢？

“哦，孩子，你了解自己，知道自己是个特别的人，是与众不同的人，知道自己——就是‘我’。而剩下所有人——是其他人，但每个人都有这样一个‘我’。”

“可你怎么知道我是个与众不同的孩子？”他俩在门洞附近磨蹭着，尤利克揪着娜拉的一只手。娜拉感到局促不安。

“大家都与众不同。我、祖母和塔伊西娅都是。可我原以为就我自己‘与众不同’呢。”

“你的想法对。”娜拉附和着说，同时感觉到自己完全束手无策。

“维塔夏也与众不同！”尤利克想了想，又补充了一句。

娜拉惊得都呆住了：儿子说得对！他们父子都与其他人不同，就像智慧马与人形兽截然不同……

第十三章

重要的一年

（1911年）

1911年开门大吉。玛露霞与哥哥米哈伊尔一起度过了圣诞节，米哈伊尔从彼得堡回来还带了一些礼物，他一身首都的装扮，时髦的发式，下巴留着大胡子，上唇还蓄着尖尖的小胡子。他总是风流倜傥，而现在的外貌甚至带出来一些招摇的味道。玛露霞体验到了一种双重的心情。一方面，她很高兴与哥哥一起走那条林荫道，因为迎面来的女士都颇有兴趣地不时看他，她也很惬意有人注意米哈伊尔，因为顺便也把目光投向了她；另一方面，她内心也感到不好意思，因为自己身上大衣的款式早已过时，何况还稍长，所以这件难看的旧款大衣让她难为情，更为不爽的是，她这个有见识、有教养的姑娘还要为这种庸俗的区区小事而难过！

不过，我的帽子再美不过了——玛露霞顿时来了精神，可旋即又打住了：这是多么无聊的小市民气息！嘿，帽子戴上还挺合适！难道问题在于此？这点是否重要？重要的是另外的事——如今她与米沙谈论一些严肃、重要的问题的时候，就像一个比肩的女伴，而不是一位不明事理的小姐。

每天晚上，屋子里聚满了米沙的朋友，玛露霞俊美的脸庞，在乌黑的好像描过的（从来没有！从来没有！这是庸俗的献媚！）睫毛下的那双灰褐色眼眸，一双异常纤细的小手，还有那优雅的身段和轻盈的动作都令他们赞赏不已。那件大衣确实是旧的，样子也不好看，可连衣裙是给她新做的，花钱不多，用的是从伊萨克·施瓦茨曼布店买来的一种很好的毛料，因为那块布尺寸不够，只能给女孩用，可那块布正好适合玛露霞，是妈妈陪着玛露霞去的，她还带上了皮尺，上下左右都量了，能做出一件连衣裙。妈妈费了一番脑筋，生怕剪坏了那块值钱的布料，把它比在玛露霞身上来回试着，最终做成了一件连衣裙，既好看又朴素，若再系上一条领带，真不失女性的娇媚！玛露霞感到唯一的遗憾，是自己胸部不够丰满，乳罩总绷不紧，上面还有点裸露。可是，拥有丰乳的妈妈抑制住了笑容，用心地在乳罩上加了几道褶子，这样就掩盖了玛露霞的缺点，而凸显出她的纤纤细腰这个优点。

整个1月是一连串的节日。玛露霞的生日也过得很棒，大家都向她祝贺生日，就连雅克利娜·约瑟福夫娜也在内！玛露霞生平第一次得到众人这种青睐，每晚都有人邀请她，不是去剧院看剧，就是参加晚会，而最高的一次礼遇是雅克利娜·约瑟福夫娜请她一起去听拉赫玛尼诺夫的音乐会！玛露霞有生以来从未听过这么高级的音乐会，她也明白自己将把这次音乐会铭记终生，因为未必还有什么时候她再会遇到这种幸福。

还有一件大事发生在2月份，勒鲁夫人又对她的命运起了决定性的作用。应雅克利娜·约瑟福夫娜的邀请，传奇般的艾拉·伊万诺大娜·拉别涅克[1]要来训练班上课。她是伊莎多拉·邓肯创办的格鲁讷瓦尔德舞蹈学校的学生，是那位伟大的赤足舞蹈家的得意门生，还是莫斯科首批舞蹈造型艺术学校创始人之一。她这位不穿鞋袜，不怕羞地半裸着身子就登台表演的女演员，这位斯坦

1 艾拉·伊万诺夫娜·拉别涅克（1880—1944），俄国女舞蹈家和教育家，伊莎多拉·邓肯在俄罗斯的门徒。

尼斯拉夫斯基艺术剧院的形体和韵律的教师，身穿一件端庄的、显不出任何女性线条之美的西服上衣，围着一条大花丝围巾，就出现在福禄培尔训练班的女学员面前，她的那条围巾更适合去包沙发，而不是做女士的装饰。全体女学员等得全都发呆了。玛露霞这时已从助教转为教师了，已用不着早晨7点就跑到校门口迎接来孤儿院的孩子们，而是9点钟才来给他们上不费脑筋的音乐课。听拉别涅克上第一节课时，玛露霞就明白了自己过去学的历史、文学、生理学和植物学是为了什么，过去听大人和聪明人士们的一些似懂非懂的谈话是为了什么，去看剧和听音乐会是为了什么，原来就是为了赶紧跑来向这位舞艺惊人的拉别涅克女士学习！

拉别涅克的讲座令人振奋！她提到的人名都如雷贯耳！尼采、伊莎多拉·邓肯、雅克·达尔克罗兹[1]……世界的节奏、身体的节奏……所有这些节奏都被音乐编成了密码，因为音乐本身就是宇宙脉动的一种反映。关于"新人"是通过倾听和再现这些宇宙节奏来创造的，玛露霞暂时没有来得及弄明白，但已为期不远……很快就会了……当然，玛露霞梦寐以求的正是成为这种人，要成为这样的一种新人，一个自由的、有思想有感情的人，一个新式妇女，并且要帮助其他人走上这条道路！啊，她已预感要有一种神奇的变化！

然而，主要的一件大事，也许，是她生活中最主要的一件事，发生在拉别涅克上完自己最后的一次课，并在音乐伴奏下做完演示的那天。拉别涅克脱下自己那件男性化的西服上衣，换了一件白色的短衬衫。在她的动作里，没有任何芭蕾舞的成分，而只有自在、热情、泼辣、潇洒。这才是我想要的东西！这才完全是我的

1　雅克·达尔克罗兹（1865—1950），瑞士作曲家和教育家。著有《节奏、音乐和教育》（1919）、《律动、艺术和教育》（1930）等。

东西！玛露霞浑身上下都感觉到了这点。听完那次课后，她就像插上翅膀一样飞回了家，她的步伐也旋即变了：背部伸展了，肩膀放松了，颀长的脖子似乎更长了，两脚在地上轻轻地滑过，就像滑在冰上一样。

妈妈已经睡了，爸爸戴着一顶睡帽，坐在煤油灯旁边看着一本旧的法语书，没有人与她分享快乐，她也不能与任何人谈谈自己读书的新感受，甚至某种令她陶醉的东西……玛露霞躺在从前用作储藏室的拐角房间里，原以为自己会兴奋得睡不着，可却立即入睡了。第二天，她起床很早，觉得浑身轻快，做了自己的瑞士浴，还在凉水里加了几滴“布罗卡尔”牌香水，那是米沙送的礼物，之后穿了一条新式女裤，那件束胸紧身衣在手中拿了一会儿就扔到了一边，因为今后再不让这种破东西，这种守旧的破烂货束缚自己的身体，从昨天开始她想成为一个自由的、不受压制、不受拘束的人，要变成一个活泼的、古典的、希腊时代的女子……

她穿上了那件旧的核桃色连衣裙，那件讨厌的大衣就不穿了，随后又使劲把老式短上衣套在外面，带上那顶圆顶毛皮帽，再扎上一块头巾，她照了照镜子，很喜欢自己的这身穿扮，心想“这个玛露霞真美！”之后，她笑了起来，因为熟知这句话出自托尔斯泰的哪位女主人公之口，那位姑娘在为春天到来和自己的青春貌美而高兴。

她出家门的时候已经9点多。虽说春光明媚，但天气还相当冷，天空晴朗无云，她又找回了昨天的那种轻松自在的感觉，于是把笑容投向了昨天。但原来她并非把笑容投向了昨天，而是投向站在钟表店橱窗旁的一位青年。他长着满头红褐色的鬈发，头戴大学生帽，身穿一件大衣，他那张不能说完全陌生的面孔露出一种十分高兴的神情，也像玛露霞一样兴高采烈。

“玛利亚！我已感到了绝望，以为再也见不到您了！您还记得我们在拉赫玛尼诺夫的音乐会上那次邂逅吗？”

那天之后虽过去了几乎一个月，可玛露霞立刻回想起那个大学生，是他在剧院把池座让给了她，之后又送她回家的。当时，他留给她的印象是个很有教养的青年，现在他的举止也舒朗清新、文质彬彬。

“您若同意的话，我送您一程？”他问道，同时把一个胳膊伸出来，让她挎着他。他的黑大衣衣袖是用挺贵的细呢料做的。

“到哪儿去？”其实，玛露霞自己也不知道此刻打算去哪里！那天她不用给孩子们上课，可距离拉别涅克的讲座还有两个小时。

于是，他俩便开始在大街上信步而行。

马林斯基－报喜大街很长，高低不平，一会儿上坡，一会儿又下坡。然而，这是这条大街修成以来的最好时光，因为它就像整个城市一样，大街两侧点缀着一栋栋建筑样式别致新奇的楼房，可这种日子已为时不多，因为革命和内战已在地下酝酿成熟，在最近一段可以感觉到的时间里（一周，两周！）就要发生一个不知是什么人“出于个人动机”杀害小男孩安德烈的事件，最好让他活在世上，可是他被杀害了，这个贝利斯案件[1]几乎要把当地安宁的生活蒙上一层恶臭的雾霾，还有可怕的恐怖分子博格罗夫就住在离这里不远的比比科夫林荫道，他对斯托雷平大臣的谋杀虽尚未发生，但已经准备停当了。卢基扬诺夫监狱又增盖了几栋楼，可还是人满为患，迄今为止蹲过这所监狱的人可多了去了：有乌里扬诺娃姊妹及她们的兄弟德米特里[2]（雅科夫和玛露霞暂时还不知道他

1　指犹太人贝利斯被指控在 1911 年 3 月 12 日杀害十二岁的小学生安德烈·尤申斯基的案件，最后贝利斯被证实无罪并被释放。

2　即列宁的兄弟姐妹，列宁原姓乌里扬诺夫。

们）、捷尔任斯基、卢那察尔斯基和范妮·卡普兰。但生活了一段后，他俩很快就知道了这些人的大名以及许多其他人的名字。他俩要度过看书和听音乐的生活，就像四手连弹一样和谐；他俩将在一起吸收科学艺术各种门类的全新成果，反复加深自己的感受。

他俩漫步在安宁的马林斯基-报喜大街上。这次谈话进行得很奇妙，两人说话的句子几乎没有动词，全都是列举人名，要么就是两人的吸气呼气和感叹词……托尔斯泰？是的！《克莱采奏鸣曲》吗？不对，是《安娜·卡列尼娜》！啊，对了！是陀思妥耶夫斯基？当然啦！是《群魔》？不是，是《罪与罚》！易卜生！汉姆生！《维多利亚》！《饥饿》！尼采！昨天！是达尔克罗兹吗？谁？没听说过！拉赫玛尼诺夫！哎，就是拉赫玛尼诺夫！贝多芬！当然啦！是德彪西，还是格利埃尔？太棒了！契诃夫？德莫夫？柯罗连科！是谁呀？我也是！但是《上尉的女儿》！多幸福啊！天哪！不可能！从没有过这种事！犹太人的？肖洛姆-阿莱汉姆[1]？是的，在隔壁房间里！不，是勃洛克，勃洛克！纳德松？吉皮乌斯！绝对不会！我根本不知道！啊，应当，你应当！古希腊罗马文学史！对了！是希腊人，希腊人！

他们就这样边走边聊一直到了植物园门口，这时玛露霞突然想起来应赶快回家，她现在要去大日托米尔街，因为已快到上课时间了，她会迟到的，可他却笑起来，说他自己的情况要好些，因为他的问题甚至都不是迟到，说今天是他最幸福的一天，因为他猜的东西全都实现了，甚至比他猜的还要好千倍！……他们走遍了全城，直到傍晚他们都没有分手，最后走到第聂伯河畔，还顺便走进圣索菲亚大教堂看了看。

1　肖洛姆-阿莱汉姆（1859—1916），犹太作家和剧作家，犹太现代文学奠基人之一。

于是，又是对最深刻的内心活动，对隐秘的和难以捕捉的思想的一番了解，又是一种吻合！这在哪儿？在教堂里吗？能把这点告诉谁？这是秘密啊！告诉圣母玛利亚！告诉圣婴！是的！我知道！请别说话！这不可能！是的，我的圣尼古拉！尼古拉！我有时求助于他！啊，是的！不，什么洗礼？不，为什么要洗礼？这是一种联系！哦，那当然啦！从来不会！亚伯拉罕和以撒！真可怕！那是个十字架！那是个标志！那是血！是的！我也是！那壁画怎么样？是我心爱的东西！最心爱的东西！音乐家们！是啊，那是头熊！当然！当然啦！一次出色的狩猎！可这些音乐家们！是些江湖艺人！这个舞蹈！是大卫王？

他长得特别英俊，并非人人这么看，他长得这么俊就是为了她，她喜欢他那稍显笨重的下巴上长着一个像裂缝一样的小酒窝，还喜欢他那绷紧的嘴唇，显得刚毅有力，丝毫没有带出少年的稚嫩。看得出来，他常把胡子刮得很干净，他若蓄胡子，肯定又硬又密，他的双眸明亮，满面红光，甚至透过所穿的制服也能看出，他肩宽腰窄，身体一点也不臃肿，一副彻底的男子汉身材。

她也很美，漂亮中透出一种灵性！一条透花丝巾遮掩住了她那消瘦的面颊，脸上没有任何多余的东西，她脸上的各个部件似乎是位出色的画家，极可能是线条画家——比尔兹利给画出来的，也许是的。她略施粉黛，仿佛只打底色，给人以轻快之感，就像是空气本身！空气——这就是她的本质！她身上毫无任何肉感的、沉重的东西，天使就是源自这种材料，是的，天使就是……

第二天他们又见了面。玛露霞告诉他，自己很快就要从福禄培尔训练班结业，并知道自己下一步要学什么，她还把自己知道的一切讲给他听，谈到了那位伟大的女舞蹈家及她的女弟子，谈到了任何人都听不出来的节奏，然而在节奏里有一种重要的指向，因为离开节奏不会有任何的生命存在，应当去捕捉这些节奏，这是可以学会的，你给自己选择了怎样的人生之路，这并不重要，但离开这种节奏，离开伟大的节拍就无法办成任何事情。原来，她这些年间的学习只是为今后应学习的东西做了准备……是这样，只是做了准备！

“是的，这点我很明白，我在很小的时候就懂了这点，我记得有一次我的扁桃体发了炎，脖子上裹着一块纱布，站在窗户旁数着秋日的落叶，并知道我的扁桃体疼痛恰恰取决于树叶是怎样掉下去的，因为每片树叶触地那一刻，我的扁桃体就疼一下，我当时无法向任何人说这件事，因此你是第一个能够……那时可不能对妈妈讲……是啊，不能对她说……她完全不会……是，是的……他们从来不理解……尽管他们对我的爱，是……可这样的理解……这样的观点一致……而音乐呢？音乐可以！瞧，这里有生活的节拍器！生活的脉动！生活的意义！”

他俩每天都在城里漫步，有空儿就手拉着手待在一起，雅科夫觉得很幸福，并且由于这种突然而至的巨大幸福而稍稍感到了压抑；玛露霞也感到幸福，但稍稍有些担心有可能会失去这一切……他们也谈到了这点……他劝她相信，说他俩能够保留住，保住一切，说她可以依赖他，相信他，因为他具有生活所需的一切，只是缺少她，而现在，他们在相邻的两条大街上如此简单就互相找到了……不错，是拉赫玛尼诺夫，当然，是拉赫玛尼诺夫让他俩相互找到了对方！……倘若没有抓住那条金鱼，那只火鸟，那简直就是个罪人，因为一切都获得了一种从前缺少的意义。可如今弄明白了，为什么在世界上需要有音乐，科学的所有学科和艺术的各个种类，如果没有爱，一切将会彻底失去意义……不过，如今这种意义是明确的和普通的，教育学也不能脱离生活，整个教育学的发明就是为了教会人们得到幸福——统计学、政治经济学、数学都是如此，而音乐就更别说了，所有这些学科之所以需要，就是为了一点，即为了人们获得完全的幸福……

他俩在共同出生的城市里踱步，沿着从小在里面游泳的那条河美丽的河岸，几天内走过了不知多少路程。“玛露霞，是否俄语的‘河’这个词应当像德语的der Fluss一样，为阳性名词，就像‘水流’一词[1]……瞧，第聂伯河就是阳性名词，是不是呢？要知道，它不是伏尔加河……”他们跑遍了这座古城所有的高低路段，把自己心爱的地方指给对方看，两人的关系已达到如此亲近的程度，似乎觉得已无法再深入了解和探察对方心灵的深处，并觉得这似乎已是一种幸福无比的未来生活的前奏，认为就连接吻都很可怕，生怕惊跑了他俩所期待的那种巨大的幸福。然而每到晚上，雅科夫伸腰躺在自己那张窄小的床上，搂住枕头对自己说，明天一定要吻吻玛露霞。可是第二天他退缩了，生怕吓跑了她的信任，害怕在两人高雅的关系中用这个低级的动作得罪她。可玛露霞一直等待他能走出两人关系中这新的一步，并对此早有准备，但也没有催他去做。

1911年还刚刚开始，2月份已经结束。他们的幸福没有减退，还有了某些新的进展，幸福之花开出了新的花瓣，那是无比幸福的1911年，那一年飞逝的速度，给人们留下的鲜明印象非同寻常。3月初，雅克利娜·约瑟福夫娜说已与艾拉·伊万诺夫娜·拉别涅克签约，后者邀请玛露霞去莫斯科，到造型艺术培训班观摩。玛露霞咽下去一块如鲠在喉的东西，这个东西总在她人生中极度激动的时刻出现，诚如一些大夫在多年后解释的那样，这是甲状腺

---

1 俄语的名词按词尾分为阳性、阴性和中性名词。“河”（река）是阴性，而“水流”（поток）是阳性。第聂伯河（Днепр）是阳性，伏尔加河（Волга）是阴性。

功能亢进的症状。玛露霞答应了自己无论如何也一定会去的。

随后，事情发展就像童话故事一样，因为哥哥马克从彼得堡回家探望父母。米哈伊尔回家次数较多，所以他几次到来并不让家人怎么激动。马克在家里总共待了四天，可玛露霞从他到来那时起就发现他与离家的那个时候判若两人。整个公寓都仿佛缩小了似的，最令人惊奇的是，父母的身材也似乎变矮了。父母的个头本来就不怎么高，可马克长得又高又壮，他站在父亲身边，毕恭毕敬地弯下腰说话，而父亲还得向上仰起自己漂亮的脑袋，看到自己父母最近五年老成这样，玛露霞几乎要哭出来。马克踌躇满志，满面春风，他宣布要去莫斯科，因为在那里谋了一个新的职位，将在一家保险公司当律师，这是一份很有意思的新工作，还答应给他一笔可观的薪水。他已在莫斯科租好了一处带家具的公寓，顺便说了一句，这套公寓有两个房间，所以，玛露霞若想去莫斯科，可以住在他那里。她突然冒出了一句，说现在就想去！根本没有什么诸如“故事能马上讲，可事情不能马上办”之类的话，一切就这么简单地决定了，第二天他就买了一张车票，把票放在玛露霞面前的桌子上——两块长方形硬纸片和两张绿白色的纸，是卧铺票。

在当天傍晚，玛露霞约雅科夫见面，她满脸春风地告知，说她要去莫斯科找拉别涅克本人，观摩她的教学。可雅科夫并没有显出高兴的样子，只是拉起她的一只手，拉了一会儿，攥得很紧，可并没有捏痛，随后颇有意见地问：

“您要去莫斯科？我俩要分开吗？”

“不，不是的，我去莫斯科只待几天……”她说完就知道自己并没有说真话。倘若艾拉·伊万诺夫娜收她，如果再能弄到参加培训班的学费，她就会留在莫斯科。玛露霞事先并没有想到，这一走就意味着自己会好久见不到雅科夫……

“那我等着您归来，假如您还想在什么时候回来的话。”他说这番话时带着一种造作的表情，他本人也感觉到了这点，还因自己说谎撇了一下嘴。

“别，别，您别这么说！当已有了让我俩关系密切的一切（‘一切’指的是什么，她没有说，因为让他俩关系密切起来的，是倾心的交谈和那种让他俩害羞的深深的眷恋），我们已经永远不会分开……”

他们坐在皇家花园里。玛露霞心里有点着急，因为她要收拾手提包，还要跑去向勒鲁夫人告别，雅科夫的内心紧张，因为一直拿不定主意是否去完成自己早就想好的那件事——吻吻玛露霞。他对自己说“要么现在，要么就永远不可能了”，随后便向玛露霞转过身去，把自己的脸凑近她……吻了她的脸颊一下。当然，这全然不是他考虑了好几周要做的那件事。玛露霞笑起来，说：

“以后，以后再……现在送我回家吧！……”

第二天，玛露霞乘上了火车，坐进二等包厢靠窗户的位置，身边是哥哥马克，对面坐着一对可敬的夫妇，他俩是基辅人，都上了年纪，乘车去莫斯科参加一个家庭的庆祝活动。他们与马克彬彬有礼地攀谈起来。谈话纯粹是闲扯，没有什么实际内容，但显得十分优雅。玛露霞一声不吭，她以欢快的挖苦表情瞅着哥哥，这种表情是她在儿童年代特有的，可在师范学校学习的这些年里已经丢得差不多了。

这是玛露霞与雅科夫的第一次告别。虽然她很惋惜与他分开的每一天，但这次能去从未去过的莫斯科一趟，有机会接触世界文化的一些尖端人物（她正是这样看待自己这次出行的），这正是一张幸运的、不能拒绝的请柬。她离开过基辅，可去过的地方还从来没有远于波尔塔瓦，她与雅科夫曾幻想一起出游德国、意大利和法国，可那些梦想与她的这首次出行相比，显得多么苍白。其实，她庞大的人生计划已开始实施。遗憾的是，雅科夫暂时不在身边，但这依然是他俩很快就拟好的那种宏大而认真的共同生活的开端，是一条精心铺设的道路上的第一站！

玛露霞望着窗外，陶醉于风驰电掣般的列车的神奇速度，欣赏着窗外景色，那些风景就像是一次漫长的人生奇遇中简单的前奏。在这种人生奇遇中已有过学习的经历、初次的爱情，今后还要认识世界，进行积极的、激动人心的创作活动……

哥哥在车站雇了一位车夫，他们来到屠夫大街上的一座公寓大楼，在基辅人看来，这栋住宅楼并不漂亮，外观阴沉，建筑的装饰缺少让人高兴的成分，几扇门都很高大，好像考虑到要有巨人出入似的。楼内有个前厅，几面大镜子，几个外形呆板的铁笼式电梯。哥哥立刻就被一位穿毛皮大衣的彪形大汉叫住了，他友善地抱住了哥哥，他的语速很快，但吐字不清，不清楚对哥哥说了些什么。玛露霞谦恭地把身子转过去，不至于妨碍他俩说话。马克感激地向她点了点头，同时说了声“请等一下”，就与那位先生走到了一边。他们交谈的时间很长，可玛露霞一点也不感到寂寞，她仔细地观看着出入电梯的人们，看到还有些人沿着又宽又平的楼梯上下楼。这座楼是莫斯科留给玛露霞的一个强烈的最初印象：前厅里来回走动的男男女女的穿戴是另外一种样子，他们走路认真专注，说话很快且富有表情，就好像都是演员。这座楼是“现代的”，里面住的人是“现代的”，整个莫斯科的生活也是“现代的”，玛露霞从看第一眼就明白了，住就应当住在莫斯科，而不是什么别的城市，不是基辅这个外省的二等城市。先等雅科夫大学毕业，然后让他来这里，他们将在这里一起生活，也住这样的楼房，这将是一种“现代的”生活，而不是在一帮犹太亲戚、手工工人、商人和银行职员中间去过那种小市民生活……稍后，哥哥与那位穿“皮大衣”的人以奇怪的方式告别，两个人紧握双手，还拍了拍手背。马克过来一把拉住玛露霞的手，把她带到楼梯那里，而不是电梯口，说：

“快，快点，穆霞[1]，电梯慢，我们就住在二楼……”

那套公寓很不错，与整座楼很相配，它不同寻常，有一个很大的壁龛，带着木护墙板，可没有厨房，只在小储藏室里有个电炉，不过浴室却是实打实的。马克从桌子抽屉里拿出几张纸，若有所思地打了一声口哨，抽出来一条干净的手帕，对玛露霞说：

“穆希卡[2]，我有一件急事，晚上回来，这是房间钥匙，还有，这里有钱，用不着教你吧……”

玛露霞独自留在屋里，她在从外面围着普通的、但颇具风格的铁护栏的窗口前站了一会儿，同时把头发拢得高高的，又箍上一根丝绒发带，她想象着如果有人从大街上看她，会看到她是怎样的。街对面也有这样一栋看上去阴森的住宅楼，但由于飘起了雪花，根本看不清楚对面楼里窗户内发生的事情。就是说，也不可能有人看清楚她……玛露霞整理一下自己的发型，把发带下的头发往一起拢了拢，脱掉了那件旧连衣裙，换了一条裙子和一件新款的宽大女衫，之后又穿好皮鞋和一件不符合季节的薄大衣。她把那件讨厌的冬大衣留在家里了，在新生活中没有丑陋的旧东西的地盘！

玛露霞都没有来得及问哥哥，怎样才能找到小哈里同巷，于是问了一下看门人。他说离这里很近，还告诉她怎么走。她哥哥

1 爱称，即玛露霞。

2 爱称，即玛露霞。

住的公寓就在培训班旁边，玛露霞甚至对偶然知道的这个情况不感到惊奇。她五分钟就跑到了那栋重要的大楼那里，大楼一、二层的房间窗户都很大，那就是办培训班的地方！玛露霞来得正是时候，女学员们正好集合在一起上课，而艾拉·伊万诺夫娜站在大厅入口附近，她身穿一件浅色无袖外衣，头发盘得也像玛露霞那样。与不熟悉的人打招呼，对于玛露霞通常是件十分痛苦的事情，可这次她毫不胆怯地走到艾拉·伊万诺夫娜跟前，就连她自己都对此感到有些惊讶。她向艾拉·伊万诺夫娜提起了勒鲁太太推荐她一事。

“是，是的，我记得，”艾拉·伊万诺夫娜让玛露霞先进去，随后自己才步入大厅，“您暂时先坐下听课，之后我再找您谈谈。”

大厅相当宽敞，还有一个供演唱的平台，偌大的窗户嵌在整堵墙内，地板上铺着地毯，四周墙壁遮着呢绒布。一架小型立式钢琴几乎被推到紧靠墙根的地方。这时候走进来一位块头极大的年轻女士，她把钢琴推得离开了墙，从琴下抽出来一张圆形琴凳，打开琴盖，弹起一首玛露霞不熟悉的乐曲。若雅科夫在场，当然会知道这是哪位作曲家的作品……

玛露霞环顾四周想找个凳子坐，可没有找到，她到了走廊，走廊里也不见有什么凳子。就在她在走廊里来回寻找凳子的时候，在大厅里出现了一帮身穿短外衣、赤脚的女青年，艾拉·伊万诺夫娜站在她们面前讲话。那些女学员好像没听她讲话，而在那块演唱平台上走来走去，漫不经心地张臂伸腿，她们的动作很随便，也并不协调。钢琴音乐还在轻轻地响着。

“要这样，这样，这样……娜塔莎，我这是对您说呐——每做一个动作要尽量少费劲儿，您抬起一只胳膊，从手腕，从肘部开始做，只需要稍稍绷紧肩部肌肉就可以，让其他地方的肌肉完全处于放松状态！这是最起码的常识！让两臂摆脱不必要的紧张，那么您的动作就会轻盈优美，舒展自如！您要把动作控制住！憋住气息！瞧，您应感觉到双臂的重量、身体的重量，以及身体的每个部件的重量……娜塔莎，您看埃莉莎的动作……这样，这样……正是用这种方法才能够恢复我们身体的协调一致，因为我们身穿的衣服令人的动作不自如，一些不良习惯破坏了这种协调……那么，我们就会重新具有那种轻盈优美的动作，只有在古希腊的花瓶和雕塑中才会看到。我们已经不会做那些动作了！抬起手臂，抬起腿，转身！动作好多了，已经好多了……好，大家全停下来。请拿来一根粗绳！”

玛露霞没有找到凳子，起初她站在门附近，后来为了更好地听艾拉·伊万诺夫娜说话——她的话让音乐压得听不太清，她顺着墙根往前挪了挪，就盘起腿坐在地板上。她从拉别涅克的讲课中已经知道了古希腊罗马雕塑，浅浮雕艺术和形体手势的内在逻辑，可现在她的整个身体简直难受得要命，她的双臂、两腿和脊背真想在音乐下动起来，想蹦一蹦，跳一跳，想用形体表现一下自己。

这时候，有人已经把一根粗绳拉了起来，拉别涅克独自走上了舞台。她向那位钢琴女伴奏挥了一下手，说了玛露霞听不懂的一个词，随后又说，请弹斯克里亚宾的曲子！于是，响起完全崭新的另一种音乐。艾拉·伊万诺夫娜跳过绳子一次，她的动作极慢，好像是滚过去的。所有学员开始跳绳，但跳绳时还合着弹得很响的音乐节奏。后来，艾拉·伊万诺夫娜请求停下音乐，现在每个人随着自己个人的节奏练习。

“要找到自己的节奏，自己个人的节奏！”

于是，全体学员在舞台上跳起绳来，她们跳得毫无秩序，但是在一起跳的。这时，玛露霞也脱掉了自己的鞋，登上舞台与大家一起跳……

“很好！跳得很好！真有演员天赋！”艾拉·伊万诺夫娜夸玛露霞，而玛露霞浑身有力而轻盈地跳着，与大家一直跳到中间休息。

中间休息时，艾拉·伊万诺夫娜走到玛露霞跟前说：

“我们一位女学员在更衣室会发给您一件芭蕾舞服，您就可以与我们一起上课了。”

就在那天晚上，玛露霞给雅科夫写了一封信。她告诉他，说自己已经顺利通过了考验，从秋天起将在拉别涅克的培训班学习，因此要尽一切可能转到莫斯科来，因为她深信，他俩未来的生活要与莫斯科联系在一起……

这是那一大沓长达二十五年通信往来的第一封。玛露霞去世后，那些信被运到尼基塔林荫道存放在她孙女娜拉家里，等着有人去阅读。

第十四章

母系家族

（1975—1980年）

尤利克在一天天长大。娜拉也与他一起成长，她经常意识到，有很多东西应归功于儿子。当在林荫道遛弯的妈妈们和保姆们当着娜拉的面谈论起孩子的教育，她只是嫣然一笑，因为她很快就明白了，在很大程度上是儿子教育她，而不是她教育儿子。这就需要她天天都表现出一种自己天生并不具备的耐性，因此要经常地、每天都去学习这种必备的品质。自己性格的冷酷，不接受别人的意见和建议，在少年时期把她与母亲的关系搞得很僵，如今她从尤利克的角度，从两岁小孩，五岁小孩，以及小学一年级学生的角度去学习仔细地审视一切。

从尤利克出生的最初几天起，娜拉就与尤利克绑在一起了，这点是玛琳娜·齐普科夫斯卡娅送的那个袋鼠包造成的。袋鼠包里的小家伙与娜拉一起去看画展、看戏和做客。那时候，系在娜拉腰上的这个蓝色的儿童袋鼠包曾是件稀罕的舶来品，可最近几年却成为一种在全世界上构成新型母子关系的东西。如今，已不把孩子放在家里留给保姆、奶奶或女邻居，而是随身带着孩子去从前不带孩子去的一些地方。这个袋鼠包既能给予母子一定的自由，又能让母子的关系变得更加紧密。尤利克学会走路前，娜拉还在暗自想着这点。尤利克学会走路后，也明显不想增大自己与母亲身体之间的距离。于是，娜拉采取了一个新的、与之前完全相反的办法：尤利克向左面走一步，她就向右走一步，故意加大两人间的距离……她想这样培养孩子的独立能力，在增大距离的同时，她也清楚地知道由于离开相互的依赖而产生的危险，可小家伙很快就品尝到了自由是什么滋味。

塔伊西娅愈来愈多的时间待在娜拉家里，这对双方都有好处。之前，塔伊西娅在医院上一个半人份的班，现在娜拉请她转成上一个人份的班，还请她每周再有两天不去医院。塔伊西娅同意了。可是，娜拉教育孩子的方法在塔伊西娅看来过分残酷，而她想方设法娇惯自己抚养的孩子。然而，尤利克长成一个有相当自主能力和独立个性的孩子，娜拉鼓励他这点。有时候，娜拉在儿子的这种独立自主的性格中似乎看到了维佳身上的一些特征：沉湎自我，不愿意或者不善于与周围的人们交往。尤利克很难接受不认识的人，每天与他在院里玩的小孩，他要想好半天才能叫出名字。他善于自己与自己玩，不特别需要与小朋友们结伴。

正是在生下尤利克的最初几年里，娜拉仔细地思考过许多与他们家庭历史有关的事情。只有现在她才明白，为什么自己这么希望生个儿子，而排除了可能会生女儿的想法。也许，她甚至害怕出现这种情况。娜拉已记不清自己的外祖母季娜伊达·菲利波夫娜，因为外祖母去世的时候，她才六岁。外祖母生命的最后两年，身体羸弱，卧床不起，她总戴着一顶丝绒帽，嘴唇浓妆艳抹，还不时地冲着阿玛丽娅大喊几声，尽管听不清她喊的是什么。不过，个别的脏话却能分辨得相当清楚。

多年之后，当娜拉已长大成人，她请母亲讲讲自己的母亲。母亲讲的故事十分简短：季娜伊达的一生很不幸。她父母是破产商人，季娜伊达十六岁就被自己的父母撵出了家门。究竟因为什么，阿玛丽娅也不知道，可能是季娜伊达背地里有了一个相好。季娜伊达去了莫斯科，去挨家挨户当用人，最后嫁给了自己当用人的最后一家的主人亚历山大·伊格纳季耶维奇·科坚科。他的年龄要比她大很多，是个鳏夫，眼睛瞎得几乎看不见东西。年轻时他曾是教堂合唱指挥，在生命最后几年，他是合唱团里雄厚的男低音，因此季娜伊达叫他“耶利哥城的号角”。那是段充满痛苦的婚姻，她丈夫在家里酗酒后经常打她，还不让外人知道。当然打得并不惨，只是为了教训一下。在这种凄凉的婚姻中，季娜伊达生下了女儿阿玛丽娅。科坚科说这个女孩是老婆乱搞来的，可也没有把妻子撵出家门。他与阿玛丽娅的关系冷淡，但这可能更好些。诚然，科坚科一直怀疑自己不是孩子的父亲，但还是按照他的要求给阿玛丽娅做了洗礼，教名为玛格达琳娜，后来，她把一些证件上的名字改为阿玛丽娅。季娜伊达就这样与完全失明的丈夫过了一辈子，默默地忍受他的踢打和侮辱，一直到1924年他去世。

“我还记得给他做安魂弥撒的那座教堂，他曾在那里的唱诗班待过，就在多尔戈鲁科夫大街上某处的小巷里……如果说我母亲的生活里有过什么安宁的日子，那只是在她丈夫死后，因此，她人生中从未有过幸福的日子，她害怕所有的人，尤其是丈夫。我很可怜她……她长得很美，所有男人都喜欢瞟她一眼。也许，是她的美貌惹你外祖父生气，我说不好。有时候我在想，她可能有自己钟爱的男人。她自己也知道自己长得美，经常烫发，抹口红。她不大注意对我的教育。在生命尽头她患上老年狂躁症，经常骂些脏话……我算是吃尽了她的苦头……总的来说，我们母女间没有什么爱可言……”阿玛丽娅结束了这席简短的介绍。

很小的时候，娜拉很黏母亲，这也许因为从小就对父亲产生了抗拒和反感。后来，娜拉与母亲的关系平平，既没有儿时的依恋，也没有什么冲突。她们之间的疏远发生在母亲的生活里出现了安德烈·伊万诺维奇这个人之后。在少年的那些年代里，她认为母亲的罗曼史是一种背叛，无论阿玛丽娅容光焕发的神态、说话时变化了的声音，也无论她的娇媚语调以及望着自己情人的那种动容的样子，都让娜拉产生厌恶和不满。由于阿玛丽娅完全错选了娜拉作为自己说心里话的对象，再加上她还不时地为自己情人的品德高尚及其他优点而欣喜不已，更加重了娜拉的愤恨。终于，娜拉语气相当尖锐地指出，一个男人不可能一方面是好丈夫和顾家的模范男人，另一方面又是某个女子忠贞不渝的情人。阿玛丽娅郁闷地叹了口气说：你还是太嫩了，娜拉，所以不明白这种事是可能的，安德烈不愿意给妻子儿女造成痛苦，而我为了他能有一种安宁的心境，甘愿承受自己难堪的处境。你要知道，若我同意，他大概早就会离开那个家，可我知道，那样他会痛苦的。

“那你，难道你不会因这种双重生活难受吗？”娜拉忍不住地说。

这时阿玛丽娅突然笑了起来，那张俊美的脸上闪出光芒。

“什么双重生活？你是个小傻瓜！呸！这是为爱情付出的一点微不足道的代价。”

“哦，我不懂。在我看来这有辱人格。我可不会容忍这样的关系。我大概会把他撵走！你这个人简直一点个性都没有！你呀你！”娜拉高傲地抬起了下巴。

阿玛丽娅又笑了：

“小傻瓜！我在自己一生中曾两次离开了自己的丈夫。无论第一任丈夫季沙[1]，还是亨尼亚我都不爱。那时候甚至也弄不明白什么叫爱情。只是与安德烈在一起我才明白……可你还年轻，不会

1　季洪的爱称。

明白的……”

他彻底离开家庭之前，这种秘密的爱情持续了好多年。每天早晨7点45分，他站在楼门洞旁边等着阿玛丽娅走出来，之后把她送到设计局。阿玛丽娅与丈夫离婚更早……

下午5点整，她回到家与安德烈一起吃正餐。晚上7点之前，娜拉不会回来。这是说好的，叫做互不打扰！如果安德烈还要去加班，阿玛丽娅就去他上班的录音之家大楼附近接他，之后是她把他送到基辅火车站。他住在郊外，60年代末还没有买车之前，乘电气火车上班。就这样，除了星期天，除了所有的节假日，多年来一向都是如此……对于阿玛丽娅来说，独自度过的这些元旦和五一节是一种轻易的牺牲。这些节日里她不去做客。社会上一些人总是不怀好意地看待单身女人，而单身女人又会引起已婚女人的不安，阿玛丽娅不愿意与这样一些单身女人结伴度过节日，不愿意去听她们诉苦，搬弄是非，讲自己受辱的经历。

她脸上抹了防护霜，身穿睡衣躺在床上，靠看书度过所有的节日，身边放着一台早就挪到自己房间里的电话。安德烈有时从他家里给她打电话，她或是不作声，或是说声“对不起，号码拨错了”就放下了话筒。

真是笨姑娘，小情人！——娜拉对她再没有其他的评价，但所有这些评价实际上是对自己，仅是对自己说的……随着年龄增长，母女之间出现了一种平和的疏远关系。在娜拉与母亲的关系中还有一个特征，娜拉到十五岁时就发现自己在某种程度上要比母亲还老到。阿玛丽娅面带微笑愉快地承认了这种老到。她为人心地宽厚，也并不傻里傻气。她已感觉到女儿的那种与年龄不大相仿的成熟，于是不战而降，别说是不再去主宰她，甚至尽量不给她出什么主意……尤其在她被学校开除的那件丑闻之后。

生下尤利克之后，娜拉就已明白她自己所属的整个母系家族有一个共同的缺陷，一种毛病：女儿不爱母亲，不按照母亲希望的行为举止行事。这种逆反行动，这种不信任也传给了娜拉本人，于是，到头来形成了一种深藏的反感情绪——这是怎么啦？在这种情况下，祖母玛露霞往往会说，这是基因，是基因的作用！

“好在我生的是个儿子！”娜拉庆幸自己，但同时明白要把这种女性相互反感的家族毛病去掉。“我好像知道弗洛伊德写的某些东西……不过，还应弄清什么是俄狄浦斯情结！”她回想起来，在从厨师大街运来的祖母的藏书中间，有几本弗洛伊德的书，页边全是标注，书已被多次翻过，有好多页边已经卷了起来。应当再看一遍，看看书中是怎么描写俄狄浦斯的。谁要杀掉谁，为了什么？男孩子要弑父，可女孩为什么要与母亲作对？不，不对，这种想法真可恶！

她从这些模糊的思考中得出一个实际的结论，让阿玛丽娅与安德烈·伊万诺维奇一起走进她这个狭窄的家庭圈子，让尤利克有可能在情感方面得到发展。毫无疑问，尤利克在情感方面是有点封闭的。要让尤利克去奥卡河畔住一段时间。那里有各种动物、植物和城里孩子无法知道的各种好玩的东西。更何况，娜拉想象着安德烈·伊万诺维奇身穿小坎肩，手拿斧子和叉子干活儿是多么潇洒，这对儿子可能会有多么大的诱惑。她预先就有点妒忌，还有些担心，他俩在那里把小家伙弄到手后，大概要把孩子吻得背过气去……

在六岁那年夏天，尤利克第一次被送出去“放风”。安德烈·伊万诺维奇开车来接的他们。阿玛丽娅在乡下等着他们，烙了一摞薄饼，还备好了羊奶。6月初浆果尚未长熟。娜拉在乡下住了一宿就离开了，走时心中还稍带点伤感。她明知尤利克待在乡下很好，他现在可能老想着去找外祖母和外祖父。娜拉自己承认，母亲幸福的样子惹她生气，认为母亲的行为中显出了一种并不恰当的幼稚，好像她只有十二岁，而不是六十四岁，再就是薄饼烙得太多，喂的罕见品种的中国狗崽也太多——这对幸福的夫妇养它们是为了增加家庭收入。此外，还有吻得太多——他们告别时又是没完没了的吻别。安德烈·伊万诺维奇开车把娜拉送到谢尔普霍夫站，然后她再乘电气列车回家。从谢尔普霍夫到莫斯科途中，娜拉有一半路程都在考虑自己讨厌的性格，母亲得到了一种可笑的少女般的幸福，可自己对这点都不会原谅，后来她就打开苏霍沃-柯贝林的一本书看起来。

《塔列尔金之死》这部剧作早就让她感兴趣。假死会给出无数可能的答案！去年，她在外省一家儿童剧院任《睡美人》的舞美设计，她反复地来回思考这个情节，最终想出她自己觉得似乎是最好的一种：王子在剧尾醒来了，而睡美人原来只是梦中之梦……塔列尔金之死这件事可以做得多么妙趣横生！要是她能找到一个能与她一起工作的导演就好了。况且，她自己也可以排剧，只要给她这种机会……坦吉兹呀，坦吉兹……接下去就是一个消闲的、完全无事可做的夏天。她第一次没有租别墅住，第一次离开尤利克……她很晚才回到家。她进门时听到电话响了最后两声。她脱了衣服就洗淋浴去了。刚出浴室，电话铃又响了起来。这次她来得及抓起话筒：

“你去哪儿了，亲爱的？给你打了一整天电话！”

打来电话的是坦吉兹。

第十五章

本来面目的男人

（1981年）

“娜拉，今天我们要开始新的生活啦！”坦吉兹说。

“知道。我把尤利克送到了妈妈那里，回家一路上都在想着这件事。恰恰是在今天。”

户外已是深更半夜，说是今天其实已是昨天。坦吉兹依然如旧，甚至变得还好一些。真该死！“我的心灵好像被镀了锑的钢刀，深深地划下了血痕……”有两年他俩没有见面，就连一次电话也没有打过。娜拉曾从侧面了解到他甚至来过莫斯科，可没有来见她。她如鲠在喉，因此说不出话来。她咽了一口唾沫，没有作声。

“我与你一起去波兰排演《李尔王》。”

娜拉依然沉默不语，坦吉兹继续往下说。

“《李尔王》，这是戏剧的一个高峰。没有剧作能超过它。我反复阅读了一年半。为了能看这个剧本，我甚至学会了英语。我现在什么都知道，几乎知道了一切。我和你要排演这个剧。我从前不懂，怎么只排演一部剧呢？排一个作者的一部剧，要表现一种思想。可我现在明白，要排的就是某一部剧。当唯一的这个东西在世上存在，就会起强大的作用。我懂了，应当把一部剧排成这样，让世界以你排演的剧结束，打上句号。这才是戏剧。要表现一种思想，但这种思想要被阐释得淋漓尽致。你明白我的意思吗？”

娜拉喉中的鲠块还没有咽下去，何况她也无话可说。血液里的那团火突然闪亮了一下，而后就开始自行熄灭。她感到一种深深的悲伤和困惑：这是空话，全是一套空话。她不再受他感情波动的影响了吗？也许，应当先上床，然后再说这些话。不过，他的话还很奔放，深深打动着她。他这个人身上才能多于智慧！是的，就好像一块铁……烧红的……凉了，是吗？

“不，你听我说！你不明白，是吗？《李尔王》这部剧已上演过上百次，上千次！可我们还要最后一次排它！我们要把这部剧排得让其他人今后再排它就简直毫无意义！要表现离开世界，离开大自然，摆脱诸多欲望和种种情欲的世界后的自由和幸福，要表现肉欲的变化，这就是我们应做的。我知道该怎么做！我是戈登·克雷格[1]！你一切都会明白！哎，娜拉！你怎么，没听见我说的话，是吗？”

他的话娜拉听得很清楚。坦吉兹此刻想对她说的一切，她早已知道了。既然已确切提到了戈登·克雷格。祖母玛露霞在世时已经给她讲过许多东西了。三下五除二就全讲完了。玛露霞很崇拜邓肯的女弟子艾拉·拉别涅克，拉别涅克也讲了许多关于邓肯的故事，其中有邓肯的两个孩子惨死于车祸一事。两个女孩中大点的正是戈登·克雷格的女儿，人们交口相传的正是这个细节，似乎早已把戈登·克雷格变成戏剧大家庭的一位远亲。毫无疑问，在这个戏剧大家庭里，存在着一个神圣知识的传递体系……祖母玛露霞讲她自己起初怎样学习韵律体操和舞蹈艺术，后来又从事一种新教学法的教学研究工作，最后又改弦更张，学起了遗传学和控制论。每当回想起祖母讲述在自己青年时代各个时期发生的

---

1 戈登·克雷格（1872—1966），英国演员、导演，象征主义戏剧艺术的杰出代表人物。

所有那些令人陶醉的故事，娜拉就感觉到自己与世界文化有关。而坦吉兹是个外省人，仅此而已。他只知道有人发明了自行车，可我是首都长大的，早就听说过发明自行车的事情。她终于咽下喉中的鲠块，回敬了一句：

“要知道，你想怎么看待戈登·克雷格和他的理论都行，可我个人绝不会去搞莎士比亚戏剧！这是我力所不能及的。”

坦吉兹眨了一下眼，就像是一个优秀生考试不及格似的：

“娜拉！你怎么啦？从前你可不是这样说话啊！那排契诃夫可以吗？排哥尔多尼？斯威夫特？埃斯库罗斯可以吗？这是在谈论死亡之前发生的那些重要事情。娜拉，不能拒绝啊！李尔王！李尔王！这是关于肉体的变化，这就是应当表现的事！表现一种转变！你要听我说。你往这儿看！你往哪里看啊？那是给尤利克买的自行车，质量非常好。”他向放着包装箱的方向挥了一下手。

确实，他拿来一个大的包装箱，放在过道里了。只是娜拉没想着要往那儿瞅。她莞尔一笑——真可笑，活生生出现了一辆自行车，它把一个比喻物化了，她刚想那辆自行车！

“你往这儿看！”坦吉兹把双手放在胸前，指给她应往哪儿看，“要看它！我离开你无法完成这件事。只需要你听我的！Unaccommodated man is no more but such a poor, bare, forked animal as thou art. Off, off, you lendings.”

娜拉甚至蹙起了眉头，但并没有笑出来。她的英语相当差，但坦吉兹描述的东西是语言上的一种拙劣模仿，这与英语无关，但娜拉还是捕捉到了“艺术”“男人”和“可怜的”这三个单词。

“俄语这是什么意思？”

“娜拉，俄语的意思是这样的：‘一个本来面目的男人就是一个可怜的赤身裸体的两腿动物！再就一无所有！除掉，除掉自身一切多余之物吧！’”

娜拉当下就用双手捂住了眼睛。她从前就知道这段台词，并且记得滚瓜烂熟。可突如其来的“除掉自身一切多余之物”这句话似乎对于她本人至关重要。往往有这样的现象，你活在世上，观察事物，看书学习，并在一个地方溜达了上百次，可突然就像摘除了眼睛内的白内障一样，在铁鞋踏破之处才找到了多年来苦苦寻找的东西……

“我不能，坦吉兹，我没有这种准备。你另请高明吧。”

坦吉兹从那个矮沙发站起来，挺直了全身，甚至显得比自己的个子还高：

“娜拉，人的前半辈子要积蓄精力，后半辈子要扔出去。一个人每年的生活就像一块砖。到五十岁时，砖头多得都拉不动了。到这时人才恍然大悟！要慌神了！应当扔掉一些！我认真地观察了一切，扔掉了自己的一半人生，还扔掉了自己认识的和爱过的半数以上的人，亲戚、老师以及一切多余的……但你是我的一部分，也许是我身上最优秀的一部分……”

傍晚的谈话部分到此结束，前一晚中止的谈话在第二天早晨才恢复：

“请给我两周的考虑时间。”

像自己通常的做法一样，坦吉兹又消失不见了。娜拉根本没有去考虑那件事，她去见了图霞，把自己的一切疑虑全都讲给她。图霞是娜拉的唯一年长的女友，图霞这个人有许多优点和长处，其中之一就是娜拉尚未来到人世时，她就认识玛露霞的家人。更何况，她还十分了解娜拉与坦吉兹关系的来龙去脉……就像了解《李尔王》在俄罗斯以及任何地方的排演历史一样。图霞像马晃马鬃一样晃着自己那缕灰白的刘海……她看问题总是比较全面。

“说到底，你还要把一件事与另一件事分开啊！我们现在要说什么？是说你与坦吉兹的关系，还是说《李尔王》？”

娜拉想了起来，她真希望能回答这个问题。图霞去了厨房，把咖啡壶放在电炉盘上。她俩都不作声了。之后图霞拿来两个洗得不很干净的杯子，倒好了咖啡。她俩喝起来，谁都没说话。

“首先，我认为感情这样爆发毫无理由。你曾经有过几个很好的工作，工作很体面。你也不是第一年工作。《李尔王》排演过多次，可排得并不好，把这部剧排得不好很容易。也可以排演得一般般，排得体面。最好的一次，是米霍埃尔斯[1]在莫斯科国立犹太剧院演的。我父亲与特施勒[2]是朋友，况且也认识米霍埃尔斯。我曾给你讲过，我观看过米霍埃尔斯演的最后几场剧中的一场。难道没给你讲过？我觉得我给大学生们总要讲讲这出戏。我当时是戏剧舞美师，刚刚出道。那年我二十岁，比你现在还年轻！米霍埃尔斯邀请我父亲去小盔甲匠街的莫斯科国立犹太剧院观看首演式。父亲是个去犹太化的犹太人。他尽量想忘掉自己的犹太人出身。他是位苏联作家，不是最平庸的，也不是最卑鄙的。演员们用意第绪语演的，可父亲懂意第绪语，尽管他总想忘掉……我意第绪语一句也不懂，可当时眼睛一刻也没有离开舞台。看来，剧本并不重要，我从那时起才明白，就是说，明白得太晚了。但那时我就发现了戏剧本质是这样的，戏剧里起作用的不是剧本，而是对剧本充满激情的演员，是演员的手势、动作和表情。玛露霞十分了解这点。你知道吗？戈登·克雷格曾在莫斯科观看过一次《李尔王》的演出，他观后说英国戏剧舞台上没有真正的莎士比亚，因

1　所罗门·米霍埃尔斯（1890—1948），苏联戏剧演员和犹太籍导演，著名的社会政治活动家。1948 年 1 月 12 日被克格勃机关杀害。

2　亚历山大·特施勒（1898—1980），苏联画家、戏剧舞美师、雕塑家。

为英国没有像米霍埃尔斯这样优秀的演员。你瞧，戈登·克雷格这个对剧本《李尔王》每句台词了如指掌的人，看了演员用意第绪语的演出都这么说！那个剧院是演员的剧院！特施勒曾在那里工作过，他是位出色的舞美画家，夏加尔也在那个剧院工作过。夏加尔对戏剧本质恰恰一窍不通，可他在画布上营造出自己的个人戏剧。那部剧是莱斯·库尔巴斯[1]导演的。他是位成就斐然的导演，虽是乌克兰人，但蜚声世界……他的剧院在那时已经被解散，好像在1933年……然而，他与米霍埃尔斯一起排练了三个月。在那次演出中，米霍埃尔斯与拉德洛夫[2]这位正式的总导演彻底吵翻了。可米霍埃尔斯从莱斯·库尔巴斯手中得到了一切。那曾是莱斯的一个主意，让李尔王在舞台上变年轻些，于是米霍埃尔斯就遵命去做。但莱斯·库尔巴斯在这里表现得并不像艺术家，尽管我认为许多东西是他琢磨出来的。当然，演员们表演得非常出色，包括米霍埃尔斯本人、祖斯金[3]，还有演技出众的萨拉·罗特鲍姆[4]。可如今演剧并不靠演员。唉，至少是这样……如今，一部剧怎么演要由导演、舞美师去琢磨，才能让台词不是自行地蹦出来，因为谁不知道剧本里的那些话呢？每个小学生都知道！所以，如今全部责任就落到导演和舞美师身上。演员如今更多的是执行者，而不是创造者。我说的不是那些天才演员！可天才演员凤毛麟角……在各种经典剧作里，如今至关重要的是导演的处理方法。你已经把契诃夫的剧排演成功，就是说已经通过了专业能力的考试。而《李尔王》也确切是这样一个任务。倘若你与坦吉兹一起能够琢磨出

1 莱斯·库尔巴斯（1887—1937），乌克兰演员和戏剧导演。

2 谢尔盖·拉德洛夫（1892—1958），苏联戏剧导演和教育家。

3 韦尼阿明·祖斯金（1899—1952），莫斯科国立犹太剧院演员。

4 萨拉·罗特鲍姆（1899—1970），莫斯科国立犹太剧院的女演员。

（除了众所周知的脚本外）你们所排的剧要表现的内容，那么还有点意义去做这件事。但你可以采用库尔巴斯的那个想法，即从人生老年向青年的过渡。人们把库尔巴斯忘记了，彻底忘掉了。他在1937年被抓进监狱，很快就被弄死了。你知道吗？这发生在乌克兰大饥荒时期。在大饥荒时期，在种族灭绝时期，他排演了《李尔王》……特施勒的命运还好，然而作为戏剧艺术家，他与库尔巴斯不能同日而语。可特施勒曾有自己的剧院。由于在舞台上缺少有意义的剧目，他便把戏剧构建在绘画、雕塑里！我与特施勒有过一段相当有趣的交往，那已是稍后些的事了。我从小时候就知道他，他是我父亲的朋友。亚历山大·格里戈里耶维奇·特施勒是个神奇而自然的幸运之人，他身边所有的人都被弄死了，而唯独他奇迹般地活了下来。他长得一表人才，脖子上经常系着一块那时候并不时兴的小围巾……我还记得60年代初我曾去马斯洛夫大街上的工作室找过他。我好像有什么问题要向他请教，已经记不清了。那些年间，他从事木雕工作，应当说，木雕是一种神奇的雕塑。各种人物，尺寸大小不一，几乎全是女性形象，木雕作品堆满了他那个不大的房间。噢，我那次去的不是他的工作室，而是距离工作室不远的那套公寓。我们聊了很长时间，海阔天空聊了一通，当然也谈了生活和工作。那时候，我的生活不知怎么很不顺心。父亲去世了，又与丈夫离了婚，工作上也是一塌糊涂。我去找他，他这个人和蔼可亲，平易近人。他的父亲做细木工活儿，是地方上的手艺人，他也干起了这种细木雕塑来，每天回到家，身上不是挂着刨花屑，就是带着木屑味……后来，他赠给我一尊女性雕像，尺寸不大，二十五厘米左右。我双手捧着它，蹭着它暖手，好像有热源就在其中的感觉。最后，我把那尊雕像紧紧搂在胸前，走到前室与他告别。他的妻子随在我身后来关门。那是位漂亮的太太，有两只胖乎乎的大手，说了声‘再见！’随后突然一下就把那件礼物从我手中抽走，并且不容我说话，笑容可掬地把我推出了门外！真有这样的女人！

“你别再犯糊涂折磨自己！工作吧，娜拉，干活儿吧！搞创作的人有点罗曼史有好处！千万不能顺风顺水！我觉得，你的祖母玛利亚·彼得罗夫娜在1918年曾与库尔巴斯在基辅共过事……她没有给你讲过吗？”

“祖母没给我讲过全部的情况。她只是有时说几句。我不记得她是否提过库尔巴斯。我记得她战争期间曾在莫斯科一家剧院任文学部主任……提到过某位著名作家，还为他写过一篇特写……那位作家的名字我不记得了……”

“不过，我能猜到……她可能没有点出来名字。他在1937年被处决……”图霞不想继续痛苦的回忆了，“找个时间我给你讲讲整个这段历史。稍后找个时间吧，而不是现在。玛露霞是位个性非常鲜明、内心非常矛盾的女性……”

图霞是个智囊式人物，什么都知道，所有人都记得，只要你问她就行。她的这种淡定，她对自己的专业和弟子（她把自己未能当母亲的心血完全倾注在他们身上）的深刻了解，就让她脱离一般戏剧艺术家的队伍了，当然，那些戏剧艺术家属于另类，如果可以这样表述的话，他们比架上绘画画家、写生画家和版画家这些同行更人性化，更有教养。

“他们是否更自由呢？”娜拉在思考着。大概，不是的。因为审查制度的铁爪既抓那些人，也抓另一些人。不过，赫鲁晓夫对知识分子的迫害，尤其是他的愚昧无知对他们造成的无法忍受的迫害结束了。地下文学开始萌芽并活跃起来，一些波兰杂志送来了遥远西方的消息。戏剧界开始寻找早已丢掉的一些传统。可图霞从没有丢掉任何东西，她本人的存在加固了几个时代的联系。这点也让她招来了诸多弟子、戏校学生、毕业生和她身边的所有青年的喜爱。莱斯·库尔巴斯也是这样……要读点有关他的东西……

“保留下来的资料不多，娜拉。就连我也曾经两次销毁了自己的戏剧档案资料。我去找找，也许在别墅还有点什么……”

娜拉知道，图霞对待她不同于对待许多其他人，认为她属于自己最亲近的人。娜拉的情绪好多了。回到家后，便一头倒在沙发上看起书来。娜拉知道这个过程就这样开始，起初是看书，之后是散步，最后是画画。这次的过程也是如此。这是一段奇怪的、不同寻常的时光：尤利克不在身边，自己没有工作，就连在少年宫她带的那个绘画小组也放了假，戏剧界的朋友们有的去巡演，有的去休假……一段虚空，也是一种幸福。甚至对坦吉兹的想念也不碍事，他这次来是带着《李尔王》的排演任务来的，李尔王比她显得更为重要……此话是指“赤身裸体的两腿动物”。诚如坦吉兹所说的那样，你用半辈子时间积累，然后才开始薄发。这话不仅针对李尔王，对每个人都适用。要完成一次反向运动，结束一个周期：诞生于人世，学会众多本事，获得权力、私有财产、荣誉、知识和诸多习惯。先要获得人的身份，而后从自身去掉一切，也包括人的身份本身，最后返回原来的赤身裸体，回到新生儿呱呱坠地时的样子。

坦吉兹晃了一下就消失了。娜拉很快收拾好东西就乘车去了奥卡河畔。尤利克见到她来很高兴，可五分钟过后就找狗崽去玩了。那只母狗的身体很弱，可还得用奶喂一帮狗崽。让尤利克离开那群狗崽是根本不可能的，有好几个小时他手里一直拿着奶瓶……于是，娜拉去当地的树林里散步，她心里有点害怕，因为林子很大，容易在里面迷路……她与阿玛丽娅在一起度过了两天。

乡下生活让母亲简直容光焕发了，她不知为什么经常咯咯地笑出声来。安德烈·伊万诺维奇也笑容可掬地走来走去。

“你们总在笑什么？”娜拉终于忍不住问了一句。

“一切东西。”阿玛丽娅收起了笑容，突然一脸严肃地回答了一句，“你要学着点，娜拉，趁着还为时不晚。”

“学什么？”

“要学会自己高兴。”

“高兴什么？”娜拉板着脸问了一句，因为她突然觉得母亲话中有话。

“唉，你算了吧！”阿玛丽娅不耐烦地挥了一下手，“要对一切露出微笑！我给你解释不清楚，也无法教你。应当高兴才对啊！”

阿玛丽娅的那张脸显得很年轻，也许，与其说是年轻，莫如说像孩子的脸那么稚嫩。

“妈，你的自我感觉如何，觉得自己有多大年龄？”阿玛丽娅已年过六十岁了。

“我不说，你又要笑话我了。”阿玛丽娅又笑了起来。

“你别卖俏了！我可不是安德烈。请说真话。每个人对自己的年龄都有个人的感觉。”

阿玛丽娅不再笑了。她思考着，似乎脑袋里在数着什么。

“我说不确切。但不会超出二十三岁吧。也许，还要小些。十八岁到二十三岁。娜拉，那你呢？你觉得自己的年龄有多大？”

“我不知道。让我想想。但肯定不会是二十三岁。”

的确，这是个问题。现在娜拉沉思起来。也许，人有时候觉得自己只有三十岁。另一方面，娜拉总觉得自己要比同龄人年纪大，三十岁以前曾有过这样的感觉。后来她突然发现一些同龄人都已变老，可自己依然年轻。几个朋友都已体态臃肿，大腹便便。

快到四十岁时，她们已显出一副老成持重的样子。可能，我的身体还处在发育期……四十岁，这不是我的年龄……可四十岁，已近在眼前……好吧，也许，还是三十岁吧，永远是三十岁。于是，她立刻明白，为什么在某个瞬间会突然发现自己比妈妈还显老，因为她才十八岁至二十三岁啊。

“你很聪明，女儿！我怎么竟然生出这么聪明的女孩啊？”她说着又发出了一串少女般的笑声。

安德烈·伊万诺维奇再次开车把娜拉送到车站，这次把尤利克也拉上了。尤利克坐在前排副驾驶的座位上，他俩悄声细语，娜拉根本听不清他们说什么，于是她产生了一种不愉快的感觉，以为他俩在谈论她。当他们下车后，她的这个感觉还在。尤利克前来与娜拉告别。他从车上拿下来一个用木片粘的小人，头戴一顶用三颗嫩松子粘在一起的帽子，那个小人的脚大手大。他对娜拉说：

“娜拉，这差不多都是我自己做的。他是个小丑。外公只帮了我一点儿。小丑逗人吗？这送给你！”

噢，这就是他俩为什么窃窃私语，那是在谈小丑呐。顺便说说……与阿玛丽娅关于年龄的那场傻话并没有白说，并且说得很适时。那场谈话也以某种方式印证了坦吉兹的看法。

娜拉一路上都在打盹儿，在微微的打盹中做了个梦，同时还能觉察出火车在飞驰，时而加速，时而减速，有时又完全停了下来。这是一种奇怪的中间状态——没有待在某个固定的地方，也没有处在某个固定的时间段里。她手里拿着那个木小丑，它有时奇怪地还进入她的梦境中。于是，就这样开始做梦了。

还需要再看点书——是关于主易圣容的。起初是他泊山[1]。一帮

1　他泊山位于加利利南端，通常被基督教视为主易圣容的地方。

弟子昏迷地躺在那里，他们无法忍受主易圣容之光，这种光让他们陷入梦中。当然，这不是梦，而是一种麻醉现象。对于人来说，是某种无法忍受的东西，就像跳入了第四维度之中。这就是我所需要的尾声：李尔王处在另一种维度中，身居人间的日常琐事之外，但他并非一具僵尸，而是身处于另外的状态中。可是，留在他身边的一些活着的人却无法看见这种状态。他们与所有观众一起深感震惊，却弄不清究竟发生了什么。后来，图霞塞给她别尔嘉也夫写的一本书，完全是一本哲学类的书。娜拉在书中发现了需要的某个思想。在别尔嘉也夫笔下，那种需要的思想是用复杂的语言阐述的，但倘若把语言简化到娜拉所需要的水平，那么整个思想就会获得一种高尚的精神。不过，人身上的精神内容要多于动物身上的。就连在树木、植物身上，同样也植入一些分量的精神元素，但还要少些。就连石头这样坚硬的死物也并非毫无生命，其中也有灵性的印记。这对我们所讲的故事十分重要，因为在《李尔王》一剧中，暴风雨是具有灵性的自然力——海水、狂风和烈火的一种反抗行为：李尔王大约在这里开始对裸体人省悟，确实是这样的。由于这种省悟他一天天变得年轻，总之，他一直在变年轻。故事开始时李尔王是个老头，故事结尾时（经过了主易圣容的过程）他变成了身上一丝不挂的李尔王。就是说，他早就开始抛弃东西了。他抛弃的第一个东西就是权力。但他那时还不明白随后会发生什么……

娜拉画的第一幅画，是第一幕的李尔王。他穿着好几层衣服，衣服在他身上就好像挂在有挂衣钩的一个立体衣架上，而最外边的衣服是那件王袍。他脱下王袍，说要把权力交给几个女儿。他驼背弓腰，干瘦的两手关节肿大，可能还不停哆嗦着。他的脸上布满深深的皱纹，皮肤松弛，满是皱褶，嘴唇肥厚下垂，在脖子上两根青筋之间，一个松软的肉包悬在下巴下面。我要用乳胶做这样一个面具，试试看吧。还要做几个老年赘疣，上面长着一小撮毛，还要做两道浓眉向下耷拉，几乎要遮住眼睛。被大女儿高纳里尔赶出家门后，李尔王身上穿的衣服少了些，他气愤地扔掉了一部分衣服，他的脸变得年轻些，面部棱角也分明了，这么说吧，他从九十岁年轻了大约二十岁。在那场暴风雨之后，他简直就是卸下了之前那副很好的老年妆，已经不需要那些多余的东西，可以把他脸上贴的全部东西摘下去……他已经只穿着贴身的衣服站在那里。结尾，在剧的尾声他已是个青年，与年轻的考狄利娅手挽着手，两人已经是一对同龄人。无须任何的化装。年轻的脸庞，年轻的身体。因此，要让一个青年演员，三十岁左右的演员扮演李尔王。那么，这里也应发生一种完全的变化：他们身上不穿任何的衣服，演员要全裸。即连衫裤要肉色的，还不要显出任何的毛发，任何的性别特征，因为性别已被脱掉了。一个全裸的人！舞台上的实景简单得不能再简单，只有一些悬崖峭壁。但在第一幕里，要把一些地毯、珍贵布料扔到悬崖峭壁上。后来第一次被驱逐出家门，第二次被驱逐出家门，这时候地毯和布料就要拿掉了。暴风雨，这只是一块破布在舞台上飘来飘去。而在尾声根本就没有任何的破布。在下面的某处，紧靠峭壁横着几具卫兵的尸体。李尔王把死去的考狄利娅抱起来，登上一座峭壁。他俩全都赤身裸体，没穿任何衣服……爱德伽、弄人和肯特从下面看着他俩，就像一帮弟子在主易圣容那刻仰望着基督一样。灯光亮得让人无法忍受。悬崖峭壁开始被灯光照得通明。这就是我们要达到的效果。就这样，李尔王与考狄利娅定格在一束光中。剧终。掌声。

第十六章

秘密结婚

（**1911年**）

玛露霞在莫斯科总共待了几天，可当她回来后，雅科夫觉得玛露霞的年龄显得好像比他大了。的确，她比他大十一天！虽说雅科夫总是热衷于哲理思考，可还没有碰到过这类问题——年龄的流向及其不平衡性，尤其是男女完全不同的年龄节律和周期问题。他通过与几个妹妹交往，在自身养成了一种宽容温馨的语气，起初他也用这种语气与玛露霞说话，可现在看来这样还不够。玛露霞突然的成熟迫使他也要成熟起来。玛露霞回来后不久，他在自己的记事本上做了以下的笔记：

“在我身上迄今发生的一切，不过是见到漂亮的小姐要发出一声欣喜的尖叫而已，甚至我俩那些美好的谈话也没有意义，因为其中仅是两个尚未长成的青年的理想，不过我现在明白，只有男子汉行为，只有真正的男子汉行为才能改正一切。倘若还改正不了的话，那就一切全都完蛋。当我想起我俩在皇家花园里，站在那处小悬崖前的情景都感到汗颜，当时的时机非常合适，可我甚至都不敢吻她。我写到‘吻她’时，我自己都感到不自在。要知道，我们的关系渐渐成了两个个性的关系，我们具有共同的兴趣爱好，而至于说我们的性别不同，说我们关系里有纯粹的‘性关系’，这大概不应占有什么主要的意义。这是一种让自己性别左右的现象，要克服这种现象只能通过两人的结合，两人的协同一致。如果我对柏拉图理解正确的话，'雄性激素'观念就在于这点——要成为一个如此统一的生命物，就连性别也对这种一致无妨……"

与玛露霞交换自己的内心思想已形成了一种习惯，按照这个习惯，雅科夫把自己的一些条理比较模糊的思考讲给了她。是的，她也思考过性的问题，几次生物学讲座给她留下了深刻的印象，玛露霞从讲座中知道，女性要为生儿育女的能力付出巨大的代价，而男女性别的不平衡恰恰与男女机体内不同的生物功能有联系。可她的思维走到了另一个方向——不是雄性激素方向，而是女性在精神领域要得到真正解放的方向，因为男女在生理上无任何平等可言，既然上天让女人起到繁衍人类的作用，让她生儿育女，喂养孩子，这就不可能赋予她全面发展的可能性。雅科夫完全同意玛露霞关于妇女解放的一些观点，甚至向她指出，男人一定要赞同妇女解放这一观念，不然的话，代替合理伴侣关系的只会是竞争，这种竞争不会有好的结果……

这些谈话更加拉近了他俩的关系，玛露霞的思考还以某种方式增强了雅科夫的勇气。6月，他们结束了学年末的几门考试，雅科夫升入商学院二年级，也通过了音乐学院的校外学生考试，他在那里上的是音乐理论班，而玛露霞也得到了福禄培尔训练班的结业证。雅克利娜·约瑟福夫娜建议她在福禄培尔协会当秘书一直到秋天。现在，玛露霞与雅科夫几乎天天见面，他已去过她家，拜见过她父母和正好从彼得堡回来探亲的哥哥米哈伊尔。7月12日，因拉耶奇卡生病在城里滞留了两周之后，奥谢茨基一家人去敖德萨郊外的柳斯特多夫度假，他们在那里租了一座小楼已有多年。

雅科夫留在了城里。他俩都十分清楚，星座要带领他们走到那个不可避免的、心里渴望的可怕时刻，第二天，雅科夫在父母走后把吓得发蒙，可又决心已定的玛露霞领回自己家中。这天早晨，她的父母乘车去波尔塔瓦参加母亲的某位远亲的葬礼。这种情况更加强了他俩“犯罪”的机会。奥谢茨基一家的公寓位于铁匠大街一座最漂亮的楼房三层。大门口楼梯上铺着一块暗红地毯，楼梯护栏之间空处挂着的一盏吊灯灯火通明，玛露霞由此已经感到了恼火的烦闷。

“简直是座资产阶级豪宅。”姑娘鄙夷不屑地指出。

“是的，当然是。”雅科夫不知所措地回应了一句。

“我从来不会在这样的楼里居住！”她真想与雅科夫吵上几句，因为她很害怕走进楼内。

“当然，玛露霞，我与你可能会选另外一种公寓给自己住……”

“这点你可要确信。”玛露霞肯定地说。

她已知道为什么要来到这个无人居住的公寓。现在，他的力量和欲望、他的固执、强有力的拥抱、男士香水的气味、刮得光光的面颊以及不久前蓄出来的硬撅撅的小胡子，已不会留给她任何其他的出路。这甚至也不能称作投降行为，因为还搞不清谁会取得胜利，谁将战胜谁。

那晚的诸多细节终生难忘。多年来，他俩都面带笑容地想起初次做爱尝试的失败，回想起两人内心的那种绝望，回想起做爱失败后怎样羞得相拥在一起抱头痛哭，回想起做爱不成痛哭一场后又是怎样相拥入睡，第二天早晨同时醒来后，才发现一切是以最佳方式发生的，而且那件事发生得诚如想象，甚至比想象的更好……

“我的妻子。”雅科夫说，同时把她的一只纤纤细脚放到自己头上。

“我的丈夫。”玛露霞答道，并试图吻吻他的手。他想把手抽出来，可她迅速地把那只手翻过来，吻了手掌一下，“雅科夫，雅什卡，雅诺奇卡，我的雅尼克[1]！”

之后，他俩拥抱着久久地深吻。

“我们去浴室洗个澡吧。”雅科夫叫了一声自己的妻子，于是她跟在他身后，沿着走廊走到公寓尽头。这是在哥哥的那套莫斯科公寓之后，玛露霞一生中见到的第二个浴室。豪华的公寓，奢侈的房间，铸铁支脚支撑的白色浴缸，资产阶级的浴缸，资产阶级的生活，不过，管他呢！这有多么美啊！浴缸的水冰凉，因为自从这家人走后没有开热水器。他俩在凉水里扑腾着，趁身子还没有发僵。他们觉得自己像两只幼兽，小狗和小海狸，全然不因赤身裸体害羞。然后，玛露霞洗了那张上面泛出一摊椭圆形鲜血的床单。她没有感到痛，只是下体内稍有点灼热。

早晨。他俩都饿得要命。

“你早点想吃点什么？”他问了一句，都没有发现自然地转为用“你”[2]称呼她了。

“面包……加黄油。再来杯牛奶。”

“牛奶没有了。我去准备茶？”

他去了厨房。白面包放在面包盒里，虽盖着亚麻巾，可稍有点干了。他从盐水瓶下抽出一块黄油放到黄油罐里。他希望一切都很美观漂亮，于是从橱柜里拿出两个考究的中国茶杯。随后用酒精灯把水烧开，在茶壶里沏好茶，用托盘送到自己房间来。

玛露霞用一根丝绒发带把头发扎起来，身穿一件深蓝色短衫站在窗口。由于眼前突然出现的一幕，雅科夫差点把托盘扔掉了：一位陌生的、完全陌生的漂亮女士听到门吱的一声响回过头来。她笑了一下便恢复了原态……

1　雅什卡、雅诺奇卡、雅尼克都是雅科夫的爱称。

2　俄语中用“你”称呼对方表示关系密切。

他俩坐在雅科夫的书桌旁吃了早餐，因为没有其他桌子，便把一摞书和练习本推到一边，把托盘放在书桌中间。

“这茶杯真好看。”玛露霞端起茶杯说。

“这是爸爸送给妈妈的，那时候他们的第一个儿子刚出生。孩子在两岁时因白喉死掉了。祖母说我妈痛苦得几乎要疯，甚至还想过投湖自杀。”

玛露霞没有说话，把到嘴边的话压了下去……

“她当时已经怀上了我，我的降生撵走了她的忧伤和痛苦。于是爸爸把她送到德国疗养院疗养，她是抱着我回来的，况且，那时她的身体已完全康复。”

这时候，玛露霞已经再也忍不住了，她说出来久久转在嘴边的话。

“有钱人有可能让自己去国外疗养。您观察一下普通的劳动女工是怎样生活的。孩子死了，可她把孩子埋葬后第二天就得去工厂上班，一干就是十小时。哪管她有什么痛苦忧伤，更没有什么去疗养院一说。可富人并不想知道这些。”

雅科夫用一把小刀把黄油抹在面包上，放到玛露霞面前的一个有棱角的小碟子里。

“唉，社会的不平等也不是我们想出来的，从开天辟地起世界就是这样安排的。”他和气地说。

玛露霞气得一下子推开了面前的小碟子，说：

“我痛恨整个资本主义世界。这太不合理！这个漂亮的茶杯价钱要抵得上一个工厂女工劳动一个月的工资！”

雅科夫有点不知所措。这么美好的早晨，他俩生活中这么一个特殊的日子……可世界普遍的不公平恰恰在这一天出现，而偏偏他在这天成了幸福临头的幸运儿，这种巨大的幸福让他几乎承受不起……他根本不愿意去想是什么人夺取了这种幸福。

“玛露霞，干吗我们要在今天讨论什么公平不公平的问题呢？您又怎么知道这世上真的有公平呢？”

“您看过马克思的著作吗？”玛露霞直截了当提出了问题，“农民和工人吃不到抹上黄油的面包，因为深受资本家们的剥削！”

“玛露申卡！我是学经济的。我们研究过马克思。”他俩又回到了客气的称呼方式，以“您”相称了。他体内还残留着肉体交欢的幸福余波，因此现在根本不想与她进行一场政治经济学的争论。

“我们应说清楚，雅科夫……今后在我们之间对这个问题别再出现任何的分歧。我去学习马克思著作的工人小组整整有一年了。这个小组您可能认为是非法的。可我现在不能再向您隐瞒我自己是马克思主义者。”

玛露霞参加那个学习小组并没有整整一年，只是伊万·别洛乌索夫硬拉着她去过一两次，很没意思。

“玛露申卡，干吗要隐瞒呢？任何政治经济学课如今都要学习马克思的著作。我从他的《1844年经济学哲学手稿》……从最初的直到最后的一些著作都全部仔细研究过。为什么您要去那个小组？他的主要著作我都有，当然，是德文的。俄文译本翻译得很差。不过，我可以给您搞到法文译本。我知道有法文本的。我认真读过他的著作，从马克思的早期著作看出他是个人道主义者，他的目的，是把人从资本主义的生产关系桎梏下解放出来，可他在人的意志里仅仅看到了一些历史环境的表现，看到个体存在的价值，看到个性自由要服从于这种最公正的未来社会的理想。可我觉得这里可能会有对个性的压抑，存在着个人利益服从社会利益，这让我感到困惑。不，不会，我也许从不会成为马克思主义者。况且，为什么要有这个小组呢？集体学习总要浪费时间，我对此深信不疑。”

玛露霞此刻突然觉得这种谈话索然无味，她咬了一口面包，喝了口热茶。

“算了，不说了，您简直无法理解，也不可能理解这点，因为您出身于资产阶级家庭。我们不谈这个了。”

然而，雅科夫立刻觉得自己受了刺激。他确实出身于资产阶级家庭，父亲经营过一个磨坊，搞过第聂伯河的轮渡运输，从事过粮食贸易，还有一家银行事务所。按照父亲的思路，所有这些分别放在不同篮子里的鸡蛋，都应当由他去接管，以保障家庭的需要及其富足的生活……这种事让雅科夫感到枯燥乏味，甚至不知怎么还有点汗颜，他全心全意扑向音乐，可按照生存的环境，父亲允许他学音乐只是把它当作一种任性的行为、古怪的愿望和顽皮的胡闹，况且雅科夫也看不到学音乐有任何的出路……

雅科夫把托盘收走了，玛露霞独自留在那里，内心充满了失落：干吗要说这一番话，马克思在这里有什么相干？他为什么在这个最不合适的时间里突然闯了进来？我把一切都毁了！我毁掉了一切！他今后将怎么看我？她站在窗前，把额头倚在玻璃上。

他轻轻地走了进来，门都没有吱一声。他拥抱着她，吻了一下她的脖子后面，之后让她转过身来，又吻吻锁骨交会的那个地方。他俩已把令自己难受的一切思想抛到脑后，尽情享受着肌肤之欢，在黑暗中和身体深处营造着自己的爱巢。

傍晚，雅科夫送她回家。两人一路上沉默不语，因为他们今天的一切经历和感受难以用语言去描述。雅科夫在玛露霞家门口抱住她。

“我们是丈夫和妻子吗？”他肯定地问。

“是丈夫和妻子，”她回答说，“但暂时这是我俩的秘密。”

“可我想告诉碰到的每个人，说你是我的妻子。”

“别，别，别在现在，干吗这样做？我们知道，就这样也行了。”

每对情侣都有自己的暗语，用这种暗语来说，他们从这个晚上开始了共同的婚姻生活，叫做“柳斯特多夫”。

蜜月持续到8月底结束。8月29日奥谢茨基一家人从柳斯特多夫的别墅回来了。玛露霞在这天乘上回莫斯科的列车。这次是她独自去的，随身带了表妹莲娜送给她的那个小皮箱，还有妈妈给她准备的一篮子水果。雅科夫送她上的车站。他身材挺拔，风流倜傥，衣服穿得很合身，玛露霞很自豪有这样一位出色的丈夫，心想其他乘客看着他俩一定会想，这是多么般配的一对！他给了她一个成年人的吻别。请写信，你要写信啊！

第十七章

藏在小柳条箱里
雅科夫的记事本

（1911年）

8月29日

从车站回来。楼内一片嘈杂声，孩子们窜来窜去，他们晒得黝黑，个个长得很俊，屋里到处都在打扫。厨房里有什么东西煮得吱吱响着，还飘来了一股饭味。这个房子有一个半月曾经是我俩的，属于我和玛露霞的，我们已十分习惯两个人待在一起。每个瞬间过得都很充实，可如今一切已经结束，今天房子返回自己喧闹的、距我久远的生活。不，那套房子根本不让我感到陌生。我觉得，我与玛露霞在那里进行了未来生活的一场彩排，并且我们的未来是美好的。拉耶奇卡和伊娃把两个沙发搬到一起好像凑成一张小床，拉耶奇卡把自己心爱的玩具狗和洋娃娃摆到床上，可我却仿佛看到玛露霞坐在那张沙发上看书，从灯罩下射出一道绿光，玛露霞的脸色显得苍白，正与她的肤色相称。她是我的妻子。

今天，她在车站上亭亭玉立，妩媚动人，让我都有点慌了神。我仿佛在从一旁观看她，观察这位年轻的姑娘。她穿着一件宽松的浅色衬衫，脖子显得很美，整张脸上线条清晰，轮廓平稳均匀，微凹的面颊，长长的睫毛，褐色的大眼炯炯有神。如此完美的苗条体态，如此温柔的女性，浑身毫无牵强造作的东西，这就是我的妻子。

好，她现在走了。我还应进一步去感受一切，以便在新地方去重新构建一切，拟定出自己生活的全部计划。爸爸负责缴纳我在学院和音乐学院的学费，德语课我已学完，这笔费用省下了。在这种情况下，我不能跟他说自己有个妻子还需要钱。我不能继续让他资助，可我应保障玛露霞生活的必需品。于是，我在报上登广告当家教。我能帮学生备考中学，补习数学、地理、历史和德语。还能教初学者弹钢琴。要好好想一下怎么拟这个广告，别写得就像一个落水者呼喊救命似的。哪怕我能有三次课，那至少就会给莫斯科寄去二十卢布，如果今后的事情进展顺利，还能寄四十卢布。

我要与尤拉、韦尔日比茨基和菲利蒙诺夫谈谈当家教这件事。

应当承认，我能够独自学习的夏天没有了。自己计划看的书，就连一半都未来得及完成。

爸爸给我拿来了亨里希发自海德堡的一封信。他描述了自己夏天去瑞士和意大利的旅游。那封信主要是写给爸爸的，其中只有几行字涉及我，但那几行很重要。他完全支持我在信中给他写的那些想法。他在信里写到将要帮助我！他是我人生中认识的所有人中间最高尚的人！

9月2日

昨天发生了一个骇人听闻的事件。恐怖分子博格罗夫在市里的一家剧院里，在歌剧《萨尔坦沙皇》幕间休息时开枪打伤了斯托雷平。德米特里·博格罗夫这家伙是个无政府主义者。爸爸认识博格罗夫全家人。他的父亲是律师，他家住在比比科夫林荫道，我知道他们家那座房子，有一次，爸爸拿着一些德文文件领着我去找过他们，请他们帮助翻译！我不止一次看到过博格罗夫那副嘴脸，他这个家伙鄙俗，是第一中学毕业生，与我表兄达维德的关系不错。如果斯托雷平死了，很难预料会引起怎样严重的政治后果，很可能是当局对社会各界人士进行新一轮的残酷迫害。改革立即就会停下来，经济也可能暂停发展，以回应这一事件。我看不到将来会有什么好的转折。

9月12日

斯托雷平因枪伤在一周前去世。今天通报说博格罗夫已被处决。我不可怜他，在剧院里搞这种公开的谋杀真卑鄙，纯属卑鄙行为！怎能在音乐响起的地方杀人！不过，我还感到了恐惧，因为在20世纪的一个文明帝国里还可以像在中世纪那样用绞刑架执行死刑。瞧，这才是最可怕的！毫无疑问。

9月14日

玛露霞的来信也许要比她在身边对我起的作用还大。每当我收到她的来信，就真想跑到车站，立即乘车去莫斯科。只要我闭上双眼，简直就能从身体上感到她在我身边，就在这儿，她不久前的确就坐在这里。我刚睡着马上又醒来，再就怎么也睡不着了，因为想她。今天晚上，反复阅读了契诃夫的几个短篇小说。可怜的人，真是个可怜人！看来，他与女人交往有一种不幸的经验，这在他的短篇小说的情节里有所反映。我久久无法入睡，因为脑海里翻腾着另外一些情节：关于女人的勇敢和刚毅，关于她们的女性温柔。在俄罗斯文学中唯独涅克拉索夫描写了这点，他歌颂了十二月党人的妻子们。就连在托尔斯泰笔下也没有现代女性的正面形象，他描写的是一些魅力四射的小姐，但她们并不是真正的女性活动家。不管怎么奇怪，普希金对这点感觉要好得多！当时是女性根本不可能接受教育的时代。对女性来说，只能接受点起码的宗教知识，再就是学习怎样操持家务了。然而，就在这种起码的知识上培养出一种性格，这就是塔季扬娜·拉林娜[1]！她具有个人的尊严感！这就是普希金要表现的思想。最近几天我看完了阿姆菲捷阿特罗夫[2]的短篇小说《村姑与女士》（1908），是尤拉给我拿来的一篇新作。这个文学作品微不足道，属于无足轻重的小品文、草稿和趣闻逸事，因为没有塑造出一种被提炼的性格。这个短篇小说里，被写到的任何一个女性都十分渺小，是鄙俗的生物。究竟哪里能看到普希金笔下的那种发现——女人的个性尊严感！如果想弄明白这个问题，那么还是要找普希金，唯有普希金描写过人的尊严，男子汉的尊严由彼得·安德烈耶维奇·格里尼奥夫表现出来；女子的尊严由玛莎·米洛诺娃[3]和塔季扬娜·拉林娜表现出来。那里有最起码的知识！可从艺术角度来看，阿姆菲捷阿特罗夫的文笔相当泼辣，但那是一种杂志性文体，语言还欠精雕细刻。因此，我就不能不指出犹太女性的一个典型，金娜这位从事走私的女人，她很像契诃夫笔下的苏珊娜·莫伊谢耶夫娜[4]。多奇怪的事，我眼前全都是些在校的犹太女孩，如玛露霞、贝蒂和阿霞，她们有的学教育，有的学医。薇拉奇卡·格林贝格是图书管理员。可契诃夫和阿姆菲捷阿特罗夫两位先生描写的是些放高利贷的女人。就连陀思妥耶夫斯基笔下的那位放高利贷的老太婆[5]都不像这些放高利贷的犹太女人引起人们如此强烈的反感。也许，因为那个放高利贷的老太婆是俄罗斯女人？

1　普希金的诗体小说《叶甫盖尼·奥涅金》的一位女主人公。

2　亚历山大·阿姆菲捷阿特罗夫（1862—1938），俄国小说家、剧作家和文学戏剧评论家。

3　普希金的小说《上尉的女儿》中的女主人公之一。

4　契诃夫的小说《水藻》中的女主人公。

5　这里指陀思妥耶夫斯基的小说《罪与罚》中的一个放高利贷的老太婆。她被大学生拉斯柯尔尼科夫杀害。

女性题材变得愈来愈重要，我认为这仅仅是这种题材发展的开始，一百年后一切都将会是另一种样子，女人也将会是另外的样子。医生，甚至议员和部长，都会由女人来担当。这种现象恰恰始于今天匆忙去接受教育的那些小姐和女孩。屠格涅夫，语言细腻优雅的屠格涅夫创造了一系列“屠格涅夫少女”形象，可却给自己选择了一位伟大的女性，一位举世闻名的女歌唱家，作为自己的伴侣和情人。就是说，他选择一位解放的女性？或者说我的这种评判不对？

我甚至想出两个情节，用于我似乎觉得还不错的几个短篇。一个故事是：有位年轻的姑娘，几乎还是女孩，爱上了一个老头，与他秘密同居并生下两三个孩子，可她向所有人隐瞒了孩子的父亲是谁。大家都看不起她，就连她母亲也不知道她的孩子是从哪儿来的。后来老头死了，按遗嘱给她留下一份并不丰厚的遗产。之后，她丢下孩子们去学习。譬如，就像我们的贝蒂那样去了瑞士学习。她成了一名牙医或者妇科医生后，返回孩子们身边，她一边工作一边让孩子们去接受教育。她在外学习的所有时间里，孩子们由她的老母亲抚养，人们都以为她抛弃了孩子们。应当好好问一下贝蒂在瑞士的学习情况，让这个故事看上去真实可信。第二个故事我是以肖洛姆－阿莱汉姆的写作方式构思出来的：父亲是个裁缝，非常有名气，并且要价很高，就像梅尔松一样。但是，后来他眼睛渐渐看不见东西，于是他的女儿开始替他干活儿，可谁都不知道她接替了自己的父亲。后来父亲死了，可她在社会上站住了脚……瞧，在这里应当再想一下，离开男人的帮助，她的生活是怎样独立往下走的。还要把她描写成长得并不好看，也没有嫁人，但很满意自己的人生。

玛露霞说得对，如果女性接受不到教育，世界文化将遭受巨大的损失。确实，这是一个革命的时代。

9月16日

我开始了一种全新的作息制度，我要恪守这个习惯。早5点半起床，之后洗漱。6点至7点半，阅读学术书籍。之后，就着面包喝茶，为锻炼身体步行去学院（三俄里），途经玛露霞家的住宅，从不乘有轨马车。8点半到校，上课至下午2点。或去当家教（找到了一节钢琴课，从下周起第二节是数学课），或每周去音乐学院听三次课。我每天都练弹琴，可每次不超过一小时。（我学的是音乐理论，这不要求我具有很好的弹琴技巧，但我觉得掌握一门乐器完全必要！）在家吃午饭。饭后我转抄索洛维茨基或柯诺年科的听课笔记，因为昨晚误了学院的课，没有听到讲课的主要内容，不想在统计学和政治经济学上有一些漏听的东西。晚7点吃晚饭，与弟妹们玩一会儿。从晚8点至半夜12点，若不去听音乐会，就是我的阅读时间。每周去听音乐会不少于两次。争取在12点躺下，但并非能天天做到。在家里睡觉，四周一片静寂，多么幸福啊！我看着书脑海就飞进了科学艺术的世界。邓肯的舞蹈源于古希腊罗马艺术，这点我喜欢。不过（我没有对玛露霞说过），在我看来，她从事教育学，尤其女性教育要比她现在热衷于Bewegung[1]对社会会更有益。

1. 列昂尼德·安德列耶夫的新剧本。

2.《通往健康和力量之路》，格奥尔格·哈肯施密特[2]，论当代人的生理退化，在取得医学成就的情况下，与各种感染疾病作斗

---

1 德语里“政治运动”的意思。

2 格奥尔格·哈肯施密特（1877—1968），俄国大力士和举重运动员，绰号“俄罗斯雄狮”。

争并为增强营养而奋斗。增加生命的长度??? 这才是要用统计学之处!

3.Sigmund Freud，*Die Traumdeutung*（西格蒙得·弗洛伊德，《梦的解析》）。尚未译成俄文！这很遗憾，书写得很有意思，但不能令人信服。全是假想!

4.Sigmund Freud，*Eine Kindheitserinnerung des Leonardo da Vinci*（西格蒙得·弗洛伊德,《列奥纳多·达·芬奇及其童年的回忆》），1910。

5.波伊提乌[1]，论音乐，应当找到出处。是否有俄文版？有德文版吗？好像是最古老的音乐理论著作?

10月1日

我给自己找到了这么多课，这仅是一种拯救而已。收到了玛露霞的几封来信。我搞到了一个小盒子装她的来信和明信片，把那个盒子藏在一堆书里。这是我生活中最隐私的部分。我甚至都不允许自己去想她的信会落入其他人手中。可怜的人儿，你忙得都不能经常给我写封信。我们曾约好了隔一天要写一封信的。1月15日我考完试后，16日就乘火车去找你！你的来信总让我心情不安。我总在想，这四个月玛露霞不在身边我是怎么活过来的？不对，这个问题提得不老实，应当是，离开女人我怎么能够生活？如今，这是一种可怕的痛苦和折磨，所以我现在明白了那些要去嫖妓的青年男子。那并不是爱情，而纯粹是生理需要。当然，满足生理需要很简单，不找妓女也可以自行解决。可那样做让人恶心，我认为与找妓女别无两样。

1　波伊提乌（约480—524或525），古罗马晚期的政治家和哲学家。

11 月 2 日

天气变糟了。阴雨绵绵。我已不再想步行去学院，我要乘坐有轨马车去，这节省了我半个小时的早晨时间。不过，步行这种晨练让人精神饱满，因此我很可惜没有步行去。玛露霞写信说，在莫斯科阴雨已下了整整一个月，并且天气很冷，在房间里她都快冻僵了。昨天上两节音乐课挣了二十卢布，都给她寄去了。她很久不在身边，我有时觉得压根儿就没有她这个人，一切似乎都是想象出来的，是一种幻觉。但一张邮局汇款单像证据一样放在桌上，表明在神学者小巷我所不熟悉的某个房间里，有人将要生火取暖，房间里就会暖和。

11 月 21 日

真是顾头顾不了脚。两周来就弄了统计学，可缺少一些整理好统计材料的数学方法。我仔细看过了几本微分教科书。我觉得整理数据的有些方法，要比萨文科副教授在课堂上列举的那些方法更准确。还有马克思主义，现在离开它无论如何也不行。这样来看，玛露霞抓马克思主义学习并非偶然。马克思主义是一种主要的思想流派，其中有许多重要的、很难争辩的论断，但我对马克思主义在审美上有一种无法接受的情绪。应当深思一下问题究竟出在哪儿。也许，甚至不在审美上而在伦理上。可他是位严肃的学者，他的思想丰富，思想多于言论，这点很吸引人！这段时间我整整有一星期没有去音乐学院上课！可离开音乐我无法生活！而离开经济甚至更无法生活！尽管最近一年我在某种程度上改变了自己的一些观点。我从前去商学院上学，是因为不想让爸爸感到失望，他一向认为我会接过他的事业，保障一家人的生活。现在我发现自己的学业有一种学术意义。任何文明史都离不开经济。观察文明社会决不能离开这一重要因素，在经济里有自己的一些规律存在，它们同样纳入世界秩序的规律中。离开这点就一事无成。这就是我整整一周读的东西，是从亚当·斯密开始的！同时我也明白，如果不深入了解中世纪历史，同样将一事无成。就这样，虽说你只牵着一根线索，可所有线索原来都相互关联着。不过，要说我内心愿望是什么，那只能是音乐！

第十八章

玛露霞的来信

（1911年12月）

12月26日

我收到了你的来信，信发到了小哈里同巷的排练室。你最好往神学者小巷发信，我住在这里已经两个月了，房间很好，有两个室友，一个是演员，另一个是教师，人人都有事干。我们有一个女仆，是房产主人给我们雇的。

现在是半夜3点，我才坐下来给你写信。我睡不着。肩上的一个扣子掉了，我不由得看到了自己的身体，也就想起了你……还想起你最近的一封来信……你的语言，你的爱抚，你那男子汉的美妙感觉在造就我。我觉得每收到你的来信，就不知怎么变得愈像女人，我的身体似乎还在发育，变得更乖巧，更温柔，更漂亮。无论多么奇怪，我迄今还不大像个女人。因此，我很高兴自己向真正女人的转变。可只要我的雅沙[1]在身边，那我不知怎么就变得有点严肃，甚至想入非非。你希望看到我的这种样子，你所希望的一切都是美的。于是，你的想法顿时就成了我的想法，似乎我早就是这么想的，这样希望的。似乎我再不会（半夜）说出那种话，因为你听到后就会用责备的口吻制止我："玛露尼亚[2]……"

1　雅科夫的爱称。

2　玛利亚的爱称。

不过……因为有玩笑和笑声，就会如此幸福，就将无比地幸福和快乐……

你还记得我俩不止一次在半夜大笑吗……我喜欢回忆那种笑声……

……晚安！我现在去……我此刻要久久地吻你，吻你的嘴，抚摸你的全身……

黄昏已经过去，到了掌灯时分。我这里此刻很好：既舒适又清洁，只是很冷。我坐在沙发椅里摇晃……

排练室有汇报表演，目前学员们汇报表演很成功。艾拉·伊万诺夫娜夸奖了我，我很高兴。有消息说让我在组里再留一年，但已不是作为学员了。走着瞧吧，一切均有可能。有好事也会有坏事，我现在最需要的是钱。我在福禄培尔协会有几节课，挣了五十卢布。我不可能在那里长期任职，因为舞蹈培训班的课不允许那样做。上几节课那则是另一回事。

傍晚，艾拉·伊万诺夫娜来到排练室，给我拿来了“圣诞节礼物”——一个装糖果的瓷器小玩意儿，她的关爱简直让我感动不已。

很快就是晚上的演出。我的头有点晕，真不想去。还想给你一直写下去，写写平安夜是怎样度过的，还有音乐家雅各布森的故事。之后再写给你。暂时再见吧。

12月28日

就是说，你来还要拖上一周……我此刻闭上了眼睛，感觉到你真真切切就在我眼前。我很难受。我从来没有想到相思能有这么难受。我踱来踱去，一连好几分钟辗转不安，不知道自己的心该放到哪儿。我究竟什么时候才能习惯你？

……你会帮我，支持我，你有一双有力而温和的大手，有一颗善良的心。我怕你，我的丈夫，我以奇怪的胆怯怕你。

……你学习吧，好好学习吧。千万别考不及格。否则将后悔我们白白地受了这么大的折磨。不，你学习吧，好好考试。即使考不好也别伤心。只是你快点来吧。唉，我盼着你……好了，你睡吧，亲爱的，我心爱的人儿。

吻你的头，吻你的嘴。深深地吻你，久久地吻你，整整一夜都在吻你。

12月30日

信写好后放了两天。昨天没有时间发，今天是星期日，邮局关门。这是小事一桩。现在我不想用铅笔写信：铅笔写的信日久天长就会看不清楚，那就不叫做信了。

写情书不用铅笔会好些。可莲娜说情书应当用铅笔写，这样感情能比情书更长久。“我的爱情死掉了，消失了，可用墨水书写的情书还在。”不，她说得不对。难道汉姆生能拒绝《牧羊神》和《维多利亚》[1]吗？《牧羊神》比汉姆生活得长久，越过了他的青年时代。汉姆生已经老态龙钟，可约翰内斯还风华正茂，堕入情网。谢天谢地！情书，我写给你的信，是我的最纯真、最纯情的创作。因为其中没有形式，也没有牵强的东西，况且这点你本人也知道。也许，有时就连内容也没有。但我写的每行字和你的每行字对于我都无比珍贵。因此，有一次你的来信丢了，我至今都十分懊丧，就好像有人从我这里偷走了你的几页相思、温柔和爱恋。所以我内心很难受，因为那些信仅仅属于我。可我的最最珍贵的东西被人偷走了。我这种私有心理很可怕……只不过我离拥有私有财产还

1 《牧羊神》和《维多利亚》都是汉姆生的作品，下文的约翰内斯是《维多利亚》中的男主人公。

很远……

鲍里亚·内曼如今在哪里？在基辅吗？你为什么对他只字不提？康斯坦丁诺夫斯基怎么样了？

你是否已经告诉自己的朋友尤拉，说我已是女演员了？你的未婚妻是个演员，这件事该让尤拉觉得多么奇怪呀。我觉得你很愿意与他谈到我的。我自己也特别需要有个听众。谈论你成为一种很大的需求，因此我会和别人说说你的事。你可以告诉尤拉，这样的话，我与他就算是已经认识，请他多多关照。倘若他不认识我，大概不知不觉会对我怀点敌意。这个神秘女子是怎样的，有谁了解她，她是否配得上他……要不你问问他，你会发现是这样的。大概，他是这么想的。唉，随他怎么想去吧！但愿上天赐给他幸福，赐给他一个好妻子。

该去睡觉了。从1月1日起我要有规律地生活，为了你要爱护自己。就是别这么冷才好啊！……晚安。就写到这里。

哦，把吻给你！吻你的嘴……还有你身上的一切，一切……

第十九章

一年级 剪指甲风波

（1982年）

娜拉在阿尔巴特大街地铁站附近买了一束翠菊花。这是卖花老太太那里剩下的最后一束，花束里裹的花真不少，可有点不新鲜，花色也过分艳丽。娜拉看了那束花一眼，虽不大满意，但心里掂量着可以把其中深红得吓人的两朵扔掉，把黄色的三朵留在家里，而白色的和蓝紫色的就可以给尤利克了。她明天要带着他去学校，一年级的第一天上学。

她为儿子人生的这个深深的转折做了精心的准备，就像迎接一个重大而令人高兴的节日，可她自己却因一些不良的预感而喘不过气来。儿子的素养和技能（早先就知道）一部分有些欠缺，有一部分又超出了必需的范围。他念书很流利，但手却不会正确地握钢笔或铅笔，也根本不会写字。他总是一把用拳头握住了铅笔，娜拉却不可能强迫他学会正确握笔。他不是左撇子，但无论左手还是右手同样握不好笔。塔伊西娅给介绍的一位女医生说，尤利克手部的牵引肌肉存在某种缺陷，因此写字出现了问题。当他做自己喜欢的事情，他能坐得住并且很有耐心：他能与维佳一连几个小时下象棋，一直能下到维佳筋疲力尽为止。

尤利克不爱穿新衣服，也不喜欢换衣服，他不会（也不想）换衣服，也不会系鞋带，若要给他戴帽子他就号啕大哭，更不允许有人碰他的脑袋，而给他剪指甲对于娜拉更是力不从心。他热衷于各种建筑造型，从用铆钉固定的镂空铁脚手架，直到完全是儿童玩具的木制建筑架。他与那些建筑架能玩几个小时。但要想让他去玩他不感兴趣的东西，那是不可能的。他断然拒绝任何形式的体育活动、绘画，不知从什么时候起，也拒绝了听音乐。但每当音乐响起来，他的脸上便显出了奇怪的专注表情，好像是痛苦地呆在那里一动不动。娜拉去年把他送到音乐学校的尝试变成了他对“学校”这个词本身的厌恶，因此她费了好大的劲儿才得以劝他相信，说9月1日要去的学校完全是另一回事，在那里会很有趣的。

“那里很臭，臭得很。”他坚定地说，就连娜拉也搞不清楚，他还没有去上学，怎么就会知道学校臭得不行呢？可她内心不得不同意儿子的看法。她已经把安排尤利克上音乐学校的初次尝试忘得精光，况且她当时也没有闻到那种令儿子如此反感的音乐女教师的香水味。对于她来说，能闻到学校的气味极可能是与学校食堂、漂白粉和从不通风的体育馆的人汗味有关。

开学前两天，娜拉决定试着给尤利克剪剪指甲。她准备了好久，左说右说做了某些铺垫工作。给他讲在他弄得劈开了的长指甲里面藏有多少细菌，还在一大张纸上给他画了一些长着许多腿的长角怪物，他只是笑着看，但不让给他剪指甲。她还试图用收买的办法，最后许诺从丘拉奶奶那里运来一只他心爱的中国吉娃娃。尤利克看了自己的指甲一眼，叹口气说：

“不行，除非是德国牧羊犬……”

诚实的娜拉摇了摇头：只同意给点小东西。答应给他的最大动物也不能超过猫那么大。但是尤利克不同意要猫。傍晚，他睡着了，娜拉得以把他左手的两个指头上的指甲剪掉，剪第三个的时候他醒来了，鬼哭狼嚎地大闹了一场……

8月31日傍晚，娜拉把尤利克放到浴缸里，他在温水里往自己身上拍水，玩了好半天，之后，娜拉浑身紧张，已准备好大闹一场，她语气坚定可又面有难色地说：

“现在该给你剪指甲了。”

尤利克立刻攥紧了小拳头。娜拉试图把拳头掰开，可尤利克冲着她吐了口唾沫。她再也忍不住了，一下子就把吱吱哭着的儿子拖出了浴缸，用腋窝使劲夹住他的左手，费了好大的牛劲儿总算勉强地把左手指甲全都剪了。两个人都扯开嗓子喊着。他喊着——“我不！我不愿意！”她大声喊——“必须！必须剪！”

当她再剪右手的指甲时，他的反抗就不再那么强烈。这次剪指甲完全成功了。起初，娜拉甚至有一种近乎胜利的感觉。尤利克的小脸苍白，攥着拳头，浑身湿漉漉地走出浴室，弓着腰慢慢地回到了自己房间。娜拉这时突然产生了一种失掉东西的恐怖感——他俩从前的那种关系今后不会再有：他不会原谅她的这种强迫行为！

她那片刻的胜利——从地板上收起来的一小撮指甲——标志着她的一次彻底失败。她把那一小撮不起眼的垃圾放在自己面前就哭了起来。她真想马上去抱抱儿子，请求他原谅，但她都不敢去他的房间。她抽了一根烟，似乎觉得心里从来没有这么难受。她躺倒在地板上，大叉开两腿，深深呼出口气说：主啊，帮帮我吧！我做了一件可怕的事！我该怎么办？帮帮我吧！

后来，她站起身来，笑笑自己。“我要发疯了……我还从来没有过这样。”她又抽了一根烟，之后推开了尤利克的房门。他躺在房间中间铺的一张条纹地毯上，两手向侧面伸开，也像她几分钟之前躺的那种姿势。儿子的个子很小，还光着身子，在暮色的光线下脸色显得惨白。她在他身边坐下，可他甚至都没有发现她进屋来。

“尤利克，原谅我。”

“你把我的生活弄坏了。”他轻轻地说，娜拉也明白他说得对。于是她就无话可说。

“原谅我。”

“娜拉，我今后不再爱你。”他轻声说了一句，这应是成人说的话。

不，不对。我俩并不处在平等位置上。我三十九岁，他才七岁，我要为这件事负责。该怎么办？

“那我该怎么办？我可是爱你的。”

“我不知道。”

“喂，那好吧。就是说，我们今后要这样生活：我将永远爱你。我爱你胜过爱世上的所有人。可你不爱我。不管怎样，反正你是我的儿子，而我是你妈。”

去年他曾问过我一次：“娜拉，你什么时候生的我？”

“半夜。”我回答说。

“好妈妈，对不起，我把你惊醒了……”

还说过：“当我在你肚子里的时候，我真想唱歌啊！”“那你为什么没有唱呢？”“肚子里面很挤，什么都没有，也没有餐具，什么都……可待在里面很舒服……”

“我总有一天要离开你……”儿子头也没有回地说了一句。

娜拉控制住了自己的情绪。

“当然，你要离开我的。所有的孩子长大后都会离开家的。但我们还会有好长时间在一起生活。”

“可我已经不愿意了。”

“好了。这件事我们今后再决定吧。现在我去给你烧开水熬黄油。”

“想讨好我？”

“是啊。这是毛巾，你好好把身子擦干净。我去熬黄油。”

后来，尤利克吃了熬好的黄油，还温乎着，没来得及放凉，也不像平常那么好吃。两个人——无论娜拉还是尤利克——的情绪都平静了下来。他来到她那张大床上睡觉，就像生病时候那样。母子俩拥抱在一起，娜拉吻吻儿子还没有完全干的头发，他的头发很多，总需要好长时间才能全干。又过了一会儿，他已快要睡着了，又说了一段话：

“娜拉，快乐有一定限度。超过限度就很不快乐。开始是非常快乐，但当到了非常非常的时候，就要从天堂堕入地狱。”

“他从哪儿知道的？”娜拉吃惊地想。他不可能知道这些东西……

第二天早晨，好像一切都已忘却——尤利克满头浅发，脑袋显得稍大，身穿一件崭新的蓝校服，手捧着一束菊花，与同样是七岁的孩子们一起混入学校新生的队伍中。娜拉饶有兴致地看着那帮孩子：难道在他们中的每个孩子身上，也像在尤利克身上一样，有位深藏于内心的智者，能知道就连成年人也会忘记的东西……

第二十章

藏在小柳条箱里　雅科夫的信
后备军士官生奥谢茨基

（1911—1912年）

基辅—莫斯科

1912年9月6日

我亲爱的妻子！我的宝贝儿！我们分手后积攒下来多少情意缱绻的话啊，我现在要向你倾诉衷肠。我们在一起——对于我们是一种自然的、正常的生活状态。我观察了一些成家的人，其中包括自己的父母、亲戚和熟人们，这往往让我的心情感到沉重。我十分讨厌日常生活的一切琐事，无谓的争吵和相互的抱怨，好在我俩的关系游离之外。我与你的一切是另一种样子，不可能有这种低级趣味的东西。但命运还从没有将我置于如此困难的境地，让我必须做出选择，可没有你的首肯我不会做出任何抉择，因为我俩的未来取决于这个选择。

你可能还不知道，对于俄罗斯而言，基辅商学院是一座有独创精神、十分先进的学校。这个学校是作为高级商业训练班在六年前创办的，当时并没有预先考虑招生会有什么民族的比例限制，结果导致了如今百分之六十的在校生是犹太人。鉴于这种情况，基辅犹太商业社团捐巨款以维持学院的运行，因此学院领导也就同意了犹太青年入校学习。这个历史状况也涉及我本人，因为我就属于那百分之六十的犹太学生之一。总之，从今年起修改了招生章程中的这处疏漏，实行了所有学校通行的招生比例限额，即犹太学生不能超过学生总数的百分之五。这样一来，犹太学生面临的选择是，要么改信基督教，要么只能当旁听生。去年我是我们专业首先离开学校的学生，因为要我转为旁听生，仅能去听课并要等待空出一个位置，再去与像我一样的犹太大学生竞争那个空出来的位置，这让我感到深受侮辱。现在让我尤为感到委屈的是，我本极有可能在毕业时获得商业副博士学位。我与波戈列利斯基就任教一事曾有过事先准备好的谈话，从事教育工作要比我爸爸希望我经商对我的诱惑大得多。关于洗礼问题是一个更加让人感到受辱的问题。我与你不止一次谈到这个话题：因为生活在东正教国家，被这个国家的文化所熏陶，我们就会爱上东正教，在思想感情上与这个宗教产生共鸣。至于说我最起码的宗教观，我曾经说过，摩西给的那些戒律就是基督教最基本的核心。基督形象能在思想上引起人更大的共鸣，这是一位最具魅力的历史文化主人公。可我不相信他的神性出身。我是人类的儿子——他是这样谈自己的。他就像我们和其他所有人一样，首先是犹太人，所有人通过他才以这样或那样的形式接受了《新约》。对于我来说，去做洗礼这个建议比起让我从大学生转成旁听生更伤我的自尊。总之，我们现在要把哲学的和宗教的一些论断推到一边，许多世界观问题我自己都给自己解决不了，但任何宗教，无论犹太教，也无论基督教、中国宗教在这种构建中都起不了重要作用。在这里是一种暴力的操作。至于说到我的态度，我多半是站在不可知论立场上。尽管这些概念（可知论和不可知论）有些混淆不清，但不能将之相互对立。如果可知论者认为世界是完全可以认识的，而不可知论者则认为世界是不可能被完全认识的，那么我要是作为上帝，就给自己选择认知本身，那一切矛盾就全都化解。这就是说，我一生都准备去认知世界，尽管我对世界能被完全认知并不抱希望。当然，这些论断比摆在我面前的实际问题高尚得多，但我不能不对之进行一番议论。我现在正在解决交学费的问题，就连在这个如此实际的问题上，也不可能有什么妥协方案。我已做出了自己的决定：立即从学院退学。我把这个决定写信告诉了亨里希。在这种情况下，哥哥的意见对于我要比父亲的意见重要得多，但他不会很快回复我，可我已经决定，不知他是否会支持我。可我俩的经济状况不同……今年，亨里希的小妹妹阿纽塔被送到瑞士上学，她在苏黎世一家医士学校学习。去德国上大学的事我想都不敢想……

现在说说退学一事。没有你的允许我无法做出最终的决定，因为你是我的妻子，如果我今后的一些想法与你的想法相悖，那么我就要寻找另外的解决办法。我之所以做了这么长的铺垫，是与我不敢向你揭示自己的计划有关，因为预先知道你很难同意它。我打算去军队当后备军士官生。你别心绪不佳，别晕过去，也别陷入绝望！请听我解释：这一年（或两年）的军队服役会给予我重回学院学习的权利。那我届时就可以完成经济学业，能养家糊口并享受幸福的夫妻生活带来的全部欢乐。最终的决定权在你。我给你罗马式的“一票否决”权。

……我已拟好了最近几个月的计划，在某种程度上已迈出自己“退学”的最初几步：通过了德语课的全学年考试，也“提前”通过了商业工业法律常识课考试，还说好了要提前进行英语课的考试。我觉得英语比德语容易学，尽管在发音上有些难度。我看了英文版的《李尔王》。莎士比亚的语言是古英文，我不得不查查词汇表，可与俄语译文的差别巨大！我在这种比较中得到了很大的满足。最好的译本是坎申翻译的，用的是散文体语言。你比较一下吧！

“是的，朋友，你就像从娘胎里出来一样，即是个真正的没有穿衣服的男人，是个可怜的赤身裸体的两条腿动物。脱掉自己身上的一切吧！你们也要这样做！”

英文是：“Thou art the thing itself; unaccommodated man is no more but such a poor, bare, forked animal as thou art. Off, off, you lendings! ”

英文更简洁，更生动，更有力。可我可能会译成另外的版本：

“你，是个焦急不安的人，只不过是个可怜的赤身裸体的两条腿动物！脱掉，脱掉多余的衣服吧！”

瞧，你发现了吗，每当我跟你谈一些实际事物的时候，总会产生一种愿望，要与你分享自己一向的文学见解。

在军队里待上一两年——正好是谈这点的！我将生活在一帮可怜的两条腿的动物中间，但不是赤身裸体的，而是穿着军大衣的……我向你承认，爸爸支付我的全部学费，这种依赖让我感到很不舒服。在军队服役两年后，我就能够尽快获得经济的独立。

我理解你打算做的一切牺牲，可还要把我们团聚的可能推后一两年。即使你说出“不行”这句话，我也能够理解。我并不要求你同意这种延期。可我也同样牺牲了一种自认为是最心仪的事业——音乐。我的音乐教育处在最糟糕的状态。学音乐史，进行视唱练耳和了解作曲基础知识，这些都可以独自去完成，因为我具备一种从书本文献里汲取的良好技能。但是，相对于真正的乐器演奏，听音乐会以及与音乐界人士交往，那读书就很难去代替。

玛露霞，最终的决定由你来做。如果你不同意我去部队服役，那我就打消这个念头。可对于我，到商业事务所任职是比在军营里待两年还要糟糕的一种考验。我把决定权交到你的手中。吻你那双无比精美的小手，不敢奢望更多。

雅科夫

第二十一章

幸福的一年

（1985年）

1984年秋，塔伊西娅的生活中出了重大的变故，可这个变故对于娜拉却变成一件好事。塔伊西娅让丈夫谢廖扎给抛弃了。谢廖扎一向蔫了吧唧的，是个怕老婆货，他俩已结婚很久，从没有打闹过，万万也想不到他会迈出这么大胆的一步。他把自己的衣裤和用具装在运动包里，突然就离开了她，他走得很果断，绝不回头，也没有任何的遗憾。就在塔伊西娅从痛苦的困惑中渐渐地缓过神儿的时候，她的女儿莲娜奇卡[1]，那个一向打不起精神、总是睡眼惺忪的农学院毕业的女大学生，宣布要嫁给自己的同班同学，一个阿根廷人，还要跟他一起去阿根廷……就在办理与出国相关的各种复杂的手续时，她把那个皮肤有点儿黑的窝囊废领回家来。他俩睡在塔伊西娅腾空的那张床上，因此如今已不是谢廖扎，而是那个讨厌的“黑屁眼”（塔伊西娅这样不怕犯政治错误地称自己的女婿）与女儿在她的床上折腾。现在，她的萎靡不振的女儿出人意料地打起了精神，容光焕发，并彻底摆脱了对母亲的那种不容怀疑的依赖。塔伊西娅一辈子都在教年轻的妈妈们处世之道，这次却亲历了个人世界的彻底毁灭。她来找娜拉，边哭边把两件事都说了，说到快结束时她宣称，自己绝不与那位“黑屁眼”在一起

1　莲娜的爱称。

住。那该怎么办？

娜拉甚至都没有想自己将会有什么新机会，便立即建议塔伊西娅在新婚夫妇未走之前暂时到她家来住。塔伊西娅欣然同意，她马上就搬了过来。娜拉和儿子住进了那个称作客厅的房间，她把自己的那个写字台、被褥都搬到客厅的沙发床上，把外祖母季娜伊达的那张床（革命前留下来的）给塔伊西娅使用。尤利克一向认为塔伊西娅是自己的亲人，他放学回来看到塔伊西娅在母亲的房间里，心里十分高兴。

傍晚，只是在一起吃晚饭的时候，娜拉才意识到塔伊西娅常住她家会给予自己一种过去都不敢想象的自由……塔伊西娅搬到娜拉家后不久，就办理了退休手续，现在她接尤利克放学回家，并给他做午饭，这成了她的一项神圣的职责。娜拉给塔伊西娅补了她的退休金与她在医院上班工资之间的差额，这样两个人都感到满意。

然而，娜拉未能马上享受这种新的生活环境，因为塔伊西娅搬来才两周，坦吉兹就来了，之前他既没有预先通知，也没有来过电话。

他们已有一年没有见过面。第比利斯的最后那次见面很短，还是一次偶遇。娜拉随同一家剧院，带着自己的剧目去第比利斯巡演，那个剧排得较差，有个侦探情节转折很无力，舞台的硬景很逗人，摆得就像个袖珍迷宫，有颗小球在迷宫的溜槽滚动……那时，娜拉根本不想找机会与坦吉兹见面。他俩的关系一开始就形成一种不成文的规定：只要是他愿意，这种关系随时随地都可以恢复，过一段后他就无影无踪，好像这个人从来没有过似的。娜拉从不会为见面先迈出一步。

娜拉有生以来第一次到第比利斯，这个城市是坦吉兹的故乡。

傍晚，她离开旅馆独自走进那座陌生的城市，走完了鲁斯塔维里大街，后来又漫步到老城区，走进一条空无一人的弯曲的小巷。她心里一直盼着他会马上闪出街角向她挥手。她就这样信步而行，一边观赏着城市的美景，一边佩服自己的勇气。坦吉兹既没有出现在大院门口，也没有从出租车下来，但他的名字第二天闪了出来。当时，一位导演与娜拉合作，他邀请她去拜访一位当地的名人，他们一伙人乘车去了阴沉的第比利斯郊外，走进一座灰色的九层楼，去找一位亚美尼亚女画家，那位女画家的名字娜拉已从一些共同的朋友口中听说过。出来迎接他们的是个活脱的皮提亚[1]，她的面容清瘦，长着鹰钩鼻，深褐色的眼睛炯炯有神。她身披一件怪怪的灰蓝色旧丝绒披风，头上裹着一块不可思议的丘尔邦头巾。娜拉见后立刻想给她画幅肖像。娜拉一句话也不说，而是仔细观看着她的画作，那些画像毯子似的分开挂着，沿着墙摆成三排，遮住了整个空间，因此弄不清那位身穿丝绒披风的女画家睡在哪儿，因为到处是画架、绷画布的木框、画夹子和颜料桶。在一大堆艺术用品中间，有个电炉和两个葫芦状咖啡壶，还有几个咖啡杯，这里没有什么日常生活和睡觉的迹象……所有画作的内容都是虚构出来的神话情节：童话中的野兽、蛇、妖怪和神女。这是一派色彩缤纷的东方狂想，很有天才的艺术……在房间中央的一个画架上摆着坦吉兹的巨幅画像，画家的画法严谨，画笔苍劲有力，丝毫没有东方画法的随便迹象。坦吉兹蹙额相视，女画家确切地捕捉到他嘴角的一道皱纹，并且整幅画的色调如此均匀、厚重，在他头顶上方好像露出了一块天空，蔚蓝蔚蓝的……那是一幅很大的肖像画，可没有完全画完。娜拉顿时好像闻到了坦吉

1　古希腊的阿波罗神殿的女祭司。

兹身上那股自制烟草的味道……“他刚才可能还在这里。”她心里猜着。

第二天，她全天都在剧院里度过的，可在第一幕之后她与一位可爱的青年大卫溜走了。大卫是第比利斯人，莫斯科一家剧院的格鲁吉亚演员，他在第一幕里已被人谋杀了，第二幕剧情是对这次谋杀案展开的侦查，所以他就像鸟儿一样自由自在了。他俩以朋友关系相处，他主动提出陪娜拉在城里转转。起初，他们走到库拉河畔，后来又顺着沿河街往下走，这时候两人觉得肚子饿了，于是随便去了首先看到的一家地下室小酒店。那里人声鼎沸，好像在庆祝什么节日。一个厅不大，一张长桌就占去了一半。坦吉兹坐在桌子的正席位置上。他身旁坐着一位很像吉卜赛女郎的格鲁吉亚女子，她的块头很大，下嘴唇还耷拉着……人们在庆祝他的生日……坦吉兹立刻发现了娜拉和她的同伴，于是站起来大声宣布：

“现在，我们的客人从莫斯科来了！这是多么好的一个礼物！娜拉·奥谢茨卡娅，我敬爱的女画家！而她的同伴……”坦吉兹说不下去了……娜拉嫣然一笑，说出了同伴的名字，弥补了坦吉兹说话的停顿，“请坐，请坐下！”

娜拉和大卫坐在当即推过来的椅子上，娜拉约有半小时就像坐在舞台上，置身于格鲁吉亚节日宴会喧闹的喜庆气氛中，之后她和大卫起身，感谢各位的盛情，就像一对情侣那样手拉着手告辞了。娜拉的心情很不好，坦吉兹大概会认为她的这次到来是一次预谋……他俩一路无话走回旅店。娜拉作为剧组的重要人物，住的是单间，而演员则是两人同住一间，大卫在她的房间里一直待到第二天凌晨。大卫很可爱，又很年轻，就是有点腼腆。他留下过了夜，这很好。要不是娜拉在门口说了一句“请进来吧”，他大概不会留下来……有什么办法能医治坦吉兹带给她的爱情创伤，她还想不出来……

这次，坦吉兹一进门就说："你不会撵我走吧？"他手里拿的还是那个手提包，腋下夹着一个套子，里面装着给尤利克买的吉他。那把吉他差不多是成人用的，大小是成人用的四分之三。尤利克一把就抓住那个套子，把吉他拿了出来，开始轻轻地拨弄着六根琴弦。

"等一下，要调一下弦。"他俩立刻就钻进了尤利克的房间。坦吉兹用自己敏感的指头麻利地扭动着弦轴，示范了前五个和弦。

"你学会弹这几个和弦，就能凑合地弹吉他了。"他俩在那里叮叮咚咚地弹了整有一个小时。坦吉兹用近乎雕塑的动作把尤利克的几个手指死死地按在吉他弦上。于是，学吉他很快就有了进展。

晚饭后，坦吉兹对娜拉说，他这次来要待半年到一年，还要看事情的进展如何，莫斯科电影制片厂给他的建议很有意思，一旦解决了他下一步工作的具体问题，他最近几天就可以搬到制片厂答应给他租的公寓。之后他就不作声了，后来他似乎含糊不清地说了句什么，就又不说话了。娜拉也什么话都不说，可两人心里想的是同一件事。

"你要知道，我家里发生了一些变化。南卡嫁人了，她丈夫在第比利斯郊外有一处房子。总之，纳捷拉决定搬到女儿家住，如今他们全都住在那里。纳捷拉把我扔了，明白吧？我现在成了一匹孤狼。"

"明白。"娜拉点点头。确实，他的脸像狼脸一样干瘦，露出一种不知是凶残还是内心恐惧的目光。

坦吉兹的两手一向比他的脑袋厉害——他这样评价自己的。"尤其是当我的双手是你的时候。"他向娜拉承认。但事情并非如此，他指的是另外一件事：娜拉能用语言把他无法做成的事表述出来。当然，俄语不是他的母语，可他就是用格鲁吉亚语也往往说不清楚自己的思想，于是只能采取迂回的办法，用手势示意，低声喊叫，或是用一些非语言手段去弥补，可最终他还是能把演员们彻底征服，演员都服服帖帖地听他使唤。况且，听他使唤的不仅是演员。这是一种天赋：他善于调遣演员，演员们都按照他的意旨去办。大概，这是一种亘古就有的心理暗示力量。世上只有一个人，也许就是他的妻子纳捷拉，怎么也不屈从他的这种力量，而恰恰相反，他却受制于她的女性权力所具有的那种原始的、不可克制的强大力量。几乎有三十年他俩一直处于永不休止的斗争中。两人都感到了这种斗争注定要失败，可却无法终止。

"巫婆，巫婆，"看到妻子变得实在忍无可忍，他绝望地说，"你当下杀了我吧，你干吗像鸟一样吸我身上的血呢？"

为什么说像鸟呢，他都无法用白天正常说话的舌头解释清楚。他做过这样一个梦，是反复多次做过的噩梦：他赤身裸体躺在温暖的大地上，沐浴在昏暗的灰褐色光线中，就仿佛有人往他的血管里扎针。他睁眼一看，发现那是几只脏了吧唧的鸟，浑身沾满泥土，用尖尖的嘴在吸他的血——一只蹲在脖子上，另一只在肚皮上，第三只在大腿根……

娜拉给了他那种被纳捷拉夺走的东西，正是这个东西维系着他俩多年的感情。娜拉是个能接纳和转达出他的意旨的理想人选，与娜拉一起排剧对于坦吉兹是一种享受。她往往能把他的意图，甚至把他的哼哼成功地变为素材：时而变为一堵棕色的仿砖体墙壁，时而变为几件茶色连衣裙，时而变为一块仿佛被炮弹炸得千疮百孔的白色背景布……她吻他的双手，去舔他的每个手指，就像狗崽舔着母狗肚子寻找奶头一样。

“我聪明的人儿，你真灵。”他喃喃地说，同时伸出自己的双手让她湿润的嘴唇、坚硬的舌头去舔。

她究竟在那里要舔什么，这用语言难以解释，可他俩每合作一次，每排一部新剧之后，娜拉就变得更坚强，更加自信。稍后些时候，当娜拉确信自己正从一个舞美师渐渐变成导演，甚至转变成编剧，并且在几家外省剧院里执导了最初的几部剧，这之后她便对他说：“坦吉兹，我通过性的渠道让自己学会导演艺术……”

第一天晚上，坦吉兹睡在客厅地板上，身下铺了一床棉被，第二天，又挪动了一次家具，把外祖母的那张床移到了客厅，沙发床搬到塔伊西娅那里。令尤利克高兴的是，除了娜拉和他自己，这个公寓的常住人口翻了一番。

坦吉兹住进来几天之后，尤利克爬到娜拉耳朵边悄悄地说：这甚至比你让我养只德国牧羊犬还好……但问题当然不在于养什么狗，而在于坦吉兹拿来的那把吉他。尤利克把吉他拿到手后就开始喜欢上它。家里无人的时候，他到走廊，站在那面齐身高的大镜子前，一边瞥着镜子中自己的身影一边弹着。这时候，他并非体验到一种全新的幸福，他想起这正是那种已经有过，但已被遗忘的幸福……五岁的时候，他曾有过一个非洲鼓，他热情地用鼓敲出各种节奏，后来又敲过木琴。不过，那时他恰好学会了看书，于是从敲木琴转到了读吉卜林[1]的书。起初，他对那只我行我素的猫感兴趣，后来又迷上了毛葛利——这个多年来心爱的主人公，还读过一些其他书，那是娜拉认真地塞给他的……现在，被遗忘的昔日的一切回来了，吉他里既有非洲鼓及其节奏，也有木琴及其声音，那些声音以一种神秘的方式形成了句子，但与书本里不同，是

1　约瑟夫·吉卜林（1865—1936），英国作家、诗人。1907年诺贝尔文学奖得主。他的《吉姆》《丛林之书》和《丛林之书续编》被认为是儿童读物的经典之作。

另一种句子……

坦吉兹把最基本的音乐理论知识讲给尤利克，任何一种新知识都不像调式、调性、大调和小调、音程和和弦序列等概念让尤利克这么兴奋。现在，他认真倾听周围世界的声音，用所学的新知识去判断它们，并且每天都发现世上的所有声音均可以用这些新规则去描述，而音乐不停地发出声响，甚至在他的梦中声响也时强时弱。现在，他能听出初雪融化的复杂节奏，能听出草棚顶铁皮让风刮得隆隆的响声里含有危险的间歇，能捕捉到门铃响声里有个小三度音……坦吉兹毫不怀疑，他发动起来的这架十分强大的机器在用新的思维领悟世界及其音响结构，他对小男孩接受这些新鲜知识表现出来的那种专注和顿悟感到由衷的高兴。还不能说在展示给尤利克的这个音响世界里，一切都是光明灿烂的，因为有时这种新的听力会令人坐卧不安，甚至痛苦不已。

如今，尤利克放学准时回家，对他曾十分感兴趣的公猫的生活已不再分心了。之前，他有时候能一连三小时跟着它们钻地下室或爬上拐角板棚的屋顶。娜拉在少年之家带了一个绘画班（那是她那年唯一固定的工作），因此每周有两天不能去学校接儿子，而塔伊西娅也并非每次都能在校门口接他。从前，娜拉上完课后就往家奔，往往发现尤利克没回家，他的书包也不在家里，于是她便到周围的一些院落里转悠，希望找到儿子。有了吉他后，尤利克不再逃学，娜拉每次到家，在楼梯间就能听到儿子在弹吉他练习曲。

坦吉兹每天都与脚本作者见面，讨论莫斯科电影制片厂交给他的那个宏伟的创作方案——要把《虎皮武士》搬上银幕。他们还试着共同写了第一个脚本。娜拉看着《虎皮武士》脚本，希望在其中找到自己的某些东西，还想搞清楚在这个毫无头绪、错综复杂的故事里君主与其骑士及其情人们的关系，不过，她觉得一切都写得辞藻华丽，矫揉造作。当她试着把自己的这个想法告诉坦吉兹，后者挥了一下手说：这仅是一份预备材料，他们要写的脚本与这个最初脚本大不相同。总之，是另一个故事！

“你先看看，过些时候，当脚本写成后我再与你讨论，反正我们要拿出自己的东西！”

坦吉兹丝毫不怀疑，他能争取让娜拉在将来的这部影片里出任舞美师。可娜拉之前从未搞过电影的舞美，也知道制片厂有自己的团队，未必会让外面的人加入，何况这个人除搞过戏剧外在电影上毫无经验。坦吉兹对此并未感到不安，不行最后让她当个助理导演也行啊！娜拉那时正在按照委托为塔什干的《白雪皇后》一剧绘制草图，她觉得观众大厅与舞台上剧情之间的温差挺可笑……他俩暂时过着一种快乐而不寻常的生活，每天晚上，往往要带上幸福的尤利克，或是去串门做客，或是在自己家里接待客人。娜塔莎·弗拉索娃要比其他人更常来做客，她的丈夫连奇克脾气有点怪，儿子费佳很可爱，深受父母的宠爱。尤利克一下子就黏上了费佳，因为在这个年龄上有个大点的朋友，就是一份宝贵的财富……

对娜拉唯一不变的事情，就是每天准备功课。到这时候（儿子上了四年级），她已完全明白，尤利克没有独自应付各门课程的能力。其实，娜拉已帮他马马虎虎地做了几门作业，而主要问题在于书写上。他的字写得相当难看，根本说不上有什么字体。每次娜拉让他坐下来完成作业，最痛苦的正是做俄语练习：他写字就好像他生下来第一次见到钢笔，似乎他的任务是要发明一套谁都不认识的字母及其非标准的书写法……刚开始用的和没有写满的练习本已积攒了一大摞。尽管尤利克在练习本的第一页写得还或多或少像点样子，可第三页字就写得很少能拿给教师看了。女教师加林娜·谢苗诺夫娜一看到尤利克的字就浑身起鸡皮疙瘩，因此她每次都迫不及待地告诉娜拉，甚至还不时地向娜拉暗示，在患痴呆病儿童学校里给尤利克留下个位置。现在，娜拉有了一个小作用杠杆——“只有做完功课后才能弹吉他”。总之，她这样做稍有成效，尤利克做作业快了点，但快不了多少。难道他不能做得好些吗？

看到娜拉所受的折磨，坦吉兹耸了耸肩膀说：让孩子安静一会儿吧！怎么，你没发现吗？他是个多优秀的孩子！

尤利克离不开坦吉兹了。要么是他让孩子从记忆深处回忆起那次一块去阿尔泰地区的旅行，要么是尤利克把坦吉兹当成了自己的父亲，何况坦吉兹也诚心回应孩子的这种爱。尤利克发现坦吉兹身上有许多优点：他会弹吉他，尤利克认为还弹得很好，能教他一些新的和弦、新的旋律，能把他从来想不到的那种音乐带到家里来。就连坦吉兹用双手抓饭的样子，也既灵巧又好看，只有东方国家的人们才会这样吃饭。坦吉兹在场时，塔伊西娅就沉默不语，也不再说尤利克手握刀叉的姿势不对了。坦吉兹还会打口哨。不过尤利克的象棋下得比坦吉兹好。至少在与坦吉兹下棋的时候，尤利克才尝到了胜利的喜悦。维佳下棋很少输，可坦吉兹却经常输，输得很高兴，输得心情舒畅。每次输棋的时候，坦吉兹都感到惊喜万分，这也是坦吉兹的优点。

塔伊西娅最近以来热衷于教堂，每逢星期天去那里做礼拜，她就无法劝阻尤利克去娜拉的房间，于是尤利克闯进了娜拉的房间，爬到床上，把娜拉和坦吉兹推醒，在刚刚醒来的他俩之间钻来钻去，一边喊着一边用自己的胳膊肘和膝盖推开他们。虽说尤利克对气味十分敏感，却闻不出汗味与做爱的体液掺和到一起的那种味道，本来这对情人要赶紧去洗个澡去掉身上的异味，但还没有来得及尤利克就闯了进来。起初，娜拉试图除掉儿子在星期天早晨闯入她的房间这种习惯，甚至要在门上上一把锁或者哪怕弄个插销，可坦吉兹一点不感到难为情，把小家伙紧紧地搂在胸前，出声地吹他的肚子，弄得孩子哈哈大笑……当然，这是一种婴儿游戏，看来，婴儿时期的这些游戏尤利克还没有玩够。

娜拉和坦吉兹的这种断断续续的罗曼史虽说持续了二十多年，可从来没有两个人待的时候，他们中间总有个第三者，那就是他们一起排演的那部剧。这一次什么事儿都没有，只有些尚未定下来的计划，可现在尤利克成了他俩之间的第三者。这是一种真正的家庭生活，新的力量布局，在这种布局中，当决定一切生活琐事时，大多数情况是尤利克与坦吉兹一起反对娜拉。当然，这全是些鸡毛蒜皮的小事，诸如，晚饭吃土豆还是通心粉，星期天去哪里玩，给塔伊西娅送什么生日礼物，等等。可这是三个人在一起的生活，是一种真正的家庭生活，让每个人都觉得新鲜，况且三个人都满意。

元旦前不久，亨里希来做客。他之前已认识了坦吉兹，坦吉兹令他很喜欢，而亨里希也明显想让坦吉兹喜欢他，因此他见面伊始就说起了笑话，哈哈大笑，还拍拍坦吉兹的肩膀。他待了很久，还看得出来他不想走。这次来他的神情比之前的任何时候都低落。一进门他就说自己得了一种莫名其妙的疾病，其实，就是一种嗜睡症：他往往突然间就睡着了，有时在说话中间，有时在会议上，还有在开车的时候。有两次他差一点出了车祸，因此现在决定告别自己心爱的玩具——蓝色的“日古利5型”，一辆里外都刷得干干净净的小轿车，他的女友“瓦列奇卡”。他有给自己汽车起名字的习惯，他的前一辆车叫“玛露霞”。亨里希甚至还掏出自己的一张嗜睡表，从第一次开始，那是一年半以前，他在一次学术会议上睡着了，当时自己的研究生正在作报告……一直到最后一次，也是最危险的一次，那是去伊琳娜的别墅的半路上，她的女儿和外孙坐在车的后座上……幸好车开到路旁的阴沟，而没有开到对面的车道上……总之，他这次既不开玩笑，心情也不快活，满脸痛苦、沮丧的样子，娜拉真有点可怜他。

“他还像个孩子，完全就像尤利克那么大。”她心里想。这时候亨里希突然说了一句，尤利克还小，要不然我的车就不卖了，送给他开好了。尤利克漠不关心地吃着炸薯条，正要把塔伊西娅切好的最长的几根从盘子里抽出来，他虽继续吃着自己心爱的美食，可突然浑身一震，冲着空中说：“那你把车送给娜拉吧，她开车接送我……”

“这倒是个好主意！”亨里希突然打起了精神，“我亲自教会你开车！我用自己的方法教你，保你在两周内开得像个职业司机！你知道吗？所有那些教练教得都不对，他们就像是在教人读书，在按照字母和音节教！可开车就像是学游泳，还更接近游泳。应观察动作要领！要观察这是汽车在走，要知道是自己在车上，那你就已是司机了！娜拉，你怎么不作声？你想说什么？你想开车吗？”

起初，亨里希的神情忧郁，这时突然容光焕发了。

“他这个人毕竟很善良。”娜拉心里想。她过去很少想到父亲的好处，可这时真为他高兴。

他善良，是个善良的人！明显有点摆样子，想讨好坦吉兹和尤利克！总之，他想讨好所有人……不过，他还是善良的！

“当然啦！一直想有辆车！不过，爸，你自己看吧！不会心疼吧？”

坦吉兹给亨里希倒了一杯红酒。他们为娜拉有了汽车的新生活干杯。之前，她从未想到过要有什么汽车，但在亨里希的一席话之后，她突然明白了自己很想，真想把车门砰地一关，脚一给油，车就从原地跑了起来。那就抓着方向盘开吧！

下一个星期日，亨里希就开车来接娜拉，很快就教会了她开车。这比在驾校学快得多。

两个月后，娜拉一次就通过了考试，拿到了驾照。亨里希办理了赠车转户手续，娜拉成了车主。手续办得都很适时。

春天即至，《虎皮武士》有了结果：坦吉兹与脚本作者吵翻了，明年初影片开拍已无从说起，应当换掉某个人，要么是导演，要么是脚本作者。制片厂决定换掉导演。他们邀请了另一位导演，也是格鲁吉亚人，住在莫斯科，但后来才清楚，事情还是没弄成。再往后拨款也停了，那部影片从未开拍就夭折了。

正当他们两人（坦吉兹和娜拉）经受失败打击的时候，突然发现他们所有的钱，无论是坦吉兹的那笔尚未偿还的预付款，还是娜拉那点小小的积蓄都已花光。起初，娜拉对坦吉兹什么也没说，她向图霞借了二百卢布，后者是她一生的老朋友。她没有向阿玛丽娅张口，尽管她卖狗崽的生意还不错，并且“卖狗钱”还没有从存折上转走，因为阿玛丽娅一旦知道可能要难过，会可怜娜拉和尤利克，还可能为娜拉的这种不正常的生活方式痛哭一番。塔伊西娅知道娜拉家里当前的这种复杂状况，她不但没有要已谈好的那笔补差钱，而且还用自己的退休金去买食品，并考虑是否再回医院多上个半班。

坦吉兹一天比一天变得神情忧郁。他从小起就开始赚钱养家，上大学那几年什么活儿都干过……但在娜拉身边的这半年，他却忘掉了男人要负责养家这种事。他在娜拉家仿佛是个客人，不是买回一些昂贵的食品和饮料，就是拿回来某些华而不实的东西，却想不到每天居家过日子的需求。坦吉兹已想到了撤退一事，回第比利斯去。这不仅是没钱很伤自尊，还是因为害怕……害怕失掉自己的尊严，娜拉能理解这点。

他们很晚才从莫斯科郊外做客回来。在别利亚耶沃－博戈罗茨克新区的一条空荡荡的大街上，有位衣冠楚楚、手拿皮包的上年纪男子在招手搭车。他请求把他送到拉兹古里亚伊广场。娜拉刚想开口说他们不顺路，可坦吉兹插了进来，他让娜拉坐到副驾驶位置上，自己换到方向盘前，而把那位旅客安排到后座上去。他们一路无话，一直把车开到拉兹古里亚伊广场。坦吉兹接过递给他的五卢布，乘客下车了。

“给我写个委托书，娜拉。年轻时我每到夜晚就开舅舅的车捞外快。我现在也能在夜间开车挣点钱，是吗？既然暂时找不到工作……”

半夜，当他俩在季娜伊达的那张床上折腾结束后，坦吉兹问娜拉：“我是你的什么人？你又是我的什么人，娜拉？”

“你一定要讨个说法吗？”她还在回味着浑身麻酥酥、大脑里一片空白的那个瞬间。

“是的，你说吧。”

娜拉想了想回答说：“不管多么耻于承认，我打算成为你所希望的人——舞美设计师、情人、女友、服务员，就好像是一块随便的抹布。总之，你是我人生中最美、最重要的部分。”

“这很恐怖。我无法酬谢这一切，我不够格。”

“暂时不够，”娜拉喃喃地说了一句，“别说了，住嘴吧。”

她很害怕自己会吓跑这种突然而降的幸福。事情愈是美好就愈可怕。

第二天，坦吉兹弄来的一张唱片，它改变了尤利克的人生。坦吉兹把他叫过来，打开了摆在客厅里的电唱机。这是披头士乐队的一张唱片《我想握住你的手》。那几年，披头士乐队还能让世界迷醉，尽管他们的声誉已在走下坡路，可尤利克是第一次听到这种音乐。他坐在那里晃着脑袋和肩膀，就像犹太人在祈祷，他的目光盯着一点，十指紧紧交叉在一起。后来，坦吉兹发现他的两脚还在打着节奏。坦吉兹说了句什么，可尤利克没有听见。他一直把那张唱片听完。

“坦吉兹，这是什么音乐？”

“披头士乐队演唱的。怎么，你不知道披头士乐队？”

尤利克摇摇头，又把唱片放上去了。他一直到傍晚都在听，当娜拉把唱片拿走后，他请坦吉兹再给他买几张这些歌手的唱片。

“录音带更容易搞到，多如牛毛。告诉你，这个乐队已经不存在了。约翰·列侬四年前被人杀害……”

“什么，被人杀了？怎么被杀的？这不可能！”尤利克大喊起来。

“但乐队解散并不是因为他被害。乐队解散得还更早些。”

尤利克哭起来。

“你怎么这么难过呀？今天早晨你还不知道世上有他，有这个约翰·列侬呐。”

“怎么？他被杀了？我并不知道他被杀呀！那位鼓手呢？鼓手也被杀了吗？”

“不要这样过分可怜他，”坦吉兹安慰说，“他得到的已很多了，愿每个人……那个鼓手，即打击乐手叫林戈·斯塔尔，他活得很好，还在与其他乐手一起演出。”

“怎么还与其他乐手在一起？真是个混蛋！”

“你别激动，他还不是最出色的打击乐手，请到录音棚的是另一位……”

尤利克用拳头敲了一下桌子，电唱机被震得轻轻地颤了一下，他随后抱头痛哭跑回自己的屋里。这一天，他几乎感到了对列侬的爱，同时也因他被害而感到悲痛。娜拉只是看到了这冗长一幕的后半部，因此不明白发生了什么事。尤利克把自己关在房间里。坦吉兹也搞不懂男孩究竟是怎么回事，他的神经怎么如此脆弱。

然而，尤利克心里完全清楚：约翰·列侬被杀害了，这是个可怕的不幸，因为现在谁也不会再写出这种音乐，这种音乐自从他听到的那一刻起，他就觉得需要，很明显，这是他一生的需要。但任何人，谁都无法理解这点。就连坦吉兹也算在内！

第二十二章

藏在小柳条箱里
从乌拉尔的来信和寄往乌拉尔的信

（1912年10月—1913年5月）

兹拉托乌斯特—基辅

基辅，铁匠大街23号

雅科夫致父母

1912年10月31日

……瞧，我已经到了军营……我本应乘车走四天四夜，但火车在奔萨停了十八个小时。在库兹涅茨克车站，我从那里给你们拍了一封电报，因大雪封路我们的火车又停了二十二个小时。由于这种情况，四昼夜路程就成了六昼夜。

……我被安排住在兵营里。何况我从那里也搬不走，因为这里不容许住在公寓里。这完全不是坏事。我被编入了培训队，这里的人看来都挺好，那么一切就差不到哪去。我的钱很可能花不出去，对这点我很满意……

……兹拉托乌斯特这个城市不太大，但城市布局分散。它坐落在绿荫覆盖的群山上。我们住的地方靠近车站，从车站进城只有六俄里的路程。我随身带来的书完全够最初一段时间看了。现在，只要时间允许，我就很想坐下来看书。

此刻，我坐在士官长的房间里，屋里烧得热乎乎的，我甚至都不知道自己要在哪里过夜。好像要与士官长住在同一房间。你们请别见笑，对士兵来说这是极大的荣誉。

我尤其担心的是，你们在看我的这封信时会唉声叹气。可能会说，他住的条件多么恶劣啊。其实一点也不恶劣！现在住的地方既不恶劣，也根本不差。我如今不管在哪儿，无论在团长副官和老军医那里，还是在年轻军医那里，人们都对我彬彬有礼，让我坐下说话，总之，给予我这个士兵能够享受的最高礼遇。

我的信要在路上走好久。如果今天把信投入信箱，第二天它才能从兹拉托乌斯特发走。假如从车站发走，大约五天后你们能收到。就是说，有可能一封信要在路上走六七天……

来信请寄：乌法省兹拉托乌斯特市，196号因萨尔步兵团培训队后备军士官生雅科夫·奥谢茨基。

1912年11月3日

……我的军旅生活还未开始，目前只是认真地观察周围的一切环境。我住在办事处，还有一个人与我同住。午饭和晚饭在军官俱乐部食堂吃。那里的伙食相当好，并且不算贵。我在团里小卖部给自己买早餐。现在甚至能看上报纸。在军官俱乐部里有人每天给我送来一份《新时代报》。我暂时还穿着自己的衣服。军装过一周才能备好。应当预订两套，因为一套要交到军需库保存（供检阅、节日和行军用），另一套供日常穿。

好在我来的时候穿着自己的大学生校服。大家都注意到了，几个军官还曾仔细地询问，今天有个小士兵甚至还给我打了个军礼。我们培训队长问我：在哪里念的书？听说上的是学院？还问我上的是几年级。他对高校就是这样的概念。

……多亏我随身带来了一些书。真应该多带点，不仅是拿来一些专业书籍。今天我看了书，他们这个团甚至没有图书馆，可离城还有六俄里。军官俱乐部只订了《新时代报》和《俄罗斯伤残军人报》。那只是个军官俱乐部，也许，在公共俱乐部里会有更多的杂志。

……第一天我的行为十分谨慎。我怯生生地观看了周围环境，生怕被抓起来扭送到禁闭室（军队监狱）。傍晚才轻松地叹了口气，还祈祷了一下。当然，我在开玩笑。

我与一个军官聊了一会儿，他对我说：有些团可能更差，但好一点的未必能找到。也许他说得对。

次日

我今天请了假进城。暂时我还没有穿军服，因此还能享有很大的自由，也不用参加训练。我只是在士兵中间穿行，观察他们。我碰到了许多有趣的事情。现在我要进城，进城后把这封信发走。若能在车站把信扔进邮筒，这封信能早到一天。若走团部的邮箱，信件只在第二天才离开兹拉托乌斯特……

给孩子们单独写的一页

1912 年 11 月 3 日

亲爱的孩子们！在邮局收到了你们的短信，我十分满意。请用信纸和墨水写信吧，就像你们知道的那样。你们要开个会选出主席，自己决定。我提前同意你们的决定……

如果你们认为兹拉托乌斯特城的所有人都伶牙俐齿[1]，以为士兵们整天推着炮车跑，那就大错特错了。迄今为止，我尚未发现有

1　兹拉托乌斯特（Златоуст），俄语的意思是“口才卓越的人”。

任何一个人口才卓越，即有张好嘴。相反，许多人的嘴长得都让你不想去吻它。此外，更无什么士兵推炮车跑一说，因为这里没有大炮。可怜的士兵们！你们要知道，我的弟妹是多么希望这里有炮车啊！

我暂时还没有被提拔为将军，也没有赐给我一把金马刀，不过，我慢慢会有机会把两者都得到的。你们等着瞧吧！

我目前还是个士兵。可你们也许不知道说这话是什么意思。我现在讲给你们。我给青年士兵打开一本教科书，念了以下这段话（十六页）："士兵是个普通的，但了不起的名字。忠君的每个人都叫士兵，他肩负着捍卫信仰、皇位和祖国的职责，这个职责令他身心感到甜蜜。士兵应战胜国内外的一切敌人。"瞧，我就是这样的人！站起来！我是个普通人，但了不起！我要用真正的武器战胜国内外的敌人！（谢尼亚[1]！我已经有了一支枪，一支真枪，能开枪射击。）

1912年11月12日

妈妈，你也许很想知道我的庶务情况吧？

我在兹拉托乌斯特给自己买了一双厚毛袜，还买了一个床垫。就是这些东西！近几天我要送衣服去洗。那个小衣筐对我很有用，能把一次换下的脏衣服全放进去。等下次再换下脏衣服，就要送去洗了。因为那个衣筐放不下两次换下来的脏衣服。

我急不可耐地盼着我的军装到来，因为我现在穿的衣服往往弄得我很尴尬。有时在街上遇到我们培训队的军官，我就很不愉快：军礼没法打，鞠躬更不便。毕竟要成为上前线的预备军人样子。

1 谢苗的爱称。

像目前这样，无论如何是不行的，祝您健康，大人，这话说得又有些“过头”。我真为自己身穿的这套学生装有点恼火。不过，这种状况明天或后天就会结束。

单独写的一页

致奥谢茨基家族的小一辈

请你们稍等，等我把这段时间对付过去，就会单独给每个人写信，可现在还不行，只好写一封给大家的信。

谢尼亚！请告诉你想要俄罗斯文学史的哪些书？要写出作者的名字，而不是书皮颜色！书皮颜色兴许是你自己涂的？格里沙[1]，你怎么就连只言片语都没有写给我？可我很感兴趣听到你的学习情况！

兹拉托乌斯特这座城市坐落在群山上。山很高，并非一鼓作气就能够爬到山顶。山坡全部被森林覆盖，是一片片茂密浓郁的松树。现在汲不到矿泉水，因为到处覆盖着厚厚的白雪。夏天我要去打矿泉水，因此明年11月最初几天你会收到的。

在城里住着许多鞑靼人。可他们全然不卖“古董”，有些人甚至贩卖一些完全崭新的物品。所以这里谁都不叫他们“古董贩子”和收破烂的人。这里的人们（鞑靼人也一样）不走人行道，而走在大街中间，我自己弄不懂是为什么，你们猜猜是什么原因？也许，是因为这里根本就没有人行道？

这里的士兵很多。他们多得恐怕拉尤什卡[2]都数不过来。或是她已学会数到一百了？伊娃，请写信告诉我你在看什么书？谁在帮你选书？还有，谢尼亚读什么书……

1 格里戈里的爱称。

2 拉雅的爱称。

向你们致以遥远的问候，遥远得就像基辅到兹拉托乌斯特。这段距离可不短，有一千俄里呐！

1912年11月14日

我慢慢地熟悉了军人的生活。这是一个完全特殊的环境，你们这些“自由人”对这种生活不可能有什么概念。士兵生活有自己特别的不幸，也有自己特殊的欢乐。无论前一种还是后一种情况都会碰到。

当我仔细地观察了所有的当地居民（只有军官和士兵在这里居住），那么我就认为自己是当地居民中最幸福的一个。军官们在这里也许会感到寂寞难耐，他们抱怨军旅生涯和兹拉托乌斯特这座城市。士兵这些人被训练得筋疲力尽，备受折磨。因此，人人都在受折磨，同时又在折磨别人。那这关我什么事？我在这里待上一年，而后立刻就会把这一年从自己的记忆中，从自己的生活中抹掉。只要一回家，就会永远告别兹拉托乌斯特，可他们还要留在这里继续服役。

我们团驻扎在四个地方：兹拉托乌斯特，在车里雅宾斯克（六小时路程）有一部分，还有人住在离兹拉托乌斯特不远的两个工厂里，都在一些小地方。我被编入十二连，驻扎在卡塔夫-伊万诺夫斯克工厂（三到四小时路程）。经过培训队的“训练课”之后，我就会被重新送到连队去。但这件事只能在野战军营演习之后。你们来信暂时还是写到196号因萨尔步兵团。野战军营演习每年会在其他地方举行。在过去几年曾经在车里雅宾斯克附近举行，后来有一年又在萨马拉郊外……

1912年11月16日

我这里有了一些变化，我很快就要下到自己的连队。在连队里要比在培训队里强得多。优秀士兵都想去培训队。那里还要进行一次选优，经过一年特殊的训练，结束后（获得“证书”）就被任命为青年士兵的教官，还能获得士兵的一些高等军衔：上等兵、下士、上士和士官长。我们在培训队里整天训练，况且还比连队里严格得多。当然，这一切目前还与我无关。这些天我闲得太无聊了。晚上几点睡觉，早晨几点起床，都没人管。甚至还能学习！令我深感遗憾的是，通向士兵衔的一切道路对于我是关闭的。犹太人尚可能获得上等兵军衔，但再往上就一点都不可能！我的当兵仕途已经结束，所以要把我从培训队送回连队。所有其他的后备军士官生（俄罗斯人）都羡慕我。

这里的军营生活条件相当好。我下到连队时，生活条件又会改善的。

倘若我的家在这里，那么很可能容许我住在家里。但军营生活并不像我们想象的那么可怕。到处干干净净，简直无可挑剔！床上根本没有臭虫！说到清洁问题，那规定得相当严格。在检查士兵卫生时，只要发现有一点脏乱之处就要处罚。穿破洞衬衫，手脏，脚指甲长，不洗脚和包脚布，床铺凌乱，不打扫灰尘和在军营里抽烟，统统要处罚！这样做非常好！这里的通风设备很好。有一两个夜晚不得不到公共房间去睡觉。你们是否能够想象到公共房间住着二十五个人，（况且还是士兵！）可房间内凌晨的空气还能像白天一样清新？这几乎无法置信，但事实如此！

兵营墙壁四周缠绕着云杉枝。

我午饭吃得很好。如今我去军官俱乐部食堂吃饭，也在那里吃晚饭和喝茶。

兹拉托乌斯特—莫斯科

雅科夫致玛露霞

1912年11月19日

我给父母的信总写日常生活方面的一些事，因为他们对其他事情不感兴趣。我只能把在这里自己的思念写给你。这里没有你，也缺少音乐和书籍。总之，这里没有任何的文化交流。就连军官也是些没念过多少书的人。但他们中间有些人很可爱，也很亲切。我应学会把这一年度过，因为任何东西都无法充实我的生活。况且，似乎也无事可做。白天很难找到做事情的这种时间。妒忌是一种可恶的感情，但某种类似的感情就蕴藏在我身上。在基辅、莫斯科和巴黎的某个地方，有一种能让我感兴趣、我能加入的生活，可这种生活不属于我。玛露霞，你有事可做，能参加培训班，能去上课，还有那种充满脑力活动和体力活动的生活，那该有多好啊！去年我偶尔看到了马克西米利安·沃洛申[1]的一篇文章，他出色地转达了你们从事的那种运动的理论，不过他还描述了那种运动的艺术方面，并且对拉别涅克女士办的培训班表演给予很高的评价。可我这个人很不幸，迄今为止什么都没有看到！也没有见过你们在舞台上跳舞！什么时候我才能看到啊！我的想象只能绘制出一幅美丽但模糊的景象。

我经常感到你不在身边，这种感觉只能增加我的思念。我若是个浪漫的情人，可能会把信写成另外的样子——写成一直感到你在身边！唉，只是你确实不在我身边！就连你的信也完全收不到！这段时间只收到你的一张明信片！

1　马克西米利安·沃洛申（1877—1932），俄国诗人兼风景画家。

兹拉托乌斯特—基辅

雅科夫致父母

1912年11月19日

军营里此刻罕见地寂静。每逢考勤，部队要进城去接受检阅。四周静悄悄，心情很放松。昨天收到了你们的来信。这封信在路上走的时间并不算长，只用了五天，总共四昼夜六小时，总计正好一百零二个小时路程。从基辅到伦敦就是这么长的行程。

先说说这里的气候和我穿的衣服。这里冬天冷得并不可怕，气温不会低于零下二十五至零下三十度，即使有也很不常见。总的来说，我喜欢天气冷点。春天不大好过。雾气从山上飘来，空气潮湿……不过，这不要紧，因为我很少感冒。

往大衣里多塞点棉绒，（妈妈，这是你的建议！）这样做不行，也不方便，因为不能把棉大衣卷成卷搭在肩上。更何况这样很难行军礼，扛枪打仗。如果天气变冷，多穿件衬衣就足够了。一般来说，士兵们只有脚在挨冻，对此应当想点办法。有人建议我买双老式皮靴（质量好的三四卢布），这种鞋做得里面很宽松，可以缠几层裹脚布，那我就这么办。我买的毛袜已穿坏了，还是包脚布好用些。总之，妈妈，这方面的事你别操心。要是你感觉到自己冷，不方便，不舒服，那你就尽快想办法让自己暖和、方便和舒服起来，这种事很清楚。

我已经收到了军服，就是说，团部的命令已经下达。明天要把军装拿到裁缝铺，改得合我的身就行，六天后再去取。就是说，只有25日以后我才能穿上士兵装。从部队服役的观点来看，整个这段时间我是找了清闲，既不出操，也不走队列。有一两天曾经练过操，那是拆卸枪支，之后就让我去办公室干事了。其实，那里我也无任何事可干，然而却有时间看自己的书。我十分感谢那份基辅发行的报纸，可无法订到这里来。吃午饭和晚饭时，我在军官俱乐部里经常看《新时代报》和《俄罗斯言论报》，有时候在车站那里买这两份报。

爸爸，你写信说今年的生意不错，我很想知道一些详情，告诉我一下关于磨坊、干草运输以及“驳船”运输的大概情况，通航期结束了没有？要知道我出来之前你曾说过，我毕业后将成为你的助手。那好，助手就应当了解更详细的情况，这将是我的工作，而不是音乐。也许，你原来说得对。在世上有些地方根本没有音乐的存在。

昨天坐在床上看了一本德文书。来了几个士兵请我大声读出来。我念，他们都在认真听着。

在神学课上，他们中有某个人十分坚信地回答：摩西出生在一个筐里！

单独写的一页

亲爱的孩子们！你们的来信给我带来了巨大的快乐。因此，常给我写信吧。我对一切都感兴趣。诸如，关于伊凡雷帝的故事，关于积攒的邮票和买一支新铅笔的故事。

昨天我在树林里散步，很遗憾你们不在我身边。那是一片茂密的云杉……四周静悄悄，空无一人。积雪很厚，通往树林的那条小路很窄。迎面过来一辆大车，我往旁边一躲就掉进了高出膝盖的雪堆里。瞧，雪有多深啊。现在一切均被大雪覆盖着。阿伊河和杰西马河广阔无垠，就像一片白雪平原。

莫斯科 — 兹拉托乌斯特

玛利亚致雅科夫

1912年11月20日

一张明信片

我手中有三张邮件收据：兹拉托乌斯特……发走了三封信——8日、10日和16日。我甚至都记不清发了多少明信片，什么也弄不明白。如果几封信都没有收到，那我要查查丢到哪里去了。真不知是怎么回事！这些令人不愉快的事出现得毫无道理。我很生气。

兹拉托乌斯特—莫斯科

雅科夫致玛利亚

1912年11月20日

亲爱的玛露霞！明信片收到了！我以为永远收不到你的来信……我最好是多想想是邮局出了问题，而不要想到其他地方去。至于说我在这段时间曾经想过什么，那我就不用写给你了。我写了三封信均得不到回复，我本人已深信自己梦到了你，梦中全都是你，梦见我俩夏天在基辅漫步，我们秘密的柳斯特多夫，我只能梦见的妻子，还有我几乎看不清的你的莫斯科之行。一切都在你的暗影中，好像一种幻影或是另一种精神疾病。还有那次与我家人的认识，我是多么坐卧不安，担心他们不喜欢你，或是你不喜欢他们……唯一不担心的，是我的弟妹们，因为我知道他们会爱上你的，这一切就像影子剧一样。是这样吗？我看着你的明信片，它证明你还在世上。你写信说你生气了，这就说明你还在！我生气，ergo sum![1]唉，没有人教我拉丁语，而四周也找不到一本拉丁语字典！我已有三周一直在调整心绪，就是让自己觉得生活在这里有意思，我应深入这种生活中，在这种怪异的服役中成长，一句

1 拉丁语，意为“所以我存在”。此处是模仿笛卡儿的名言“我思故我在”（Cogito, ergo sum）。

话，把一切当作人生的馈赠去接受，同样也接受一个事实，那就是你在这种生活里就像流星一样闪亮飞过，继续飞行……

兹拉托乌斯特—基辅

雅科夫致父母

1912年12月6日

今天是节日，上帝的仆人圣者尼古拉节。君王的命名日[1]。亲爱的爸妈，你们想让我给你们描述一下军营怎样过这个节日吗？这是一场毫无意思的活动。有人教士兵的行为规范，出操，五架手风琴齐奏，人人吹牛扯谎。第一排士兵们唱歌。

有个士兵在睡觉。一位士官和几个士兵走到他床前。士官用腰带做成一个手提香炉，在那位睡觉的士兵头上方晃着，他开始唱：

“主啊，请记住这位已故奴仆的亡灵！”

士兵们紧接着合唱起来：主啊，请宽恕吧！

他们唱得很齐。有个士兵打开一本野战军人法典，就像读福音书那样拖长声读着。

这一场面以“亡者”突然跳起身来去追打那位“神甫”和几位歌者而结束。还进行了一种由拌嘴转为打仗的快乐游戏。一个排的士兵与另一个排的士兵对打。排长当作战旗。他被一个排的士兵抓了俘虏，于是在另一个房间里高喊：

“孩子们，来救我啊，高喊‘乌拉’冲啊！”

于是，一帮士兵发起了“冲锋”（高喊“乌拉”），救出了自己的战旗。真棒，好快乐！

有个士兵代表向我走过来：

1　俄历12月6日是圣尼古拉的瞻礼日，沙皇尼古拉二世以这位圣人的名字为名，所以这一天被指定为君王命名日，即沙皇节。

“后备军士官生先生，刚才我们之间的一场争斗如何？一根带兔腿手柄的鞭子值多少钱？”

我度过了自己在培训队最后的几天。军服已经备好，正在做军大衣。

星期天，我可能就要去自己连队驻扎的工厂。十二连没有驻扎在兹拉托乌斯特，而开车到那里有八小时的路程，叫卡塔夫－伊万诺夫斯克工厂。那里要比在培训队好得多。当官的只有寥寥几个。自由时间要多得多。

卡塔夫－伊万诺夫斯克工厂——基辅

雅科夫致父母

1912 年 12 月 9 日

我已经来到了卡塔夫！正如有人预先告诉我的那样，这里环境要好得多。我也觉得似乎一切都会很好。

上路前，培训队队长仔细询问我在卡塔夫打算做什么，将在哪儿用餐。我本人也很担心这件事。卡塔夫那里是个偏僻的乡村，什么东西也弄不到。

“这样吧，奥谢茨基，您代表我向十二连连长转达个人的敬意并且问问他，能否在他家用餐。”

“一定转达。谢谢您的关照。”

在这里，连长听完了我的话，说要征求一下妻子的意见。今天他告诉我，说他身为连长收列兵的饭钱不合适。因此他提议我去另一位军官家用餐。同意“养活”我的是准尉比留科夫。今天，我已经第一次在他家吃午饭了。现在又要去他家吃晚饭。比留科夫（这位军官）和妻子两个人和蔼可亲，待人客气。总之，对这里当官的我很满意。

对！还想说几个细节：在我上路之前，培训队队长嘱咐我穿上士兵服。在一个换乘车站（等了十七个小时！这还是军用列车！）我换上了自己的衣服，觉得这样去报到更方便些。中午，我去比留科夫家吃饭还穿着大学生服，现在穿上了军服。

这套军服缝得很棒。贴身又掐腰，双排扣还镶着红色牙线。步枪编号是152525，个人编号为83。我是二排后备军士官生中的列兵雅科夫·奥谢茨基！一幅肖像就全了！

也许，你们想了解我在什么地方写的这封信？在连部办公室。"后备军士官生先生"坐在桌边，宣读团部的命令。桌上摆着一盏二十瓦台灯。灯光很亮，还有点耀眼。桌上还有些我刚刚拟好的公文。196号因萨尔步兵团第十二连列入1912年12月1日给养的低级军衔军人花名单。我用公用信笺给你们写信。我估计，这种侵占公家财物行为若被发现，就要被送去劳教两年。可我懒得去信筐拿信纸。你们瞧我干的事！因此你们别不好意思，把一切的一切都写给我！

爸爸，你写写，妈妈，你也写写，兄弟姊妹们，都写写，不然我就忘了你们！

我刚才知道，我们喀山军区有一批即将退役的后备军不让走了。他们已经超期服役两个多月，我很可怜他们。他们三年服役期也比这几个月好过些。一旦打仗，我们大概就要调往内地的省份当后卫部队。若俄中之间爆发战争，我们立即会开赴前线。只是我不相信会打仗，还到不了这一步。

莫斯科—兹拉托乌斯特

玛利亚致雅科夫

1912年12月15日

真让人绝望……绝望得简直要头撞墙。要知道我已经发出了三封信！两封挂号信和一封平信。一封挂号信是12月1日发的，另一封是12月8日发的，就是说，你12月5日就应收到信。天晓得是怎么回事！明天我去查一下13日给你发的信。

这真让人莫名其妙，心里恼火：你总在写信，写啊写啊……可所有的信都滞留在某个地方。是不是我也会丢在途中的什么地方？……我很快就要去找你。还有两个月十五天。时光飞逝，而你察觉不到。

我的心情郁闷，主要因为信的事。米沙要来我这里过圣诞节。他现在成了一位真正的美食家，一个讲究穿戴和风度翩翩的人！马克可能要把我们聚在一起欢度新年。他在元旦后似乎要转到里加去。我与他从来没有像与米沙那么亲近，但他不在家也感到孤寂。你那里能弹琴吗？或许某个人家里会有钢琴？你去打听一下。难道你这段时间就连一次也没有弹过钢琴？

卡塔夫－伊万诺夫斯克工厂—莫斯科

雅科夫致玛利亚

1912年12月20日

我梦中听到了音乐。今天凌晨，梦见听到了柴可夫斯基的《第二交响曲》。从头听到尾。不过，我对这部交响乐确实很熟悉。但我更喜欢他的《第一交响曲》。在梦境中听到的东西，甚至好像比我所知的乐曲里所含的东西更多，音响更清晰，内容更丰富。我现在怀念音乐。有一次进了教堂。可那里唱得虚假，让人听不下去。你还记得你的那个怪兮兮的朋友万尼亚·别洛乌索夫把我俩拖进报喜教堂那一次吗？那里唱得多好啊！让人听得心旷神怡，多么美妙的音乐！

我一直想抛开你要来的念头。我不允许自己有这种奢望，否则我会想入非非，就我目前的情况，这件事可要美得过了头。眼前立刻浮现出你的嘴唇，孩子般的表情，长着可爱腕骨的双手，白皙皮肤上纤细的青色血管……不，别想了！目光还是转到这里拙劣的生存环境吧！这样的反差可以让人身体开裂，就像一个凉玻璃杯倒进开水一样。

就写到此，我矜持地吻你，吻你头上的发缝，吻你的脖子，吻你脖子后面长毛发的地方……不……要吻你的全身……柳斯特多夫……

1912年12月21日

唉，玛利塔[1]！我不能沉默！连队过节准备排个剧。这是真正由士兵排演的一部剧，男女角色均由几位彪形大汉——长胡子士兵扮演。他们请我在一旁提台词。假如您看到这些体形难看、上台都不知道手脚该如何放的士兵就好了。起初，他们整场都站在那里，身体立正，就连发丝都丝毫不动，当上士下令让他们稍微活动一下，他们便难看地舞动双手，在雪地上乱跑一通。

看着他们的动作真能笑破肚子！可只有我一个人感到可笑。周围任何人都没有发现有什么可笑之处。就是这么一帮人！

……玛露霞！这是我的一个发现。我来到这里就像耳朵聋了，过着没有音乐的生活，内心很寂寞，周围所有的声音，只是零散的说话声、吆喝声和谩骂声。唉，在音乐方面这里是一塌糊涂！我认为，这里是个完全没有音乐的地方。昨天有个小战士拿来一架手

1 同为玛利亚的爱称。

风琴拉了起来，那是件拙劣的乐器，有两个士兵也加入进来，他们唱了一支很美的歌，这种歌我在乌克兰还从未听到过。因此，我的两个耳朵仿佛为这些声音打开了。这里的民歌真好听，并不比乌克兰的差。我现在一边走，一边还在听。我似乎觉得自己的音乐教育漏掉了整个一部分，这部分唯有通过俄罗斯歌剧我才稍有了解。只是现在我才明白，俄罗斯民歌是从哪里来的……那些动听的浪漫曲，还有瓦尔拉莫夫、古里耶夫，后来的格林卡和穆索尔斯基的许多东西又是从哪里模仿的。唉，我怎能漏掉……

卡塔夫-伊万诺夫斯克工厂—基辅

雅科夫致父母

1912 年 12 月 22 日

……准备过节。昨天整整一天清扫环境，洗衣服，装饰房间。不过，军营里的环境向来清洁。每逢星期六，要把所有床铺搬到户外，刮干净地板的污垢，再撒上云杉锯木屑清扫，之后各个房间散发着一股树脂的清香。厨房也很干净。有一张很大的大理石桌子，在上面把食品分开数份。不过，依然需要用手拿起来放到脏兮兮的秤盘上，好精确合理地称出每份是二十二佐洛特尼克[1]。午饭后，厨房就又干干净净了。蒸汽茶炊整天烧着开水，这帮了士兵很大的忙，士兵们就是靠着喝茶、吃粥和睡觉来保养身体的。

昨天去士兵澡堂洗了澡，我得到了巨大的满足，因为这是生平第一次在真正的澡堂里洗澡。我先美美地蒸了一会儿，然后爬到上层床板，狠狠地把自己抽打了一阵子。有个士兵一直在喊：给点水蒸气，抽几下呀，狠狠地抽打！在澡堂更衣间里，我浑身已彻

1　旧俄重量单位，1 佐洛特尼克约合 4.26 克。

底无力，但躺在板凳上十分惬意，好久好久才缓过劲来。同时还不时舒服地咯咯喊几声。这才叫洗澡，这才是澡堂！一流的澡堂。今后决不在家里洗澡了。

我在士兵身上学到了不少东西。已学会洗蒸汽浴和拉手风琴。怎么，这也是一种乐器嘛！不然还有十个月该怎么过？

昨天看报纸上报道，说第聂伯河已经开始通航了。以前从来也没有过这样？最近几天，我们这里天气很暖和，零下二三度，没有超过零下五度。从前我已见识过零下二十五至零下三十度的天气。没关系，能活下去。

附言：

孩子们！你们好久没有给我写信，我不满意。请写写你们去看的那部剧（安徒生的剧）的全部情况。信和节目单都收到了，我对那封信和节目单都满意。我想详细了解一下那场音乐会的情况！不过，请原谅！我困得两眼都要合上了。

卡塔夫-伊万诺夫斯克工厂—莫斯科

雅科夫致玛利亚

1913年1月15日

我今天收到了你直接发到卡塔夫的第一封信！况且一下子就来了三封，是你以前写给我的，信失落了好久，这么多宝贝一下子落到了我头上。我把它们按照日期分开摆，可久久地没敢撕开信。这是一种不耐烦，又有一种预感，也深信那里有另一种生活，我的妻子生活在其中，她生气勃勃，身穿短衫，头发用一根发带拢着，看不见她的面颊，只能看到脸上的一些线条。我给你写些什么蠢话呀，简直晕了头！……似乎我只是凭着想象生活！

你问卡塔夫是怎样一座城市？这是一个小镇，居民全来自一家大型铸铁厂。自从一次罢工后，工厂停了产。因此卡塔夫很穷，农村也荒芜了。工厂如今只有个别部门工作。那就是工厂附属的锯木厂和几个钳工车间，仅此而已。工厂几个大车间钉着封条，高耸的烟筒也不冒烟。当年为这座工厂专门铺设了一段铁路，还挖了一个池塘。军营在这个池塘的另一侧，驻扎在扎普鲁多夫卡[1]村。我干吗要把这一切写给你呢？

……不，算了，不写什么卡塔夫了，我将去车里雅宾斯克接你。尽管我现在无法想象，你头戴小灰帽，脚踏白色细毡靴将怎样从车厢梯子走下来，我会怎样拉住你的双手……我争取在这几天休假，如果不允许，那我就偷偷溜掉！当然，肯定会给假的！我已经想象到，卡塔夫这里所有的军官将会怎样跑出来看你，不，不会的！我们肯定，只能在车里雅宾斯克相见。别说是等两个半月，就是再等你两年半我也愿意。可其实就是等两个半小时也漫长难耐！我期盼着3月1日那一天！

卡塔夫－伊万诺夫斯克工厂—基辅

雅科夫致父母

1913年1月16日

在这里服役很好，只有一件事不好，并且十分可恶。那就是连长私看士兵的信件。我的信还没有被他拆过，似乎今后也不会被拆。但告诉你们这件事以防万一。一旦发现信被拆，我会告知你们。我给我的同班同学科尔任科去信问问，让他了解各门考试的详情。我已在着手准备考试。

1　俄语意为“在池塘那边”。

关于休假的事，我过一两周把一切详情写给你们。

卡塔夫-伊万诺夫斯克工厂—莫斯科

雅科夫致玛利亚

1913年1月17日

……昨晚，我们躺在一间棚子的床上，就我和上士两个人。我俩的谈话后来转到了夫妇生活的话题。他说得认真严肃，老成持重。天啊，他都讲了些什么呀。他说话的语调很有感染力，因此我简直不能不问他。很快谈话就变成了一问一答的形式。我边听边学习，心里十分激动。真的，玛露霞，我们也应从生活中学些东西。

我唯一担心的是，他可千万别向我开始发问，但一切平安过去了。在我了解到了对于我至关重要的那些东西后，那时候的谈话就变得不那么严肃。之后，我祝他晚安。

有一点很奇怪：他以为在与有经验的人谈话，根据我提的问题他也没有发现我的无知。不过，我是努力这样做的。看来，我做成功了。

莫斯科—卡塔夫-伊万诺夫斯克工厂

玛利亚致雅科夫

1913年1月15日

凌晨5点。我刚到家。参加了“星期三”小组的活动。之后，一帮精英结伴而行，坐在车上畅谈。有五个说话风趣、头脑聪明的男士一直陪在身边。他们喜欢我。你听到没有，我的雅卡[1]，他们喜欢我。因此我感到很幸福。我很乐意听到他们说我的双手、眼睛

1 雅科夫的爱称。

很美，说我是上帝的造物，等等。他们说我的双眸楚楚动人，说我身上有一种幸福的呼声，雅卡，你听到了吗？在我，你的妻子身上有美丽动人的眼睛、漂亮的嘴唇和双手。我让几位风度翩翩的男子喜欢，我很幸福，我幸福，因为我是你的意中人。我的好雅沙，亲爱的，任何成功，任何高兴事儿都一刻也无法让我离开自己的理想。甚至更强烈、更迫切地想去找你。天啊！我是多么信赖你呀，这真让人害怕。你是我的坚定的、最后的信仰，正因这点才感到害怕。

天大亮了。我要去睡觉了。紧紧拥抱你。今天不应吻你的手……

好，再见，亲爱的，我的雅沙……你别以为我喝醉了。只是非常想你。

卡塔夫－伊万诺夫斯克工厂—基辅

雅科夫致父母

1913 年 1 月 20 日

我在学院上学的事情怎么样了？这比要打仗更让我担心。我通过朋友科尔任科打听到，在休假期间我必须回校参加考试，至少要通过几门考试。你们来信别写这件事，因为连长不应知道我要休假一事。我写这点以防万一。唯一令我担心并且十分担心的是，有可能不让我休假。唉，那我就会被学校除名，并且还没有重返学院的任何希望……要知道现在有这样一些阻力：首先，不放我休假，这有可能，还很有可能。其次，即使让我休假，我反正也无法通过最少的几门考试，因为我在这里无法学习。每天好不容易能挤出来的时间最多不过三小时，况且，在一个住满士兵的房间里怎么能学习？可再没有其他的地方。

卡塔夫-伊万诺夫斯克工厂—莫斯科

雅科夫致玛利亚

1913年1月23日

有时候，我怀着妒忌和思念的心情想象着你在舞台上表演的情景：你身穿紧身服，赤裸双臂，袒露双肩，裸露着两条健美的大腿舞动在一群其他女演员中间，反正所有人都看着你，可我因为其他人，因为男人们贪婪的目光能看到你的肉体而感到真正的痛苦。每当想到这里我简直就喘不过气来。我想排遣掉自己的这种想法，我明白自己不应有这种感觉，更不应写给你。可要知道，我俩说好了要相互坦诚嘛。

莫斯科—卡塔夫-伊万诺夫斯克工厂

玛利亚致雅科夫

1913年1月25日

“我确实希望你能离开剧院或至少是定期地离开舞台‘回家’。”每隔一年！我心里很郁闷。这么说，你还是不喜欢我在舞台上表演？为什么？

雅卡！我不会离开舞台，不能也不应当抛弃舞台。“每隔一年”是不可能的。观众隔一年就会把演员的名字忘掉！何况我还是个初出茅庐的女演员！我相信自己，也相信机遇。机遇会帮助我成为自己应当成为并能够成为的那种人。要知道这不单单是戏剧，这是一种复杂的生活，在这种生活里，舞蹈只是认识人生，认识人生的伟大奥秘的手段。这点我们说了多少次！我在舞台上才仅仅一年！我在这一年的收获颇多。还不应忘记一点，我的这些收获既不是靠投入谁的怀抱，也不是靠与某个男士亲吻。我知道，如果不理睬男子这个靠山，要获得成功就会比别人难三倍。你怎能说什么“贪婪的目光”呢？是盯着我吗？这种目光我自己在电车上和图书馆里常常觉察到！我不会离开戏剧舞台，除非舞台抛弃我。我想，你任何时候也不会发出“要我或是要舞台”这种最后通牒吧。那我大概就会倍加难受……我在这个地方已经失去了你，难道还要失去剧院吗？

……太可怕了！你难道与自己那位上士谈到了我？

卡塔夫-伊万诺夫斯克工厂—莫斯科

雅科夫致玛利亚

1913年1月25日

人对环境究竟能适应到什么程度，这甚至令人吃惊。我觉得即使掉入地狱，我独自待一个月也会习惯那个新的地方。目前我要打听到图书馆在哪儿，歌剧院在哪儿，能否从某个人那里搞到一架钢琴。一两个月过后，我将会在这里待得十分习惯，以至于都不想搬往他处去，哪怕是搬到天堂。

最初一段时间，尤其在兹拉托乌斯特，我早晨醒来很困难。如果梦到家中的某件事，醒来后就怎么也弄不清楚自己在哪里，不熟悉的几堵墙是怎么回事。突然间一切都明白了，却懒洋洋地不想穿衣服，现在可完全不那样了。我彻底习惯于看到这些新的墙壁，看到自己这个脏了吧唧的房间。我就像猫一样住惯了。也许随着时间的推移，我还将习惯往地板上吐痰，经常用手指而不是手帕挖鼻孔，并且使用餐巾就像用茶壶巾和个人手帕一样。

若要重新返回去做一个温柔的男子，我需要做出多大的改变啊。

玛利特[1]，就像在福禄培尔学院里教小孩子一样，你将要教我如何握刀叉，要告诉我不要用袖口擦鼻涕，吃饭时不要发出不雅的响声……

“雅沙，吃饭别用手，用餐巾擦一下。我跟你说了多少次，不能往客厅地上吐痰。”

我都很难想象你这次的到来！如果今天不算在内——因为已到了傍晚，这一天可以不算，那么距离3月5日只剩下三十九天。我盼着你到来，可又无法相信这件事。我每天在记事本上画一张妻子的肖像，可记事本上空白页数少于你要到来的天数。我一直提醒自己这是游戏。任何人都不来我这里！这简直是布宁[2]风格小说的一个情节。不言而喻，小说的悲剧结尾是《安东诺夫卡苹果》式的！

1913年2月1日

电报

你的舞台，请原谅，原谅，原谅！剩下三十二天。丈夫雅科夫。

莫斯科—卡塔夫-伊万诺夫斯克工厂

玛利亚致雅科夫

1913年2月10日

……瞧，你那天与上士谈话的事情令人惊讶，它深深触动了我。只是我的故事更好，因为这不是男人谈论我所憎恨的女人，而是一次富有同情心的谈话。

1　即玛露霞。

2　伊万·布宁（1870—1953），俄国作家，1933年诺贝尔文学奖得主。《安东诺夫卡苹果》是他的作品之一。

莲娜从基辅来莫斯科举办音乐会。这场音乐会是由戈登威泽[1]张罗的。“正是那位”，列夫·托尔斯泰的朋友。我恰好有空，就乘车去听莲娜的音乐会。我真为她担心，但一切都挺好。莲娜弹得很好，比所有人弹得都出色。戈登威泽（这个人外貌难看，声音也不好听）还夸了她的演奏。

音乐会情况是这样的：音乐厅距我的住地很远，时间也来不及了，因此我只好叫了一辆车去。恰好碰上了一位马车夫，要的钱还不多，我就乘了上去，我们一路上攀谈起来。马车夫结婚已有六年，有了两个孩子。“妻子在这里，在莫斯科吗？”“哪能不在呢！离开她我一天也生存不了。”是生存，他就是这样说的。“您根本想不到我的孩子穿得像小少爷似的。我给他们买了皮靴，新羊羔皮袄，每件五卢布，还有这种手套，一切东西都是最好的。”他说了好长时间，说得又多又高兴。后来他突然转过身来问我：“小姐，您要知道，我从前很爱自己的老婆，生下孩子后，我就更爱自己的老婆。为什么会这样？”更爱自己老婆……如果你能够听到他是怎么说这番话的，听到他是怎么高兴，怎么若有所思地说出“为什么会这样”就好了。他说的时候带出一种相当幸福、相当惊讶的表情。

他说的很多东西很难以言表。一切都寓于他说话的语调、绯红的笑脸和有力地挥动的马鞭子之中。我与他告别时，我请他向他的妻子转达敬意。他很满意，也很高兴。他高兴有这样一位耐心的听者。人内心的高兴、幸福也像内心的痛苦一样，有必要说出来。我当时聚精会神地听他讲……

我的车夫要比你的上士更令我喜欢，这就是我要讲给你听的！

1　亚历山大·戈登威泽（1875—1961），苏联钢琴家、作曲家和教育家。“苏联人民演员”称号获得者。

卡塔夫-伊万诺夫斯克工厂—莫斯科

雅科夫致玛露霞

1913年2月13日

电报

剩下二十天了。

1913年2月18日

电报

剩下十五天了。

1913年2月28日

电报

剩下五天了。3月5日我在车里雅宾斯克接你。

1913年3月11日

今天我整理一下房间，我俩在这里曾度过无比幸福的几天。我在床下发现了一个发卡，一个十分精致的普通铁丝发卡。我真想吻吻它。然而，吻这个东西不合适，一点也不浪漫，吻手套则是另一回事。可幸好你没有忘拿手套，否则路上你会把手冻坏的。

第二次搬家要比前两次轻松些。我已习惯了整理东西，尽管生活用品有所增加。士兵几乎没什么东西，因此剩下的每件东西都很珍贵。

我的妻子，绝代佳人！我爱你！这就是要说的所有话，再就无话可说。

卡塔夫－伊万诺夫斯克工厂 — 基辅

雅科夫致父母

1913年3月12日

亲爱的爸妈！我好久没写信，但说实话，我不写信是有些特别重要的原因。玛露霞来探望了我。我之所以没有预先告诉你们，是怕把事情弄黄。她在这里待了五天，这让我很幸福。她这个柔弱的年轻女子，在无人陪伴下乘车走了这么漫长、这么艰难的一段路程。妈妈，在某种程度上这点我是写给你的，我知道你的想法，认为你儿媳不适合干女演员这种职业！你看，玛露霞这个女子办事多么大胆，多么坚毅！

我在服役中有个重大的好消息……我正赶在火车启动前写信告诉你们。如今我要被派往营部办公室当文书。这个职务很重要，我自己都要给自己打敬礼。

今后情况会好得多，详情近日再告。

好了，吻你们，亲爱的爸妈。我没时间，真的没有空，甚至连好好擤一下鼻涕的时间也没有。

我的新地址：乌法省，尤留赞工厂

因萨尔团第九连，雅科夫

卡塔夫－伊万诺夫斯克工厂—莫斯科

雅科夫致玛利亚

1913年3月15日

报告

我从今日起开始在196号因萨尔步兵团第三营营部办公室负责主管工作，特此通报我的妻子。胜利的雷声，响起来吧！

营部办公室主任上校（已勾掉）

后备军士官生中的列兵
雅科夫·奥谢茨基
（印章）

亲爱的玛利塔！你走后我整天处在迷迷糊糊的状态中，一直遐想着我们的未来，似乎觉得这个未来很美好。后来，还浑身为之一震，要赶快挽回丢掉的时间，我的马达开始启动了，我用功的时间很多，只给自己留下三小时睡觉时间。况且你不在身边能睡出什么乐趣？整整三天我都坐着看书，要利用每一刻空暇时间！昨天，突然接到了一项我想都不敢想的任命。原来，先前的那位文书被提拔了，我不知道有什么业绩，或是什么政绩？反正被派往喀山上任。

亲爱的妻子，你从以上的汇报可以看到我有了新的任命，这个职务要好得多，甚至好得无可比拟。我从前是个“普通的大头兵”，可如今我是文书先生。

“文书先生，可以进来吗？”“奥谢茨基先生，请给开个证明！”“奥谢茨基先生，请给车里雅宾斯克打个电话！”“后备军士官生先生，请向营长报道某某事。”

瞧，我如今成了个人物。如今要自己给自己打敬礼，给自己打敬礼和发出口令——立正，向左看齐，向右看齐。

我的新地址：乌法省，尤留赞工厂

因萨尔团第九连，后备军士官生奥谢茨基收

莫斯科—卡塔夫-伊万诺夫斯克工厂

玛利亚致雅科夫

1913年3月16日

我此刻躺在沙发床上，考虑未来，思念着你。

分手时，你身体上感到的那种痛苦，我现在经常体验到……我想你，忆往事，想未来。在你那里还没什么，可回来后整个身体（嘴唇和双手）都觉得没着没落的。我无处可去，什么都不对劲儿，什么都不是样儿。什么都是一半，什么都不彻底。

莫斯科—尤留赞

玛利亚致雅科夫

1913 年 3 月 20 日

这是我给你的一份汇报。每周我在拉别涅克培训班上三次课，每周还演出一两次。艾拉·伊万诺夫娜对我很满意。我接受去一家真正剧院的工作邀请，要代替一位女演员。每周在福禄培尔协会上一次教育学课。有一天的早晨（每逢星期二），还要给一家私人学校的女孩们上形体训练课。我还要读书，看你给我推荐的所有书，还要看许多许多东西。米沙彻底搬到了莫斯科。

尤留赞—基辅

雅科夫致父母

1913 年 3 月 20 日

我现在的生活条件极佳，单独的房间，彻底脱离训练，还有许多时间看书。

我的办公责任如下：早上8点多钟分类整理邮局发来的文件，起草呈文、报告、命令和公函。9点钟营长来签发所有文件，11点多钟他离开。那我就完全自由了。傍晚去他的公寓汇报，全天的工作结束，直到第二天早晨无事。

他先收到全部邮件，之后再转给我。我将之分类整理后发给各位连长。因此我可以完全放心。营长当然从不会拆看任何人的信件，尤其是我的。

总之，我的工作很轻松。这种状况一直要到举办野战军营，届时再看有什么变化。

我收到了几本犹太文和德文书。

我饶有兴致地看了那几本犹太文书。我阅读肖洛姆-阿莱汉姆的作品得到一种罕见的享受。最为奇怪的是，我能用犹太文自如地看书。我打开第一页的时候，自己还不大相信能看懂，读完后又看了第二页，第三页，直到把整本书看完，又看了第二本。总之，爸爸，谢谢你那时给我请来了让人受不了的鲁维姆，可我毕竟学会了犹太文！犹太文烦人地难学，它折磨了我两年！德文书尚未打开看。下周再去碰它们。

这里一切很适于让人写信。这是开玩笑吗？写信不是在小柜前面，而是在桌子旁，不是坐着可移动的床铺，而是坐在凳子上。

营部办公室的全部事情，本来在两小时内就可以很好地做完，可我昨天一直坐到下午5点半，装出一副机灵工作的样子！不过谁都没有问过我，而我在干自己的事情。

尤留赞—莫斯科

雅科夫致玛利亚

1913年3月22日

我过的已不是真正的大头兵生活。文书是军队里的贵族。当兵的往往不大识字，（在我们国家里还有这样的人！）他们请我把信写得漂亮些。起初，我以为他们说的是信的字迹，不是，他们是想让我把句子表达得美一些。可怜的心灵希望美，可却没有学会怎样得到美。这点深深触动了我。好吧，要不去地方学校当一名教师……

我已完全进入了文书的角色。身为文书，我就应关心团里的事情，对任何人都不讲自己妻子的事。况且我觉得自己很快就能开始认真地学习，不知怎么情绪也已准备好去学习。往往有这种情况：一件事你尚未开始做，可突然对那件事已信心百倍。

我如今的军旅生活再好不过了，只是妻子不在身边。可只要想到我的妻子是演员，就会打消这个想法。她的位置在艺术学校和剧院舞台，而不在乌拉尔这块偏僻之地，不能整天与小文书一起碌碌无为地生活。

尤留赞—基辅

雅科夫致父母

1913年3月23日

营长对我很好，我给他家的孩子补课（他儿子准备考军校）。我补课“宽宏慷慨”，不收补课钱。问题在于他的儿子米佳的学习基础十分薄弱，要与他把学校上的全部课程过一遍，既有数学，也有俄语和德语。我不大相信他能考上军校。说实话，我也不大清楚军校大纲的要求。

上周我们的补课有些耽误，因为上校进了我们补课的儿童室，他邀请我吃饭。我本想拒绝，但出于好奇接受了邀请。我走下去进了一个很大的房间，它像个大厅，依然是外省的样式。来的宾客很多，十二张桌子还坐不下，又从厨房拿来了两张长凳。来客全是当地精英，大多是军官们偕同妻子而来，还有当地中学的一位不大令人喜欢的校长和一位首都人模样的先生。原来，那位是帕帕先生，我自从来后第一次与欧洲人交谈了整个晚上，这样的情况在基辅也不常遇到。他是位有教养的经济学家……因此，你也会与他进行有意思的交谈，他有一些独到的见解，有点像是泰勒的思想，这个人的情况我曾告诉过你。他们认为管理学是一门学问，还应当搞清管理学应服从的一些规律……

尤留赞—莫斯科

雅科夫致玛利亚

1913年3月30日

我收到了一大摞报纸（还有《舞台灯》杂志和几张明信片——全都收到了）。邮件在路上走了十天。许多材料是关于你们培训班的。真是众说纷纭，莫衷一是。有些观点很对，可另外一些看法就索然无味。当然，后者是不对的。不过，我首先想说的是，有一句老的名言：“如果评论家们众说纷纭，这是最好的现象，说明作者没有脱离自我。”

何为戏剧的自由？就在于不使用固定的排演方法。比如说，有人为《索洛钦集市》选择了自然主义方法，而要为《比阿特丽斯》选择颓废主义方法。也许，这是有可能的，演员不能固定只扮演一种人物。要知道，演员的个性就在于没有任何个性。今天扮演夏洛克[1]，明天就去扮演市长[2]。

我结识了一位当地的神甫费奥多西，这个神甫十分可爱，他对音乐有着多种兴趣。他是鳏夫，与两个儿子在一起生活，他请我给他的大儿子教德语。要是请我教英语和法语，我大概不会答应，尽管这两种语言我也精通。看书对语言大有帮助。我同意并拿到了讲课费，这是我原来并不指望的。我已去过他家两次，课后我还弹了簧风琴。这对我是一种极大的愉快，也是一种极大的痛苦。我觉得我的琴弹得大大不如从前。今后，我仅想赶上别人就需要

1　可能指莎士比亚的剧作《威尼斯商人》中的一位主人公。

2　可能指果戈理的剧作《钦差大臣》中的一位人物。

练多少时间啊。

1913 年 3 月 31 日

我在看《童年与少年》一书。有时候想你想得要命，真想去找你，我人生的唯一朋友。我回想起童年时代的一些情景，还有往日的理想，所有这些回忆除你之外，不能讲给任何人听。

你我为什么这么喜欢托尔斯泰？除了他具有的一些其他优秀品质以外，他培养了我们两人对人的忠诚。没有比忠诚更难得的品质了，这就是我在最近几天形成的坚定信念。托马斯·卡莱尔[1]认为忠诚是天才的标志。

我认为，在这方面托尔斯泰无人可及，他的教育意义就在于此。下一个逻辑前提，是因为忠诚能够让人们接近。有什么东西能够像忠诚那样让人们如此接近呢？

我最近写的几封信，看来你没有收到。其中有几封没有寄挂号（只贴了一张邮票）。看来是丢了。好了，吻你。温柔地吻你的双手……

我对人的手有一种奇怪的看法，手在许多方面能决定人的性格特征。所以我十分爱惜人的手。有一些亲人，我佩服他们具有一些优秀品质，可以为他们献出我的一切，但不是我的双手。即使眼睛、眉毛和头发发生变化，也要让双手保持完好无损。况且，有远见的人一向同意我的观点，要珍爱地对待人的这个装饰器官。头发可能掉光，眼睛变得暗淡无神，身体会衰老，可双手依然故我地存在。手背皮肤上只会现出一些微微的皱纹，然而手绝不会改变自己的形状！

1　托马斯·卡莱尔（1795—1881），英国作家、政论家、历史学家和哲学家。

莫斯科 — 尤留赞

玛利亚致雅科夫

1913 年 3 月 31 日

半夜，我从济明剧院回来了。听了歌剧《萨特阔》。痛苦的是你不能一起去听。演出很美，很有意思。演员所有的服装都是按照舞美师叶戈罗夫设计的样式做的。每一件服装都美极了。指挥是帕里岑。

我真想去睡觉。要知道我昨晚几乎彻夜未眠。晚安，雅沙。哎呀，我今天太累啦！浑身总有一种疲累感。

可很难丢掉在睡觉前写信的习惯。还是要给你写上几句。

米沙有一次说：如果你给雅沙写信，千万别忘代我向他表示敬意，甚至是深深的敬意。瞧他说的。是的，雅沙，我们已是一个大的家庭。你有三个新的弟兄。这很好。好了，再见，亲爱的。我此刻吻你，整个夜晚都在吻你。

1913 年 4 月 15 日

电报

我病了。详情信告。你的妻子。

尤留赞—莫斯科

雅科夫致玛利亚

1913 年 4 月 16 日

你得了什么病？难道卧床不起吗？我很难想象你得病的样子，有时候真不愿意相信这一切。你的身体在理论上有太多的得病原因。好起来吧，玛露霞！若我在你身边，一定会给你熬一杯茶水，再加上柠檬和白兰地！那么一切疾病顿时全无……我去睡觉了。现在是晚上，对于我来说已经晚了（晚10点）。睡觉前还要干点家务，准备好衬衣，喷上你喜爱的报春花香水，为什么？因为你不在！我还用手帕擦了一下。

我脱衣服睡觉了。可你不在身边……

1913年4月18日

玛利塔，午安！今天你好些吗？

我这现在是晚上，眼睛已困得要轻轻地合上了。我向你问好，吻你双手，再次与你再见。

我走进梦境中。

“我妻子生了病，她躺在两千俄里以外的床上。”

不管这话听起来多么怪，我就是想象不出你生病的样子。

再见，乖孩子，听话，快点好起来吧！

1913年4月23日

结果成了这样：瞧，你得了病，我很想与你多说说话，可却只能写自己。你生病，而我想写自己的感受、想法和希望。

好了，没什么。暂时就这样吧。我不需要你写信，或顶多寄几张明信片，千万别累着自己。

1913年4月25日

电报

请打电报告知你的病情，十分惦念。雅科夫。

莫斯科—尤留赞
玛利亚致雅科夫
1913 年 5 月 4 日

我亲爱的丈夫！我的雅卡！我处在一种困惑之中。我现在疑虑重重，担心我的生活会发生变化，这样的话，你希望我离开舞台的那种内心愿望就会实现。那么，我们原来推到遥远时代的理想就会在如今实现，可我这时还没有完全准备好改变自己的生活，还没有准备好离开戏剧舞台，也没有准备好成为一位高贵先生的像样的妻子。我向任何人也讲不出来自己的身体状况，这种状况很可怕。女性的生存，女性受制于自然的悲剧就在于此。要知道我与你讨论过多次，说我们要有一个大家庭，要生好多孩子，并且我们的孩子将会多么幸福，因为父母大概会把他们培养成身心自由和思想和谐的人。但对于我这就意味着，我的演员生涯尚未开始就要结束。我看到自己如今就是这样一个人，就像我的妈妈一样，沉湎于女人过的一种枯燥的日常生活中，每天与锅碗瓢盆、洗洗涮涮和缝缝补补打交道。我厌恶这种生活！可我的妈妈——你不知道——年轻时曾写过一些诗，并且一直珍藏着自己的那个写满诗句的练习本，作为对自己未能实现的生活理想的怀念……

尤留赞—莫斯科
雅科夫致玛利亚
1913 年 5 月 16 日

我的乖孩子！我感到自豪、恐惧、欣喜和幸福，还有许多感觉我都说不出来！我要打听我俩是否有可能在这里举行婚礼，尽管你还得乘四天四夜的火车。也许，我能申请休假？但以防万一你要打听一下，如果你能在自己的“上流社会”朋友中找到律师，那就仔细询问一下未婚生子的详细情况。再问问新生儿先登记在母亲名下，然后再由生父认子的细节情况。我对这件事有些小小的打算。所有这些东西我曾经学过，也考试过，可现在记不得了。手头没有《法典》第十卷。

你什么都别担心。你有丈夫，他会承担起一切。

第二十三章

新的方向

（**1976—1982年**）

治好维克多的精神病（不管这种病在医院里是怎么叫的）的不是医生，而是突然钻出来的昔日朋友格里沙·利伯。在长期隐身之后，格里沙突然冒了出来。他的脸圆圆的，已经谢顶，对生活一副心满意足的样子。他已结婚生子，如今踌躇满志，计划多多，其中还有移民的打算。但是，恰恰这点他没有向维佳透露……

维佳考入数学力学系的那年，格里沙也通过了一个化学学院的入学考试，那里有个很强的数学教研室，并且那个教研室对于犹太才子们来说门槛并不高，他在那座学院顺利毕了业，留在一个实验室当助理研究员，研究一门真正的科学，当时人们还没有想出来那门科学的确切名称。

在那个教研室里，科研人员究竟从事什么研究，有外人在场时他们往往不好意思说，因为他们正在试图寻找生命物与非生命物之间的差别，试图找到令人心潮澎湃的世界构造的奥秘。对这个课题的探讨引起了绝大多数学者的困惑，因为他们尚未介入这种大胆的活动。这是一门让人忐忑不安的边缘科学，是一门少有人想到的前沿学科。但是，在地球上总共也就是十几个人能想到这个问题，能让自己知道正是在这个领域酝酿着一种新的突破，并且“意识”在其中已得到令人吃惊的发展，在俄罗斯这种人就占了其中的半数：有蜚声世界的柯尔莫哥洛夫[1]院士，有只在很小范围里受尊敬、被评价不足的盖尔范德[2]，还有两三位科学家……这个学科的构想一直在这些世界级的智力精英的脑际翻腾。盖尔范德吹旺了这个学科那口大锅下面的火，格里沙有幸置身于那口锅里：格里沙属于献身者之列，但是位温度最低的献身者。他恭顺地接受了一种思想，献身的温度并不取决于什么其他东西，而取决于神经元的快速作用，是大脑捕捉和加工信息的能力，也就是说，还应找到一些可测的生物参数并将之命名……格里沙认为，盖尔范德由于自己出身的关系，一度只能读读《圣经》而已，可他却被剥夺了接受世俗教育的权利。他没有受过高等教育，这点多么令人不可思议！不过，格里沙不知怎么却深信，盖尔范德只凭着出身就足以支配充溢在自己脑海中的思想：当代人在现代科学里做的事，就像亚当给一些无名字的动物起名一样，给首先碰到的和接受的走兽飞鸟都起了名字，作为一个生命实例……格里沙的才华足以评价盖尔范德的那种意图，与天才人士近距离接触构成了他人生的幸福。

格里沙在维佳那里待了三小时，讲了自己工作的情况。起初，维佳还是懒洋洋地听着，可当格里沙说出“万能语言”那一刻，他立刻来了精神。

“你指的是什么？”维佳又问了一句。作为对维佳提出问题的回答，格里沙就这个问题的来龙去脉给他上了整整一节课：从达尔文、孟德尔、巴斯德、梅契尼科夫到科尔佐夫、季莫菲耶夫－列索夫斯基和摩尔根，最后以詹姆斯·沃森和弗朗西斯·克里克结束。

“脱氧核糖核酸（DNA）的线索——这是记录世界历史的字母表。这不仅是一组基因，而且是为活细胞分子计算机编的一种程

1 安德烈·柯尔莫哥洛夫（1903—1987），苏联数学家，20 世纪世界最伟大的数学家之一。

2 伊斯拉埃尔·盖尔范德（1913—2009），苏联数学家、生物学家和教育家。

序。”

“有意思，”维佳点了点头说，“我从来没有想到过这点。看来，化学分子——像你称呼的那样——可以是一个程序？”

格里沙打开了一个破旧的公文包，还是已故的名医祖父留给他的，上面焊着一个刻有“Für liebe Isaak Lieber[1]”的银色饰物，他神秘兮兮地从里面抽出一本书。维佳仔细地看了一眼：大约十五年前格里沙也是带着这种表情，把豪斯多夫的那本改变了他人生方向的《集论》给他拿来了。这次，他又拿来的这本页数不多的书，书已被看得皱褶不堪，书名叫《从物理学观点看生命是什么》。他在第二天早晨才看到了封面上的作者名字：薛定谔[2]。

日常生活中有一个极为简单的成对规律，按照这个规律，往往会接连发生两个类似的事件，第一个是草草发生的，第二个则是彻底发生的。所有善于观察的人，尤其是女人都知道的这个规律，可维佳却不知道。格里沙在人生中第二次告诉了维佳，有些重大的信息会改变他的整个命运。那本书的外观并不起眼，可彻底攥住了维佳的心。他通常的失眠痛苦，在这个夜晚由折磨变成了一种美不胜收的幸福，清醒的头脑高兴地要去工作，仿佛一层罩布已经揭开，整个世界都变了模样。他的头脑里闪过了一个全新的想法：数学这个人类智慧的最高层次，并没有游离于整个世界外而存在，而它本身是一种辅助科学，是整体的一部分，是总体的和更高层的一部分……那一层是什么呢？格里沙如此轻易使用的“造物”一词，不属于一些常用的概念，所以维佳同时产生了妒忌、渴望和匆忙的感觉，他真想走进这个昨天还完全没有让他感到任何兴趣的世界。他的抑郁症后遗症顿时消失了。

1 德语，意为“给亲爱的伊萨克·利伯”。

2 埃尔温·薛定谔（1887—1961），奥地利物理学家，量子力学奠基人之一。

第二天早晨，维佳去列宁图书馆查阅了他丝毫没有概念的那种东西。量子力学和量子计算显得并不怎么特别复杂，可以弄懂描述它们的语言。原来，比较难懂的是与化学和生物学有关的东西，因此还得从中学教科书开始看起。过了三天，他就转到看大学教科书了，这要有意思得多。就像大多数搞数学的人一样，他对待物理有一种傲慢的态度，而认为生物学根本就不是科学，只是一大堆实例的堆积而已。生物学是一块尚未耕好的田地，上面横七竖八地放着一些实验的结果和零散的数据，表明研究者不会使用所得到的结果并对之加以判断。总之，对一切东西完全缺少数学的分析。虽说他对化学这门科学存在的概念也很薄弱，可在他看来，化学比起生物学还是一门稍微严谨的科学。

薛定谔高屋建瓴地瞥了一眼诸多的零散实例，并指出了达尔文进化论是唯一的结构，它能够控制这堆积压之物并将之组织起来。最主要的是，他指出了被物理学家判明的那些与时空关联的现象也可以用于活的机体。多亏薛定谔的那本小册子，维佳才发现数学并不是人类智慧的终极成就，而只是一种工具，要去认识比数学大得多的世界……之前他从没有想到这点。

维佳的生活快乐了起来。三个月他就减掉了身上的十公斤脂肪，并在焦急的渴望中度过图书馆闭馆到开馆那段时光。他在某一刻发现，自己的英语虽阅读数学论文完全没有问题，可看生物学书籍就感到有所欠缺。他给娜拉打了电话，问她能不能帮他补补英语，就像曾经帮他补习俄语那样。娜拉拒绝了，但把认识的一位女教师推荐给他，况且收费也不高……维佳这段时间根本没钱，况且他也不需要钱：饭总是做好摆在桌上，去图书馆步行十分钟就到了，他总是毫无愧色地从母亲的钱包里拿钱，在公共食堂里买一份凉拌菜和一杯茶。正是从与娜拉的谈话中他才明白了钱还会有用，只是不知道自己怎样才能挣到钱。十分清楚的是，不能靠自己教数学赚钱，因为他不善于与他人交流，这就排除了他教数学挣钱的可能。他向娜拉提出了“怎样才能赚到钱？”的问题，娜拉笑着回答说，她对这个问题也深感兴趣。他俩的关系稍稍有些改善，甚至维佳有两三次还能在娜拉的家里过夜，这个家庭真怪……

应给予这对与众不同的夫妇应有的评价。因为他俩谁都从来没有想过要付什么抚养费的问题。因维佳无力付费，补习英语一事也就告吹，不过他借助一本旧的英语教科书自己给自己补了英语。那本教科书自从亨里希住在这个房间里那时起就摆在书架上，是艾薇·李维诺娃编的《一步一步学英语》，还是战前出版的，供快速学习“基础”英语的人使用……

三个月后，维佳给格里沙打了电话，他俩见了面。维佳把薛定谔的那本书还给他，还对那本书提出了一系列问题。格里沙回答了其中的部分问题。但是他（也是主要地）告诉维佳，说这本书出版于1943年，就是他俩出生的那年，从那时起科学突飞猛进向前发展，就连薛定谔本人也大大落后于时代。

格里沙给他讲了一些关于细胞膜的颇有意思的东西，他从事这方面研究已经有好几年，他与维佳分享了自己的一个天才的（他自己这样评价）想法，即未来一代计算机将会是量子计算机，尽管这种想法不是明天，而大约五十年后才会实现，但这是科学发展的主要方向……维佳从两人谈话之初就把一切听明白了，并开始提出了一些问题，让格里沙有点难以招架，因为维佳迅速地就钻到了格里沙五年来探讨的事物本质中。不过，格里沙这个人的品德超级高尚，他忘掉了自己内心深处闪过的一丝妒忌，一周后就拉着维佳去找实验室主任面试。面试进行了四个小时，结果是维佳得到了一个最微不足道的、刚刚纳入编制的职位，当了高级实验员。诚然，还给予了他一些特殊的待遇。他不一定天天来上班，但每周要与主管领导讨论一下交给他的那项具体任务。如今，他从事活细胞计算机模型设计工作。这是因为他比所有人都更了解计算机编程。

维佳的那颗大脑经过了严格的训练，以一种强化的方式工作，而他从工作中得到的喜悦更激励了他的干劲儿。这项任务占据了他的整个身心，任何的事件和程序只要与此无关，他都不感兴趣，甚至注意不到它们。他密切跟踪一场眼前发生的计算机革命，因此明白了活细胞计算机模式的创建是多么依赖于研制计算机的总体思路和新的技术工艺，而研制细胞计算机的思路又依赖于技术工艺的进步。

格里沙不大懂得计算机编程，他劝维佳，说不可能用我们世界的一些元素——原子、分子，乃至门捷列夫的整个周期表元素——去制作一台比活细胞更加完美的计算机。于是，他又叨叨起了量子计算机……可距离这点真的太遥远。

70年代末，人工制造的计算机仅完成了自己更新的最初几步。维佳精致的脑细胞以常规的方式生存，但摆在他面前的任务迫使他去探查一种尚未正式编目在册、杂乱无章的生物生命，并要将之与严密的数学方法连接起来。但是否能在类似的生物学现象基础上设计出计算机?

维佳愈深入自己的工作，愈接近一些个别问题的答案，就因自己总踟蹰在问题门口而愈加不安。最终的答案似乎根本不可能得到，但世上没有比这更为重要的东西。格里沙一直想让他换换思路，劝他应集中精力去研究活细胞计算机。维佳则认为格里沙已钻到了科学幻想的领域，而当今科学家的一个实际的、可行的任务，是研制一些“有头脑的”计算机，它们大概要比自己的研制者“更聪明”。于是，在他与格里沙之间开始出现了深刻的分歧。

第二十四章

卡　门

（1985年）

在《虎皮武士》一剧引起的风波之后，坦吉兹有好几天愁云满面，情绪低落，躺在地板上铺的垫子上，几乎什么东西也不吃，但也不喝酒，不像俄罗斯人在这种情况下要借酒浇愁一番。他们在这点上已经有一种约定：俄罗斯人痛苦借酒浇愁，高兴喝酒庆贺；欧洲人吃饭喝酒；而格鲁吉亚人喝酒是为了愉快交往……大概是第五天早晨，醒来后他用口哨吹出了比才的歌剧《卡门》中的那首熟悉的、举世闻名的旋律，他把尚未完全醒来的娜拉从床上一把抱下来放到地板上。

“请问，女人！为什么你睡在床上，可我睡地板？”

在地板上、床上、花园长椅上、车厢里、潮湿的草地上——在几乎二十年断断续续的交往中，有过多少的风风雨雨啊！

坦吉兹把头往后稍仰了一点，好看清娜拉的脸。

“我要告诉你一件事。我曾经有过许多女人，因为女演员都爱导演。弄到手一个女演员就像接过来一个卢布的找头。然而过后总要感到羞耻和寂寞。死一般的寂寞感，娜拉。我一直有这样的感觉。你是唯一的女人，让我在与你鱼水之欢后不会感觉这种死一般的寂寞。你有这种感觉吗，或者这纯粹是男人的感觉？”

“我不知道。”娜拉咀嚼着坦吉兹说过的那句话。这是他说给她听的所有话中最好听的一句。是的，其实他从来没有说过任何中听的话……可他的这番表白很有力，之后无须再增添什么话了。她伸出一只手去拿烟，那盒烟恰好放在地板上能够得着的地方。

“不知道，坦吉兹。我十五岁时就凭自己的智力认为，床上做爱应当与一切可以称作爱情的东西分开。就是说，不要把不同的东西混淆起来。这就让我摆脱了许多感情上的不快。可有一次我混淆了，直到如今还无法自拔……我没有体验过什么是死一般的寂寞，可寂寞感经常有，是的。我的性革命早在中学里就已开始……”

“好，让我们回到爱情问题上！哦，来看这首曲子！”他用口哨吹起了《哈巴涅拉》的旋律。

“啊，是这个曲子！”娜拉笑了起来，“可梅里美写的根本不是那个！我指的是那个俗不可耐的故事，哦，那个歌剧脚本，是一对想挣外快的法国人——亨利·梅亚克和路德维克·阿莱维写的……”

“你真让我佩服，娜拉！在所有人中间你最有文化……”

“听到一个能与梅拉伯·马马尔达什维利[1]成为好朋友的人说出这种话很可笑……我是个一知半解的人。技工学校——就是我受过的教育。哦，一种不错的手工工作……你是知道的。我这个人念的书很少，莫斯科模范剧院艺校还算不上什么教育，就连它我都辍了学。这才是让我苦闷的地方……只不过我的记性很好。我能过目不忘，况且我看的东西很多……当然，还有我的祖母从小就塞给我看一些有用的书籍……”

“你幸运，有个有文化的奶奶，可我奶奶是个农民，只会划拉几个字……”

1 梅拉伯·马马尔达什维利（1930—1990），格鲁吉亚哲学家、哲学博士、教授。

娜拉手里夹着没有点着的一支烟。坦吉兹伸展身子，从扔在地板上的牛仔裤兜掏出了打火机递给娜拉点烟。

“接着讲啊？”

“梅里美是个天才。在整个欧洲他是第一位高度评价普希金的人。《卡门》的最后一章，所有人都忽略了它，认为这一章放到那里纯属偶然，并且百思不解，作者干吗平白无故地搞出一场什么学术谈话，可这一章很重要。”

这时候坦吉兹打断她的话：

“等一下，以后你再证实吧。你知道我为什么跳起来？我懂得了不搞《虎皮武士》是多么幸福！我恨那部剧，这是我才明白的！还恨塔里埃尔、阿芙坦季尔[1]，还有那六个忠臣！让他们连同他们对美女的爱情和对国王的忠诚全都见鬼去吧。如果要说排演爱情戏，那还是要你的《卡门》！来，继续搞你的那位梅里美！让我读读那里有什么东西写得这么出色……”

啊，这是多么幸福，多么幸福呀！他俩逐块逐条地分析那位旅行家的笔记，假学者的札记和出色作家的文学游戏构成的这个糅合自如的故事。坦吉兹内心燃起了一团火，娜拉又被他的烈火感染，这是他俩之间常有的现象。她大声读着，而他不时地抬起一个指头，用它指着空中说：

“这点是我需要的！”

在经过两天缓慢而仔细的阅读之后，坦吉兹用命令的口气对娜拉说：

“现在去拿张纸，写吧。”

“你发疯了？我的工作是服装设计，同时我也斗胆设计布景。

1　塔里埃尔和阿芙坦季尔均为12世纪格鲁吉亚诗人绍塔·鲁斯塔维里谱写的长诗《虎皮武士》中的人物。塔里埃尔即虎皮武士，阿芙坦季尔是阿拉伯王的武士。

有一次我与巴尔欣在一部剧里合作，设计了人物服装，他当时只是看了我一眼，我就向他学会了一切。但绝不是写剧本！就连图霞也没有干过这种事！这点我确切知道，我向她学了一辈子。况且巴尔欣也不写剧本，而我是从他的手下走出来的……”

“啊，我倒以为你是从我的手下出来的……”

“布拉金诺更了解他的爸爸卡尔洛[1]是谁。我不与你争论，因为你把我削得更多。”

“啊，这让人怀疑……”

娜拉赶紧把话打住：

“别说了！”

不过，他本人也明白自己破坏了早已形成的一些规矩：当他们两个人度过一段赐给他们的共同时光，那在他们之间就不存在任何过去或将来的事情。他曾一度狠狠地谴责了她的那次第比利斯之行，认为他俩的那次偶遇是一次有预谋的见面。倘若不严格遵守一种界线规则，那么自由的关系大概就无法维持，因为他们的关系超出这个界线就不存在。这个规矩是坦吉兹在多年前规定的。娜拉好不容易十分痛苦地接受了它们，但随着时间的推移，原来它们变成了一些对等的规矩……

“写吧，娜拉！写吧！”坦吉兹坚持说，“所有的钉子都打进去了，就剩下动笔了。”

“我可不是作家。”娜拉反驳道。

“你怎么知道的？”他奇怪地问，“怎么，你已经试过？谁把笔握在手中，谁就是作家。”

娜拉拿起笔和尤利克的一个不用的练习本。前两页是孩子写

1　布拉金诺和卡尔洛均为阿·托尔斯泰的童话故事《金钥匙》的主人公。布拉金诺是他的爸爸卡尔洛用木头削成的一个长鼻子男孩。

的歪歪扭扭的字迹，之后便出现了一种新文本，那是娜拉果断地用手写出来的，字母有时有点向左斜着。她记下了他俩的几次杂乱无章的谈话、插话和猜测。

他们约定好了：忘掉比才，忘掉谢德林。不应当出现任何的音乐幻想。由歌剧脚本故事搞出来的整个这种表面的东西，要尽可能全去掉。

“当然，我大概要把梅里美请出来，让他成为剧中人物。作者一定要出现——是作者本人，或是一个英国人，或是一个旅行家，但在任何情况下都应是个学者、观察家。会出现怎样一些可能性啊！”

“要紧的是要确定出剧作的起点和终点。”

“紧张的情节线索应当在梅里美与卡门之间展开，你明白吗？而不是在卡门与何塞之间！”

他俩互相打断对方的话，把无论如何不能漏掉的东西全都归拢到一块儿。

“是的，但所有主人公均应由卡门支配，任她随意摆布烟厂的那些女工、男人和其他人……”

“是，是的！梅里美是这个故事的作者和上帝，他手中握着几根生死线。”

“不对，是卡门，当然是她握着生死线。”

“可卡门战胜了梅里美的逻辑……”

“我不知道。她在任何情况下都要被何塞杀死，不管用什么方法，在树丛的某个地方，或是在路边！”

“不，是她要把他杀死！”

“我很希望有一些道具，供演出的道具……”

“何况也用不着特意去找，它们就是：金表、纸牌——不，纸牌根本无用，最好是一个颈箍。”

“顺便问一下，那个颈箍看上去是怎样的，应当看一下……不会简单是根绳子吧？也许，是个带着手柄的东西？或者就是一架机器？”

“我是真爱吃她不愿意种的白菜啊！哦，如果那里能有各种各样的花束就好了，那也就应想出来怎么去弄。”

“是呀，白菜也许能派上用场。但不知怎么我不想往那方面去想。要是我的卡门嘴里不是叼着一朵花，而是一枚大的金币。”

“别，还是叼支雪茄吧！”

“喂，她要是满口金牙就好了！如今所有的吉卜赛女子都镶着满口金牙，那时候是吗？”

“任何一个女演员都不会满口金牙登上舞台……”

“那费里尼[1]呢？你还记得费里尼影片中有个吉卜赛女郎看了一眼某个夫人的手掌后，就哈哈大笑起来的场面吗？”

“那是占卜，当然是占卜啦！是些模棱两可、语义多关的话。一个老婆子给卡门算卦，让她保护那个当兵的。‘干我们这行的……都怕当兵的——你胡说什么呀？当兵的会杀死你。请保护那个当兵的吧！’就连卡门也预先知道自己会被他杀掉。是她强迫他杀自己的！强迫他完成一项宿命的任务！”

“危险！很危险！我们又堕入那部歌剧里了。这个部分……要减掉。千万别留下这种浮华的表面东西。”

“要知道这里就连死亡也可以抽出去，也需要抽出去！卡门与死亡同源！她的自由背后——就是死亡！”

“我不懂！”

1　费代里科·费里尼（1920—1993），意大利著名电影导演，奥斯卡金像奖终身成就奖得主，戛纳电影节金棕榈奖得主。

“今后你会懂的！”

“我们的卡门对爱情根本不感兴趣。她根本就不想知道什么是爱情！对于她，爱情只是她的意志，或者说是她一意孤行的表现。是一种工具！”

“那他呢？他是什么？”

“是指何塞吗？是某个贵族，他在乡下有未婚妻。他只是由于犯傻才成了强盗。总之，他是个有点傻的年轻人。哦，不是傻，而是头脑简单。也许，写一个他与未婚妻的场面。来一段关于‘自己农村’的谈话。他们纯粹是一对白痴的关系。他当然是个牺牲品，但他最终的表现还很体面。他只是陷到别人的故事里了！他的命运反正就是种白菜，可卡门无意中把他‘钩’住了。”

“很难爱上他。除非爱他的理想——高尚的生活，白色的窗纱对着盛开白花的花园，总之，他仿佛热衷于白色，可却堕入黑红之中……”

“应当想想怎么安排斗牛士的问题。尽管坦率地说，我对那头牛更感兴趣。这里是怎样一段故事情节——她看了谁一眼，谁就跟着她走，所有人都反抗，但还跟着走。所有男子在这方面都一个样：何塞、加西亚、马铁奥、斗牛士，甚至那头牛。当然，还有那个英国人！他们就像喝了爱情的饮料！”

娜拉写剧本总担心离开梅里美的原作而滑进歌剧的引力里去，坦吉兹这时与一家剧院谈妥了在莫斯科排演《卡门》，这家剧院就栖身在莫斯科的一个老俱乐部里。坦吉兹很少在莫斯科排戏，但圈内人知道他并器重他。何况，他俩的名字就像“伊里夫和彼得罗夫[1]”那样，总是连在一起念出来……

1 伊利亚·伊里夫（1897—1937）和叶甫盖尼·彼得罗夫（1903—1942）是两位合作的苏联作家。他俩的主要作品是《十二把椅子》（1928）和《金牛犊》（1931）。

《卡门》在两周内写了出来。坦吉兹构思了许多东西，让脚本的情节怎样活跃起来，并且能相互呼应，可结尾却是娜拉的主意：作者——梅里美给主人公——何塞送到牢房一根雪茄，何塞叼着这根雪茄迎着“颈箍”走向刑场。他身后人们排着长队慢腾腾地走着……刽子手头戴死亡面具，身上披着披风在执行死刑。突然面具掉下来，刽子手——就是卡门。

在那个练习本封皮上，娜拉用工整的大号字母写着“梅里美。卡门，何塞与死亡”，并且打算把练习本放到那个写字台以“存局待取”，可坦吉兹马上就宣称已经和剧院谈妥，这个剧已列入明年计划开排的剧目中……

第二十五章

钻石门

（1986年）

岁月荏苒。冬去夏来。母亲日渐变老，儿子一天天长大。维佳早餐时吃了一份夹肠面包。母亲下地铁“青年站”乘车，在那里转乘去了阿尔巴特大街，给儿子买了他喜欢吃的博士牌香肠。维佳每个月看望尤利克一次，一起下下象棋。世界上有怎样的政治事件发生，维佳根本不去注意。（维佳看不出在细胞计算机的模式化与欧洲部署中程导弹、戈尔巴乔夫与里根在雷克雅未克或是在日内瓦的谈判之间能有什么联系。）一场核战争的危险被暂时推后，可维佳对此也不感兴趣。他根本想象不到，实验室里所有这些精美的设计成果，才华横溢的领导和献身科研的全体研究人员的命运，甚至他个人的命运在很大程度上就取决于苏联人与美国人的谈判结果如何。

有件事发生在维佳身边，且就在他自己的家里，可同样未被他发现：母亲瓦尔瓦拉迷上了某个毫无意义的神秘邪教，常去一些地下小组活动，还参加医生和法师的各种聚会，希望治愈自己的心病，她觉得这个心病是某种具体的，就像一块肉或新橱柜那样有分量的东西。当然，她与此同时还喝圣水，并对飞碟产生了浓厚的兴趣，然而这种兴趣与对各种妖怪和一切牛鬼蛇神的恐惧连在一起。

瓦尔瓦拉·瓦西里耶夫娜开始了自己的行动，以远程的方式来清除维佳的心病，她很明智，没有把这件事告诉他。大约就在苏美两国亲近和清除维佳的心病这时候，从美国发来一份邀请，让苏方参加一次生物程序模式化国际会议。被邀请的是实验室主任、维佳和另一个犹太籍科研人员。实验室主任不能出国，因为他曾是某个保密军事学术委员会的成员，不言而喻，那个犹太人也是被怀疑对象，那么，维克多·切博塔廖夫几乎就是唯一干净的人。格里沙这时已不在实验室工作，他早于1982年就移民以色列了，因此要想与他进行交流，只能阅读他在一些世界性科研杂志上发表的科研论文。

经过对那个邀请细节的讨论，单位决定派维克多·切博塔廖夫去参加并做详尽的报告，总结一下实验室近年的工作。

1986年这一年东西方在政治上有所缓和，从莫斯科飞往纽约的班机上座无虚席，维佳挤在一群要永远离开苏联的犹太移民中间。维佳这次出差的时间有十天，他要做一个很长的报告。出发前，尤利克递给他一个唱片单——他的生活没有这些唱片似乎就不圆满。瓦尔瓦拉·瓦西里耶夫娜把儿子送到谢列梅捷沃机场，心中百感交集，自豪和恐惧在上下翻腾，把她的心都快撕成了碎片。她担心儿子在美国会遭受来自帝国主义者的某种可怕的精神打击，但同时虚荣心又感到了满足，因为儿子出差的地方不是什么落后的匈牙利或波兰，而是美国。

在家的时候，她就把几片用透明纸裹着的三明治塞到他的皮箱里，但在机场她想到了儿子可能把吃的东西连同皮箱一块儿托运，因此要把装着三明治的皮箱再找回来，可维佳怎么都不明白，母亲在担心什么。面对着行李箱要与三明治一起飞越大洋的世界，瓦尔瓦拉感到了自己彻底束手无策，因为她人生中任何一个重大的问题都不能在唯物主义的或神秘主义的层次上得到解决。她哭了起来。维佳冷淡地安慰着她。

“好你个没良心的！”她告别时对儿子说，一边生气地擦着眼泪。

她直到现在也没弄清楚，自己儿子是天才，还是普通人或失败者。不错，有个有远见的女友告诉她，说如今在维克多面前打开了三扇门——银门、金门和钻石门，他现在无论走进哪个门，一切结果都会很好。

飞机起飞了。瓦尔瓦拉·瓦西里耶夫娜看着停机坪，轻轻地暗自祈祷，还是让儿子走进那扇钻石门吧……

在纽约的肯尼迪机场，格里沙来迎接维佳，他头戴一顶色彩斑斓的绣花小圆帽，那顶小帽维佳都认不出来了，因为他俩有四年没有见面。格里沙是两天前从以色列飞过来的。他如今在海法综合高等技术学校工作，不仅从事细胞膜研究，同时也研读《圣经》。两个老朋友见面十分开心，维佳更是如此。

他俩坐在旅馆的一个窄小的房间里，经过十个小时的飞行，维佳显得疲惫不堪，而格里沙却精力充沛，侃侃而谈。他多年来考虑的那个问题非同小可：在世上什么东西先出现的，是活细胞概念还是计算机？

“起初产生了计算机……每个活细胞，都是一台计算机，还是量子计算机……”

维佳皱起了眉头，不知因为脑袋还没转到美国时间上来，还是因为格里沙的一番胡言乱语……

“不对，你净说些不着边际的话。细胞分子计算机与脱氧核糖核酸一起工作。脱氧核糖核酸编好计算机的工作程序。那量子计算机从何说起？”

“这是从能源的考虑得出来的，因为分子计算机的功率不够用。

再多给你说一句：量子计算机应当是声控的！是大型的文本！是大型的神性文本！就连生物计算机也应当是大功率的！”

维佳只是耸了耸肩膀，用几句冷冰冰的插话就打断了格里沙那席热情洋溢的、带有宗教意义的科学声明。

“这里我不明白……是怎样一些神性的文本？你想了解计算机换代的整个过程，就像读完《圣经》文本一样吗？这还无法证明……”

格里沙感到不快，也有点急，浑身都出了汗，但他无法让维佳接受他的信仰。最后他俩的分歧愈来愈大，维佳只好声明：本人工作的这些年从未用过创世主和神性文本的概念。离开这些概念也轻易走了过来！

格里沙以自己固有的急躁反驳说：

“最初的文本，很明显，这是创世主赐给的，我们所有人做的事情，就是破译最初的文本！”

“不，不对，我这个人是做具体工作的，编一些具体的程序，这就是相当简单的文本，而生物化学家要检验，它们能在多大程度上符合细胞里的实际合成……所有这一切与你的创世主的意旨没有关系。行了，我要睡觉了。”维佳说完这一席话，头往沙发背上一仰，顿时就睡着了。

随后的两天是在繁忙的办事中度过的。维佳的英文讲得相当流利，但不大听得懂对方说话，因此格里沙要常陪伴在他身边。他俩比在上中学时还更像塞万提斯笔下的两个主人公——格里沙长得很胖，脸色粉红，维佳则是个瘦高挑儿，他穿的那套正式的西装，袖子和裤腿都较短，显得有点滑稽。这套行头是维佳出国前瓦尔瓦拉·瓦西里耶夫娜给购置的，因为当时她买不到所需的尺码。维佳本来是满头鬈发，蓬乱无型，可被推得像在头上扣了个剃头小盆，这也出自少有艺术品位的瓦尔瓦拉·瓦西里耶夫娜那双硬撅撅的手。

不过，尽管在儿子的穿戴上有些技术失误，可瓦尔瓦拉·瓦西里耶夫娜显然已让上帝听到了自己的祈祷，因为维佳做了那次成功的报告后，钻石门真的打开了。

然而，那扇钻石门看上去就像一扇普通的木门，门后是位于长岛的纽约州立大学石溪分校，大学有个出色的实验室邀请维佳去那里工作。维佳犹豫不决，极有可能拒绝接受这个冒险的邀请，可有位美国著名科学家高度评价维佳做的报告，在他与维佳交谈中，格里沙一直当翻译，他也拍手称赞，然后把双手往空中一扬，哼哼着说：

“维塔夏！这是个机会！多好的机会啊！太棒了！超一流的实验室！上百个人都在排队等着来这里工作！你这是凭自己的本事啊！你还可能获得诺贝尔奖！可在莫斯科你只能屁股挨板子打！”

格里沙比维佳对这个邀请还要高兴。告别时，格里沙开玩笑说：“起初我给你拿来了作为《旧约》的豪斯多夫那本书，后来我又给你拿来作为《新约》的薛定谔那本书。但你在此简直无法明白，我们所有人有着一个共同的任务——就是要破译一种语言，离开这种语言任何一种生命物都无法在世上存在……这是一种文本，维塔夏，是一种神性的文本！在世上没有任何东西能比这更为重要！”

维克多考虑后决定接受邀请，因为他有自己的理由：那个实验室是世界一流的，并且他明白自己在这里将会比在莫斯科更有发展。他的脑海里可能也闪过一个念头，他要长期地既见不到母亲，也见不到儿子，但他很快就打消了这个想法。起初，他们让他到校园宿舍住，一个月后他就搬入给他租的一套公寓，离校园只有十分钟路程。帮助他租房的是学校行政机关的一个女工作人员，高个子的爱尔兰籍老姑娘，她的名字叫玛莎。

起初，苏联大使馆的工作人员对这件事有些生气，可随后一切就以奇怪的方式摆平了。维克多·切博塔廖夫甚至都没有被宣布为出国逾期未归者。后来还给他补办了手续，身份变成了交流学者。

第二十六章

藏在小柳条箱里
雅科夫与玛利亚的通信

（1913年5月—1914年1月）

莫斯科—尤留赞

玛利亚致雅科夫

1913年5月8日

请向我保证，雅沙，我们今生今世永远别再提起这件事。只有答应这个条件，我才会告诉你是怎么回事。可怕极了！5日到6日夜晚，我半夜醒来，不是因为疼痛，而是因为感到下体有一股热流。我这时才发现自己躺在血泊之中。我吓得要命，可站不起身来。这是半夜3点钟！身边一个人也没有。我觉得我要死了。不过，我还是站了起来，自己都不知道怎么走到纽莎的储藏室，把她叫醒。若在白天可以用一下住在楼下的马雷金娜夫人的电话，可现在是深更半夜！于是，我让纽莎跑去找米沙，他昨晚刚从彼得堡回来，住在瑟金巷。四十分钟后他来了，可喝得酩酊大醉，这是他后来告诉我的。他当时刚参加完某个聚会归来。后来的事情我什么都不记得了。我恢复知觉时已经躺在医院里。现在我回了家，感到浑身虚弱，可还活着。我们失去了这个孩子。因此，我请你彻底忘掉这段本不应出现的回忆。也许，这样会更好。

尤留赞—莫斯科

雅科夫致玛利亚

1913年5月14日

电报

我亲爱的乖孩子！消息令我震惊！你的身体不好，可我不在身边。一切会好起来的。丈夫雅科夫。

1913年5月14日

我亲爱的乖孩子！我在绝望中急忙跑去找扬切夫斯基中校，甚至都没有想好要说什么！谁病了，得了什么病，干吗这么着急……总之，他没有准我的假。这里本来有个文书可以替我，可他正好请假去办理父亲的丧事，所以我不能立刻去你身边。不是我，而是米沙在你身边，这让我更感到难受。他似乎偷走了我本应在你身边的那个瞬间。我现在随你的意愿，什么事情都不问。只是要向上帝祈祷，尽管我并不完全信上帝。唯一的缺憾，是我离你太远，别无其他。我回想着在我们时代里发生的一切奇迹，你是否记得我表妹讲的关于喀琅施塔得约翰的故事？不过，我准备向所有的圣者祈祷！也向喀琅施塔得约翰神甫祈祷！只是我不知道怎么祈祷。

我勉强地回到了自己的陋室，突然产生了一种无比感激的心情，可不知感激谁，因为你平安无事，没有发生任何无法挽回的……

莫斯科—尤留赞

玛利亚致雅科夫

1913年5月16日

电报

我已痊愈。只是身体微恙。玛利亚。

尤留赞—莫斯科

雅科夫致玛利亚

1913年5月17日

你好，亲爱的！昨天收到了你的电报，它与我发给你的错开了。你在电报中写到你已经痊愈，只是身体微恙。怎么能这么快，你真的痊愈了？这样一场大病后不可能这么快就痊愈。你的身体只是好了些，但依然要好好爱护自己，多关心自己，注意吃东西的营养，所有这些话你都很不爱听。还要常量量体温，如果有所升高，那就很危险。晚上我跑去问了一位波兰人医生，他在这里早就扎了根，给大家看病。他说如果体温没有升高，下身也没有分泌物，那病多半就是好了。他说这种病后可能会出现贫血，应当去检查一下。整个晚上他一直讲故事让我无法脱身，说从彼得堡来的某个波兰人发现血液中含有某种物质或晶体，我在那里消磨了两个半钟头。我一向对科研题目感兴趣，可这次却不行……我迫不及待要跑回军营，回自己陋室赶快给你写信，让你赶紧量一下体温。若贫血就应吃带血的肉！吃牛排！还有柠檬。明天一早我跑去给你寄钱……我很担心你的身体，所以一定要注意自己的健康状况。这样做不仅为你自己，也是为了我。你暂时把学习放一下吧，我恳求你。乖孩子，请给我写信，要详细和坦率些。

莫斯科—尤留赞

玛利亚致雅科夫

1913年5月24日

想把那些事从记忆里彻底抹掉，越快越好。我求你今后永远不要再提到和写到这件事。那场恐惧过后，我明白了我现在不想有这个孩子，并且孩子也感到了这点。我们不会有女孩艾丽嘉……我觉得自己深深对不住她，所以怎么也不希望提到她。我也对米沙说过，让他永远别向我提起这件事。若你想让我生气，就可以继续发问和打扰我。

尤留赞 — 莫斯科
雅科夫致玛利亚
1913 年 5 月 31 日

最可贵的是——要对未来有信心。最近几天，我彻底垂头丧气了，为什么会这样，只有真主知道。也许，你觉得，是怀疑自己，怀疑你，怀疑生活，总之，怀疑高尚的事物？绝对不是！我只考虑自己将来能挣多少钱。唉，我应当怎样去多多挣钱？因为要给妻子买衣服，让她像著名女演员穿的那样；应当给她吃好，就像身体羸弱的女子该吃的那样，还应买些礼物让她高兴……

莫斯科 — 尤留赞
玛利亚致雅科夫
1913 年 5 月 31 日

头痛。浑身无力。情绪低落。只想睡觉，什么都不想干，真的！一下子就觉得寂寞无聊了。也许，你希望我离开舞台的那种虽未完全说出口的想法就要实现。我们培训班打算表演一套名为《秋叶》的新节目，我起初参加了排练，但后来耽误了排练，因此现在已无法参加演出。那套节目很有意思，一组女舞蹈演员完全处在风的控制下，风卷着她们，一会儿把她们吹散，一会儿又卷到一起，每个人仿佛失去了个人的意志和自控力，任凭旋风摆动，她们的舞蹈婀娜多姿，无意中相互碰撞，柔弱的身体像是飘零的落叶，不知所措的生命被阵阵旋风一个个卷下了舞台……我休假后去班上，看到这套节目业已排好，可没有我参加的份。去年，我未能参加的冬季出国巡演，今年我也参加不上。他们要去伦敦和巴黎演出。我似乎觉得，等到我们剧组从国外回来，我自己无力再去跳舞……也许，你将会高兴，因为我要把自己的生活换成一种比较“体面”的生活，并且将会从事让你感到如此称心如意的教育工作，你会高兴大千世界上又多了一名福禄培尔的弟子，而更好的是又多了一位家庭主妇……

尤留赞—莫斯科
雅科夫致玛利亚
1913年6月10日

亲爱的乖孩子，我喜欢你的艺术，玛露尼亚，我还从来没有看到过你在舞台上表演，然而，这似乎是一种巨大、巨大的幸福……我一定会看到的。你情绪低落，是你生病的状况引起的。你们的剧组回来后，你将继续自己的舞蹈事业。我什么都会做，所有的家务对于我并不困难，我在军队里已经把一切全都学会了。

1913年6月15日

亲爱的玛利塔！服役期已经过半！过两周我本应去训练营待上四个月。可幸运突然光顾了我！让我继续留在办公室，因为找不到像我这样的文书！况且，他们也没有好好去找，因为预先知道我的业务水平和敬业态度要超越许多人。是的，我学会了用一种特别的“文书”笔迹写字，让每页字显得很好看，并且谁都不担心我写的字难以辨认。我还可以在信封上画一些怪兮兮的罗圈图案，水平不会差于阿卡基·阿卡基耶维奇[1]！我想了想，那位手握着笔、身穿外套的主人公与我正好相似……我可怜的朋友！

我忙碌了起来。我的工作拖住我，就像用链子拴着小狗，不过，书真是好东西！四个月能干出很多事情。很遗憾，我的各门考试推后了。我能过目不忘，但毕竟没有检验过这个记忆能坚持多久！

莫斯科—尤留赞

玛利亚致雅科夫

1913年7月6日

现在我的情绪变坏了。差一点又去了饭店。我已向自己下了保证，这个月以及今后要尽可能静下心过日子。我睡眠不好，心里总焦躁不安。我不能再长期离开你。我不能也不愿意去接近其他人，可你不在身边，我总感到孤独。

我突然收到了一封巴黎来信，是过去的一个熟人写的。多年来我们之间没有通信来往，也没有见过面。可他突然写了一封很长的信。因此，看到一种完全遗忘，但依然熟悉的笔迹就觉得十分奇怪。亲爱的，生活多么怪……生活中有许多忧愁、往事、回忆和如今坚实的幸福。我的雅卡！我的雅卡，你是我最大的、最重要的幸福。我年轻的丈夫，我最亲近的人，我的个人幸福，我的生命。晚安！深深地吻你。

尤留赞—莫斯科

雅科夫致玛利亚

1　此处可能指19世纪俄国作家果戈理的短篇小说《外套》的主人公阿卡基·阿卡基耶维奇·巴什马奇金。

1913年8月12日

请给我写封信吧，玛露尼亚，你是否已开始在鲁米扬采沃那里练舞了。你似乎还打算在那里看些书。还有请你写一些造型舞蹈的计划——是否这样称呼它们?

我读完了你寄来的几本书。《血之声》是部不错的作品，唉，其他几本就写得不怎么样。其实，为了冷却一下你自己的热劲儿，请在《俄罗斯言论》杂志7月刊上找到丘科夫斯基的那篇短文。你别害怕。你会发出赞叹——但他头上的光环将稍稍黯淡。

这本是威尔斯的《地板上的游戏》。这个我看懂了。还有什么作品可以相提并论?两本书我简直是一本接着另一本看完的。这本书让我兴奋了好久。

让懂英语和文学的人看看巴里[1]的剧作《彼得·潘》。这是部出色的儿童剧，剧中的人物与观众对话交流，感人的结尾取决于观众最后的回答。

1913年8月23日

我在看《新旧艺术中的神话》一书。是勒内·梅纳尔[2]写的。我与其说在看书，莫如说在观画。那些画真让我看得目不暇接。古代雕塑作品若能够准确地表达出现代人体的结构，就会突显出我从前觉察不到的一种特征。其实，女性身体与男性身体的差别并不十分明显。许多全身雕像的胸部绝对是性别的标志，可有些雕像的这个标志也说明不了什么。绝大多数男神雕像的身体结构柔滑、圆润，臀部、肩部和双手稍显丰满，胸部对于女性显得太

1　詹姆斯·巴里（1860—1937），英国剧作家和小说家，著名的童话故事《彼得·潘》的作者。

2　勒内·梅纳尔（1827—1887），法国著名风景画家和艺术鉴赏家。他的《新旧艺术中的神话》1878年出版，是一部关于艺术与神话的杰作。

小，可对于男性就显得有些太大。脸部并不是总能带出典型的尤其是青年人的性别特征。臀部的宽度多半能让人混淆了性别。我们现代男子的臀部要窄许多。

最不靠谱的一个特征，就是穿的衣服。“灵感之首太阳神”身穿一件后襟拖地、带皱褶的高腰长衣。“拿着蜥蜴的太阳神”是个典型的、长着纤细双腿的女体。最原始的“维纳斯”雕像则是一个典型的男体。

本可以就这个话题举出很多例子，但干吗要那样做？只要去博物馆走马观花地参观一遍或者看一本雕像画册就能确信这点。难道那时的男女相互没有差别，他们的生活方式、习惯和教养也没有什么不同？他们在一起生活、跳舞、学习、洗澡、做体操和相爱。那时的生活要幼稚和简单得多。那时候是一种美好的“没有羞耻感的生活”。

埃及石雕很难让人喜欢，因为都是毫无表情的雕像，千人一面的侧影。

不过，苗条的伊西斯[1]女神雕像雕得非常好。一直到胸部的衣服都紧裹住了她的胴体。

而在另一浅浮雕上，伊西斯则被雕成一个牛头人身女神，她正给一个与她齐肩高的少年荷鲁斯[2]喂奶。

再写点你尤其感兴趣的事情。你们舞蹈组合的题材很好：戴着戏剧面具跳舞。那些面具很容易照图用造型纸做出来。面具有笑的，有哭的，还有悲剧表情的，样式多多。

邓肯的舞蹈尤其需要舞者具有特殊的天赋，因为身体是她跳舞的唯一材料，而不依靠丰富的造型手段。

---

1 古埃及神话中的生命和智慧女神。

2 古埃及神话中的正在升起的太阳神。

你与我总会有一天只看这些书……艺术史、音乐，还有些医学书和教育学书籍。这一天快点到来吧！

再见，乖孩子。我等待着参加军事演习的命令！之后我就解放啦！这之前我未必会有时间。

请抽空写封信。多次深情地吻你。

你的雅沙

附言：

请在图书馆里找一下。有一本参考书，是阅读经典作家和解释艺术作品中诗学寓意和象征的，由外国文学新杂志出版社出版，书中还带有许多插图。你也许还需要看一本很有价值的《古典神话故事》，这本书是施托尔写的，我强烈推荐你看一下。

1913年9月15日

我收到了《舞台灯》杂志，有好几分钟思绪又飞到了你那里，去了你的世界。很遗憾没有见到你的片纸只字！我很高兴看到博戈柳博夫的文章和莱因哈特[1]的照片。我对西方戏剧艺术很感兴趣。在家的时候早就看过格奥尔格·富克斯[2]的一本写得不错的书——《慕尼黑艺术剧院》。还有德累斯顿、纽伦堡这些地方一定要去一次。

倘若我现在是歌剧导演，那么我就会研究一下莱因哈特谈论歌剧的著作。莱因哈特确实是为歌剧而生的，他举止总带着歌剧的程式，说话也十分造作。当然，一切艺术都具有假定性，可戏剧毕竟更接近生活。歌剧及其巨大的规模需要导演创作具有一些大手笔……戏剧导演的仿雕塑建筑学意图可能随着每个歌剧会有所

1 马克斯·莱因哈特（1873—1943），奥地利戏剧导演、演员和戏剧工作者。

2 格奥尔格·富克斯（1868—1949），德国慕尼黑艺术剧院创始人之一。

改变。但主要是导演的“戏剧演出”需求，要在歌剧、仙境剧、芭蕾舞，甚至悲剧里给他的道具布景提供一种特殊发挥的余地。

慕尼黑艺术剧院（戏剧）采取了一些缩小舞台的措施。在一个偌大的舞台上，出场演员以及他们的面孔和说出的话都仿佛蒸发了。一个大舞台总是需要有很多人在场上，这并不是艺术要求所必需。可莱因哈特用了好几千人，各种杂耍，几百盏灯和上千种色彩。

我在看一些报纸和杂志。特别热衷于阅读一切与拉别涅克培训班有关的材料。还看一些关于自由剧院，关于莫斯科模范剧院的消息。

莫斯科—尤留赞

玛利亚致雅科夫

1913年9月20日

最近几天晚上，我不知怎么在厨房洗脸。纽莎也在那里干些活儿。她一直说话，回忆当年她还是个女孩时在街上玩耍，喜欢在水洼里蹚水，然后说到家里的琐事，说她的丈夫去她家提亲（她有丈夫），后来又回忆起自己的新婚之夜。我默默地听。内心很激动，还带着一种复杂的、非同寻常的感情。瞧她都讲些什么……她说当时痛得要命，于是忍不住就变了声地大叫起来。但是谁都没有来，人人知道会有这种情况发生。“我浑身的汗流成了小溪。我开始用拳头打他，卡住他的喉咙和头发。他的头发都开始发出断裂的声音。哎呀，小姐，只要想起那天晚上，至今我的心还在颤抖。就这样痛了整整一个星期。我真是几辈子都不想再见男人。”她还讲了许多真实的细节，可我省略不写了，我听她讲的时候，尽量把头低向脚盆，认真洗脚……

这一番话安慰了我……

雅沙！我写这件事是不是不好？把它勾掉吗？如果让你不快，那你就自己勾掉，再写给我，说这样写不好……可已是这样了：我让你蒙羞了，我用你的双手捂住脸，我害怕你，可又寻求你的保护。一切在你身上开始，一切也在你身上结束。一切都在你身上。我害怕这点，但似乎是这样……

尤留赞—莫斯科

雅科夫致玛利亚

1913年9月25日

我想起在最近一封信里写的关于基督教的几句话。这样做完全正确，并且之前似乎已给你写过类似的某些话。那是些表面话，很诱人，也能让我们懂。还能传来一种温暖、慰藉和承诺。在民间运用这种儿童式的许诺：你若表现好就表扬你，若表现不好就惩罚你。

基督教福音书教条得可怕。基督箴言：他们说的是什么，可我告诉你们……是教条，惩罚，如果你们不去履行，就将被永久打入地狱。宽恕一个悔过自新的人并不奇怪，而宽恕一个残忍的强盗就无法理解！遗憾我背不下来那段话。

福音书不是宗教，而只是创建宗教的素材。有多少人就有多少宗教。倒是从那本书中可以汲取许多真正的爱。

我不想谈论这种大事，因为它对于我毕竟是生疏的。宗教，我从它一旁擦肩而过。也许，有朝一日还得返回那里。

你的钱够不够用？我的乖孩子，请写信告诉我用钱的真实情况。

车里雅宾斯克—基辅

雅科夫致父母

1913年10月1日

亲爱的爸爸！我终于到了车里雅宾斯克。我在明信片里已经告诉你，医生就连我的身体都没有检查，就让我别去参加军事大演习。他刚走到我跟前就立即说："啊哈，是后备军士官生！不用去了！"第二天我就与一帮身体瘦弱的士兵被一列军车拉走，到这里，来到车里雅宾斯克的冬季兵营。现在我要住下等到下令让我回家！

不言而喻，我很高兴这种安排。据说，演习并不艰难，但毕竟第一天要行军三十五俄里，还要负重，那当然不会轻松的。

这里夜间很冷，已完全是秋夜的感觉，在宿营地很容易感冒，因为宿营地在旷野里，睡在行军帐篷里的地上，身上只盖着大衣，行囊就当作枕头用了。

我突然离开了在旷野的宿营地，也没有住在头枕行囊的行军帐篷里，而来到城里一家宾馆，坐在一张书桌旁给你写信，从茶炊（而不是脏茶壶）里倒着茶喝，房间的天花板不漏雨，不像在简易住房里那样，这里没有当官的管你，在大部队演习归来之前，我完全自由……这里没有肮脏、污秽和军营的工作。

昨晚和今天我真的好像获得了新生。更别说这里的各种设施，有松软的床垫、电灯和整洁干净的房间。

我真的厌倦了孤独，我孤独生活的时间太长了。我希望与人交往，希望看书，去剧院和听音乐，而最主要的是，希望过自由的生活，不要去见当官的，也不依赖于任何人。

车里雅宾斯克—莫斯科

雅科夫致玛利亚

1913 年 10 月 1 日

早上好，玛利亚！我从宾馆给你写信！我太喜欢躺着写信。现在是早晨。我早就醒了，想你，然后又睡着了（做梦），最后看了库普林[1]的一个短篇，现在又返回来与你说话。虽说我此刻感觉很好，但我无法忍受你的责备。玛露尼亚，你知道我已想到什么……上封信里你只写了寥寥几句，我俩在通信中正在相互失去对方，变得日渐疏远……

我亲爱的妻子！就像在生活里一样，当疾病、感受上升到顶点，发展到极致的时候，也往往会出现转折，还会出现一些新的力量……（不过，我是多么大胆地引用了库普林的想法。）

关于疾病我想写几句。如果疾病不是很重（我泛泛而言），那它甚至可能是一种快乐。我情愿得病一段时间，假如你能伺候我的话。但是得严重的疾病，久病不起，那就失去了全部诗意的色彩，就会成为一件彻底的坏事。

如果有一天疾病真的要来，我就不会离开你。只有我一个人守护在你身边……我与你将活得很久很久，一直活到老态龙钟，活到各种疾病缠身，我们将相互侍奉。

我有一些可怕的过冬计划。我要整天整夜地埋头看书，要看许多书，也许会有一种光明的生活展现在我俩面前，是吗，玛露霞？我对音乐不如对学院课程考虑得那么多。

时光，快点，快快地飞奔而过吧。假如时光能够用皮鞭去催赶，那我大概要挥起所有的鞭子。

1　亚历山大·库普林（1870—1938），苏联作家。

1913 年 10 月 15 日

对你我该怎么办？又收到你的一封来信，写得“不怎么样”，是写得不好的一组信件之一。你写到妻子，写到情人，好，请你告诉我，对此我能说什么？你是不是我的妻子或者情人？真的，我不知道这有什么区别。你是我最亲近、最离不开的人，这就是我要说的一切！假如我已婚的话，那你可能是我的情人，那我也要离开妻子去你身边。可这种事不可能发生——我大概就会永远离开。

玛露尼奇卡[1]，我的乖孩子，我不打算写很多，只想强调一点，请相信我的真诚。对了，你可能会想到我有某件事做得不好，但绝不会想到我说过什么谎话！我讲过自己有许多不好、许多不足，因为我不善于保护你并往往为此感到难过，可你总是什么都知道！

究竟是为什么，请告诉我，干吗要有这些假想的悲伤：“假如发生什么……”如果你相信我，为什么不记住我的话，请记住我向你永远的保证：不会的，怎么也不会，永远也不会。

对了，你是我的妻子，我的第一个女人，我的绝美的情人，二十年后将要发生什么，这不关我的任何事。我俩的婚姻需要的只是对当今的信念。

这是我与你的一次正式谈话。而非正式谈话中我可以对你轻声耳语：这种谈话绝不是只在今天，而今后也不会再有另外的谈话。

唉，假如我俩现在能坐在一起，那么这场谈话大概会以快乐告终。我会轻吻你的双手，同时会说：这一切都没关系，一切仅是一种似是而非的感觉而已，并且在我说了几句睿智的话后，事情就会全清楚，你的心会久久地平静的。

别难过，亲爱的。快了！很快就见面了！

1　爱称，即玛露霞。

钱的事情你别操心，这些钱不是爸爸给我的。谁也不知道这些钱的来路。这是我在这里教课挣的。我很高兴至少能对你有所帮助。你把它们全都用去买服装吧。

衣服不好看往往让人对之有很多想法。可好看的衣服我们又发现不了。（箴言！）

1913 年 10 月 17 日

晚上好，玛利塔·彼得罗夫娜，黄昏好！你的生活好吧？我很高兴你生活得很好，我生活得也特别好（加倍好）。也许，你很想知道，我特别好在何处？加倍好在哪里？情况是这样的：后备军士官生奥谢茨基因对值班军官答话粗鲁，被抓起来关了十昼夜禁闭，鉴于他还犯有另一方面的错误，又增加了五昼夜的惩罚。我想惩罚时间不得不缩短，因为受惩罚的后备军士官生在军队服役期限已经不足十五昼夜。还有一点遗憾，是在军营里没有合适的地方关押被抓的士兵。当然，大家喜爱的长官大人（像父亲一样的军官）根本料想不到，在心爱的士兵中间会有这样一些逆子贰臣。

最近一个时期，我的长官大人真的开始乱骂人了。真是一帮发疯的、吹毛求疵的家伙。

今天是17日，唉，还有十四五天。五十周已经过去，剩下的两周时间很快就会过去的。当你收到这封信，就仅剩十天了。

这一年，是我整个人生中最艰难的一年，给我带来了我现在拥有的一切。真的，再不会有比这一年更差的……假如这一年生活在基辅，那会是另一种样子。会更差，可那是另一种差。究竟会是怎样的结果？难道在这个最好的世界上一切也会好转？难道这个军官的蛮横无理非要给我的人生道路添上一笔？

1913年10月23日

你好，我的好姑娘！我身后的门现在砰的一声关上了，我独自与自己的孤独和思绪待在这里。我有一个任务：要让我被囚禁的时光变成一次消磨时间的有趣的回忆。我会把一切，一切全写出来，要知道当这一切成为往事，也许，对这种经历的回忆会裹上某种诗意的色彩。

就这样，我被关在监狱里：很好，我如今生活的导师是托尔斯泰。我说这话当然指的是他的《神性与人性》。我的生活如今应变为唯一的意志冲动，变为一种不容置疑的精力充沛的追求。我不希望因寂寞而安不下心，不愿意因寂寞而懊丧，痛哭流涕。

我在一张纸上写下了自己的日程安排，还在下面用大字体写了题词：圣母啊，圣洁的圣母玛利亚，请给我力量！在严厉的、落落寡合的犹太一神教里都没有这样一个温馨的角落！我们走着瞧吧。现在，要安顿好自己。

1913年10月25日

军队禁闭室可能就像普通监狱。区别就在于，看守禁闭室的是自己的士兵。这个值班哨兵可能在值班结束后也会被抓起来。如果自己连队的士兵看守，那就更好些。我们在这里十分依赖那些担任看守的头儿，即士官们。被关押者通常认为一昼夜始于中午12点，这正是看守的换岗时间。

早晨6点，是“犯人起床时间”，禁闭室门打开了让他们去洗漱。我把简易床板挪到下边就起身走了。天色还很黑。晨光透过安着铁栏杆的小窗，顺着天花板往下，微弱地射进了牢房。快到8点，牢房里才现出了一丝鱼肚白，光线亮得已能看书了。瞧，现在正好是早上8点。

洗漱之后，就坐在昏暗中静等看守人到来。终于听到一声“送茶来了”。看守走到牢门前，把茶壶嘴从门上的一个“小孔”伸进来，把递过去的茶杯倒满。

一整天能听到的是“押送员！整理装备！”的喊声，再就是钥匙的叮当声和押送员押送犯人的声音。

下午5点，天色开始暗下来，可是不给灯。我这时搞自己的音乐活动，进行视唱练耳练习，回忆各种歌剧音乐，吹口哨和唱歌。

右边的邻居是个犹太人（因偷盗被关起来），他整天唱犹太歌曲，念祈祷词。左边的邻居也唱歌，唱的是一些军队进行曲、圆舞曲，可昨天突然唱了一曲《我的太阳》。

我能够听到在看守驻地有女人的说话声。这声音来自哪里，是怎么回事？原来，在一个牢房里有个十二岁男孩，他是军事音乐学校的学生。他被送去学了七年“音乐”。作为对所受教育的回报，他应在军队服役五年，可现在他在等待法庭判决。他被抓是因为第六次逃离服役的部队。他是个聪明机敏的男孩，当然，已被培养成一流的罪犯了。有个士兵获准休假去了塞瓦斯托波尔。这个男孩趁机把他的票改成了双人票，并跟着他一起走了，还考上了一艘军舰的乐手。“我一生的梦想，就是去那里。”过了两个月，原部队开具了几个证明，并通过羁押站把他押送到团里来。一路上，他被关押在许多的禁闭室，还有一次被押在沃罗涅日，他是在那里出生的。他在那里见到了自己的母亲。“她来了，拿来了香肠。她刚要开始哭，我可不喜欢这样，我就回到自己的禁闭室。她停止哭泣后，我才又走出禁闭室。”

接触过这种冷酷残忍的军营环境之后，大多数成年人都会成铁石心肠，并且头脑将永远变得麻木不仁，你想象一下，玛露尼亚，在多年之后这个小男孩的心灵将会变得多么空虚。

他下一步的命运是：被羁押到开庭审判，之后是法庭审判，根据判决结果，他将在音乐学生感化营（供儿童的）服刑，惩罚期满后回团队再服役三年。

一个折磨人的晚上。整张床让人睡不好觉，我把军服裹成一卷当枕头，再穿上军大衣才睡着了。这里不给发被褥，硬邦邦的床板把两肋、双肩和两腿都磨破了。你睡上一小时就会醒来，之后便辗转反侧，难受不堪。我这个人对生活条件要求并不高，何况什么环境我没有待过，但睡这种硬床板依然觉得相当难受。

我记得，有一次在军事训练中不得不宿营在地上，可整个夜晚还睡得很香。不过，这没什么。现在是白天，夜晚也并不可怕。

我对今天几乎很满意。早晨学了法语，白天看了一本经济方面的书。明天会把学习安排得更好。今天，午饭前的时间不知不觉地就变成了午饭后的时间，因为前后的界限就在于私自搞来了两小块奶酪。我请一位哨兵去买，他就向小铺跑去！

黄昏时分，一片昏暗。才下午4点钟，我的这一天就要结束。还剩下五个小时步行时间。我的一个邻居在忧郁地唱歌。我在脑海里回忆着音乐，今天想的是拉赫玛尼诺夫的作品。此刻哪怕能看你一眼也好哇……再轻轻地吻吻你的手，可什么都看不到，再见，乖孩子！

巴拉丁斯基的诗句一直萦绕在脑际。我记得很清楚，还记得莱蒙托夫的诗句，普希金的诗则记得更多。

1913年11月5日

监狱囚禁结束了。我现在回到了私人公寓，等待服役期满的命令。

团里赶来了一大帮人（预备役兵），大约有一千五百名身材魁梧、蓄着大胡子的男子汉。他们此刻在窗前整好队去吃午饭。现有的几个铜桶和铝桶不够用，又从澡堂里拖来了几个黑乎乎的铁皮盆，就把做好的汤羹倒了进去。

傍晚，我沿着预备役兵兵营走了一圈。人多得很，他们全都没脱衣服睡在稻草上，传来了阵阵的呼噜声，有人还偶尔从梦中喊一声，说梦话骂人。这是一批普通百姓，我与他们一起生活了整整一年。我跟他们打成了一片，往往看不出我们之间的差别。他们全都觉得我与他们是一样的人，就是说，根本不存在什么互相不理解一说。这帮人令人苦恼，也让人不感兴趣。他们在多数情况下并不与人为善，邋里邋遢，他们还喜好功名，并对成功者的一切都宽容，真是些可恶的家伙，他们不很聪明，有时还毫无目标、无缘无故地变得残酷无情（耍流氓），他们尊重科学是出于功利的目的。

个别人总会有的。唉，不过我看到的这种人确实很少。其实并没有什么个别人，而偶尔有一些个别的行为。有时候，我仔细观察所有人，看能把对谁的一些记忆储存在我自己已不太遥远的新生活里。根本没有什么个别人，就连个别的行为也会很快忘却，只留下某个单调、平淡的背景。没有人物，没有生命，没有色彩亮丽的亮点。单调乏味，毫无色彩，就是一张包装纸而已。

我甚至感到委屈。普拉东·卡拉塔耶夫[1]在哪儿？给《雪姑娘》《鲍里斯·戈东诺夫[2]》提供素材的那些人在哪儿？营造克里姆林宫的那些人，讲述妙趣横生的民歌和壮士歌的那些人哪里去了？模仿米库拉·谢利亚尼诺维奇[3]的小孩在哪里？哪怕是偶尔提及的伊凡

1 列夫·托尔斯泰的小说《战争与和平》中一位农民主人公。

2 鲍里斯·戈东诺夫（1552—1605），俄国贵族，沙皇费奥多尔的内兄。从1598年2月17日起为俄国沙皇。

3 米库拉·谢利亚尼诺维奇是俄罗斯壮士歌中的一位勇士。

王子[1]在哪儿？马利亚温[2]画上那些勇敢热情的人们又在哪儿？

难道仅仅是因为我们在奥伦堡省吗？诚然，这个省土地贫瘠，令人苦闷。可难道在奔萨或在里加的某个地方就不这样了？他们唯一能够办好的事情，就是去打仗，什么都不想地静静死去。只要你下命令，就无怨无悔去死。这些想法令人感到凄凉。

车里雅宾斯克—基辅

雅科夫致父母

1913年11月5日

无论钱还是信全都收到了。可依然没有给我们下达命令！通信也让我烦透了，我很高兴这种通信方式很快就会结束。我觉得这一年长似十年。不过，一切还令人难以相信。只要我没有见到你们来车站接我，我就不相信我的服役已经结束。我这一年过得很不好，见不到亲人们，看不上戏，听不到音乐，不能很好地学习。结果人变得孤僻自闭……因此，我大概从没有像现在这样渴望学习。况且，我还不知道，等待我的将会是怎样一些折磨，要知道我完全忘掉了该怎么学习。要想能安下心学习，恐怕要经过很长时间。尤其让我担心的是财务法课，我这里没有所需要的书籍，可在基辅也不容易找到它们。然而，我倒是把政治经济学背得滚瓜烂熟。遗憾的是，还得再考一次统计学，这真让人窝心，因为我在上大学二年级时就考过了，但现在增加了内容，因此需要重新考一次……

对啦！如果有可能，请给买一张12月份交响音乐会的套票。

---

1 伊凡王子是俄罗斯民间故事中一个最主要的人物。他往往以与邪恶作斗争、帮助弱者和受欺负者的正面形象出现。

2 菲利普·马利亚温（1869—1940），俄国画家，精通现代派印象派和表现主义绘画。

我很想听听音乐会。现在，看电影是我唯一的安慰和娱乐。我经常去看，而列车时刻表现在竟然成了我最喜爱的一本书。

车里雅宾斯克—莫斯科

雅科夫致玛利亚

1913年11月6日

命令还是没有下达！我的计划是这样的：只要放我回家，就立刻上车站，乘火车在莫斯科停留一两天，之后去基辅，考完几门考试（一部分！），两三周过后去找你长住。在莫斯科停留一事我不会告诉家里任何人。他们已等得不耐烦了，可我不耐烦得更厉害，有几个夜晚连续梦到你……唉，乖孩子，离开妻子是多么难过……我的这种感觉是一阵一阵的。你本人也是知道的。深深地吻你，亲爱的！

没关系，再熬几天。“熬到头的人——就会得救。”不过，我们很快就会熬到头了。何况，这是一种多么辉煌的结束啊。几乎从被羁押的处境一下子回到了神学者小巷，登上四楼，就要住在天堂，这难道不是一种天堂式的无比的幸福？我回天堂居住的日子指日可待，你将成为我的妻子！

基辅—莫斯科

雅科夫致玛利亚

1913年11月21日

喂，玛露尼亚，我可以告诉你一点有趣的事。把自己的两只小耳朵掰得大些（顺便吻吻），听听是什么事。昨天，爸爸在客厅进行照例的午饭后散步。已近黄昏时分，妈妈坐在摇椅里，手里拿着针线活儿。我走进客厅，拉起爸爸的一只手，与他并排走。

“爸爸，我有件事需要跟你说。”

“说吧。”

于是开始了一场关于你，关于我和关于我们未来的长谈。顺便提一句，他说，与你这样的妻子在一起，生活就完全不可怕了。“如果生活中出现困难，她会很好地克服并帮你渡过难关。”你看！让我吃惊和高兴的是，他根本不坚持我在基辅住，这就是他还对我说的：到5月份，你会得到学院的一份学业证明，到8月份你结束几门国家考试。届时你就可以彻底去莫斯科。我在莫斯科那里还有些关系，你也许能够找到份工作做，这可能会更好。不过，第一年我愿意全年给你们寄钱，需要多少就寄多少。刚开始生活不要过分讲排场，甚至可以先租一个房间住。

现在我要赶紧写完，爸爸指定上午10点钟要到裁缝那里。我们定做了两件西服（他的和我的）和两件大衣。

1913年12月31日，晚上

这一年即将结束，这是我度过的最美好的一年，快乐而具有决定意义的一年。1913年——这是我整个人生的一个标签。我已学会理解自己，也理解了你，并且懂得了自己应怎样去生活。我很难确切地用言语去描述这种生活，但已有了这种生活的一种稳固的根基和完整的基础。

我不是寻神说者，不是斗士，不是诗人，也不是学者。但我要努力真诚、真实地生活，要永远学习并做个有同情心的人——假如身边有人呻吟。再就是我将永远深爱自己挚友般的妻子。

快到晚上12点了！身处喧嚣的社会，你能快乐吗？让诸神约好，给你寄去整筐的快乐和大堆的鲜花。

我孑然一身，但没关系。你把门砰地一关，我们就是两个人了，直到第二天早晨都是我俩……

我出去散散步，快乐起来吧，我的玛露霞！

莫斯科—基辅

玛利亚致雅科夫

1914年1月5日

现在夜深人静，所有人都已入睡，我在给你写信。虽然我也很累，可不想睡觉。整个这段时间白天和晚上都在排戏。对于演员来说，过节是最艰难的时光，不过我觉得无所谓。工作对我不是负担。只是白天演出时我把一只脚崴得很厉害，又肿又痛。

我希望拥有健康、力量和魅力，希望有几套精美的服装，还希望能有几天自由的日子，不去培训班，也不去剧院，什么活儿都不干。我想着你什么时候能来，我就说自己病了两三天。昨天我参加了贝娅塔家里举办的晚会。今天有人打电话对我说："昨天，您不但有趣，而且还很漂亮。双眸炯炯有神，脸颊绯红……"

我买了一顶新帽子，戴上很合适。还买了一双新鞋、一件新衬衫和几件黑色的新针织"内衣"，穿上暖和，也雅致。内衣两侧还有带子编织的精致的黑纽扣。等到你来这一切就变旧了！真令人恼火！

你一定要在25日或27日离开家。我不希望你27日来，那就28日到吧！我讲迷信，这很蠢，也很可怕，可就是这样。七这个数对于我是个不祥之数。若有可能，我会给你讲一下我的这一弱点。你若来晚一点，有其好的一面：20日至22日我可能有情况……26日至28日就彻底完事了……

雅卡！我亲爱的，我的心上人……我的雅努西亚[1]！我准备好你的到来。新娘在结婚那天应穿一身新衣。那天，我全身都要穿新衣服，还要有很多的鲜花。

我完全、彻底糊涂了。没有朋友们参加，没有父母的祝福（母亲总要对女儿说点什么），仅我们自己，我俩要去教堂，我们婚礼上只有我们两个人。这既可怕又有趣，我的脑袋现在就晕……我已经在想，就像你，完全像你说的那样……我们要生很多孩子，生个男孩叫亨里希，像你说的那样；而生个女孩叫艾丽嘉，诚如我希望的那样。你喜欢吗？你将有个糊涂的、傻里傻气的妻子。这不会让你怯而止步吧？

1 爱称，即雅科夫。

第二十七章

娜拉在美国与维佳和玛莎见面

（1987年）

娜拉与坦吉兹在一起工作总特别走运，即便是各干各的，有时也同样有满意的结果。不过，当他俩一起干活儿时，就连他们身边的空气也变得清新，演员们能够发挥出自己的潜力，音乐也更响亮，一切如鱼得水，喜气洋洋，并且总是很走运……当然，下列情况不能算在内，诸如，并非总能与领导搞好融洽的关系，还有些排好的剧目首演式后就被停演……契诃夫的那部剧首演式后就遇到了这种情况，排演萨尔蒂科夫-谢德林的一个剧首演式后情况也是如此。有时候，观众和评论界人士，尤其是戏剧联欢节的观众和西方观众对他们排演的剧目感到欣喜若狂。他们受邀去了南斯拉夫、波兰等国，有一次，坦吉兹还应邀去了爱丁堡戏剧联欢节[1]，当然，娜拉那次没有去。

这次他俩在莫斯科一炮而红，这是排演果戈理的一部作品带来的成功。他们排演了《地鬼》一剧。戏剧脚本是娜拉自己改编的，她改编得十分自信，在《卡门》之后，她积蓄了相当的勇气，担任了两个角色，既是编剧，又是舞美。剧本叫做《霍马·布鲁图[2]》。剧排演得很成功，诚如构思的那样，这与其说是个恐怖剧，

1　此处应为“爱丁堡国际艺术节”。

2　霍马·布鲁图是小说《地鬼》的主人公。

莫如说是部喜剧。她把增加的一个线索塞到了剧中：女巫潘诺奇卡与返老还童的配角赫薇希卡为争夺“哲学家”展开了一场无言的竞赛。两位竞争者中间究竟谁胜了，结果并不很清楚……坦吉兹对剧本结局是满意的：霍马画好一个魔圈后，开始为危险的女亡者祈祷。地鬼抬起了自己耷拉到地面的眼皮，开始了一场精彩的巫婆舞蹈狂欢会，太阳刚射出第一道光辉，雄鸡就开始啼鸣，有些圣像倒在地上，群魔卡在圣像壁的孔眼上，一切牛鬼蛇神，还有一些旋即出现的村民——他们长得与魔鬼几乎差不多，全都在圣像壁的孔眼上挣扎，鸡叫三遍的时候还卡在那里。唯有女巫潘诺奇卡和赫薇希卡在最后一轮交锋中扭打在一起，还在为争夺霍马继续相互揪着头发……总之，这是一部哥特式的小说！该剧的音乐是位青年作曲家写的，结果成了先锋派音乐与民族音乐的滑稽的混合。舞蹈导演是位民间舞的老行家，他在俄罗斯是几乎被禁的踢踏舞大师，坦吉兹把他从彼尔姆请来。他的舞蹈动作编排得很煽情。

百老汇戏剧经纪人费利克斯·科恩正做客莫斯科，有位戏剧界朋友把他拉来看这部剧。费利克斯·科恩观看后欣喜若狂。

演出后，那位穿着鳄鱼皮皮鞋，满脸皱纹、满头染发的美国人邀请坦吉兹和娜拉去饭店用餐。他们在红菜汤、饺子和伏特加伴随下度过了一个愉快的晚上，晚餐拖得很晚，结束时，美国经纪人向他俩提议把这部“十分俄罗斯”（“very Russian ”）的剧作移到美国舞台上去演……

坦吉兹和娜拉走出了饭店，就把美国人的这个愿望忘得一干二净。可这件事还真的有了进展：一个半月后，费利克斯·科恩发来了邀请，邀请人还负责往返国际机票和住宿费。

与全苏戏剧家协会领导的多次周旋以及办理出国去美国的签证就拖了大约八个月，不过他俩最终还是去了纽约，并赶上了百老汇的“戏剧演出季”。俄罗斯那时又一次成为时髦，科恩认为，“俄罗斯”戏剧就像套娃、军帽、木勺和巴甫洛夫镇生产的围巾一样，很好地载入俄罗斯纪念品的行列。全新的环境让坦吉兹和娜拉感到震惊。他们两人都明白，他们的位置处于“百老汇之外”，就是说，处在世界商演（即便是很有质量的演出）艺术中心之外。但是，也不能轻易放弃这样一些建议，于是娜拉在最初几天就开始构想，怎样才能让自己的剧目适应当地的荒诞不经的环境。起初，她给剧想出了一个英文名字——《哲学家托马斯·布鲁图斯》，这让坦吉兹很开心。就是要让观众绞尽脑汁，去想想剧中的哲学家在哪里，是怎样一位托马斯，布鲁图斯又有何相干……至于说乌克兰歌曲和俄罗斯歌曲并不完全一样，这点根本就没有人去注意。

娜拉和坦吉兹飞到了纽约，下榻位于第六大道与第七大道之间第四十二街上的一家旅馆。他们到达的当晚，齐帕就跑来看他俩，玛琳娜·齐普科夫斯卡娅早就定居在北曼哈顿了。两天来，有几个次要人物带领他俩观看了剧院，第三天科恩本人才出现，他抱歉地说自己刚从欧洲回来。谈判只用了一小时，他们把一份俄文脚本留给剧院翻译，还留下了剧中的音乐录音带后就走了。这次见面有点让人生疑。说到底，美国人花了大价钱把他俩请来，可为什么一切进行得不那么认真和正规——这就是他们的问题。科恩给人的印象是，他这个人要么在生意上，要么在私生活上，有些事情不痛快。

三天后，他俩就从宾馆搬到了齐帕家住，并继续考察这座城市。这是世界上最繁华的一座城市，可有点不像现实的存在。齐帕对纽约爱得要命，但这几天忙于自己的工作和那对双胞胎孩子，因此不能陪他们逛自己心爱的一些地方，只是给他们“指点指点”。

他们两人在城里漫步，这座城市里应有尽有——各种肤色的人们在划成方格的街上行走，光怪陆离的色彩令人惊愕，异国食物和强力除臭剂散发出种种气味，街头音乐的声音令人振奋，一切都很陌生，一切都搞不明白。玛琳娜每到傍晚给他俩解说一番，可他俩还是一头雾水，并没因她的解释对美国的生活了解更多。

离开美国前一天，娜拉让坦吉兹去逛大都会博物馆，自己从宾州车站乘车到长岛，去维佳那儿做客，想瞅一眼维塔夏这个美国人……况且，尤利克也请她去父亲那里一趟，要给他拿回来几张十分重要的唱片，那是维佳给儿子买好的。

在站台上迎接她的并非维佳一个人，他身边还站着一位脸色砖红、块头很大的女人，她咧开大嘴笑着。那个胖女人让人顿生好感，娜拉第一眼就明白维佳落到了一个好女人手里。让她那只长满雀斑的胖乎乎的大手一握，娜拉干巴巴的手几乎都看不见了。

"欢迎你来长岛，娜拉！"

维佳的样子丝毫没变，只是皮肤晒得黝黑，并且穿着像个美国人，一条短裤和一件拖长的绒线衫。他们坐进一辆旧的大汽车就开走了。车是玛莎开的，维佳坐在副驾驶位置上，那副样子就好像他从没有坐过其他的地方。维佳一路上无话。玛莎说话相当快并且不很清楚。娜拉猜到了玛莎是想拉她到长岛转一圈并且想让她看某个东西，而这个东西就是"光屋"。他们开车走了好久，驶过了高楼林立的城市，又穿过了楼房低矮的郊区，一切景物沐浴在阳光下熠熠闪光，道路两边大片美丽的美国风光，色泽锃亮得就像在明信片上印的一样。最后他们驶到了海边，娜拉这时才明白"光屋"就是灯塔。

"想登上去吗？"维佳问，玛莎又说了一句听不清楚的话。

"玛莎不会往上爬的，她的腿脚不好使。"维佳翻译道。

那个灯塔旁有座博物馆，可他俩没有进博物馆。游人并不很多，因为旅游季节已经结束，尽管天气还很暖和，才是10月末……在灯塔入口处，布置了一个街头灯具和透镜展览，可他们没有观看那个古董式的技术展览，而立刻沿着狭窄的梯子往上登。他俩登了好久，就连腿脚麻利的娜拉都觉得累了，可等到他们上了瞭望台看到那幅景色，就感觉费了多大劲儿也值得。

“这是蒙托克角灯塔[1]，它似乎是美国最老的一座，”维佳指着灯塔说，“玛莎已带我来过这里。”

海洋浩瀚宽阔，两角呈圆弧状，因此仅凭肉眼也可以看出地球是圆的。只是不大清楚，地球是个圆盘还是圆球……就凭着罗得岛岸边落在地平线之下这点判断，地球多半是个圆球吧。况且，没有这样一种透视法（无论直线透视、反向透视，还是球面透视）能够绘出这幅景象，因为大自然空间的存在规律凭人的肉眼或智力完全无法了解……就连这里高处的风也似乎是圆的。于是产生了这样的感觉，好像她站在世界之巅，她被世界包围着，就像一粒种子裹在果肉里……

“娜拉，”维佳碰了一下她的肩膀说，“我需要离婚。你能否在那里办离婚手续？哦，就是我不在场办理，省得我回莫斯科一趟……”

“什么？你说什么？”娜拉没有立刻明白他的话。

“玛莎不知道我已婚。我有儿子，她知道，可我已婚，这点没有告诉过她。”

“那你说了什么？”

“说你是我的同班同学……是女朋友。”

娜拉已忘记了大海的美景，也忘记了那个圆形的世界，刚才

1　蒙托克角灯塔建于1796年，是纽约州的第一座灯塔，美国第四古老的灯塔。

她还像一粒种子裹在那个世界的中心……

“你撒了谎，维佳？你？说谎话了？这是生平第一次吗？”

维佳脸上慢慢露出了笑容。随后维佳还笑出了声，他俯身对娜拉说：

“娜拉！你知道格里沙·利伯如今是怎么说的？他说是女人强迫男人说谎话。他现在每天看《摩西五经》，也就是我们说的《圣经》，并且他还试图让现代科学与上帝的《旧约》并存。他还说谎言都是女人想出来的……”

“可我这一辈子都认为你这个人为人忠厚。”娜拉几乎呻吟着说。

“你不了解玛莎。她这个人才忠厚老实……”

“你要与她结婚？”

维佳没有作声。他用一个指头抠了一下栏杆，之后又挠了挠耳朵，叹了口气说：

“我觉得玛莎想……你要知道，身为天主教徒，她感觉很不舒服。坦诚地说，这样做大概对我也无妨……”

对你也无妨！好你个维佳！他俩依然站在瞭望台上，可娜拉已忘掉观看那里的全部美景，仿佛根本就没有什么美景……维佳总是像自己平常一样，他这个人不会有什么意外举动，他率直得像根杆子，诚实得像一声枪响……是我错怪了他，还是他在这一年半里真的变了？

“好，行。我会给你寄来离婚证书。只是你应告诉玛莎，我是你的妻子，而不是什么同班同学……”

“但毕竟也是同班同学嘛……”他坚持道。

他们又登上了几个台阶，之后走进了一个玻璃屋，那里正是安装着灯塔光源的地方。有个巨大的透镜，像西瓜那么大，昼夜不停地把自己的光束射向四面八方，可白天光线就显得并不那么强烈。灯塔完全不再让娜拉感兴趣，他们走出了那间玻璃屋，开始沿着陡峭的梯子往下走。

“你亲自说还是我来说？”娜拉问。

“怎么都行。”维佳嘟囔了一句。

玛莎在下面等着他们。他们一起向海岸边走去。诸多巨大的石板围在灯塔四周，汹涌的浪花拍打着海岸，冲洗着岸边的卵石。

“你知道吗，玛莎？我是他的首任妻子。”娜拉指着维佳说。

“我猜到了。”玛莎微笑着说，她的脸本来就红，这下子就更满脸通红了，“我看过尤利克的照片，你俩长得很像。”

“娜拉，你现在好像以我的名义在向她求婚。”维佳指出这点。

“此话怎讲？”

“你看，你说了自己是‘首任妻子’。她总会数到二吧！那她就是第二任妻子……”

“你自己说过，这对你也无妨嘛……”

“你太较真了。我才开始考虑这个问题……”

“有什么可考虑的？她与你很般配……”

坐进车后，他们就向维佳的家的方向开去。他们租的是三间一套的公寓，外观简陋，可方便适用。有两个卧室和一个大餐厅。在餐厅里挂着乔伊斯与某个蓄胡子的老警察的合影。原来，那是玛莎的祖父，看来她在这里已完全住惯了……晚饭玛莎做了爱尔兰民族喜欢的土豆炖肉，几块光滑的牛肉炖得很烂，外加土豆和洋葱，可娜拉却卡在喉咙里咽不下去。

他俩真的很般配——两人的块头都很大，脸色都是粉红，两人都爱吃肥肉喝甜啤酒。此外，玛莎那双赞叹的眼睛一直盯着维佳。

“喂，快，快点向她求婚吧！”娜拉催维佳赶紧做出尚未成熟的决定，“现在，就当着我的面！我会把离婚证书寄来……时间就在最近。”

晚饭后，玛莎开车把娜拉送到了车站。娜拉到纽约一路上都面带微笑，好像做了一件极好的事。二十六年来，她一直处在这样一种荒诞而友好的婚姻关系中，可不明白自己为什么没有早点离婚……可能是离婚没有任何意义。已快到宾州车站的时候，她才想起忘记拿玛莎给买的那几张唱片，那是尤利克向父亲订购的……

第二天，坐在飞机里等待起飞的时候，娜拉对坦吉兹说：

“你知道吗？我好像把自己的丈夫给嫁了出去……”

坦吉兹把眼镜往下挪到鼻尖上，从镜框上面瞅了娜拉一眼，问道：

“这是威胁吗？”

“安心活着吧，坦吉兹。这对你没有任何威胁。”

至于《地鬼》一剧，在百老汇剧院从来就没有上演过……

第二十八章

一只左手

（1988—1989年）

娜拉在十五岁就选定了戏剧舞美师这个职业，她知道自己其实也能做些其他的事情，诸如，当个导演，甚至可能当戏剧导演，也可能做演员，或者最终会做位教育家，但绝不可能成为医生、工程师，或者数学家。可坦吉兹做什么工作都可以，当葡萄酒酿酒工人、心理医生，甚至能去大市场当售货员。他干什么都行，除了那种外在纪律要求严格的职业，譬如，当军人或者电气火车的司机。而维佳除了从事数学其他就什么都干不成。然而，在尤利克身上从小起就有一种根本搞不明白的现象：他什么事儿都可以做，但只是凭着一股子热劲儿。只要那股热劲儿过去，他就立刻扔掉自己做的事情。若想强迫他去做一件不合他心思的事情，那绝对不可能。因此，最好能有这样一件事情，一件唯一能够攥住他的身心，经常让他不离不弃的事情，就像维佳研究数学那样。

快到十二岁的时候，这种事情才刚露出端倪，那就是音乐。但不是泛泛的音乐，而纯粹是披头士乐队的音乐。他把他们演唱的歌曲一首接一首地“录下来”，他的这种躁狂的辛劳把娜拉都弄得疲惫不堪。娜拉尝试着采取了一些措施，想让尤利克摆脱对披头士的崇拜，试图让他进入一个正规的音乐学校，在那里能进行音阶练习，弹奏格季克[1]练习曲，上视唱练耳课和普通的合唱课。但尤利克学习正规的音乐根本不行。每当开始去上一些正规的音乐课，他就会找各种理由逃课——不是教师不好，就是他不喜欢这种乐器，再就是一起学习的学生对他不满，因此他就拒绝去上课。

几年已经过去了，可他依然停留在对披头士的迷恋上。他对自己喜欢的歌曲背得滚瓜烂熟，无论是每个人单独的演唱，还是他们在一起的演唱，音乐离尤利克的偶像所唱的歌曲愈远，就愈让他不感兴趣。披头士乐队的每张唱片、每段录音只要落到他的手里，那就变成了他生活中的一件大事。披头士成为他唯一的老师，并在那几年间，除了这个举世闻名的青年乐队的歌曲，他不接受任何其他的音乐，可娜拉对披头士的演唱却有一种过敏反应。娜拉试图引起他对另外的一些音乐的兴趣，有时候领他去音乐学院听音乐会，有时领他去听歌剧，让他接触一下“军火库”[2]的演出。阿列克谢·科兹洛夫本人那时也是披头士的狂热崇拜者，似乎给尤利克留下了一些印象。尤利克耳朵听到的所有音乐都能分为两类——“是他们”和“不是他们”。坦吉兹有时候来，他是尤利克的一位很好的对谈者，因为坦吉兹也喜欢利物浦的这个乐队，并且总是给尤利克拿来某些旧的新奇唱片。

“可总不能把迷恋披头士当成一种职业吧！”娜拉劝坦吉兹相信，但坦吉兹向尤利克眨一下眼睛，摊开两手表示反对，故意显出自己的格鲁吉亚口音说：

“为什么？当出租车司机为什么可以？当自来水管道工为什么可以？当民警为什么可以？而做个披头士迷为什么不可以？娜拉，

1　亚历山大·格季克（1877—1957），苏联曲家、钢琴家和教育家。苏联管风琴学派的奠基人。

2　“军火库”乐队是苏联萨克斯手和爵士乐手阿列克谢·科兹洛夫在1973年组建的苏联第一个摇滚爵士乐乐队。

为什么男孩不可以做一个披头士迷？”

他丢掉了自己的格鲁吉亚口音，又补充了一句：

“娜拉，这很有意思，对于列侬[1]来说，埃尔维斯·普雷斯利[2]就是神，而对于他们，摇滚乐是世界的造物。在埃尔维斯之前，似乎没有什么音乐……文化就其本质是可以引证的，我们的引文很多，可对于他们，整个世界就是从一处引文诞生的……”说到这里他笑了起来，“我们知道的东西太多了！”

尤利克对上学毫不感兴趣，他的学习成绩勉强及格，只是在娜拉的鼎力帮助下才升了班，可他对此并不担心。就连在学校上各门课，他也没有感到特别的负担，因为他善于在几何课和化学课上沉湎于自己的音乐梦幻中。在学校里，男孩女孩们几乎都喜欢他，尽管他没有朋友，并且也极少想知道自己的同班同学以及他们之间的关系。几个老师虽认为尤利克这个孩子是个懒虫，游手好闲，不务正业，可就连他们对他的态度也不错。尤利克与人为善，待人真诚，长得也招人喜欢——面孔白净，满头鬈发，个头也不错。一排门齿一个压一个，像小船一样突出来，可并不影响他的长相，甚至赋予他一种幼兽的可爱表情。

自从他有了一把吉他后，就不再提出一些老掉牙的幼稚问题和猜测了。他从小就向娜拉接二连三提出的那些问题和猜测让她感到惊讶。八岁的小男孩拿起一把勺子尚未送到嘴里，就停下来说：“妈，生命就是肉体与灵魂之间的一个缝隙……”或者他还没有从口中把牙膏吐出去，就告诉她：“娜拉！我知道了！生命就是地狱与天堂之间的一个空间……”娜拉高兴得都要雀跃起来，可并

1 约翰·列侬（1940—1980），英国摇滚乐队披头士成员。

2 埃尔维斯·普雷斯利（1935—1977），美国歌手和演员，20世纪流行音乐最成功的演唱者之一，绰号“猫王”。他是摇滚乐的偶像和象征。

没有发现什么可惊叹的："假如你再能把屁股擦干净，你就更是无价之宝了。"

随后，她便听到了一句回答："妈，你倒是看见了我的屁股在哪儿，可很难从后面把它擦干净呀。"从擦屁股一事起，他渐渐学会怎么对付妈妈了。

仅过去了几年，如今音乐似乎让他摆脱了存在主义的不安，因为这种不安是由永恒、时间、自由和上帝等概念以及一些抽象而无法解决的难题引起的。所有这一切是他凭着自己的力量，借披头士之助，通过弹吉他慢慢"赢来"的。他吉他弹得很忘我，却相当笨拙，还带出一种不明显的潜在笑容，这从他向上蹩起的嘴角纹可以看出来。这一切娜拉都看在眼里并感到了伤心，因为这又是一种缺乏天赋的演员气质……可男孩已经长到了那种该是考虑让他做什么事情的年龄。

娜拉回想起维佳在这个年龄的时候，维佳那时候全身心扑在数学上，对所有其他的东西毫无兴趣，因此，尤利克与同班同学的关系融洽让她很高兴，尤利克的那种披头士式的胡弹乱奏居然能使他成为青少年所有聚会的中心人物，而学习成绩低下并没有影响他在同学中的声誉。学校里有这样一种总体气氛，学习优秀生并不招人喜欢，而在运动和音乐上突出的学生，或者好捣乱的孩子则更有魅力。在学校里，列入优秀生名册的学生不如以捣乱出名的学生有威信，这是一种是非完全颠倒的现象。

尤利克无节制地看书、与娜拉一起看戏和参观展览的日子，就在坦吉兹给他拿来第一把吉他那天宣告了结束。吉他让他在学校一些差生中大受欢迎，从那时起，他有好多年离开了"好孩子"的圈子，娜拉十分明白这点。然而她没有办法反对儿子这样，因为她自己在中学时代也总想脱离一些"好女孩"……

12月初，在班上“最爱捣乱的学生”谢廖加·齐克罗普过生日那天，尤利克收到了一个突如其来的礼物——一个用硬纸板盒包裹的军用炸药包。谢廖加是个留级生，全班年龄就数他大，他经常庇护甚至关照尤利克。他坦诚地警告说，炸药包虽是训练用的，但也能正常爆炸。

那个炸药包在桌子的抽屉里放了几天，可尤利克脑海里一直想着要把它引爆。当尤利克独自在家的第一个傍晚，他便从抽屉里拿出那个炸药包去了厨房，当看见那根露出硬纸板盒外十五厘米长的卷捻子在诱人地摇晃时，便去点燃它。那根捻子一下子就点着了，火头燃得自信，又快又兴奋，根本不打算熄火，当燃烧的捻子头距盒口一两厘米的时候，尤利克感到有些不安，于是决定终止自己的这个试验。他拧开水龙头把燃烧的捻子放到水柱下面。然而，原来这种捻子具有某种特质，水根本浇不灭它。他在厨房里焦急地转悠，本想把炸药包从窗口扔出去，可窗框已旧，使劲拽也打不开窗户，于是尤利克赶紧去厕所，想把已接近炸药盒的捻子用坐便器里的水淹灭，但他来不及了。他还没有跑到厕所，炸药就炸开了。砰的一声炸得整个小厨房都晃了起来，死死镶在窗框上的玻璃全都震碎了。这次爆炸震动得相当厉害。

“一只手被炸掉了。”尤利克皱起眉头，闭住气息，不知为什么还等待着另一声爆炸。可是另一声爆炸并没有发生。他睁开了眼睛，什么都看不清，眼前烟雾缭绕，有点打仗的味道。那只手还在，可虎口处裂开了一个烧焦的伤口，还悬着一块肉，与商店里卖的肉毫无二致……鲜红，还有几根白色的青筋……

“我的左手！”尤利克大声喊起来，“左手完蛋了！”

永别了，吉他！手不是很痛，要是把头炸掉才好哇！他挥动着一只血淋淋的手，在房间里哭喊着跑起来，把自己的鲜血抹在墙上，滴到地板上，甚至甩到天花板上。他在房间里来回乱跑，耳朵震聋了，也失去了理智，根本听不见有人在发疯地敲门——那是同楼层的几个邻居在敲门。但是他自己也跑到门口，他跑到那儿，是担心失去这只不幸的左手，没有左手还怎么能弹吉他？他打开了门，面前站着三位女邻居和一个邻居老头。尤利克还继续大声喊着："左手！我的左手！"可他觉得他们全都无声地张大了嘴，没有发出任何声音。他的耳朵里好像只有哨声，口中还有一股金属味，这是脑震荡的征兆。最麻利的女邻居跑去叫救护车，而最聪明的女邻居则用毛巾裹住了他的手，同时找他的帽子，并让自己丈夫赶紧下楼发动车，要开车把他送去医院……

半夜1点多钟，娜拉刚进楼门洞，就在楼门口——随后在电梯上发现有留下来的斑斑血迹。她呆住了，并已预感到发生了什么可怕的事情。血迹径直把她带到她家的公寓门口。

在门上贴着一张字条："娜拉，请来十八号公寓一趟。"娜拉本已买好一张第二天飞往华沙的机票，她要在那里的戏剧联欢节上见坦吉兹。他们带去了格尔曼[1]的一部剧，那是一部具有人道主义面孔的生产剧。[2]

当晚就给尤利克做了手术。这件事造成的精神创伤十分严重，让那位可亲的梅德韦杰夫医生坚持认为，受伤的男孩不应住进"外科"，而应去"神经科"，他研究了震伤结果后认定，这次受伤多半是精神上的。第三天，尤利克恢复了听力，可他还在哭，也不回答人们的问话，只是一个劲地说："左手。为什么是左手？宁可伤右手啊！"之后便绝望地抖抖那只包扎的左手。

半夜，坦吉兹从波兰打来了电话，问娜拉为什么没有去，剧作

1　亚历山大·格尔曼（1933—　），苏联剧作家、社会活动家。

2　生产剧是一种特殊戏剧体裁，描写苏联社会工农业生产有关的人物和事件。

大获成功！娜拉说了尤利克受伤一事。很奇怪的是，坦吉兹也像尤利克一样喊了起来：“是左手吗？”

梅德韦杰夫为会诊还请来了心理医生。那位心理医生给开了一些药。这就让娜拉震惊不已。真是讨厌的遗传性！

十天后，尤利克左手的绷带拆了，可手指还肿得像几根小灌肠。尤利克的拇指好几个月都没有感觉。一弹吉他就痛，可还能弹。回家后第一天，他就开始训练左手的功能，想尽快恢复左手的按弦技巧以及指头昔日的灵巧性。

“他什么时候十七岁？”梅德韦杰夫填写出院单的时候问娜拉。

“再过一个月十五岁。离十七岁还有两年……”娜拉回答，同时她很快就意识到医生在说什么。

“应考虑到服兵役的事，要免除他去服役。请把这份诊断书保存好，这里写着‘中度脑震荡外加部分听力丧失’。这份诊断书可能会对您有用。”

阿富汗战争在这个时候已经结束，可娜拉依然害怕尤利克去服兵役。娜拉老早就知道，要尽一切可能让尤利克别去当兵，这就需要她搞一些让尤利克不去当兵的骗局。征兵委员会从一些不愿意让自己儿子当兵的家长那里捞取油水，娜拉也准备好了以无可指摘的艺术形式用各种方法进行贿赂……因此，这时开出来的这份必要的诊断就像是从天而降的。只需晃一下这张真实的白色诊断书，就可以免服兵役了。

尤利克刚出医院，坦吉兹就再次来了。

“孩子怎么样？”他刚进门口就问。

“已回家了！”

“祝贺！”

从尤利克的房间传来了吉他弦发出的微弱的声音。坦吉兹拥抱了娜拉，之后把羊皮袄挂在衣架上。在他的旅行包里放着给尤利克的一件礼物——披头士乐队1970年出的一张专辑唱片*Let It Be*（《顺其自然》），随着麦卡特尼离去，乐队也解散了。可尤利克继续生活在披头士世界里，并且不打算抛开他们。

第二十九章

亨里希出生

（1916年）

1914年春，玛露霞结束了莫斯科的戏剧演出季后回到基辅。她与莫斯科的关系搞得并不融洽。雅科夫竭尽全力想弥补失去的时间，要提早一年学完学院的课程，提前参加各门考试，但已明显看出，他下一年还无法离开学院。于是，他便把妻子叫到基辅来。

夏天，战争爆发了。他俩若再分开就很可怕了。玛露霞很快就给自己找到了一种并非全职的工作，只是干些活儿增加收入而已。福禄培尔学院向她敞开了胸怀，让她为女工的孩子们开设一个舞蹈班，她开始在离家不远的一个剧院学校里为他们上韵律和形体训练课。挣的钱不算多，但在战时，能有一份工作就算不错了。

他们住在雅沙的房间里，这时候根本谈不到离开父母单独去住，这里有诸多原因：战时城市的居民过密，物价昂贵，若分开住，繁杂的日常生活安置和家务琐事必定要落在身体羸弱的玛露霞身上。可在雅科夫父母殷实的家里，尽管有着战时的种种困难，生活毕竟还是舒适的。那间浴室比一切资产阶级诱惑更能引诱玛露霞，它依然提供热水……

一切谈话都要转到战事问题，转到谈沙皇的无能和盟国的卑鄙狡猾上。俄军这时的伤亡惨重，许多人家里都传出为阵亡者痛哭的声音。在奥谢茨基家族里也有在战时发生的一个惨重损失：

雅科夫的大哥、父亲的骄傲、海德堡大学的学生亨里希试图返回祖国，可在途中被敌方当局拘留起来，关在流亡者收容所里。他因患痢疾于1915年1月病逝在格拉茨市附近的塔勒尔霍夫村。

一个善良的朋友通过瑞士转来了亨里希的死亡通知书，还有一个青年人模模糊糊的照片，长着扇风耳，看上去并不漂亮。对于雅科夫来说，这是一个致命的损失。他从小就崇拜大哥，稍大些的时候毫无条件地相信他的一些判断、看法和预测……雅科夫在少年时期就希望有个大朋友，而亨里希就取代了那个大朋友的位置。

1915年，前线战事一天比一天吃紧，在西线进行着残酷的战役，东线的局势也并不怎么好：俄军丢掉了加利西亚和波兰。可事情往往这样，就在这个最不适宜的时候，玛露霞怀孕了。从怀孕最初几周起，要当母亲这件事就十分复杂。她总是恶心，几乎不能吃东西，此外，她对未来还充满恐惧，并对将要出生的孩子有着复杂的感情，她很希望立刻看到孩子是个好玩的五岁小家伙——是一个衣着漂亮的女孩或是个可爱的小男孩。何况，她心里还夹杂了一种深深的怨恨，即使这个孩子尚未来到人世，就已毁掉了她的种种计划，因为她只好拒绝去任教，也不得不终止在学校教舞蹈形体课。由于自我感觉不好，她也不能按照雅科夫提议的安排去上德语课。丈夫坚持认为，现在，即使在战争年代里，德国人依然具有很高的科学潜力，而在教育学和心理学领域不懂德语根本行不通。总之，一个人应当经常提高自己的文化层次，否则就会退化。即将出生的孩子要求做出牺牲，因此她就做出了一些牺牲。

雅科夫的全部业余时间都陪在妻子身边，尽管这种时间并不多：他结束了学年课程，写完了答辩论文，还与校方说好，通过答辩后马上会给他一个助教位置。

玛露霞受着怀孕的折磨，好像就不再遭受一般的痛苦。奥谢茨基一家人恭敬地对待她那微微隆起的肚子，唯有索菲亚·谢苗诺夫娜对他们的这种不寻常的温柔暗自发笑：她是自己母亲生的第十七个孩子，生她时母亲已有一把年纪了，她本人也生过八次，养大了五个孩子，还流过多少都记不清……她并不知道玛露霞在三年前曾有过第一次流产，因此对雅科夫的担心感到奇怪，因为他也把玛露霞怀孕视为患了危险的疾病。玛露霞的父母并不常来看望自己的女儿，他们更希望玛露霞本人能去探望他们。雅科夫的家庭确实殷实富有，而平哈斯·克恩斯只是个不太有钱的钟表匠，因此总觉得老奥谢茨基有些盛气凌人。至于说玛露霞的母亲，她天生腼腆，因此造访女儿住的那个贵族公寓对她来说是个考验。

女用人杜霞发现，家里所有人对玛露霞既小心又关心，于是叫她“公主”，但在十分艰难的怀孕之后，接下来确实就是难产，差点要了玛露霞的命。玛露霞生自己的第一个儿子整整折腾了两天两夜。布吕诺教授是妇产科教研室主任和城里最优秀的外科医生，他亲自主刀做手术，才挽救了母子俩的性命。但手术后又出现了大出血，玛露霞又有几天几夜生命奄奄一息。

雅科夫在亚历山大大街的公共图书馆度过了这可怕的几天。为了弄明白如今在妻子身上发生的事情本质，他潜心钻研费诺梅诺夫[1]的《手术产科》一书。书中有的话他并不能完全看明白，插图更让人看着害怕。他好像参与了玛露霞分娩的过程，也同情她。他几乎没有去想孩子怎么样，玛露霞的宝贵生命压倒了其他的整个世界，他已感到这个世界在他脚下摇摇欲坠。

索菲亚·谢苗诺夫娜因揶揄地对待儿媳怀孕期间所受的痛苦而责备自己，她似乎觉得那种痛苦被夸大了，现在她坐在自己房

1 尼古拉·费诺梅诺夫（1855—1918），俄国著名的妇产科医生。

间里，手拿一本专为女人编的意第绪文祈祷小册子，她一边哭一边并不按照书上所写的祈祷。女用人杜霞跑到马林斯基–报喜教堂，订了一份祈求玛利亚康复的祈祷词，又把一根粗蜡烛插到烛台上。

玛露霞痛得很受罪，可那位令人尊敬的布吕诺教授劝她相信，现在的疼痛是正常的，生命危险已经过去，此刻她能够做的最好的一件事，就是尽快回家休养。医院的供暖不好，房间里很冷，因此他认为家里的条件会让她很快康复。孩子在第三天才拿给她看。玛露霞从来没见过这么点的婴儿，因此看后很伤心：她本想见到一个漂亮的儿子，可这个浑身皱了吧唧的婴儿，皱褶的小脸只引起她的一阵怜悯，于是她哭了起来。

又过了一周，雅科夫把自己稍微长大点的儿子带回家，可这里又有了新的麻烦在等待他们。玛露霞的小乳房肿了起来，奶水迟迟才下来，可那对扁平的乳房就像是两个紧锁的锁头，锁住了宝贵的奶水。往外挤奶水很痛，可羸弱的婴儿就连一滴奶水也吮不出来。她的乳腺开始发炎，体温也升高了，这就根本顾不上什么母乳喂养了。最初一段时间，是一桶昂贵的“雀巢”奶粉救了婴儿的命，那是大家共同想办法才在物资匮乏的城里弄到的。索菲亚·谢苗诺夫娜撒开了自己的亲戚关系网，终于找到了奶妈——一位年轻的村妇，她还带着与一个当兵的生的七个月大的儿子科里亚。索菲亚·谢苗诺夫娜把奶妈娘俩安排在拉耶奇卡和伊娃住的房间里，让两个姑娘搬到餐厅去住。小家伙起名叫亨里希，他不再哭了。现在，他吮吸着奶妈乳房充足的奶水，在奶妈身旁度过自己生命的大部分时光，只要不给他吃奶，他就尖声地哭起来……奶妈的亲儿子科里亚也不表示反对，他显然更爱吃用白色面包干煮的稠粥，那是经验丰富的索菲亚·谢苗诺夫娜给他煮的。

玛露霞的一个亲戚，阿霞·斯莫尔金娜来到了这个家，她是个女医士，向来能给予所有的亲人、朋友和熟人各种医疗帮助，她在基辅的一家野战医院外科当护士，那里经常给运来的伤兵做一些在野外条件下无法做的复杂手术。她有时大清早跑到玛露霞这里，有时来这里又很晚，她给玛露霞身上放上敷布，又是湿敷，又是按摩，脸上总带出这样一副表情，仿佛把她请到家里来是给她的一种荣誉。一周后，阿霞毅然地把滞留过久的奶水挤了出来（痛得要命），并且用一块长粗麻布毛巾把胸部裹了起来，这是为了彻底清除奶水。此外，她还让玛露霞的肚子恢复原状，从肚脐一直揉到耻骨，同时看到了肚皮上精心缝合的那三层缝线，她打心眼里佩服布吕诺教授。阿霞喜欢玛露霞，并准备终生为她提供医疗服务，只要后者允许。

亨里希降生后最初半年的生活让玛露霞感到头疼和痛苦，因为小家伙给她的生活带来了诸多复杂的变化。傍晚，每当雅科夫从图书馆回到家（他如今不能在家里工作），就把孩子给他们送了过来。他俩把裹着襁褓的小家伙打开，仔细观看他的小胳膊小腿，感到了惊喜并渐渐习惯这种新的家庭组合。在孩子没有开始哭的时候，他们三个人还能相互交流。之后，索菲亚·谢苗诺夫娜就过来把孩子送回奶妈那里。

只剩下他们两人在一起了。温存虽盖过了欲望，但相互吸引仍然像以往那样强烈，而生怕给对方造成疼痛的恐惧给他俩的关系注入了新鲜的、之前体验不到的感觉。玛露霞十分懊丧自己的肚子变得如此难看，总想用睡衣遮住它，雅科夫却说伤口让他感到亲切，并且丝毫无损她的形象。相反，这个伤口好像把他俩互相缝合在一起，她带着自己立功的标志更让他感到亲切……从前他们曾想过要有个多子女的家庭，那些幻想是多么空洞和愚蠢，他今后绝不会让她再次遭受这种折磨了……

雅科夫吻了吻就在他嘴边的伤口，他的手指深入了已湿润的禁区深处，在他们多年的关系中，他俩第一次不仅是闻到了身体的气味，而且还体验到了相互达到高潮的滋味……他们又开始聊起了一些与日益复杂化的日常生活无关的事情，编织着未来的计划……

然而，未来到来了，可全然不是他们期望的那一种。前线战况愈来愈糟。1916年秋，雅科夫已在商学院谋到了一份工作，可被从预备役转到现役军队去了。他被派往哈尔科夫的第二后备工兵营，团部乐队属于这个营的编制。这全然不是他过去想听到的那种音乐，不过，他也从来没有想到过会拿起枪。他在哈尔科夫滞留了很久，因为战争转成了一场革命，革命又变成了一场内战。他与自己家人之间隔着几条战线和边境，因此联系有时候会中断好几个月。

第三十章

结　局

（1988—1989年）

娜拉老早就已料到，没有任何一年会平稳地结束，因为往往在12月最后几周要发生一些意外——既有好事，也有坏事，就仿佛所有这些应在这一年内发生，可没有来得及如期发生的事情，在圣诞节前这几天就一股脑儿都冒了出来。12月16日，塔伊西娅来了，她带来一盒从没见过的巧克力和一大捆东西，从里面抽出来一条花格毯子，好像是苏格兰产品。娜拉还在眨巴眼睛，塔伊西娅已经麻利地让茶壶坐在电炉上。

她从娜拉那里回到自己家已有两年。莲卡[1]经过了两年的折腾终于获得了去阿根廷的签证，如今住在门多萨省的一个小镇上，她的那位黑皮肤丈夫在一家大型葡萄酒厂当工程师——这是她丈夫家做梦都想不到的，他们是布宜诺斯艾利斯郊外的一个贫苦家庭。塔伊西娅在两年里收到女儿的十二封信，那些信十分奇怪，看后什么也弄不明白，唯一清楚的是，她并不在阿根廷自己家里跳探戈舞。不过半年前她寄来了一封写得十分明白的信，说她要生孩子，请母亲在她生下孩子后去住一段时间。尽管塔伊西娅是个话痨，可奇怪的是她并没有及时告诉娜拉关于这次邀请的任何事。塔伊西娅收到了一份印制精美、盖着诸多印章的阿根廷邀请函，在

1　莲娜的爱称。

阿根廷大使馆办理了访客签证，没吱声就把机票也买了，出发前两天才来告诉娜拉这件事。这么说，那块地毯和巧克力就是告别礼物。娜拉有点慌了神，接连吃了两块又甜又腻的巧克力，这种东西从前她根本不往嘴里塞。她怎么也不明白，自己怎能看错了塔伊西娅这个人，因为一向认为她忠厚老实。不过，这次就暴露出她的一个秘密的内情，还有她那有点难以解释的狡黠和毫无必要隐瞒的事情……

娜拉甚至都无法开口问她一个唯一重要的问题：你究竟为什么半年来一声不吭，在动身前两天才告诉我？娜拉担心自己委屈得要哭出来，于是站起身来，在写字台里翻了半天，才从木首饰盒里拿出一枚金戒指，它的外观一般，但镶着多棱紫翠玉，那是外祖母季娜伊达留下的。娜拉把金戒指放到塔伊西娅面前说："做个纪念吧。"塔伊西娅把戒指戴在手指上，泪流满面地说：

"哎呀，娜拉，还是金子的！戴在手指上正好！你不可惜吗？哎，要不我不拿了？这东西太珍贵了！"

她把戒指摘下后又戴上了，然后破涕为笑，鼻子抽了一下，过来吻着娜拉说：

"唉，我真难想象离开你，离开尤利克该怎么活。"

"你快走开吧，"娜拉心里想着，"真是个小丑！"

"什么时候回来？"娜拉问。

"不会很久，我在那里待不久，"塔伊西娅安慰说，"三个月后一定回来！"

坦吉兹的工作做不成了，所有的计划全都破产……"要么，试着让妈妈来住上个把月。"娜拉心里想，但还没有来得及问。塔伊西娅飞走还不到两天，安德烈·伊万诺维奇预先没有任何通知就来了。是他一个人来的，没有阿玛丽娅陪同。娜拉立即感到了有什么不好的事。原来，这件不好的事要比她预想的还严重。阿玛丽娅患了癌症。

“肿瘤在什么部位？”

“到处……都有。找不到肿瘤，医生说癌细胞已经扩散。她马上……就来，去理……发店了。”

安德烈·伊万诺维奇说话有点结巴，他的脸色惨白，手指在哆嗦。娜拉默默地坐在那里，脑袋里思忖着下一步生活的情景：要收拾好阿玛丽娅过去住的那个房间，把那张单人床拖过去，赶紧叫来自来水管道工修修所有的龙头和坐便器的冲水箱，把单门衣柜腾空给母亲放东西……再买几棵盆装的绿色植物，她喜欢的那些……再往下思路就中断了，因为有某个不可思议的可怕景象出现在那里。应当把一切真话告诉尤利克。可怜的孩子，他如此爱着他们两人。看来，他再不会这么爱其他任何人……娜拉还考虑到那几只狗的事，母亲也许还想把它们弄过来……可这时她打住了自己的思绪，让自己退一步去考虑问题。

“安德烈·伊万诺维奇，会不会是误诊？”

“不会的。她身上出现了癌细胞转移。况且我本人也能感觉到情况不好。我在想为什么不是我得这种病呢？那我就大概会献出一切，好让我……”

阿玛丽娅一会儿就进来了，她围着一块巴甫洛夫镇生产的玫瑰花头巾，指甲全都染成粉红色。娜拉吃惊地盯着母亲，因为她生来第一次见到母亲做过美甲的手指。母亲是个出色的绘图员，在他们那行里认为留指甲有伤大雅。阿玛丽娅笑起来说：

“娜拉，我只不过是明白了，我若不做指甲就不能去看医生。人家会以为我是个厨娘或油漆女工，就不会给好好看病。”

她是如此淡定，还是不理解自己的病情？

“妈妈，你们搬回家住吧。你的户口在这里，首都的一些医院毕竟要好些。图霞的表妹在赫尔岑肿瘤研究所当科主任，我们把你送到那里治疗。”

“我已经想过了。当然，这点我明白，女儿。他们曾建议按照居住地点在州里的医院，而不是按照户口所在地的医院去治疗……我们已经去过了市立肿瘤防治所，给我们开了一封介绍信。”

阿玛丽娅开始在坤包里翻着找，娜拉让她别找了。

“你自己的感觉怎样？有痛的地方吗？”

“娜拉，你都无法相信。起初，我的嗓子开始痛，我想这是扁桃体发了炎。我就用水漱口，可觉得有一侧在痛，要知道扁桃体发炎往往会有这种情况，可疼痛一直下不去。我想这可能是牙齿发炎引起的。因为我那一侧牙齿早就有毛病。后来扁桃体也肿了起来，去检查一看……”她把一个精美的系着花结的小球推到了一边……

妈妈曾经是多么可爱，多么年轻啊……要知道她已经过七十岁了。两鬓刚刚泛白，几缕卷曲的银丝在鬓角漂亮地晃动。她依然风韵犹存，脸上几乎看不到皱纹，仅是脖子上的皱褶表明她上了年纪。最近半年，她消瘦了许多，可这与她的身材相符。一股强烈的爱流落在娜拉的身上，这是她过去从没有过的。那股爱流就像是喷头下的水柱，或像山涧的雾气，或像晴天的一阵暴雨。

“是安德留沙告诉你的？今天的那位女医生说不需要手术。而我以为只需咔嚓几刀，一切就完事了。可她说还要与某个女教授商量一下，最好是做化疗。化疗更有效，你明白吗？”

阿玛丽娅留下过夜，可安德烈·伊万诺维奇回家去了，那几只狗还需要喂。

就这样，阿玛丽娅回到了自己出生后就住的那个屋子里。这对于娜拉是开始了生活新的一章。她陪母亲度过了许多时间，可如今的一切不像从前那样：阿玛丽娅来这里住就好像做客，而娜拉是主人。安德烈·伊万诺维奇每天都过来一趟，他倒不怕来回跑，在这里待上一小时，或两小时，可来回开车就得用六小时，有时还用八小时。

娜拉带着母亲找各位医生看病。阿玛丽娅很文静，也听话，她的眼神流露出不安，举止也不大自信，也不再动不动就开怀大笑了。因此，娜拉有点怀念她那几乎毫无缘由的笑声，尽管那种笑声在前些年让她十分反感……

一个月后，阿玛丽娅开始住院治疗，现在娜拉每天给她送汤和石榴，看着她的身体一天比一天消瘦变弱，愈来愈变得像个受了惊吓的孩子。安德烈·伊万诺维奇把几只狗安顿好，车也不开了，搬到娜拉这里来。

现在，娜拉待在医院的时间较少。因为她发现安德烈走进病房的时候，母亲顿时就快活起来，因此她心里立刻升起了妒忌，这正是从小时候起在她身上出现的那种感觉。后来，把阿玛丽娅接回家，就像医生宣布的那样，这是治疗中的一段休息，在家里她的情况要好些。后来才弄清楚，化疗根本没有什么疗效，血液都被破坏了，可医生们坚持进行这种残忍的治疗。还给她用了某种昂贵的长春新碱制剂，这是坦吉兹在德国给弄到的，他在杜塞尔多夫排演《塔列尔金之死》，这部剧是娜拉构思出来的，还画好了舞美图，可没有来得及去德国排演……

阿玛丽娅因患致命的疾病病入膏肓，安德烈·伊万诺维奇因悲痛无助而痛不欲生，他俩爱的喜悦却就在隔壁房间紧闭的房门后面。通向另一个房间的门也同样常常紧闭，从那里传出来的吉他声已让娜拉感到恶心：披头士音乐，又是披头士音乐。她能把披头士的全部乐曲都背下来，就像知道其歌曲的歌词一样，因为尤利克总在哼它们，时而模仿着列侬，时而又模仿麦卡特尼，他学唱得还相当像。娜拉又一次问母亲，这种经常出现的音乐声是否会打扰她。

“什么音乐？”她反问了一句，于是，娜拉明白了母亲已经距这里的世界有多么遥远。

三个半月来，安德烈·伊万诺维奇一直牵着妻子的手；三个半月来，他双手抱着她去浴室，给她洗擦身子，换好衣服再把她抱到床上，然后躺在她身边。只要他离开片刻，她就开始哭泣，娜拉根本劝不住她。可安德烈·伊万诺维奇刚回来，她拉起他的手就安静下来，立刻睡着了，就像吃奶的婴儿含到了乳头一样……

医院的一位医生不时地来测量血压，还拿来验血化验单。后来又来过一位女护士。那位女护士最后一次来，安德烈·伊万诺维奇恰好不在家。娜拉把她领到母亲房间里。阿玛丽娅枕着三个枕头，几乎是坐在那里。她信赖地伸出一只枯瘦的手，女护士用一支金属笔在无名指的指肚上划了一下，从划口处流出一滴粉黄色的透明东西。娜拉吓了一跳，因为已经没有红色的血了。

送走女护士，娜拉返回母亲身边。母亲脸上的老年人笑容像孩子一样天真。她的牙齿还是那样，像尤利克闪着亮光的皓齿，只是齿边有点不平而已。在她那张抽得干巴巴的脸上，唯有牙齿显得最有生气。

“你怎么认为，好女儿，如果我的身体算作一等残废，养老金会加很多吗？若现在这样下去，我们就连几只狗都快养不起……”

就在那天傍晚，她陷入了昏迷，只醒过来一次，那是在半夜。她的两眼找到了安德烈·伊万诺维奇，问了一句：“你吃饭了吗，安德留沙？”

整整一天一夜她不断地喘着气，后来就静了下来。那是凌晨时分。安德烈·伊万诺维奇抓着她的一只手，一直到她的身体变凉。娜拉轻轻地流着泪。从尤利克的房间里传出来“Yesterday”(《昨天》)的歌声，起初娜拉似乎觉得，应轻轻地……她拉开房门对儿子说：

“尤利克，外祖母死了。”

他继续弹着，弹完后才说了一句：

“我感觉到了。”

就这样，一直到天亮他都在弹自己的披头士乐曲，在这些年间，这些声音第一次没有让娜拉感到气愤。这可真怪……尤利克用自己正在变声的嗓子——声音很大——有点声嘶力竭地唱着“Your Mother Should Know”(《你妈妈应该知道》)、“I Want to Hold Your Hand”(《我想握住你的手》)、“She's Leaving Home”(《她正离开家》)这几首歌，娜拉突然觉得这种音乐似乎很适合，也很正确。这是一件怪事，因为他就连一句话也没说，但让娜拉上百次感到厌烦的音乐顿时悲痛地甚至高雅地响了起来。

安德烈·伊万诺维奇依然抓着自己爱妻的手不放，娜拉觉得不想按照常规做法，去安排什么安魂弥撒、葬礼和葬后酬客宴……这一切毫无意义，也让人手忙脚乱……多遗憾，遗憾得落泪，我过去给予她的爱太少，遗憾没有原谅她的爱情，遗憾没有理解她的天赋、她的才华，她的才华全部投入这种爱，就是投入如今这种爱之中……娜拉坐在安德烈·伊万诺维奇身边，目光呆滞，内心空空，心中渐渐充满了怜悯、过失和宁静之感，因此就感觉不到阿玛丽娅离开人世的悲痛，她的世界几乎就是由她对这个谢顶老头的爱情构成的。安德烈·伊万诺维奇抓着阿玛丽娅的两只僵硬的手，她的手掌比较宽大，三角形指甲修得短短的，手指有力而自信。“她两手的动作是多么自信和准确啊，当她坐在绘图板前，娴熟的手指动作甚至就像表演一样。”娜拉回想起童年时期的一幕，“是她教会了我怎样握铅笔……可没有教会尤利克……”

我怎么就从来没有想到过，我的双手虽在形状上酷似玛露霞的，可握笔、用铅笔画线条的感觉，乃至天生的动作自信上，其实是像妈妈……

亨里希也来参加在先知以利亚教堂里举行的安魂弥撒，他手捧一束鲜红的石竹花站在较远点的地方。来的人并不多，有两三个昔日的女同事，尼基塔大街的几个女邻居，还有从奥卡河畔来的一对夫妇。娜拉旁边站的是安德烈·伊万诺维奇和拿着一把吉他的尤利克。娜拉看了亨里希一眼，觉得他此刻的感受是多么孤独，多么孤立无助。

安魂弥撒结束了，娜拉走到亨里希跟前问他是否去墓地。他踟蹰不决，尴尬地嘟囔了一句，好像是说："我不知道，她是否愿意我去，他是否欢迎……”不过，他还是与大家一起坐上那辆大轿车，驶向瓦甘科沃公墓，在一个巨大的木十字架下——那还是圣皮门教堂1924年给昔日的唱诗班指挥竖立的——埋葬着阿玛丽娅的父母，季娜伊达·菲利波夫娜·科坚科和亚历山大·伊格纳季耶维奇·科坚科。后来，亨里希还来家参加了葬后酬客宴，他与阿玛丽娅曾一度住在这个家里。此时，他与安德烈·伊万诺维奇坐在同一张桌边，一直看着后者，心里想阿玛丽娅为什么要离开自己这么好样的男子汉，去找这个又干瘪又谢顶、相貌憨厚的老头……安德烈·伊万诺维奇根本就没有注意到他也来了。

那天晚上，娜拉根本想象不到让自己喘口气的时间是如此之短。三个月后轮到亨里希了……他也发现自己患了癌症，是肺癌，等着做手术。亨里希的妻子，身材肥胖的伊丽莎[1]来找娜拉。她穿着一双厚底皮靴，当娜拉给她倒茶的时候，她哭得泪流满面。在给亨里希做检查的时候，伊琳娜的女儿生下了第二个孩子，现在她领着两个孩子，带上丈夫搬到她这里住了，他们安顿在大房间里——"那我能去哪儿，我总不能把女儿撵出去吧？"现在她与亨里希两个人已不可能蜗居在十平方米的小屋里，因为癌症，因为他吸烟，因为两个孩子哭闹……

"你把他接到这里来吧，娜拉奇卡，单位已答应给我女婿一套房，只要他拿到房后他们就立刻搬走，今年内一定会给的，已答应了……届时我就可以把他接回去。"

"我真的要完蛋了。"娜拉心里想。她这时感到的不是怜悯，而是愤怒，再就是孤立无助的感觉。这并不是因为那套合作社公寓是亨里希买的，而是因为这次若被撵出来，对于他会是严重的打击。她已没有精力再次承担起帮人治病的担子，因为刚经历了这种事情的全过程……可又能说什么？她爱过妈妈，可与父亲的关系……说实话吗？完全说实话吗？那好，我不爱父亲，不喜欢他。我一切都看得见，一切都知道……哦，我很难……不，当然不能说出声……即便告诉人，也不会告诉这头母牛……我对他有一种过敏症。我不愿意……于是，她问了一句：

"什么时候接他？"

伊丽莎高兴万分，她没有料到这么容易就赢得了胜利。

"哎呀，娜拉奇卡，娜拉奇卡！"

娜拉立刻忍不住地反驳了她一句：

"我叫娜拉！您知道易卜生有部剧作叫做《玩偶之家》吗？女

1 即伊琳娜。

主人公叫娜拉，娜拉·海尔茂。这是我有文化修养的祖母给我起的名字，为了纪念娜拉。”

“哦，我说的娜拉奇卡，就是娜拉！”伊丽莎纠正自己的说法。

娜拉把那张单人床摆到原来的地方。她还换了窗幔，摘下了那种深绿色的亚麻布窗幔，挂上了就像剧院幕布的那种粗麻布的。她把尤利克的那张书桌拉到“病人”房间，因为能放更多东西，而把写字台给了尤利克。她还进行了与搬家有关的几次谈判，伊丽莎嘱咐娜拉：“在你这里他会好一些……”

娜拉去医院探视了父亲。他住在位于列宁大街上一家很好的模范医院里，他对自己的特权地位甚至有点沾沾自喜。娜拉来的时候，他正与一个身穿丝绒病号服、头戴滑雪帽的矮胖子在走廊里溜达。父亲先介绍了她：“这是我的女儿娜拉，戏剧舞美师。”之后又说，这是鲍里斯·格里戈里耶维奇，著名的物理学家，斯大林奖金获得者……头戴滑雪帽的人向她点点头，就向走廊深处走去。

“你知道这是谁吗？”亨里希谄媚地凑到她耳边悄悄说。

一路上，娜拉都在考虑这次该怎样见面：癌症啊，癌症，不知他还能有多少时间，要镇静下来，这种病毫无办法，虽说他这个人虚荣心很强，又好说话，可他心地善良，深信人人都喜欢他，大家都爱他……他没有错，他没有什么对不起人的，我应当，我应该……这时她勉强克制住了自己。

“科学院的一个研究所所长，是个大人物啊！据说，还是个罕见的下流坯。”他用快活的声音告诉娜拉，她也笑了起来。在他身上毕竟还散发着某种魅力，在这个饶舌的老家伙身上……

“喂，你怎么样？”

“很好，女儿，很好！伙食很好，再说伊丽莎当然也很努力，瞧，昨天给拿来整整一桶红菜汤。在病房里有冰箱。想喝一盘吗？这里还为患者备有厨房！医务人员简直是一流的。小护士们真棒！”说着他就打了一个响舌，就好像打算立即享用她们美好的服务似的。娜拉对人说话的语调十分敏感，故这句插话令她很讨厌。真可怕，他怎么这么不让我喜欢……真是没办法。

娜拉提议：“你想出去走走吗？”

“当然很愿意！我前天就出去过了。”

娜拉帮他把衣服穿好，因为他的左手不大好使。他的左肺已被切除。医生告诉他妻子和女儿的话并没有告诉他：患肺癌的病人一般能存活五年。根据拍的片子来看，四年已经过去了。“手术可以做，也可以不做，这对病不会有任何帮助。”一位著名的外科医生称，“手术做得很艰苦，可毫无意义，因为癌细胞已经扩散到了右肺。不过，会有奇迹发生：扩散过程有时候会自行停止下来………”

当时，要做手术是伊丽莎的决定，她并没有与娜拉商量。

他俩在医院的小公园溜达着。他在这里住院已经是第五周，他认识了医院半数的病人，与所有人都打招呼。

“真善于交际。”娜拉皱了一下眉头。之后镇静下来，说：

“爸，我有个建议。你知道，宁卡带着两个孩子暂时搬到了你们家住………”

“是，我知道，宁卡是个可爱的孩子，我觉得这没有什么不好，在他们没有得到房子之前，就让他们住好了。那里已经答应给他们房子……”

“是啊，当然了。可你自己也明白，小孩子半夜要喊叫的。你手术后……在他们的住房问题尚未解决之前，你搬到我家里住吧……”

这时候，一件最难以置信，却实际发生了的事情出现了：亨里希紧闭住了嘴，眯缝起眼睛哭了起来……

“女儿……我的好女儿……我真想不到……你说的是真话？就为了这句话……就为了这点得病也值……我的好孩子……我……我不配得到……”他用一块脏兮兮的手帕擦擦眼泪，娜拉一直盯着他，随后吻了他的鬓角一下。

天哪，要知道他也是个不幸的人，原来，他说话的整个这种令人振作的语调，他开的玩笑，讲的一些老掉牙的笑话，酒席宴的俏皮话，所有这些装出来的做法只是一种迷彩，一个不幸人的护栏……我的天哪，我怎么就没有发现这点？我该有多蠢……

四天后，娜拉把亨里希搬到了尼基塔林荫道这里。娜拉只好再次做起这种令人痛苦的侍奉。

临死的前几天，亨里希令人疲惫不堪的咳嗽消失了，他不再提等到明年开春他们一起去克里米亚旅行的事，他已不能抽烟，可还不时地用泛黄的手指夹着一根烟，亲切地捏捏，之后放到一边。陷入昏迷前不久，他请求娜拉把他与她的妈妈葬在一起……他说话声音很小，娜拉反复问了几次……

“与你的妈妈，”他十分清楚地重复了一句，“与阿玛丽娅葬在一起。”

娜拉不能这么做，因为有安德烈·伊万诺维奇，他每个休息日都去公墓一趟，就像跑去约会一样……不过，娜拉对这件事也没有吱声。

父亲在顿斯科伊修道院后面的莫斯科第一火葬场火化了，娜拉把骨灰盒放到第六骨灰盒存放处，与他父母——雅科夫·奥谢茨基和玛利亚·克恩斯的骨灰存放在一个格子里。在工人取下大理石挡板，往那个窄洞里塞进一个新骨灰盒的时候，娜拉想起玛露霞在死前不久嘱咐亨里希的遗言：“把我随便葬在哪儿都行，就是不要与雅科夫葬在一起。”亨里希也不愿意在死后与父母一起待在这么寂寞的小地方。这是多么复杂、多么朦胧的关系……

亨里希死前不久，当他在世上的日子屈指可数的时候，娜拉请求父亲写出自己的家谱，并写出自己所记得的在基辅的童年生活和亲朋好友的情况。他的两个胳膊肘顶在桌面上写了点东西，同时还瓮声地咳嗽着。

父亲去世后，娜拉打开了书桌的一个抽屉，在里面看见了唯一的一张纸，上面留下了父亲歪歪斜斜的几行字：

> 我叫亨里希·雅科夫列维奇·奥谢茨基，1916年3月11日生在基辅市。1923年与父母一起来到莫斯科。在莫斯科第110劳动学校念完了八年级，1931年考入工农速成中学。曾在地铁工地上当挖掘工。1933年考入仪表制造中专并于1936年毕业，1938年入机床工具学院，1944年毕业。1945年入党。（又勾掉了）1948年通过了副博士论文答辩，任学院的一个实验室主任……

那张纸上的文字就此中断了。娜拉读完了这张纸条心情郁闷……这个东西很适合人事处用，可为什么父亲对自己的家庭只字不提？家里究竟发生了什么事，为什么他谁都不愿意提及？真是一段神秘的、难以猜测的历史……

可是现在，他们死后只能相互忍耐，在一起度过难以估计的漫长光阴……或者会相互喜欢上的……

第三十一章

小船驶向彼岸

（1988—1991年）

阿富汗战争持续了十年之久，国力已消耗殆尽，可对远离政治的莫斯科居民，尤其对不属于官方的艺术家们的生活影响不大，他们与国家有自己个人的一些分歧。广播上整天播放关于履行国际义务和反对美帝国主义的陈词滥调，十八岁的毕业生应征入伍，随后被派到阿富汗，他们在那里作战，而后返回家园，可并非所有的人都能归来，有些人虽然回来，却肢体不全了。但是，所有的国际主义战士的脑子都无一例外被弄蒙了，精神上受了刺激，他们带回来可怕的记忆，要想回到正常的生活中，必须将之从脑海中除掉。

费佳就无法恢复生活的常态。他从部队回来后彻底变成了另一个人。费佳复员后的第一周，尤利克就跑去他们家了。尤利克很想带着费佳去参加新年晚会，因为有人邀请尤利克弹吉他，可费佳躺在床上甚至都没有坐起身来。他哼哼唧唧地答着尤利克的问话，尤利克满腹委屈地离开了他家，心想费佳今后可能不愿意与他交往。但是总的看来，费佳与任何人，甚至包括与自己的父母都不想交往。他默不作声，面对着墙在床上整整躺了两个半月。父母还心存侥幸地等待着过一段时间他会恢复正常，正当他们考虑是否去看看精神医生或心理医生的时候，费佳突然失踪了，就连一句清楚的话都没有向他们说过……突然失踪后的一周，在别墅顶层的阁楼找到了他……他已经悬梁自尽了。

这件事正发生在“要命的”那一年，娜拉埋葬了自己的父母，并且发现随着父母去世，把自己与死亡隔开的那堵墙也坍塌了，她渐渐地对年龄有了新的感觉——下一个就该轮到自己了。人的生死顺序可以颠倒，子女可能死在父母前头，娜拉只是现在才意识到了这点。

弗拉索夫一家的所有朋友都认识费佳：父母从他小时候起就总带着他到处走，从参观“推土机展览会”[1]开始，他目睹了推土机对画作进行的那次有名的封杀，大概是一位年纪最小的见证人。后来，他又亲眼观看过“伊兹迈洛沃展览”，在私人住宅里举办的所有展览以及在小格鲁吉亚街的市委地下室举办的那次版画展览。费佳讨人喜欢，总是身不离父母，他长得也很可爱，可体弱多病，根本不会有什么反抗行动。阿富汗战争把他的内心摧垮了……尤利克刚经历了外祖父外祖母去世，好不容易才接受了人老了最终要死去的事实，可费佳这个朋友和几乎是同龄人的离世，让尤利克难以忍受。更何况他是自杀身亡，这给所有亲近的人留下了一种永远无法消除的过失感。

参加葬礼的人不多，葬礼显得特别阴郁。整个莫斯科的地下文艺界人士，弗拉索夫一家的亲朋好友都聚到霍万斯科耶公墓[2]那个凄凉的地方，那里人迹罕至，就像首都周围所有新建的公墓一样。

坦吉兹恰好在这时来莫斯科办一些事情，他没有让娜拉单独

1 这是在苏联时期举办的一次最有影响力的非官方艺术展览。为了镇压这次展览，官方出动了大批警察，并动用了洒水汽车、自卸车和推土机，由此而得名。

2 霍万斯科耶公墓修建于 1972 年，因靠近尼古拉－霍万斯科耶村而得名。公墓占地约 1.97 平方千米，是莫斯科较大的一座公墓。

去参加葬礼，与她一起去了。尤利克没有去，而待在自己房间里哭泣。他有点吓坏了……娜拉也没劝他去，因为她发现儿子的眼里露出了失魂落魄的神情。

坦吉兹站在娜拉身后，一只手搭在她的肩上，他紧皱着眉头。人们都不敢看弗拉索夫夫妇一眼，他俩穿得像两个黑影子，娜塔莎的头抽泣得都摇晃起来……连奇克这几天一下就变老了，他佝偻着腰站在那里，看上去比自己父亲还老，父亲站在旁边，攥着他的一只手。

回程是坦吉兹开的车，两人一路上一句话都没说。快开到家的时候，坦吉兹说：

“男孩是被人谋杀的……”

两天后，坦吉兹飞往第比利斯了。

尤利克已进入十六岁。他的学习不好，上大学想都别想。若没有音乐学校毕业证，就是报考音乐学院也未必会被录取。况且，音乐院校也不会让学生延缓服兵役。医院给开的那张证明虽写着他得过脑震荡，但丝毫不能保证他免服兵役。令人简直无法相信的是，父母不久前的双双离世都不像费佳的惨死让娜拉的生活如此大乱方寸。娜拉仿佛生活在一种轻微的、隐藏在内心深处的恐惧之中。费佳那具封好盖的棺材不但白天晃在她眼前，而且还常出现在梦中。她看着尤利克，眼前出现的是费佳，费佳在她记忆中还是死前很久的那个样子，一个十四岁男孩，可能背稍有点驼，俊美的小脸长满粉刺，分头梳得溜光……

必须把尤利克弄走，一定要在他被征兵之前……他们结束了一场战争，还会开始另一场……

有两个方案：一种是移居以色列，但这种方案未必可行，因为她这个混血犹太人在异国他乡能做什么？何况还要带上儿子，儿子甚至都不知道自己有四分之一犹太人血统；另一种方案比较可行，但娜拉还不大能接受，那就是把儿子送到美国，去找他父亲……想到这里娜拉就发呆了。还有两年时间，可这个问题要提早解决。这个念头已让她难以释怀，不久她便走了第一步，给维佳写了一封长信，谈自己对尤利克的未来困难的一些考虑。两个月后来了回信。那封信不是维佳，而是玛莎写的，是一封英文信。那个女人不按常理办事——娜拉在她俩初次见面时就觉得她是这种人——欣喜地同意了尤利克来美国的想法。她写道："我们会感到很幸福""我们要尽一切可能去办这件事""从今天开始我们就期盼着尤利克到来"……

这个胖女人没什么体形可言，她穿着运动服、旅游鞋，赤红的脸就像个农民，笑起来露出满嘴的牙齿……她走路笨拙，就像一块锯下来的木头，可又不像劈柴，而像从松软的大菩提树砍下来的一段树干。还有她说话的嗓音尖细，就像动画片里的布拉金诺[1]……问题是她深爱着维佳，看来，她在维佳身上发现的一些优点，是她，娜拉看不到的……这让娜拉陷入深思。

在维佳的生活中，无疑发生了一种深刻的变化：如今他的行动不是由瓦尔瓦拉·瓦西里耶夫娜，而是由玛莎操控。维佳是否变了，是否有接受日常生活中一些决定的准备，是否心里有了一些感情的波动，从这封信里无从得知。不过，他身边有位好女人，是她选择了他……自从收到这封信后，娜拉心里舒畅了好多。把尤利克送到他父亲那里的想法有了具体的轮廓。娜拉写了封回信，于是开始了通信。玛莎的笔迹清晰，用词简洁。

尤利克刚上十年级，娜拉就请他们给尤利克寄来去美国的探

1 布拉金诺是个会说话的木偶，他的典型特征是长鼻子，说话尖声尖气。

亲邀请。她很快就收到了邀请书。这之后她才问尤利克是否愿意去美国找父亲，倘若愿意还要留在那里读书。

“去美国？直接去美国？去找维佳？那太好啦！”尤利克在那些年想到过父亲，他有多少年没见过父亲，父亲就有多少年没见过他。这个邀请让尤利克欣喜若狂。去学音乐！学美国的音乐！

娜拉双手按住了太阳穴。这种反应能持续多少年？六年？十年？无论儿子还是老子，两人的智力都发展不全，两个幼稚型人物……

“尤利克，你要明白，这下子你可能要常住在那里。我怕你去服兵役。”

“是，是的，这个我知道。可你并不明白！去美国，就是去了天涯海角！在那里我可以学到这里根本学不到的那种音乐！”

接着，一切就以一种不可思议，但完全必需的速度向下进行。问题在于从1月初起，男孩的入伍年龄就限定在尤利克的出生年份，即1975年。若在这个年份之后出国，大概就应征求兵役委员会意见。出国需要的文件，去大使馆办签证和出国手续——这一切神奇地异常轻松地办成了。

最后一步是购买机票，这也闪电般地完成了。起初，没有最近两个月去美国的机票。那时候，无论什么票——如去冰场的滑冰票、去看戏或听音乐会的票——都很难买。什么都是短缺货，但人们总有把一切东西弄到手的办法。苏维埃人训练有素，会采用一些迂回的手段，谁要是不会，可以说，就是去列宁格勒参加祖母的葬礼也去不成。娜拉有自己的交换资源，那就是与剧院有关系。过去经常有人找她给弄票，她的剧院关系一直可以通到大剧院、小盔甲匠街的剧院和塔甘卡剧院。这样一来，在这个关系网中，她就有可能进行自己的商品交换。她需要一张去纽约的机票，要新年前的，一定要元旦之前的票。第二天，她拿上尤利克的盖有美国签证的护照，乘车去见俄罗斯民航局的一位售票员，那位售票员用超出票价整两倍的价钱给尤利克开出一张去纽约的机票。娜拉没料到一张票要花这么多钱，但她有一种习惯——办事就要把家里的钱全都拿上。付完钱后，她的钱包里所剩零钱仅够买回家的车票。钱花得就剩下了几个戈比，可娜拉认为这是个好兆头。

尤利克这个少年，也可以勉强地称作青年人，逃过了服兵役，悄悄跑掉，溜走了。12月29日，他乘莫斯科到纽约的班机飞走了，母子如愿以偿。

娜拉虽已年近五十岁，也可以很勉强地称为青年人。娜拉独自留了下来。不论尤利克在美国与维佳和玛莎的日子会过得多么复杂，但在他的生活里绝不会再有什么阿富汗。

对于娜拉来说，该是思考问题和拿主意的时候了。她让自己回到了那一天，她与坦吉兹那时再次彻底分手，离开了坦吉兹姑姑姆济娅的那座奇特的住宅，回到自己那个空荡荡的公寓，并且明白了，有个孩子才能救救自己。于是，这个孩子来到了人世。他善良，有趣，具有出色的幽默感，但是个有点毛病的怪孩子。他长大后去找父亲，父亲也是个有点毛病的怪人。也许，他会永远留在那里。假如能永远待在那里，这对他甚至会更好……可她只能独自留在这里，也许还与那个坦吉兹在一起，还待在那个地方——那情况将会更糟。尤利克不会解决她的任何重大问题。多少年来，她总是围着一个圈子一条线路绕来绕去……也许，高度在不断增加？也许，每次降得愈来愈低？她的生活怎能离开尤利克？不对，这种想法不对！应当忘掉自己。尤利克离开我能够活得很好。不应当抱着什么幻想：尤利克很爱我，尤其我在他眼前的时候；而我不在他跟前，那就不知道了……

娜拉用铜咖啡壶熬好了咖啡，像年轻时学图霞那样，在下面还衬块餐巾纸，她拿过中国制造的蓝色烟灰缸，把一包烟和打火机放在旁边。她从餐厨架上拿下一个咖啡杯。吃早点的一切都准备好了。情况往往是这样，尤利克走后她又重新开始了很久前的那种生活。那么，我们有什么呀？她总是做了希望做的事情。想有个孩子，就生了一个。他长大后远走高飞了。可她没有料到，这件事发生得这么快。要知道这可是自己希望这样的，算了。不过，费佳·弗拉索夫我还记得，但这个人已经不会再有。尤利克还没有这么清晰地嵌入我们生活的共同画面中，也许，他在那里很快就会找到自我……况且，尤利克的音乐全都从那里来……他想留在那里就留下，若不想待下去就回来，至少有选择的可能。我本来不想让他走。不，是想放他走。我是为他担心，这并不是我的自私。他从来没有妨碍过我，甚至还增大了我的生活情趣，让我感到做母亲的幸福。当然，我不是最优秀的母亲……可我在这里为他十分担心。现在，我应当填补心灵的空白，应尝试安排好离开坦吉兹、离开尤利克的一切。要去看望一下图霞，听听那位聪明的老太太的意见。说到底，她才是保持着自由和女性尊严的范例……这是昏话，当然，是一派胡言……我对她的年轻时代知道什么呀？一阵意味深长的沉默，一阵理解的沉默。

娜拉有一个月没去图霞家，甚至都没有打过电话。不过，图霞也不喜欢接电话。她让所有的亲友打电话就像拍电报那样：尽快约好见面时间，千万别在电话里叨叨没完。

喝咖啡是晨思的一种方式——一切很好，我是娜拉，一切很舒服，全身上下，我在这儿……进行完这番仪式之后，她给图霞打了电话，约好要见个面。

“怎么样，把孩子送走了？”图霞在自己创作室门口迎接了娜拉。图霞有两套住宅，一套在城外，是别墅，在一座衰落的小镇，那里住的老布尔什维克几乎全都去世了；而这个创作室位于市中心，相当小，有着一个放床铺的壁龛，她夜晚就在那里休息。

“送走了，”娜拉点点头，“心里不知怎么空荡荡的。”

“你对这部民间故事剧怎么考虑？这不是剧，多半是一种试验……”图霞问了一句。

这时娜拉想起了她俩最后一次见面时，图霞曾经建议她与某个合唱团合作，尽管她为此四处张罗，但娜拉还是把这件事全都忘在了脑后。

“说实话，我忘了。图霞，我一般不喜欢音乐剧，也不大喜欢介入音乐，音乐要大大超出戏剧本身，戏剧很难与音乐去竞争，也无法竞争……”

“是的，我懂。但在这种情况下，所谈的只是服务问题。那里有个很有才能甚至是天才的团长，应该支持他一下。他本人不希望用民间故事的服装，希望用最少的一些布景。也许，你认识他？不认识吗？你去跟他谈谈，听听他的意见。我劝你相信，这很有意思……”

她俩坐得很久，一直谈到后半夜。两人的这种长谈在她们三十多年的友谊中并不罕见。图霞惊人的天赋就在于，她与自己的学生们好像就是与“自己比肩的人”平等地交往，因此这种平等的奇迹让对谈者升华，超出自我，成长到自己的未来，而经过这样的长谈之后，对谈者会对自己本人都感到信任。

娜拉从图霞家出来的时候，向她借了弗雷泽[1]的一本书，《金枝》这本书她之前没有看过，可它促使娜拉的思想向新的方向发

1　詹姆斯·弗雷泽（1854—1941），英国著名的人类学家、宗教学家、文化学家和民俗学家，著有十二卷的《金枝》，此书让他在世界学术界获得盛誉。

展。问题根本不在于研究什么巫术、宗教以及人类思想发展史中的所有那些形形色色的事实，而在于娜拉对自己的极度无知感到害怕。在盲目追随坦吉兹的创新的那些年代里，她漏掉了多少有意义的和重要的东西……现在，她坐在全苏戏剧家协会图书馆里，从开馆一直到闭馆，研究在世界各国神话里人死后在其灵魂面前立刻出现的这个水下空间。那是些大川小溪，有时是地下的，有时是地上的，都是一片黑乎乎的浩瀚水域，它们属于世界的各个民族，已经灭绝的和现存的民族，诸如埃及人、斯堪的纳维亚人、印度人和蒙古人。但娜拉很想知道的是，这条大河在斯拉夫人面前是怎样的……舞台美工的实际任务原来仅是一个借口，而要去进行这种令人神往的阅读。虽说娜拉的记忆力惊人，可她还是做了一些简短的摘要，记下了一些河流的名称和摆渡工的名字，有时甚至还记下了完成这种大型轮渡的船舶名字，以及一些保存下来的仪式片断。那些船舶也形形色色，千姿百态，有的是简陋的小船，有的是扬帆破浪的巨轮……

如今有一点是清楚的，那个小小的民间合唱团团长的那一挥手很壮观：要触及一个对于人类意识来说极难回避的问题，即关于人死后灵魂依然存在的神话。这原来是对所有文化都通用的一种景象——人类的世界，尘世的、坚实的世界，处在浩瀚水域的包围之中，人死后其灵魂一定要完成对浩瀚水域的这种穿越，达到彼岸世界的边缘，过渡到另一种生存方式……娜拉已经看见了从左边和右边的侧幕漂浮出来那些世界的海岸，而在中间，从那些海岸边的惊涛骇浪中驶出一只小船（所有的世界神话，在所有的死亡簿里都是这样描述的），上面坐着几位桨手，那是个团队，有船长，还有水手长。而河流可以是任何一条，哪怕是伏尔加河……

于是，从她的记忆深处升起一件遥远的往事，那是娜拉从母亲口中得知的。娜拉四岁的时候，他们在塔鲁萨租了一个别墅，下面就是奥卡河。炎炎夏日，小孩们常常在河边浅水处戏水。娜拉走到了离岸边稍远的河里，突然掉入河中的水坑里，连一声也没喊出来就沉向河底。那个与她一起玩球的女孩看到她不见了就大喊一声……她看不见女友，就号啕大哭起来。娜拉被拖到了岸边，好不容易才把肚子里的水弄出来。后来，娜拉对这件事什么都记不得，然而打那之后却一直怕水，尽管她很喜欢水从水龙头缓缓流下的那个样子。就这样她没有学会游泳。坐在图书馆里看书的时候，娜拉真真切切地回忆起塔鲁萨的那片河岸，记得自己在岸边躺在一块用作垫子的旧法兰绒小褥子上，记得那个四色彩球和那位头发湿漉漉的俯在她面前的青年。阿玛丽娅说，一切都是巧合，救出她并把溺水的她救活的，是别墅女主人的儿子，一位医科大学生……这个遥远的回忆还粘着一个可怕的梦，娜拉多次做过这个梦，同样也与水有关：她在一摊像墨汁一样吓人的、比普通水更稠更密的液体里游向一条河的河岸。娜拉渐渐地靠近了河岸，可当她爬出水面，才明白了靠近的并不是岸边，而是游到了一个巨大的怪物跟前。她极度地恐惧，气喘吁吁，大汗淋漓，忽一下从梦中惊醒，就像是瓶塞砰的一下离开了瓶颈。她身上的汗味难闻极了，是那摊令人害怕的水的味道……

她把几本书推到一边，已经看完了。自从在她的人生中有了信仰这个问题，她就坚定地表示“没有任何信仰”，并认为自己毫无疑问是个唯物论者。无论祖母玛露霞讲的那些模糊的泛神论，也无论阿玛丽娅的一些动人的、令人半信半疑的儿童故事，还有她的一些刚加入基督教，可还带有普世教会色彩的朋友的书面说法，都令她完全不感兴趣。现在，阅读了这段考古学之后，她感觉到有另外一个遥远彼岸存在，这么说，她所见的、所观察的、可触摸的死亡——这种死亡是没有的。而存在着某种比较复杂，也有趣得多的东西……音乐最能证实这点。而图霞介绍给她的这位民间故事天才就造访过那些将要绝户的村落，收集民间的号哭声，录下了那些行将就木的老太婆吱哇喊叫的声音，也许这种音乐尤其能够证明。顺便说一句，那位的外貌从各方面长得都像个小地方来的演员，还有他那沉甸甸的下巴，那双凹陷到阴郁的眼缝里的小眼，都让娜拉觉得他是个自命不凡的自我中心主义者。

娜拉准备好了去见面，还带去了一大摞草图。在一块向低矮地平线渐渐抬起的碧绿的画布上，是一大片水域，舞台上停着一艘雄伟的大船，船头对着观众大厅。第一场在船上进行，那是假定的第一场，因为预计这一幕演出没有中间休息。布景的舞台美工曾是个相当复杂的难题，为此娜拉使用了各种灯光手段。后来，这艘船去掉了自己漂亮的船头装饰，落下了美丽的船帆，船上坐的一群合唱队员变成了划船手，在这幕结束时，从侧幕推出来两块样子瘆人的悬崖，假定那就是海怪斯库拉和卡律布狄斯大旋涡[1]，那艘大船被撞成碎片，于是演员们簇拥到舞台前台，唱起了震撼人心的终场曲……

他是导演，也是艺术总监和音乐指导，蹙起眉头认真地翻看几张布景草图，然后请娜拉拿出服装设计图。娜拉把自己的草图递了过去：上面几张几乎是北方的原生态服装，他连看也不看就翻了过去，第二系列，娜拉自己将之称为“X 光片系列”，是几件不起眼的灰色宽松外衣，男装与女装之间几乎看不出什么差别，还有几张草草画就的、完全符合解剖学的人骨架图。这个系列引起了他的注意，他仔细地观看，用一个肥大的黄指甲指了几次，并且嘟

1　斯库拉和卡律布狄斯是古希腊神话中的两个海怪。现实中的斯库拉是位于墨西拿海峡（亚平宁半岛和西西里岛之间的海峡）一侧的一块危险的巨岩，它的对面是著名的卡律布狄斯大旋涡。

哝了一句“啊，挺好”……第三系列娜拉叫做“孔雀尾巴”，农民装造型——无袖长衣，衬衫和半袖衫，农妇的头巾和盾形头饰——全都保留下来，但是用颜色鲜艳的橙黄、紫红和蓝绿的布料做成的，这些颜色在北方人服装里是见不到的。这全都是印度、墨西哥、非洲的服装……他把这台设计立马放到旁边，手捂住脸思考了起来。

“这里有点意思。是的，甚至大有意思。我是这样想的，有太多的意思。应当想一想。不过，总的来说，坦诚地说，我倾向于最一般的解决方法——统统用黑呢子布去做。这样不会分散观众的注意力……”

此后，他再没有打电话。过了很久，图霞才对她说：“你跳得超越了他的横杆……”

娜拉丝毫没有感到心绪不佳。当她忙乱于这个神秘的水下空间的时候，尤利克在大洋彼岸的生活完全安排好了。玛莎这个人太令人赞叹！她每周写信，可信飞得很慢，在路上要走一周，甚至十天，其实只有十小时的路程。有时候，娜拉到中央电话局去给美国打个电话。尤利克的声音听起来很好。他去上学了，很快就开始会说英语，最主要的是，已参加了学校的爵士乐队，此外，其他东西他并不需要。

娜拉跨越了一条新的界线，生活在继续进行。

第三十二章

藏在小柳条箱里　家庭通信

（1916年）

米哈伊尔·克恩斯致玛露霞

伊·德·瑟金[1]股份公司

《朝霞周刊》画报杂志编辑部

莫斯科，特维尔大街48号

电话号码：5-48-10

1916年10月16日

亲爱的玛露霞！

因为没有收到你的回信，我担心得要命，今天才得知，我的担心并非多余的：雅沙被抓去上前线了。我相信，我的妹妹坚强并能够经受这一切，你能够光荣地经受住这一艰巨的考验！我同时还相信，我绝对相信一切将会善终的。我知道，我们全家人还要团聚在一起，还会高兴和感到自豪的！喂，玛露西卡[2]，你别辜负我对你的期望！你别感到不安！一切都会好的！我认为，你们的家庭以亨里希之死为这次战争做了奉献，我甚至还从没有见过亨里希。但我发现，这对雅沙是个十分重大的打击。奥谢茨基家族的人全都很有才华，雅科夫说，亨里希本来可以成为一位真正的思想家。

1　伊万·瑟金（1851—1934），俄国著名的企业家、出版家。

2　玛利亚的爱称。

我相信，这场战争会很快结束，届时我们能团聚在一起。而小亨里希的才华绝不会次于自己的大伯！

我来回踱着步子，完全像个傻瓜，不知道你们那里情况如何，这只能加深我和舒拉的不安。我此时从编辑部给你写这封信，舒拉在疗养院疗养。她的身体好多了。她亲吻你们大家。

玛露西卡，看在上帝分上，哪怕就写一句话，告诉收到了我的信，不然我要崩溃了，本来信就罕见，还收不到。我是在开战以来发生的一些最引人注目的消息影响下写的这封信。据说，六个国家决定包围威廉[1]的军队，并让他永远别再害人。就是说，雅沙很快就会归来。

亨里希说什么了？在哇哇地哭么？

请你们把一切情况都写给我。没完地吻你们大家！爸爸，妈妈！请给我写信！

你们都给我写信吧！

你们的米沙

波尔塔瓦省的赫雷宾卡车站—基辅

雅科夫致玛利亚

1916年10月8日

原来，车厢里既没有装石炭，也没有装面粉。一个普通的车厢，就像其他的四十万个货车车厢一样。谁也不会再拥抱我了。我身旁睡的一个人浑身散发着臭味。我站起身来，站在昏暗的灯下（整个车厢就一盏灯），开始数起数来：我们结婚已有三十四个月，可在这些月份里我们在一起才有几天？有一半吗？可能还

1 指普鲁士王国国王和德意志帝国皇帝威廉二世。

要少些！这从往来的信件可以算出来。倘若不搞这次小小的统计，那么可以说我俩在一起有二十七个月，而最后七个月是我们三个人在一起！我们发现一件多么奇怪的事情，我们亨里希的耳朵长得像我，可褐色的眼睛像你，头发长得像我，满头鬈发，可手指像你，长长的，短指甲……也许，随着时间推移，他长出的某些特征会像你的几个兄弟，还有我的兄弟，尤其像我亲爱的哥哥亨里希，亨里希对于我是世上的任何人都无法取代的……

亲吻所有姓奥谢茨基的人的嘴。

雅科夫

哈尔科夫—基辅

雅科夫致玛利亚

1916年10月12日

你好，我的乖孩子，用这封编号为N1的信开始我们生活的新时期。总之，这又是别离，又开始了频繁的书信往来……在这一切中究竟有什么好东西？就好在我俩每个人都要常提笔写信倾诉衷肠。你我如今写信很多，这是自我控制、抑制邪念的一种最好的方法。假如不能接吻，那就只剩下自我控制、抑制邪念的这一切方法和其他一些慰藉了。

我坐在社会图书馆的阅览室里看书。

乖孩子，我吻你的额头和双手，吻亨里希的小脚丫！正是10月，户外蒙蒙细雨下个不停，但我全身并没有“湿透”。昨天在城里转了转，花了不少钱。回到军营时身上挂满了买的东西，让一些士兵产生了极大的好奇。当我把买来的一切华丽皮货摊在清洁的床上，觉得自己是个会持家的男主人。

其他东西里还有鲁巴金[1]的作品、新书、苹果和“软山羊皮皮鞋鞋油”……

现在，我坐在图书馆里写信，这个图书馆很大，很方便。藏书也很多，有几种外文图书，办理借书证很便宜，每个月才五戈比。图书馆的一位管理员姑娘问：“您借书给自己看吗？你们很快就要被派去打仗了吧？”在这家图书馆里工作的都是女性，有老的，有年轻的，还有小女孩。

有一天，我过的完全是“女人日”。早晨，一帮妓女簇拥在浴池小巷；中午，看多罗舍维奇[2]写的一篇关于妇女的小品文（说实话，我还哭了几声）；晚上，见到一些纯洁健康的图书馆女馆员，看了加尔科文科写的几篇恐怖的短篇小说。

乖孩子，我十分怜悯女人可怜的身体，却不能说出来。人们在这里与这种艺术品做了些什么，我也无法讲给你听。我的神经坚强，我在服役期间已习惯了很多东西，可这些事还是听不下去。

多罗舍维奇写了一位村妇乘车去找士兵丈夫的故事。这本是一件极普通的事，可很难阅读描写这个阶层人们的作品，他们的婚姻是用共同的劳动、信任和共同的一张床凝结在一起。

图书馆的姑娘们让人想到了另一个阶层的人们，他们的婚姻生活不仅是用爱情，而且还是用共同的脑力劳动凝结在一起。我真想马上动手写一部中篇小说，描写一位出色的老姑娘，她读书度过自己的一生，可没有自己的私生活。我要写出来，一定要找时间写出来。

我总在写自己，可心里想的是你。你知道，我不喜欢在信中

---

1 尼古拉·鲁巴金（1862—1946），俄国图书学家、图书编目学专家、作家。

2 弗拉斯·多罗舍维奇（1865—1922），俄国新闻记者、政论家，19 世纪末至 20 世纪初最著名的小品文作家之一。

问是什么和怎么样的问题。你自己也应知道写什么，写写自己的生理状况和心理活动，再写写我们的小家伙。写他是我的儿子，是我的希望……我虽在这里，可我的两个柔弱的生命在基辅。请记住，这个句子我会一直重复，也永远害怕。我亲爱的两个小生命，要坚强些，要挺得住！吻我的小家庭。

雅科夫

雅科夫致玛利亚

来自作战部队

第二后备工兵营文书队

1916年10月19日

中午好，乖孩子。时光飞逝向前，当人们不珍惜时光，它就会神速向前奔去。如今，我漠然面对着时间。

我要赶紧告诉你一个好消息：前天，我被叫到营部办公室，几位老军官从我填的履历表中得知我搞过音乐，就下令从此把我编入团部的乐队，任长笛演奏员。请告诉家里其他人，尤其是父亲，就说我从事的音乐研究没有白费，如今在作战部队里派上了用场。可这里的音乐绝不是我从前想象的那种，不过，我从前也根本没有想到要扛枪和当文书，因此可以说，目前一切还算顺利。

我的一天是这样安排的：今天早6点起床，文书队其他人起得稍晚些。7点之前结束了清晨应干的一切事。此外，茶杯已洗干净，皮鞋也擦得锃亮。从8点钟开始排练，每人用自己的乐器练习自己声部的旋律。往往是一阵刺耳的响声，低音大号隆隆响，单簧管吱吱叫，圆号发出嘎嘎声，可我在学习法语。我的长笛拿去修理，我自由支配自己的时间，我已学会了不去注意身边发生的事情。在法语上我大有长进，已能很自如地讲法语了。

这是军人职业给我准备好的一个惊喜。可你，玛利亚，总在害怕！一两个月过后，我会给你写一封法文信，信里要写满文雅的恭维话。

你的“戴达伦”[1]我很喜欢。我每学一课都要大声朗读，欣赏并品味着法语语音的每一特征。我对自己的学习十分满意。我按照战争、历史和小说这三类图书拟好的书单在图书馆借书。昨天买了鲁巴金的书，这是本很好的书。我很奇怪地想着这个图书馆学家的著作里怎么会有些离题之处，怎么会写到一些令人振奋的理想，快乐的情绪和创造性的工作。他是个好人，尽管他长居瑞士写作。

玛露尼奇卡，假如我的信晚到一到三天，请别担心。这种情况之所以发生，是因为我离开军营有些困难。

哈尔科夫—基辅

雅科夫致玛利亚

1916年10月21日

我想先给你写写身边的人……今天我发现，在这帮人中有不少坏蛋，每个人的良心都有某种污点。别兹帕里钦是我在军营的一个邻居，今天笑着讲给我，他多年前在一位走红的莫斯科妓女家过夜的经历。他在半夜从她的袜子里抽出来自己支付的那五卢布，顺便还拿走了她的几块丝手帕。这个胖畜生对自己干出的恶作剧还十分自信，讲的时候不动声色。玩了女人，开了心，还赚了——哈，哈，哈！

另一个是加尔科文科，他同样讲了自己的经历（四分之三在

1　戴达伦是法国小说家和剧作家阿尔丰斯·都德（1840—1897）的《达拉斯贡的戴达伦》（1872）的主人公。

吹牛），我感到吃惊的是，他那颗奇怪的脑子里有怎样的坏水，他心里还残存着多少残酷而疯狂的折磨人的念头。

他们的许多行为就是刑事犯罪，另一些行为虽离犯罪稍远，但有一种迹象，它们不久就会变成真正的罪行。他们中的每个人都应戴上镣铐，可他们却逍遥法外，构成了这里的一大帮人。

我还想到过那些在服苦役的人，大概，那伙人就像这里的这帮人一样，确实像这帮人。只不过是些倒霉蛋儿被送到了那里。他们拍马屁的手段能把异常优越的条件弄到手，还能把偶尔落到身边的一把刀握在手中。加尔科文科也许十分走运，因为他身边并没有偶尔出现一把刀。别兹帕里钦甚至会攒起一笔财富，戴上包子帽走进国家杜马参加选举。

在那里，关在监狱铁窗里的那些人——同样是一伙人，还是那些人。既然走歪了，今后就要走正路。因为在可悲的事件发生之前，他也是个普通人。

上面这些人来自城市的底层，来自小市民的上层和下层。在我们团队里还有另一种人，他们是农民，不久前才离开土地，脱离了艰辛的劳动。他们要质朴些，是些诚实的、有道德的人。

我的小队长这个人十分有意思。他又收到妻子的一封信，就全文念给我听了。“我亲爱的库济奇卡，深深地吻你的嘴唇。”下面便是一些家务琐事，写得详细具体……他以自己的妻子，以妻子的麻利，以妻子的信写得文理通顺和她的伶俐而自豪。他们的通信频繁，两人的关系很好，充满人情味……

……我在乐队排练的情况下写信。我们现在排练歌剧《为沙皇献身》[1]的集成曲。我们的乐队水平大有改观，又吸收了几位新

1　19 世纪俄国作曲家米·格林卡的歌剧《伊万·苏萨宁》，原名为《为沙皇献身》。

的乐手。

我今天要进城，心里想着能收到你的信……

现在，我要把西服改得里外翻一下。裁缝说这样的效果会很好。他让我自己拆开那件西服。今天我把裤子拆开了。一个人干活儿很不方便，阿列伊尼科夫来了，他帮了忙，这件事就干得快了点。他说："两个人做什么事都方便些，无论是干活儿，还是在一起睡觉。"我贪婪地捕捉人们用来描述床笫之欢的那些词汇。

吻你，我的小脸蛋儿。

1916年10月24日

这几天我加紧干自己的家务活儿。修了皮鞋，改了军帽，把那套西服里外调了面。现在我的样子干干净净，一切东西都收拾得整整齐齐……我也希望你那里一切都顺利。买帽子和连衣裙没有？抓紧去买啊！……

我看了许多有意思的东西。在《俄罗斯札记》杂志第八期中我发现了一部很有趣的女性小说续篇。有几行我来回读着，反复地看。这是布罗夫岑娜[1]写的《阿玛宗人》。在书中谈到关于爱情的许多想法。其中有一部分有意思就在于，好像完全照搬了我俩的关系，另一部分有趣又在于，与我俩的关系完全对立……

我收到你的一些信还散发着香水味，而给你发出的信却带着煤油灯的气味。因为每次总有人走过来要凑近煤油灯点烟。我自己也有一次让煤油把信弄脏了。

两周后，乐队开始在电影院演出，在星期天中午12点，有十二位乐手应邀去"为婚礼吹奏"。他们被安排在前排就座，乐手们将

1 叶卡捷琳娜·维斯塔夫金娜（1877—1957），娘家姓布罗夫岑娜，俄国作家、翻译家、记者。

要吹一整夜，第二天凌晨给他们送来昨夜剩下的晚餐。好在第一排人不多，只有十二个，可我不在这班人马内……

现在，我要写点你最感兴趣的东西，关于女人的问题。正如所料那样，这个问题令我特别焦躁不安。两年半的婚姻生活让男人身体习惯了许多东西。这不是痛苦，也不完全是疼痛，而是一种经常的小小不适感，虽说这种不适感并不厉害，但它牵动着整条神经，这是最令人难受的。

理智并不是按照自己习惯的学术兴趣和逻辑思维的道路去走，而总想拐到自己那里。我出于习惯，总要扑到一本新杂志上，并惊奇地发现最初要读一些短篇，还迫不及待地要找一篇描写得让你对女人想入非非的小说，人心里想着什么，就要到文学作品中寻找什么。我第一次出现了没有把一篇经济学文章看完的情况。在描写士兵的短篇小说里，只能看到士兵的简单的爱情。傍晚走在大街上被妓女触碰的时候，我通常都是忐忑不安地加快脚步。

还要告诉你的是，我最难忍耐的一刻，你知道我指的什么！你什么都知道！这点似乎很讨厌，也很肮脏。因为爱情不是为此而生的！请别对我的坦率生气！我是想把一切都讲给你。

要知道，女人对爱情是专一的，这话说得对，也应当这样，可为什么男人总是朝秦暮楚，为所欲为？为什么把如此之多无用的精力和各种各样的欲望注入男人的心灵？这里的“各种各样”一词既是指其转义，又是指其本义。我知道，我这里谈到人本性中的一个基本的、神秘的相悖之处。我说的是，人的本性创造这点的时候，就像在一些其他地方一样，也同样犯了错误……你的身体已经受了如此之多的疼痛，将来还要遭受更多的疼痛，因为这个身体构建得还不够纯洁，不够适宜，我的身体就毫不顾及我的心灵，总想过分大胆地四处狂奔。这样不对。上帝也需要一位更好的谋士和设计师……

1916年10月30日

玛露扬诺奇卡[1]，我现在的生活安排得就像考试前一样。我很多时间都在忙，几乎是一整天，确切说，我经常有事要做，时间根本不够去完成一切工作。因此，法语已经有一周没有学了。我这里还有这样一件新闻：我在我们乐队内部组建了一个合唱团，指挥就是我!!! 我多年来一直幻想能拿起指挥棒，这次它就偶然落到了我的手中。合唱团人不少，三十人左右。艺术指导的工作很多，可我没有经验和知识。不过，我坚信镇静和自信在这方面会帮助我。我是前天想出来做这件事的。就在当天，我买了乐谱，还买了音叉，以不失身份。有两天我们没法聚起来参加合唱排练，你应当看看这帮人多么迫不及待：为什么没有进行合唱排练？洗完澡从澡堂出来已经晚9点，晚上还能练唱吗？他们把曲谱分别拿走自己回去练了。今天晚上是我的第一次合唱排练。我们要从“嘿，小伙子们”“汹涌澎湃”和“哎嗨哟嚯”[2]练起……唱一些乌克兰和俄罗斯的歌曲……还有歌剧《为沙皇献身》的选段。

我在乐队工作，这是给大家进行的一种大型的音乐教育。听觉受到了训练，音乐领悟力会有所提高，有所进步。我总在抽工夫给你写信。现在练唱《我的母亲是怎样被杀害的》[3]这首歌。我有很多间歇时间，于是我就把它们利用起来。乐队有很大的进步，演奏的曲目增多了，演奏水平也好了许多。乐队演奏的声音往往

1　玛利亚的爱称。

2　这些歌词分别是乌克兰民歌《嘿，小伙子们，拿起武器》《第聂伯河掀起怒涛》和俄罗斯民歌《伏尔加船夫曲》的第一句。

3　歌剧《伊万·苏萨宁》的主人公之一瓦尼亚唱的一首宣叙调。

像管风琴的声音一样，所有的声音都能均匀地响起。每天都能学会某种新的东西。《伊戈尔王》中的那段农民合唱，我想等到乐队学会后，让我的合唱团也学会它。今天是合唱团的首次排练！一定会有结果！

我主持合唱排练，就像一位老到的合唱指挥。我想把佩夫兹涅尔的评价告诉你——他不是合唱团成员，而是位旁观者。“我感到十分震惊的并不是他们的演唱，而是您这位‘真正的指挥’所具有的那种指挥风度和气派。当您举起指挥棒，无论您的神态还是合唱队员们的神态都表明，天使般的声音即刻就要响起。”我再也想不出能比这段更好的恭维话了。怎样让合唱团准备好开始，这件小事特别需要斟酌。我们的乐队指挥把乐队惯坏了，在排练开始前要拿起指挥棒敲打多次，直到所有乐手都静下来。我采取另一种做法。我并不胡乱地敲指挥棒。当需要的时候，只敲三下，之后马上迅速地举起两手，观望地看着队员，这时他们顿时就端正了神态，于是指挥棒的电流立即散发出去，我们就开始。昨天我有两次指挥错了，但我没有露出声色，相反，还批评了低声部。在我尚未获得稳定的威望之前，是不能犯错误的。

一句话，一切均好。我的心肝，我多次，多次吻你。

你知道，玛露尼亚，我在信中常常写到吻你，可不知怎么不便于让你转达对亨里希的吻。

1916年11月10日

在菊花电影院里悬挂着一条横幅——扩编管乐团现场演奏。这个扩编管乐团就是我们。电影院休息厅是长形的，空荡荡，冷清清。在四周墙上挂着电影海报，密密的，有好几排。预告将要上演激动人心的一些影片：《血腥的细亚麻布手帕》《地狱之轮》《攻克特拉比松》《豪放的商人》和《疯狂的欲望》等。

这个大厅的尽头，我们坐在一些喜剧片和风景片的海报下，利用放映间隙演奏。演奏五分钟，休息十分钟，全部时间都这样。快到晚上9点时，演奏员都稍有点累了。从10点起，他们就开始频频地看表。最后一首进行曲刚奏完，所有人匆忙地收拾乐谱和乐器。大家的身体都感到了疲倦，却心情振奋地赶着回家，脚步飞快……回到家后，喝一碗凉汤就睡觉了。

每周有两天没有演出。若你来我这里，大概我天天都不会去参加在电影院的演奏。

在这里，离军营不远有几套带家具的二等公寓出租。我担心你只能住在那里。别忘记办理出国护照的事。只是什么时候能来啊？……

请告诉我确切时间，我也就盼得轻松些。最方便的时间或是圣诞节前，或是圣诞节后。节日期间演出增多，节日那几天离开乐队不合适。

我在信中总忘记问你给我放到包里的那个襁褓的事。我收拾东西的时候，起初弄不明白这块襁褓是什么意思，后来才突然着急起来。亨里希，他现在怎么样？等我回到家，根本认不出他的……

今天我们没有演出。在家休息并时刻感到自己没有坐在电影院里。

前天，我在那些海报画下弹钢琴伴奏。终于当了片刻的电影院钢琴家。

1916年11月16日

我收到了你的来信。你找了新工作，这让我很高兴，不过也开始为你担心。假如他们拒绝你，那将是何等不愉快！他们许诺的报酬也不错啊！可赞！我只想劝你搞一点小花招：除了显示上课的知识和技能之外，还要善于展示一些“亮点”。请在你要做的事情里搞点聪明的广告。我知道你是好样的，会把这一些考虑得十分周全。搞些日记簿、天气日历挂在墙上，把各种各样的树叶贴在几张大纸上，等等。你这样做不但美化了自己的环境，而且也令学生更加尊敬自己要学的东西。这不仅孩子需要，还要告诉年轻的妈妈，并强调指出这样做的重要性。因为一些年轻的妈妈在智力上与孩子们往往相差无几。

你见过一个聪明的大夫是怎样为行将就木的病人看病的吗？你别去相信他的医术，而要相信他的巫术，相信科学的巫术。因此，人们尤其喜欢一些带有怪癖的医生。聪明的大夫给出诸多小小的吩咐：去挪挪床的位置，让病人头朝这里，给他换上另一床被子，把挂钟从房间里搬出去，还有许多许多的吩咐。当身边的人们都忙于办这些事，大夫就慢慢地做着自己主要的事情，毕竟他提振了病人及其身边人低落的情绪，并令人确信他并非完全无能为力。

就是这样！玛露尼奇卡，请你也努力这样去做。还要穿西装！尽快穿起来，玛露尼奇卡。穿着随便而不整洁的衣服会令人反感——有时这种反感你并非能意识到。你别心疼花钱！

吻你，吻你的全身。吻你的膝盖（从后面，从侧面吻你，让你发痒的地方）。

1916年11月22日

我亲爱的，爸爸是否已把我的情况全都告诉你了？我很高兴见到了他。在他来电影院找我的最初那刻，我转过身才开始回想这张熟悉的面孔。在辨认他的时候，我想了有好几秒钟。在脑海里把全部过程滤了一遍——他是谁，怎么突然到了这里，为什么来找我——之后才认出他来。我俩很快就相互倾吐完了各自拥有的一切信息，于是就无话可聊了。随后的一段谈话就带有不大自然的性质。

我很高兴他到来，第二天半夜，当我俩在旅馆门口告别时，他还忍住了几滴泪水。我们紧紧地拥抱了一下，他走开后又返回来拥抱我。我触到了他那松软的胡须，真想由此大哭几声。回来的路上，我如鲠在喉，非吐不快。

我仔细询问了他的一切情况，可关于你不知怎么问不出什么问题。

“怎么，玛露霞平常高兴吗，见她笑过吗？”

“是的，还行。”

“那……她戴的那顶帽子好看吗？”

“是的，好看。”

说到亨里希时，爸爸有许多温馨的话。虽然用词不多，但他尽量用同样一些话给我讲，亨里希怎么玩耍，怎么不睡觉，怎么认出了他，怎么害怕在小浴缸里洗澡。他只说了一句话——你的亨里希将长成我的亨里希那样，可这句话向我流露出他自己沉痛的损失……这是我第一次从他口中听他提到死去的大儿子。因为我原以为他这个人冷漠无情呐。但是，问题在于他不习惯与别人交流自己的感受，我俩却是芝麻大点小事都要互相倾诉。关于你他还说过一句：我建议玛露霞别兼任第二门（早晨的）课程，那样她会把自己搞得十分疲惫。

你的信不时地会给我带来许多喜悦，让我感到特别自豪，尤其当你告诉我你在教学中取得了成绩。当能够意志沉着地应对学生的时候，你开始尊重自己，这对于我是再好不过的一种感觉。你在生活中的地位是这样的。你周围的大多数人都器重你，尊敬你，可你自己却情愿认为自己微不足道。看来，你已治愈了这种道德的伤风，我祝贺你并为你高兴。

现在，我拼命地想你，想着你到来。我是这样想的，这种离别我可坚持不到明年5月，我不想等你圣诞节之前到来，就在普通日子来吧……我不知怎么都不知害羞了，只想得到你的爱，一直没完没了地想着做那件事，就是那种事。

我爱你，玛露尼亚，就是到五十岁也要这样爱你，拥抱你。我认为，对于相爱的夫妻来说，爱没有什么界限，直到共同生活的尽头也要用肉体交流来维护精神的亲近（莫泊桑太理解这点了。对老年妇女的同情在任何作家笔下都不如他的多）。

我觉得，这是十分正常和健康的。当你我走到那个年龄，我们也要互敬互爱，并要以爱的宽容去对待我们承载着爱情的身体。虽说那时身体失去了优美的线条，肌肉没有了弹性，也不具备年轻人的健康，可我们一切已无所谓！

怎么，玛露尼奇卡，你还是接下了早课？如果你接下了早课，就告诉我这是否让你很累？你答应过我要把身体恢复好的，你要给我带来什么？难道我还要拥抱那个不足三普特[1]的妻子？我想搂个身体沉点的。你听见我的话了吗？要争取长得胖些。

吻我的玛露诺奇卡，我的好妻子。等着你。

雅科夫

1　沙皇时期俄国的计量单位，1普特约为16.38千克。

1916年12月2日

我高兴地觉得，我俩在见面前的通信写得心不在焉。

我会常给你写信，看在上帝分上，你别担心。我知道你的一些愚蠢想法并喜欢它们，还往往胜过一些聪明想法。你夜不能寐，总想着我在服苦役，待在战场上和在监狱里。我向你保证，见面时我会用自己的沉着冷静让你精力旺盛。先要向你证实我是这样的人，然后向你展示我有多么镇静。

最近，我在附近寻找旅馆。如果不让我去旅馆过夜，那只能住进那几套可疑的、带家具出租的公寓，要与快活的，但令人不太愉快的一帮人为伍。可这全都无关紧要。我手上请求离开驻地的证明要多少都有。

所以你来吧，什么也别怕。你来之前我会常写信给你，你别以为见到的我是个剃成寸头、手戴饰物的大兵。

最好给我拿来一些乐谱，拿来你喜欢的所有曲谱。这是给你的全部曲谱名单。（再加上亨德尔的一个组曲。）

……刚看完罗曼·罗兰的一本小说，很想把关于他，关于你和我的一些想法告诉你。罗曼·罗兰是法国人，所有那些对于法国人的致命的结论在某种程度上是针对他的。他也稍稍染上了文化卖身投靠和无端破坏的那种习气。巴黎被他批得一无是处，但需要构建出来某种东西。我仔细地注意到，他是怎样把庞大的建筑物一块块地拆开。当永恒的城市被拆成一堆支离破碎的瓦砾，我想他也许才开始用拆下来的那些石头去构建一部崭新的，更雄伟、更深刻的艺术作品。他说——我清楚地记得他的话——既然法国还存在，那么民族自我意识的那些主要的、原始的溪流就应当存在，因为全体法国人民靠那些溪流为生。说那些溪流存在，这点谁都不如罗曼·罗兰更了解；说他并没有深入其内部，谁都不如罗曼·罗兰的读者更清楚……

四周是一片片麦田，天啊，人们究竟在哪里？因此我放下了这本书，心里感到不满。我想在以后的几本书里会找到我想看的东西。罗曼·罗兰在城市居民的底层寻找一些真正的人。这个问题值得商榷，我顺便指出了这点。我很相信他的“要知道，人们总以某种东西为生”这句话。我们把这种思想称为——历史统计学宗教。既然许多人，整个民族长期以来相信某种东西，或者共同做着某一件事，你们就可以相信，这不会有害处，就可以推断这样做是正常的，也应这样去做。当我第一次听到这种思想时，我被它对待生活的那种特别睿智的态度折服。是你说出这个思想！在浪漫幽会的环境里，在两颗心灵靠近时形成的强烈享受的最初时分。

那是幸福的时分（玛露尼奇卡，我们活到老的时候会有东西让我们回忆青春）。那时候，我们之间就形成了一种值得我们相敬如宾的关系，就像爱情，但往往还有困难得多的东西——像真诚，像两个有思想的头脑和两颗敏感的心灵的完全融合。

你还记得你自己说过的话吗？那是些普通但聪明的话——既然所有话都这样，那就意味着需要这样说，这是人对神的错误进行某种修正。从那天起，我身上开始了那种如今被称为历史统计学宗教的思想发展。这种思想要升华到各个时代之上，上升到我们周围人的头上方，从那里观察一下那些人在自己所做的思想总结里怎样生活，那时候才能得出生活和道德的某些规律。

而最主要的是，要一直尊重自己。你教会了我这点，我现在教你这点，这就是我们幸福的基本规则。命运把不平凡的幸福馈赠给我们。相敬相爱（你应承认）是一套罕见的幸福组合。

1916年12月3日

傍晚。军营里。暂时放下我正在写的总谱。我似乎已经给你写过，我正在把格林卡的《北方的星》这首歌改编成我们乐队的演奏曲。今天我把它拿给乐队指挥审核。他发现了几个错误和不确切之处，可后来夸了我，说我在音乐方面大有长进，对乐队十分熟悉。这是一首很好听的乐曲，可演奏它很困难。我对交响乐队里的所有管乐了如指掌，而管乐构成交响乐队中较难的一部分。

等把总谱彻底完成，再写给你是怎么排练的。你来之前我还来得及写点东西。

报纸上刊登的停战建议最初一刻让我震惊，不过我很快就镇静下来，并开始冷静地考虑问题。可冷静地思考问题，就意味着沉浸于悲观主义。现在是不会有和平的。

我看完了《现代世界》这本杂志。第九期里有一篇文章，我很想与你一起阅读。有个十分聪明的人，可能是位著名学者，落款只是字母S……我要以一种深思熟虑的科研方法说出我本人的思想。我的世界观形成是多么奇怪。在我的心灵深处，在意识范围的某个地方，正在不知不觉地进行着一种完全不依赖于我大脑的工作。我认为，思想在那里以另外的方式反复活动，并且那种深邃的思想或迟或早会浮出未知之处，呈现出我早已知道它的那种样子。这是关于贵族习气、资产阶级自由派、奴役制度以及关于自由思想历史发展的种种想法……

我耐心等待火车到来。快了，快来了，我的乖孩子，拥抱你。

1916年12月6日

你的来信真让我高兴，高兴得顿时忘掉了久久的等待，也忘记了疲劳。

在信里有生活的快乐、创作的快乐以及一个人得到了正确评价而感到的公正的快乐。我高兴的是你（我认为你总是好样的！）的工作做得很有头脑。千万别忘记购买你在培训班跳过的所有舞蹈的曲谱。多奇怪，也多郁闷，我这个如此信赖你的人，迄今为止没有见过你跳舞，没有见过你跳一段真正引人入胜的劲舞，而只看过你跳的几段儿童舞，《希腊女人的哀怨》、《皮埃雷特》的一段和《狂热诗篇》……

但我这个人有耐心，知道我们的时辰尚未到来，它等待着我们，就像在某个地方有间屋子等着我们入住，里面已备好了我的无限的幸福。在那间屋子里会很舒适，很方便，有很多藏书，房门也不吱吱作响，浴室墙上砌着浅浮雕的装饰瓷砖，床也很宽大。

这就需要多去创作。在书房里，在儿童室里，在卧室创作。到处都很好！在屋里有位出色的女子来回踱步，她在欧洲是百里挑一！

玛利扬卡[1]，请在基辅给我买几本英语书，这里没有这种书。“俄国读者的英语读物”，卡尔巴斯尼科夫出版社的，要两套，除了王尔德的《快乐王子》外，其他的全要。我现在赶去排练。玛利扬卡，常用这样一些带着微笑、令我高兴的信（就像最后这一封）娇惯我吧。

1916 年 12 月 7 日半夜 2 点

我现在刚从军官俱乐部回来，去给一帮军官及其夫人跳舞伴奏。从旁观看跳舞很有意思。尤为动人的是那些尚未被邀请下舞池的姑娘。要观察一下，当有某位其貌不扬的军官终于去邀请她，

1　玛利亚的爱称。

姑娘是怎样地满面春光，她的双眸又怎样闪出了光芒。虽说那个男子不太行，可毕竟是个男人嘛。我很可怜她。

晚会伊始，先是士兵们跳舞，这是我们要演奏的部分。你要知道，每个曲子都能进入听众的心田，并深深打动他们。与那伙士兵们跳舞的有一些女清扫工、厨娘和“戴礼帽”的姑娘。士兵所谓的“戴礼帽”的姑娘就是指端着架子的自负小姐。一方面，士兵被她吸引，另一方面，士兵又不喜欢她的排场。实在没法在“礼帽”和“头巾”之间做选择。

太想与你一起读点东西，一块儿学习些东西了。

昨天看了莫泊桑的法文小说，我决定把这种阅读丢到一边，一直等到你来后再一起阅读。你还要教我纯正的发音吗？

我去睡觉了。我要度过单身的最后几个夜晚……吻你的肩膀。

雅沙

1916年12月20日

亲爱的玛露丽诺奇卡[1]！我在军营里写信，来这里是要拿巧克力和医生的口粮。

再过几个小时，你就要离开了。我心乱如麻，但又牢牢地控制着自己。

我们总归算是一对有意思的夫妻：是世界上最幸福的一对，却又是最不幸的一对。在幸福的时刻我们想的是前半句，不幸的时刻又想到另外半句。

而今天我们是不幸的，先前的幸福时光，连一丝一毫也没剩下……

1 玛利亚的爱称。

基辅

雅科夫致玛利亚

1916年12月30日

> 一切如故，只是笼罩着
> 一片奇异的寂静……
> 在你的窗外——唯有
> 街道朦胧，令人生畏。

我这里就连一片奇异的寂静也没有。一切如故。我收到了你的来信，我们之间重新开始了此前那种可爱的书面联系。你给我写信，我给你写信，信是欢乐的容器，信是忧郁的眼泪——一切如故！……

我心情毕竟好了许多，开始完全平静下来，变得很自信，就像过去的一段美好时光那样。我哪儿也不急于去，我也不企盼什么（也不去想你到来一事）。工作效率很高。愿这一切也传递给你，我的朋友！

稚气是对待琐碎小事激起的那些真诚感受所持的认真态度。稚气肯定是一种无意识感觉。一个成年人只要已经明白自己有孩子气，可还要把这种习气延续下去，他顿时就会变得忸怩作态，令人讨厌。不过，无意识的稚气很有魅力。你观察一个人，当他滑冰的时候，或者当他（你爸爸）好奇地仔细观看一个别致的伞把的时候，或者当他简直以另一种方式，像儿童一样笑（我爸爸）的时候，那时候你就会明白，他是在杂乱无章的日常生活中寻找一些珍贵的天然特征并爱上它们……

今天又举行了一次军人游艺活动。外面天气很冷，因此，这些娱乐活动并没有给人带来很大的享受。我在丢失的那封信里曾写过，游艺活动——这是一些年轻健壮的身体感受的整部交响乐。这种情绪从一个人身上转到另一个人身上，并能攥住一些最忧郁的心灵。当音乐响起来（这是我们在演奏，这是我在演奏），所有这种情绪就获得一种节奏性的体现。从每一扇大门里跑出来一些孩子，还有光脚穿着套鞋的厨娘们，她们与士兵们微笑相视，而士兵们像饿狼一样盯着她们。

今天游玩的时候，我对契诃夫有了一些思考。这是因为有个人在报纸上撰文，说他感到伤心，由于一些难民（犹太人）讲不好俄语而让莫斯科失去了自己的面貌。他写道，如今人们已把“打电话”说成“达电话”，把“我睡觉了”说成“我落了”，大概，就像春汛后水要落下去。我认为，对逝去的东西，就像失去的“樱桃园”[1]一样，任何忧愁的语言都毫无生活根据。只剩下某种审美的浮云。我不是洛巴辛，但对我来说，洛巴辛比所有行将就木的其他人更为亲近。他是唯一一位活生生的人，却被描写成喜剧式的主人公。况且从总体来看，这是一部喜剧！契诃夫认为庄园主就是被讽刺的典型。如果是这样，那么洛巴辛就是其中唯一有活动能力的人。这是对过去的判决，却是以轻快的喜剧形式。然而，斯坦尼斯拉夫斯基把这部剧给演活了。一座漂亮的地主豪宅，带有圆形的廊柱，豪宅的几个主人感觉到了高尚的痛苦。契诃夫并没有大笑，面对自己从属的那个舒适的世界，他露出了忧郁的笑容，并且这是诀别的笑容。这并不是因为他知道自己不久于人世，而是因为他明白这个世界存在得不会比他活得更久……就让人们砍倒那些枝繁叶茂的树木吧，我知道在砍倒树木的地方会出现歪斜的

1　这里指的是 19 世纪俄国作家兼剧作家安东·契诃夫的剧作《樱桃园》。下文的洛巴辛是该剧的一个人物。

小巷，密密麻麻的陋屋聚集在一座工厂周围。人们的痛苦在增加，家庭结构在解体，可这将会向意识、向自觉再迈出一步。是否下一步还会迈向斗争，我如今对此不大感兴趣。最主要的邪恶——是人类的贫穷、肮脏和对一切的无知愚昧。因此，为了获得觉悟，通常要以世代的痛苦和血流成河为代价。不过，值得付出这样的代价。我觉得契诃夫预感到了这点。他对过去的世界嗤之以鼻，可又惧怕未来的世界。樱桃园主人们的痛苦，是一种稍加渲染的痛苦。另外一种痛苦，是赤裸裸的、受折磨的、挨饿的痛苦，但是一种积极的、能起作用的痛苦，这种痛苦会变成某种前所未有的新东西，会超越从托马斯·莫尔[1]到托马斯·康帕内拉[2]最初一批社会主义者的全部空想。这一切在卡尔·马克思之前很久就得以考虑并已考虑成熟。我认为，再过一百年，当人类文化发展到前所未有的高度，人们看剧的时候，就会把契诃夫视为逝去世界的一座最高的丰碑。但是，他的剧作是通向崇高美好事物的一个必要的阶梯……

这些天来我们都很忙。每天都是连队的节日。军官们邀请自己的夫人，士兵们也请来自己的女友。士兵把自己请来的女友安排坐下，对自己女友身穿的漂亮衣服尤感自豪。军官夫人们用鄙夷的眼神看着那些厨娘，并带着极度的优越感在前排就座。有一个厨娘让我看得着迷。她身穿一件前开口的白色短上衣和发暗的蓝裙子——也许是衬裙吧。她的样子是多么幸福啊！这样的形象只能在厨娘那里遇到，天啊，她把自己的胸脯弄成什么了！太可笑了！后几排那里一直笑声连连，那儿坐的士兵们没有女伴陪着。

1 托马斯·莫尔（1478—1535），英国哲学家、作家。他的《乌托邦》（1516）以一个假想的岛国为例，描述出社会结构的一种理想体制。

2 托马斯·康帕内拉（1568—1639），意大利哲学家和作家。第一批空想社会主义者之一。

我的英语学习进展得很顺利。今天看完了王尔德的《快乐王子》。我很喜欢，我并不反对作家说出一些深思熟虑的道德箴言。我建议你看看这个童话故事，也适合讲给孩子们听。我给你寄去两篇故事（列米佐夫的《兽树》和苔菲的《不可宽恕的树》），就是这个目的。要想独自撰写童话故事，需要很好地熟悉童话故事的一些成分、短语、例子、寓意和条件组合，这些东西在所有童话故事里都大同小异。变化的只是思想、主题，可童话故事的诸多成分始终不会变化，而在这两个童话故事里会看到一些新成分。一些尤其有意思的东西会在东方童话故事里，还在一些有异国情调的人——黑人、中国人和印度人身上见到。不过，总的来看，文学童话故事也可以依照自己的规律存在，这些规律是每个作者借鉴一些众所周知的手法创造出来的。

写信告诉我，你能用那些手法写出点什么。你完全可以使用西藏童话故事里的那个东西。

吻你，我亲爱的！

1916年12月31日

你好，玛利扬娜[1]！这些日子士兵们天天过节。有人过节，可我们却要加倍工作。不过，这工作很愉快，我在观看，在睁大眼睛观察，有时无意中还能发现某种有意义的东西。

《磨坊主老兄，或者木桶里的撒旦》，这是一部喜剧，里面要载歌载舞，狂饮烈酒。这里没有烈酒，那就剩下跳舞和唱歌了。歌声在我们乐队的伴奏下响起。我在排练时感到了一阵狂喜，觉得自己像位歌剧院演员。军营里有个搭好的舞台，设备齐全。有人

1　玛利亚的爱称。

在小灯前给我们摆好了谱架。指挥站在中间，右边是长笛手、单簧管演奏员，左边是铜管乐器演奏员。指挥给手势让合唱团演员和演奏员开始，可他们没有及时唱起来，并且跑调得厉害。除了《磨坊主》一剧外，还为这些可爱的士兵小伙准备了芭蕾舞。今天已试跳过。有两个芭蕾舞女演员。一个年纪稍大，身材稍胖；另一个染了头发，穿着海狗皮大衣，鼻头尖尖的，走路有点像猫。她俩跳得非常好，就像所有芭蕾舞女演员通常跳的那样。她们跳了玛祖卡舞、列兹金卡舞和俄罗斯舞。军官们在舞台上紧跟在她们身后，总想缠住女人不放，魔幻的灯光把一层能引起非分之想的诱人薄纱披到她俩身上。

士兵们欣赏芭蕾舞就像观看水晶宫。很美，又离我无限遥远，几乎不属于这凡尘俗世。《磨坊主》剧组的男女演员们在舞台的角落里挤在一起。乐队指挥用讥讽的眼神看着他们，就像一位老于世故的人。

昨天是八连的节日。我对这个节日很满意，同时感到十分惊奇。这完全是个节日，就像外国人过节，而不像我们过节。我很高兴地看到它的组织工作做得很好，到处都能看到、欣赏到考虑周全的小细节。一切都预料到了，一切都安排好了。秩序井然，军营的床全都搬出来，集中到一个角落并用一块绿亚麻布盖上，为来宾们准备了更衣室，有衣架、存衣小牌和用绳子隔起来的一道屏障。人们用食堂的几张餐桌搭起一个小舞台，桌子堆在一起，上面挂满绿色的手帕。处处都宽敞舒适，每件事指定了专人负责，他们大概已演练过了自己的角色。音乐会一结束，就有些人拿来了锤头。舞台在两三分钟内一声不响就被拆掉了，还有个人拿着抹布跑来，把餐桌擦得干干净净，有人还用手摸摸桌角，看是否还有钉子，音乐厅立刻就变成了小吃部。

昨天演奏到凌晨4点，今天又演奏了通宵。我已经有点累了。明天将是最后一个节日。这一切伴随着一种似乎难以想象的疯狂。昨天，我在图书馆里浏览了一下近三个月的报纸，虽没有比较确切的统计数字，但据我估计，这场战争已夺去了不少于五百万人的生命，至于受伤人数，我甚至都无法给出大约的数字。与此同时，协约国又拒绝了德国的停火建议。我们的生活，唯一的生活，给我们许诺如此之多的生活，在一种大型的世界疯狂的背景下走过去……

你的雅沙

第三十三章

基辅—莫斯科

（1917—1923年）

在二月革命后最初几个月，雅科夫就被卷入了政治活动之中，他成为哈尔科夫工农代表苏维埃的委员，可却常觉得自己心绪不佳，因为他身边的大多数人都愚昧无知，思想也不开化，许多人甚至是目不识丁的文盲，因此他认为自己的任务多半在于做扫盲工作。虽说他能和这些人中的任何一个谈话，但当他们扎堆时，就会变为一种野蛮而可怕的自发势力。他的几次演讲尝试很快就让他想到，犹太人在这场巨大的革命过程中只能激起人们的愤恨。他天生的主动往往令人感到不满，他一心想给国家、国家的工业改造以及新管理原则的创建带来好处，这种愿望又经常引起人们的怀疑。雅科夫试图找到一个最符合自己知识结构和理念的位置，却找不到这个位置。

乌克兰局势动荡。基辅政权在两年内更换了十七次，平民百姓最大的希望是不管什么政权，只要能够维持住就行。1919年12月这种政权成立了，那就是苏维埃政权。

玛露霞热情地拥护新生的政权，因为这个政权取得了对资本主义世界的胜利。早在1917年，当苏维埃政权在基辅取得了第一次尝试性的胜利后，玛露霞就加入了积极分子演员小组，在来自加利西亚的青年导演莱斯·库尔巴斯执导下，排演了一部象征剧

《革命运动》。当然，这部恢宏的剧作在广场上演出取得了成功，并吸引了众多的观众，可玛露霞在那之后与莱斯·库尔巴斯大吵了一架：玛露霞虽然精通乌克兰语，但她指责那位导演过分地突出了乌克兰民族主义，因为她坚信未来的国家将奉行彻底的国际主义，而浅薄的民族主义文化会让位于崭新的世界无产阶级文化。这样一来，玛露霞在莱斯·库尔巴斯领导的那家青年剧院里的前程就到此为止。有谁能料到莱斯·库尔巴斯因自己的民族主义错误于1937年在索洛维茨基劳改营被处决，而谁又能料到半个世纪之后，文化确实要向多元化发展，由于马克思关于无产阶级领导作用的思想得到了详尽的阐述，任何东西的无产阶级特征都会被遗忘。但雅科夫此刻不在玛露霞身边，他不可能做出自己的协调让他们和解，况且雅科夫本人，他的那颗组织严密的大脑距离这种历史预测尚远。他的预测能超越自己的时代，但并不可能超越这么远！

回到基辅后，雅科夫便一头扑进自己的专业活动中。在商学院里也发生了很大的变化。那位坚持让雅科夫留在教研室做助教的教授跟着德国人走了，他的位置被吓破了胆的副教授卡拉什尼科夫占去。当时出现了一种相当复杂的状况，在一帮老教授看来，雅科夫就像是革命者，而新来的一些人完全不懂专业，令他们感到吃惊。

苏维埃政权给经济学家们提出了一些严肃的任务：经济要国有化，要终止商品货币关系，实行余粮征集制[1]……战时共产主义。雅科夫顿时感到了绝望，因为根本就谈不上建设某种新经济的问题。

1 苏联在1918年至1920年战时共产主义时期实行的一种政策。

众人期盼的那种“公正”的生活，首先让雅科夫的家庭受到损害：雅科夫的父亲在世纪之初经营的磨坊生产和第聂伯河轮渡运输都被国有化了。那个顺利生产了几乎二十年的磨坊也停了产。雅科夫丢下了刚在商学院起步的工作，而在乌克兰劳动人民委员会统计局谋了一份差事。在国内形成的这种局势下，他认为对他个人来说唯一可行的工作，是认真把正在发生的这个经济过程记录下来。他的活动缩减了，只在最亲密的圈子里进行讨论，他主要的谈话对象也只剩下对伟大未来的建设感兴趣的玛露霞。

两位祖母争相来照看亨里希。亨里希并不常见自己父母，因为他俩醉心于自己的工作，玛露霞一如既往，总要找一些训练班提高自己所接受的不完整的教育，还不时地参加一些戏剧舞蹈班活动。基辅的外省环境让她感到难受，她总想去哥哥米哈伊尔已经扎下根的莫斯科。米哈伊尔那时已经结婚，并且迷恋于自己的小家庭生活。哥哥马克在1913年就与自己的律师事务所搬到里加去了。约瑟夫早在1905年被捕后失踪，可突然在美洲大陆现身，偶尔还写来一些让人看不明白的信。他从1915年起就是位热情的革命家，但1917年布尔什维克革命胜利后并没有回到俄罗斯，亲友们从他偶尔来的一些信中看出来一种思想：他待在美国更有利于世界革命事业……

1923年，玛露霞实现了自己的愿望：雅科夫在苏联人民委员会下设的中央统计局找到了一份工作，于是奥谢茨基家族的这个小家庭搬到了莫斯科。他们分到一套合用公寓中的大房间，位于厨师大街上，这时候厨师大街已经失去了自己的历史名称，之后好几十年间一直被叫做沃罗夫斯基街……在房间里给雅科夫隔出来一个办公的地方——紧靠窗户摆了一张书桌，在屋角放了沙发床，那是院里的木匠给赶做出来的，他们还买了儿童小床。餐桌、橱柜和几个书架也全都拿到屋子里来……入住一周之后，雅科夫又把一个不像样子但很需要的东西——屏风拖进了房间。房间很大，有二十平方米。真惬意！

亨里希开始上学了。放学后他由一位凭着广告雇来的、老态龙钟的德国女人领着，与一帮孩子溜达到尼基塔林荫道玩。他未来的妻子阿玛丽娅也曾经在那条林荫道上玩耍……

玛露霞像以往一样从事教育，同时也进行自我教育。课余时间她教亨里希读书、练体操和捏东西玩。所有这一切都是按照还没有完全遗忘，但已过时的福禄培尔体系做的……小家伙开始与自己母亲在一起度过更多的时间，很快就忘掉了昔日基辅生活中的那两对祖父母。对父母来说，这个孩子很难教养，他不好好地吃东西，也不大听话，脾气很倔，稍有不顺心就两条小腿跺地或是躺倒在地……

雅科夫写完了早在基辅就开始构思的一本书。那本书叫做《管理逻辑》。他在书中阐述了自己关于一般管理规律的一些考虑很久的想法，认为那些规律同样适用于资本主义的工业生产管理方法和社会主义的工业生产管理方法。玛露霞那时候想给自己找一份教师工作，但在新生活里学校对搞形体训练的需求不大，可在她可以大显身手的地方，已经有了另外一些教师。是玛露霞的广泛兴趣爱好救了她，福禄培尔学院的女友弗拉季斯拉娃·科尔热夫斯卡娅——玛露霞刚出道时曾与她在女工子弟幼儿园一起工作——引荐玛露霞见了克鲁普斯卡娅。

她们谈了很久，讨论了组建新型儿童院的问题，为了拟定儿童院建设计划，还吸收了莫斯科建筑师阿尔缅·帕帕江参加。按照娜杰日达·克鲁普斯卡娅的思路，学前教育的原则应当与少先队组织的原则相似——“形式是童子军的，内容是共产主义的”。

在组建少先队组织的时候，娜杰日达·克鲁普斯卡娅因主张这种“童子军形式”狠狠地受了批判，尽管她情愿公开承认自己的错误，但内心还是坚持己见。

玛露霞与克鲁普斯卡娅的见面持续了两个小时之久，谈话充满了真诚和相互理解的气氛。她们告别时已经完全成了志同道合的朋友，玛露霞面临的任务，是在大脑袋建筑师阿尔缅·帕帕江帮助下，为给儿童进行无产阶级教育设计一些新玩具，而制作新玩具的任务将委托莫斯科或莫斯科郊外的一家木材加工企业。

阿尔缅原来是个生性快乐的亚美尼亚小伙子，他个头不高，长着蓬松的鬈发，蓄着松软的小胡子。他像个艺术家，一个真正的艺术家！两周之后，令亨里希惊喜的是，在厨师大街那个房间已经堆满了一些构造模块，用它们就可以组装镰刀、锤头、汽车和飞机。七岁的亨里希专心玩木块和金属块的装卸游戏，对于他没有比这种再好的游戏了。父母经常观察集中精力玩耍的儿子，并对他这么早就显示出工科方面的能力感到高兴。要想让他不玩这种游戏比较困难，他会号啕大哭，怎么也不干，甚至还要抱着一些金属接头躺下睡觉。玛露霞甚至担心他在睡梦中伤了自己。

每逢星期天，要培养亨里希在艺术方面的兴趣，他们带他参观博物馆，去剧院看剧。亨里希对造型艺术毫无兴趣，在剧院里看剧也是坐不住，立刻要求带他不是去小吃部就是去厕所。唯有《青鸟》一剧令他稍感兴趣，以至于忘记要去小吃部。当全剧结束，他硬拉着玛露霞登上舞台，想弄清楚那只鸟是否像他的推测那样，真的是借助灯光变成青色的。他随时都愿意去的唯一的博物馆，是综合技术博物馆，星期天去卢比扬卡广场参观那个博物馆，对于小家伙来说是所有还不让他一个人上街的那些年的一种奖赏……

雅科夫不太相信雇来的那个德国老太太，于是自己试着教儿子德语，可亨里希觉得这样很枯燥。当父亲让他坐在钢琴旁，这对他俩都是一种折磨。小男孩性格中有个特殊的本事，一遇到“家庭暴力”就要生病。每当雅科夫坚持让他完成某个作业，他的肚子每次就确实痛起来。尤其当他不愿意上学的时候，他往往就要闹肚子。

亨里希喜欢母亲，不愿见父亲，每当雅科夫试图强迫他完成作业，他就寻求母亲的庇护。玛露霞变得憔悴不堪：她瘦了许多，又开始失眠，夜间还咳嗽。医生的诊断是：神经方面的问题。亨里希念完二年级后，雅科夫把全家送到克里米亚疗养，几乎待了两个月……

第三十四章

尤利克在美国

（1991—2000年）

生活在表面上发生了很大的变化。在莫斯科家中，尤利克几乎觉察不出生活有什么变化，过着四平八稳的日子，生活就是些机械式的运动——起床、洗漱、早餐、上学、放学、弹吉他……再往下的生活就寓于音乐中：每天都有新的发现，一连串的享受。在美国这里——新的房子，陌生人的柔声细语，窗外清新的小雨，脸上常挂着笑的玛莎，沉默不语的维佳，再就是尤利克几乎全是从披头士演唱的歌词中知道的那种英语。旧习惯的世界已被彻底摧毁，而新的习惯——让心理避开一些经常不习惯的烦扰——尚未形成。

他在长岛度过的最初几天正赶上圣诞节休假。玛莎曾打算带尤利克去纽约玩一趟，但她感冒了，因此那次出行只好取消。

尤利克拿起了吉他，可不知怎么无法集中自己的思绪，有某种东西在干扰他。圣诞节这几天维佳是在实验室度过的，大学在12月末买了一台NeXT公司生产的电脑，这是史蒂夫·乔布斯推出的一种最新产品，他那时已被苹果公司辞退，组建了一家新公司生产这批带有新操作系统的新型的“NeXT”电脑，它们是后来研制的Mac（苹果电脑）的原型。维佳简直离不开这种新的技术。他还请尤利克来实验室观看，这是尤利克亲眼见到的第一台电脑。

维佳摸了摸电脑的主机，夸奖那个黑匣子，就像狗主人夸自己爱犬长得好一样。他对那台计算机的运算速度、存储器以及显示屏的前所未有的高清晰度赞叹不已。

尤利克提出问题，维佳回答问题。维佳回答问题后，尤利克又提出了问题。父子俩坐在空荡荡的实验室里，一转眼四个钟头就过去了，这时尤利克才明白，除了音乐外，往往还存在着某种有趣的东西……他俩也许会一直坐个通宵，但玛莎打来电话，说在等着他们吃晚饭。他俩顶着小雨回家，天色漆黑，一路无话，各自想着自己的事情：维佳在想，在那台新电脑里蕴藏着多么神奇的潜力去完成细胞程序的模式化；尤利克在考虑，若能把音乐与这台震撼人心的机器结合起来该多好啊。但他不是想到这件事的第一人，可他自己并没有猜到这点。尤利克那时还不知道，仅过了两年，电脑就成为音乐的任何程序（从教学到录音和演出）中一个必不可少的部分。

维佳不太善于辞令，他阐述自己的思想时，往往留下诸多的空白，丢掉了一些他以为是显而易见的细节，可尤利克明白他说的意思，并且在与他的谈话中能够跨越一些尚未填充的中间地段。尤利克立刻就明白了维佳的研究就在于要让聪明的电脑迅速解决一个问题，虽然这个问题普通人同样可以解决，但需要付出诸多的时间。

那是20世纪90年代初期，人与电脑开始尝试进行激动人心的互动，科学幻想的一些情节渐渐变为生活的现实。有些编程人士预测，人类创造的人工大脑在某些方面会超过创造者的智商……电脑的计算速度能够产生出一种新的智能……

维佳让儿子成为一位认真的听众，可他并没有成为尤利克音乐的听众。然而，他们之间开启了一种新的关系。从尤利克五岁起，国际象棋把他俩联系起来，十年后的现在，似乎计算机取代了国际象棋。

1月4日，玛莎领着尤利克去一家艺术学校报考音乐专业。尤利克通过了音乐面试，可他的英语还有待于提高，故被编入为外国人开设的ESL班[1]。必修课总共有四门：就是ESL课（尤利克在两个月后称之为“给傻子开设的英语”）、数学、美国宪法和一门名叫“科学”的未定型课程。

从开设的诸多的音乐课程中，尤利克选了四门——音乐理论、古典吉他、爵士乐吉他和钢琴基础课。此外，还有“合唱课”，这是所有学音乐的学生的一门必修课。

上课第一天就给尤利克留下了惊人的印象。早晨的四节课全都用来分析不久前的圣诞节演出了。学校的混声合唱团在市音乐会上演唱了亨德尔的清唱剧《弥赛亚》中的部分歌曲。尽管观众听得如痴如醉，可合唱团团长对那场演出不满，此刻正在说出自己的意见：

“请打开第二十二号作品！‘看哪，神的羔羊，除去世人罪恶的。’”那位教师声音洪亮地说。

尤利克打开了记有乐谱和歌词的自制小本子，找到了第二十二号作品，这样的小本子人手一册。老师挥了一下手，他更像一位篮球运动员而不大像搞音乐的，他的两只手就像两个簸箕铲子，从肩部开始挥动，就仿佛在与可恶的空气搏斗。

就尤利克的审美来看，合唱的声音很棒。没有任何的伴奏，可几个声部的声音就像是各种乐器在演奏。尤利克几乎以一种恍惚的状态听着合唱：他知道乐器可以发出像人一样的声音，但让人

1 ESL全称“English as a Second Language”，即非英语母语者的英语培训班。

唱得能像某件乐器的声音那样——这样的现象尤利克可从来没有见过！那次合唱在他内心激起了暴风雨般的感受，他虽然理不清那种惊人的杂乱，但是觉得马上就要泪如泉涌……教师用手势停止了合唱，给他们解释什么地方唱得不对。奇怪的是，尤利克听懂了他的话，教师的兴趣指向帮助他理解了另一种语言。

幸福突然从天而降，他终于找到了几位教师，与他们在一起会有意思的。他要走出在家里落入的那个死胡同，也明白自己要在需要的时间里去到需要的地方。

音乐理论课教师比所有教师都强。他会用日本筝这种古老的乐器演奏怪兮兮的日本音乐，那种音乐的每组音程没有固定数量——既不是七个，也不是十二个，而是多少随意：不是一组音阶，而给出了无穷的音阶。这简直让人的大脑乱作一团。然而，教吉他的老师原来是个真正的野兽，完全是另一种样子。他是个黝黑的大胖子，南方人，头已谢顶，一圈浓浓的鬈发镶在秃顶四周。尤利克弹的时候，他连听都不听。他用一个指头指着尤利克说："先练习音阶！"他对所有学生都这么说，可技巧练习应因人而异。尤利克并不知道金斯利先生教所有学生都用同一种方法：他要求每个学生在十分钟内弹完两个八度的一百二十个音阶练习，稍有差错就要从头开始。尤利克感到压力相当大，上第二次课时就流起了鼻血。金斯利不让学生练习任何其他的东西，同样也不与学生谈话。许多时间过后，尤利克认为这是一种野蛮的教学法。金斯利让音乐毫无乐趣可言，纯粹是手指的一种操练。不过尤利克已明白，倘若音乐给音乐家都带不来快乐，那就更无法让任何人高兴。

教钢琴的是一位风韵犹存的法国老太太。看着她那双皱巴巴的小手在键盘上舞动，尤利克产生了一种职业的妒忌：弹钢琴的人的双手做的是同一类动作，可吉他手需要一种比较复杂的双手相互配合——左手和右手虽然各弹各的，但需要有很好的同步……还有，当然，钢琴最主要的优点在于，它能够同时奏出几个声部，并弹出在吉他上弹不出来的完整天籁。此外，现存着大批的钢琴音乐文献，要比任何其他乐器的都多。

尤利克不喜欢弹古典吉他，但练习古典吉他拓展了他的弹奏潜力：古典吉他教师埃米利奥·加利亚多——那位西班牙古典吉他大师的同名者或亲戚——用安东尼奥·桑切斯公司制造的一把精致的吉他教尤利克手指的拨弦技巧，因此，尤利克学会了离开拨子的弹奏。从那时起，只有在特殊的情况下或在指甲劈了的时候他才用拨子。用指甲拨弦发出来的声音完全是另一种音质。与此同时，埃米利奥·加利亚多还教会他怎样正确地保养指甲——怎样把指甲养长，怎样沿着指甲与指甲锉间四十五度角直线把指甲锉平。这样，就抚平了小时候他因剪指甲经常与妈妈吵闹留下的创伤。

经受了金斯利先生的折磨之后，尤利克在爵士乐吉他班师从一位新教师詹姆斯·拉夫斯基，他与这位教师趣味相投。每天都会有些新的机会弹奏，但理论开始变得更为需要了。从前，吉他在尤利克手中更像一件管乐器，现在尤利克知道了什么是复调音乐。正是在爵士乐吉他班里他学到了音乐知识，并开始把一些标准的爵士乐曲改编出来。原来，这才是件最有意义的事情。

尤利克在学校里学了两年。他参加了学校的爵士乐队，大家认为他弹得很酷。就连他本人对此也毫不怀疑。他认为自己先前迷恋披头士音乐是一种年龄段特征，尽管这时对披头士音乐还保留着一种温馨的感觉，那是对音乐的最初爱好的记忆。他如今弹的都是吉他演奏大师——威斯·蒙哥马利[1]、查利·伯德[2]和乔治·本森[3]弹的曲目。他模仿他们的姿态，嘴唇一咬，神色紧张地弹着。在所有的各类新的演奏家名字中间，姜戈·莱因哈特[4]独树一帜。他是比利时的吉卜赛人，左手上缺了两个指头。他的弹奏技巧简直不可思议，也不可企及，就像个外星人。这样的人独一无二。

在美国生活的第一年，尤利克自己就发现了纽约，并且爱上了这个城市。这是他心爱的音乐的故乡，更加攥住他心扉的是"大苹果"[5]的街头音乐生活。纽约是座能体现他的理想的城市。若能去那里，他就准备跟在街上第一位碰见的音乐家身后，就像小时候跟在最初碰见的一只猫后面一样。

起初，他每个星期天与几个同班同学一起或是一个人在纽约闲逛。后来稍微有了点胆子，便随身带上吉他，加入在地铁过道或在街心花园里弹奏的乐手行列。有时候他被那帮人撵走，有时候他们接纳了他。但从那时起他就与那把吉他形影不离，无论去哪儿，他都随身带着吉他。

他与玛莎相处得很不错，尽管她偶尔会为他担惊受怕，尤其是他没有从纽约回家的第一个夜晚，他与一帮吉他手在外边过夜，与他们一起吸大麻……后来，这样的"夜不归宿"情况愈来愈频繁，纽约这么招人喜欢，如此热情好客……如今，长岛在尤利克看来就像个乡村，那里根本不会发生什么大事。但是情况并非如此，长岛举办过自己的爵士乐联欢节，单独举办过自己的现代歌舞晚

1 威斯·蒙哥马利（1923—1968），美国爵士乐吉他演奏家。

2 查利·伯德（1925—1999），美国爵士乐吉他演奏家。

3 乔治·本森（1943 年生 ），美国吉他演奏家。

4 姜戈·莱因哈特（1910—1953），比利时吉他演奏家。

5 "大苹果"（英文：The Big Apple），是美国纽约市最流行的一个绰号。在 20 世纪 20 年代开始流行。

会，不过长岛与纽约是无法相比的。

中学他总算凑合着毕了业。可他最终也没有学会用英语阅读莎士比亚，但家庭教育、娜拉的朗读和一些在其中经常给予莎士比亚足够重视的戏剧谈话让他拿到了“中等分数”。数学女教师不时地在数学课上把尤利克叫醒，对他的贪睡感到气愤，但也知道，同班学生费很大气力才算出来的一些习题，尤利克在心里很快就做出来了。俄罗斯的数学教学要强一些。也许这是维佳的遗传基因在起作用……尤利克的几门音乐课的成绩很好，玛莎虽说是个音盲，但对尤利克的成绩十分得意，希望他能继续深造，去某个培养音乐人才的出色地方，就像伯克利音乐学院……

二年级学年末，尤利克去问自己心爱的爵士乐吉他教师詹姆斯：“你若处在我的位置上该做什么？”“把自己关在房间里弹五年吉他。你不要再做任何事。”从总体上看，尤利克喜欢这个建议，但在这个建议中唯一令他不感冒的，是那个关闭的房间。

可吸引他前往的那座城市不大像个关闭的房间……那里的每个角落都沸腾着惊人自在的生活，而他希望毫不费力地去学习，在弹奏中学习……

娜拉从国内飞来参加尤利克中学毕业的盛典。飞机在凌晨降落，她把手提箱送到玛琳娜·齐普科夫斯卡娅那里，之后立即奔向长岛。

尤利克很高兴母亲到来，迎接母亲的情景就像她昨天才离开这里。其实，母子两人已有一年半没有见面……他赶紧拿起了吉他，想展示一下这段时间自己学会了什么，于是，一下子不停顿地给她弹了四个小时。

长时间飞行之后，娜拉的头脑还没有缓过劲来，她已有两天两夜没有合眼了。起初，她很高兴听尤利克弹的音乐，后来就犯起困来，最终她进入了一种奇怪的、介乎梦境与现实之间的状态，脑袋里开始出现某种配色音乐，蓝色、刺眼的绿色、令人不舒服的深红色和橙黄色轮番闪烁，她跳进了与音乐混在一起的某个空间，在那里她很危险，不知怎么有点进退维谷……她在维佳和玛莎的家里过夜，住在客厅里。玛莎头脑简单，热情好客。似乎她对维佳的崇拜部分地转移到了娜拉身上……这真是怪了……娜拉的眼角发现了维佳怎样亲切地捏了玛莎的手腕一下，当玛莎走到桌子跟前，他又怎样把桌子往后挪了挪……好像他已学会了察言观色。难道会有这种事情吗？这个人一辈子对待周围的人就像使用的工具一样，当他快活到五十岁的时候才长大懂事了？这个女子年纪不轻，其貌不扬，难道她的爱情能够促成这种事情的发生？还有一件更奇怪的事，那就是维佳都没有问问在俄罗斯发生了什么事情。不过，那里发生的事情与他的专业活动毫无关系，而他也不会注意戈尔巴乔夫与叶利钦有什么区别，就像许多其他事情他都不去注意一样。

第二天一早，娜拉和尤利克开车去了纽约。尤利克带母亲在城里兜风，领她观看那个特殊的嬉皮士音乐城，这个地方一些成年人和有名望的人士完全不知道。他拉着她去了下东区，并且领着她看自己心仪的一些地方。上一次来美国，娜拉已与坦吉兹在城里很好地逛过了，她感到惊异的是，这座城市有多种面孔——仿佛相互并不熟悉的诸多不同的城区，天衣无缝地互相融为一体：在大街一端，一些身着西装，从头到脚都修整得溜光的人来回穿梭，他们就像是走下T台的人体模特，而在大街另一端，一帮光脚的无赖汉和身穿破背心的危险青年人扎成一堆儿……

还没有走两步，就碰见一位黑人乐手，他站在那里津津有味地嚼着香肠，身边有一堆蒸锅和平底锅悬挂和摆在托架上。尤利克与那位青年握手发出了叭的一声响，两人还说了一两句话……

“我的妈妈。”尤利克往那个青年跟前推了一下娜拉介绍说。那位青年向娜拉伸出一只手来。对于胖子来说，这是一只不寻常的手——又灵巧又敏捷，就像一只单独的动物。黑人乐手吃完了那截香肠，敲了一下一口悬挂的蒸锅，发出了瓮声瓮气的响声。这仅是序曲。随后他让娜拉敲锅，并且自己时而用手指，时而又用拳头和手掌敲着那些临时当成鼓的锅。

“蒸锅和平底锅音乐，”尤利克自豪地解释，“他是这里的天才。这种人在世界上也是独一无二的！”

“这是座戏剧城市。”娜拉心里想，尽管还没有来得及好好地观看它所有的引人注目的广场，诸多简陋的、在空地上出现的舞台和后台，辅助用房和工作车间。尤利克不仅让她看一些心爱的地方，还展示出这座城市就像接收自己的孩子一样接纳了他，尤利克是众多玩乐器和跳舞的青年之一，又快乐，又放荡。娜拉那时还没有完全明白，大麻、大麻膏以及让人飘飘然的其他毒品的烟雾能把这种自由和飘然的气氛滋养到什么程度。关于海洛因她还从来没有听说过。

尤利克把娜拉带到了现代青年聚会的心爱之地——“122表演空间”和“集体无意识”那里。那里在这个时间几乎没有什么人，只能见到一些空可乐罐、纸包、被拆卸的自行车零件、脏了吧唧的床垫、睡袋和一把体现这种“集体无意识”的雨伞。这实在是个极度高兴和自由放肆的地方，是年轻人欢歌、酗酒、玩乐器以及傍晚和深夜的纵情之处。娜拉觉得有点不自在。他们又逛了几个类似的广场：有几处的人们认识尤利克，与他打了招呼，他也因自己加入了这种地下生活而自豪。有几个年轻人裹着睡袋在那里沉睡。有位喝得醉醺醺的老头醒来了，从一堆破布中爬出来要钱。这个人已不可救药了。

“妈，给他一美元。”

娜拉给了。

尤利克领娜拉走的是一条绕弯的路。虽说娜拉有一张市区地图，可懒得去看，因此她只是大概知道两人走的路。这座城市里有个肉眼看不见的罗盘，它指方向的能力比她知道的所有城市里的罗盘都厉害，时而让他们向北，时而又指他们朝南……但他俩恰恰向东走去，走向了东河。

第七大道与统舱公寓之间，在A大道上的某座建筑物的墙上有个洞，那是一家商店的门脸，尤利克把头伸了进去。

“我们现在要尝一种炸豆丸子！这甚至是全城最便宜的，一个才1.25美元！”他解释道，“我们大家都跑到这里来买。这是最好吃的炸豆丸子。那位店主是个瘸子，叫艾哈迈德……”

娜拉从艾哈迈德手中接过一个热乎乎的炸豆丸子，咬了一口后心想：假如我是个十八岁的姑娘，大概会在这里待一辈子，即使这个地方很危险，也不会从这里再去哪儿了。这就像美人鸟在唱歌招揽客人，可不会一下子把你吃掉，而是慢慢地吞掉……但危险的幽灵目前还能赋予这个地方一种魅力。这个城市就像一头大象，给好奇的观众时而呈现自己的这一侧，时而又是另一侧，时而是尾巴，时而又是长鼻子……

后来，尤利克又带她去了“波多黎各诗人咖啡馆”。傍晚前的这个时分客人并不多，咖啡馆墙上挂着一些闻名遐迩的人士的照片，娜拉在其中只认出了切·格瓦拉。尤利克在生活中第一次成了掌握信息比较多的人：“你看！这是艾伦·金斯堡[1]。”他的照片（不大令人喜欢的嘴脸！）下面挂着他的一条语录，黑底白字地写

1 艾伦·金斯堡（1926—1997），美国诗人。

着："地球上最一体化的地方。"

说得很棒，但不大可能译成俄语……什么叫一体化的地方……但可以理解为一个人人平等的地方，一个没有种族隔离、言论极度自由和毫无限制的地方。娜拉的书本知识立刻就让她想起了20世纪初所有的精致的咖啡馆——巴黎双叟咖啡馆（两个丑八怪咖啡馆）和圆亭咖啡馆，彼得堡流浪狗地下咖啡馆和西班牙巴塞罗那四只猫咖啡馆。所有这些咖啡馆是这个精美的纽约咖啡馆的老前辈，然而没有沾上颓废主义、未来主义和达达主义的习气，却充满一种社会叛逆、革命甚至恐怖的精神……这是当今的、多少有点过时的先锋队，无论音乐、诗歌，还是表演，全都处在假定前沿的战线，并且这无论与主流派风格，还是与商界行为都无任何的关系。咖啡馆播出歌剧女歌手的一种怪怪的歌声，娜拉甚至停下来听她演唱，可尤利克挥了挥手说，唱歌的是个男次高音……"男声有这么高，在意大利有专门为阉人谱写的音乐，并且为阉人专门谱写曲子。如今这种声音又重新时髦起来，"尤利克解释道，还突然高兴地问了一句，"你难道从前不知道？"

"知道倒是知道，可从来没有听过……"

"尤利克你真行！瞧你找的这个地方！"娜拉惊讶地说。可她心里在想："应尽快把他送去学习，哪儿都行。在这里他可要陷进去一辈子都拔不出来……"

她本人很喜欢这里的一切：头顶鹦鹉、发型复杂的吸大麻牙买加人，从头到脚裹得像个埃及木乃伊的厌食症姑娘，还有一位吉他手，尤利克见到他就几乎要失去知觉——"妈，这就是约翰·麦克劳克林[1]本人！……"

邻桌的一帮人好像在玩牌，其实并不是打牌，而是有个著名

1　约翰·麦克劳克林（1942—　），英国吉他演奏家。他的演奏风格为爵士摇滚乐。

的算命者打开几张牌给人们算命。一个身高两米、身披橙黄色袈裟的人盘腿坐在阴暗的角落。他的皮肤异常白净，就像是个白化病患者。

他们步行到了布里克大街。娜拉感到累了。天色已近傍晚。在地铁入口处，娜拉正要躬身去买票，尤利克看了售票窗口一眼，与一位上年纪的、身穿地铁员工制服的黑人售票员热乎地攀谈起来。娜拉一句也听不懂，于是走开了。那位售票员打开小侧门，走出了自己的售票厅，握了尤利克的手，还拍了一下他的肩膀。之后，他俩走开了。尤利克高兴地告诉娜拉，说这位大叔是个出色的吉他手，一个老嬉皮士，到了老年才开始工作，人们称他“箴言诗”——他其实叫什么，他自己都忘了……

他俩说好了，娜拉独自去北曼哈顿找玛琳娜，而他再与那帮人聚一聚，晚上11点左右去那里找她。可是他半夜2点多才回来。公寓女主人已经睡了，娜拉还六神无主地坐在厨房里等着：她不知道在这种情况下该怎么办。去找——到哪里去找？打电话——打给谁？况且，总的来说，今天怎么办，明天又怎么办，一年后该怎么办？

第二年，娜拉没能来长岛。尤利克这时已彻底搬到了纽约。这是一种逃离家庭的缓和方式。玛莎曾劝尤利克继续读书，可尤利克认为纽约的生活胜过念任何大学。快到仲夏，他死死地抓住“大苹果”不放，就像食心虫离不开甜果一样，根本别想让他离开那里。一两个月后，他已结识了几十个像他一样蜗居在“大苹果”心脏的吉他手和打击乐手、萨克斯演奏者和小号手，许多人回答他的招呼时都这样说：“嗨，尤利克！”

当他回长岛清理个人卫生、拿干净衣服的时候，玛莎往往会扔给他几张二十美元钞票和一些五十美分钢镚。傍晚，维佳坐在电脑旁给尤利克演示一些新程序，让儿子愚笨的头脑稍稍感到点惊喜。之后，再给娜拉打电话。电话费很贵，尤利克不可能让自己这么奢侈，可娜拉打电话从来碰不到他在家的时候。与儿子的这种固定联系，娜拉有一度觉得很悬，这种联系如今又以奇怪的方法弱化到完全消失了……

维佳从没有对尤利克表示过特别的关心，他甚至都不知道儿子靠什么生活。这个微不足道的生活任务让玛莎承担了起来：给尤利克付学费，给他买衣服和吃的东西……维佳也不大清楚自己本人靠什么生活。

中学毕业后第一年，玛莎继续承担尤利克的开销，不过她自己也知道这样做不对。她出身于一个穷困的爱尔兰家庭，虽说是个天主教徒，但生活方式完全是新教徒的。在尤利克半独立生活的第一年末，她好不容易才说出口不想再供养尤利克。于是，尤利克开始考虑去找工作的事。提议他找工作的是以色列小伙子阿里，他从军队复员后在美国度过了自己的延长假。他是尤利克的一位吉他伙伴，生在俄罗斯，俄语是他的母语，是家里用的语言，他很高兴有机会与尤利克用俄语闲聊一会儿。

军队是他俩聊的一个主要话题。正是因为害怕去部队服役，尤利克才在母亲的坚持下离开了俄罗斯，他没有隐瞒这个事实……在阿里看来，这种行为不道德。可尤利克认为服兵役本身就是不道德的……尤利克已知道俄罗斯的一些政治波折，并且得知在阿富汗战争后，又出现了奥塞梯-印古什的和格鲁吉亚-阿布哈兹的事件，这些事件均有俄罗斯人插手。况且，一场混乱在车臣已经开始……这一切有点像要发生一场让他母亲担心的那种战争。尤利克既不希望杀人，也不希望被人打死。他一心想弹吉他。

尤利克讲了那位从阿富汗战争服役归来后悬梁自尽的俄罗斯青年，却没有引起阿里的任何反应……阿里有另外一种人生经验——他十分热爱军队的生活：

“在当兵前我简直就是行尸走肉，总弹吉他不务正业，给家庭带来了耻辱。我在军队服役三年成了一个有专业的人，我在部队里的专业是无线电兵，还学会了阿拉伯语……后来，军队教会人一种生存的本领，这是一门特殊的学问……最主要的，是我学会怎样去学习。我也能够教会你。我先教会你怎样当搬运工……”

尤利克马上就接受了他的这个建议。

第二天，阿里就把他带到一家小小的家具搬运公司，用英语说就是Moving。公司老板的履历复杂，是个持以色列护照的俄裔犹太人。在他身边簇拥着一帮来自各国和各民族的乖戾者——倒霉蛋儿、被社会抛弃的人和各类怪人。尤利克开始干活儿的第一搬运队是由以色列人组成的，他在那里学会了许多职业技能。他们四人一组——阿里，还有两个以色列老兵和尤利克。在搬运这个行业里，驴的耐劲儿原来要比牛的力气更重要，很好配合的动作和善于动大脑要比身高力大和虎背熊腰更重要……他与这个组的人干了三周，可后来这个组解散了，因为阿里与自己的朋友们去了以色列。于是，尤利克又与一个新的搬运队干活儿——有两个夏尔巴人，还有一个新来的，肌肉发达、体格魁梧，是个非洲裔的美籍运动员。

两个夏尔巴人——阿帕和佩玛——身高才到尤利克下巴，可力气和耐力却大得不得了。起初，他俩不想与人交往，可干了两天活儿之后，当发现尤利克拼命地干活儿，试图与他们同样地卖劲儿时，他们就成了尤利克的亲切友好的朋友。那位肌肉发达的运动员第一天用鄙夷不屑的目光打量着两个夏尔巴人，可干了三小时的活儿后便顺着墙根躺下了。两个夏尔巴人和尤利克又干了十小时，那位黑人第二天再没有来……

尤利克住在一栋没人住的房子里。那栋房子的临时女主人和业余管理者是爱丽斯，她是个老太婆，好酗酒，有在剧院工作的背景。她经常“收留”一些合适的房客，“撵走”不合适的房客，善于解决房子里发生的冲突，努力保持房子内的卫生合乎某些规定，还与一些市政官员进行谈判协商，让他们对这座无家可归者的收容所睁一只眼闭一只眼。尤利克经常受到她的庇护，三年多就是在她的羽翼之下撑过来的。后来，市政府把里面住的所有人都撵走了，结束了占屋状态，有个人把房子买下来，并开始了重新装修。爱丽斯应邀去市政府从事与无家可归者相关的工作。她摇身一变成了政府官员……

尤利克也沿着社会生活的梯子往上登了重要的一步，成了一个租户。他与自己的朋友，一位不老实的秘鲁吉他手一起，花三百美元租下这套公寓的一个房间，在公寓里还住着来美国寻找奇遇的四个人：一个从家里逃出来的阿拉伯姑娘，两个在建筑工地上干活儿的波兰人和一位搞不清楚传什么教的印度传教士。那位阿拉伯姑娘与其中一个波兰人租的房间最大，传教士和另一个波兰人租的房间稍小些，尤利克与秘鲁人栖居在一个九平方米的斗室。

半年后，在秘鲁人身上发生了一个奇迹，他转信了基督教，这令那位印度传教士大为伤心。秘鲁人不再偷东西了，觉得自己是个信徒，相信主在最近几个月内会把包括他在内的所有信徒带到极乐之地……他称自己如今已经“再生”，他唱赞美诗，还与印度传教士在厨房进行极其逗人的争论，一直到他离开这里去加利福尼亚州的某个地方，去找一些更加虔诚的教徒。

尤利克如今成了那间斗室的独家房客：玛莎心肠宽厚，给他资助，从自己每月的家庭预算中拿出一百五十美元，补齐他的那位秘鲁朋友之前支付的一半，这真叫做久旱适逢及时雨。尤利克这时交上了漂亮的女友劳拉·史密斯，这是一次真正的罗曼史，他之前与女孩所有的萍水相逢都无法与之相比。劳拉是女中学生，勉强地高中毕了业，她出身于体面的美国家庭，却是这个家庭的真正不幸。他俩每天都要见面，她十分喜欢有个会弹吉他的俄罗斯男友，尤利克无论在哪儿演出——地铁过道、街心花园或俱乐部——都有她的陪伴。两个乐队都邀请尤利克去俱乐部，他是跟着其中的一个乐队去的，以防需要他救场。劳拉同样有自己的创作理想——她希望成为一位跳“肚皮舞”的女演员。她经常在学校、家里、地铁过道和大街上跳这种舞。这个小姑娘轻松地颤动着腹部，身子微微弯曲，扭动着发育尚未丰满的臀部……一直在那里跳啊，跳啊……

尤利克的房间成了他们的“小窝”。这么脏乱的地方世界上再也找不到第二个：脏袜子、谱纸、唱片盘、烟头、纸盘和可乐罐在地板上乱七八糟地堆成一堆。昔日的主人们留下的一台老式“哈蒙德”电子琴也摆在屋里，挡住通向走廊出口的一半，只留出一条窄窄的通道。

正是在这间斗室，这对年轻情侣不时地摄入一些能把他们带去另一个空间的奇妙物质，从而拓展了他们对世界的认识。劳拉中学毕业后，把一份学分平平、根本无望报考像样大学的成绩单丢给了父母，同时告诉尤利克与他在一起毫无前景，就永远去跳舞了。

劳拉啊，劳拉！她离开尤利克先去了加利福尼亚，给尤利克的人生带来了第一次情伤，后来她又去到更加遥远的地方，那是一些勇敢无畏、极其愚蠢、冒险旅行的爱好者大多飞往的地方。

尤利克的心灵受到了伤害，他写了三首歌，深受认识他的一个乐队头头的喜欢，于是这些歌就成了新的演唱曲目。尤利克第一次感到了自己是个真正的作者，也明白了真正的音乐来自新鲜的感觉和感受。“这正是我所欠缺的东西！”——尤利克拿定主意要补一下课。

最近两年里，尤利克感到自己是这座城市的一分子。音乐，他写的音乐从城市所有的十字街口、各个角落中冲了出来。有时候，他去长岛找维佳和玛莎，可刚坐上电气火车，就开始想念纽约。儿时的莫斯科则更被推得遥远，甚至成了翻看的望远镜里的图像。唯有娜拉的造访才能让他回想起不在美国的昔日生活。

娜拉来美国过“家长节”——她这样称自己一年一度的纽约之行。母亲的到来打破了尤利克想获取新鲜感觉的计划。在搬家公司换班后，他整整一周没有得到计划中的新感觉，而只是旧的感觉重温：与娜拉在城里漫步，指给她自己心仪的几条小巷。

走在娜拉身边的尤利克是个完全成年的男子，他身材魁梧，一表人才，可完全不像她在国内交往的那些年轻人、大学生和演员。区别何在呢？就在于他那副完全无虑的神态、令人警觉的稚气和懒散的自由……

“不对，”娜拉试图安慰自己，“只是我俩在一起的生活结束了，他如今畅游在自己的河道，走自己的路……我不可能让他回到过去。干吗要那样呢？况且，这话我有资格说吗？我自己在十五岁就偏离了一般的轨道……”

昨晚，娜拉与玛莎和维佳见了面。两个女人已经意识到尤利克有些问题。维佳只是目光漠然地点着头。他们共同决定要把尤利克送去学习，应让他学点什么。娜拉心里总在打鼓，他们三人是否还能管得住尤利克，况且总的来看，他怎么了？他是以这种方式长大成人的，还是说只是变成了一个美国人而已？

1月，娜拉从莫斯科打电话祝贺他二十岁生日，他停顿了一下说：

“妈，我不再是少年人了。这让人很郁闷……”

他俩的一切谈话都是在“步行中”进行的。他们在下曼哈顿的切尔西区散步，这可能是个最顽固的、没遭受时代冲击的市区：首批英国居民留下的老式独体住宅、带可拉出防火梯的整齐的房屋、斑驳的墙壁和坑坑洼洼的林荫道……

“这是一个古老的爱尔兰酒吧，那里能喝‘吉尼斯’牌黑啤酒。这是人人都喜欢下榻的旅馆——吉米·亨德里克斯[1]曾在这里住过，此外，整个美国文学界人士，甚至狄更斯也曾下榻这里。”

尤利克自豪地解释，就仿佛这是他的私人旅馆。娜拉通过入口处向里面的小院瞅了一眼，那里唯有一棵树没有干枯，还有一条老式长凳。短篇小说《最后一片叶子》[2]中的那个老头[3]很像在这里居住过，而短篇小说《麦琪的礼物》[4]的主人公吉姆和德拉[5]可能住在上面的那套公寓里……娜拉小时候十分喜欢读这些短篇小说，因此立刻认出了欧·亨利[6]笔下的舞台广场。娜拉驻足观看。地狱般的厨房、裁缝街区、卖肉市场……所有这一切在某个地方也曾经有过……

他俩在一座房子旁边停住脚步。尤利克的朋友兼老师米基在那里住过，确切地说，米基一直住到他因艾滋病在那里死去。米

---

1 吉米·亨德里克斯（1942—1970），美国吉他演奏家、歌手和作曲家。他被公认为是摇滚音乐史中最伟大的电吉他演奏者。

2 美国作家欧·亨利的小说，发表于1907年。

3 可能指小说里的一位主人公——六十岁的画家贝尔曼。

4 美国作家欧·亨利的小说，发表于1906年。

5 这是小说中的两个主人公，他们是一对青年夫妇。

6 欧·亨利（1862—1910），美国作家，公认的美国短篇小说大师，有“美国的莫泊桑”之称。

基是位相当著名的音乐人、独唱演员，他用自己的声音进行过一些大胆的实验。他与许多爵士乐巨擘同台演出过，但他的名字基本上是与一种非商业的边缘潮流——放克风格和金属风格的强烈糅合——联系在一起。米基不时地让尤利克对一些爵士乐巨擘的专辑感兴趣，那些巨擘尤利克过去只能够从远处仰视。

尤利克经常去米基家，要给他送去毒品，因为米基离开毒品已活不下去。现在尤利克站在他的房前，考虑是否值得给娜拉讲一讲这位出色的青年，一个同性恋的悲剧故事。米基十三岁就被撵出家门，从一个流离失所的孩子变成切尔西区一座名宅的房主，可如今这座一度奢华的豪宅已被抵押多次，早已变成了流浪猫和潦倒落魄的朋友的栖身之地。算了，犯不着……

他们向西走去，一直到了哈得孙河边。那是个老式码头。河水浑浊，水流很慢。还有几座小木板桥。岸边的土地荒芜。有一只小船停在岸边。海鸥在飞翔。有几座仓库、废弃的厂房……杳无人迹，一片寂静。

“那儿是什么？”娜拉指着遥远的对岸问。

“那里是霍博肯市[1]。已经是另一个州。我没有去过那里。据说还不错……”

娜拉这时一直在考虑，该是向尤利克宣布那个多半像是最后通牒的家庭决定的时候了：他应当去学习。没料到尤利克很痛快就同意了，尽管他当下就说他如今需要的唯一事情是实践，而其余的一切就会水到渠成。对几种可能的学习方案他俩讨论了很久。最终给他讲明白了他应学会某个专业，这才有可能让他不靠搬运工的劳动，而靠一种比较有技能的工作去谋生。在家庭压力下，他

1 美国新泽西的一个城市，临着哈得孙河，对岸为纽约市的曼哈顿岛。

同意报考培养录音师的“山姆·阿什音乐学院”。

娜拉回去了，临走前把尤利克第一学期的学费留给了玛莎。

母亲走后，尤利克的确有了改变生活的想法。他离开了那帮搬运工，可并没有走得特别远：他利用自己在音乐上的关系，去一位音乐制作人那里找了点事干，那是个年近四十岁还未成名的吉他手。尤利克开始搬运设备，调整仪器，还试图维修某些东西。初秋，他进了那个培养录音师的学院，原来那是个毫无意思的破学校，多半是为乐器店培养售货员的，尤利克把这种情况告诉了娜拉，一个月后就离开了学校，也离开了自己那位音乐制作人。

米基这时候身体状况变得更加糟糕。他最后的一个伙伴是马来西亚小伙子，长得女里女气，脸上永远堆着抹不去的笑容，米基与他一起生活了五年。可他先是取光了米基账户上的全部存款，之后就逃之夭夭。于是，米基请尤利克搬到他那里住，对他说：“不用很久，尤利克，我很快就要死了……”

尤利克收拾好自己的东西，放进一个装垃圾的大塑料袋，再提上两把吉他就离开了自己那间陋室，住进了那座墙壁斑驳但还算敞亮的宅子里。

米基让尤利克为他弹吉他，尤利克就弹了起来，米基不时微微动一下几个长着稀疏毛发的指头，嘴里反复说：“如果你弹得不对，你就往下弹，直到弹对了为止。不需要改什么，弹错的地方就会变成难得的东西……”有时候他骂尤利克：“你怎么老是说‘我打算’‘我试图’‘我试试’这类话？这样说话就是什么都不做，你去做，去做吧，而别说什么‘试图’……”

尤利克总觉得，在自己的生活里已经出现过某种类似的东西——音乐和身边的死亡，但想不起究竟是什么。在米基周围有块东西像浮云一样飘动。尤利克待在米基身边，脑袋也迷迷糊糊，时而出现了现实、梦境和空虚的某种移位。

尤利克就是坐在这个行将就木的米基身边，度过了整个潮湿阴霾的冬天：给他腐烂的双腿换绷带，喂他吃饭，还要给他弄来毒品，因为离开毒品米基就连一天都活不下去。尤利克经常见米基的一些老债户，向他们讨回钱，那是米基在自己能赚钱的好时光里借给他们的钱，他还认识了十几个毒品贩子，在城里跑来跑去给米基搞点海洛因。这座城市要治疗自己的病人，免费发放一些吗啡和安定剂，但这远远不够。有人建议米基先住院，然后再去临终关怀医院，但米基全都给予拒绝："我就在这里，就死在这儿……"尤利克知道要陪他到最后一刻……

但这件事并没有实现。春天的第一天，空中充满了水汽，就连阳光也无法穿透悬浮的湿气。尤利克来到了"射击场"[1]，他在那里约见一位快活而可爱的毒品贩子，他的绰号叫"尖刺"。"射击场"是吸毒者们常去的地方，在那里能安静地注射，有所隐蔽，不会冒着在街头"被抓"的风险。

与"尖刺"约好见面的时间是下午2点，可到了4点他还没有来。尤利克有点焦急不安。公寓的主人是个年轻女子，她的脸色看上去就像死人：有一帮吸毒者住在这里付给她房租。她好久都没出家门，就连东西也吃不下了。一个躺在垫子上的年轻人递给她一小管液体，并不是需要的那种毒品，而是某种类似的东西。这一切就像是电影中的慢镜头。她用颤颤巍巍的手把一只胳膊抠了好半天，边抠边哭，最终把针头插进了手背上的静脉里，因为其他地方的静脉几乎都扎不进去。她一分钟后翻起白眼，向后倒了下去。因为注射毒品超了剂量。

1　此处指美国吸毒和贩卖毒品的场所。

“尖刺”正在这时候来了。他看到姑娘躺在那里，前去摸摸脉，脉搏还微微有。他把她扶起来站住，让尤利克带着她在屋内走走，而他自己跑去弄可卡因，他自己还经营另一种毒品……

尤利克试图扶着那个姑娘在屋里走走，可她根本走不了，两条腿皮包骨头，在脏兮兮的地板上缓缓地挪动，她整个人就像是用破布做的洋娃娃……就这样二十分钟过去了，又过去了二十分钟。尤利克都忘记了米基在等着他。他此刻唯一担心的是，她是否还活着，或是自己正在拖着一具死尸？

“尖刺”终于回来了。尤利克把那个姑娘塞到他手中，抓起给米基买的那份毒品，说自己多一分钟也不能再待在这里，因为米基在等着他回去……

因此，尤利克不知道，“尖刺”是否来得及救活那个姑娘。他回到切尔西的时候，米基正在平稳地睡着。尤利克没有唤醒他，他又睡了一两个小时。当尤利克上去摇摇米基的时候，他的身体虽没有变凉，但已经没有气了……米基脸上的表情平和，还有点可笑，尤利克慌乱了片刻之后，感到了一种平静和解脱。他拿起吉他弹了起来，同时唱起他从迷上披头士的童年时代就知道的那些歌。

他先唱了“I Want to Hold Your Hand”，后来又唱起了“She's Leaving Home”……他一次次回想起七年前外祖母阿玛丽娅去世的情景，那时他这个小男孩是怎样唱这些歌的。那是多么遥远的往事啊！仿佛不是他的亲身经历，因此他感到了极度的郁闷。

整个纽约音乐界，这时还活着的所有人都前来与米基告别。这些年里，艾滋病收走了自己大批的牺牲品，最先受害的人群是吸毒者和同性恋……米基的母亲和几个妹妹都来了。早在三十年前，这个贫困的波多黎各家庭就与米基断绝了往来。这次他们之所以来，是期望得到一笔丰厚的遗产。但米基没有留下什么钱。

虽说那处宅子还值些钱，但它其实已归银行所有。他们都以为尤利克是米基的性伴侣，可尤利克对此无所谓，更何况即使如此，大概也不会损坏他的名誉。

结果情况是这样，尤利克在米基死后接受了一份最好的遗产，遗产就是米基的各种各样的朋友：有蜚声世界的音乐家，有只在村里唯一的街心花园或一站地铁里有点名气的街头音乐人，有头脑愚笨的名流、唱片音乐节目主持人、制作人、演播室主人和其他接近音乐圈的人士，正是他们这些人转动着整个音乐工业的车轮。米基在自己人生的最后一年，好像把拜访他的所有人都交到尤利克手中，因此来参加葬礼的许多人都与他打招呼，表示了对亡者的同情……

葬礼后，人们并没有各自散去，而是去了切尔西区的一个不对外来参观者开放的俱乐部。他们在那里喝酒，娱乐——有著名人士，也有无名之辈。米基易动肝火，还好挖苦人，可他是个民族音乐爱好者，倘若他还活着也许会心满意足的：他的几位波多黎各同胞在演唱，同时自己手拿木棒击打出乐曲的主要节奏，有位上年纪的印度人用吉他奏出了天籁的颤音，一个皮肤黝黑、多半像外星人的驼背人用一件造型复杂的管乐器吹出了引人亢奋的乐曲，那件乐器的形状好像一束绑在一起的长短笛子。尤利克也弹了吉他，首次演奏了自己的一支乐曲，那是他花了最近整一年时间创作的，作为对米基的纪念。

米基是个天性聪明、我行我素和好惹事的人，他活得轻松，可死得痛苦，尤利克正是从他那里得知并深深意识到，从崇高意义上看，音乐里没有著作权，而只有一种能力，这种能力从圣书中能读出某种不需要乐谱的世界声音，并将这种世界声音调整到由几件可怜的乐器和曲谱构成的语言，以便于转告一些伟大的、用任何另外的语言都无法转告的消息……这个音乐地段里敏锐的耳朵和出色的心灵在那个傍晚听了尤利克的曲子，他们都听到了。

从这天起，尤利克的人生轨迹再次发生了变化。他收到了一些颇有诱惑的邀请，从中选择了一个自己比较感兴趣，但从经济角度看前途不大的邀请，那是个几乎名不见经传的乐队，专门演唱70年代放克风格的一些流行歌曲。

他们在125大街上排练，在黑人区边上，哥伦比亚大学的学生们从那里的地铁出口一股股涌出来，而从另一个出口出来的一群黑人则走向白人从不光顾的地方……这是黑人区，这个地区的黑白界限划定相当分明。

尤利克痛恨种族主义，鄙视那些白人种族主义者。在地铁附近，尤利克和第二吉他手——一个绰号叫“铃木”的日本人——遇到了阿贝·卡特。在这个区里，种族主义显示出其另一面，是黑人种族主义……阿贝是个出色的贝斯手，他把他俩领到一个令人害怕的街区深处，主唱楚切和打击乐手皮特在那里的一间摇摇欲坠的公寓里等着他们。那套公寓的窗户都被钉死了，不久前火灾的痕迹还清晰可见。排练后，阿贝把自己的同伴们送到地铁站，以防当地黑人团伙袭击……

他们排练了三个月，几乎是天天排练，排出来一台真正的连贯节目，而不是一些单个的、不配套的节目。尤利克高兴得简直要飞起来，觉得自己就像一个运动员要去参加一场决定性的赛事。

在一次业已宣告的音乐会前夕，乐队主唱楚切在一场大型的街头斗殴中丧生。这如同发生了一场空难，他们就在这个破破烂烂的公寓里一周没出门，喝酒抽烟，弹琴唱歌，注射毒品，以这样的方式与楚切告别……尤利克感到十分恐惧——先是米基去世，现在又是楚切惨死。死神就伴在他身边，好像希望与他相识似的。

他们这些人用的毒品是另一种，更厉害，也更廉价。葬礼后的第八天，当他们日日夜夜待在这个废弃的公寓里，完全融为一股光怪陆离的暗流后，尤利克的头脑突然清醒过来，他感到了害怕，提上自己的吉他去了长岛——这是为了自救。

他是不期而至。玛莎对这个不听话的男孩几乎是听之任之，但在美国人看来，尤利克已是个成年人。他来得很不是时候：他们家里有另外一位客人——来自以色列的格里沙占了尤利克的房间。尤利克一头倒在客厅的皮沙发上，甚至连澡也没冲，睡了几乎一天一夜。入睡之前他告诉玛莎，说自己的一个朋友被杀害了。

“创伤，又是一次创伤。”玛莎对维佳说，她还记得去年米基去世那件事。

维佳心不在焉地附和：“是，是的，是创伤……”

昔日的格里沙是个大胖子，可最近十年身体瘦得像年轻人一样苗条，已经是六个不同年龄的孩子的父亲，他指出：创伤是心理学——最没希望的一门学科——的杜撰。还是要从生物化学和生活经验去看问题。

玛莎多年在大学搞行政管理工作，可从前的职业是心理医生，她吃惊地问：“为什么没希望呢？”

格里沙这时已准备好回答所有的问题：

“因为这种科学根本不存在！过去也不存在！这是一种意识偏差，而不是科学。有一些刚性的结构，有一种显而易见的、可完全没有深入研究的生物化学和一种与之相适应的编程行为。这与创伤有何干系？”他抱怨地总结说，“对弗洛伊德爱得发狂！真是一种全世界性的骗局……这是生命的化学现象，就是这种东西……”

尤利克伏在皮沙发上。他的头发乱糟糟的，大概有两年没有理过，把那个沙发靠垫全都遮住了。他脱下的衣服散发着臭味，玛莎把它拿去洗。在把衣服放进洗衣机前，她把衣兜翻过来，看见了兜里有两个针管，玛莎吓坏了。

格里沙与维佳在客厅里的谈话持续了两天两夜，中间有几次小的间歇。他俩有三年没有见面，只是偶尔通一封信，而现在格里沙硬要把一堆不可思议的废话灌进他的脑袋，维佳既弄不清其逻辑，也无法明白其含义……格里沙在他的人生中帮过大忙，因此不能轻易不理睬他。多亏了格里沙，维佳才从抽象空间和集论转到一些比较具体的问题上，并且这让他很喜欢。可现在，格里沙就一些抽象的和在维佳看来是完全超越于科学范围的东西在侃侃而谈。

"维塔夏！只有一种科学！在世上只有一种科学！应把一切旧东西扔掉，只留下数学、生物学和物理学这三门学科。这种新学科的名字叫生物数学！"

维佳无精打采，看着激动不安的格里沙：怎么又出现了生物数学？他怎么就决定把所有的学科都抛开呢？

"我们的世界是上帝按照统一的计划创造的！《摩西五经》的最初几页已给出了现代科学所描述的宇宙、地球、各种动植物和人的起源。创世主不仅仅口述了《摩西五经》。宇宙、我们的星球、宇宙的全部生命都是那个恢宏文本的发挥和延伸！而我们只不过试图去阅读和解释那个文本。人唯一的使命——就在于读懂创世主的那个寄语！"

"格里沙，可这只是很笼统的说法。它们丝毫不能改变人类的活动，也不包含任何新发现，有什么意义呢？"维佳试图让与自己观点相左的这位朋友的头脑清醒过来。

正是在这个问题上，格里沙已遭到了来自科学同行的不少痛击，这点维佳是不可能知道的。格里沙来这里就是寻求朋友的支持，可能的话，要让维佳成为他的支持者。维佳这时已经成为电脑细胞模拟的主要权威人士之一。在格里沙的思想体系里，《摩西五经》和活电脑是两座新的里程碑……

格里沙叹了口气：众所周知，普通的民众听不进先知们的预言，总是要么耻笑他们，要么用乱石把他们砸死。这种事恰恰发生在以色列！在以色列尤其是这样！他在最近几年花费了很多精力，以苦攻他觉得是世上主要东西的那本经书，那本《摩西五经》，并深信《摩西五经》只不过是一部更为重要的经文的摘要、诠释和引证而已……可他无论在自己的科学同行中间，也无论在自己的宗教导师中间都没有给自己找到知音。只有一个来自采法特[1]的疯癫的神秘哲学的信徒，一座业已关门的中学的校长赞成格里沙的一些思想。格里沙期望得到维佳的理解，因为这个人对现代的科幻毫不随波逐流，不料却遭到了他的误解。不过，格里沙对他依然抱有希望。

“维塔夏，这里关键就在于，书就圣书的那个主要检字表[2]，在1953年才被发现——这是由四个字母组成的DNA密码。就连发现这个密码的沃森和克里克本人都不明白，是他们自己把读懂圣书文本的可能性给予人们！他们给出了一个最令人信服、有利于证实创世主存在的论据！”格里沙说得脸都红了，他就像一位街头传教士那样高举起瘦棱棱的双手，断断续续地喊道，“这是一个最令人信服的论据！一个绝对正确的论据！可人们还不明白！”

“等一下！”维佳试图打断情绪激昂的格里沙的话，“等一下，也许沃森和克里克从来不需要有创世主这种概念？顺便说一下，我就从来不需要有这个概念。一点也不需要……”

---

1 采法特是以色列北部的城市，它与耶路撒冷、提比利亚和希伯伦被视为犹太教的四大圣城。

2 这里指DNA双螺旋结构。

“维佳！你等一下再说！难道你没有看到，我们的世界是由唯一的上帝按照唯一的计划创造的吗？”格里沙的情绪愈来愈激动。

维佳下巴顶住膝盖，笨拙地窝在大沙发椅里。尤利克别扭地躺在他身边的长沙发上，一条腿耷拉在地上。而格里沙在放杂志的小桌与第二张沙发椅之间窄小的空间里来回转着。第二张沙发椅上堆着一大堆洗干净的衣服，玛莎还没有来得及把它们收到衣柜去。

“我研究《摩西五经》已有七年，可我才刚迈进门槛。也许，我是为数不多的一位有能力把生物学（生命科学）领域的一些现代发现与能够转述DNA密码的《摩西五经》文本加以比较的人。如今我坚信，可以用一些现代科学方法对《摩西五经》的许多论断进行直接的实验检验……”

“打住！”愤愤不平的维佳打断了他的话，“我通常只是从自己知道的东西出发的。我跟不上你的逻辑。你说的东西我不知道，也根本不懂。我生来没有读过任何的宗教经文，况且我对此也不感兴趣，从来也没有过兴趣。你最好与玛莎去谈这些东西，她是教徒。”

“等等，等等！”格里沙喊了起来，“这是个极为重要的思想！今天，在20世纪末，古代哲人们的某些抽象思想由于人类意识的演化而与现在吻合了！这是人类演化史上独一无二的现象。这是个新纪元！物理学、化学和一切学科领域里的所有发现，从崇高意义上看都不存在著作权一说！”

尤利克听见这声大喊醒了过来，他弄不清楚自己待在哪里。但是一声相当尖细的男人喊声传到他的耳朵里，好像专门对着他喊的……

“有神圣的经文存在！因此，人类演化的整个过程的任务只有一个，就是把人类这个不完善的造物带到学会阅读经文的那种地步。为了完成这个任务，最终才发明出来所有的字母，所有的符号、数字和曲谱！”

尤利克的头离开了枕头。他的脸颊上留下扣子的一个压痕。他首先看到的是一个熟悉的、头戴小帽的犹太人，他向上仰起了长满花白小胡子的下巴，也高高地举起了双手。

“这是幻觉。”他心里想。然而，当他仔细看到了皱着眉头的父亲坐在那位激动不安的犹太人身后，他心里才踏实下来，“这不是幻觉……”

尤利克稍微抬身坐起来。那个犹太人用惊奇的目光盯着他。格里沙在这个客厅里待了将近十二个小时，可竟然没有发现睡在沙发上的尤利克。

“这是尤利克，我的儿子。”维佳给他介绍这个刚刚醒来的新人。

“天哪！这是娜拉的儿子？”

“嗯，也有我的一半！”

“太惊人了！”他激动地喊了一声，“你也在美国？长得与维塔夏一模一样！不，不一样！十分像娜拉！我是格里沙·利伯，你父母的同班同学。他们向你讲过我吗？”

尤利克突然间觉得自己浑身很舒服。

“关于著作权一事您说得太对了！我也认为没有什么作者的著作权，音乐存在于上天的某个地方，而音乐家要做的事——就是要听到音乐并借助曲谱把它记下来。我是搞爵士乐的音乐人，我知道还有多少音乐根本没有记下来，只是暂时留在一些即兴的演奏演唱中……”

格里沙高兴无比，因为突然找到了一个知音。

“别担心，别担心！音乐储存在一个可靠的库房里！一切都已记了下来！你看，你看，维佳，你的儿子立刻就明白了在说什么！世界是本书，我们只是在学习研究它的道理，我们试图借助我们的字母和极其简单的符号体系去阅读一些异常复杂的、存在于我们意识之外的文本。就拿柏拉图的书来说吧！”

维佳生来就没看过柏拉图的任何作品，这时他终于忍不住了，于是喊了一声：

“玛莎！你给我们准备饭吧！”

格里沙不再纠缠维佳，他发现尤利克是个出色的听众。于是他向尤利克阐述了自己的全部理论，顺便还给他讲了许多对于他是全新的知识，主要还是来自中学的教学大纲。可从前的那些中学教科书编得枯燥，纳入教科书的知识完全不是尤利克所感兴趣的东西。格里沙发现了尤利克是个热心听众，于是在自己离开之前，除了吃饭和短暂的睡觉之外，几乎一连三天都在给他讲一些令人激动的新东西，大量的知识让尤利克都有点发傻……

格里沙从宇宙、细胞、原子都是按照同种原则构成的等级相似规律——“上面怎样，下面就怎样；下面怎样，上面就怎样”，说到自然界发生的所有过程的节奏特征，从诸多星球的运转说到人的机体的呼吸、心跳和其他器官的节奏，格里沙让他理解信息能的概念，并让他了解热力学第一定律。

“你要注意，尤利克！”格里沙连续讲了数小时，之后用有点嘶哑的声音喊着说，“开尔文勋爵[1]在上个世纪中叶表达了一种思想，认为创世主在创世的瞬间就赋予世界一种取之不尽用之不竭的能量，这个神的馈赠将永远存在！可事与愿违！”

格里沙很快地讲了一下热力学第二定律后，就讲细胞理论及

1　开尔文勋爵即威廉·汤姆孙（1824—1907），英国物理学家和机械师。他被称为“热力学之父”。

其典型模式。他从施莱登[1]和施旺[2]说起，而后郑重地宣布，他们现在已经来到了最本质的东西面前，走到了所有生物的细胞学理论创始人都不知道的一步——细胞是按照上帝创造的DNA程序工作的一台分子计算机。

“一个人活着，就意味着在其生命周期中，熵在机体的范围里并没有增长，尽管有着诸多可能性——其中包括细胞具有的繁殖功能。细胞是个特别复杂的系统。要想知道细胞是怎样工作的，科学家们创造了一些具有活细胞特性的模型。看来，你爸爸维佳做的模型比世上所有人做的都好。他是个天才，却不明白一个最基本的东西，这种情况有时候发生在天才人物身上。”他这时又开始挥动着双手骂起维佳来。维佳一早就骑自行车去实验室了，他把儿子作为培训对象留给了格里沙。不过，格里沙是个十分热情的人，任何听众都适合于他。何况他开始谈起了自己珍贵的话题。

“计算机的构造是怎样的，你基本知道吗？”

尤利克点了点头：

“嗯，父亲大概地给我讲过。”

“在技术方面，它的这些硬件，不会让我们感兴趣，”格里沙甩了一下手说，“我们要集中注意一下信息过程的机制本身。总的说，什么叫信息？人们不久前还认为，这是一些知识，一个人可以口头、书面或借助某些信号把信息传递到另一个人那里。人们还创造出一套信息理论——信息传递的实现不仅可以从一个人到另一个人，还可以从人传递到自动机上，从一台自动机传递到另一台自动机上。还有一种算法——规则系统，信息按照这个系统传递，解决不同层次的诸多问题……一些类似的算法过程也为细胞所固

1　马蒂亚斯·施莱登（1804—1881），德国植物学家和社会活动家，细胞学说创始人之一。

2　特奥多尔·施旺（1810—1882），德国细胞学家和生理学家，细胞学说创始人之一。

有！与此同时，我们如何理解这个过程——材料对象的联系方式，或是我们认为细胞本身为了自己的存活而使用各种不同的材料对象——这完全不重要。这里重要的是，信息和材料无法相互分开而存在。细胞的生命通过其信息体系的工作才显示出来。这种工作可以与一个交响乐队的演奏相比，参与交响乐演奏的有作曲家、指挥、各位演奏家、各种乐器、总谱，甚至还有负责谱架照明的电工……是啊，这是个很好的例子，你搞音乐应当明白。作曲家创作音乐（演奏的规则系统）并且借助曲谱以总谱（一组专门的字母）形式将之记成（编为程序或者编成代码）一种长久的记忆，即记在谱纸上或者输入电脑。在总谱里含有一部音乐作品的开始和结束的信息，还含有每件乐器在作品演奏过程中的某个瞬间应如何演奏的信息。这就是我要讲的全部内容！”

格里沙的眼睛炯炯有神，就连他脸上的皱纹、晒黑的秃顶，乃至他那稀疏而难看的胡子的每根毛发都泛着亮光。

“这全都有了！你知道这里谁是作曲家吗？是创世主！总谱是他借助《圣经》文本写出来的，借助 DNA 记录下来！因为 DNA 是创世主的符号！所以，你现在给我解释一下，为什么你的父亲躲避这个简朴的真理就像躲避瘟疫一样？这是个显而易见的真理嘛！创世主制定了法，可他本人也服从自己制定的法。宇宙是多层次的和可以理解的。每一个认知层次都有自己的限度。这种多层次性在所有的宗教体系里都以不同的方法得以描述，由此得出宇宙基本上是可以认知的。你知道，如果宇宙可以认知，那么就可以把它模式化。你父亲从事的编程工作——虽说他的编程比谁都强，可拒绝接受创造了整个总谱的创世主！这让人无法理解！对此唯一的解释是：他的工作属于下一个层次，可他本人却处在更低级的层次！但我不能强迫他有所突破！这件事每个人都是单独完成的！”

维佳从实验室回来了，格里沙立刻把话转到维佳身上。但他们之间并没有形成对话：格里沙话说得热情洋溢，可维佳只是时而哼一声：“是的，挺有趣儿……”他吃着玛莎给他在微波炉里加热的半成品食品，喝着可口可乐。格里沙透过自己的灵感之火也无法弄明白，他的朋友怎么什么都听不进去……

格里沙在维佳这儿得不到任何的支持，却把自己准备的全部热情耗到偶然见到的尤利克身上，三天之后他飞回了以色列。尤利克送心情不佳的格里沙去肯尼迪机场，走进了心爱的地铁1号线，感到自己走出了人生的弯道——身体没有遭到特别的伤害，也没有遇到其他的烦心事，纯粹用的是一种让智商紧张到一生中最强程度的办法。他记不清格里沙告诉他的那些东西的细节，不过留下了一种腾飞翱翔的感觉……

他坐在那里看着窗外，列车还没有钻入地下，他听着脑海里出现的一段旋律。他只想起了格里沙说的一句话——全部音乐都记录在天上。他乘车向曼哈顿方向走，一小时就到了南渡口线的终点站。一段旋律这时候已在脑海里形成，开头有个小弯儿，第二次重复时那个小弯就伸直了，抽出芽来，后来又抽出第二个芽，甚至都能用线条画出来，但最好还是先把这段旋律弹出来。他走出地铁站，坐在沿河街路边上，拿出吉他就凭记忆弹了起来，从头一直弹到尾。那个曲子就像鱼鳞一样严整，宛如鸟一样轻盈，是一首十分生动的曲子……

快到傍晚，尤利克走到了休斯顿大街，要去找老汤姆·德鲁，他是个店主，为吧台和俱乐部提供各种家具，汤姆·德鲁提议尤利克在他那里工作，这是个好建议。汤姆是老嬉皮士，可很早就成了正派公民。他的女儿阿格尼丝天生患有严重脑瘫，这让他走上了正道。女孩还不到一岁，她的母亲就扔下他俩走了，从那时起他内心虽还是嬉皮士，可干活儿却拼了老命，不酗酒，不吸毒，甚至都不抽烟，他独自拉扯大了后来变成不幸恶果的女儿。对待嬉皮士音乐人，他的态度充满温情，可暗暗心怀妒忌。他的命途多舛……

尤利克留下在客房过夜。他梦见了格里沙，他正在讲什么神圣之事，之后身穿宽松红背心的米基替代了他，米基用西班牙语破口大骂，不清楚骂些什么，十分滑稽。

生活又照老样子往下进行。尤利克搬运沉重的吧台，谱写音乐，在各种乐队里弹吉他，听形形色色的民族音乐，吸大麻。最初一段时间他避免吸厉害的毒品，他不断变换工作，居无定所，可在娜拉每次例行到来之前他都把自己修整得像个文质彬彬的男孩。但这样装相变得一次比一次难了。

吸毒成了他生活中业已习惯的和必不可少的状态，他不得不去偿还超期的贷款，这点他已经明白。

任何一项工作他都干不了多久。他开始到处贩毒，他自己也根本离不开毒品。海洛因战线的那位“功勋工作者”“尖刺”经常给他十份毒品，让他分送到收货人手中。为了得到奖励的一份海洛因，他常常半夜在城里跑来跑去送货，傍晚随便找个什么地方弹弹吉他，有时就在大街上……有一天，他在一个小街心花园里听见有位街头吉他手在弹他写的曲子，他便坐在那位吉他手身边听了一会儿。小伙子弹得不好，可这毕竟是件奇事——他谱写的音乐离开他已经独自存活了……

尤利克有两次被警察抓了，因为他身上携带毒品，之后都被放了。警察们都太了解干这行的套路，他们明白所有送毒品的人都是那伙该死的贩毒者的牺牲品，那些人就是靠一些年轻的傻瓜送命赚钱的。有些执法人员心肠比较软；他们有一条不成文的规定——送毒品者第三次被抓才送去判刑。尤利克被抓两次之后已有了思想准备，就自己目前的状况，坐牢也并非最坏的方案。

1999年末，元旦前夕，尤利克第三次被抓。他是傍晚被抓的，在警察局待了一晚，第二天一早就被带到法庭。一切进行得很快。法院大厅里坐着等待判决的一帮黑人，其中有半数尤利克都见过，他三年前还与其中的一位男低音歌手一起演出过。他们将被判五至六年的徒刑，尤利克心里盘算着自己出狱后该有多大，到那时他将整整三十岁。

审判进行的速度很快，每个人只用十分钟。这次是电脑救了尤利克一命。他们把他的名字输入电脑，可没有发现他从前被抓的记录。这种运气让尤利克感到震惊，他思考了好久，是怎样一位“电脑神仙”救了他。他思考的结果：是字母，是名字的写法救了他。他随母姓，奥谢茨基。这个姓有两种写法——Osetsky 和 Osezky……在上次被抓时，他身上没有带任何的证件，只是凭他说的姓记下来的，结果写成了第二种 Osezky……所以他被放了。尤利克走出法院大楼，一屁股坐在楼前的台阶上，就连走的力气都没有了。何况，该去哪儿？

他好不容易回到了长岛。玛莎见到他惊恐万分，立即给莫斯科的娜拉打了电话。娜拉两周后飞到了纽约。

第三十五章

玛利亚从苏达克[1]写给雅科夫的信

（1925年7月—8月）

7月24日

雅沙奇卡[2]！我坐在地上，垫着旅行箱给你写信。要知道我已到了克里米亚，因此一些不便就很容易克服。先写一下我遭的罪，可真不少哇。亨尼亚一路上都在纠缠我。他把两腿伸到车窗外，身体都悬了起来，还在车厢接头的平台上乱跑，琢磨那里的技术，差点把列车给弄得停下来，还搞了些类似的恶作剧。

我让他弄得心神不安，几乎无法睡觉，因为他的体温突然升高。下午3点，我们顶着倾盆大雨到了费奥多西亚[3]，可是遭了大罪。只能拖着自己的东西走，要在水溪中拖着东西走好远才能走到快艇，我们很着急，因为快艇已快要开了。我把被褥忘在了列车里，又返回去拿了一趟。在许多事情上我要感谢一对和蔼可亲的德国夫妇，他们确实救了我。他俩把亨里希照看起来，帮助我拿东西，还处处关心我。就这样我们坐上了快艇。从未见过的自然风光让我心旷神怡，这非笔墨所能形容。我只知道，在最初一刻我的心灵微粒已焕然一新，在心灵成分表里增添了新的细胞。我

1　俄罗斯的一个海滨城市，位于克里米亚东南部。

2　雅科夫的爱称。

3　克里米亚半岛东南沿海的一座城市。

亲眼看到了世界的伟岸，仿佛用手触摸到了这个世界。

晚11点，我们到达了苏达克。（亨尼亚在快艇上问我有吃的东西没有，我递给他四分之一只鸡和一块面包，他几下就全都吃了。快艇有点摇晃，他的脸色惨白。我把他的头放低些，一切就好多了。）夜色漆黑。人们在码头上（有一座小桥，别无其他）谈论着昨晚发生的匪徒袭击一事。据说，匪徒们把整个疗养院的东西一抢而光。我与几位同行者开始寻找住处，在漆黑的夜色中跑遍了整个苏达克。能住的地方都已住满，无论什么地方都安排不了我们入住，那我们只好在海岸边过夜。我把亨尼亚放到褥垫上（他彻底泄了气，要求返回莫斯科），而自己在他身边彻夜无眠，因为担心他在梦中会蹬开被子。就是说，我一连三个夜晚没有脱衣服也没有睡觉。第二天又去寻找住处，可还是没有房间可住。苏达克的别墅全都住满了游客。因此，许多游客不是返回去就是继续往前走。我觉得自己一个女人不可能带上孩子满世界乱转。幸好，快到傍晚我找到了一个房间，每晚三十五卢布。我打车回去取东西，可等返回时别墅的人对我说："对不起，刚才弄错了，那个房间已订了出去。"听到这句话我几乎要痛哭一场。别墅负责人不在（别墅疗养院是集体的），我只好回到岸边，请求让我进海洋办事处办公室里住了一夜。第二天一早，我乘坐敞篷马车绕遍了苏达克，去找别墅疗养院负责人。我对他说，我要去别墅疗养院的前厅坐着，一直坐到给我一个房间，否则我要告他这个官方人士利用别墅公房达到个人发财的目的。我还威胁说要给在人民委员会工作的丈夫拍封加急电报。总之，我是以作战的姿态办这件事的。我的声音洪亮，吐字清晰，主要是我坚信自己是正确的。那个人本来就心虚，再加上办事幼稚无知，于是他答应六天后让我住进房间（况且还是个很好的房间）。这一夜还睡在地板上，整个这段时间我都没有脱过衣服。今天，有位住在这里的女士，让我在她的房间里住几天，一直能住到她丈夫到来之前（他在近日到达）。

再就是要告诉你，钱花得真不少。这里的生活不比莫斯科便宜。物价上涨的劲头在苏达克相当不寻常。我暂时还不需要钱，给我拨来的钱（还有我剩下的那五十卢布）完全够我一个月花，可返回的车票钱就不够了。

现在说点让你高兴的事情。尽管有些磨难，但我的精神饱满，心情舒畅。克里米亚的风景秀丽，环境迷人，景色壮观。亨里希充满活力，吃饭很香，这两三天皮肤晒得黝黑，可我们还没有做日光浴呢。我更是晒黑得让你都认不出来（趴到你耳朵上说："我晒得好看极了……"）。我尽管打着阳伞，可还是晒黑了，这种颜色很适合我。海洋和山里的空气对我的身体很起作用，我感到自己很幸福。

我感到疲累，身上也不舒服，干的活儿很多，经常要去苏达克逛集市。但我的眼睛里充满五彩缤纷的阳光，耳朵听到各种节奏，我都担心自己在这里会成为教徒，大自然就是有这样的作用……有个鞑靼女人头顶着一筐桃子走过来，双手都不用去扶。周围是群山和天空组成的一部交响曲。我的两眼似乎要把那个鞑靼女人吞下去，我吞噬着连绵的山脉，畅饮着万道霞光。我爱你，我在这个美好的世界上唯一所爱的人。倘若此刻能贴住你的肩膀，我大概会撒娇地大哭一场。

鞑靼人古斯塔瓦（他不会假装，他的名字确实如此）请我和亨尼亚吃了喷香的羊肉串。古斯塔瓦热爱列宁，说"要很好地谢谢他"。他还佩戴一枚列宁纪念章。"你们的列宁是个好人。"我与他告别了好半天，还满怀真诚地向他致以良久的祝愿。鞑靼人是个亲切友好的民族。他们热情奔放，充满豪情。如果他喜欢你，就会把一切全都掏给你的。他们好开玩笑，爱憎分明。我与他们相处很好。我和亨尼亚午饭吃了不少羊肉串，还喝了加柠檬的茶，总共才花了八十戈比。我们昨天就是这样吃的午饭。扁桃仁——二十戈比，桃——十五戈比。亨尼亚掰着桃吃得很香。每天吃水果花六十戈比。没有劲儿再往下写了。热烈地拥抱你。

这里的阳光炙热得出奇。

玛利亚

地址：苏达克，存局待取。最好寄挂号信，因为这个地方极其偏僻。

7月26日

到目前为止，房间还没有搞到。我与亨尼亚睡在一张折叠床上，住在别人的房间里很不方便，也不愉快。我已经错过了第二个房间，尽管手中有一张已交定金的收据。第一间房和第二间房被几个男人给自己的老婆和孩子抢走了。我已变得很不自在，这过的不叫日子。我被折磨了一周，一直为房间奔跑，得不到任何休息。今天，亨尼亚差点溺水：一个海浪向他打过来，把他冲倒，他呛了口海水就被冲走了，幸好我及时赶过去把他拽出来。你知道，我高兴出了这件事，现在他被吓得胆小了，我就轻松些。否则，他在海边一刻也不让我安宁。我做的事，只能是整天跟在他屁股后面呼喊。亨里希这个孩子很难带。在克里米亚这里，像他把腿伸到窗外的情况，我见到过有上千次。海水、枯井、悬崖峭壁都是危险的地方。就连吃午饭……过程也不轻松。人人都同情我并劝我休息一下。是的，带他真不容易啊。然而，亨里希的气色很好。在我焦躁不安和疲累的时候，仔细看着他那圆乎乎的小脸，满脸红光，精力充沛，整天不停地哼着歌，我自己的负担也就无所谓了。

我很担心这次钱不够花，因此买一份午饭两人吃。我的钱不够支付在疗养院的全套食宿费用。早餐和晚饭我自己做，操心事和活儿多得都干不完，这就是女人的所谓休息。克里米亚太美了，我一年后还要来欣赏它的美景，那时候我要一个人来。这次来克里米亚完全是为了亨里希。我甚至都无法安心地进行日光浴：眼睛只要一闭，他就钻到海里去，可这里的海水很深，还有许多坑！

我已不太为你操心，你在莫斯科，也许你在那里休息得更好。假如我知道我们的经济情况，大概就会在这里报个海水浴班，可这要花十五卢布。海水浴会很适合我，对我的腿和主要的疾病都会有好处。

我每天只花三到三点五卢布，生活过得十分简朴。房租三十五卢布，这还是最便宜的。舒适的房间要四十到四十五卢布。据说一个月后会便宜下来。倘若亨尼亚不这么淘气，那我就要感谢在克里米亚度过的每一天，可亨尼亚不给我片刻的自由。我要给他买吃的，做饭，喂他，照看他，给他洗手，让他上床睡觉，晚上还不能丢下他一个人。多亏了这里的空气美妙，我能精力相当充沛地干活儿。我晒黑了，好在我带了把阳伞，这里的阳光太耀眼难耐。这里有许多地方魅力无穷，可我去不了。等今后再说吧。这里的水果蔬菜又甜又嫩，怪不得一些东方民族那么赞美食品和饮料呢。这样的水果不能光吃，还要品尝。每一颗杏，每一个桃子——只是极乐沧海之一粟。而站在喷泉旁的鞑靼女人——才是整个极乐的世界。自己身边那些表情矜持、婀娜多姿、晒得黝黑的姊妹，真让我看不够啊。我已结交了几位好友，通过眼神和笑容我们就能相互理解，就能明白一切。我们是女人，我们有爱心，我们有孩子。我爱抚她的孩子，她也疼爱地看着我的孩子。我们相互点头示意，就走开了。这很好。

马麦德有个文静俊美的妻子和两个孩子。他住的大房间地板上铺着漂亮的地毯，还有几个枕头，可没有椅子，他们默默地坐在地毯上若有所思。这是怎样的生活？！我似乎觉得，永恒、时间与这些人融为一体，一起流向未来。开会，报告，屠夫大街，市场局势……这些都是何苦呢？……吻你，亲爱的。

玛利亚

7月28日

雅什卡……我最亲爱的。我现在很好。有生以来的第一次夏季休息让我感到高兴。我在享受生活的每一分钟。今天我沿着山路去了苏达克。一路上刮着大风。我深深地呼吸着空气，心儿激烈地跳动，我沐浴着风中的阳光。每次走出房门，无论去海边，还是到山里，都会获得一种巨大的、鲜美的感受。我看着亨尼亚，也是一种享受！他满头褐发，嘴唇鲜红，眼睛炯炯有神。我与他在这里日子过得很心宽。亨里希这个孩子有本事，很可爱。为了他活得也值，也很想为他活着。今天吃午饭时有位讨人喜欢的女士看着亨里希说：“眼睛多机灵啊！”亨里希一本正经地回答：“是，我就是机灵。”

他在这里让所有人喜欢，我们的孩子的确很好。这两天他很好地吃东西了。我真想能有一刻让你看到他。一个皮肤晒成古铜色的小家伙。我的气色也不错，自我感觉也很好。精神平静下来。

这里的空气真好，雅诺奇卡！真让我呼吸不够哇！

唯一感到郁闷的是，你没有休假，你远离这种美景。我确实欠你的情……

钱我收到了。我需要的一切都有。常给我写信吧。再给我寄来十到十五张白纸。要知道这里什么都买不到。就连信封也没有……葡萄还没有上市。可梨子、李子太棒了！还有扁桃……

吻你，雅什卡。

玛利亚

8月1日

亨里希睡了。点着蜡烛。昆虫飞来飞去，有蚊子，也有扑灯蛾。亨里希把蚊子叫成“蚊仔”。已有好多天的日子过得十分不安，因为好久没有收到你的来信。我拍了一封加急电报，可还是没有答复。第二天收到了一个包裹，同时还收到了信（一封信在包裹里，另一封是邮递来的）。可你为什么不回复我的加急电报？于是我的神经又紧张成了一团。今天我又拍了一封加急电报（这是第一封电报后过了三天）。明天我哪儿都不去，要坐在家中静等。

这里，新鲜的美景令人陶醉的最初日子过去了。去苏达克的盘山路、大海、鞑靼人——这一切已经融入日常生活中……我欣赏这种生活，享受这种生活之美，但已不再感到震撼……

鞑靼人喜欢我，我有一种感觉，好像他们要把我吞进自己的肚子似的。他们的目光坦率又天真，丝毫不觉害羞地盯着我。鞑靼人马利夫天天给我送来鲜花。他说我是个“粗色[1]的女士”。他还送给我一颗硕大的桃子，并且说我的眼睛就像那颗桃子一样又大又甜。我常常与几位年纪稍大的鞑靼人长时间交谈，我渐渐产生了对这个民族的好感。首先，他们的走路十分优雅，几乎是一种盛装慢步。马麦德从老远处看见我后，彬彬有礼，但不失尊严地向我鞠了一躬，同时高举起右手，这是个非常优雅的手势。我诚心地把微笑回报给所有的鞑靼男女。我喜欢这些天生具有诗意的人。

1　原文带有浓重的口音，意思是“出色”。

古斯塔瓦请我为他帮个忙，他说：“现在我们去海边一趟，我的女儿在海里游泳，与她妈妈在一起，我想给她找个婆家。请告诉我，你喜欢她吗？”

8月4日

这一天一夜过得很难受。今天终于收到了你发来的电报。雅卡！我的好丈夫，你是我生命的一切。只要开始为你担心，这里的一切就会结束，一切就变得没有用了。嗯，这种事有过，可已经过去了。苏达克的邮局和电报局可没少折腾疗养者们的神经。我已经想你想到说胡话了。这是什么意思——等我们一起躺在沙发床上再告诉你……

我独自坐在凉台的桌边。面前一片平静的蓝色大海，在阳光下泛着钻石般的点点金光。我右边是连绵的群山和热那亚城堡，左边是一排嫩绿的柏树，都是人工栽培的。有我，没有我又怎样？世界都是美丽的！我在这里知道了许多美好的新事物。昨天，乌瓦罗夫教授偕同妻子来我这里做客。他是位地理学家，老头长得很像我的爸爸，让我的嗓子眼都有点发痒。我觉得对他有点温情。他的和蔼、善良和宽厚全都跟我爸爸一样。差别只在于他的个头（很高）和职业。他是莫斯科人，我们的亨里希上学将用他编的地理教科书。现在说说亨尼亚吧。他真让我看不够，也高兴不够。他是我的心肝宝贝。他也较以前听话多了。我如今完全不用抬高声音跟他说话，布拉斯拉夫斯基也夸他听话。最近，他边看着亨尼亚边对我说：“我相信他的未来。这么聪明的小脑瓜很罕见。”这是因为，亨尼亚有两次下象棋赢了布拉斯拉夫斯基，而布拉斯拉夫斯基的象棋下得很不错，因此他确实感到吃惊。今天他让亨尼亚骑在他肩上扬扬得意地给我送了过来。关于他以及其他事……

等我们一起躺在沙发床上再告诉你……

我虽十分惧怕男女的出轨，可又总要尽量显示自己在婚姻生活中是个鄙视任何束缚、思想自由的女人。我最怕有时遇到一种幸灾乐祸的、表示怜悯的目光，可恰恰相反，我又尽量做出样子，表示我赞赏风流韵事，容忍出轨以及诸如此类的行为。这点你是知道的。心里想的是一回事，而实际说的是另一回事。当想到你会出轨我就忍受不了……

我真想回到你的身边。你看，我的胳膊和肩膀全都晒得斑斑点点，黝黑得够呛。身体大为壮实了，皮肤也显得十分健康，只是睡眠还不好。

紧紧拥抱你。很快就会见面的。

玛利亚

8月8日

我浑身沐浴着阳光，呼吸着清新的空气，心中充满了爱。

傍晚，一阵为你深深感到的焦虑和不安掠过了心头。我在休息，今天度过了美好的一天。我赤身裸体躺在水边的小石子上，饶有兴致地扒拉着它们。我来回翻身，让后背、前胸和臀部对着太阳，身体在阳光下、海水的盐分里和有治病功能的水中变得生机盎然，我从身体方面去观察我走过的人生岁月。我的身体怎么样？我的身体是多么健壮，如果它能够承受……我的身体在童年时代没有接触过这种海水、空气和阳光。从任何意义上看，我的整个童年都没有在阳光的沐浴下度过。也许，要是我的个头再高一些，胸脯再丰满些，我的生活会是另一个样子。我的青年时代与童年时代几乎一模一样。革命的岁月缺少水，也缺少青年人所需要的食物，就是在身体这样受制和连续不断的过度疲劳下，我一直走到了今天。

这是我生平第一次到疗养院疗养！我还记得父亲说过，新鲜空气对他有害。我甚至都不知道在疗养院该怎样休养！应当学会这个。我最近几天才有点走上了轨道。因新鲜的事物和深刻的印象引起的强烈兴奋，现在才稍稍平静下来。要知道这仅是克里米亚，仅是给人印象并不十分鲜明的克里米亚东岸。人们给我讲过世界的多少美景啊！因此，我现在很想以新的力量上路——去旅行。我觉得，不，我深信无论你还是我今后都不会待在家中。怪不得我总不愿意待在乡下别墅呢。讨厌这种固定的房产，讨厌它有生活的局限。这里在生活上有种种的不便，尽管如此，这仍然是我人生中最好的一个夏天。你瞧……你摸摸我的手、胸脯，抚摸一下结实平滑、热乎乎的皮肤……我忐忑不安地盼着与你重逢。我要讲给你的事情多极了！还要把你吻了又吻！

只需再忍耐一下。不要让其他任何人看见你的焦急心情。我可是为你守身如玉啊！

布拉斯拉夫斯基将会给你打电话。他是位工程师，是亨里希的朋友和伙伴。

“向您的丈夫转达什么？”

“有什么所见所闻。”

“如果我瞎编一通呢？”

“请便。我丈夫会给胡编的东西做出评价，假如编得还头头是道。”

这个人住在厨师大街31号，是我们的邻居。

刚才从海滨浴场回来。今天从早晨8点我与亨尼亚就去了海边。我们坐在烤羊肉串店的遮阳棚下。法蒂玛的那双漂亮的大眼盯着我俩。她长着两道弯眉，眼神严肃，若有所思。亨尼亚狼吞虎咽地吃着烤羊肉串。房间里的气炉子坏了，我俩已经是第四天早点吃羊肉串，这是亨尼亚最爱吃的。他使劲地嚼着羊肉，喝着热奶，最后还吃了一张喷香的鞑靼果仁饼。他已经吃上了葡萄。今天吃了两俄磅[1]，下午可能还要吃这么多。葡萄的价钱暂时很贵，二十戈比一磅，可十分香甜。我与亨尼亚一起在海里游泳。海水美极了。他昨天对我说：“你穿上那件上面别着两个粉红色胸针的缎子连衣裙游泳吧。”（我没穿游泳衣游泳）怎么样？

埃米莉亚·汉索夫娜和她可爱的丈夫里夏尔德·约翰诺维奇·韦尔纳是两个罕见的好人，正是他俩在路上帮了我很大的忙。埃米莉亚·汉索夫娜充满母爱，而里夏尔德·约翰诺维奇·韦尔纳是个绝对善良的男人。我们经常来往。我与亨尼亚的日子过得很好。亨尼亚完全像块宝贝。雅什卡，我俩真是好样的，生下了一个这么好的儿子。“在这个世界上，我只有两个我所爱的人，那就是你和爸爸。我很满意待在苏达克，可只是有点缺憾，那就是你爸爸不在身边。”我对儿子就是这样说的。若你能看到他骑马飞驰在山路上该有多好。他让所有人都喜欢他，人们甚至说他长得很漂亮！个人魅力的作用该有多么大！

我们每天都要与布拉斯拉夫斯基一起去科克捷别利[2]，那里有马克西米利安·沃洛申的故居别墅，许多人都在那里疗养。那里经常举办一些滑翔比赛。有车来接布拉斯拉夫斯基，他邀请我和亨里希一同前往。即将到来的一次出行让小家伙十分兴奋。

玛利亚

1　俄制重量单位。1 俄磅约合 409.5 克。

2　克里米亚半岛东部的一个小镇。

8月12日

我看了六十页关于法朗士[1]的介绍。你说得对，疾病伸出自己的魔爪，开始折腾神经……我理解不了，也不想理解。法朗士让你感到亲切吗？可我——不是。他是个被梅毒侵蚀、精神空虚的法国儿子——我干吗看他的东西？需要爱吗？是的。没有爱就没有生命。但法朗士宣扬的那套东西，绝不是爱。这是个由五个字母[2]组成的动词，是个粗野的、不能见诸笔墨的下流动词。法朗士的爱——这是爱最坏的部分，是爱的黑洞。我不需要这种爱。我不想得到这种爱。也不希望我所心爱的人们有这样的爱。我不希望我的性器官，本来很好地安在下半身，却骑在我的头上，压抑我的心。我不允许下半身控制上半身。

“欲火……兴奋……痉挛”。任何一只公鸡都可以体验到法朗士的这种欲火和痉挛。我曾在某个地方看到过，痉挛在一定时刻能让公鸡的两只腿抽到一起。按照法朗士的话说，只是为了这点就值得活着吗?！在人生中只体验这种欲火吗？而其他一切东西都微不足道。我看法朗士本人就这样真正的微不足道。

这个人意志薄弱，没有思想，他肚子里装着几千年来有识之士的才华，出色地重弹许多歌手的老调，而把自己的真正面孔隐藏起来，因为他没有这种面孔。他在兴致勃勃地玩味文学这方面是有才华的。我干吗看他的东西？他走了，这没什么。会有些其他的、新的人到来。他们应当回答我们的问题。我毫不怀疑，在人生中除了性感受外，还有一些强烈的感受。男人不是只靠菲勒斯（或者说

1　阿纳托尔·法朗士（1844—1924），法国作家、文学评论家。1921年的诺贝尔文学奖得主。

2　指俄语动词 ебать，意为性交、与人交配。

阴茎）活着的——这是红场上陵墓里那个人说过的话[1]。

我很生气地写信，因为常常收不到你的信。你彻底破坏了我们五天写一封信的规矩，这不能怨邮局。所有人都准确无误地收到信，这说明信不会丢，只是信没有写出来。或者是你的全部时间都被一位“老的”女士或年轻的女士占了去？我一直在写啊，写啊……你是否读我写的信？

我就连一个字也不会再写给你。我彻底伤了心，也真的受了委屈。即便我今后不给你写信，我也不会太对不起你。时间又过了一周，还是没有你的信。邮递员送来几大包信，可就是没有写给我的。

再见吧。

是的，我心里感到懊丧。

8月24日

雅诺奇卡！我的生命……有十天没有收到你的片纸只字。这些日日夜夜我思前想后，一个不可遏止的念头萦绕在心头，我不能也不应将之藏在心底。我们从没有故意向对方撒过谎，我要把一切全都倾诉出来。我离开莫斯科时心里就很不安，这种不安一直持续在心里。我不想让那个不安的想法变得清晰，一种无法排遣的确切判断让我感到了恐惧：为自己感到担心，为你感到惋惜。

我不知该如何写起。我已对文字和解释失去了信心，一些数字更能说明问题。我的那封信并不是责怪，也不是指责。那仅仅是一个人被生活伤害后的灼痛。当我第一次得知你对其他的女人产生了兴趣，我就下意识地感觉到一切都完了。生活变成了一种

1　此处指列宁对青年爱情的看法，他反对将爱情简化为简单的性需求，强调了社会主义爱情观和婚姻观的价值。

缓慢折磨人的拷打。我完全接受你的现状并尽量容忍下来。你的双手和嘴唇离开我去找其他女人，抚摸其他女人，你的眼睛里流露出赞赏其他女人的目光，而我却一直妨碍你，当了绊脚石。在我心里，你与你自己并且也与我斗争着。于是，我产生了一种明确而坚定的信念：雅沙不再爱我。我不再占据你的心灵。我无法从你心中撵走其他女人的形象，排开你对其他女人的眷恋。爱情的力量和幸福的意义就在于，当你爱着一个女人，就会摆脱其他女人，摆脱精神的苦闷和眷恋。我今后无法给予你这种安宁。我俩中间谁在这件事上都没有错。请相信我，我丝毫没有责怪你的意思，只不过是开始了一种沉重的、“靠回忆往事”的共同生活。

你赞同弗洛伊德的观点，可我对他的观点恨之入骨，你对荣格及其无意识心理学赞扬备至，可我却诅咒这种理论。在一切问题上均是如此。我们每个人与其说在为自己的思想，莫如说在为自己的幸福而斗争……

我的意志薄弱，心理防御能力也差：性格开始变得糟糕，个性也变得浅薄。我在许多方面，在整个生活中开始请人原谅。要知道说真的，我从前不是这样的。我靠自己的努力走进了社会，从来不懂得什么叫害怕，什么叫无所适从，可是不幸把我压倒了。是的，我开始请求人原谅，因为我下意识地感到了我对不起你。

你在信中写道，说你“把握住了自己”，还没有出轨。那又怎么样呢？我俩谁的内心会轻快些呢？谁都没有。你压抑了自己，我也压抑了自己，我俩的感情都遭到了压抑。无论你还是我都不善于做出牺牲，也不会接受牺牲。你写到了关于“灵魂空虚”那点，可毫无说服力。当一个人像我这样遭到四面八方的干扰的时候，谁都会变得神经兮兮，好发脾气，并且觉得自己不幸。我不是怪你，也不想惩罚你。不是的。我并不是惩罚人的神，而是位严厉的法官，这仅对自己而言。我不能，也没有能力接受你的牺牲！这些牺牲对于我毫无益处。

于是，我想你现在进行着自我的斗争，折磨着自己。干吗要这样呢？你从来不会原谅我的，你会不由自主地折磨我，反正与你有染的那些女人形象夜里会让我不得安宁，因为出轨行为已经融入你的血液里，潜入你的机体中。你身上的一切我都能十分清晰地感觉到。你说你本想把一切都告诉我。可我自己就能够把有关你的一切全讲给你听。

你请求我，要我做你的母亲、妹妹和女助手。我不会的……我不能那样做，因为我是个女人。如果在我们的爱情里我就连个女人也不是，那我就更不会做其他的事情。我不会谴责你的性欲，你也别因这点责怪我。你对于我是个男人。这之外，其余的一切对于我都没有意义和价值。你倾慕年轻貌美的女人，并且爱慕得十分厉害，这是你的权利。你并非因为我貌美才爱上我，却是因为我丑陋才不再爱我。我生活在你身边，就不能让你感受不到女性的魅力，感受不到多褶连衣裙、女性胴体和热吻给你生活带来的欢乐。我也希望成为一个被人爱的女人，这是我的权利。这并不是什么奢求，而是生活的必需。离开这点，无论你还是我都无法活下去。

该怎么办？就这样办。一刀两断。想到这里我的血液都要凝固了，但这不可能避免。你可以也能够自由幸福地去生活。世界向你敞开了自己的胸怀，世界充满绚丽的色彩和诸多的欢乐。你与我生活在一起会变得暗淡失色，因为你生活的欢乐与我无关。

我知道你抑制不住自己，会怜悯我，会为我的不幸深感痛苦。

可那又怎么样？自己的生活总不能靠同情和怜悯去填充吧。喂，你知道死亡——这并不是灾难，而是幸福。挣脱对形体、色彩和感觉的依赖，这就是幸福。你别感到不安，暂时还不会这样。我们孩子刚开始的、暂时并不顺遂的生活还不容许我这样做。也许，生活的痛苦会随着时间的推移减轻一些。也许，那些令我讨厌的景象会消失。就在昨晚我做了一个梦……梦见有一张硕大的床。我可怜地躲到了屋角。你站在床上，抱着一个个头高高的裸体女人。她的乳房很小，可眼见开始增大，变得圆滚滚的。你温柔地蹭着她的臀部，你的双手抓着她那硕大而熟透的乳房。你俩相拥而立，随后姿态优雅地轻轻躺倒在了床上。这时我突然醒来了。

你瞧，我的思维受到严重的伤害。这不是凭空的杜撰，也不是神经的淫乱，而是残酷的、无法抗拒的生活真实。你的幻想进入了我的梦境。你别怪我，就像我不怪你一样。你要相信，我在任何事上都不会怪怨你，在任何事上也不会谴责你。有些人生规律让我俩都遭受痛苦。每个人都会按照自己的方式，或多或少地遭受痛苦，但谁都没有过错。你没有必要乘车来这里，请原谅我。假如你感到很难受，那我可以按你希望的那样去办。请原谅，我亲爱的，我的好丈夫，我心爱的雅诺奇卡。我不能不写完这封信，我应告诉你自己的这种真实思想。

现在我收到了你的信。我的好丈夫。你是如此想帮我。你表现得“很好”，做着英勇的努力。做些英雄式的努力吧，我的雅科夫。但过去的事情无法挽回，就像我的青春无法挽回一样。爱情只存在于青春和美丽常驻的地方。爱情是一种巨大的，但极为简单的感情。况且，爱情的要求也极为简单。女人最具有决定性的价值，是她的审美价值。可我缺少这点，绝对不具备这点。在这个世界上我开始感到窒息。亨里希整天哼哼唧唧地哭泣。我心里难过，情绪也紧张。我本想抑制自己的感情，但是抑制不住。我必须去帮助他，可精力不够用。我正努力克制自己，结果让这些努力弄得浑身无力，头晕目眩。亨尼亚像我一样，也是孤零零的。他身边一个人也没有。我也独自踱来踱去。不，我不希望你怜悯我，我又失控抱怨了起来。你别多想，一切都会过去的。无论如何应当一刀两断。这不可避免。永别了，亲爱的。

玛利亚

8月28日

明信片

火车30日早晨到达。接站后你可以从车站直接去上班，而我去找乌格柳莫娃办事。如果你不能到车站，也别担心。我一个人也会来的。那你就派玛尼娅来接我们吧。深深吻你，我亲爱的和可爱的。

第三十六章

姆岑斯克县的麦克白夫人[1]

（1999—2000年）

娜拉在脑海里一直考虑着尤利克的情况。她最近一次纽约之行很不顺利。两周内她只见了儿子四次。他感冒了，鼻头红红的到处乱跑，总是匆匆忙忙地要去某个地方。他穿的衣服单薄，娜拉给他买了一件保暖夹克衫，可她不知道儿子如今究竟住在哪里。尤利克说自己住在汤姆家，可又不让往那里打电话。他还说把手机连同护照和绿卡全丢了，甚至不是自己丢的，而是被抢走的。娜拉坚持让他递交材料，申请恢复丢掉的俄罗斯护照。他俩一起去了俄罗斯驻美大使馆一趟，预订了新的护照。

尤利克在他俩约定见面的时间经常姗姗来迟。有一次他就根本没来。还有一次，尤利克给娜拉指定了见面地点在东村的但丁咖啡馆，可让她足足等了他两小时。

娜拉也没有去长岛找维佳和玛莎。玛莎到爱尔兰去参加一位八竿子都打不到的远亲的婚礼，而维佳在电话里说话就是一个词，除了“是”和“不是”，她就再听不到他的任何一句话。

娜拉回到了莫斯科。她的情绪糟透了，但她老早就有一种想法，认为人根本就不应有什么情绪，至少是不应有什么糟糕的情绪。

---

1 这里借用了19世纪俄国作家尼古拉·列斯科夫的小说《姆岑斯克县的麦克白夫人》（1865）的名字。

娜拉在一家戏剧学校教书，其实，她是替图霞任教，可往往觉得彻底代替图霞是绝对不可能的：因为缺少图霞的那种自如，也缺少对文化空间的把握能力。老一代教育家日渐离去，新一代教师尚未达到前辈们的水平。看来，下一代大学生会沿着这个梯子往下更退一步……娜拉也没有接到排演什么有意思的剧作的邀请。坦吉兹则几乎有两年没有露面。

一场神话般的改革似乎随着1998年经济的全盘崩溃而告终。况且，娜拉和坦吉兹两人从改革伊始其实就明白，这个改革与他们毫无关系。原来，要想让个人的成熟思想与新允许的思维协调一致，他们对自身没有什么东西可重新调整。

娜拉从中学时代就对集体主义嗤之以鼻，并且十分讨厌“社会高于个人”的虚伪思想。坦吉兹生活在自己宗法制的格鲁吉亚，他从父亲上前线后的十三岁起，就开始真正地承担起养家的重负，扶养妹妹、母亲、祖父、祖母和祖母的一个双目失明的妹妹（她跟他们生活了一辈子），因此这种过早的家庭负担让他远离并防止他干出各种各样的蠢事。他没上过什么学，父亲从战场归来后，他才拼命地挽回在童年没有学到的一切。他去库塔伊西找舅舅，在那里先是进了文化学院学习，后来又去了演员学院，但也没有念完，再后来就是在基建工程营服役，整日整夜地干活儿，他当过男模、鞋匠，没当导演之前，甚至一度还做过厨师。他根本没有工夫成为什么苏维埃人或者反苏分子。

一种允许的自由，这种自由的影子没给他留下任何的印象。娜拉也根本没有发现有什么允许的自由，其中只有过多的个人任性，她很早就让这种任性替代了自由。也许，坦吉兹的独立自主和娜拉的任性让他俩相互欣赏。不管怎样，他们两人都很高兴在对方身上发现了那种自由。因此，他们在一起工作感到幸福……

但是，共同的工作结束了，娜拉也几乎放下这件事了。

90年代末，他们共同排演了近二十部剧，虽说没有引起观众的巨大轰动，可却得到了业界一些人士的认可，还获过几个戏剧联欢节的奖励，在国外也小有名气……他们在东欧戏剧界共同结交了一些朋友，在很大程度上，促成这种友谊的是对政治的怀疑排斥态度以及对一些野蛮粗暴事件的厌恶，诸如，1968年苏军进入布拉格，不久前美国轰炸南斯拉夫，也有中世纪式的秘密大屠杀、迫害和幕后阴谋。

正是在这个混乱的时代，一位匈牙利朋友——布达佩斯剧院的艺术总监伊什特万给坦吉兹发来一个并不明确的邀请，想让他给他们排一部优秀的俄罗斯经典剧。还邀请他与娜拉一同前往……要超脱政治，戏剧啊，戏剧！

坦吉兹给娜拉打电话问："你准备去吗？"娜拉毫不迟疑就同意了。

那是动荡不安的一年：一场大乱已经在高加索开始，但列车还能从格鲁吉亚开出来，航班也没有停。坦吉兹答应最近几天内飞到莫斯科。

两天后，他到了莫斯科。莫斯科的景象依旧——从户外的尼基塔林荫道一直到桌上摆的库兹涅佐夫瓷器厂生产的茶杯，以及书橱里所有书的书脊。写字台早已换了地方摆，可它的几条腿却给下面铺的那块旧波斯地毯留下了一块块秃斑。横穿雕塑装饰物的那堵墙，依然保留着宅主度过了美好青年时代的痕迹，当年的房间要比现在宽敞一倍，天花板的高度也比较相称。

他们穿的衣服也没有变——娜拉穿着牛仔裤和男式衬衫，坦吉兹依旧是高领长绒线衫和不合时尚的宽腿裤。这场人生剧拖得如此之长，拖得两个人都老了，可这种既无承诺又无通信的断断续续的关系，变成了比任何婚姻都牢固的亲密联系。

娜拉人生中最重要的东西是从这种同居生活中产生的。她学会了离开他工作，但内心总还把他置于每份新工作的旁边。她在他身边能挺直了腰杆儿。这些年里，她有多少次试图摆脱这种束缚，但每次都越陷越深，就像鱼儿咬钩越来越狠——嘴唇全是血——没有任何的自由。

"你就安心吧，"以往每一次抗争的尝试后，坦吉兹不止一次地安慰她，"接受这个事实吧。这是我俩生平的一个事实。"

这一次则完全不是这样：她把坦吉兹睡的床摆在尤利克的房间。他面带惊奇地问：

"现在就这样了？"

"就这样吧。"娜拉轻轻点点头。

"那我们将怎么工作？"坦吉兹惊讶地问。

"其他事情像以往一样……"她说着就把门轻轻掩上。

第二天一早，他们去找彻底搬到别墅的图霞。他俩在那里度过了长长的一天。图霞老得厉害，眼睛几乎什么都看不见，可还在用放大镜看作家日记和各种回忆录。她赞赏维克多·什克洛夫斯基的回忆录和帕斯捷尔纳克[1]与弗赖登贝格[2]的通信，她读陀思妥耶夫斯基的回忆录，对契诃夫与克尼佩尔[3]的通信感到不满，她用画笔在一些不知猴年马月装修剩下来的旧壁纸背面乱画，画出一些线条、圆圈和点……

"我在涂鸦，这是多美的享受！"她说，可娜拉微微一笑，因为那就像是她曾经教过的一些儿童的习作画……

1　鲍里斯·帕斯捷尔纳克（1890—1960），苏联作家，获 1958 年诺贝尔文学奖，但未接受。

2　奥莉加·弗赖登贝格（1890—1955），苏联语言学家、文化学家。她是帕斯捷尔纳克的表妹。

3　奥莉加·克尼佩尔（1868—1959），苏联演员，契诃夫的妻子。

后来谈话转到了将来的工作上。他们给她讲了有人向他俩预定排剧一事——需要排一部优秀的俄罗斯经典剧，可要超脱政治。

“那就排契诃夫！”图霞活跃地回应了一句，“那还能有谁？”

坦吉兹摇摇头。因为他早在70年代就告别了契诃夫。

图霞摘掉了眼镜，用布满血丝的裸眼看着他俩。

“我明白。你们要排爱与死。你们还是多么年轻的人……”

哪还有什么年轻人？娜拉快六十岁，坦吉兹七十多岁了。娜拉差一点引用自己喜爱的布罗茨基[1]的一句诗——“在蚊子看来，人是不死的……”但及时住了嘴，因为图霞活得够长久，这可不仅是从蚊子的角度来看。

“剧目的预定方希望排一部很俄罗斯的戏剧，”娜拉笑着说，“我不知道，排伏尔加河的纤夫，水匪[2]，哥萨克强盗们……你有什么高见，图霞？”

“一部最具有俄罗斯特征的故事，那就是《上尉的女儿》。那里什么都有——行乞和坐狱，在劫难逃……还有达到一定程度的爱情。在普希金笔下政治没有什么意义。他在讲人的尊严。在俄罗斯这是个罕见的题材。”

“不，不行，图霞！我不会排这个。我不能，也不敢把《上尉的女儿》搬上舞台……”

“监狱——这倒是个俄罗斯题材。比如说《古拉格群岛》，可索尔仁尼琴的作品在我们这个时代还不属俄罗斯经典，况且作品里除政治外几乎没有其他东西。完全是一部充满血泪的政治史。要说列斯科夫的《姆岑斯克县的麦克白夫人》，那才是应有尽有。”

1　约瑟夫·布罗茨基（1940—1996），美国诗人，原籍苏联。

2　指中世纪时的俄罗斯水上武装团体，在伏尔加河和卡马河流域等地从事抢劫、贸易和捕鱼活动。

“她这下子说对了。”娜拉心里想。

“我也立刻想到了卡捷琳娜·伊斯梅洛娃[1]，但肖斯塔科维奇[2]阻止了我。”坦吉兹旋即做出了回应。

他俩互相使了一个眼色。是的，当然了。有情欲，有死亡，还有杀子。行乞和坐狱，在劫难逃。命运……是的，当然是了。

“我没有马上明白，为什么肖斯塔科维奇拿掉了杀儿童的那个情节。他写歌剧那年才二十七岁。他不明白，那是一种祭祀仪式。唯有卡捷琳娜不明白自己在干什么。她的情欲吞噬一切，她在欲火中抛弃一切，无论是费佳，也无论是自己亲生的孩子……她生下了孩子，把他丢给别人——你们抱走吧，唉，把他彻底拿走吧！就好像她全然没有发现孩子。这已经是杀害了费佳之后发生的事！这还叫什么麦克白夫人！她的欲望也更低俗——想戴上一枚皇冠戒指。但是良心是活人的——她要疯了，可无法擦掉双手的鲜血。况且她自己并没有亲手杀人！不，娜拉，麦克白夫人距离我们的卡佳很远！我们商人之妻的眼睛被情欲遮住……被某种东西……就是这个东西遮住了……可怜的卡佳！可怜的卡佳！多惨的命运啊！肖斯塔科维奇的整个歌剧音乐——就是一种命运！可我们将离开这个音乐去排演那个剧。娜拉，我希望一切仅是围绕着命运展开！可怕的命运用指头指着一个普通女人的阴部，她不是女巫师美狄亚，也不是麦克白夫人，而是位普通的大婶，这就是结果所在。这就是命运！她错在什么地方？她没有任何过错！浅薄的心灵和强烈的情欲——这就是命运使然！她无过错！……列

1　尼古拉·列斯科夫的小说《姆岑斯克县的麦克白夫人》的女主人公，即下文的卡佳。

2　德米特里·肖斯塔科维奇（1906—1975），20世纪最伟大的苏联作曲家之一，钢琴家和社会活动家。他根据列斯科夫的小说《姆岑斯克县的麦克白夫人》创作了同名的四幕歌剧。但肖斯塔科维奇的歌剧没有小说中的杀死儿童费奥多尔·利亚明（即下文的费佳）的情节。

斯科夫笔下所有这些囚犯——同样是命运使然。我要指出来，这是俄罗斯的命运！这正叫做在劫难逃……我想说的是，命运就是监狱。”

从这些笨嘴拙舌的发现中引出来这个剧。这一次命运用线绕成了像手一样粗的线团。一只看不见的大蜘蛛吐出暗色的丝线缠住了舞台的整面镜子，也缠住了用粗毛绳编成的、微微晃动的大幕布，织成了一张蛛网。而那只蜘蛛自己却藏在高处，在舞台上方的布景格架上，只能看到它的几只毛茸茸的腿。蜘蛛的腿慢慢移动，粗毛绳在晃动，仿佛是从蜘蛛的四对腿延伸下来的。囚犯们沿着前台从左向右走着，他们佝偻着腰，走得很慢，唱着悲戚的歌曲，他们走的时间很久，不停地绕着圆圈，总是那些人，身穿暗色的长衣服，看不见他们的脸，个头都是中等，既不是男人，也不像女人，每个人就好像挂在一根向上移动的黑色粗绳上，移向那只看不见的蜘蛛，移向它的腿部。

那帮人唱着一首拖长的囚歌走了，这时身穿一件红衬衫的谢尔盖登场，他脚蹬黑皮靴，手里拿着手风琴，抖动着额前的一绺鬈发，跳出各种各样的舞姿，还蹲着跳……他就是谢廖什卡[1]，是卡捷琳娜的姘夫……他自己跳舞的路线是从相反方向——从囚犯们离去的侧幕跳向他们出来的另一面。这时在分上下两层的上层的一个不大的平台上，她，卡捷琳娜·伊斯梅洛娃出场了，她推着一架纺车，手里拿着小纺锤。她那双肥胖的粉红色小手漫不经心地搓着一根柔软的白色纺线……

“这个建筑不需要怎么改就可以用作住房、警察局、监狱和驳船。只需要解决水的问题。怎么去表现伏尔加河……”娜拉指着一

1　谢尔盖的爱称。

张布景草图说。

“尽量少用台词，台词要少些。使用一些并不连贯的喊叫、骂人话和音乐片断就行。音乐从肖斯塔科维奇的歌剧音乐中去拼凑，我请吉亚去做……或者在布达佩斯找位作曲家。忘掉列斯科夫的小说文本吧。构思出来的一切都对！让我们来编造命运。让卡捷琳娜织一双袜子，哦，要大号的，甚至是特大的袜子！袜子侧面还要织一支红箭。还有第一幕爱情戏——她在绕……我不知道该怎么叫，就是那种毛线，套在两手上架着的……”

“绕毛线。”娜拉提示说。

“对，是绕毛线！绕毛线！两手架着，逐渐互相靠近……我不知道，我不知道……你自己想想吧……”坦吉兹嘟哝了一句。

“对，对！绕毛线——这很好。我认为，整个第一幕爱情戏——就像一个茧。蜘蛛吐出来的丝线把他们裹住了，哪怕是红丝线也行。伊斯梅洛夫老头走过来把门打开，门把丝线挣断……”

“这不大令人置信。往下讲，往下讲。我需要后来把那个老头裹在白色殓衣里，并不是放到地窖，而最好放在阁楼顶层……让这个木乃伊挂在上面的蛛网上。好让各种魑魅魍魉，诸如善变的猫从上边而不是从下边过去。这个列斯科夫怎么忘记了写女巫，甚至有点遗憾，真的！她们大概会派上用场！让她们沿着毛茸茸的黑绳子从上向下……”

“阁楼顶层，那就意味着还需要在舞台上架起第三层。这层是多余的，有两层应当就够了。”娜拉坚持说。

“那我就不知道了。一些技术性问题我们随后再解决吧。我需要让死者——一共四个——全都被殓衣裹起来，裹在黑色殓衣里……”

“等一下，怎么成了四个？老伊斯梅洛夫、季诺维和费佳……”

“难道那个婴儿不算吗？是四个！不对，是五个！忘掉了索涅特卡！卡捷琳娜最后把她也拖进了水中！”

“坦吉兹，这情节会很可怕！十分恐怖！”

“你说对了！就应当恐怖些！这不是你排的《地鬼》！这是俄罗斯的恐怖！一种真正的恐怖！”

“不，不！我不能这样排！我也不想这样排！”娜拉表示反对。

“你需要看到隧道尽头的一线光明吗？隧道里一团漆黑，你哪能看到一线光明？”

“那个男孩费佳不是吗？男孩费佳就是一线光明！”娜拉突然想起来说。

“那好！这是你构思的结局！请做吧！而我要看看你怎样从这个故事中搞出一个天国来！”坦吉兹愤然地说，“来吧！你记得肖斯塔科维奇那部歌剧的结尾吗？你不会比他更高明！”

“干吗提那个？我们又不是排歌剧！总之，我反对使用肖斯塔科维奇的音乐。顺便说一下，你用人家的三分钟音乐，可后来负责版权的人来找麻烦你躲都躲不及。最好是向某个青年作曲家预定……”

他与娜拉就结局问题吵了好久。甚至在剧作演出之前还无法找到一种共同的处理方法。他俩意见一致的创作还从来没有经受过这样的考验。最终，他们叫来艺术总监伊什特万，让他做最后的裁决。最后决定用娜拉构思的结局，飞蛾出现的那种……坦吉兹也接受了这个方案，他尽管反对了很久，但被说服了。一群囚犯从第二层（娜拉坚持这样）平台下到了真正的、注入锌皮平槽的水中。他们涉水到了岸边，被毛茸茸的黑色丝线与那只看不见的蜘蛛的几条腿连在一起，而在上面，有些被裹成雪茄形的人悬在空中，就像是黑色的飞艇。

人人都仰头看着上方，只见一只泛着黑色金属光泽的大肚子蜘蛛从上面往下滑，它的肚子中间有个发光十字架，它的几条腿弯曲着，腿尖上带着三个爪子……大家都凝神闭气，聆听一种尖细而婉转的声音。其中一个正在裂开，声音渐渐增大。从裂缝中飞出一只很大的白色飞蛾……又飞出来第二只……长笛模仿出一种尖细的东方声音……

他们在布达佩斯待了三个月。原来，这个剧在技术方面有很多困难。坦吉兹带着翻译排练，那个翻译女孩叫塔尼娅，是一位匈牙利新闻记者的俄裔妻子。他们排练休息时在咖啡馆吃午饭，娜拉有点妒忌，可脸上没有显示出来。娜拉从早晨到半夜一直待在车间里，在那里创造奇迹，演出部主任简直恨透了她。那个目空一切的老头出身某个贵族家庭，他不习惯有人像催小孩一样使唤他，可娜拉时而需要这个，时而又要那个……可首演式后，他专门走到她跟前吻了她的手表示祝贺。演出成功了，而且是巨大成功。

首演式之后，坦吉兹也走到她跟前说，希望她别再装傻了。她是拗不过命运的。一切都回归原位。12月中旬他们回到了莫斯科。她再没有把床给他放到尤利克房间里。

他决定与娜拉一起迎接2000年元旦。第二次车臣战争正在如火如荼进行。12月26日开始围困格罗兹尼。娜拉已有三个月无法打通尤利克的电话。汤姆回答说他不住在他家。给人的感觉也确实是他早已不住在那里。娜拉每周给玛莎打一次电话，她对尤利克的下落也一无所知。

他们的元旦是与一帮闹哄哄的演员一起度过的。有弗拉索夫夫妇，他俩在费佳死后一直没有缓过劲来，因为一直背着自己不幸的十字架。娜塔莎·弗拉索娃每次见到娜拉都要找机会趴到她耳朵上悄悄说："别让尤利克回来……我求求你，别让尤利克来这里……"

大家起初玩得还尽兴，快乐的气氛后来就被一些政治预测所取代。叶利钦坐在圣诞树前宣布自己辞职。大家争论着这是好事还是坏事，争论车臣战争什么时候能够结束，是否会与格鲁吉亚开战，甚至还争论21世纪是已开始，还是要再等一年。2000年已经到来，可它没有给人们带来任何美好的期盼。

第三十七章

乌尊-瑟尔特山[1]——斯大林格勒拖拉机厂

（1925—1933年）

男孩忘掉了一切。当亨里希看到滑翔机翱翔在绵延的乌尊－瑟尔特山一带的科克捷别利上空，那震撼心扉的大海、塌陷的热那亚古堡、空前甘美的水果、整个余生都爱吃的烤羊肉串、柏树、羊肉馅饼、鞑靼人、希腊人、小船和四轮轻便马车，这一切在他的记忆中顿时变得淡漠，化作了一片尘埃。可他们并不是带亨里希去观看滑翔机，而是去见某个叫马克斯的人。他们来到一个偌大的房间，围着一位身体肥胖的大胡子老头而坐，老头身披床单，头上系着一根带子。在进行一场冗长而意思含糊的谈话。另一个瘦骨嶙峋的大鼻子老头在讲心理分析问题，而那个主要的老头坐在那里一言不发，偶尔傲慢地点点头，脸上露出了笑容。亨里希憋得浑身难受，因为在车驶近村口的时候，他就看见有几架美丽的飞机在空中翱翔，现在他只希望做一件事，那就是跑到飞机起飞的那座山上去。他拽着玛露霞的连衣裙下摆和一只手，像猴一样皱起眉头，终于弓下腰，无声地哭得身子都抖了起来。玛露霞站起来向主人表示歉意，抓着儿子的一只手，跟着他走了出来。

亨里希挣脱开那只手，下了楼梯就往前跑，一直向美丽的滑

1　乌尊－瑟尔特山又名克列缅季耶夫山，是克里米亚靠近科克捷别利的一座山，被视为苏联滑翔运动的摇篮。

翔机起飞和滑翔的山头跑去。玛露霞跟在亨里希身后跑，想喊住他，可他根本不听。但亨里希很快就累了，放慢了脚步，玛露霞追上他并且默默地跟在他旁边。她这位福禄培尔的弟子，儿童教育专家，这时才感到了自己教育的失败。然而，除了跟在儿子后面走，她别无他路。她明白自己此刻不应说任何话，因为自己正在气头上：亨里希搅黄了这次她盼望已久的造访。

早在十年前，在业已逝去，但勉强留下痕迹的岁月里，就有些人热情洋溢地撰文介绍了拉别涅克，也介绍了玛露霞十分幸运地开始自己未能实现的“赤足舞蹈家”前程的那座舞蹈学校，马克西米利安·沃洛申就是那些人中的一位。因此，玛露霞很想把谈话转到那些年代去，暗示自己曾经练过那种高雅的艺术……这种谈话本可以让她随后回忆起自己的全部生活，可谈话未成，而她不得不勉强地跟着儿子匆匆往山上爬，天知道要去什么地方，跟着自己这个缺乏教养的、神经质的（对！是神经质的）儿子去看滑翔机表演……

原来，那段路还相当远。玛露霞提议明天一早上山去观看，可亨里希根本不肯罢休，因为突然燃起的一种欲望驱使着他。

是啊，雅科夫是对的，并且他上千次地正确。当他看到亨里希从四岁起动辄就可恶地号叫，还倒在地上手脚击打着地板，他就说：“玛露霞！这不是羊痫风发作，这完全是某种另外的现象。请相信，这是意志与现实的冲突。他疯狂地想去干件幼稚的蠢事，可我们不允许他去做。一旦真正的任务摆在他面前，这种精力就能将之完成！升华作用——是一种伟大的东西！”

这句话在他们家庭里经常被重复着……

天气很热，路上尘土飞扬，石子路被晒得烫脚，玛露霞很想喝水，因为渴得唇焦口燥。她就要晕倒了，但不能让自己晕倒，于是硬是坚持着。儿子一拐一瘸地走在前面，他的一只脚已经被硬邦邦的凉鞋磨破，可他果断而目标坚定地向上爬。在山上虽说没有任何人等着他们到来，可已有了几十个人。大家围着一架滑翔机，有人抚摸它，就像兽医抚摸着一头生病的动物。亨里希一下子就挤进了人群中。谁都没有撵他出去，也没有注意他。在那里除他外还转悠着几个小孩子。在防水布搭建的飞机库阴凉里，玛露霞用脚踏平了几簇干枯的艾蒿，一股呛鼻子的苦味升起：艾蒿、鼠尾草和百里香混起来的味道……她一屁股坐到干燥的、散发着草味的地上。

一切都在她的眼前浮动。她虽没有失去知觉，但感到曾有一段时间离开了现实。后来她睁开眼睛往下面一看，看到了蜿蜒曲折的山谷，山坡上鞑靼人的村庄，在山上放牧的羊群，卡拉达格[1]的支脉，还有在明亮蔚蓝的天空上翱翔的一架滑翔机……于是，她感到自己很幸福……

她走到观看一架滑翔机飞行的人群跟前，眼睛瞄准一位军人模样的人，他身着便装，有一副刚毅的军人面孔，并蓄着高加索人的小胡子，她声音饱满而快乐地问：

"同志！您能否帮助我们从这里去科克捷别利？我和儿子登上这里都很累了。"

那个同志转过身来说：

"今天的飞行已经结束。半小时后有车来接我们。请您稍等，我们把您捎上。"

亨尼亚还没有看见她，他挤进了一群当地的小孩中间，与他们聊起来，还挥舞着小手……半小时后，一辆大卡车噗噗地冒着

1 位于克里米亚半岛黑海沿岸的火山山脉。

气驶来，孩子们立刻忘掉了滑翔机，都围到汽车跟前。玛露霞从人群中拉出根本不愿意离开的儿子。

“你想坐汽车兜风吗？”

啊，多么幸运，多么幸福！那位军人模样的人伸出一只手拉玛露霞，她轻易地跳进了车厢。玛露霞对他嫣然一笑，问：“能在马克斯那儿扔下我们吗？”那个人哈哈大笑一声，因为立刻猜到了这个女人是自己人。他也是自己人，是艾瓦佐夫斯基[1]的孙子……但这件事玛露霞最终也不知道……他坐进了驾驶室，在车厢里挤着十来个人。亨里希本想闹点事，因为他也想去坐驾驶室。但玛露霞立刻开始教训他，心平气和地对他说：“我们可以下车去步行。你愿意吗？”可他不愿意……

五天后，玛露霞与儿子回到了莫斯科。雅科夫·奥谢茨基在库尔斯克火车站迎接自己的家人归来。雅科夫的脸刮得干干净净，棕红色小胡子修得很短，头发不久前才剪过。他一身得体的旧式西服，一手拿着一束紫菊花，另一只手提着公文包，这让他在接站的散乱人群中尤为显眼。他很想念妻子和孩子，总的来说，他对他们的休假是满意的：在一个半月的独自生活里，他为交通工作者写了一本统计学参考书，给经济杂志投去两篇论文，还动笔写了一篇军旅生活的短篇小说，他之前无论如何也抽不出空儿做这些事的。

玛露霞头戴一顶宽边帽，身穿饰有乌克兰绣花的粗麻布连衣裙，出现在车厢门口的阶梯上，亨里希晒得黝黑，手扶着栏杆，挣脱玛露霞的手最先跳到了站台上，还晃动着鬈发长长了的脑袋。看见父亲后，他喊着向他跑去。

1　伊万·艾瓦佐夫斯基（1817—1900），世界著名的俄国画家，以画海见长。

“爸爸！我们看到了滑翔机！爸爸！我长大后要开滑翔机！爸爸！你开过滑翔机吗？”

父亲夸了他，但说驾驶滑翔机这件事不那么简单，不但需要身体上的准备，而且还要懂得许多方面，诸如物理、地理和气象学等学科的知识，甚至还需要懂几门外语，因为最初一批滑翔机驾驶员就是外国人，在古代是中国人和阿拉伯人，在近代是法国人和德国人，还需要去阅读许多文章……总之，必须知道许多东西。

“譬如，你是否知道飞行员格罗莫夫刚好在今天完成了从北京到东京的飞行？你认为这有多少公里？”

“一千公里！”亨里希喊着回答。

“少了一半！是两千公里！”父亲答道，“我给你拿来今天的报纸，上面有全部的报道！你自己可以看一下！”

儿子悬在父亲身上，玛露霞站在他俩身后，而雅科夫微笑着向她点了一下头，甚至似乎还向她递了个眼色。他轻轻地把儿子放到地上，才上来拥抱玛露霞，同时在她耳边悄悄说：“我亲爱的，你这个傻子，糊涂虫！”

他提起旅行箱和那个装着床上什物的软旅行包，一家人向雅科夫已雇好的车夫走去。亨里希哼哼唧唧，说他想坐出租汽车，可一辆出租车也看不见。可他坚持要坐，还开始用脚跺地，雅科夫一把抓住他抱了起来，轻轻地往上一抛，说：“下一次！”

那些年，航空的热潮席卷了全国。这曾是这个国家的逻辑——一会儿一个热潮，一个热浪，先是工业化，不久又是农业集体化——这是席卷全国，老幼皆知的总体思想。一些最优秀的工程师和设计师在诸多的大型机构里工作，创建新的航空业，组建并改建了国防及航空化学建设促进会[1]，在全国范围里成立了儿

1 苏联时期的一个群众性国防组织，存在于 1927 至 1948 年。

童的和青年的技术中心和众多的航模小组。亨里希就像一颗小小的尘埃，从九岁起就被这股群众性的潮流卷了进去。小男孩捕捉住了这种普遍的热情和全民对航空业的热衷，也像滑翔机一样在翱翔。正是在这个时刻，他本能地放弃了他父母十分关心的、对个人道路的独立探索。他第一次感觉到了自己融于集体的幸福，还有自己与周围世界融为一体的感受。

所有从前心爱的构造模型玩具，也就是娜杰日达·康斯坦丁诺夫娜·克鲁普斯卡娅与玛利亚·克恩斯的失败的合作项目的成果，现在只能引起亨里希的反感。那还用说！全世界的飞机都在空中飞行，盘旋，螺旋升降，翻转和侧滚等花式飞行，可他还在摆弄一些儿童积木……他的整个身心都投入对航模的普遍热情中，期盼着长大了手抓方向盘，驾驶真正飞行器的那个时刻到来。而更好的是，不是手抓方向盘，而是机枪！在空中飞行和射击——这才是他的两个心爱的理想，也是那代人的心爱的理想……

雅科夫努力想把儿子的兴趣引到文化方面。他给亨里希做了关于最初一批飞行器的整个讲座——从伊卡洛斯[1]一直讲到达·芬奇所构想的飞行器。他还把儒勒·凡尔纳的书塞给儿子看，因为乘气球在空中飞行和去月球旅行与亨里希的一些幻想也有关系。男孩开始好好学习了，至少是在那些与他所选的职业多少有关的科目。雅科夫教他学德语，亨里希也不怎么强烈反对。

父亲不能教给儿子他不愿意学的那种知识，雅科夫十分器重全人类文化，可这让亨里希毫不感兴趣，然而他教会了儿子蹲图书馆，查阅目录，寻找需要的信息，汲取重要的知识和抛弃无关的东西。

亨里希的性格快到十五岁时就完全定了型。他经历了对滑翔

1　伊卡洛斯是希腊神话中代达罗斯的儿子，他曾经与代达罗斯使用蜡和羽毛造翼在空中飞翔。

机和航模运动的迷恋，又参加过跳伞小组，但他的目标已经不是当个驾驶员，而要从事飞机制造业领域中严肃的工程师职业……他曾经是成千上万的热衷于航空事业的少年之一。

雅科夫那时在最高国民经济委员会的仕途顺遂。住房问题从开始就得以解决，得到了厨师大街上的一个漂亮的房间，在住房危机的那些年代，这是个很大的收获。他们买了书橱、书桌，最终还购置了一架钢琴，这是他人生中最后一件私人乐器（老式的立式钢琴，音色俱佳）。在短短几年里，雅科夫就在经济学者、科学家和实践家圈子里颇有名气，他经常做讲座，发表论文，为实现自我价值，在几个不同的地方调换了工作。他撰写并出版了《管理逻辑》一书，书中有许多睿智的思想，但并不完全适合时宜。

玛露霞虽说对学术问题不大懂，但她以自己女性的直觉已预感到，书中有些东西会对他们的生活造成危险，可雅科夫对此却毫无预感。他在最高国民经济委员会任统计处处长，制定出一个从前没有人搞过的新题目——地方工业志。他按地区、历史和经济特征对所有企业进行了描述。这是一个从罗蒙诺索夫时代起就被遗忘的经济地理领域，至今已有两个世纪。雅科夫收集一些已不存在的企业介绍时，将之与一些有前途的、科学管理很好并已参与小地区生活中的新企业进行比较，同时还顾及其地理和居民的种种特征。不得不佩服玛露霞的直觉，雅科夫的这些兴趣引起了她的不安，因为整个苏维埃国家都在齐步前进，可他却要走到一边去！

1928年春开始审理“沙赫特”案件[1]。在顿巴斯煤矿和最高国民

1　这里指1928年初关于顿巴斯的沙赫特矿区的一次审判。来自最高国民经济委员会煤矿工业的一些领导和专家被指控进行有害的活动和罢工。因此这个案件官方定性为“顿巴斯的反革命经济案件”。十一位工程师被判死刑，其中五人被枪决，剩余六人后被改判十年监禁。

经济委员会下属的煤矿燃料总局工作的五十多人，最初被指控从事破坏活动，后来被指控从事间谍活动。整个案件审理过程进行了两个多月，在被捕的五十人当中，有三十人承认了犯罪，五人被枪决。雅科夫认识其中被处决的一个人，他来自哈尔科夫，但他不相信这个人有罪。

还发生了另一个事件，这是雅科夫家庭的：雅科夫的父亲在基辅被捕，他一度曾是自己的磨坊企业的主管。那时候新经济政策的终结尚未公布，但已经实施了。按照雅科夫的认识，这个政策有引起一场经济灾难的危险。

1928年夏，在联共（布）中央全会上，斯大林宣称："随着我们事业向前推进……阶级斗争将变得更为激烈。"这句话听起来就像一个理论体系，但雅科夫作为马克思主义者，他不是在无产者地下小组里学习的马克思著作，而是研究马克思主义原著。早在青年时期，他就对作为理论家的斯大林评价不高，尽管他对于作为政治人物的斯大林还是给予了肯定的评价。雅科夫也明白，这句话是给整个技术界知识分子的政治警告，可技术界知识分子已被党的领导用虎钳夹住手脚，的确无法在上级机关指定的期限内实现工业化。

雅科夫惆怅的思考是在两个完全相反的方向进行的：一方面，他失眠了，在脑海里不断构思着给领袖的信，试图讲出"阶级斗争激烈化"思想的错误所在。当然，阶级斗争可能会激烈化，可不会在我们祖国广袤的幅员上，不会出现在无产阶级取得胜利的国家里，而恰恰会出现在资本主义世界里，因为在那里人们尚未成熟到理解无产阶级世界革命的思想。相反，从事技术的俄罗斯知识分子却把自己的全部精力献给国家建设……以及各种事业……第二个让他无法入眠的想法——那就是逃离！从已变为危险学科的经济统计学逃到音乐工作去……这有什么不好呢？当个音乐文献教师，教教视唱练耳，或去指导一下合唱，当个钢琴、长笛或单簧管的家教……难道这不是理想吗？这难道不是对他个人乃至全家人的拯救吗？

向技术知识分子进攻，寻找破坏分子和间谍的运动广泛地铺开了战线，雅科夫暂时还没有被触及。当他分析当前形势的时候，下一个案件——“工业党案件”让他赶上了。在认真阅读这个案件材料的时候，雅科夫感觉到了对自己生存的威胁。

根据“工业党”一案，被起诉的拉姆津教授在法庭上提供了一些伪证，这导致了他及其同犯们——国家计委和最高国民经济委员会的几位高级专家——被判处死刑。拉姆津的死刑后来被改为监禁。雅科夫已明白此案会牵涉到自己，但为时已晚！

在经济学、采矿业、林业和微生物学等领域均发现了破坏活动——无论在哪个部门都能找到破坏活动。在1930年至1931年期间，国家政治保安总局的行动调查局审理了三万五千多个案件。雅科夫·奥谢茨基案件是其中之一。审讯时，他很善于辞令，为自己辩护，不承认自己有什么破坏活动，但对自己犯的一些错误追悔莫及。他依法被判处三年惩罚，将被流放到斯大林格勒拖拉机厂改造。

1931年2月初，雅科夫去流放地，开始在斯大林格勒拖拉机厂计划处工作。这个地方比他预想的要好得多。

在从斯大林格勒发给妻子的第一封信中，他提醒妻子说，自己的第一次囚禁是在1913年，当时在车里雅宾斯克的军营禁闭室被关了十五天，现在回想起来就像是青年时代的一段幸福时光。他在信中请她振作起精神，别垂头丧气，要保护好自己和儿子。

儿子对这件事的反应却一言难尽。雅科夫是在上班时被抓的，一昼夜后才通知了玛露霞。十五岁的亨里希傍晚从航模俱乐部回到家，听了母亲告诉他的这个消息，他脸色顿时变得惨白，背也驼了下去，两个颧骨显得突出来，他嘴唇紧闭着，然后吐出一口气，轻声地说：

“他是破坏分子。我早就知道是这样！”

之后，他把从傍晚就摆在桌上的几个茶杯全推到桌下，又把父亲书桌上摆得整整齐齐的两摞书和两本写字纸（写满字的和没写字的）全都扔到地上，然后向书橱转过身去，开始把按照分类整齐地摆在书架上的书全抛了出来，同时嘴里喊着深深印入他意识中唯一的一句话，而且喊得愈来愈高：“破坏分子！破坏分子！”

玛露霞坐在沙发椅上，双手捂住耳朵，眯缝着眼睛看着他。这是儿子真实感情的一次发作，她都不知道该怎么去制止他。不过，把碰在他手边的一切东西全都弄乱之后，他扑在沙发床上号啕大哭起来。几分钟过后，玛露霞坐到了儿子身边，抚摸着他的肩膀，可亨里希说：

“别管我！让我待一会儿！你不知道这件事的后果！现在哪儿也不会要我了！我是人民公敌的儿子！这点永远改变不了啦！”

他哭得很厉害，肩膀都哭得瑟缩，还抖动着双脚和双手，跟小时候一模一样。于是，玛露霞就像在他小时候那样去做，打开餐柜，从藏匿的小纸袋里取出一块糖，剥掉糖纸塞到他嘴里。他倒是没有把糖吐出来，但也没有平静下来。他在那儿又折腾了好久，后来在床上父亲睡觉的地方睡着了……

“他干了什么事，他干的是什么事啊！”玛露霞不出声地喊着，“一切都毁了！我们如今该怎么办？”

第三十八章

第一次流放
斯大林格勒拖拉机厂

（1931—1933年）

也许，雅科夫比自己的家人更能承受降临身上的这个不幸。他善于从头开始，与此同时能把之前的全部生活、多样的兴趣和创举拖入从零开始的新空间。如今，有十二个大城市他不能去，他被一种至高的力量送到伏尔加河畔的这个城市，那里按照美国人的设计方案在兴建一座大型工厂。他被派到计划处工作，他对这个地方并不怎么感兴趣，但懂英语大大改善了他的处境。一周后，在工厂管理处就已给他隔出来一间斗室，他坐在里面翻译美国的技术材料。二十位姑娘的英语仅是草草培训的，无法对付英语中的技术术语。况且，就连雅科夫有时也得向美国员工咨询，他们有许多人1931年还留在厂里。

美国人很喜欢雅科夫。他们多数是热爱运动的年轻人，穿得干净体面。况且，他们干活儿很棒。在生产管理机构外，还有特殊的生活管理机构，有专用食堂、饭厅、俱乐部，为员工举办音乐会和对儿童进行社会监督。“在社会福利成就方面，资本家们走在了前面。”雅科夫不得不承认。或者这仅是他们专门摆出来的一种宣传场面？要造成一种印象，好像他们对生产的科学管理已扩展到社会生活的层面！

并非雅科夫一个人对这些观察感兴趣。他很快就与其他一些流放者认识了。他们像雅科夫一样也是专家，被安排在整个工厂建设的不同环节的部门，因犯政治错误，或因世界观有问题被流放到斯大林格勒拖拉机厂。他们在一定程度上都是马克思主义者、社会主义者和共产党员，可思想偏离了正道，他们的观点有分歧，这恰恰能让他们进行一种有意义的、探讨细节的谈话。起初，他们偶尔聚在一起，过了一段时间，他们每到喝茶时就聚在一起，一两个月后，这些会面就成了一种自发的讨论会，他们在会上简要介绍自己的观点，还作报告，相互交换看法……不感到自己有什么过错……

1931年11月，儿子来看望雅科夫。在他们没有见面的这段时间，亨里希长了有半头高，肩膀也增宽了，他从男孩长成了青年人。可玛露霞没有来，她的工作很多，身体感觉不好，心情也不佳……但他俩的通信频繁，并按照约定的方式进行——从每个月的第一天开始，每隔五天写一封信，这样每月的信不超出六封，此外，明信片、必要时拍的电报还不计在数内。

亨里希几乎不与父亲通信。

雅科夫得到了特许带儿子参观工厂。于是，在亨里希到来的最初一天，领他去了斯大林格勒拖拉机厂。第一件事是让他看美国人设计的工厂方案，给他讲解了这个方案的一些特征：那是个模块化方案。亨里希惊叹不已——这就是积木玩具！他认出了自己童年时的第一份积木玩具，它曾为他带来过许多创作乐趣。整座工厂兴建得就像一个用诸多立方体组成的庞然大物。只是那些立方体很大，也远比他的积木玩具丰富多彩。雅科夫在模盘上给儿子展示，那些个别的预制板怎样相互衔接在一起，并怎样用一些同样的预制板盖成不同样式的建筑物。

亨里希看着那个模盘，好像着了魔一样，心中还酝酿着某种想法，而雅科夫高兴的是，儿子的眼神十分伶俐，脸上还明显地流露出思维的过程。

“爸，原来，每块预制板就像个字母，字母组合在一起，就成为单词和整个句子吗？”

“想得不错，乖儿子。”雅科夫高兴地说。

亨里希也傲气地点点头，因为父亲不经常夸他，于是接着大声说出了自己的想法：

“我认为，整个世界简直能用这些字母建成，这才是设计师，这才是啊！”

雅科夫认真地看了儿子一眼：在他脑海里明显地出现了一些严肃思想的萌芽……但这其实是十足的幼稚行为。还需要给他做许多工作，要好好地培养他……

斯大林格勒—莫斯科

雅科夫致亨里希

1931 年 3 月

亲爱的亨里希，我在这里认识了一个人，我也想让你与他相识。我们这个工厂的人真是做什么的都有！总共有一百七十种职业。比方说，是否有玩具专家？你是怎么想的？原来，还真有这样的专家。有一位师傅为我们的厂博物馆制作模型和组件。他是位出色的员工，会加工金属、木头和硬纸板，总之，需要什么他就会什么。他既是木工，又是钳工，既是电工，也是装订工，是位多面手。他的工作室是袖珍式的，是楼梯下仅有两平方米大的小储藏室。小小的工作台，顶部有一排排架子放着材料。他说话轻声细语，若有所思。与他打交道很愉快。他总是一个人在安静的环境中干活儿。

我现在准备办一次大型的拖拉机工业展。展览结束后我会把照片寄给你。妈妈写信说，你们的房间里很整齐清洁。这对生活很有好处。

我考虑过写一篇关于家庭的短篇小说。他们的住宅十分拥挤，房间里脏乱不堪。于是家里人吵嘴怄气，无法和睦相处，可后来当把房间打扫干净，屋内收拾得井井有条，家里的所有人就能很好地在一起生活了。当我稍有闲暇就想试着写写这个题材。你是否赞同？

紧握你的手。

你的爸爸雅沙

斯大林格勒—莫斯科

亨里希致玛露霞

1931年11月8日

亲爱的妈妈！

我到爸爸这里已经有两天了。当列车进入斯大林格勒车站，我还没有见到爸爸的影子，我在站台上来回溜达着找他，后来就坐上了去拖拉机厂的小列车。在车上我逢人就问，是否认识奥谢茨基，他住在哪儿，最后终于问到了姆斯季斯拉夫斯基！当然，他告诉我爸爸住在516号。那我就什么也不需要再问了。我下了小列车，恰好开来一辆豪华客车，我很顺利就找到了516号，可爸爸不在家，我吃了个闭门羹。我并没有泄气，放下大衣和袋子，把我的所有东西都放到邻居家，就去了伏尔加河畔。等我折回来，爸爸已在家里等我，他甚至都没有认出我来。

第二天是7日，我与爸爸游玩了一整天，在河上泛舟，傍晚观看人们怎样跳狐步舞（就是磨洋工舞）。我第一次去就喜欢上了美国食堂。昨天与爸爸一起看了德语书（《尼伯龙根之歌》）。我喜欢爸爸的同事们，可不喜欢美国员工（他们打架很厉害）。

致以胸怀飞行的幻想，却来自拖拉机厂的问候！

吻你！

亨里希

雅科夫致玛露霞

1931年11月10日

可爱的朋友，按惯例写好的信晚发了三天，请别追究，因为我与亨尼亚一起忙着过节。亨尼亚个头儿长得很高，比我离开时长高了多半头。

他在总的成长方面无多大的长进。我每天跟他一起温习各门功课和德语。据最初几天的观察，我发现他还像从前一样坐不住。

他来这里让我很高兴，但我想坦诚地告诉你，你来可能会让我更高兴。他的成长问题让我担心。应当想方设法用一些其他兴趣（比较广泛和深刻的兴趣）来转移他现有的兴趣。他过分注重技能，发展单一。迷上了航空模型后，他如今又开始醉心于军事问题。我们在山上散步时，他赞叹地说："在这里驻扎一个大炮连才好哇！"这让人听着多不舒服！他现在参加的那种狙击手小组，真应当解散。

看来，他的各门功课还学得可以，这是我检查了他的三角学课后的判断。他识字方面能力很差，但通过阅读可以提高。应当引导他对文学方面产生兴趣。他对文体的天生爱好对此会有帮助。

要用些离他较远的知识——关于达尔文主义、历史和其他东西的小册子——去引起他的兴趣。这些东西我们在他这么大的时候已经读过了。我想拟出一个专门的书单，假如你赞同我的这个想法。我也会按照书单在这里找找。

我与亨里希一起读德文的《尼伯龙根之歌》。发现了你在书上画出来的一句话："爱情和痛苦总是相依为伴！"

紧紧地，像朋友和不像朋友一样吻你。

带着在半夜格斗里我俩都是胜利者的全部激情吻你。

1932年2月8日

亲爱的玛露霞，我偏离了定期写信的轨道，因为怎么也遵守不了傍晚写信的规矩。2月10日是各种紧急工作的最后期限，之后我才能回到正轨，开始按时给你写信。还要提一个日子，今天是我来这里的一周年。我已习惯了这个工作。工厂的整个项目是美国式的，第一辆拖拉机同样是按照美国成功的模式生产的。我必须为技术处翻译诸多的资料。

目前，我能让你高兴的只有一件事，我已作为突击手上报嘉奖，不过这不是我希望得到的获奖证书，而是点资金奖励。究竟奖励多少还不知道。我给你买了一双套鞋，就是你告诉的那种最小的尺码。如不合适，那只能怪你自己。请告诉亨尼亚的套鞋尺码，是7号还是8号？我很快会买好。还有，我的公债兑奖得了七十卢布，够我们用一阵子。此外，我的讲课暂停了，很遗憾。因为讲课能让我的生活规律：每周要备课。这里有几位有见识的经济学家，与他们交往很有意思。圈子很小，我们常聚在一起聊天。

给你的包裹已经准备好了，后天寄走。吻你，乖孩子。

雅科夫致亨里希

1932年3月10日

我亲爱的儿子亨尼亚！你取得的成绩让我高兴得难以言表。你没有靠外界的帮助，自己得到了自己心想的一切。况且，谁都在这方面帮不了你。美国人尤为器重那些能够安排好自己生活的人。他们甚至有这样一种说法：自学成才者。你就是我的自学成才者。

你现在能否合理地安排自己的生活、自己的时间，以便来得及做好需要的一切？你应把四个部分摆在首要的地位：技术学习、体育、文学和帮助妈妈。她给我来信写到你们参观机场一事。遗憾的是，我未能与你们一块去。因此，我想听一下你的观后感。你从这里回去已有一年了。我们整整一年没有见面，我目前甚至很难想象我们何时再能见面。让我们相信不久会重逢。

你离开普通中学转到工农速成中学，这个决定让我产生敬意。这是一个真正男子汉的行为。如果还能够进入莫斯科地铁建设工程局，那更是一个很好的学校。你想将来做什么呢？写信告诉我你的一些新鲜印象，自己的学业情况和新的伙伴们。你们的工农速成中学的校址在什么地方？你怎样去学校？最好你有一本书在电车上看，这样不会浪费时间。这种书你只能坐在电车上看。

紧握你的手。

你的父亲雅沙

雅科夫致玛露霞

1932 年 10 月 24 日

你瞧，玛露霞，我们的事情明显在走上坡路。钱的问题——很好，前途的问题——也很好。昨天我有一件大喜事。我的第一本宣传册业已出版，给人们留下了深刻的印象。现在工作要全速进行。整个出版工作落在我的身上，这个工作要比在计划处强。

今天是公休日。从早晨起我就按钟点搞了自己的卫生——洗了热水澡，刮胡子，打扮自己，洗头，吃早餐——总共用去一小时三十分。

早10点，我已经坐在了桌旁。天气明媚，阳光灿烂，可我要发起一次猛烈的进攻。在今天要编辑完一大批手稿。现在是下午2点，我已工作了四小时，要休息一下，吃午饭，散散步，看看报纸，之后再回来工作。

整个上午收音机都开着，它不妨碍我的工作。在播放着歌剧《叶甫盖尼·奥涅金》中的一段华尔兹舞曲，我站起来在房间里也跳了一段华尔兹舞。向前往后，向前往后。抽了一根烟后又坐到了桌旁。

11月1日之前，我会写完大事记，整个11月将准备展览。我喜欢与美国同行们交往，我们在组织生产方面有很多东西应向他们学习。从11月开始时间比较宽裕，完全不用再编宣传册子，我希望能看些文学、经济、数学和其他方面的书。与同行们的交往特别有意思。他们这些人与我的处境相同。

你写的那篇论果戈理的文章怎么样了？——你怎么想起要写他？是因为他的多少周年纪念吗？

我想再一次提醒你，无须做什么编制内的工作，只需要一种自由的、从事文学的工作。瞧，人家维吉良斯基就不在任何地方任职。要努力争取到作家工会去工作，要走进出版之家的生活中去，那里有个出色的图书馆，可以把书借回家，食堂也不错。

玛露尼亚，请买一本《苏联劳动指南》寄给我。在共产主义学院的书店里极可能买到，这家书店以前就在莫斯科大学对面的苔藓大街。

亲爱的，吻你，不久又会给你寄去一笔钱，你就把它花掉吧。

雅科夫

1933年2月7日

两年过去了。我已有八个月没有见到你。你的到来虽给我带来了全部的快乐，可还是留下一种苦涩之感。我们之间出现的某种裂痕日渐增大。消除的办法只有一个——那就是你来我这里吧！来一周，来三天，来三小时都行。我们互相对视一下，摸摸你，这是如此重要……玛露尼亚，婚姻不能靠通信维持！快来吧。我如此执着地叫你来，并非由于十分思念亲爱的妻子和女友。每一个生命都有基于它生长的土壤，它生长全靠着这土壤的滋养。你就是我的土壤，我的根基。可你的来信让我感到陌生，这种陌生感靠写信无法消除。我有时候有这样一种感觉，好像我给你写的一封封长信，你或是草草地浏览一下，或是根本就没有看。我们的通信变得杂乱无章，牛头不对马嘴……

玛露尼亚，亲爱的！快来吧！

1933年4月18日

例行的翻译又拖了我好几天。这本书即将译完，可怎么也无法将之结束。你别为我的著作权担心。这本书的确是多人翻译的，我已经给出版社写了信，告诉若是集体署名，那需要预先说明每个人实际承担的工作部分。我做这个工作已经学会了某些东西……形成了某些有益的技术手段，出现了许多新的题材，所以这个工作起了很大的作用。仅有我个人的签名，这本书当然不可能出版，况且，也许我也不想完全这样。应当写明每个人，而不是一帮人做的工作。不过，我们的集体相处得很和睦。这里有几个人，我可以与他们进行认真的争论。我希望出版社将会按照承诺的那样付稿费。我满怀信心等待来自你的好消息。吻你，我的朋友。

雅科夫

1933年4月20日

你的副产品——“劳卫制”证章是我们的一个成绩，我们不应当缺少这个东西，可这也令我精神紧张。如果你好好想想，这枚体育证章是个文化的代替物，是文化的偷换物。你知道我一生都在锻炼，并认为一个人必须具有良好的身体状态，才能真正地生活，但这并不具有独立的价值……这对于少年人还情有可原，但你本来可以比较深入地分析一下这种状况：为什么不去加强人的智力，而是要大张旗鼓地增强人的体力呢？

你在信里经常写道“我干吗要这个？”“我是无产阶级”，等等。我在信中无法给你详细地写明，这需要进行一次长谈，但说这句话没有任何意义。请认真想一下吧，问题要深刻和严重得多……对你的不幸应有另一种叫法。无论你还是我都不属于无产者，因为我们出身于手工业者家庭，这里既没有我们的功劳，也不是我们的过错。当然，你如果想把自己说成是无产者，完全可以这样做。但你是女演员、艺术家，在一定程度上还是位浪漫艺术家、知识分子，这样说比你愿意当自己是无产者更接近真理。就连娜杰日达·康斯坦丁诺夫娜也不是无产者。国家急需教师和专家，无产阶级离开专家寸步难行。不过，我爱你，玛露辛卡[1]，不论你想给自己选择怎样的社会肖像。我要是能与你就这个话题畅谈几小时该多么高兴啊……吻你，亲爱的小朋友。

雅科夫

1933年9月1日

亲爱的朋友，我很惋惜你没有同意调到那家玩具杂志去，你

1 玛利亚的爱称。

做得不对。那不是纯粹的新闻工作，同样是项应用性工作。这种工作将取决于你是否善于与生产部门保持联系。此外，那里空闲的时间要多一些。你将会有时间看书和写东西。在普通机关的某个部门工作，这是一种漫无目的的新闻工作，而在范围较窄的应用性杂志工作，完全适合于你的一些原则。希望你再次斟酌，权衡全部的情况。我确信你做错了。而主要的是，你需要有思考和读书的时间，否则什么都办不成。偶尔发些豆腐块文章，这还不叫写作。身在杂志社工作，就需要去准备做些大事，写写系列特写或者写一本书。

这里有广泛兴趣的人们形成了一个小圈子，除了拉夫列茨基和杰缅季耶夫外，还有两位新同志。上次聚会上恰恰讨论了左琴科的作品，有个医生认为人到老年就像输棋一样，这个见解十分有趣……我们的聚会在继续，做评价报告，有时候还做一些简短的通报。这给循规蹈矩的生活注入一种强大的活力。

1933 年 9 月 25 日

亲爱的玛露霞，事情已接近尾声。等待的日子所剩无几。我能讲的自己的情况就像以前信中写过的一样。我彻底完成了关于博物馆的工作，翻译了一大堆技术文献，可以说获得了很高的翻译技能。那本关于在现代流水线生产作业环境里劳动的论文集已经付梓。我身体健康，精神饱满，学习历史和数学。每天练体操，用凉水擦身……学习间隙，我听优美而古老的哥萨克歌曲。我的思绪总是围着民间文学转，这个源泉被大大地忽视了，然而却是一个异常丰富的宝库。如今谁都不愿意研究民间文学！要知道应当把一切全都记下来，把它系统化。

我总在担心你和亨尼亚。只要我回到家，就要立刻张罗撤销对我的指控。我本不想去做这件事，但为了亨里希我要去找各级组织。我希望亲戚们也会支持你。我一旦出去就会还清所有债务。深深地吻你们，我亲爱的亲人。

你们的雅沙

1933年10月14日

（这封信未发出，1933年10月14日，在搜查和逮捕雅科夫·奥谢茨基时被抄走。）

每个月，每一天都在接近我获得自由的日子。三年流放的日子就剩下十二周了。我在脑海里做着总结，编织未来的计划。我给同事们写了几封信，请他们介绍一下当今的情况。我在这里大大拓展了自己的能力，我能够从事严肃的翻译工作，还能从事出版工作。我参与了组建斯大林格勒拖拉机厂博物馆的工作，这也赋予我一定的专业技能。在这两年半里，虽说我学会的东西不算太多，但也没有丢掉自己从前学到的知识中的任何东西。我在这里跟踪了图书馆里能够找到的俄罗斯的、德国的和英国的所有的科技杂志。法国的杂志在这里找不到，但多亏了你给我寄来的法朗士（你狠狠地批了他）的那两本小说，这让我没有忘了法语。我很想念音乐，并且希望在莫斯科能找到某种小小的音乐活儿干干，作为对基本工作的补充。

亲爱的玛露霞！我满怀希望和信心，相信我们能以充满我俩结婚以来一切时光的那种充实的感情相互找到对方。请相信，我这个人不好怨天尤人，但我感到自己唯一的真正悲伤，是给你和亨里希的生活带来了这样的麻烦。另一方面，由于我的流放在亨里希身上发现了令我欣喜的特征，我没有料到他会这么勇敢，目标专一，这么富有自我牺牲精神。他去地铁建设工程局上班这件事，是他认真对待生活的又一见证。这已不仅是我们年轻时所熟悉的那种幼稚的热情和革命的浪漫主义，而且是要脚踏实地参加偏远地方的劳动建设。他比两年前我离开时显得更加成熟。这确实是一条从事脑力劳动的无产阶级之路：先是工农速成中学，后来又上技校，我相信，他还会考上大学，获得很好的工程技术教育。你的事业无疑也会有所进展，玛露尼奇卡！你想一下，只剩下八十四天了！我们就要长久地过上幸福的生活！

第三十九章

尤利克归来

（2000年1月）

娜拉立刻听出一种像鸟吱吱叫的声音，这种声音就是混在千人的声音中也能辨别出来，是玛莎打来了电话。她的身材臃肿，就像一个草垛，可性格像圣伯纳犬一样善良，而声音就像上了发条的玩具。

“娜拉，真走运，我给你打通了电话。请你来这里，快些来吧。尤利克吸毒，他的状态吓人。我和维佳一点办法也没有。”

玛莎讲的是英语，可娜拉字字句句都听得明白。

“他现在在哪儿？”

“在纽约。他来了我们这里一趟，刚才走了。他来找我们要钱。他的样子吓死人了……他吸的是海洛因，或是某种……很厉害的毒品……维佳痛哭流涕，他让我给你打电话。你来得愈快愈好！”

坦吉兹在沙发上打盹。他惊醒后恐慌不安地看着娜拉。

维塔夏痛哭流涕？真是难以置信。娜拉立刻拨了尤利克的电话。这是汤姆·德鲁的电话，她很早就无法打通这个号码。但这一刻幸运之星是如此关照，尤利克刚到汤姆那里。娜拉没有绕任何的弯子，直接就把一切话全向尤利克倒了出来。

“尤利克！玛莎告诉我，说你如今吸毒。你仔细听我说，我们这样办吧，在莫斯科这里有一家诊所，是私人办的，很好的……几个医生都是我的好朋友。我已与他们把一切事情说妥，他们能把你拯救过来，并且对身体也不会有任何的伤害！你什么也别怕！我去接你，我一旦买上机票就很快过去。我有签证。你只有一个任务——要振作起来生活，好好地打起精神来。要坚持到我的到来。明白了吗，尤利克？也许，你暂时去你父亲家住几天？好，算了，随你的便吧。我买上票就通知你。你一定要亲自给我打电话！”

其实，娜拉不认识任何诊所，也没有什么好的医生朋友，但娜拉在三天内就把一切全都搞定……

娜拉甚至都没有问问尤利克是否愿意回莫斯科，是否愿意离开那个吸毒的陷阱。这之前他们根本不会谈起什么回莫斯科的事。娜拉本来希望每年看望儿子一次，可往往做不到。娜拉上一次去美国住在玛琳娜家，玛琳娜曾经向她暗示，她的儿子尤利克有些问题，他的行为有些异样……但娜拉那时候什么都听不进去，只是耸了耸双肩说：“齐帕，你根本不了解他，他的行为一向有点……该怎么对你说呢，怪异……”我干了什么事呀？是我亲手把儿子送到了那里……

很久都没有人叫她“齐帕”了，玛琳娜只是点点头，并没有给女友往下讲，因为娜拉生活在另一个国家和另一种时空里，不会知道在美国有另外一些生活准则、另外一些问题和另外一些危险……

“我跟你一起去，行吗？”坦吉兹问。

“谢谢！”娜拉高兴地回答。

但是，他俩未能一起前往。坦吉兹要回第比利斯办签证，因此他到纽约晚了三天。娜拉像以往一样住在玛琳娜家里。这件事让玛琳娜心神不定，她早已明白出了什么事……

玛琳娜·齐普科夫斯卡娅的孩子们出生在美国，都不会讲俄语，他们并不欢迎这两位奇怪的莫斯科客人。别说是母亲的俄罗斯朋友，就连本地的侨民朋友，若英语讲得不好，又不是什么成功人士，都会引起他们的反感。他们对此也不掩饰，玛琳娜的小女儿小时候就问她：为什么所有俄罗斯人的牙齿都那么不好，头发也那么脏……

齐帕本可以回答这个问题，但她保持了缄默，因为那就需要痛心地解释许多事情。要给女儿解释每个国家都有自己的一些文化习惯，比如，美国人一天换两次背心，凡见到身边有淋浴就要洗澡，可俄罗斯人世世代代都在浴室里洗澡，每周一次，每逢星期六的时候，那时才顺便换内衣，在俄罗斯还有许多人几家合住一套公寓，那里根本没有浴室……她还需要告诉女儿，在俄罗斯，像他们这个年龄的孩子，身体虽然瘦弱，可每年看书的数量要超出她和哥哥两个人一生中加起来看的，而每个体面的俄罗斯成年人能够背诵的诗歌数量要超过美国的一些文学教授……但是，玛琳娜没有向自己的孩子讲过这方面的任何情况，因为她希望孩子们成为地道的美国人，希望移民的气息尽快地在来美国的第一代人身上彻底蒸发……来自俄罗斯的所有移民可以分为两大类：一类人教自己的孩子学俄语，希望他们能够阅读普希金和托尔斯泰的原著，他们没有丢掉俄罗斯文化；另一类人就像玛琳娜一样，没有这样做。对这两类人来说，一个共同的真实就在于，侨居国外通常会让人的社会地位遭受巨大的损失，并且很少有人能在异国他乡达到在自己祖国所处的那种社会地位。

维克多·切博塔廖夫恰恰是一个为数不多的、不怎么困难就融入美国社会的俄罗斯人：他在俄罗斯曾经是个怪人、天才和从不考虑社会地位的人，在美国还是这样。何况，又突然降临给他玛莎这一幸福，她在家务上取代了瓦尔瓦拉·瓦西里耶夫娜的位置，还成了他的一位忠实的女友，多年之后变成了他的妻子。这件事发生得稍晚些，是在娜拉与维佳办理了当事人缺席的离婚手续之后……

娜拉在纽约并没有立刻找到尤利克，有两天是汤姆接的电话，说尤利克不在他家。第三天尤利克本人打来了电话，之后他来到了玛琳娜的寓所。娜拉对这次见面有所准备：要控制住自己的感情，不表现出对儿子有任何的意见，还要压下自己感到的那种恐惧……尤利克看起来很糟糕，不修边幅，一脸倦态。母子互相吻了吻，他身上散发出一股旧衣服、烂牙和死人的气味。

“累了吗，孩子？”

尤利克几乎是用吃惊的目光看了母亲一眼。

“说得对。我是累了。”

“就是说，我来得很及时。一切都说好了，一切都会好的。我们进城吃顿饭，然后买票回家。”

“妈，怎么买票啊，所有的证件都丢了。我根本离不开这里。我要完蛋了。”

他的眼神流露出的苦恼让娜拉大为震惊：他什么都明白……

“我来是为了救你，而不是抛弃你。你只是应当协助我。没有你的帮助我就对付不了。这样吧，你暂时忘掉自己，帮我救救我的儿子，行吗？”

娜拉说话的声音平静而坚决，但心里一直在呜咽，哭泣，好像心都要裂成几瓣。

“妈，我对你说了，我什么证件都没有。全都丢了，就连绿卡也丢了，这是真的。”

就是说，他都忘记了娜拉上次来为了给他重领俄罗斯护照，他俩去过俄罗斯大使馆那件事。为此，需要向警察局递交一份证件被盗的声明，还需要提交个人的近照。原来，办这件事并不难。娜拉当时在俄罗斯大使馆排了队，他俩一起递交了申请，护照过一个月就应做好。之后，娜拉就飞回了莫斯科。从那时起已经过去了半年。娜拉明白，尤利克已记不得有这回事，可她至少还是问了一句：

“你的俄罗斯护照呢？”

“什么护照？”

“我上次来的时候，我们已在使馆办好了。你又把护照丢了？”

“没有，我把办过护照这件事彻底忘了。”

娜拉给使馆打了电话，他的护照早已办好，但只能用于买机票回莫斯科。娜拉要的就是这个。

他俩一起去取了护照，坦吉兹就是在那天飞来的。尤利克本来答应要与娜拉一起去机场接坦吉兹。可他突然神色慌张起来，说自己有急事要办，向娜拉要了二十美元就走了，答应晚上去玛琳娜家。

娜拉接上坦吉兹，把他带到玛琳娜家。玛琳娜很不满意他们的这次撤退行动，但多年的友谊让她无法不为娜拉和坦吉兹提供住处。尤利克傍晚并没有打来电话，第二天傍晚才打电话说要过来。尤利克进门后与坦吉兹拥抱了一下，两人礼节性地相互拍拍肩膀，之后尤利克又慌慌张张地要去什么地方，说是有事要办，还向母亲要了二十美元。娜拉明知他要去注射毒品，可还是给了钱。其实，大家都心知肚明。娜拉说明天就去买机票，要买最近几天的。

“我最好过一周再走……”尤利克请求说，但娜拉打住了他的话：

“不行，尤利克，你把自己的事情办完，我买最近的机票……

我们的事情很急……”

第二天，娜拉和坦吉兹就去买票，给尤利克也买了票，娜拉自己的回程票是撞大运在莫斯科买好的，正是需要走的那天，而坦吉兹的回程票花了一百美元，换成了同一次航班。

娜拉要求尤利克在起飞前一天的傍晚就来这里。玛琳娜的神经也紧张到极点，于是她带上两个孩子去塔里敦[1]找女友玩去了。尤利克傍晚并没有来。娜拉彻夜未眠，每隔半小时就给尤利克打一次电话——是往汤姆的住宅打电话，但汤姆起初接电话说尤利克不在，后来就连电话都不接了。汤姆说，如果他知道在哪儿能找到他，他肯定会去找……但是，谁都不知道，就连尤利克本人也不清楚自己在哪儿……

为了能及时赶到肯尼迪机场，应当在下午4点出发。坦吉兹几乎没有睡觉，他的脸色阴沉，心情郁闷，说要去中央公园散散心，到2点再回来。

娜拉独自待在家里。她在人生中还从来没有这样彻底六神无主和束手无策。她数了数自己的钱，还有八百三十美元。显然需要把机票换掉，因为买新机票的钱不够。不知道坦吉兹手头有多少……但他的钱也未必够重新买三张机票。可以去俄罗斯航空公司的代办处试试。但有个想法阻止了她，她抱着一丝微弱的希望，要是尤利克回来呢？她在空荡的房间里走来走去。去厨房，在餐柜里找到一瓶威士忌，给自己倒了一杯一饮而尽。真不好喝，可马上定住了神。她看了一下表，才上午10点，距离开家的时间还有六小时。

她躺在客厅的沙发上。有一面墙上挂满玛琳娜的照片，有表现

1　塔里敦是美国纽约州最美的小镇之一，在曼哈顿以北约四十公里处。

主义的情调，也表现出呼喊和痛苦……玛琳娜从戏剧学校毕业后，又在斯特罗甘诺夫[1]毕业，她在俄罗斯刚开始自己的演艺生涯，但不久就移民美国了。她是班上最有才华的女生，可不知怎么事业在美国有点不顺。侨居国外把所有人都降到梯子的最低一级，要从那里重新往上爬……娜拉闭上了眼睛。玛琳娜的照片还浮动在眼前，最好别停下来……

坦吉兹乘车来到哥伦布圆环[2]，走进了中央公园。他没有料到这个公园有这么大，曼哈顿这块地方有这么多花岗岩巨石拔地而起，峭壁林立，到处都是光秃秃的树木，满是积雪的草坪和结了冰的水洼。天气很冷，可阳光灿烂。公园里诸多的小径上，有人戴着耳机或没戴耳机，个个跑得汗津津的，还有些人骑自行车飞奔，坦吉兹在一个地方还看到有人骑马。不，尽管这个公园很美，可坦吉兹不十分喜欢美国，有些东西妨碍他——也许，这个国家很好，只是有些太大，过分简单，过分冷漠，这就是美国，我们的孩子在这个国家里渐渐被毁掉……

坦吉兹走到一片偌大的湖水跟前。湖面上新结的冰面泛着阳光。他坐在一条长凳上，天冷得要命。他抽起烟来。这个地方僻静，离跑步者和游人较远……

在相邻的长凳上坐着两个黑人青年，其中一个人拿着吉他。他轻轻地弹着，这时第三个人走到他们跟前，是个白人。正是尤利克。他们见面后互相握手问候，还交换了某个东西。真见鬼，是海洛因！当然是海洛因。坦吉兹害怕惊跑这帮人，但也绝不能把尤利克放走。于是，他唱起歌来，扯开嗓门唱一首格鲁吉亚歌曲……尤利克扭过头来，一看见是他就高兴了。他与那两个人告别，他

1　即莫斯科国立斯特罗甘诺夫工业艺术学院。

2　纽约曼哈顿的地标之一，位于中央公园西南角。

们旋即消失在树丛后面。坦吉兹拥抱了尤利克，他俩又相互拍拍肩膀。坦吉兹没有把手从尤利克肩膀上拿开，高兴地对他说：

“回家吧，孩子！我们今晚的飞机。”

“你说什么呀，坦吉兹！我以为是明天的飞机哪！”

“干吗是明天？是今天！这有什么差别？就今天了！走吧！”

“等一下，我要收拾一下，在那里还有东西，要拿上吉他……”尤利克试图挣脱开坦吉兹的双臂。

“要什么东西呀，亲爱的？”坦吉兹用讲笑话的那种夸张的音调说，“你要那些旧东西干吗？为什么要那把旧吉他？走吧，我们买把新吉他就去机场。”

买把新吉他，这是尤利克的一个夙愿。自己那把弹了三年的吉他，几个月前贱卖给了二道贩子，而他现在留下的那把吉他根本不值几个钱。

“让我想一想。我知道有个乐器店价格不错，但离这里有点远。我们去‘吉他中心’吧，也许在那里能找到……”

快到下午2点，坦吉兹、尤利克拿着一把新吉他来到玛琳娜的公寓。

这之前，娜拉已经给所有的售票点打遍了电话，并且与机场售票点的一位姑娘说好了在机场给他们换票。娜拉还把换票服务费留给一个叫塔玛拉·亚历山德罗夫娜的女士，后者在肯尼迪机场入口处等着她……“身为俄罗斯人真方便，”娜拉心里想，“我们的付费体系在全世界都行得通……”当娜拉看到门口出现了二人组合，最后残留的一点醉意顿时全消了。

“坦吉兹，你真行……”她只能说出这句话。

而尤利克坐在椅子上，若无其事地开始调起琴弦。

离开家之前，娜拉只说了一句话，这种话母亲们未必经常对儿子说：

“尤利克，你明白我们不能带海洛因登机吗？”

“可一会儿毒瘾会犯的。”

“我明白。那么你去浴室，给你最后一次注射的机会。”

但尤利克摇摇头说，现在他还不需要。他要把自己最后一次注射用在机场，在登机之前……

“你要干什么？让人抓住怎么办？”

“妈，我有经验。我所有东西都藏在袜子里。登机前我身上已经空了！”

几乎要发疯的不是尤利克，而是娜拉。坦吉兹掐了一下她的小臂，让她住嘴。

他们轻装出发，娜拉拽着小旅行箱，坦吉兹背着背包，尤利克拿着吉他，还轻轻地拨弄着它。就剩下最后的一段路程。但在机场入口处立刻发生了一件意料不到的事情。安检不是设在以前的航站楼内，而在机场入口处。行李传送带后面站着两位牵着狗的警察。那只狗不像样子很凶的德国牧羊犬，而像可爱的赛特猎犬，真想上去摸摸它。

他们停住了脚步。

“尤利克，你到外面去，把你的毒品扔到最近的垃圾箱去。”娜拉轻声对他说。

“不，我不行，两小时后毒瘾就来。你根本不知道我毒瘾上来是个什么样子。”尤利克愁眉苦脸地反驳说。

“你疯了，啊？快去扔掉！”这是在这几天，也许是在他们一块生活的所有时间里，坦吉兹第一次对他这么不客气地说话。

尤利克的嘴唇瑟缩着，嘴角向下耷拉，娜拉明白了站在她面前的根本不是个二十五岁的男子汉，而是个被吓坏的十五岁男孩……她搂住他的肩膀，凑到他的耳朵上轻声说：

“哎，你别怕，我随身带着强效安眠药，连大象用了也会睡着，你吃了它后保证睡九小时醒不来……走，我们把东西扔掉……”

“你不知道，毒瘾一旦上来，什么都控制不住。”

就在他们讨价还价的时候，那只狗聪明地抬起眼睛看着自己的主人，同时发出轻轻的咕噜声，它需要出去方便一下。警察牵着狗出去了，坦吉兹把东西放到传送带上，尤利克拿着吉他，稍稍挺起了身子，他本不想把吉他放在检查屏下，但后来小心地放了上去，于是娜拉又想着，是十五岁，还是十四岁……维塔夏，维塔夏……检查屏幕没有发现任何的危险物品，他们很快精神抖擞地向航站楼走去……

剩下的时间要吃点东西。他们坐在一张小桌子旁边。

“喂，赶快去厕所把你准备好的东西用了吧。”娜拉说，同时心里想：“真是一场噩梦。这一切是否发生在我的身上？真像一部蹩脚的电影……”

“听我说，我暂时还不需要。我自己知道什么时候该用……我暂时还可以……”

他们吃了一种装在塑料小盆里的冷冻凉菜，塑料包装的面包，还喝了纸杯装的难喝的美国咖啡。娜拉想起在多年之前所有这一切让她是多么喜欢，那是她第一次来美国的时候。可结果我们究竟到了什么鬼地方？她九年前把儿子从莫斯科送到美国，如今又从美国匆忙地落魄而逃，这两件事突然融为一件事，真见鬼，这一切都是自己亲手安排的……都是自己的决定，是自己要把握生活的愿望，是自己想支配和安排生活的过程，是自己排演出自己的人生剧……

广播开始宣布登机了。他们进了机舱，再就没有任何的检查。

飞机很大，机舱有一半座位空无一人。他们坐在前排的三个位置，尤利克坐在娜拉和坦吉兹中间。飞机拔地而起，娜拉把身子探过尤利克，抓起坦吉兹的一只手吻了一下。坦吉兹并没有把手抽回来，甚至还迟疑了一下，之后猛地掐住了她的鼻子往下拽……他俩都笑了起来。他真是个导演！控制不住自己的激情！她知道，倘若没有坦吉兹，自己不可能把尤利克带回来……

她仿佛觉得一切可怕的事情全都过去。因此，飞机还没有拔到应有的高度，她就睡着了。

一小时后，尤利克轻轻地捅了一下她的肋部说，妈，现在我到时候了。她侧身把尤利克放过去，他去了卫生间。五分钟后，广播宣布飞机进入大气层的涡流地带，请乘客坐在自己位置上，不要在机舱里走动。飞机确实在轻轻地颠簸。娜拉也在抖动，不过是以她自己的方式。十五分钟后娜拉担心起来，为什么尤利克在卫生间待了这么长时间。又过了十分钟，她起身走到卫生间门口，敲了敲门喊："尤利克，尤利克！"

一点动静也没有……娜拉顿时气都喘不过来。她又敲起门来。一分钟后，尤利克回应说：

"我马上……"

尤利克走了出来，浑身上下全都湿透了，他的脸色惨白，眼睛显得很黑，因为瞳孔放得很大，甚至都看不到蓝眼珠。

"出什么事了？"

"没什么，没什么……飞机颠簸得厉害，针头掉了，把静脉血管划破，血流如注……我在里面全都洗干净了，就是要把衣服洗一下……我当时浑身是血……"

过了好久，大概一两年之后，尤利克给母亲讲了这件事中她无法知道的情景。

“当时，我的脑袋里完全是一片空白，我什么都不知道了。娜拉，我注射的不是一次的剂量，而是把四次的加在一起，我想最后来一次大剂量的。假如不是那个涡流地带，你们大概不会把我活着运回莫斯科……”

总的来说，他讲了自己在美国生活的许多事情。但主要的文字材料，他住院六周期间几乎写满的那个厚笔记本，存放在那个写字台里。娜拉有一次打开了笔记本，想看看写的是什么，可连一个字也看不懂：依然是他的那种歪歪斜斜、尚未定型的孩子笔迹。这里的治疗体系是这样的：患者应把自己记得的全部吸毒史都说出来，这不但有与心理医生的口头谈话，而且还建立了一部文字材料，记下自己吸毒的全部历史。应当把这部文字材料写出来并将之从自己的生活中根除。娜拉翻了一下笔记本就放归原处，这也是一本家庭档案……

第四十章

藏在小柳条箱里
比斯克　雅科夫的书信

（1934—1937年）

巴拉宾斯克车站—莫斯科

雅科夫致玛露霞

1934年4月3日

（前往新西伯利亚途中）

亲爱的玛露尼亚！我不知道你能否收到这封信。有个好心人答应了从途中把信发出去。五个昼夜来，我们在莫斯科短暂会面的情景一直浮现我的脑海——这是我们分别近两年后的一次见面！当看到你那张可爱又疲惫的脸，我是多么高兴，可发现你对我有一种陌生的紧张感，我又是多么痛苦，这简直无法向你描述！我俩在莫斯科的会面我将铭记终生。因有外人在场，许多事情我无法讲给你听！这次逮捕了六个人，其中一个是奸细，他也混在流放者中间，是名叫叶菲姆·戈尔德贝格的医生。在斯大林格勒监狱待的这半年，对我们进行了残酷的审讯。我们的罪名是反苏阴谋集团。我被指控为这个反苏的托派集团中一个比较活跃的分子。这是我从青年时代起就对托洛茨基反感的结果！内务人民委员部特别委员会判处我三年流放，这还是现存判决中最人道的一个判决。

这半年，我明白了我们过去抱的幻想太多，我似乎觉得，我还能用指头指出在哪些地方发生了可怕的偷换现象。如今，我渐渐认清在我们大家身上发生的事情，而这种认识，就是唯一留给我们的东西。

我亲爱的妻子!《圣经》里有个错误，夏娃不是用亚当的肋骨造成的，而是从亚当的心上切下来的一块肉。我从肉体上能感到心上的这块地方。我为你要感谢命运，请原谅我把一切困难推到两个最心爱的人——你和亨里希身上，这真的是迫不得已。

雅科夫

比斯克—莫斯科

1934年6月19日

我亲爱的，最佳的、最好的（诚如你信中的落款）朋友！今天是我的盛大节日，因为收到了你们大家的第一封来信（虽是匆忙写就的）。这是我在这几个月里能独自看的第一封信，而没有中间的读者。现在我按照你的要求，开始介绍一切事情的详情。

莫斯科见面后，开始了我流放道路的后半程。我走的时候太伤心了……我从来没有像现在这样感到我们必须在一起生活。在前往新西伯利亚途中，我阅读了高尔基的作品，吃着你给我拿来的美食，内心百感交集。车站上告别亲人的忧伤，获得半自由生活的喜悦，对陌生未来的满心期待和对劳动的深切渴望全都混在这种感情里。我们在傍晚到达了新西伯利亚。虽说我有心理准备，但依然感到深度的失望和特别的忧伤：这里似乎是重建的斯大林格勒，但兴建得更差。最痛苦的是，这里没有书籍和文化人。偶然留在我手头的那本高尔基的小说，我已看了两遍，我知道不能再看第三遍了。我劳动了一小时，自制了一副象棋，自己与自己下象棋。唯一的安慰是，每到傍晚从伊娃给的糖盒里取出一块糖吃。

常言道，甜食能抑制巨大的痛苦。

我在新西伯利亚待了八天。这几天给我留下的深刻印象是与一位青年工程师——昔日的共青团员的会面……原来，他是位象棋高手，我很快就一连输给他五局，可我自己也得到了补偿。我在实践中第一次下了盲棋——就是看着一张空棋盘，上面没有棋子，我们说出自己要走的棋步，同时将之记下来。我原想这盘棋下不到一半我就会败下阵来。所以当我赢了这盘棋，你都想象不到我是多么吃惊。如果亨里希感兴趣，我可以把这盘棋的棋谱连同说明一并寄去。

在新西伯利亚待的时候，他们向我推荐了几个可以去的城市，我随便就选了比斯克。半夜12点我来到这里，办理了一切手续，就沿着沉睡的大街去旅馆，有人已事先给那里打电话预订了房间。

今天，我去一家燃料联合企业上班，从给你写家书开始我的工作。我每月的工资有三百卢布，但不给发粮票，此外，还给了一些含糊的许诺。这里卖议价面包[1]，但买这种面包的人们排着长队，一个人生活的人是不敢奢求的。我对这个工作并不看好，因为它不符合我的基本意愿。从新西伯利亚来比斯克的路上，我坐在车厢里久久地想着应如何安排生活，才不至于让自己的生活偏离方向，而能继续自己之前从事的经济工作。我曾主张要在工业领域进行专题的学术研究，现在我应把这个思想运用到地区经济的研究上，需要写出一篇《比斯克地区及其经济》的经济调查报告，为此我要到区计委工作。到这里后，我立刻去那里，人们接待得热情，但第二天才弄清楚，区计委的人员名额已满，因此无法再接收新人。我感到万分沮丧，仿佛丢掉了自己人生的主要目标，只好

1　指在票证制度下不需要票证即可购买的面包。

去做另外的工作，可我不但没有丢掉自己的计划，而且还积极地动手去完成。这里有很好的图书馆和博物馆。我们在区计委已经说好了，过几个月后我就调到那里去工作。现在最大的困难是住房问题。只有一个陋室，如果今明两天依然找不到其他住房，那就只好暂时搬进去，因为住旅店已快把我的钱花光了。

我一心想写本书，已在得意地构思书里的个别章节。我认为这本书将是经济文献中有独到见解的一个作品，其文体介乎经济调查与特写之间。

比斯克是座小城，比亚河是西伯利亚的一条小河，河水冰凉，水量充足。这里文化人大概不多。我已准备好面对孤独，指望着靠紧张的工作度日。游客们人头攒动，我在旅游站给他们弹钢琴，回忆起自己会弹的曲子。这个城市位于平原地带，但巍峨的阿尔泰山脉近在眼前，因此游客们常去登山。可比斯克地区本身不是山区，而属平原，所以要作为经济研究专著的题材就显得有些狭窄。不过，题材愈窄，就愈能从多方面将之展开。应当把这种题材拓展穷尽，这就是我的任务。这本书的完成期限大约为六到八个月。

这就是全部的详细情况。写得似乎也同样穷尽了。

请转告亨里希，我会一如既往地爱他，不管他做了什么事，不管他的行为举止如何，也不管他给不给我写信，这一切丝毫不能改变我对自己唯一的儿子和朋友的深深眷恋和柔情。他想怎么办，认为什么是最好的和需要的，就让他那样去做吧，我永远视他为自己的骄傲。

再见，我的好朋友，祝你健康幸福。我们的生活口号是——“不幸的时光会过去的”。

拥抱你，亲爱的。

雅科夫

1934 年 10 月 12 日

我亲爱的、可爱的和绝美的妻子!

你的信来得很有规律。你描述妇女家务的那封长信和几张明信片全都收到了。

1. 准备怎样过冬?为什么没有装上玻璃?家里有老鼠了?为什么我不在家就不灭老鼠?我在家的时候,把它们彻底消灭了,我记得抓了有四十只老鼠,之后就再见不到它们。无论在大事上还是在一些家庭琐事上,亨里希都应替我去做。我很希望他去做这件事。

2. 你顺便提到自己偶尔进行文学创作一事,为此我要对你说些美好、温馨的话。如今,当有人建议你彻底转行到文学创作上,你就收回前言,说:“我想有个职业,而这不是职业。”这样说不对,也莫名其妙。文学创作这个职业会给予人更多的休闲时间和更大的快乐。我请你做解释。同时请寄来自己的某些待发表的东西或者已经发表的作品。

3. 你为什么要参加党史学习小组?你看本小册子就什么都会知道的。所有这些像党史学习小组的“工作”,都是让人难以忍受的反复唠叨,是无谓的浪费时间。我劝你别去小组活动,只需自己看书就行。

4. 关于我的身体状况,这是你经常询问的事情。我就像搬运工一样健壮。我已戒了烟。早晨练体操。两手的皮肤干干净净的,皮肤瘙痒症已彻底治愈!我之前从来认为不必要向你讲事情的详情,但这回要讲讲得病的全部过程。我搜寻记忆的碎片,断定了这个病的最初症状出现在1913年。1917年在哈尔科夫第一次治疗。后来病情又有所发展,我执着地企图将之治愈,于是在基辅做了放射治疗。1924年,在莫斯科阿霞介绍我到国立整形外科和理疗研究所，运用达松伐耳[1]的高频电流理疗法进行治疗。后来又去看了神经科医生多夫布尼亚，把病治好了一段时间（半年）。后来病复发了，又去涅恰耶夫医生那里看病，重新使用暗示疗法，但没什么效果。在斯大林格勒治疗的效果也不好。可那里有位很好的皮肤病医生，他推荐了一种最简单的药物，把焦油用一定的方法稀释涂抹。不过我用焦油把手指涂黑了，焦油还从指缝往下流。那时候，几乎把病治好了，坐狱的前三个月完全康复，可后来病又复发了，焦油没有了，皮肤重新出了问题。来到比斯克后，我的“顽症”消失了，皮肤不再瘙痒。我睡觉香得像个婴儿。就这样，患皮肤病二十年，经过我不断地顽强而执着的治疗，最终如愿以偿。我一时用多夫布尼亚的方法，一时又用左琴科的方法，即用实验自我和研究自我的方法治疗的。我早就明白，你在我身边，就是最好的、能让我摆脱这种疾病的药物。况且，这不是从生理学意义上，而是从更高雅的意义上去看的！

我们分开生活得太久了！看来，倘若能克制自己，度过这段时光并不很难，完全有可能。我几乎很少有身体上不适的时候，我的身体通常完全正常。也许，这是由于我一直过着丰富的精神生活，因此出现一种肉体向精神的转换，也是一种肉体向精神的升华。

这就是我最近三四周读过的东西：

爱丁顿[2]，相对论和量子论。物理学丛书。全书做了摘要。

什克洛夫斯基，散文理论。做了摘要。

索伯列夫，《大型维修》。小说。

卡塔耶夫，《时间啊，前进！》。

1 雅克－阿尔塞纳·达松伐耳（1851—1940），法国生理学家和物理学家。他发明一种用高频电流脉冲作用人体的表面结构和黏膜的物理治疗方法。

2 阿瑟·爱丁顿（1882—1944），英国天文物理学家。

一些杂志中几篇有关畜牧学的论文。

《畜牧学教程》(扔掉了)。

勃留索夫的诗集。

几期《科技战线》杂志。

爱丁顿的那本书是拉雅的丈夫萨沙给我寄来的，为此我要好好谢他。那本书振聋发聩。我啃它就像在吃一块硬蛋糕，还没有全都读懂，但读懂的地方让我赞叹不已，并感到震惊。这并非三言两语能讲述出来的。对一些物理思想家(爱因斯坦、狄拉克等人)的勇敢及其大无畏的精神很难做出相当确切的评价。

什克洛夫斯基的那本书也别具特色，他同样是个敏锐的思想家。那本书我同样没有全都看懂。不过，他也不想让人全懂，否则就不会有那么多的"陌生化"。我见到他的时候，他并没有让我感到他是个如此深邃的思想家。我真的没有看出来啊!

我十分紧张地工作，可白天和晚上的时间依然抓得不紧，浪费了一些珍贵的分分秒秒。

我准备看的书在桌子上堆得愈来愈高。房间里的书愈来愈多。如果一本书需要看三小时，那再看一遍和做摘要还需要五小时。这种读书方法需要耐心和细心，也很困难，但很有成效。

请给我写点亨里希的情况。我并不要求他给我写信(已不再计较)，但请告诉我，我该怎么理解，他这样对待我是出自诚心和原则，还是由于外部环境而采取的策略?他关心我的生活吗?关心我写的信吗?为什么滑翔机出了事?如果他不是飞行员，这种训练还有什么目的?他在哪里服役?读什么书?是否写日记?我有时候反复读他给我写到斯大林格勒监狱的那两封信。

拥抱你，我亲爱的朋友，像西伯利亚人那样紧紧地拥抱你。

雅科夫

1934年11月15日

我一直在考虑你怎么会研究起果戈理。人若有如此扎实的储备，通常就不会给报纸写文章。你是否试试把这篇文章直接投到一家杂志去？但一篇文章应当有某个中心思想，我暂时还没发现，可需要找到它。这个思想不是很适合你吗：作家总要离开人世，可他们的作品继续在随后的时代存活，衰老，死亡并重新复活。革命不仅改写了现代生活，而且也改写了往事、历史和旧的文学。

一切极端分子，所有那些能有强烈感受的人全从往事中苏醒过来。因此，屠格涅夫和冈察洛夫走开了，而果戈理和陀思妥耶夫斯基走了过来。于是，人们开始研究他们。这涉及他们的充满丰富内容的形式。革命喜欢一些狂热分子和大喊大叫的人，而无法忍受那些说话含糊不清的和生性温和的人。而唯有托尔斯泰适合于所有的时代。

这涉及叙述的形式，现在谈谈内容本身。

果戈理所处的环境，是革命的一个最强大的对立面：外省的小市民阶层。奥库洛夫这个城市并不残酷，果戈理本人也不残酷，可那里简直是个无底的深渊。果戈理好不容易把俄罗斯历史上所有的痼疾集中在一起，呕心沥血，并以震撼人心的力量将之向全民展示。他塑造了一些十分确切的形象，但也描绘出自己所处世界的困境。那该把这个世界怎么办？果戈理并没有说。是革命做出了回答：要把旧世界打个落花流水，将之夷为平地。若这样去阐释题材，才会让大众关心。

傍晚，我再次反复阅读了果戈理的《狄康卡近乡夜话》，已彻底忘记了自己对这本书的评价。当然，果戈理身上最主要的，是他那神性般的语言……

雅科夫致亨里希

1934年11月17日

可爱的儿子！你的来信与我的去信正好错过，我在那封信里十分生气你的沉默。你的每封来信都让我感到高兴。当然，最好是能看到写你自己的段落，而不是详细描述怎么过十月革命节，不过，能给我写信就好。我要指出，这是第一封没有在其中发现任何语法错误的来信。这封信对于我们两个人（写信人和收信人）都是一件大事。看来，你掌握语法难点的过程即将结束。

至于下一步道路的选择，我认为你最好去上中等技术学校。尽管我并不十分明白，既然校方没有把你撵出来，你为什么要离开中学？毫无疑问，工厂学徒学校失去意义了。请把有关技术学校和工农速成中学的更多详情告诉我，如有可能，弄来这两个学校的教学大纲，之后你自己才能做出择校的决定。技校要强一些，因为它是中央空气流体力学研究所附属的技术学校。而工农速成中学可能突然会让你学一种专业，你学后什么都不会做。最好去上技校，但最好先打听清楚这些学校的更多详情。告诉我，你打算报考哪个地方？谁是校长？哪个学校容易考？……

我给你买了一套西服和夏季呢大衣，等有机会让人捎回去。我学会了很好地补袜子和衣服。我很想让你也学会做这种事。这是向真正解放妇女的方向又迈出的一步。当你学会了做这些事，那你就会认真地对待自己的东西，就不会让袜子磨出一个大窟窿，也不会把稍有点破损的衬衣就扔掉。请告诉我，你的情况怎么样？

你早晨是否用冷水擦身？我每天都这样做，经常跟着广播做操，有机会还打打排球……

你很少写到你妈的情况。你们之间好像有过一次冲突，尽管是小冲突。这件事你哪怕写一下也好啊。谁是你的小伙伴？请描述一下他们的兴趣爱好是什么。

握手。

你的雅科夫

雅科夫致玛露霞

1934 年 11 月 25 日

你在信中常问我是怎么做家务的，我是这样安排的：我买议价面包，买这种面包在这里不用排队，可以随便买，可从前不行。一旦遇到面包紧缺的情况，我还有储备的面包干，是女主人给我晒的。瞧，不久前就有过几次面包供应不上的情况，我曾经有整整一周光吃袋子装的面包干。当那袋面包干刚刚吃完，面包店重新开门营业了。现在，又开始晒面包干，要把袋子装满。此外，单位还发给八公斤面粉，这也是紧急备用品，以防遇到面包供不应求的情况。我在教育员工之家吃午饭。第一道菜六十到八十戈比，第二道肉菜一点五到一点八卢布。

我在榨油托拉斯企业上班几乎一个月，可还没有发工资。他们答应明天发。我每天的早饭和晚饭在家里吃面包，还在面包上抹一层单位发的黄油。总的来说，吃饭问题十分满意。这里还没有引来电。盼着明天发工资。

房间里很暖和。我现在只穿一件衬衫写信。在整个比斯克市里，所有窗户都不安装透气小窗。我房间里一堵墙上挂着台风扇。可煤油灯整个晚上点着，屋里被搞得乌烟瘴气，要是有电灯就要好得多。

在最近一期《新世界》杂志上刊登了一篇很好的文章，是介绍德国现代家庭生活的。我相信你会像我一样颇有兴致地看完它。文中阐释了你所关心的一切问题，还引证了德国各派的思想家对这个问题的看法。你在其中可以发现有些人的观点与你的想法相同。你能看到一些人远在异国他乡，可与你的观点相同，这特别令人惬意。

文章后面还附着这个问题的一个长的书目索引（德文）。你尽快看看凯勒曼[1]的作品，以便转到指定的文献上去。

我把这本杂志给你寄去。我有很多东西可以补充作者的思想，这篇文章给我提示了一个有趣的想法，写一本关于各国妇女劳动状况的书。如果你也想做这件事，我甘愿与你合作，而且不署自己的名字。

我拜读了你的那篇（发表在《我们的成就》杂志上）关于游击队文集的评论。我希望对那本集子本身做更为详细的论述。评论很少能让人去读那本书，并且往往取代了对书本的阅读，故评论应当写得较为详细些。拥抱你，我绝佳的朋友。

雅科夫

1935年1月30日

昨天收到了你的来信，落款是1935年1月22日，信中告诉了亨里希生病一事。亨里希的遗传基因不错，他的机体能够扛过这场疾病。何况我们的经济情况已有所好转，饮食也将有所改善。今后，我每个月将给你们寄去四五公斤黄油，最好每个月分两次寄。现在就有两个包裹在途中：1月16日的包裹是四点五公斤，1月26日的包裹是两公斤。我担心第一个包裹会丢掉，因为邮局不接受保价包裹，只能寄不保价的。你肯定会收到第二个包裹，那是花了六十卢布寄的保价邮包。如果我收到通知说你已收到了包

1 伯恩哈特·凯勒曼（1879—1951），德国作家兼诗人。

裹，我就会再寄下一个。我已经准备好六十卢布寄下一个。从2月1日起，我要当俱乐部合唱团的指导。我提出要酬金二百卢布，可只给了一百卢布，他们一再向我表示歉意，答应用其他一些进项来弥补。在这种条件下我同意了，我认为要体现自己的价值。现在除了寄去黄油外，每个月还可以再寄去一百卢布……我想，有这样一笔钱，我们很快就能让亨里希痊愈。请写信告诉我，你收到的黄油是怎样的。人们认为阿尔泰的黄油是最好的。请写给我，你喜欢哪一种，甜的，咸的，还是炼乳。

我已写信说过，教英语一事没有任何结果。有人告诉我，说最初同意开课的那些人，后来又变了卦。若能在图书馆里开设语言课该有多好！

我的钱是这样花的：午餐较贵，三卢布；面包每天一卢布，其他食品每天一卢布；总计，每月吃饭开支一百五十到一百六十卢布。租房二十卢布，取暖二十卢布，洗衣费、洗澡费、煤油费和其余微小的开支每月三十卢布。总计二百二十到二百三十卢布。我的工资三百五十卢布，实际拿到手是三百一十卢布。

请写信告诉我，你在哪里进午餐，亨里希在哪儿吃午饭，午餐花多少钱，饭做得怎么样。

我埋头学习起了历史。看梅林[1]的一本《德国史》，写得很棒。很遗憾，我未能在多年之前就见到这本书。书中每一行都写得令人敬佩。他对中世纪、罗马教廷和基督教的评价，概括得面面俱到。

我顺便看过的书有：令人看得疲劳的《约翰·克利斯朵夫》四卷本，引人入胜的法国作家让·季洛杜（这就是奥列沙[2]写作模仿

1 弗朗茨·梅林（1846—1919），德国哲学家、历史学家和政治家。

2 此处可能指俄国作家尤里·奥列沙（1899—1960）。

的对象）的书，托马索·瓜尔达蒂[1]（薄伽丘的同时代人）的书和叔本华的《论音乐本质》。非常有意思，但某些重要的东西言而未尽。

几乎每天我都在写短篇《人与物》。可事与愿违，我的短篇小说情节拓展了，几乎成了中篇小说，有五六个印张。写作进行得异常缓慢，字字斟酌，句句推敲。我反复看了十多遍，不，次数还要多，多得都数不清。情节构架已定了下来，现在要对一些细节和人物的性格进行加工，这些人物本应一笔带过，因占很短的篇幅，但尽可能要塑造得具有鲜明的个性。色情场面写得很成功……

再见。你何时能最终确认收到了寄去的黄油？焦急地等待回音。

雅科夫

1935年2月8日

你在信中说，我的政治态度演变让你疏远了我，说这些年来我们之间存在的裂痕在日益增大。要知道，我俩都没有机会进行一次深入而认真的谈话。我盼望我俩能有一刻不是借助通信，而是面对面地好好谈谈。那我们大概就会消除许多令你恼火的误会。我写过你参加党史学习小组活动没有意义，你误解了我的这句话。如果你决心要去，这也没有什么不好。总的来说，了解新东西的愿望不可能有什么不好。只是我认为当今的教学水平不怎么样，也许我的看法不对。你若开始参加了学习，请写信告诉我，这种活动有意义到何种程度。

人活到了四十五岁，这确实还无所谓。如今已可以看出，就是到了六十五岁，我依然会像今天这样。随着年龄增长，你会逐渐

1 托马索·瓜尔达蒂（1410—1475，一说1420—1475），意大利作家。

成熟，工作能力也会增强，说真的，你会愈来愈聪明。你我最少要活到七十岁吧。

我这里的文学书籍有：科甘[1]的四卷、《当代俄罗斯文学史》。看这些书只是为了读勃留索夫的诗作，他已成了一个我所亲近的诗人，顺便我还看了他的所有诗作，知道了许多很早就应弄懂的知识。科甘的作品并不深奥，资料异常丰富，其中甚至还有一些不属于作者本人的思想。

书桌上，卢那察尔斯基的《论文学》一书在等着我去阅读。我不敢放纵自己，否则，还会弄来一大堆自然科学、物理学的书。桌子上还摆着一本《大陆史》（地理方面的书）。这本书够我看到春天，甚至夏天。现在正看中世纪史，接着就要看俄罗斯文学史和当代文学史。我的日子过得相当匆忙，好像我来日无多，或眼前面临着考试似的。每本书我都做了一些笔记。

就高尔基是不是无产阶级作家引起了一场争论，我很喜欢写到那场争论的地方。卢那察尔斯基写道：不可能规定出一种标尺去衡量无产阶级作家，并用它像用俄尺一样去衡量某个作家够不够格。高尔基是一个伟大的文学现象，因此做法应当相反：要从高尔基本身出发去构建无产阶级作家的概念。并不是标尺能生成事物，而是从事物本身产生出尺码。

我此前曾经看过安德列耶夫、索洛古勃、勃留索夫和巴尔蒙特的作品，可现在读了卢那察尔斯基的这本书后，所有零散的、偶然形成的印象才各归各位，并纳入体系。这个体系诞生了，因为他们大家（昔日的作家诗人）都被革命探照灯射在他们身上的那束光所照亮。

1 帕维尔·科甘（1918—1942），苏联浪漫主义诗人。

你是否收到了我的那封信？我在其中援引了斯特恩的一段对色情本性的论述；有对清晨洗漱的描述，我怎样穿上带窟窿的袜子；还附有一张带有希腊格言的草图画；有谢利温斯基[1]的几首诗；有一封温馨的、写到贫穷风致的信；还（有）一封长长的政治信，以歌德的名言“一切都说了”而结束。我想不出次序来，也许，我们应该像以前那样，重新开始给信件编号？

请告诉我，你认为下列名称中哪个更适合于小说的名字。

小说副标题是“一个业务故事”。

人与物。

物与人。

物：主人与奴隶。

你好久没有写亨里希的情况了！

本想多写点，但已下午5点了，赶紧去俱乐部排练合唱。这是我应邀主持排练的第三周。拥抱你，亲爱的。

雅科夫

雅科夫致妹妹伊娃

1935年2月14日

可爱的伊沃奇卡！你的来信真让我高兴！我从来信中明白乌云已稍稍散去。我常给妈妈写信，知道她会把情况告诉你们。可要知道我不可能把所有事情都写给妈妈呀！不过，我从她的信中知道了家里你们各位的情况，并且知道你们并没有把一切事全告诉她。这种隐瞒的手段悬在我们亲人头上已有多年。我简单介绍一下自己的情况。我在工作上遇到了不少麻烦，来这里一年我换

1　伊利亚·谢利温斯基（1899—1968），苏联诗人、小说家和剧作家。

了许多工作。我之前甚至都想不到自己能够克服这么多的障碍。我当过会计、经济师、音乐教师、声乐教师，甚至教别人拉过一种我之前从未见过的手风琴。现在，我是舞蹈班的钢琴伴奏，并成了狐步舞、所有华尔兹舞（英国的和美国的）、探戈和伦巴的行家。我可以证明，比斯克的狐步舞正以一种不可思议的速度传播。整个机关的人，下从信使上到主席都报名参加舞蹈班。就连榨油托拉斯企业的老总、当地的检察长和当地的警察局局长都学起了狐步舞！大概，很快就要轮到银行的人来参加了。在人人都学跳舞的情况下，一些风度翩翩的人士也不再感到不好意思：整个机关的人都在学，落后不合适。

最近一个熟人在家里办了晚会，过命名日的女主人也邀请我去。晚宴的菜异常丰富多样，我数了一下仅小吃就有二十多种，其中有些东西标新立异，比如醋渍菜花、醋渍南瓜和醋渍甜菜。外省人的娱乐很有局限，诸多的劣质酒和食物，再加上喧哗声鼎沸就算是娱乐。喧哗的声音愈大，就愈快乐。有人劝酒我很难拒绝，但喝了两小杯后就坚决不喝了。你是否还记得杜尼娅自己酿制的基辅樱桃甜酒？我记得那种酒是最好的一种饮料——色、香、味和度数俱全……

人们在跳狐步舞，我弹着一架旧钢琴伴奏，有的人还反穿皮大衣，把毛露在外边跳舞。他们边喊边唱这样一些名曲，如《来自遥远的国度》《我们生活的日子》以及其他　些古老音乐的精品。我给舞蹈伴奏，把即兴想到的一些无法糅合在一起的曲子弹了出来。

半夜3点，我心满意足地回到自己孤零零的房间。除了参加那些我本想去消遣一下的晚会，我在人生中从没有感到过苦闷。在晚会上，我感到自己好像落入19世纪末的某位平庸作家所写的俄国小说中。这就是俄国外省的生活，从奥斯特洛夫斯基[1]的那个时代起，就似乎没有发生过任何的变化……我又侃侃而谈起来，按照早已形成的习惯，我与你谈话毫不拘束。何况我与你好久没有交谈，真的有好久……在报上刊登了几行诗，我不记得是否给你摘抄过："劳动赋予我知识，赋予我力量，而马克思的《资本论》已把脑门敲响。"

我在比斯克的生活虽不如在斯大林格勒那么紧张，但回想起来，斯大林格勒拖拉机厂的那段时光我觉得最有意思，尽管自己也感到委屈。我在那里写了许多有用的东西：关于工厂转型生产 CT3–3 新型拖拉机的经济札记；拟出了小镇的规划方案；还在厂办杂志上发表了几篇文章：关于斯大林格勒拖拉机厂的国民经济意义（工厂国民经济效益的演算经验），工厂开工期间的特写报道，等等。事实证明，与美国的工作方式接触很有意义，也大有裨益。

不过总的来说，我已不再喜欢搞经济。我现在阅读关于各种不同新学科的许多书籍，并且每次都对自己所选的专业感到遗憾，因为还没等到这个专业对我失望，我就已对它感到了失望。在经济奥林波斯山的诱惑下，我度过了1928至1929年，可现在回想起那一切都感到厌恶。我回想起在国家计委的一些斗争，想起了所有的那些政治市侩的巨擘，在风雨欲来的年代，他们对政治前景的判断都不如一些瞎狗。国家面临着向未知之地的巨大飞跃，这要求人有勇气和毅力，可他们却以一种堂而皇之的"弃权"回应这一切。他们所有人现在全都保持沉默，这并不是因为他们没有政治话语权，而是因为他们完全无话可讲。

在我个人出事很久以前，我承认自己犯过一些旧错误，可依

1　此处可能指19世纪俄国剧作家亚·奥斯特洛夫斯基。

然不能把自己等同于党外布尔什维克，不能跟在玛露霞身后，她总是以自己个性的全部热情想把我拽到那个方向去……遗憾的是，我不能那样做，如果我能有这种觉悟，大概就会与时代、社会和家庭轻松地步调一致……令人难受的是，我本可以自觉地为国家的利益去进行富有成效的工作，但在这样的环境里我什么事情都干不成。有一种虚假的声音总不时地出现，它刺激着我的耳朵。令人伤心的是，在世上几乎没剩下几个人能让我与之交往，就像与你这样如此自然轻松……

对玛露霞要亲切些，不要严厉地责难她，因为她的一切不幸和亨里希的许多问题全都怪我，因此我总觉得自己对不起他们，因为我无法保障他们过上平静的、应该得到的生活。向你的丈夫致意，我过去低估了他，然而现在我深知他的高尚品格、思想的睿智、牺牲精神以及一切我所不具备的优良品质……

雅科夫致玛露霞

1935年2月16日

下班后我去学滑冰了。这已是第三次上冰，经过最初几天的失败后，今天我感觉自己在冰上站得稳多了，还能滑十几圈。到家后喝了茶，整个晚上都在编中世纪的音乐年表。这里的书籍太匮乏。

最近寄来的两张明信片让我很不愉快，令我十分难受，因此我决定不立即回信，别让自己在心绪不佳时写出什么过头的话。现在已过去了好多天，我已能够心平气和地——假如能做到的话——用幽默的方式写信……

你看看你自己写的是什么：

“你比世上所有人都聪明……谁的话都听不进去（甚至很难相

信这是你的话）！”

“你太固执……你不想就是不想！”

“你固执得不可救药……”

“我也开始变得固执了……”

在收到这两张明信片之前很久，我还收到你的一封密封信。那封信的字里行间流露出诸多“必要的冷酷”。我读了那封信，我的全部自尊受到了极大的伤害，但我还是把这种酸苦压了下去，就装作没收到过这封信。之后依然以平静的口吻给你写信……

亲爱的朋友，请正确地理解我，你的每个愿望对于我都很重要，也是必须履行的，你对我本可以用些更有效的词汇，要比你所使用的那些强。可无论这种用词，还是这种语调都不适合于对我，只能引起一种本来不希望出现的反应。用一般的友好语气写就行，而不要说什么“谁的话都听不进去”。所有这一切有失你的风格——我能够大胆而正确地说——也不符合我们模范夫妻的友好关系。

我想用亲切的语气写信，在维护自己尊严的同时，也希望别因语气的某种激烈差别或语句的不慎转折得罪你。你若真的还能发现一些不合心意之处，唉，那只能是修辞不当所致。看信别去看它写成了怎样，而要去看它应该写成怎样。这次，请你根据我的愿望，而不是结果来评判我吧。我相信，我在这封信结尾的问候不应当，也不可能发出不协调的声音，若再往下写，那就是紧紧拥抱你，使劲地吻你，真诚希望保持我们真正正确的夫妇关系。

雅科夫

1935 年 2 月 28 日

我亲爱的好妻子，我收到了明信片，你在上面写到，恶劣的工作环境让人不安。如果你高超的专业技能、渊博的知识都一无所用，那待在那里究竟还能做什么？这种状况并非说你不行，而表明如今国家对文化不感兴趣。确切些说，如今需要一种能带来效益的文化，一种具有实用价值的快餐文化。这是可以理解的，因为国家正在寻找一些新的文化形式，但这是个艰难的过程。

3月份我能寄去的东西不会少于2月份，因此，你在找工作的时候这点要心里有底。我已给你写过我的工资变动的新情况。如不发生什么变化，那么我的事情顺遂，因此我一辈子都要感谢命运的恩赐，因为榨油托拉斯起初录用了我，可半年后把我解雇了。可我还继续为他们做些文牍工作，不为了挣钱，而是为领那份黄油，我拿上后就立即可以从邮局寄走。我现在过着理想的生活，这样的生活不能有其他的称呼法。

早晨起床后我就看书，然后上班不少于五小时。晚上开始做服务性工作。我的收入是这样的：俱乐部付给我二百卢布，在两个技校上课的课时费二百五十卢布。只是千万别有什么变化……可我的处境完全有可能发生各种变化……假如当初没有搞过音乐，那我在这里大概根本找不到工作。

谈谈我的学习情况。现在我学习生物，还有达尔文主义。我知道了一些事物，其意义和重要性都令人震惊。我阅读的速度很快，一本厚厚的学术著作一个早晨就能通读一遍，随后的两个早晨做读书摘要，这本书的阅读就算结束，再看下一本。

再谈谈通信的事情。在从前亲近的，甚至很亲近的人中间，如今给我回信的人愈来愈少。我又尝试（已经是第三次）联系了一下米龙，给他寄去了柴可夫斯基的小提琴协奏曲总谱。一个月过去了，但还未见回答。他想回避我吗？请写给我，你是否有关于他的消息？或许，我放弃继续的尝试？

收到包裹后，你别泛泛地写一下“收到了两块黄油和汇款”，就算是给我的确认，而应十分准确地确认，收到了几公斤黄油，在哪天收到的，因为往往有几个包裹和几张汇款单在途中，所以我需要知道你收到的是哪一个。

请你别忘记我写的这几点必需的事。尽管因这种疏忽我严肃地批评了你，但依然想以谢利温斯基的诗体小说《皮毛商店》中的诗句结束这封信：

我的心肝，我的宝贝，
有你，这是多么美妙，
因为你活在这个世上。

雅科夫

1935年5月2日

我亲爱的，我的乖孩子，出了什么事？你从没有这么久不写信啊。3月25日你写了最后一封信，之后发来一封电报，说你的信会有所耽搁，然后就没了。我觉得发生了不幸，而你要向我隐瞒真情。我生命中一个最易受到伤害的部分依然在莫斯科——这点我不会忘记。

我曾几次去电报局，但每次都临时变了主意，故没有给你发电报，不想再次惊动你。我是按时写信的，但编号是7.VIII的这封例行信件我没有写，而是让康斯坦丁诺夫给你捎去了口信（还带去了一笔钱）。我不知道你是否收到了钱。

一个月没有消息，这多么令人难过！这真是巧合，其他亲人也没有给一点消息。难道说发生了什么不幸？我很想念你们大家。

一想到亨里希我心里就难受，受这种感情的影响，我在上封信里写了几句不该说的话……

我亲爱的，绝佳的朋友，能给你写点什么呢？某种灾难又重新向我压来。你们怎么样？你怎么样？亨里希怎么样了？我有一种感觉，似乎被人丢弃在西伯利亚的旷野，再就是意识到自己彻底地孤独无助。还有，我那可恶的湿疹又犯了。我觉得，湿疹复发是由于想念你的抚摸……

拥抱你，我的好女孩。看在上帝的分上，请多多写信。

你的雅科夫

1935年11月23日

我在银行上班……总的来说，这个差事并不难。我从未搞过财务工作，如果我在一个月内就能把一种职业的细枝末节很快地搞得一清二楚，那么，这种职业其实就不算什么职业，因为任何一个文化人都能应付这种工作，这就令人感到遗憾。我真希望有一种职业能远离那些知识浅薄的家伙和非专家的人。最近几年我对寻找职业感到了失望。

主管部门的经济师，这仅仅是个职员，是个有文化的官吏而已。可当我走进这个职业的圈子，则想到了要写写有关经济的问题，想着登上学院的讲坛。然而这个愿望由于诸多的内外原因未能实现。

我求你抽空去一趟国家出版社文学咨询部，地址是莫斯科，十月二十五日大街（不知道实际上这是哪一条街道[1]），10/2号大楼，打听一下是否举办了竞赛。如果还没有，那就请你把我的三个短篇小说装在信封里送过去。

1　十月二十五日大街，原名尼古拉大街，1935年刚刚更名。

1935年11月28日

现在谈谈你把爱伦堡与尼·奥斯特洛夫斯基进行比较一事。安德烈·纪德[1]在论陀思妥耶夫斯基一书里，很不满意把诸多作家统统归为一种类型的做法，其实，作家身上最优秀的特征，是其复杂性。他赞叹陀思妥耶夫斯基创作的复杂性和这位天才身上的种种矛盾。生活中最美的东西，就在于它的复杂性。说到尼·奥斯特洛夫斯基（《钢铁是怎样炼成的》），就不能不看到，这本书从文学来看结构松散，是个稚嫩的习作，文体中还混合着俗气和落后文化的成分。尼·奥斯特洛夫斯基本人是个奇迹，他表现出人的坚强意志和自我牺牲精神。可以说，他是一位克服种种不幸、自强不息的天才。这是小说中最美的东西，并仅以此吸引着读者，其余东西就写得很差。小说中最强有力的东西，是作者的亲身经历。他杜撰的第二部小说就更差了。一个人没时间看书，他怎么能写出好书呢？同样是一位刚开始写作的人（卖面包的高尔基），他开始动笔的时候已经翻阅了图书馆的全部藏书，进入了一种无节制的读书状态。或者是生活加读书，或者仅靠读书可以造就出作家来，但只有生活而从不读书绝不会造就出作家……

你评价爱伦堡缺少充分的客观性。我知道你谴责他，是因白卫军对汽车上挂的那面小国旗说过的一句话，那是他在国家暂时遭到破坏时为基辅的一家白卫军报纸写的。从那时起，无论他写什么你都不接受他。

这样评价他不对。爱伦堡是位大师。无论是《第二天》，还是《一气干到底》都是写得相当出色、语言精湛的作品，这是整个苏

1　安德烈·纪德（1869—1951），法国最著名的现代派作家。1947年获诺贝尔文学奖。

维埃文学评论界的一致评价。爱伦堡是个复杂的作家，他掌握法国文学的写作技巧，还善于对语言材料进行文学加工，并把这种传统带到苏维埃文学之中，我们缺乏这些传统，而奥斯特洛夫斯基则根本没有。奥斯特洛夫斯基不会写作……我还要好奇地指出，奥斯特洛夫斯基傍晚写完了一本书，第二天早晨就送到邮局发走了。真简单得要命！

请你读一下爱伦堡的诗，诗歌不会骗人。而他是位真正的、感情细腻的诗人。

1935年12月28日

亲爱的朋友，我使劲强迫自己坐下来详细地写一封信。我真不想写它，因为这种刻板的信息联系是如此冷漠，如此不可靠（何况也不负责任）。

但你在最近寄来的一张明信片里告诉我，说你已写好了一封“要讲清楚关系”的长信，并且是一封冷酷的信，属于“必要的冷酷”系列信件中的一封，好像这种冷酷的信件必须要有。

这样吧，如果你的信尚未发出，看在上帝分上就别寄出了。无论你还是我都根本不需要它。

我们之间有过争吵，那只不过是夫妻间的斗嘴而已。我总想尽可能把它平息，忘掉，彻底抛到脑后。可你总希望把什么都弄个水落石出，还要“教会我明白”。那我把 切话全都收回，我表示认错。

我对你毫无根据的担心、多余的盘问和不当的劝告（这些东西我一点也没写过）都认为是白费心思，也没有什么意思，只是看在上帝面上，让我们把不愉快的事消除吧。

究竟出了什么事？其实只是小事一桩，我在我们昔日生活里能够立刻消除的那点小事，可现在——两地分居和离别的岁月竟能让它酿成一场巨大的痛苦。

不过，如今一切都已过去，一切都烟消云散。让我们一切从头开始，我们写信要多谈些日常生活和生活琐事，谈谈我们的欢乐和痛苦，以及我们痛苦中的快乐（诚如罗曼·罗兰所说的那样）。

1936年1月19日

亲爱的朋友，今天起床很早，户外一团漆黑，还不到早上8点钟。在顽强的生理刺激下，我跑到户外进行寒冷的晨练，迎面跑来一只名叫罗斯卡的狗。可怜的狗，它从早晨就被关进黑乎乎的狗窝，晚上才放出来，因此整天见不到日光。它亲切地向我扑过来，在我身边得意地兜着圈子。我总是悄悄对它说着同一些话：罗斯卡，你这条狗真不幸啊。倘若我回家晚，它隔着大门就能闻到是我，也就不汪汪叫了。当我爬过栅栏门的时候，它又开始自己那种发疯似的友好行动。有一次，在黑暗中它没有认出我，就凶狠地叫了起来。等跑到跟前，认出是我，它有些后悔，并想让我明白它这样做并非故意，当下就已认了错。它打着滚，快速地转悠着，比平常加倍地叫着。我轻声对它说：可怜的罗斯卡，我不生气，我一点也不生气。

我还久久地站在院子里，凝视着黎明前与往日异样的天空。我对晚间的夜空很熟悉，能很快找到所有熟悉的星座，可却很少见到早晨的星空。大熊座的样子很不寻常，就像一只大虾悬在头顶上。群星璀璨，射出清晨的一种异样的光辉。你可以发现，在我没有观察的八小时里，整个浩瀚的苍穹怎么移了半个天……对于能看懂苍穹的人来说，这本书是多么隽永、壮观。这是人类能够看到的第一批书籍之一，那时候一些象形文字和字母还没有发明出来！

昨天是公休日。早晨，收音机里播放了一场音乐会，这个节目是献给当代苏联诗歌的。有个图书顾问的文化知识十分渊博，他是位有教养的文学理论家，朗诵了我不大了解的几位诗人的作品，诸如安托科利斯基、彼得罗夫斯基（这个诗人属于左派艺术阵线，但倾心于赫列勃尼科夫）等人。有几首诗是配乐朗诵的，我弹的钢琴，因无法选出配乐的曲目，故我即兴伴奏。给巴格里茨基（《关于许普诺斯[1]的沉思》）一诗的即兴伴奏很成功，我找到了马赫诺[2]的一个阴郁的旋律，直到现在还在脑海里回旋。音乐会后，开了一次会，讨论有关无线电转播站的音乐工作组织问题。有人提议我当音乐指导，我十分乐意就答应下来，但我不确定，在这个位置上能不能办成什么有益的事情。不管我在什么地方，也无论做什么，首先我要知道自己是个文化人，是文化传播者，并且是心甘情愿做这种事的。假如在这里什么都没有做成，那依然不是我的过错。

在费定的长篇小说《兄弟们》里有几段关于德国文化的精彩段落。我想起来这样几句（凭着记忆援引如下）："这种音乐文化升华到了这样的高度，因为在这块土地上曾经有整整几代的乐队指挥、音乐总监和合唱指挥在默默无闻地生活，他们一砖一瓦地砌起一座大厦，从这座大厦里后来涌现出拜罗伊特人[3]和杜塞尔多夫人[4]的音乐杰作。就连尼基塔也很想去自己的前辈恰金垒好的那些令人感到可亲的石头跟前，再砌上自己的几块砖头——他在那里曾

1 希腊神话中的睡神，与死神塔纳托斯是双胞胎兄弟。

2 涅斯托尔·马赫诺（1888—1934），俄国政治和军事活动家，无政府主义者。

3 指德国作曲家瓦格纳，他曾在拜罗伊特修建节日剧院，并长期在此演出歌剧。

4 指德国作曲家舒曼，他在杜塞尔多夫居住期间创作了大量作品。

经尝到了自己初恋的幸福，也知道了最初憎恨的滋味。”

我的砖头砌得不怎么样。我在斯大林格勒拖拉机厂砌下了自己的砖头，而在比斯克这里，暂时还不行。也许，在无线电转播站能够砌成。

1936 年 1 月 24 日

亲爱的朋友和妻子，在最近来的一封信里你写到欢庆新年，这实在让人高兴。你从买印花布袜带一事一直写到你读报流泪，信中的字里行间都像在歌唱。最后你终于告诉我自己的作品刊登在哪一期杂志。我猛然起身，立刻跑到了图书馆。有两家图书馆把《我们的成就》杂志合订本送去装订书皮，需要等一等。第三家图书馆还没有收到杂志，我明天再去第四家图书馆。

我颇有兴致地看完了罗曼·罗兰的《当代音乐家》一书，并且回到了很久前的一个想法：编一本音乐史教科书，这本教科书将供中学、俱乐部和收音机听众使用。我很投入地做这件事，唉，尽管这里专门的音乐文献少得可怜。如果你在我的藏书里能偶尔看到一些音乐书籍，那就请寄给我。就是一些碰到手头的，目前无须专门去找，否则要很费工夫。本地图书馆已按我选的书单从莫斯科邮购了二三十本书。

我准备写前三章：1. 民间音乐；2. 巴赫前的欧洲音乐；3. 巴赫。今年年底之前将完成草稿。当我能够利用大图书馆的时候，在两三个月内再把不足部分全都补齐。关于民间音乐的第一章材料已经备齐，可没有确定所需的文体。我的小说文体要强于学术文体。暂时写得比较枯燥，写出来的东西还要改十多次。写这本书的想法让我欢喜。这种书是需要的，暂时还没有类似的书。对我来说，这不仅仅是另一种文学消遣。比斯克图书馆与新西伯利亚地区图书馆建立了馆际借书关系，这样一来，就能够先借到所有进入外借书目的一本。他们为我专门这样做的。一旦把关系建立起来，我就有保障得到所有外借的书。那么，我的书就会写得快些。收音机也可帮我，要重新听听许多作曲家的作品。我书桌上有一份本月所有音乐会的播放时刻表，需要听的我已标了出来。

在撰写音乐史的同时，还抽空写一部中篇小说，这是在中篇小说《贫穷的礼物》《爱美的历史》（这是写一位因自己的美貌而痛苦的女人，由于男人们过分注意她，她就嫁给了一位盲人）和《活得太久了》（写了两姊妹，她们几乎到了老年时期，在自己专横的父母去世后才开始了独立生活）之后，我写的第四篇小说，描写一位爱上老摄影家的姑娘。这是一种写作狂的欲望。写作是为了写完扔到书桌的抽屉里，这样做相当可笑，既没有读者看，也没有人评价，甚至连骂你的人都没有。但是，就忍着吧……

你写信说亨里希在学英语。我为他准备了一本很好的教科书。不知你是否听说过查尔斯·奥格登教授编写的《基础英语》教科书。他把复杂多样的英语仅简缩为八百五十个单词，其中只有十六个动词。倘若掌握了这些基本词汇并能运用它们，就可以阅读同样是奥格登编写的那种文学，诸如，斯威夫特、狄更斯等人的作品。

在一家俄语出版社已经出版了艾薇·李维诺娃（人民委员之妻）编写的《一步一步学英语》，价格为二卢布四十戈比。去斯大林格勒之前，我就订购了这本书，你在书橱的下层架子上摆着几本字典的地方找一下……“基础英语”体系是个绝妙的想法。也许，其他语言也会跟着这样做。按照这个体系，学习一种语言（当然，是被简化的语言）只需要八十八个小时。

1月23日是你的生日，再一次祝贺你生日快乐，倘若你也像

（罗马的）教皇额我略那样希望按照旧历生活，并且希望用普特而不是用公担的话[1]。吻你。

雅科夫

1936年2月19日

昨天一天我就像在无节制的狂饮中度过的，我此刻还仿佛嘴里抽着鸦片。整个早晨我在看德国生物学家写的《大自然奥妙》一书，然后给自己做了早餐（用十五分钟把汤放到炉子上，一小时内偶尔照看一下）。午饭后去图书馆看报，整个晚上看美国女作家赛珍珠的小说《大地》以及特列季亚科夫为这本书撰写的前言。这部长篇小说出色地描写了中国的生活。你一定要去图书馆的国际文学部借来看看！赛珍珠是位并不年轻的女士，她在中国是传教士，可突然写出一本出色的长篇小说，这位女作家虽初出茅庐，可一下子就获得了世界性的声誉，我现在看这本书的时候，把赛珍珠当作一个读者、语言技师、作家和竞争者。我读着行行字句，琢磨着它们是怎么串起来的，小说情节怎样穿过堆得乱七八糟的诸多障碍缓慢地发展，题材又如何在小说的尾声上结束。结尾几乎可以说是最难写的部分。我曾看过有些法国剧作家写的剧本，他们从第五幕，即从剧的结尾写起，假如结尾写得十分感人，那就把它当作剧本的基础，再补写前四幕的内容。你一定要读一下赛珍珠的作品，我认为这简直是长篇小说的范本，是她为初出茅庐的作家办的一个真正的训练班。也许，一般的叙事结构（在崇高的意义上，也针对音乐）是以某些公式的形式存在……但这点就连什克洛夫斯基都没有写过！

1　这里指旧时俄国在历法和度量衡方面与西欧国家的不同。革命前俄国使用儒略历（俄历）和普特（1普特合16.38千克），不使用格里历（公历）和公担（1公担合100千克）。

1936年3月8日

我在无线电转播站的讲课黄了，因为他们变了卦。不过，今天有人请我再给一个八岁男孩上音乐课，我已经带过一个学生。这件事发生在我教的第一个学生在电台演奏了奏鸣曲并获得成功之后，我想这种事今后会多得难以应对。就是说，来自比斯克市知识分子家庭的八个孩子全都排队来找我这个大师！

今天我找银行主管谈给我加工资一事，他答应了。因此，事情发展得令人满意。鉴于此，我甚至加入了电台的长期用户行列。为了能听收音机，我将有一大笔开销。引来了电，购置了收音机，买了烧的木材，修了皮鞋和所有的衣服。

1936年6月19日

我坐在桌旁看一篇关于木材的文章。收音机里播放着柴可夫斯基的第五交响曲，一股悲哀涌进我的脑际，一切都混淆在一起了：昨天你的来信，广播里刚播送的高尔基去世的消息，暴雨敲打窗户的声音和交响乐中那个激烈的乐句……

1936年7月1日

谈谈你的那篇特写。谢·特列季亚科夫的文学描写我读了五遍。文章写得令我高兴，写得很好，在杂志刊登的文章里属中等以上，语言优美，总之，这是个巨大的成绩。这是你的这种文体的第一篇文章，今后会写得更扎实些。

对一篇文章所持的观点我可能不同意，对它的结论、评价甚至叙述结构持有异议，但我还是赞赏这篇文章，依然要使劲地夸它。倘若允许我对这个题材发表意见并提出批评——但别以为在这种批评里有什么说教式的口吻——那么我大概会说出下列几点。

文学评论特写一般不应给出自己的评价，因为评论家并不是鉴赏家。他只是对作家的一些思想进行诠释、反驳、继承或者进行社会学分析。何况，不能对之夸得过度。这个缺点就表现在："一个出色的头脑……能发出多种呼声……一个不同凡响的作家（出现了两次）……用词意味深长……一种罕见的技巧（！）……出色的叙述……一个把握各种体裁的作家……"

我指出的这些是否正确？因为一杯茶里放进了五块糖，太多了。如果他确实是一位把握了所有体裁的作家，那么我会说他只是个把握了自己体裁的大师，况且他的体裁还很狭窄。特列季亚科夫是个有益的作家，可若需要我对他做出评价，那么我说他是个典型的二流作家，水平一般而已。

他（也是其他作家）的一个最大的不足，就是缺乏自己的思想。你说不出任何一个想法、任何一种思想能让读者立即想到特列季亚科夫的名字，想到他的形象。他淹没在自己诞生的时代，他向时代学习，可没给时代增添什么。他只向时代索取，可没有给予时代什么。他缺少一种激进精神和自我克制。

In der Beschränkung zeigt sich erst der Meister（歌德）。我不会逐字逐句翻译，确切的内容是——"技巧寓于克制之中。"

谢·特列季亚科夫是位特写作家，他只浮在诸多思想的表面，没有留下任何超越普通思想的东西。

以上的一切都在谈他，现在说说你。你写道：道路和歧路，胜利和失败，可他找到了某个主要的东西："道路找到了"——这是关于几位德国作家的特写。在他们身上究竟有什么特殊的东西？是描写微小细节的手法。仅此而已吗？那就很不够。况且"胜利和道路"取得的也不能令人信服。一个巨大（真的巨大吗？）马力的电机转动着磨咖啡的机器——这种大小不匹配才是唯一正确的评价，可以用来作为卷首的题词。

几个细节问题：

1. 钢琴的那个形象化比喻不成功。如果“钢琴上的顶盖恰恰适合特列季亚科夫的个子”，那么他的个子就很矮了，简直是个侏儒。

2. “手势优雅，思维敏捷”（！）——此处怎能不加上：

他的双眸炯炯有神。容貌吓人。

他的动作迅速。才华万分卓越。

他整个人就像是雷神……

倘若我给作家写一篇特写评论，那我也许会写成另外的样子。作家的道路不是个人的行为，而是一种社会现象，在这种情况下，作家本人是次要的事实。我可能会撷取作家的某一思想（如果他有思想的话），将之用来作为标题和特写的中心内容。评论作家时，只是以他为例去阐释某个思想（尽可能不加以评价）。

那么，这个特写就不是写作家，而是评论他的思想，这将产生一种游离于所谈作家之外的兴趣。这个作家的思想是什么？在我们时代“生活比文学更重要，写作是事业的副产品”是什么意思？“太初有业”[1]，然后才出现“道”——瞧，这就是他对我们时代的评定。特列季亚科夫的事业怎么样？不过，他的事业并不宏伟，并且他的写作也不属于很重量级的……就连他个人的一个观点（“文学是生活的下脚料”）也经不住生活的检验，原来是错误的、虚假的。文学是一种独立自在的价值。

那么，特写大概会更加完善，也许会有自己总的论题，自己的论点，而无须举一些次要的例子去论证。这就是你的特写启发出

1 《圣经》开篇是“太初有道”，这里的“太初有业”是对《圣经》说法的戏仿。

来的一些想法。

尽管我提出了自己的各种意见，但你的特写毕竟还是写得有很高的水平。昨天我看了《我们的成就》那期杂志。唉，上面的文章写得真乏味，全都是涂鸦。好像不是用笔写出来的，而是用平头铁锹、搅拌棒和油漆刷涂抹出来的，简直不像样子。你身边的那个人写了一篇关于巴黎的枯燥的特写，我认识他。在20年代末的艰难岁月，我曾用自己微薄的财物接济过他，可后来我发现，他根本不配我那样去做。

你写的文章是那期杂志中最好的。如果编辑部有些编辑头脑聪颖，那他们就不应错过你这样的作者。读你的文章对于我简直就像过节一样。写吧，写吧，你要不断写下去，要坚持做下去。

使劲地吻你，并紧握你的手。

致以文学的问候！

致以丈夫的问候！

致以友好的问候！

1936年8月1日

我收到了你寄来的所有明信片。我仔细地思考了我俩最近的通信，明白离别已带来了诸多可以觉察的后果。我们分开生活已快六年了，六年来我很少能与你亲热，也缺少对儿子的爱抚。距离和岁月让我们相隔，因此出现了某些不易觉察的问题以及相互理解的困难。

我目前只是从你的来信中看出来，但也许你也从我的去信中发现了什么？

有些问题你怎么也不愿意回答。如果我坚持要你答复，只能收到一种简短的回复：别急躁，请忍耐一下。在不知情中生活是痛苦的。我明白，这需要我俩做许多努力，才能在业已变化的人群中重新互相找到对方。

我们见面的日子日益接近。坦率地说，我一直担心这次见面将产生怎样的结果。你在信中写道，“见面时会发现我和儿子还像你离开时那样，因此没有担心的必要”。但是，任何东西都无法回归原处，我知道许多事情都发生了变化，尽管我不能去确切想象。我想解开这个即将到来的谜团，心里掂量着会出现的各种复杂的情况。

总之，你的来信十分冷淡，只是一些情况的通报，在最近一封来信里，你还突然翻起了陈年旧账。这种责怪让我心里感到灼痛。我们能否以“纯洁的心”互相接纳对方?

亨里希对于我是个斯芬克斯之谜，有朝一日会解开这个谜，可未必能给我愉快的惊喜。

这一切事情要我好好去思考、去感受，并对一切有所准备。

玛露尼卡，我深爱着你，我爱你已有多年，可我依然不羞于重复我们最初见面时说过的那些情话。尽管在我们这把年纪已避免再说那些情话，并且在我俩的通信中也早已看不到年轻时代的那些通篇的柔情蜜语。

一定要给我寄来你的一张小照。你的结论很逗人，说什么自己已人老珠黄，很难看，等等。我不是要求你寄来一张年轻美女的照片。我要你的，正是你的照片，就是要你的近照。我也老态龙钟，你有多么老我就有多么老。请寄来一张小照吧。

我想用以往的那个叠句来结束这封信，可希望这次听起来有些新意。

使劲地吻你。使劲地、温柔地吻你，就像在我曾渴望并能够把你的坏心情扭转过来的那些时刻。“沿全线”拥抱你，倘若你还记得这句话并明白其含义的话。

雅科夫

1936年9月26日

如今我写信相当困难，亲爱的朋友！你问我是否知道某些事情？不，我并不知道，但有这样的规定，所有的流放期满人员就在这里领取护照，还有一张免费火车票，无论去哪儿都行。我可能也会是这样。问题在于，莫斯科警察局是会让我在莫斯科居住，还是不让我落户。他们大概不会让我在莫斯科落户的。总之，这取决于当地的条件。就拿我的老朋友格尔丘克来说，他流放后就已在莫斯科居住多年了，可我认识的另外一些人就不行。不管怎样，我先回家住几天，到家后再决定下一步怎么办。

面对一团未知的事物，我从来没有像现在这样纠结。我对未来，无论是自己的合法化身份，还是自己的家庭事务都一头雾水。我只能对家庭事务进行一次新的盘点——还剩下什么，是怎样一种状态？……

目前，我在办理离开前的一些琐事——买了旅行箱，修了皮鞋，做了裤子，结束了治牙。档案材料要再看一遍并使其与时俱进。此前一直在积累，该到用的时候了。

1936年10月2日

亲爱的朋友，现在刚听完了奥波林[1]的音乐会，我听的是收音机播放的新西伯利亚演出实况。耳机的线很长，我可以戴着它在房间里走动，甚至能从这个屋角走到另一个房间。因为音乐会很

1 列夫·奥波林（1907—1974），苏联著名的钢琴家、作曲家和教育家。

长，我就边听边缝衣服。听整场音乐会的时候，我都在补裤子，思绪把我带到了过去，带到那些遥远的年代，我那时第一次听到这些乐曲。在遥远的往事里我有多少的伤心事，但我现在想写的不是这点，而是另外一件事。在你我的关系中曾有过许多音乐。柴可夫斯基和拉赫玛尼诺夫让我俩相识，舒曼让我俩更加接近，其他一些作曲家也引诱过我们。很少有音乐会不让人想起那些暖人心扉的过去。昨天播放了舒伯特的《幻影》，今天奥波林演奏了李斯特改编的舒伯特的《船歌》，李斯特的《狩猎》练习曲，还有舒曼的《维也纳狂欢节》。我听了莫斯科电台转播的一家乌克兰歌剧院巡回演出的实况，正是那家基辅歌剧院，我花三十戈比买了一张楼座十二排的票，获得了自己的音乐教育。

我怀着感激的心情回想起那些曾帮我对音乐产生爱好的人，我心情郁闷地梳理那一连串让我离开音乐的偶然事件，毕竟很遗憾。

很奇怪，我在莫斯科完全远离了音乐，可在比斯克又重新接近了音乐。

这次我与音乐打交道是认真的、长久的，也许再不会离开音乐。我很难想象，我与你是如何走进音乐学院大厅……第一天傍晚我们就要去那里，并在入口买门票……

1936 年 11 月 16 日

要搞清楚某些重要的细节。我到达日期之前请给我准备好以下证明：

1. 你的工作证明；

2. 亨里希的工作证明；

3. 住宅委员会的证明，证明我从 1923 年至 1931 年曾在那里住过。

到家后我要向内务人民委员部递交申请，请求给我在莫斯科落户。我也许会把递交申请的时间推到11月底，等到新宪法通过之后，但我还定不下来。有人对我说，在新宪法公布之日将有一次大赦。尽管按照文件我是这之前获释的，但会有全新的情况，它会影响到我。

请在收到这封信当天给我寄一张明信片，写明你的和干草垛大街的电话。1–94–13这个号码想必已换成自动的，可伊娃的电话我忘了。

在内务人民委员部有人对我说，就连一天也不会让我多待。再过几天，这里的警察局就给我发护照。我估计11月中旬之内到家。但也不排除有些复杂的行政手续会让我再滞留一两周。根据其他人的经验，谁都没有按期离开过这里。

嗯，就写到这里吧。我感到这种通信让你难耐，不仅是时间不够的原因。总之，我们的联系变得淡漠了，六年可是个不短的期限啊。就连我给你写信也变得困难。我有时久久地坐在那里，可信就是写不出来。

好在，一切坏事都将过去。

吻你。

雅科夫

第四十一章

战争
藏在小柳条箱里的信

（1942—1943年）

斯维尔德洛夫斯克—莫斯科

亨里希致玛露霞

（此信已被军事检查机关审阅）

1942年2月3日

我亲爱的妈妈！好久没有得到你的任何消息，怎么啦？好妈妈，倘若你知道，我是多么需要收到你的来信，你也许就会常写信的。要知道这里没有一个我能与之分享自己感受的人，也没有一个人能让我从他的口中听到一句亲切的话。可这是多么需要，我现在才明白了这点。好妈妈，亲爱的，我诅咒自己离开莫斯科的那个时刻。我真想与你待在一起，哪怕生活在最艰难的环境里，只要能和你一起承受就行。我的同学们怎么样？他们所有人在某种程度上都是好人，但住在一起，每天见到同样一些面孔，听到同样一些话……你明白是怎样的感觉。

学校的伙食变差了很多，以下是我每天得到的营养。早晨尽量晚点起床。起床后，吃一百克面包，喝白开水；下午1点去食堂，午饭是两百克面包；傍晚七八点，又是两百克面包。从前还有卖议价面包的，现在这种面包很难买到，要排队好久才能买到五百克，而五百克面包对我能顶什么事？可我依然努力保持饱满的精神状态。从托木斯克传来消息，说莫斯科机床工具学院的学生们很快就回莫斯科了，他们让我们多么羡慕啊。

好妈妈，你写信为什么对自己的什么事情都不提？要知道我对这种沉默会做出种种的猜测。

写出真实情况要比什么都不写强。要知道我深知你很不容易。如果你认为需要，那就麻烦你去学院询问一下，但是，回莫斯科这个甜蜜诱人的理想也许注定不会实现。我的现状中最要命的是自己的前途问题：我等待着学院的毕业（7月中旬）分配——或留在斯维尔德洛夫斯克从事重要的工作，或去一些闭塞之地（雷西瓦、丘索瓦亚、别洛列茨克等地），而且说不准需要在那里工作多久，可我希望去莫斯科……

如有机会，请给我寄来冰鞋、帆布鞋、内衣、我的那件旧夹克衫和两件衬衫。请常写信，亲爱的妈妈。我几乎每天都去邮政总局大楼，每次听到的话都是没有你的信。邮政总局大楼离我这里很远，况且关门很早，我并不能总在关门之前赶到那里。

因此，最好别把信寄到邮政总局大楼，而寄到我的地址：

斯维尔德洛夫斯克，高等技校区9号，乌拉尔工业学院

第一教学楼，417房间

亨里希·雅科夫列维奇·奥谢茨基

使劲地吻你

亨里希

以及：你给我找了杰克·鲁宾没有？

（此信已被军事检查机关审阅）

1942年2月8日

亲爱的妈妈！最近一周反复思考并感受了许多事。我觉得这

些天在我身上发生了剧烈的转折。2月的最初三天度过得相当艰难，并且我的情绪低落。伙食的改变仅是个推动力。在这段时间里想的事情很多，并且突然就全都冲了出来。我的日子似乎过得没有什么特别的成就。不久前，我递交了一份车床设计方案，得了个“五分”，可这没有让我高兴，而是漠然视之。现在我正在完成一个专门的订单，答应要给我付费并且算作一项刀具设计方案。现在我偶尔有了体面赚钱的机会，可我不能利用，因为应抓紧搞设计方案，它们在我这里还很多。亲爱的妈妈！我很难过，你为什么对自己的情况只字不提，而用一些默默无语的明信片敷衍我？你完全不回答我的问题，要知道这样做的结果不是通信，而只是互换一下问候而已。整个这段时间我只收到你的一封密封信，落款是1月2日！我想象着，你下班回家后是多么疲累，立刻就倒在沙发床上了。你不写一下你的新工作怎么样？难道你真的成了一个只管翻动显示上下班“小牌”的职员？我简直无法想象！

我开始稍稍习惯新的伙食制度。

现在，当我已经痊愈才可以告诉你：我得了玫瑰糠疹，一种可恶的疹子。我现在完全好了。

这里，在《乌拉尔工人报》上经常刊登柳德米拉·阿列克谢耶夫娜的特写，写得平庸至极！而你竟然宽容地说她应再学习学习。她学习为时晚矣！

这完全不是我想给你写的事。我的情况自己还不能够断定，也许，随着时间的推移一切会明了。如今我内心轻松些，但情况尚未明确，所以我开始认识并感觉自我，开始寻找自我。我不知道你是否理解我。亲爱的妈妈，我有一个愿望，那就是与你待在一起，为此我似乎准备献出一切。在做某件事的时候，我常常想：“妈妈会说什么？”尽管我很快就二十六岁，可有时候觉得自己像个年龄很小的儿子，甚至是个孤独无助的孩子，这点还令我感到惬意。

使劲，使劲地吻你，你的亨里希。请原谅这封信写得杂乱无章，但有什么办法？我就是这种人。

（此信已被军事检查机关审阅）

1942年2月10日

我亲爱的好妈妈！乌拉！今天我收到了你的信，落款是2月1日，我心里十分十分高兴，这是我收到你写的第二封信（密封的）。我离开莫斯科很快就四个月，可这件事仿佛就发生在昨天。时光荏苒，逝去的每一小时都无法挽回，我很早就感觉到了这点。我现在全身心投入工作，如今工作是我的为数不多的安慰。你的来信让我很激动，我能很清晰地想象到你的生活，并且我真想与你待在一起，以便能稍稍减轻你的生活负担，你的日子看来过得并不轻松，而只是多亏了你的开朗性格和热忱罢了。妈妈！我多么想与你在一起啊！你出色地描述了你怎样去看剧，并且想起了十年，二十年，三十年前的那些往事。可我对回忆完全不感兴趣，而只想往前看！我希望干一件伟大而有益的事业，坦诚地说，就是一种能带来诸如功名和荣誉的事业。这是为了国家，也为了你。由于父亲给我遗留下来的问题，要做到这点并不容易，可我能做到，你就等着瞧吧！请写信告诉你是否收到了我1月23日之前给你发的贺电和一百卢布汇款，那是我1月20日给你寄去的。现在我的学习很忙，因此无法去挣外快，何况我的开销颇大（学费、军税和修理毡靴费）。但我的钱能保证自己花一个半月，我将尽可能帮你。我简直幻想着能给予你定期的帮助。一个月后我就会学完学院的理论课程，就只剩下实习和毕业设计。我几乎要成为一名工程师了！

不久前，我在红军剧场看了《智者千虑必有一失》一剧。去剧院是为了到剧院小吃部买吃的（这里，就连当地的歌剧院都被称作歌剧和小吃部剧院），这次收获很大，买了十八块夹肉面包和五个扁平白面包（这是离开莫斯科后第一次吃到白面包）。

我未能进入工农红军军事学院，这并非我自己的原因，不过这种可能性还有，在5月还要新招一批。恐怕这个学院与我无缘了。从事航空业是我童年时代和青年时代的理想，可我一生总与这个事业擦肩而过。科利亚也没有通过资格审查委员会的审查。叶戈尔·加夫利林也被拒了，可他最需要进入军事学院，因为他在学院里的学习很糟糕：他只通过了两门考试，还没有开始做毕业设计，那个小伙子的学习很懒散。不过，他还是被列入了下次招生的预备人选。

现在是半夜1点钟，我刚从邮政总局回来，同学们都已进入梦乡，他们在睡梦中搞臭了空气，这是食物造成的后果。我稍稍改变了自己的作息制度：现在我每天学到半夜三四点，上午十一二点起床，之后立刻去吃午饭，我就是这样压住了饥饿感，还能节省时间。亲爱的妈妈，请在信中多多说一些你自己日常生活的情况。我们住的房子情况如何，很冷吗？厨房里有煤气没有？

阿·阿·科斯特罗明在哪里？米沙舅舅写信说些什么？说到底，他有没有给你写信？你见到了谁，与谁交了朋友？请给我描述一下我亲爱的莫斯科的样子，我爱它爱得发疯。请写给我你的饮食情况，这令我十分担心。

奖学金将按照十六门的考试成绩决定。我已经考过了六门，其中四门的成绩为“优”，两门为“良”，还有三门考试我可能获得好成绩。很难。我不去听课，只是靠看教科书学习，一些老师（个别人除外）讲课很不专业……我尽量要早点考完。请告诉我，是否有奥夏·沙菲尔和谢廖扎·普拉索洛夫的什么消息？萨沙·沃尔科夫和鲍里斯·科金已战死在列宁格勒郊外，这些消息令我万分痛苦。可我们的一位大学生热尼亚·波昌多获得了“苏联英雄”称号，真是好样的！我没有上前线，这很痛苦，真的很痛苦。

妈妈，请常给我写信，我太需要看到你的信了。

向米沙舅舅及家人致以亲切的问候，我吻他们。顺便谢谢你寄来的信封。

——如果有机会，请寄来一双袜子、补袜子的线、一些内衣、冰鞋、帆布鞋和两件衬衫，最好装在箱子里寄来，因为我这里除了一个衣袋什么都没有。大概，还要寄来一套西服。但最主要的东西还是计算尺，一盒绘图仪器和铅笔（绘图用的，它们在我的抽屉里）。

多次（8888次）吻你。

亨里希

还有，我本来不想写，可还是忍不住。早在12月末，在城里偶然见到了昔日同班女生阿玛丽娅·科坚科。你还记得她吗？你大概还记得，她刚念完十年级就嫁给了我们同班男生季什卡[1]·戈洛瓦诺夫。这个人你应当记得，他在上七年级时来过我们家，我俩下过象棋。他在战争爆发的第一个月就牺牲了。阿玛丽娅·科坚科长得楚楚动人，漂亮极了。我俩慢慢地开始了来往。她曾是个快乐开朗的女孩，可如今却不是了。战争真可恶。我尽量让她振作精神，快乐起来，她的情绪确实正在渐渐地“解冻”。

1　季洪的爱称。

斯维尔德洛夫斯克—莫斯科

叶戈尔·加夫利林致玛露霞

1942年2月15日

亲爱的玛利亚·彼得罗夫娜，您好！亨里希刚让我读完了您最近一封来信。这封信令我如此感动，因此想对您说几句最温馨和最友好的话，这些话不是安慰，因为您不属于需要安慰的人，况且，其实也没有什么可安慰的，而这样做只不过是人们说的感情充沛所致。当读到您顺便提到的莫斯科，它的日常生活情况，莫斯科人的工作环境，就重新开始感觉到严酷的战争正在临近，感觉到前线的气息。要知道这里根本感觉不到有什么战争，人们只是知道战争爆发了并对此有所议论，仅此而已。起初，我们对这点感到奇怪，可后来就连我们也渐渐习惯了偶尔在大地上和空中闻到（如果可以这样表达）战火的硝烟，那对斯维尔德洛夫斯克人还能说什么呢？因此，当说到牺牲的亲人、丢弃的家园和许多对于您和我们如此合乎情理，并且在任何战争尤其是这次战争期间不可避免发生的事情，在这里引起人们的疑惑就并不奇怪。因此，您说得完全正确，我们就像生活在天堂里，可对此并不珍惜，不过我相信，倘若在我们这里，您大概也不会珍惜这点，可却比任何人都更加理解，为什么亨里希这么想回莫斯科，为什么我们在这里如坐针毡，焦躁不安，并且在这里不能感觉到自己像在家里一样。斯维尔德洛夫斯克人的这种淡定的态度让人感到气愤，让人气愤的还有一件事，在我们军队攻克洛佐瓦那天，有些大学生（还是大学生！）在小吃部竟然为了一块夹香肠面包大打出手，当地的小市民还能思考和想到什么？他们想着怎样从其他人——不管是谁的手中多抢来一块面包才好哇。而只有从乌克兰、白俄罗斯、列宁格勒、莫斯科和西部地区疏散过来的那些饱经忧患的人（在这里他们有许多人），才认为听早晨播送的前线战报是每天首要关心的事情，之后他们会站在苏联地图旁边一连几小时进行无谓的争论。

您描述了《培尔·金特》的片断——奥丝之死。您说得对，玛利亚·彼得罗夫娜，这大概是易卜生这部诗剧中写得最动人的一场，还有就是格里格所写的配乐。

伟大的语言大师罗曼·罗兰、高尔基、契诃夫、莫泊桑、涅克拉索夫和海涅以及许多其他人对母爱、母爱的力量和母爱的毅力有过许多论述，但母亲奥丝在浪子培尔·金特（他归来安慰弥留之际的母亲并且帮她合上眼睛）的怀抱中静静地死去这个短暂的场面，就其简洁性、感情的控制和艺术力量来看，就算没有超过所有剧作，也高于许多剧作。

的确，战争会结束，我们的苏联会更加强大，更加团结，会医治好所有的创伤，恢复被毁坏的一切，生活将会勃发，妇女和姑娘们会重新给自己找到丈夫和心上人，但有谁会医治好成千上万失去儿子的母亲的伤痛？谁来为她们的一切痛苦和无法弥合的悲伤做出解释？况且，除了母亲本人，有谁能够理解她们的痛苦？要知道这点是说不出来的。所有这一切您写得非常对。我收到我母亲的每一封来信，尽管她在信里尽量不表现出自己可怕（避免再一次让我不安）的寂寞，可她还是了解我生活中所有的细枝末节，这要在我心中激起一阵强烈的忧郁和愤怒，以至于我很难弄清楚，一件事在哪里结束，另一件事从哪里开始。可当读罢您写的信，我确信，即使所有母亲对自己儿子的思念不完全相同，那也十分相似。只能希望天下所有的儿子也能像亨里希和我这样，对自己的母亲永远怀着热爱和感激之情。

不过，我是个乐观主义者，玛利亚·彼得罗夫娜，并且我知道您比许多人更具有这种品质，因此我们寄希望在不久的将来我们能够在莫斯科相聚，我们会举杯庆祝战争的胜利结束，并且为我们期盼的一切美好事物干杯。

向您致以亲切的问候！

叶戈尔·加夫利林

亨里希致玛露霞

1942年2月15日

一张明信片

妈妈！萨沙·菲格纳已经有一个半月之久没有得到自己亲人们的任何消息了。他恳求你给Д2–24–47打个电话，或是去他父母家一趟，打听一下是否一切安好。

他父母的地址：诺温斯基林荫道，13号公寓6号房间。

战争把阿玛丽娅和亨里希两人结合在了一起。他们在学校里并没有相好。亨里希只是常常从远处望着阿玛丽娅，而她身边男女朋友围起了一道高墙，让他难以接近。亨里希离开学校之后，季沙·戈诺瓦诺夫爱上了她，总形影不离地跟在她身边。阿玛丽娅和季沙中学毕业不久后就结了婚，全班同学在同龄人的第一个婚礼上尽情地狂欢。亨里希没有参加那次婚礼，那时他已经过着成年人的日子，边工作边学习，与昔日的同班同学们很少见面。

亨里希与阿玛丽娅于1941年2月邂逅在斯维尔德洛夫斯克的晓尔斯集市上。他们两人都被疏散到那座城市。亨里希是与机床工具学院一起疏散去的，他在那一年应当毕业；阿玛丽娅是从设计局去到那里。他们都在为乌拉尔机械制造厂工作，那家工厂当时紧急生产自行火炮设备：亨里希在设计处，阿玛丽娅在设计试验九局，在城市另一端。

两人见面就像见到亲人一样高兴：他们都是莫斯科人，又是邻居和昔日的同班同学，有多少共同的回忆和共同的朋友啊。在战争爆发的最初几个月，班上的四个男生就牺牲了。1941年7月末，第一次葬礼就是埋葬阿玛丽娅的丈夫季沙·戈诺瓦诺夫。阿玛丽娅对自己成了新寡十分难过：最后一段时间他俩的关系弄得很糟，因为季沙开始酗酒，阿玛丽娅因他酗酒无脸见人，两人争吵了整整一年，季娜伊达·菲利波夫娜曾深受男人酗酒的伤害，因此更是火上加油，直到阿玛丽娅把季沙撵出了家门才算罢休。季沙去了自己母亲那里。如今，当他牺牲了，阿玛丽娅不能原谅自己的那种做法。有什么不能忍受的呢？她尤为感到痛苦的是，甚至都没有来得及与上前线的丈夫告别，她给他写过信……可也没有收到他的任何来信。当给她送来季沙的阵亡通知书，（寄到了户口所在地！）季沙的母亲号啕大哭，呼天喊地了一阵子，随后就把阿玛丽娅撵了出来……

阿玛丽娅不仅感受到了失去丈夫的痛苦，而且也体验了失去自我的痛苦。她习惯于生活在一个与自我在一起的世界里，世界向她微笑，她孤芳自赏，而对不喜欢的东西就连眼皮也不抬……总的来说，她下意识地宁肯避开一些麻烦事，也不要给自己多找麻烦。季沙牺牲后，阿玛丽娅再也无法回到那种业已习惯的严谨的世界秩序：总感到对不起他，并且觉得自己罪孽深重。此外，毫无希望的寂寞和孤独令她极为难受，她认为自己的命运已经完蛋，变得毫无意义……

疏散到后方曾让她高兴了一阵子，因为待在莫斯科变得难以忍耐，可在斯维尔德洛夫斯克的日子原来更加糟糕。

这里的工作很艰苦：早晨8点上班，下班的钟点不定，但没有早于晚8点下班。她每天下班都是面带浮肿，两手发青，几乎要冻僵了，因为绘图台所在的房间室温从没有高于十度。

城里的食品供应相当差。虽尚未实行票证供应制度，但在商店里从一大早就开始排起长队，因此单身职工很难养活自己。倘若不是他们设计局有个附属的工作食堂，那她可要挨饿了。在元旦前最后一个公休日，阿玛丽娅抽空去市场买点食品——土豆和大头菜。她在买蔬菜的那排队伍中看见了亨里希，起初她还没有认出他来。可凭着她的蓝眼睛和白色小绒帽，亨里希立刻就认出了她。她上中学就戴着那顶帽子，有两根长长的飘带，帽顶上还有几个绒球……

他们立刻走过去相互握手，友好地吻了吻脸颊。随后，亨里希替她拎起了提包，里面装着两公斤土豆和一公斤大头菜。阿玛丽娅还想买牛奶，可钱不够了，只好作罢:牛奶在当时是昂贵食品。亨里希有一瓶伏特加拿去交换，换了两个大面包。亨里希把一个给了阿玛丽娅。两个人都饿了，但这仅仅是下一年他们将要遭受的那些磨难的开始。

亨里希与几位同年级同学在自己的宿舍迎接了新年。阿玛丽娅被公认为是其中最美的姑娘。当然，与她相比的姑娘不多——有系办公室的女打字员季利娅拉，她是个可爱的姑娘，可因患甲状腺病眼球向外凸出；还有女图书管理员索尼娅，她的面容消瘦，长着一个长鼻子和一对扇风耳……从那晚起，阿玛丽娅成了亨里希的女朋友。

阿玛丽娅下班后，亨里希每天都接上她，把她送回宿舍，之后再回自己宿舍，他在黑乎乎的人烟稀少的城里要走一个小时。

1942年春，他们登记结婚了。此后不再各住各的宿舍，而住在一个简易家庭住房里——其实只是一间房用幔帐隔成一半的地方，另一半住着另一对夫妇，也是从明斯克疏散来的两位工程师，他俩不爱说话，也不愿意与人交往。亨里希和阿玛丽娅住在半间房里，觉得轻松温馨了好多。不过，就是肚子总觉得饿。

玛露霞这时候在莫斯科到处打拼，试图在疏散为空城的莫斯科找到一份像样的工作。她早就遭到过一些挫折：在年轻时代的苦苦等待和期望之后，她的那颗靠不住的星辰陨落了，她没有成为女演员，教师也没有当成，也没有打入新闻界。她生涯的顶点，只是偶尔在《笛声报》上发表几篇文章。令她心里感到安慰的是，有些著名作家，诸如伊里夫和彼得罗夫、奥列沙、帕乌斯托夫斯基的作品也刊登在那张报上……再就是《少先队真理报》，玛露霞在该报上刊登了自己几篇评论儿童创作的文章，十分详细地介绍读者去学习福禄培尔的一些教学方法。她心爱的一本杂志《苏联玩具》在战前就停刊了，克鲁普斯卡娅本人曾介绍她去那里工作，在那里的工作多么有意思啊：他们创建了新型的、具有新意识形态内容的苏联玩具……一切都成为往事，往事如烟……

不过，玛露霞并没有就此罢休。她不断地写作，跑编辑部，拿去自己的文章……突然出现了一个意料不到的机会，一次偶然的约见，一个想都想不到的工作机会：她受邀到戏剧院当主管文学部门的艺术总监的助手，必要时还要管演员们的工作……所有的剧院都疏散到后方，而戈尔恰科夫导演组建的这个戏剧院，从1941年起是留在莫斯科的唯一剧院。

这是一种运气！真幸福！玛露霞重新感到了剧院的气息和舞台的尘埃。他们排演了人民所需要的一个剧本——康斯坦丁·西蒙诺夫的《俄罗斯人们》。尽管剧本写得有些粗糙，尽管日常生活艰难，生活必需品缺乏，可这没有什么关系，因为有一种美好的创造性劳动，这对玛露霞比糊口之粮更可贵。她奔跑在实行了灯火管制的莫斯科大街上，就像重新获得了生命，可每天都累得疲惫不堪。她给亨里希只是偶尔写几封振奋人心的信，天天就是为祖国的福祉精疲力竭地工作！

阿玛丽娅和亨里希在那块幔帐后静静地做爱，他们无声的爱情带来了自己的果实：与季沙五年的婚姻生活没有发生的事情出现了——阿玛丽娅很快就怀孕了。最初几个月，阿玛丽娅并没有意识到自己怀孕，虽然例假不来了，可在那些饥饿的年代里，这是许多青年妇女常见的现象，身体本身就抵抗受孕。阿玛丽娅认为自己感觉不舒服是营养不良所致，一直到怀孕第六个月，胎儿已在腹中蠕动表明自己存在的时候，她才去看医生。她的肚子已微微显了出来，脸上出现了黄斑，嘴唇也有点浮肿。可她就连自己的一颗衣扣也没有挪动，因为她本身很瘦，肚里的胎儿正好把衣服撑了起来。她的步子也变了，走路蹒跚，像鸭子一样挪着步子，生怕摔倒了。

那一年，夏天罕见地阴冷和多雨，不知不觉就到了初冬。最大的考验不是饥饿，而是每天你愿不愿意都得去的厕所。一道深沟用些没有刨平的木板围起来，好像个临时的板棚。内部靠近墙根的地方，一块已被踏歪的台板凸起来，上面盖着一层尿冰和日益增多的堆堆大粪。他们每次去厕所都成了一个双人平衡节目。天生的羞耻界限已经消失，她紧紧抓着丈夫的两手，亨里希的手电筒划破一片黑暗，阿玛丽娅蹲在那个让人胆战心惊的坑上面，眼睛里流出了眼泪，直肠的痔疮结往外滴着血。看到妻子痛苦的样子，亨里希自己也几乎哭出来。夫妇两人重复着契诃夫的那句“回莫斯科去！回莫斯科去！”的名言，其激情大大超乎普洛佐洛娃三姊妹[1]。可根据战争时代的环境，这实际上是不可能的。

1　出自契诃夫的话剧《三姊妹》。剧中的普洛佐洛娃三姐妹把回莫斯科看作最大的生活目标。

1943年初，亨里希探望父亲时去过的那座斯大林格勒拖拉机厂已经不复存在。乌拉尔机械制造厂以应急的方式加快了坦克的生产。亨里希从事的项目简化了金属高精加工中一个最费劳力的过程。他在指定期限之前完成了自己的项目，因此获得了嘉奖。鉴于这一成绩，他请求处长阿布扎罗夫让他约见厂长穆兹鲁科夫。阿布扎罗夫的妹妹金娜是厂长秘书并且深受厂长赏识。阿布扎罗夫笑着回绝了，他说这不可能，因为见厂长就像见上帝一样难。厂长过去从来没有接见过一个毛头小工程师的先例，可亨里希并不就此罢休。

“你到底急着要干什么事？”阿布扎罗夫奇怪地问，“已经给你报了嘉奖，究竟还想要什么？反正也不会给你一套住房！”

“求一下金娜吧！我有私事求她！我要把妻子送回莫斯科去！”亨里希坦白了，“她在这里会死掉的。她很快就要分娩。”

阿布扎罗夫用粗糙的手挠着长满麻子的脸颊，说：

“那我向金娜张一下嘴吧，但未必能成。如果事成，你得送我一瓶酒。”

“哪怕三瓶也行！”亨里希高兴地说。

亨里希与厂长见了面，并且见面进行得很顺利。厂长原以为，这个还像个男孩的工程师要在宿舍楼里申请单独的住房，住宅问题非常紧张，可不好解决。但这个脖子细长、看样子不超过十八岁的年轻人只请求给他怀孕的妻子开一张去莫斯科的通行证，并没有请求住房，这让穆兹鲁科夫感到奇怪，于是他给设计试验九局打了电话，那里对这位高官打来电话更加奇怪，说可以放阿玛丽娅回莫斯科。

在整个谈话过程中，亨里希始终笔挺地站在厂长面前，对厂长如此简单就解决了普通人无法解决的难题而感到惊愕不已……

回莫斯科是用一种特殊方法解决的，因为这是个复杂的程序。穆兹鲁科夫给斯维尔德洛夫斯克州委书记安德里亚诺夫打了电话，问题就彻底解决了。阿玛丽娅去莫斯科的通行证已办好，过些时候就可以拿到手。

亨里希花了奖金的一半在黑市上买了三瓶酒送给了阿布扎罗夫，后者相当高兴。阿布扎罗夫的父亲是集体农庄庄员，正在维修倒塌的牛栏，可缺少建材，而伏特加在俄罗斯从亘古年代起就可以换到任何想要的东西。

亨里希把另一半奖金寄给了玛露霞。亨里希把钱全部寄给母亲，阿玛丽娅起初对此还有点抱怨，可后来想通了，因为亨里希还没有彻底习惯于做丈夫。

2月初，在前所未有的一场暴风雪中，亨里希把怀孕八个月的阿玛丽娅拖到了车站，好不容易找到了停在距站台半公里以外的车厢，把阿玛丽娅推了进去。他只来得及把行李箱塞进车厢，可没能把那个装着路上干粮的书包交给她。阿玛丽娅就这样在路上走了四天四夜，几乎什么东西都没吃，着了凉，还忍受着疼痛和流血的折磨。来站台接她的是她的妈妈和瘸腿邻居普斯特金，季娜伊达请他来帮忙搬运行李箱。

莫斯科车站又冷又暗，常见的暴风雪漫卷，但比起送阿玛丽娅去车站的那场乌拉尔暴风雪要柔和许多。

两天后，婆婆玛利亚·彼得罗夫娜来看望科坚科 家人。第一次见面大家谈得很开心。婆婆询问了亨里希的情况，她显得很快活，说话伶牙俐齿。她们回想起玛利亚还记得的他俩的同班同学，就连季沙也提到了。她们数了数有几个牺牲的，先是难过了一阵子，后又高兴了起来。

“最好生个女孩！”玛露霞临离开时说。

“人人都说要生个女孩。我妈也说女孩能遗传母亲的美。可要知道我自从怀孕后，样子变得太难看了。”

“这是暂时的，生完孩子就会好的。”玛露霞宽厚地说。

3月初，阿玛丽娅在阿尔巴特大街她自己出生的格劳尔曼产院，把一个两公斤的女婴带到了人世。女孩起名叫娜拉，这是玛露霞所希望的。阿玛丽娅更喜欢莲娜奇卡这个名字，可女孩没有叫莲娜奇卡的命……有位老医生，不知是叫马克·格里戈里耶维奇，还是格里戈里·马克维奇给接的生，并用肠线结扎了痔疮结。怀孕后半段，阿玛丽娅可是让痔疮折磨透了，现在痔疮除了根，并且一辈子不会再犯。

1944年末，亨里希回到莫斯科。战争转向了胜利——“斯大林的十次打击”把苏军带到了欧洲。胜利即将到来，可依然有人牺牲。

战后，全班幸存下来的男生只有两个，就是亨里希和杰克·鲁宾。可杰克在战争中失去了一条腿。1941届的毕业生中，同样也活下来两个人，其中之一就是诺里克·米特良斯基，后来他成了雕塑家……迄今在他们学校附近竖立着一块为国捐躯学生的纪念碑，那是诺里克·米特良斯基在70年代初创作的。可要想见到那座纪念碑，需要活到这个时候才行啊。

第四十二章

第五次尝试

（2000—2009年）

丽莎和尤利克在戒毒所的初次见面，是尤利克出院的那天。丽莎那天来接自己的表妹玛尔法。玛尔法与尤利克在同一天结束了戒毒疗程。有一帮人待在接待室里已有一个多小时，等着盖某个公章，可公章锁在秘书的桌子里，秘书吃午饭去了。那帮人的一部分是娜拉、坦吉兹和尤利克，另一部分是丽莎、她体态臃肿的姑姑丽塔[1]和玛尔法本人。丽塔被一种巨大的、能击倒一百公斤庞然大物的不幸摧垮了，她怀里抱着用毛巾被裹着的婴儿，那是玛尔法的三个月的儿子，孩子是玛尔法想办法巧妙生出来的，人们几乎既没发现她怀孕，也没有看到她分娩。玛尔法的脸几乎看不见，只露出来两道描黑的眉毛和涂唇膏的厚嘴唇。玛尔法去年整整一年都处在完全恍惚的吸毒状态，只记得一些断断续续的生活情景。那帮人中间，唯有玛尔法与尤利克在互相说话。两个吸毒者结束了六周的戒毒疗程，他们所有的亲戚都谨慎地保持沉默，因为他们已习惯了带着秘而不宣的耻辱生活。尤利克和玛尔法在谈论某个暂时还留在戒毒所的青年，甚至还指摘那个青年的自以为是……

丽莎为了把表妹拖出吸毒的深渊，耗费了不少精力，她颇有兴

1　全名是玛加丽塔。

趣并深感同情地观看拯救了自己孩子的另一个同样的家庭。娜拉和坦吉兹每隔十分钟就要出去抽烟，同时，坦吉兹第一次出去抽烟前还用手势招呼了一下儿子。

“不，不，坦吉兹，我不抽烟……暂时……”满头鬈发的吸毒者笑着说，“嗯，还有三天……”

“嘿，尤利克，你真行！”玛尔法立即做出了回应。

“要是给我拿来吉他，我立刻就会坐下来弹……”

“你的吉他就在车里放着。我带来了。”母亲说。

“哎呀，你可真行，娜拉……”

“也许，这不是他的父母，既然他对他们直呼其名。”丽莎心里想着。但小伙子立刻冲着拿吉他的女人背后喊了一声：

“妈，我想是六弦吉他吧？”

“当然了。”她点点头说。

娜拉拿来了吉他。尤利克摘下了琴套，用手抚摸了一下琴弦，立刻就发出响声，就像一只狗让主人的手一摸就友好而忠诚地回应了一样。小伙子弹起了一首早就熟悉的、亲切而快活的曲子。他脸上的表情变了：他的嘴稍稍紧闭，两眼凝视前方，明显地看到了其他人看不到的东西。随着音乐的节拍，他的脑袋还轻轻地晃动着。

“那里一个半月没有书，没有音乐，没有与人交往，他们是怎么度过的？真是奇怪的治疗法。这是美国马萨诸塞的一种方法，不吃药，只与心理医生进行一些劝人为善的谈话……唉，但愿能够有帮助……”丽莎心里想，“可怜的玛尔法，这位可怜的尤利克……”

她觉得他很可爱。就连弹吉他时，他的脸部表情也很可爱……

“一张幸福的脸，是的，这个吸毒者真奇怪，脸色还很幸福……可玛尔法总是一副痛苦的表情……”丽莎当时心里想。

这时候女秘书回来了，她啪啪几下给盖好了章，两个家庭就驾车离开那个地方分道扬镳，希望今后永远不要再见面。

2006年初秋，命运给予了尤利克与丽莎结合的第二次尝试。尤利克这时已潜心于爵士乐史和纯学院派以外的音乐理论，作为吉他手他已对去参加乐队演出失去了兴趣，他掌握了一种职业，是这种职业自己落入他手中的，他成了一名同声翻译。尤利克的英语不适合搞文学翻译，但挺适合于翻译电影的要求，尤其是翻译现代的美国影片，影片里是些犯罪分子、警察、足球啦啦队和妓女。这是贫民窟的语言，尤其是黑人和拉美人的贫民窟语言，这种语言在外国语学院里学不到，可尤利克掌握得相当娴熟。因此，他被邀请到"阿姆费斯特"联欢节——第一届俄美电影节做翻译。他每天翻译三部影片，工作相当紧张，但他应付自如。

"我的翻译路径很短，耳朵听到后直接变成语言。"他说道，他指的是在翻译过程中，他的脑袋处在完全断路状态，用他的说法就是"脑子根本不转"。

地平线电影院里聚集了整个莫斯科的社会精英，尤其是精英中披头散发的那部分人。在放映间隙，尤利克下楼去喝咖啡，与丽莎偶然坐在一张小桌旁，可并没有认出她来。但丽莎认出了他，有点犹豫是否要提醒他一下。然后她问是否记得他是与玛尔法一起离开戒毒所的。咖啡杯在尤利克的手中停滞不动了。他说：

"玛尔法在四年前去世了。我参加了她的葬礼。"

"是的，我把她埋葬了。她是我的表妹。当然，墓地不该是人们的相识之地。不过，我在那里没有见到您……不记得有您……"

"那一年，与我同在戒毒所待过的人中有三个死了。玛尔法、穆斯塔法和斯拉瓦·叶戈鲁什金。戒毒所里共有二十五人。就我所知，有两个人不知去向，八个人注射毒品完蛋了，有一个人被杀，其余人的情况就没听说过。在第一年大家还搞了次聚会，后来就渐渐不行了……总之，一切都符合统计数字……我该走了……该轮到我翻译了。”

这是第二次尝试，而且很不成功。这个身材微胖的姑娘留着披肩长发，脸长得像某种幼兽——也许像个狐狸崽儿，也许像个狼崽儿，是她提起了他想彻底忘掉的那件事……他要把这次见面也立刻忘掉……

丽莎也在骂自己，自己干吗变得这么蠢啊！难道就找不到别的话题！但她比在戒毒所那时更加喜欢尤利克。他身上具有某种无法定型的东西，这正是其他人身上所缺乏的，并且他身上完全没有那种共性，也就是这种共性让丽莎交往的所有三十多岁的男子都变得几乎一模一样……那种共性究竟是什么，要好好想一想……

玛尔法死后，丽莎把外甥季莫菲收为了义子。这个孩子天生有生理缺陷，在民间称作“兔唇狼咽”。虽说这种生理缺陷丝毫不影响智力的发展，可让孩子本人以及亲戚们的生活非常难过。丽莎在这个孩子身上花了不少功夫，常带他去医院，做了几次整形手术，对这个儿子十分上心。她把孩子从姑姑那里接来，姑姑很高兴，差点去吻丽莎的手。丽莎为此丢掉了新闻记者的工作，去一家旅行社做合作伙伴。那家旅游公司的生意很不错，这在很大程度上多亏了丽莎会打电话的本事。她能说会道，态度特别和蔼，还善于交际，此外，她还有一种异常悦耳的音色。

总之，一切进展顺利，钱也足够花，她把自己在远郊的两室小公寓换成了在米乌斯区的三室公寓，住到了这个莫斯科老区的一栋很像样的斯大林式楼房里，她给季莫沙[1]总共做了四次手术，他

1　季莫菲的爱称。

变成了像玛尔法小时候一样漂亮的孩子，可比玛尔法要聪明得多。儿子快六岁的时候，结束了一系列的整形手术。外科医生说，当孩子的脸彻底定型后——他长到成年人的时候，不排除还要再做一次手术。季莫沙伶俐可爱，性格也不错。只是满头亚洲人的黑发暴露出孩子的父亲不知是谁……

一切都很好，可丽莎发愁起来。她想要自己的孩子，希望怀孕生个孩子。而且可能的话，想要个女儿。这是她顺遂生活中的唯一缺憾——她从未嫁过人。她并没有感到有什么巨大的社会压力，因为身边有许多未婚的、离婚的、单身的女人，不过更多的是深受家庭生活折磨的女人，她们总在抱怨自己的丈夫，说他们找昔日的美女做情人……一个人所共知的事实是，十九岁时不管找个什么人，随便嫁给他要比到了三十岁才解决这个问题容易得多，因为人到三十岁就会懂得，什么样的人才是真正的伴侣。到了这个年龄，能在社会上多少站住脚的所有男子都已被人挑光了，他们结婚又离婚，之后重新结婚，剩下单身的都是些积习难改、不想成家的光棍，还有的就是那些在集体相亲的场合都让人看不上眼的人。

丽莎最近的一次艳史是与一个已婚的男人，各方面都合适，可罗曼史还是自行结束，他们分道扬镳。后来又与一位年轻人帕沙有过一段办公室故事，帕沙是他们公司的经理，飙车好手，还喜欢某种荒诞的爬屋顶的运动……丽莎正是与他怀上了孩子。出乎丽莎所料的是，他知道这个消息后非常高兴，立刻向她求婚，并且是以相当传统的方式求婚的，给她送来了一束鲜花和一枚装在红盒里的戒指。丽莎也深为感动，收下了戒指，但并没有答应嫁给他。

让丽莎与尤利克的命运结合的另一次尝试也同样不很高明。丽莎当时正怀着孕。他俩是在尼基塔大门附近，在丽莎的办公室里碰到的，尤利克和娜拉去那里购买去克罗地亚或是黑山的旅游套票……娜拉有了这样一个仓促的主意，十五分钟后，她便与儿子去了最近的一家旅行社。

丽莎手拿电话坐在那里，用一只手捂住了话筒，挥了一下手说：

“等一下！请等一下……”

自从他俩在电影联欢节上最后见面，已有一年过去了，这次尤利克凭声音就听出来是她。那种声音十分低沉而温柔，音色特别好听。

丽莎劝他们别买旅游套票，建议先在杜布罗夫尼克市预订旅馆，然后再去买票。从那里可以乘大巴去黑山一两天……这样既省钱，又感到比较自由。娜拉笑着问：“那你们的生意该怎么做？我有点不大明白……”

丽莎也笑着回答：

“我自己也并不是总能明白……在我看来，这样做对于你们更合适。”

她就像马戏团里受过训练的兔子一样，用长长的手指敲了敲自己的大肚子。同时，给娜拉订了旅馆……

他们这一别又有两年没有见面。每个人忙于自己的事情，丽莎生下了女儿奥莉娅[1]。季莫沙很高兴，他对新生的小妹妹表现出来的那种兄妹间的柔情和喜悦，丽莎之前还从来没有见到过。帕沙在丽莎怀孕期间给予了许多帮助，如今已搬到丽莎这里住，因为身为人父的强烈的感觉在他身上苏醒了。很奇怪，在这个如此粗糙的小伙子身上哪儿来的这么多的柔情和激动。一个月后，丽莎已打算雇个保姆照看两个孩子，自己好去上班，这时帕沙恳求说，

1　奥莉娅的大名是奥莉加。

他自己想待在家里照看孩子。季莫沙很黏帕沙，两个家伙的关系很好……于是，丽莎决定试一下，帕沙离职在家照看孩子，而丽莎每天大多数的时间待在旅行社，因为她不在期间旅行社生意开始下滑，她想努力再把生意搞上去……

帕沙也以一种并不示弱的干劲带着孩子成长。他们在克拉斯科沃租了一套别墅消夏，他在家照看孩子，他妈还来看望过这个家庭。起初，帕沙的母亲极端仇视丽莎，但渐渐地态度有所缓和：诚然，丽莎已是个“老太婆”——她比帕沙大八岁，但在其余方面，任何一个年轻女子都完全比不上她。

帕沙的成长里没有父亲，因此他十分喜欢这种他之前没有尝试过的家庭生活，这种生活丽莎也喜欢。在他昔日的飙车好手们中间，谁都没有这样一位出色的女人：漂亮又稳重，有文化又能干。帕沙习惯了把自己的激情释放在飙车和屋顶跑酷上，而不大会处理感情问题，不过他很珍惜两人友好的关系。总之，一切都很好，丽莎星期五傍晚来别墅，一直待到星期二早晨，有时候待到星期三，她这样的生活节奏既不耽误自己的事业，也让两个孩子觉得很幸福。

对于旅游业来说，夏天是个旺季，丽莎怎么也不能扔下自己的办公室完全不管。她不在时，总会出现一些差错和糊涂事。8月的一个星期二，丽莎刚开车驶出那座黄色大楼内院门口，旁边就是她把自己的福特牌汽车停在那里的旅行社，这时她看见尤利克带着两把吉他拼命地向来往的汽车挥手。向新阿尔巴特大街拐弯的这个地方是禁止停车的，他可能要站在那里久久地招手打车……丽莎把车开到他跟前喊了一声：“快上车！”

尤利克跳进了汽车，等坐在丽莎身边才认出她来。如果把玛尔法葬礼那次也算在内，这是第五次尝试，尽管那次他俩恰巧相互没有见到。可尤利克想不到这些，只是丽莎在记着见面的次数。

"我们去哪儿？"

尤利克说出了一个很有名的青年俱乐部的地址。

"你有演出吗？"

"嗯，算是吧，我在那里，"他笑起来说，"做系列讲座。关于爵士乐音乐史的系列讲座。今天是第一讲。暂时还不知道能否讲好……"

"若可以的话，我也想听听。"

"那太好了！我其实也不知道是否有人来听。你若来，至少我会有一个听众……"

大约有二十人聚在一个不大的厅里。尤利克坐在第一张桌子后边，那是从总共八张小桌拖到前面的一张，他请丽莎坐到他对面。凭着音乐演出的经验，尤利克知道，如果你面对一帮陌生的听众，那最好在其中有个可以呼应的面孔。他就像老师给一年级小学生演示字母卡片那样，开始了关于爵士乐的讲座，让听众有种发现的感觉——眼前有什么正在发生。

"今天，我们暂且不讲在二三十年过程中逐渐形成的爵士乐，而要讲讲爵士乐之前就存在的一些音乐现象，那些现象始终存在，但当它们幸运地结合在一起，就大大推动了一个巨大的音乐流派诞生，这个流派就是人们所说的'爵士乐'……"

随后，他边讲边演示了丽莎根本不知道的各种知识，他弹了许多吉他曲，用小鼓打出各种节奏，还偶尔哼出某些乐句。他演奏了布鲁斯舞曲、美国的奴隶歌曲，他请求原谅他难免老生常谈，给布鲁斯舞曲下了一个早已俗化但经典的定义——"让人感到难受"……他弹了吉他，演示了乐曲，哼唱了几句英文歌，随后译成俄文，之后重新唱起来……就这样一直讲到了黑人基督徒信仰福音书，讲他们的圣歌、赞美诗，以及一切被称为"黑人灵歌"的东西……后来，他突然打住了自己的话，说扯得太远了，这完全不属于自己计划讲的范围，但许诺一周后他将继续从这里讲起。告别时，他弹了世界上最有名的一首“灵歌”《摩西，请往下走》（“Go Down, Moses”）。

课后，他走到稍有点萎靡不振的丽莎跟前，对她表示感谢，因为他“看着她”能讲得很棒，还因为她有一张聪明的脸，这样说还不够，应当说是有一张移情的脸。

“‘移情的脸’，俄语不这样说，可我喜欢。这个讲座真不错。太棒了！”于是，尤利克拉起丽莎的手，把她带到了一家酒吧，每人喝了一杯橘汁，由于种种原因他们没敢要酒……

后来，他俩坐进了车里，开车离开了俱乐部。两人心里这时都在想：“我们究竟去哪儿？”

两人几乎同时说了话。丽莎问：“去你那儿？”尤利克说：“到我家吗？”于是，他们折回尼基塔林荫道。娜拉恰巧不在，不是去了车里雅宾斯克，就是到了彼尔姆……

在尼基塔林荫道上的那栋公寓楼，窗户斜对着丽莎的办公室。尤利克一家已是第四代住在这里，有一百多年，这套公寓还住过那位盲人合唱指挥以及他的那位不幸的妻子，也是外祖母阿玛丽娅与外祖父亨里希的不幸婚姻、阿玛丽娅和安德烈·伊万诺维奇的幸福爱情、维塔夏及其文学练习本，还有一生都处在爱情交锋中的娜拉和坦吉兹的见证……这套公寓也满怀好感地接纳了他俩。这里很舒适，任何东西都不妨碍他们……

此后，尤利克和丽莎要过一段长期的同居生活，他俩并没有立刻料到这点。精神和肉体哪个更重要，这个愚蠢的问题从来没有困扰过他们。他们尝到的是一种完全、彻底的性爱，这种性爱并非谁都能得到。

他俩站在热水淋浴下，就像初尝禁果的夏娃和亚当那样相互欣赏着对方……哪还有什么要认知的？他俩的个头儿几乎一般高。他的身材消瘦，有点溜肩，腿也不大直，她按照如今的标准有点偏胖，乳房因自身的重量有点下垂，臀部就像穿了一条马裤。热水浓浓的蒸汽把他俩身体的皮肤变成了粉红色，淋浴水柱就像伊甸园的那棵苹果树立在他俩中间……

后来，他俩坐在厨房里吃红苹果，因为家里没有其他东西可吃。丽莎一口就咬掉了半个小苹果。

“我更喜欢吃绿苹果，不过红的也行……”

“我得让你失望了，因为我未必能给你买纯绿色的苹果……我是色盲。”

“这没关系。我自己能买到我需要的一切……”

尤利克三十四岁，丽莎三十二岁，之前他们俩都有过情史、艳遇、失败的交往和十分成功的关系，但这时两个人都强烈地感到，一切往事都将化为乌有，也毫无意义。仿佛整个世界上只有他们两人，虽然他们暂时相互还不大了解，不过最本质的东西已无须任何语言的解释就已得到解决：她接纳了他的吸毒史（尽管众所周知的是，并不存在所谓的“前”吸毒者和“前”克格勃成员），接受了他那杂乱无章的演艺圈生活方式，也容忍了他对她所珍惜和营造的那种稳定生活的否定；而他接纳了她及其孩子们，接受了她诸多的家庭问题，还有身份不明的帕沙、姑姑玛加丽塔和旅行社……

第四十三章

家庭秘密

（1936—1937年）

“婚姻不能靠通信来维持。你快来吧！”雅科夫给玛露霞写信说。他这样说也许是对的。在他六年流放期间，她只探望过他一次，那是在他的受难之初，1932年她去过一次斯大林格勒。他与妻子第二次见面是在莫斯科火车站上，那是两年多之后他从斯大林格勒监狱转车去新西伯利亚。当时上站见他的还有妹妹伊娃和她的丈夫，可并不是他俩妨碍了他做解释的可能：换车时间总共三十分钟左右，他们要从库尔斯克火车站跑到喀山火车站，当时还有来自国家安全部的一位大尉一直在场，大尉已年纪不轻，一副疲惫不堪的样子，他给雅科夫开了一张去新西伯利亚的车票。流放者相比囚犯们的一个特殊待遇，就是能领到一张免费车票去往受惩罚地点。匆忙中说的几句话其实无关紧要，眼神要比说出来的话更能说明问题。玛露霞见面时情绪沮丧，一副倦态。她的眼圈发黑，她那一贯的消瘦（她总在抱怨自己又瘦了）让雅科夫感到对不起妻子，是他身不由己地让妻子跟着受罪。

但是，并不只是这些可见的痛苦状态让雅科夫感到压抑，他内心深深感到妻子对他的失望，他自己曾给她做了许多承诺，可在实际生活中又让她经常有受骗的感觉。她的样子看上去很不幸。这最能表明他俩的内在素质存在着差别：要想成为幸福的女人，玛露霞需要经常的顺遂、成功和人们的承认。当玛露霞赞赏雅科夫的才华时，是相信他们的光辉未来，她的力量也就会倍增。她容易激烈冲动，可感情脆弱，力量单薄；她的愿望来得强烈，可也去得轻快。她内心不想承受生活的种种打击，因此怨天尤人，哀叹生不逢时，进而陷入了绝望。

雅科夫没有什么“不幸”的感觉，他也不允许自己有这种感觉，每当这种念头闪过，他自己就觉得羞耻，因此即使身处艰难困苦的环境，他也尽量从每天生活的微小馈赠中汲取快乐：譬如，太阳闪出了云层，窗外枝头挂上了葱绿，路上迎面走来一位招人喜欢、能与之交谈几句的人，而最主要的是见到一本好书，这都能让他快乐。玛露霞也会为各种小事感到快乐，但这需要雅科夫在她身旁，假如无人观看和见证，她的快乐就差了许多，因为演员永远需要有观众。

他曾相信凭着自己男人的威力，凭着让他俩共同生活变得丰富多彩的那种美好而珍贵的情爱，也许能够克服玛露霞内心的压抑感。要去抚摸她，亲热她，吻吻她，把她带上快感的高峰，甚至走进一个极为纯净的、超越肉体快乐的领域……

然而，无论他有多么高超的写作造诣，也无论他给妻子写了多少温柔的甜言蜜语，他不在她身边，这就是个不可逾越的障碍。从她的来信中，从她信中爆发的不满，从她的指责和伤人的话，而主要的是从日益增长的、强烈的意识形态抗议中，他感觉到了这点。她称自己是个“党外布尔什维克”，指责雅科夫在政治上短见，指责他陷入小资产阶级的泥潭不能自拔。这就使得她不可避免地疏远了雅科夫。雅科夫知道玛露霞对事物的敏感以及她接受新鲜工作的那种热忱。在福禄培尔学院学习期间，她曾经迷上了教学法，还迷上了被一位从事教学法的姐妹批驳的儿童学和“进入”拉别涅克学校的新宗教，随后又对戏剧和新闻工作入迷，她的个人爱好常常从一种换为另一种，虽说她对“最高利益”的感人信念令雅科夫大为感动，但雅科夫也不希望她以党外人士的方式对“布尔什维主义”迷恋，最终会招致她入党。况且，她也不会被接受入党，因为她是破坏分子、人民公敌的妻子……不过，还有一个内在性格的障碍：有玛露霞未必能够逾越的一个界限——她其实是个浪漫而生活无规律的人，因此任何纪律，尤其是党的严格纪律她肯定接受不了。雅科夫从青年时代起就去服役，可玛露霞从来没有让自己受过循规蹈矩的上班生活的约束。直到生命结束，对于她最为可怕的事情是“翻小牌”，即每天定点上班，不能迟到，上班来和下班走要翻一下挂在一个专门制作的木板上的小牌，标示着每个员工的出席情况。

还有一个想法让雅科夫不安：他知道玛露霞很易受人感染，因此怀疑她落入某种新的、强大的影响之下，这就是男人的影响。雅科夫并不是个心胸狭窄的男子，尽管玛露霞在年轻时曾常常无意中讲一些事刺激雅科夫，说有些有身份的风流倜傥的男士对她尤为注意。她多半不是用讲故事的方式，而是通过写信……可雅科夫甚至以稍带虚荣的自豪感去看待她的这种成功。他完全能够理解那些对他的未婚妻，也是后来的妻子表现出兴趣的男人……雅科夫根本不想拿玛露霞的雪肤花貌去与其他女子做比较：因为玛露霞的魅力超群……甚至在妒火中烧的时候，她也没有失去自己女性的魅力。

可玛露霞的妒忌毫无理由，因为雅科夫从没有背叛自己的妻子。当然，不能说其他一些女人不喜欢雅科夫。她们喜欢他，并且还相当喜欢……在年轻时代，他曾要死要活地爱上一位中学女生利季娅，但她更爱另外一个小伙子。因此，雅科夫在十七岁时就饱尝了被人拒绝的痛苦。更早些时候，他喜欢上了隔壁建筑师科瓦连科的小女儿，也爱过一位朋友的妹妹，还钟情过一个认识的高等女子讲习班学员……后来，他已与玛露霞结了婚，还喜欢上了在哈尔科夫曾给他输过液的女护士瓦莲京娜·别洛格拉佐娃，又喜欢上了人民劳动委员会的秘书娜杰日达·尼古拉耶夫娜·别利斯卡娅，他常去那里办事。雅科夫喜欢最后的这位姑娘，她也非常爱雅科夫，并让他明白这点……并不是眼睛，而完全是渴求得到满足的身体另一器官给他发出了信号，可他毅然地将之回绝。他控制住了自己的身体，没有迎合那种欲望……总的来说，虽然他们夫妇接受物质第一性、精神第二性这一定理，还是很好地互相利用身体去得到夫妻生活的快乐，但他们视摩西的第七条戒律[1]是神圣的。

玛露霞恰恰在这个地方有些想不通：她究竟为什么这么痛苦地觉得丈夫喜欢另一个女人。他没有出过轨，而且也发过誓……但如果他想去找另一个女人，而仅是考虑到道德才让他罢休，那么，道德是什么东西？是不是纯粹的精神？这么说，精神不就高于肉体了吗？于是，玛露霞想得累了往往就哭起来……但与此同时，她主张完全贞洁的夫妻关系，并且常常用来自丈夫口中的一些自白折磨自己，因为他说他的机体见到某位女士会有怎样的反应……

但是，现在这属于雅科夫回忆的范围，这些回忆只能让他郁闷地笑笑而已。既然他无法修复，也不能改变妻子的情绪，因此他只能把弄清楚两人的关系并将之恢复如初的工作推迟到他能搂住她那瘦弱肩膀的时候，同时，也让自己抛掉了那种妒忌的担心，

1 即“不可奸淫”。

也就是生怕有另一个男人控制住玛露霞的情绪和思想，搂住她的双肩，并且做出通常的所有动作，在其中既没有美，也没有奥秘，而只有协调一致的机械性动作……后仰的脑袋，青筋暴涨的脖子，睡眼惺忪，眼缝中露出珠母灰的眼睛……还有下巴上拉得扁平的小窝……这些细节让他浑身难受……但他驱走了这些想法和回忆，而把自己的精力——诚如他所说——用到富有成效的生活上，去上班，想着怎样搞到一些外快，诸如，做外语和音乐的家教，想着怎样安置自己的生活，怎样给莫斯科家里寄钱和包裹，而这些东西通常走的是相反的方向，是从莫斯科寄往比斯克流放地的。

从家里来的信让人寒心。玛露霞从过去翻腾出来他俩的一切龃龉，包括艺术方面的和政治方面的分歧，还让它们充满了一种新的强烈色彩。雅科夫刚要做解释，可又招来新的不快，而且玛露霞动不动就要闹一番，直到雅科夫明白了她是故意找碴儿吵嘴……雅科夫的回信愈来愈克制，两人通信的间隙也愈来愈长。

同时，雅科夫的湿疹以前所未有的力度复发了。两手、两脚全都盖上了干裂的皮屑，随后变成一个个化脓的小溃疡疱裂开。他浑身发痒，灼痛难耐，坐卧不安。白天他还可以强制住自己，可半夜入睡后，就把自己抓得浑身是血。他痛醒来，之后重新睡着，整个人陷入一种奇怪的状态，仿佛他的意识与难耐的瘙痒纠结成了一个规律：我要睡觉，在睡梦中我可以挠挠这些伤处……

身体状况成了通信中最安全的话题之一。他有一次给妻子写信说，湿疹闹得太厉害，这让他抛开了本应进入脑袋里的诸多烦恼的思绪。

收到这封信几天之后，玛露霞的腕关节也瘙痒了起来。看来，她与丈夫的关系要比她所希望的更稳固，更深刻。雅科夫自己的猜测在一定程度上是对的。玛露霞曾努力想摆脱开雅科夫，但是做不到。于是，她在下意识地寻找一种男性的权威。

她已不再是魅力四射的年轻女演员，也没有什么激动人心的明确未来，就连一些成年男子都不愿再多看她几眼。然而，她并不是要寻找一个男人，而更像是要寻找一种能让自己得到解脱的思想……她很久前的一些妇女解放思想在此处行不通：不管玛露霞怎样反对，男人毕竟还是这种思想的载体。

自尊与不自信的感情混在一起，在玛露霞心里造成了一座室内地狱，雅科夫善于用自己睿智的爱将之化解，可她身边只有儿子亨里希，儿子本人也需要支持。儿子也像玛露霞一样，准备飞向高处，况且这是一种原义上的高飞——驾驶滑翔机、飞机，飞向空中，天空……可生活把他带到了正好相反的地方，去修建地铁，去了地下的空间。不过就是在那里，在地底下，他依然找到了自己心爱的那种共产主义的浪漫激情，玛露霞尽自己可能支持他，尽管她本人也很艰难……

伊万·别洛乌索夫在这时候出现了。此人她过去就认识，还是他们在基辅的青年时代，他是玛露霞哥哥的朋友，曾一度疯狂而无望地爱过她。他曾经在他们家的院子里度过夏天的傍晚，他坐在一张长形的木板桌子旁边，桌子侧面摆着放茶炊的小茶几。常有些不愉快的小事发生在伊万身上，他不是让茶炊烫伤自己，就是碰倒茶杯把茶水洒在玛露霞父亲的帆布裤子上，还有一次他踩了一只卧在桌子下的老狗，结果让狗咬了一口——这也许是他有生以来受到的最大的惊吓……人们常取笑他，世上没有人能像伊万那样宽厚地对待人们对他的取笑和捉弄，以及玛露霞哥哥米沙即兴逗他玩的话。

别洛乌索夫不善于掩饰自己的感情，他就像小孩看着糖果那样盯着十六岁的玛露霞，玛露霞假装生了气，可却在他面前摆出娇媚的样子，总要卖弄风情……她与别洛乌索夫一起看过几次剧，可觉得自己在他身边不舒服，也不般配。别洛乌索夫身高几乎两米，他弯下腰来拉玛露霞的手，玛露霞才几乎与他等高，玛露霞抽出自己的手，劝他下一次随身带个狗颈套或者系狗带，这样他们遛弯大概会更自如些。他那过高的个头往往引起身材相当矮小的克恩斯一家人的善意嘲笑，他总对自己的个头、露出袖口有几厘米的又细又长的两只胳膊和那双大皮靴感到尴尬，皮靴是亚美尼亚鞋匠给他定做的，向他多要了做普通皮靴的一半价钱……伊万满脸通红，汗津津的两手搓着手帕，之后用它擦擦额头和鼻孔朝天的大鼻子。从外表看来，小伙子性格随和，模样丑得可爱。

然而，伊万·别洛乌索夫是个真正的革命者，是在基辅为数不多会写传单的布尔什维克，他的第一张传单就是因托尔斯泰去世而写的，那张传单很有煽动性，号召人们团结在“俄罗斯社会民主工党的旗帜下，要为推翻压迫人民的政府，消灭沙皇刽子手的暴力和专横，消灭致命的症结以及其他祸根，消灭腐朽的资产阶级—资本主义制度的鄙俗现象而斗争……”托尔斯泰生前未必会赞成这种做法……

起初，玛露霞不认为他是个真正的活动家，只是1913年秋，当基辅让贝利斯案件弄得波动不安的时候，他给她送来一张传单，号召人们抗议俄罗斯对非俄罗斯民族的压迫，要为巩固各民族工人的国际联盟而斗争，同时让她明白他就是这张传单的作者。那时候，玛露霞对伊万·别洛乌索夫产生了一种郑重的敬意，但仅此而已，因为她的命运似乎已经与雅科夫永远联系在了一起。

伊万·别洛乌索夫这时已被大学开除，他成了俄罗斯社会民主工党基辅委员会的委员并主管宣传小组工作，他也邀请玛露霞到那里工作。尽管他在玛露霞面前说话脸红，两手依然搓着手帕，但已不再无望地追求她……玛露霞虽几次造访了这个地下机构，但她还是更热衷于福禄培尔的事业。

战争爆发前不久，伊万·别洛乌索夫销声匿迹了。玛露霞也再没有想到过他。可二十年后的1935年，在红色教授学院教室里为新闻记者们专门开设了“党史”课，她去上课时才重新见到了他。讲课人是位已谢顶的大个子，身穿灰色的军上衣，原来这个人就是别洛乌索夫同志，他已是一位教授了。

他第一次讲课是从引用列宁的语录开始：“只有用人类创造出来的全部知识武装自己头脑的人，才有可能成为共产主义者。”之后，他从马克思讲到恩格斯，这些知识玛露霞从前就知道，但依然认真地听着。伊万讲的东西很确切，发音吐字清楚，但他缺乏讲课艺术。因为玛露霞有可比的对象，她在福禄培尔学院听过课，授课的都是些大牌教育家……

课后，玛露霞走到别洛乌索夫教授跟前，不，她并不想让对方想起他们从前认识，而是就讲课内容提个问题……总之……想从近处看看他……

“是玛露霞吧？你怎么来了？”他的脸一下子红了，从裤兜儿掏出来一条皱了吧唧的手帕，擦去额头的汗珠。

是他，这是他，就是从前的那个伊万·别洛乌索夫。不能说她喜欢上了他的这副新面孔，但起码是对他感兴趣。他把玛露霞送回家。从受难者修道院沿着林荫道走到尼基塔大门，之后拐到她家住的那栋楼。他并没有像早些年那样深深地弯下腰，而是玛露霞向上伸直自己颀长的脖子，他则从上往下看着她。玛露霞觉得他的目光温柔……他俩在楼门洞前告别了。从此后，他们恢复了朋友关系，开始交往，交谈并讨论一些政治新闻。玛露霞欣赏他人生中的无产阶级的坚定性，这正是她本人所缺乏的……

3月初，阿霞·斯莫尔金娜打来了电话，她是玛露霞的一个很少见面的表妹。她请求来玛露霞这里坐一会儿。时间很不凑巧，但阿霞说自己就在玛露霞的住宅楼附近，那就只能让她上来。在众多的表兄弟姊妹中间，阿霞为人最善良，可也最糊涂。这两种品质或许有某个共同的界限，不过，有些聪明的恶人可能会把这两种品质结合在一起，去为自身缺少善而辩解。不管怎样，善良而糊涂的阿霞来了，她从年轻时代起就赏识玛露霞的才华（真的和假的）、美貌（到这时已有些消退），还佩服她的智慧和教养，同情她遭到的不幸命运。她尽管十分赏识玛露霞，但认为雅科夫更要高出一筹。

阿霞经常给予亲朋好友及时的帮助，可亲戚们对她评价并不高，大家把她的同情心和大公无私视为理所应当，只有一次，阿霞因自己默默地做了一些好事儿而被人感激。那是她上门为病人切脓疮，打针，做雾化吸入法，还为一些弥留之际的老太婆做灌肠……阿霞终生难忘一件事，那是雅科夫从哈尔科夫回基辅休假三天，他捧着一大束鲜花（早已被忘却的关爱象征）来她家看她，吻了吻她这位外科护士带着酒精味的手，感谢她用自己的医术救了他的儿子和妻子的生命。他在1916年到哪儿弄到的鲜花？

“瞧您说的！您说到哪儿去了，雅科夫！这样说太夸张了！对人们能有所帮助，我很高兴！”阿霞喃喃地说，好像觉得自己获得了勋章似的。从那时起，她就认为雅科夫是自己一生中见到的一位最高尚的人。

在少有的家庭聚会上，亲戚们都聚在一起，阿霞通常坐在桌边，用两眼“吞噬”着雅科夫，根本注意不到表兄有好几次对她使了眼色。她认为自己在雅科夫面前表现的惊喜，绝不是什么爱慕之情，因为她从年轻时就深信任何一个男子都不会娶她，因此不要对此抱着什么非分之想，而最好还是为身边的人们服务。“他人”一词在她的词汇中是没有的。她没意识到自己已经立下了苦修的誓言，甚至也没有觉察到自己所做出的这种牺牲。唉，这难道不傻吗？

她来找玛露霞时也面带糊涂的笑容。她上唇边上长着细嫩的胡须，这愈来愈赋予她男人的气质，她的两眼挨得很近，可炯炯有神；她咧开大嘴笑着，露出了两排整齐的皓齿，仿佛是碰巧给她安的。她进门时手里还拎着一袋小蛋糕。玛露霞把热水壶放在房间里的电炉上，想尽量少去公共厨房。她俩喝茶，就着黄油卷点心，聊起了家中的各位亲戚，可玛露霞关于雅科夫什么都没有说。但阿霞问雅科夫写信说了什么，于是玛露霞说起他的湿疹加重了。阿霞听后拍了一下手说：

“你说什么呀！这可真是巧合！薇拉奇卡的阿涅奇卡也得了湿疹！”

玛露霞只是耸了耸肩，心里想：谁是薇拉奇卡？阿涅奇卡又是什么人？她干吗这么高兴？

“你别多想，我高兴是因为我的一位同事薇拉奇卡在莫斯科郊外找到一位农妇，这是一位用草药治病的医生，或者类似的什么大夫，她给薇拉奇卡的女儿阿涅奇卡开了一种兑好的药水儿，黑乎乎的，很难闻，天晓得是用什么做的，可是真管用！原来，那种药水有神奇的效果！两周后皮肤上任何痕迹都不见了！这就是不久前的事！你愿意的话，我去打听一下，我们把这种药水儿也给雅沙弄去！”

玛露霞很快就把那位用草药治病的乡村医生和她制作的草药忘得一干二净。可一周后阿霞又打来了电话，兴高采烈地告诉她已经弄到了那种药水儿，还说那个农妇是个很好的女人，住在菲尔萨诺夫卡村，家里摆满了圣像。她笃信宗教，可思想不守旧，并且人很明智，甚至还受过点教育，书架上摆着一排植物学书籍……她是个真正的草药医生，她的奶奶就曾是草药医生。民间草药当然要比任何药店卖的药都强，应当赶快把这种药水给雅科夫捎去。一定要尽快捎去！因为这种药水在两周内就会发霉失去药效。

玛露霞请她到邮局把药寄走。阿霞顿时失语，但很快就缓过来说，邮寄是可以的，但就怕药水寄到时会发霉……况且，邮局是否接受瓶装药水的邮寄业务？

玛露霞客气地，但也带点挖苦的口气向阿霞解释，说她自己最近不打算去比斯克，如果阿霞认为有必要，那她可以去一趟，哪怕今天出发。

阿霞证实了自己助人为乐的名声并非虚传，茫然地问了一句：

“玛露辛卡，可我没有雅沙的地址……”

“比斯克市，街区大街27号。请原谅，阿霞，我现在不方便与你说话。”随后她就把电话挂了。

“真说对了，阿霞确实是个真正的傻瓜！”玛露霞气愤地说。

阿霞真的去车站买了一张去新西伯利亚的火车票。售票处有人告诉她，到新西伯利亚后，她就可以换乘当地列车去比斯克。第二天晚上，她已经乘上了开往比斯克的火车，那个地方玛露霞还从来没有去过。

旅行箱套着粗麻布套子，阿霞在里面放了一个装满褐色液体的塑料瓶，用一张黑纸紧裹着，还有几包裹好的食品——两瓶家制果酱、两斤面粉和两公斤米。她观看着车窗外飞掠而过的自然景色，她已经三年没有休过假，随着窗外景色的推移，阿霞一路上感到十分高兴。

从年轻时代起，阿霞就在各个野战医院和普通医院里工作，与医生和患者们度过了自己的绝大部分人生，有两次她还有幸给几位外科大专家当助手。其中一位在战争期间被偶然落在野战医院的炮弹炸死了，另一位是地方自治局派来的老医生，他在手术时死于心肌梗死。她渴望与一些令人佩服的优秀人士一起工作，可是如今一些外科医生，她虽然与他们一起工作，可并不敬佩他们，因为有些人喜欢接受患者的礼物——就是受贿，另一些人则以贪恋女色著称，他们身边总簇拥着一帮漂亮的小护士，找个方便的角落就与她们寻欢作乐……可耻，真可耻……

阿霞在自己身边没发现什么有理想的男子，可在远方某个地方有雅科夫存在，她从青年时代起就视这个人为理想的人和理想的男子。她要带上那瓶褐色液体去几千公里之外，去治愈他的病痛，让他免受痛苦。因此，这不是一次普通的旅行，而在完成一种使命，一个远亲要去十二月党人曾经流放的远方找一个流放犯。唉，遗憾的是，这次是她去而不是玛露霞，要知道妻子的到来大概会让雅科夫更加高兴！

正当做事欠考虑的阿霞带着旅行箱里装的那瓶圣水前往阿尔泰地区的时候，玛露霞也常常想到雅科夫。其原因就是伊万·别洛乌索夫，她与他（不是空穴来风！）有了新的关系，其中党史是他俩谈论的主要话题，玛露霞也动情地回想起当年那个满头鬈发、身体笨拙的伊万企图拉她手的情景……

如今，伊万每次讲完课送她回家，拉她的手已毫不犹豫，他对她的态度友好，但有分寸，从没有什么越轨的举动。不过，从党史这个主要话题开始的谈话，不知怎么缓缓地转到对年轻时光的回忆……有一次，他掐住了她的肘关节靠上的地方，掐得不松不紧，劲儿大小正好……一刹那间，玛露霞觉得自己已背叛了雅科夫，是的，是想背叛他……回家后，她仔细斟酌了这天晚上伊万说过的每句话，并且明白了自己同意他的所有观点，可雅科夫也许不会这样，可能会提出一些尖锐批评！于是，她内心对丈夫涌上了一股愤恨。

是的，应当承认，青年时代的那个举止笨拙可笑的别洛乌索夫，如今更合她的心意！他也很有教养，尽管和雅科夫的那种不同；他也是个会写作的人，尽管还是另一类的！但是，他早就具有的无产阶级的朴实与雅沙的资产阶级的奢华相比，是怎样取得了上风！

课后，他俩一起漫步的时间愈来愈长，雅科夫往往出现在一个被屏蔽的地方，仿佛成了他俩交往中的第三者，玛露霞与伊万进行大声的谈话，而与雅科夫——在暗自交谈……

去比斯克的火车要等三小时，于是阿霞就来得及给雅科夫拍了一封电报通知她自己要来。可雅科夫没有去接她。天色已经很晚，阿霞拉着行李箱和提包，穿着高跟毡靴，在刚刚下过的鹅毛大雪中深一脚浅一脚地踉踉跄跄往前走，寻找雅科夫的那栋住宅楼用了好半天工夫，尽管它距车站步行仅有十分钟路程。

当电报送来的时候，阿霞正摸黑在雅科夫的那栋住宅楼附近徘徊。阿霞根本想象不到，当雅科夫把那张电报拿到手中，看到盼望已久的、多年来已与妻子名字联系在一起的“接站”两字，他瞬间感到了一种多么强烈的、令人窒息的幸福，然而当他看清楚电报的署名是阿霞的时候，他又是多么深深地失望。他当下并没有弄清楚阿霞为什么要来找他——她是怎么想的？也许，是走错了？他穿上大衣走下了台阶，几分钟后把女客人接了回来。她把手套摘下来，他握了握她那只冻僵的手，拎起有一半陷入雪中的行李箱，把她领进了家，阿霞伤心得几乎要哭了出来。

他帮阿霞脱掉大衣，摘了头巾，脱了毡靴……之后，坐上了热水壶。阿霞笑了，搓着冻得通红的双手，灵巧的双手指甲几乎剪到了根部，指甲上留着一圈永远洗不掉的碘酒痕迹。

雅科夫甚至都没有关心去问她为什么来这里，因为深信她来这里肯定有某些私事要办，来出差或者在这里还有什么事……阿霞暖和了过来，雅科夫把一个茶杯和玻璃杯摆到书桌上（在他的那间小屋子里没有其他地方可放），倒上了茶。他俩吃着加黄油的面包，喝着一种劣质茶，因此阿霞很后悔没有想到，况且也来不及在叶利谢耶夫商店[1]里买点好茶……起初，谈话一直围绕着家庭的事，但阿霞并不了解玛露霞和亨里希的日常生活情况，因为很少见到他们，因此除了一些不用她说雅科夫也知道的事情，其余的什么情况她都不知道。于是，他开始询问阿霞的工作情况，她很乐意，甚至急不可待地告诉他有关医疗卫生局的情况，她在那里工作已有十年，她是怎么去的，怎么一度还给一些杰出的外科医生做助手，等等……

她迅速地瞟了一眼雅科夫的手，那双手的样子很吓人……

“请让我来看一下。”她请求说。

雅科夫把两手摊在桌子上，两手好像是戴着一副露指的血红色手套：手指最后一节指骨稍上翘，手指又长又白，是干净的，可从手腕往上一直到手背下，密密麻麻地盖着一层湿疹。她把手翻过来，开始观看手掌，没病的皮肤只到腕部，再往上就像是穿了一副用粗糙布料做的套袖。

雅科夫笑得胡子都抖动起来，他开玩笑问：

“阿霞，您就是为了这点破事来的？”

“当然啦！玛露霞给您写过没有，这种药品有多么神奇的疗

1　俄罗斯商人格·叶利谢耶夫1901年在莫斯科特维尔大街上开的一家高档商店。

效啊！我的女朋友……”为人诚实的阿霞纠正了自己，“我女朋友的女儿的湿疹在两周内就全治好了。要知道之前什么药物都已经用过，甚至还去了列宁格勒军事科学院，用X线治过，但无济于事……”

阿霞跑去拿自己的行李箱，外面的套子还没有摘下来，它下面的雪已经融化，她一把就把麻布套子撕了下来。雅科夫试图去帮她，但她自己……一直是自己……很快就把自己那个心爱的瓶子拿出来，拆开那层报纸，又撕下一层包得严严实实的黑纸，把它蹾到桌子上说：

“瞧！这就是给您的！”

这个阿霞多么可亲，又多么令人感动！她把这瓶可笑的药水从莫斯科给拿来……

“谢谢您，阿霞，我一定试试。我有过皮肤完全好了的时候，可后来又犯了……看来，能够根治湿疹的这种药还没有发明出来……我一定试试您拿来的药。”

“好吧，那就别浪费时间，我们今天就开始。阿涅奇卡在擦药第三天开始就有明显的好转。我请了两周的休假，可途中就要用去七天，因此我们现在就开始涂……我给您涂好药就去旅馆住。车站附近有旅馆吗？”

“阿霞，”雅科夫产生了一个荒唐的想法，“您来比斯克是出差，还是……有别的事？”

“没有，难道玛露霞没有给您写信吗？我弄到这种药水后，心想她自己会送来，可她在那里很忙……就把地址给了我……瞧，我就来了……”

这真是疯了……这个阿霞，这个女人，拿来了这瓶药水……难道就是为了这件事来比斯克一趟？

雅科夫挠着手，提议把第一次涂药推到明天，但阿霞坚持要立刻涂！可他斩钉截铁地说，今天时间已经不早了，该睡觉了，明天一早他还要去上班。

他让阿霞睡到自己的那张窄床上，自己打了个地铺，把床单铺到皮袄上。根本就不提去住旅馆的事了。倒是明天需要去警察局报户口……

雅科夫早晨就去银行上班。他下班回家看见阿霞坐在桌边，拿小钩针用细线挑着某个白色的玩意儿，她让雅科夫撞见干这件事感到很不好意思。

“人人都说这是‘小市民习气’，可让人感到快慰……”她很快就把自己挑的东西放进了针织包。

傍晚，开始了第一个疗程，同时他俩也开始了堕落。他甚至都没有来得及喜欢上这个女人。况且，在她四十年的人生中，就连在青年时代她也没有让任何男人喜欢过……但是，她在他的两臂和两腿，同样也在他起满了湿疹红斑的腹股沟做的那些有力而温柔的搓摸太刺激了，因此，一切就在瞬间，几乎下意识地发生了—— 一个男人长期的性饥渴与女人双手的职业怜悯凑在一起，就燃起了爱的大火……

阿霞从来没有勾引别人男人的意图，尤其是勾引自己敬佩的玛露霞的丈夫……但对于他俩来说，一切发生得如此迅速，又如此突然………

他俩躺在白色床单上，床单被褐色药水弄得污迹斑斑，他俩静静地相拥而卧，浑身也滚得全是褐色的药点，两个人都哭了。这是一场震荡，一次巨大的肉体欢乐，然而，当雅科夫重新堕入世界的中心，进入一个与他无任何关系的女人的肉体深处，可怕的羞耻感便退避三舍。剩下的只有感激……就这样，他们两人与羞耻一直斗争到次日凌晨，并且都是胜利者，几乎都战胜了羞耻。只是感到了心灵的空虚、柔情和新的感激……

他俩几乎夜夜相拥着入眠，就这样度过了整整一周。后来他们告别了，相互定好了似乎是永别。雅科夫把阿霞送上了车站。自从阿霞到来，三月雪就没有停过。阿霞抖掉了睫毛上的雪花，好几次从雪窝中抽出来就要陷进去的毡靴。雅科夫提着旅行箱，他带着某种如释重负的感觉吻了吻阿霞，把一只手伸到她的大衣里面，去抚摸她那沉甸甸的乳房，这个乳房生来是为了哺乳许多孩子，可迄今还没有让任何孩子吮吸过……他们之间约定，在这件事上两人毫无过错，是命运赠给他们的这种欢乐，他俩将会保密终生。而玛露霞与这件事毫不相干。至于说阿霞此行的主要目的，它并没有达到，那瓶神奇的药水对雅沙的湿疹丝毫不起作用……

在莫斯科也像在阿尔泰地区一样飘着鹅毛大雪。伊万·别洛乌索夫在厨师大街那栋楼的门洞等着玛露霞，当她身穿羊羔皮领子的黑色大衣，戴着羊羔皮手筒，描了眼圈，脸上略施粉黛下了楼，伊万突如其来地搂住她吻了一下。之前他俩之间还没有过这种动作，况且，这多半是十分兴奋的儿童式的吻，而不是男人的那种认真的亲吻……

玛露霞与别洛乌索夫教授密切交往已有半年了。他们的交往已经不只是他送她上下班和在林荫道上漫步。他俩还一起去综合技术博物馆听讲座，去观看各种有趣的演出。现在这次是伊万邀请玛露霞去大剧院观看歌剧《静静的顿河》首演式。

玛露霞起初心中忐忑不安。首先，该穿什么衣服？她去看首演式竟然没有什么合适的衣服可穿！其次，这次去看演出既是一个挑战，也是一种承认。是向可能在剧院里遇见的那些熟人挑战，是承认自己与别洛乌索夫教授的关系已经到了可以被邀去看剧的程度……之前二十五年，她是与丈夫一起去看剧的。不过，伊万在年轻时代也邀请过她……但最主要的问题，是该穿什么衣服？

认真考虑一番之后，玛露霞说服了自己，在这种情况下穿什么衣服都没有什么意义，这是无产阶级的艺术，倘若衣着雍容华贵去观看这种演出甚至还未必得体。更何况她没有华丽的衣服，而只有些早就不时兴的旧连衣裙，并已穿过好久……那只好这样吧！

他俩坐在池座里自己的位置上。伊万穿着自己惯常穿的那件军上衣，玛露霞身着袖口带花格的蓝色连衣裙，扎着花条宽腰带，衣着朴素，可颇有风格！他们聆听捷尔任斯基的音乐，是另一个捷尔任斯基，而不是已经去世的那位[1]。

玛露霞觉得他的音乐不能说好听，可也不能说难听，是一种奇怪的音乐。

音乐有些地方写得粗糙，有些地方又像是民歌……有一点玛露霞十分清楚，这绝不是肖斯塔科维奇写的……既没有什么力度，也没有什么创新。不过，肖斯塔科维奇因写了歌剧《姆岑斯克县的麦克白夫人》，有人已在《真理报》刊文把他批得体无完肤。她很想知道，歌剧《静静的顿河》将会怎样……

雅科夫不在身边，他若在的话，可能会讲讲捷尔任斯基的音乐好在哪里，不好又在何处……

演员们的声音都很美，尽管玛露霞觉得斯莫里奇导演的这部歌剧有点平庸。

这次去大剧院看演出让他俩的关系发生了某些变化。一切准备工作都已到位：雅科夫在她的生活中已几乎不存在，起码伊万是这样认为的，不过玛露霞也是这么说的。伊万本人与妻子早就处

1　费利克斯·捷尔任斯基（1877—1926），苏联早期领导人；伊万·捷尔任斯基（1909—1978），苏联作曲家，因歌剧《静静的顿河》赢得了斯大林奖。

在几乎离婚的状态，妻子和女儿住在基辅，他们很少来往。伊万认为这场婚姻持续了十年之久是个错误，他还向玛露霞暗示，他在自己的生活中只爱着一个女人，况且玛露霞也知道这个女人是谁……他目光坦诚地看着她，立刻让人想起基辅时期的那个逗人的万尼亚[1]·别洛乌索夫。

他在红色教授学院里讲工人运动史、历史唯物主义和西欧哲学等课程，在几家工厂组织学习小组，还写些小册子。他博闻强识，一生都学习德文，但读的是康德和黑格尔的俄译本。玛露霞还记得雅科夫是怎样狠批这些译本的，他认为翻译德国哲学家的著作是不可能的，因为俄语里没有形成哲学术语，结果造成所有的译文佶屈聱牙，难于理解。他还说过康德著作的英译本就容易理解得多，尽管这很奇怪。他谈到了语言的语法问题，认为语法与人民的性格有关，还说应当搞清楚，在这里什么以什么为条件：是语言以性格为条件，还是性格以语言为条件。“他一切都懂，什么都知道，并且对一切事情都有自己的一套理论，”玛露霞愤愤不平地想到，“但他从来不会简单地说‘是’和‘不是’。一切麻烦就是出自这个滑头！伊万为人简单直率，这一眼就能看出来。健康的无产阶级身体能清除掉头脑中的一切混乱，消除一切妨碍达到目标的毫无结果的空想。伊万的目标简单而高尚，就是培养新人，为将来培训干部，教授给青年人需要的充足的知识。雅科夫却总对一些无用的东西感兴趣，他不善于淘汰多余的东西，他的悲剧恰恰在于这点。这是智慧的痛苦！由此他就会与国家，与无产阶级国家经常产生冲突，可自己一辈子也没有想出什么好的东西来。因此，伊万在这个问题上是对的，雅科夫是错的。在这个伟大的

1 伊万的爱称。

事业里，失误是不可避免的，因此不要只注意失误，而要看它的成就。伊万在这方面又是正确的。家庭对我们产生了有害的作用。伊万的父亲是铁路工人，他给自己辟出一条人生之路，可雅沙的父母给他雇来了家庭教师，教他学习外语和音乐，那是一个资产阶级环境。可要知道我是多么希望从自己的小市民家庭，从小手工业工人和小店主的环境中挣脱出来，摆脱这种拥挤而窒息的犹太人环境。可我究竟到了哪里？来到了一个富裕殷实的家庭，每天是摆好的餐桌，资本家的父亲为首坐在桌边，雪白的餐桌布，白玫瑰色的餐具……有厨师和清扫女工侍奉。可我真想过一种朴素无华、内心纯洁的日子……”

这一切想法让她接近了伊万。这里没有任何情感的因素，而是一种多么正确、多么令人羡慕的直率，毫无知识分子的那种无病呻吟。

雅科夫的流放期限快要结束，玛露霞想到他不久就要归来就苦恼不已，因为她又要重新与他不断地斗争，并且常常会败在他的手下，再就是与他那些重要的科研事业相比，自己的工作就显得无关紧要，微不足道……还有，会给他在莫斯科落户吗？即使给他落了户口，他能否找到一份差事？假如不给落户，那他就又要去某个遥远的地方，她还要这样生活下去，身上打着被歧视女人的烙印，他还给她留下一大堆材料，让每个政工干部都看到她的社会污点。看来，唯有离婚才可能让她去掉这个烙印。

但亨里希就在她身边。他已经二十岁。他已不是那个娇生惯养、变化无常的小孩，而不知不觉地完全长成了一个新人，他既注重实际，又目标专一。他过着成年人的艰难生活，并应付自如。他把自己每月的工资交给母亲，只给自己留下乘公交车和午饭所需的钱。他加入了共青团并引以为豪。他在工农速成中学毕业后考入了技工学校，对学习十分上心，就像在童年的某个时期对设计入迷那样。最困难的少年时代父亲不在身边，听不到父亲的教导、教训，也弃绝了文化财富，甚至还对之稍有鄙视，他只对技术感兴趣。

玛露霞自己的一些新想法，唯能与亨里希交流。这次谈话前，玛露霞心里很不安，可竟然得到了儿子的支持：

“妈妈，我认为你这样做是对的。也许，早就应当去做。在斯大林格勒那时候……”

于是，玛露霞下定了决心。法庭是缺席判决，审判得很快。在走廊里，还有三个女人与她一起等待判决结果。她们全都被判决离婚，四个人总共用了十五分钟。这是那个年代一种广为实践的离婚判决。尽管内务人民委员部尚未公布关于判决与在押犯离婚的通知，但婚姻登记处的工作人员已经知道，如何办理夫妇有一方被关押或流放而对方单方面提出离婚的程序。在办理这个程序时，无须寄去任何离婚表格让另一方填写。玛露霞在1936年8月把离婚证书拿到了手中，只有她和亨里希两个人知道这件事。

玛露霞没有给雅科夫写信告诉他离婚一事，她一直在往下拖。他们的通信依然继续着，但已颇为勉强。临近他获释的日子，玛露霞愈来愈确信自己希望独自生活。玛露霞的命运安排成了这样，她以“唯一丈夫”的妻子的身份度过了自己的整个青春，她在思想上是个新时代的自由女性，是位争取解放的女性，可生活带领她走上了资产阶级的轨道。情况就是这样的：雅科夫完全控制了她的感情，她从不希望与任何其他男人去拥抱。她虽在理论上完全同意“杯水主义”的理论，主张乔治·桑[1]、亚·柯伦泰[2]和伊涅萨·阿

1　乔治·桑（1804—1876），法国著名小说家。

2　亚历山德拉·柯伦泰（1872—1952），俄国女革命家、国务活动家和外交家。

尔曼德[1]所宣告的那种彻底的性自由，可在实际生活中总有某种东西让她不能那样做：虽说有一些现成的崇拜者，玛露霞还是保持了一定的距离，尽管那些人老早就徘徊在越轨边缘。伊万不知是举止高雅，或是行为胆怯，还是在等待着她做出特别的暗示。一切就在于，是时候让自己从旧爱的不可承受之重中解放出来了。要抛掉一切！要丢开一切！

11月末，玛露霞收到雅科夫的一封信，信中罗列了一些他在莫斯科落户需要的证明。他并不知道已经有了一份文件让他无须再到处忙乱，那就是离婚证书。玛露霞有些不知所措，但已经做出了决定。她不会让雅科夫落户，是为保住……不，不是为保住住房，而是为了自己的独立、自己的身份……

伊万也做出一项重要的决定。他毕竟不是个男孩，他追求玛露霞已有这么长时间，该是告一段落的时候了。玛露霞从没有请他到过家，况且也不可能，家里有个长成大人的儿子。伊万自己的那间斗室在几家合住的公寓里，房间全都堆满了盒子，装着各种卡片、引文和索引，那是列宁论天下大事的语录和一大套摘要的汇集，因此他下不了决心请她到自己家来。伊万是位公认的领袖著作通，就连在列宁图书馆也不曾有这样的卡片盒。但能否请玛露霞到自己这个落满灰尘的陋室，躺到士兵式的铁床上，睡在破烂的床单上……

伊万找到了一条出路。他给中央改善学者生活委员会打电话，申请了两张去乌兹科耶疗养院的疗养证，那是莫斯科近郊的一个山清水秀的地方。一些大牌科学家和著名的艺术活动家在那里疗养。这家疗养院属于科学院，院士们不大喜欢红色教授们，但不

1　伊涅萨·阿尔曼德（1874—1920），俄国女革命活动家。

久前科学院与共产主义学院合并，因此给后者分了一些床位，那里答应从12月1日起给别洛乌索夫腾出地方。

“玛露霞，我和你要去疗养院疗养。我们该休息一下。”生性软弱的伊万毅然地说。

“什么时候？”

“从12月1日开始。”

这是解决玛露霞焦躁不安的最佳方案：雅科夫回来的时候，她正好不在莫斯科。这样，至少会推后那种令人痛苦的解释。而至于说与伊万的事，那走着瞧，要看那里的情况如何。这就叫做一头扎进了冰窟窿，就这样了！这是一种无所顾忌的疯狂举动。

12月的一个灰蒙蒙的早晨，天气似乎比通常更加阴暗。玛露霞让汽车颠簸得晕了车，并且还有点恶心。她坐汽车一向晕车，因此骂自己干吗同意去。他们到了乌兹科耶的时候，天色已经大亮。汽车从两扇高高的大门处开进去，面前呈现出一条林荫小道，道旁是两排老树，远处有一座带着门廊和立柱的楼房、一座教堂，还有杂物房……当他俩走进主楼，她的心顿时哆嗦了一下……一切都显得工整、严谨、夯实，于是她就自然挺直了脊背，仰起头来观看，霎时间就恢复了因屈辱的生活而丢掉的那种昔日的姿态。这种高雅的环境让她感到心情平静，并恢复了个人的尊严。有位女士把花白的缕缕鬈发盘到头顶，她领着他俩穿过了走廊，指给他俩下榻的房间。

“我们通常把大多数客人安排到厢房，可这两间房突然腾了出来。请你们入住……”

午餐已经错过了，他们下楼来吃晚饭。食堂里就餐的人不算很多，有几位上了年纪的和老态龙钟的男人，他们的样子似曾相识，大概都是院士。其中有一位被玛露霞认了出来，他是地球化学家费斯曼院士。

玛露霞身穿深蓝色西服，里面是一件朴素的大花女衬衫，上面印着埃及图案，她觉得自己穿得很舒适得体，也很漂亮。男人们向她投去明显赞许的目光。除了食堂女服务员和玛露霞外，餐厅里还有另一位女性，她体态臃肿，半个脸都让一块胎记盖住了，大概也是位院士。她一边吃一边看着报纸。

晚饭后，玛露霞坐在小客厅里的一张不大舒适的伏尔泰式沙发椅上，读起塞利纳[1]的小说《茫茫黑夜漫游》。这部小说是两年前出版的，可玛露霞没有弄到它的法文本，因此只好读埃尔莎·特里奥列[2]的译本。玛露霞开始看这本书之前不久，有人在《真理报》上刊登了一篇批判文章。文章作者痛斥塞利纳的“垃圾美学”，还说是资本主义社会的垃圾，是资产阶级的垃圾。玛露霞既喜欢这部小说，也喜欢小说的译文，同时她还欣赏着墙上挂的油画、红木家具和对面公园的景色，也品尝到了贵族阶级在贪婪而腐朽的资产阶级面前的优越性。

最初三天，他俩早饭后沿着一个偌大的公园散步：那里有池塘，林荫小路，白桦林和菩提树林。两人都觉得很愉快，但也有点压抑，因为谈论的是些社会问题的话题，不知怎么还十分牵强。伊万绕湖走累了，对自己也失去了自信。他的心情糟透了。于是，他离开玛露霞，回房间去写作，编他一直编的那本《红色教授学院学报》，近五年以来他几乎是单枪匹马拖着这份刊物往前走。

12月6日是星期日，早晨送来的报纸上公布了斯大林制定的新宪法。伊万老早就知道这个伟大事件的准备工作，如今终于完成了。报上还宣告，社会主义业已建成，无产阶级专政完成了自己

1 路易·塞利纳（1894—1961），法国作家。

2 埃尔莎·特里奥列（1896—1970），法国女作家兼翻译家。

的事业，因此别洛乌索夫教授现在应当按照新的成就去改编自己的教学大纲。为庆祝这个具有重要意义的事件，伊万从箱子里取出一瓶带包装的卡奥尔红酒备用，他邀请玛露霞去他的房间，在亲密的气氛中共度了晚上余下的时光。

在第二杯与第三杯酒短暂的间隙，伊万就将玛露霞诱入了情网。玛露霞对这事并不怎么清楚，因为她不胜酒力，甚至对于卡奥尔这样酒精含量很低的葡萄酒，她的反应也很迅速和强烈。她先是微笑，而后又冲着什么东西大笑，之后，她眼前的墙壁就似乎摇晃起来，她死死地抓住伊万的衣袖不放，生怕倒了下去。别洛乌索夫一把拽住她，没有让自己丢男子汉的脸，五分钟过后他已经取得了闪电般的胜利，而玛露霞跑回自己的房间，吐出一摊深红色的葡萄酒。她胃里翻腾得难受。

二十分钟后，伊万去敲她的房门，她脸色惨白，只穿着那件带着图案的衬衫，胸前湿漉漉地躺在一床被子上。伊万温柔地伺候她，听从她的一切吩咐，把一条湿毛巾敷在她头上，给她泡好了茶，她还请求多放点糖。后来，她又吐了一次，伊万心软得都几乎哭出来，心想这真是个娇嫩的女孩，柔弱的女孩……他照料她就像照看自己的女儿，想当年女儿得了猩红热……玛露霞也深受感动，觉得他这个人很温厚，是会关心人的男人，是个热忱的人……最主要的是，他有自己明确的立场，品质优秀，没有知识分子的那些拐弯抹角的主意。

雅科夫在离开新西伯利亚的时候发出一封电报。无论玛露霞还是亨里希都没有上站接他。12月4日他来到厨师大街，是一位邻居给他开的大门。可他家的房门紧闭，他自己没有钥匙，于是只好去妹妹家……

傍晚，他给亨里希打通了电话。儿子说："祝贺您回来。妈妈在疗养院疗养……具体在哪个疗养院，我不知道。”

雅科夫得知离婚一事，是玛露霞从疗养院回来之后。这之前他已经明白了，不会给他在莫斯科落户，也不会有妻子和儿子，他曾希望的一切全都没有了。然而，他在莫斯科州叶戈里耶夫斯克区给自己找到了一份差事，在某个微不足道的小厂的计划科工作。

离开莫斯科之前，他与阿霞见了一面，是在新库兹涅茨克地铁站附近见的。阿霞的脸红扑扑的，头戴一顶小贝雷帽，露出期待的目光，样子十分可爱。她问他的湿疹怎么样了。“湿疹感觉良好。”他开玩笑地回答。她邀请他去她家坐坐，说她就住在附近的星期五大街上。但雅科夫回绝了她的邀请。两人只是在奥尔登卡大街上溜达了一会儿。分手时，雅科夫只守旧地吻了一下她的手背。

玛露霞与伊万的交往也不长。伊万为人直率可靠，有政治学识，道德意志坚强。可他在4月被捕了。在那年诸多的大型案件中间，他安静的案子显得微不足道。在搜查伊万家的时候，在索引卡片箱与列宁著作摘抄的盒子中间，还发现了从法国《巴黎回声报》剪下来的一块，上面有一篇对托洛茨基最近写的著作《被背叛的革命》（1936）的评论。伊万曾经请玛露霞翻译过这篇文章，她用红铅笔标出了文章中令她震惊的一句话：

“这位前额狭窄的格鲁吉亚人，成了伊凡雷帝、彼得大帝和叶卡捷琳娜二世的继承人，这甚至出乎他本人所料。他消灭自己的政敌，后者是些忠于自己可怕信仰的革命家，却被一种持久的、神经质的破坏欲吞噬了。”

在审讯室，伊万坦率地承认了自己不懂法语，但那段招致杀身之祸的引文是谁用红铅笔标的，他始终没有说出那个人的名字。

两个月后，那个案件的所有受审者——托洛茨基分子全部遭到了枪决。无论是主犯还是从犯，一个都没留。伊万并不是托洛茨基分子，他是忠实的列宁主义者，但这已毫无意义。时值1937年。能熬过这一切很不容易，但有的人熬了过来。尽管并非所有的人。

第四十四章

《屋顶上的小提琴手》主题变奏

（1992年）

图霞真的老了，她瘦骨嶙峋，个子也缩水了。她年轻时就得了脊椎结核，这时背驼得更加厉害，可两只手还没事儿，只是满脸布满了皱纹，就像是一个漂亮的网状几何图形。她的视力也不行了，她搞了一个很大的放大镜，已习惯了用它来看书。她还劝娜拉相信这种看书方法有一种好处：任何东西都漏不掉，放大镜下不仅是字母，而且还有思想都仿佛放大了……图霞已快八十岁，虽说体力不支，可头脑依然清醒，思维敏捷。娜拉偶尔还带她去看剧。娜拉开车去拉她，让她坐到后座上，一直开到剧场的工作人员入口处。图霞手拄着那根镶着银色羊头的黑色抛光拐杖，等着娜拉把车停到停车场，然后她们手挽手走进剧场。她们是两位真正的戏剧爱好者、受人尊敬的行家和重大戏剧活动的参加者。

图霞的弟子们也没有忘掉她，常请她去观看所有值得一看的演出和巡演，她也很乐意去，往往穿上看剧的服装，骨瘦如柴的手指上戴满了镶着红绿宝石的亚洲大戒指……对娜拉来说，每次看剧也十分快乐，观看演出的快乐感并没有随着时代的推移而减弱，而有图霞做伴更增强了这种感觉，这倒与剧演得好坏没多大关系。

她俩那次去看的那个剧并不好看，尽管导演很有名气，按照图霞的审美观点来看，他没有什么才气；剧作家把肖洛姆-阿莱汉姆的一部对话啰唆的剧作改编得适合于舞台演出，很赶时髦，也有才华，但带着一种排除不掉的大学生娱乐晚会演出的气息。邀请她俩的是舞美师，图霞最得意的一个弟子……那是讲一个送奶工泰维的故事，图霞压根儿就没有想看到有什么出色的表演，因为她还记得1938年米霍埃尔斯扮演的这个角色。

在演出大厅里，已经升起了等待的幸福和狂喜。当舞台上出现了大家喜爱的那位喜剧演员，大厅爆发了一阵狂热的欢呼。那位喜剧演员专门扮演一些正直而迷人的老实人角色，可不知为什么背景是个偌大的八角十字架。演员一开始就告诉观众，在我们村子这里，居住着俄罗斯人、乌克兰人和犹太人……他接着讲述了一个令人作呕的各民族友谊的神话，这个神话是以犹太人讲笑话的（温和的、酸甜诱人的）语气和拙劣的逗乐语言呈现出来的，图霞的神情因此变得更加忧郁，可大厅的观众却愈来愈快活……第一场结束时，犹太人婚礼被一场大屠杀冲散，这是爱好和平的俄罗斯邻居干的，他们说服人的理由是：这些人应当挨打，不然就受处罚！

那个警察一方面要履行自己的职责——完成上面布置的大屠杀任务；另一方面，他对普通的犹太庄稼汉和对那位讨人喜欢的犹太送奶工怀着邻里般的同情，这两种感情让他备受煎熬。剧作家指定了一个好惹是非的坏女人来策动这场大屠杀，就是伊尔莎·科赫这个女人，她多年前就想出了其他德国坏人要搞的那种毒气室……大屠杀得逞了。泰维双手抱着血淋淋的小女儿走到了前台，之后他用自己一只工人的大手在白墙上抹了一道鲜红的血迹……这时响起了教堂的钟声，一帮实行大屠杀的歹徒跳着哥萨克舞走了，那位好心的警察请大家别慌，善良的神甫双手无奈地一摊，泰维大声呼唤犹太人的上帝，说他的不作为是在犯罪，从而号召开明的青年犹太人奋起参加革命运动……肖洛姆-阿莱汉姆长眠在皇后区的犹太人公墓已有七十年，可他的灵魂还在用埋葬已久的意第绪语与死去的六百万欧洲犹太人对话，那些犹太人原先居住在一个边界不固定的国家，这个国家叫做“意第绪兰”[1]，是欧洲六百万犹太人的家园……

这时候响起一阵雷鸣般的掌声。

“这个剧排得很恶心。”图霞凑到娜拉的耳朵上悄悄说。

“恶心？为什么？”娜拉吃惊地问。

“如果你不明白，我过后再给你解释……”

她俩一直看到演出结束。在观众一阵阵的热烈欢呼下，图霞和娜拉离开了剧场，观众还在不断欢呼，要求演员、导演和编剧返场……娜拉很久没见图霞的心情这么郁闷了。楼里的电梯坏了，她们沿着陡峭的楼梯慢慢地步行到四层，在每层楼梯的平台上都休息一下。图霞一直没有说话，娜拉也没有提任何问题。

她俩随便地吃了晚饭，煮了通心粉，上面还撒了一层擦碎的乳酪。图霞从橱柜里拿出一瓶葡萄酒。图霞按照欧洲人的方式喝酒，没什么祝酒词。她有几次似乎要说点什么，可看着盘子就沉默不语了。已经是半夜1点多，再也引不起什么话头，于是娜拉走了，留下了未尽的话。通常，图霞观完剧后能做些精彩绝妙的点评……

也许，她俩再也不会回到这个话题的谈话，但是有人几天后在电话里又提起了送奶工泰维，这次不是坦吉兹，而是外省的导演叶菲姆·贝格，这个人以好闹事出名，并且与人们的关系诡秘。其实，他也不是外省人，在莫斯科上的学，在列宁格勒当导演，又在西伯利亚最老的剧院之一当了五年总导演。

1　意为“犹太人的土地”。

叶菲姆问娜拉的第一个问题，问她是什么民族，是不是犹太人。

娜拉对这个问题感到奇怪，因为她的护照上写的母亲的民族——俄罗斯人，但她从未隐瞒过自己的父亲是犹太人。

“有一半犹太人血统，父亲遗传的。”她言简意赅地说。

“你正合乎我的要求！”叶菲姆说完便邀请娜拉参加《屋顶上的小提琴手》一剧的排演工作。

后来才弄清楚，他邀请娜拉曾有一段有趣的经历。其实，该剧布景的草图早就由著名的艺术家科诺诺夫设计出来并已被接纳，但叶菲姆在最后一刻决定不用了。科诺诺夫是历届国家奖金的得主和当局的宠儿，可他以前从未在剧组里工作过。他之所以有名气，是因为他为国务活动家们画了肖像，还绘制了以英雄历史情节为题材的爱国主义巨幅墙画——从楚德湖战役一直画到斯大林格勒郊外击溃法西斯的战役。科诺诺夫在思想上是反犹太主义者，这点众所周知，因此当叶菲姆·贝格得知他想为犹太剧《屋顶上的小提琴手》绘制布景墙，惊讶得难以言状。可这个人的大名出现在海报上就会让观众对这部剧感兴趣，并且部领导也不会对这部剧说三道四。

科诺诺夫善于绘制大型绘画，他很快就把犹太人居住区的那些歪斜的小屋草图栩栩如生地画出来并已拿去做布景，草图已经交到了生产车间，可就在这时出现了一场争吵。临出发前，导演和艺术家喝了最后一杯酒，两个人都已松弛下来，叶菲姆这时带点醉意表示感谢，承认自己过去一向把科诺诺夫视为反犹太主义者，因此很高兴他这次能参加这部犹太剧的创作，成为“正常的男子汉”。但科诺诺夫开始捍卫自己的声誉，给叶菲姆讲了自己参加这项工作的全部理由：你们犹太人有侵略性，总想霸占别人的地盘——你们的列维坦画我们的风景，你们的夏加尔把自己一些犹太人的幻想带到了我们的空间，你们的帕斯捷尔纳克和曼德尔施塔姆把我们的语言用作自己的语言，你们污染俄罗斯艺术，把破坏俄罗斯艺术纯洁和完整的世界主义精神带入其中。反犹太主义是我们唯一的屏障，因为若不防范你们，不给你们设置障碍，你们就会让自己的犹太人思想污染整个世界！因此，整个这种先锋派，整个马列维奇和肖斯塔科维奇（这里他说错了！）——都是俄罗斯人与犹太人接触后受了他们传染的结果……不错，我是反犹太主义者，但我打算帮你们排演这部犹太剧，只要你们不带着自己那些破坏性思想钻进我们俄罗斯人的世界就行……可以让百花齐放，但谁都不想看那些不伦不类的杂种花，我将为俄罗斯艺术的纯洁进行彻底斗争。

“你排演自己的肖洛姆-阿莱汉姆，我甚至还要帮你，可你别动我的契诃夫！”科诺诺夫面带善意的微笑宣称。

就在那一瞬间，小个子叶菲姆突然尖叫一声：“你的契诃夫！”之后跳起来冲着科诺诺夫的颧骨就是狠狠的一拳。科诺诺夫的体重占了巨大的优势，他一拳就把叶菲姆击倒在地。叶菲姆勉强站起身来，一把抓起桌上的镇纸——这件东西早在战前就躺在剧院里了，认识叶菲姆之前的四任导演。不过剧院经理和艺术总监在一旁看到了事件的发生，他们制止了这场能闹出人命的格斗。他们把叶菲姆拖走了，而把艺术家放进汽车送往机场……

叶菲姆伤愈（多半是精神上，而不是身体上）之后，在脑海里把自己认识的犹太人舞美师全都过了一遍，达维德·博罗夫斯基这一年已有任务在身，他的列宁格勒朋友马克·博恩施泰因也拒绝了，于是叶菲姆想到了娜拉……他俩的认识同样与五年前的一场冲突有关：叶菲姆在那一年被任命为导演，他知道坦吉兹导演过许多剧作，因此邀请坦吉兹排演狄更斯的《圣诞颂歌》。坦吉兹接受邀请，与娜拉一起去了。时间很紧迫，应在中小学生放暑假之前把剧排好，大家都很着急，人人“坐卧不安”，最终叶菲姆和坦吉兹大吵一顿，两个人后来都想不起来是什么原因……可现在叶菲姆邀请娜拉与他一起排肖洛姆-阿莱汉姆……

娜拉笑了起来，说自己刚刚观看了莫斯科的一场首演式，观众热烈的欢呼几乎把屋顶都掀了起来……这样的成功不会有第二次。

“可我说的不是排这个剧，而是《屋顶上的小提琴手》。音乐美极了，是百老汇改编的，在全世界都演过。编剧是约瑟夫·斯坦因，作曲是杰瑞·博克。现在，我的剧组里绝妙的歌手有两位，连托波尔[1]都会嫉妒得悬梁自尽。”

娜拉这时还不知道，是怎样一个托波尔要去上吊，但答应先看看脚本再说。傍晚，她去找图霞，图霞出乎意料地高兴起来。她在书架上找到一张美国唱片并放到了留声机上。音乐确实很美，既伤感又快活，容易让人激动，还内含着一种令人翩翩起舞的冲动。

“这是东欧犹太人的民间音乐克莱兹默，出色地进行了现代的改编，”图霞解释说，“战前，有些犹太人小型乐队在东欧到处巡演，可如今最多只剩下了一些流行乐。不过这种流行乐是最优秀的。”图霞指出。

她们把那张唱片从头听到尾。

“我对这个一无所知啊。”娜拉说。

图霞感到惊讶：“那就是我没有教好你……”

从这个傍晚开始，一种新的音乐体裁——犹太音乐走进了娜拉的生活。她之前毫不感兴趣并且也觉得没有什么意义的一个状况——她身上有一半犹太人血统——突然变得重要起来。就像在她

1 美国导演诺曼·杰威森 1971 年把《屋顶上的小提琴手》拍成音乐喜剧电影，扮演泰维的演员名字就叫托波尔（俄语意思为“白杨”）。

的生活里通常发生类似情况一样，她正是通过戏剧才有了这种新的认识。这是娜拉还来得及让自己的这位老友亲自教的最后一课。

“你瞧，娜拉，”图霞对她说，“我入土之前还得重新审视自己对犹太人的态度……对于我父辈和你祖辈的那代俄罗斯犹太人来说，这是个十分苦恼的问题，是个民族同化问题。他们耻于自己的犹太人出身，花费了巨大的努力才离开了自己的根，还要克服来自俄罗斯人的巨大阻力，让自己无保留地融入俄罗斯文化……同样的情况在欧洲也曾经发生，只不过在那里发生得较早些，还是在18世纪末。你找一本百科全书看看。翻到字母A——‘同化’一节，看奥匈帝国历史的第一卷。”她向书橱方向挥了一下手。

“简单地说……在19世纪，一些有文化的犹太人在欧洲成了主要的世界主义者、智力万能论的创始人。这曾是一个巨大的爆炸现象。犹太青年拼命地从宗教学校冲向了世俗教育，并且在科学、艺术和文学领域取得了巨大的成就。哦，他们在经济领域的成就那就不言而喻……同时，他们开始失去后来被称为‘民族认同’的那种东西。也就在那个时候出现了一种完全相反的运动，犹太复国主义，其目的就是要建立一个独立的犹太人国家，这个国家到这时消亡已经有两千多年。这个国家逆着全部的历史经验还是建立起来，尽管为此付出了巨大的代价——有六百万犹太人死在毒气室。我已故的父亲若能听到我今天说的话，那他一定会疯……瞧，人老了会想到这些事情……为什么犹太人如此热爱苏维埃政权？因为这个政权在最初年代用‘国际主义价值观’取代了民族主义价值观，于是许多犹太人就希望摆脱开自己负担累累的犹太血统……”

很奇怪，图霞是怎么做到了这点：有她在场，坐在普通饭桌旁的谈话就很快能从日常生活的闲聊转成一次关于智力的交谈；当她给学生上舞台布景课的时候，主要的话题原来是文学、戏剧；当她十年后开始讲戏剧史的时候，又牵着自己学生的思绪从戏剧史走到了心理学和哲学跟前……她觉得任何指定的课题范围都太窄，于是她要涉及一些邻近的问题，谈到一些乍看上去并非必须讲的东西，然而一切最有意义的事物恰恰寓于并非必须讲的知识之中。娜拉老早就知道了图霞的这种方法，现在，她一边听着突然谈到犹太人命运的这段话，一边心里想着，图霞从送奶工泰维以及他的一些微不足道、同时却十分深刻的询问一下子扯到了多远……

“我想试着给你解释一下，这个剧为什么让我这么生气……这并非那么简单……这个剧又虚伪，又煽情。世界上任何地方都不再有什么《弹起巴拉莱卡琴》[1]了，这是一种庸俗粗浅的东西。存在着一个融入世界中的犹太民族，他们把以著名的‘摩西十诫’为基础的现代道德带给了世界；还存在着一个小小民族，两千年来他们被从这个国家撵到那个国家，却是一个理智和顽强的生存范例并奇迹般存留下来，他们希望把犹太民族保留下来，在自己的大地上生活，并且像所有其他民族一样拥有这个权利。可迄今为止依然有一种强大的力量要把这个民族消灭。我并不反对肖洛姆-阿莱汉姆的任何东西，但要把‘阿纳特夫卡[2]’留在博物馆，如今说的不是这个地方。更何况这个地方已不存在，并且今后也不会再有[3]……这就是你开始设计这个剧的布景之前我想告诉你的。如果不是相信戏剧即使在今天也能说出这样一些以其他方式根本讲不出来的话，我就什么也不说了……”

1　一首意第绪语的东欧犹太民歌。

2　肖洛姆-阿莱汉姆小说《卖牛奶的泰维》中的一个犹太村镇，故事的主要发生地。

3　2015 年，也就是作者写作本书的同年，乌克兰在基辅近郊新建了一处以阿纳特夫卡为名的村镇，纪念肖洛姆-阿莱汉姆和犹太人的历史。

“可在这个音乐剧里根本没有你所说的任何东西，至少我在其中没有听出来。”娜拉只能这样去反驳。

“娜拉，应细心挖掘其含义。往往不是在所给的文本中，而是到自身去挖掘……”

这是娜拉所接的活儿中最难的一个。她与文本开始了一场艰难的战斗。那场华丽的首演式结尾，轰鸣的教堂钟声对她的设计工作帮助最多，因为她无权以任何方式进入那个地盘。叶菲姆·贝格为办自己的某些事来了莫斯科，他们见了面并与图霞一起度过了一个美好的傍晚。叶菲姆往往喋喋不休，很少听对谈者说话，可这次却收敛了，几乎没有说什么话。他们谈到了音乐剧的优点和不足，谈到歌剧题材向民主的音乐剧题材的渐进式转化，还说到了美国的两部革命性音乐剧——伯恩斯坦[1]的《西区故事》和韦伯[2]的《耶稣基督万世巨星》，图霞又让娜拉感到了吃惊，因为就戏剧发展的一些可能的方法，她谈到了自己的想法，借助电影手段和运用街头活动吸引观众参加戏剧活动以拓展戏剧空间，还谈到了生活的狂欢化……戏剧本身回归其古老的神秘剧之根的问题……

“革命后，这一切在俄罗斯立即尝试过，但没有成功……十分迅速地就回到一些保守主义的形式上，就连前程远大的俄罗斯先锋派也被叫停……”图霞把两手搭成十字往胸前一放，摆出一副死者的姿势……

后来，已经是半夜了，叶菲姆领着娜拉去铸工巷的尼伦泽住宅楼[3]找自己的一位剧院朋友。在那里，娜拉用刚从美国带回来的

1 伦纳德·伯恩斯坦（1918—1990），美国作曲家、钢琴家和指挥家。

2 安德鲁·韦伯（1948年生），英国作曲家。作家乌利茨卡娅在书中将他误认为美国作曲家。

3 位于铸工巷的一栋住宅楼，是一战前莫斯科最高的楼房，由建筑师恩斯特－里夏尔德·尼伦泽设计，建于1912至1913年。

一台录像机第一次观看了这部音乐剧的屏幕形象，那是美国影片《屋顶上的小提琴手》，在美国曾经是风靡一时的旧剧，但依然没有失去它的魅力。娜拉现在知道了，她需要在不改变任何一句对白的情况下，从这个通俗的、如此可爱和懂人情的场面中提炼出比剧作家本人的文本还更为重要的某种东西。叶菲姆没有坐在位置上，他跳着，跺着脚，击着手掌，不过图霞的话对他已起了作用，剧作的这种构思让他愈来愈喜欢……

娜拉一直在构思布景，并在几张大型绘图纸上画着几堵墙围起来的一个窄小的房间，内墙上挂满彩色布料帷幔，从上向下垂着，红色、褐色和深蓝色相间，在这个狭窄的空间里还有些人，他们矮小的身影在漫无目标地来回乱窜……一匹马和一头牛时隐时现，娜拉让这间小屋充满乡间生活的气息，画了几根晾衣的绳子，上面挂着破衣服，后来又拿出一张新绘图纸，上面画了其他一些住户，有几个老太太和孩子们，之后重新改换了这个狭窄空间里的一切。后来，她又画了一张向一边倾斜的平板桌子，上面画了一个瓦罐和几个碗，随后又画了一个空屋子……她怎么也弄不明白，是否需要农村生活的这些贫困特征，或是这只能在观众眼前讨厌地晃动并让他们注意到不必要的一些细节……最终，她把一切都涂掉了，只留下大厅里向一边倾斜的平板木桌。

准备工作到此结束，排演工作开始了。可预先并不清楚，贝格这位才华横溢，但变化无常和自负傲慢的人，会怎样采纳娜拉已彻底做出的决定……除了其他的一切，这个决定还建议缩小舞台场地，创造一个之前只在结尾才出现的拥挤空间……

她做了三个模型，一个套一个。它们的区别仅在于帷幔的颜色不同。在十四根杆子上挂着三层布料，在每块帷幔中间有个不长的纵向开口，在挂起来的帷幔上全然看不出来。第一层是暗红色的，喜庆却又令人不安。在“安息日祈祷”那场结尾，泰维从一根杆子上拽下一块帷幔，就像斗篷一样裹在自己身上，把头从那个开口中伸出来，所有其他人也把这些临时的红色斗篷裹在身上，他们唱着安息日的祈祷歌，娜拉已经知道，这根本不是什么安息日祈祷歌，而是一种普通的音乐，是用犹太教堂的圣歌和地方的民间歌曲天才地糅合而成的。娜拉这时取出一个内部构架：在杆子上挂着另一层帷幔，是赭褐色的，当下一场开始——提亲和婚礼场面缓缓地转成一场大屠杀——这些帷幔也被拽下来，它们变成了人们上路披的斗篷，一帮犹太人惊魂未定，走到前台唱起了几首约定好的悲伤歌曲，而在赭褐色那层下面拉开了深蓝色的一层……娜拉抽出来中间那部分模型，只剩下了最后的……这里是全剧尾声：警察告诉犹太人，他们所有人将被撵出阿纳特夫卡，从舞台上方的布景格架放下一架梯子，你们可以凭着自己的知识，怎么看这架梯子都行。可以认为这是“雅各的梯子”。犹太人把杆子上最后一层帷幔拽下来，把半夜从天上掉下来的这些斗篷披在身上，开始沿着梯子往上爬，在舞台上方的布景格架消失了，而在黑乎乎的舞台上，漆黑的屋子里只剩下几根杆子，一个人都没有——这是一个空荡荡的世界，人们都离开了它……与此同时，他们登上天堂的时候，将会唱起自己的一些可笑的歌曲——而你是否忘记了自己那个平底锅？那个擦脚垫？铁锅、笼头和烛台放在哪儿？——这样做甚至很好！因为一方面是渺小的、微不足道的生活以及人们的提亲、出嫁、星期五的忙乱、牛的病、小小的骗术、无聊的诡计；另一方面是人生的巨大悲剧、人类存在的终结，以及上帝的失败计划彻底破产，这两者间的反差会更加明显。不仅要让这些可怜的民歌的歌声，还要让……第六号、第七号、第八号……第十七号和第三十二号，要让这些《平均律钢琴曲集[1]》的碎片，这些有史以来最伟大的音乐篇章的碎片飘去那里，飘向黑压压的苍穹……最终，一些理性不健全人的所有这些疯狂而恶毒的表演，导致了一场人类世界末日的总彩排，一场大屠杀……

在舞台上仅仅留下这些黑色的杆子，一片空虚和静寂……哦，还要说说服装……是怎样的服装？他们穿的是紧身体操服，外面套着式样不定型的披风，这是各种破烂衣服，无色彩和式样，也没有任何民族服装特征，不是犹太人的长襟服，没有坎肩，额头上也不系打结的围巾……不具备任何民族服装的特色……

因此，请不要有任何掌声。要让观众感到一种冰冷的恐惧，要有一种世界末日的预感……先生们，请在黑暗和寂静中离开吧……

“很好，娜拉！非常好！就这么办！只有一点我不懂，就是你说的雅各的梯子？”

娜拉用吃惊的目光瞥了贝格一眼：

“你怎么还问这个？就是雅各在伯特利附近做了一个梦。他梦见了一架梯子，一些天使在上面爬上爬下的，耶和华站在梯子最上边对他说了类似这席话——你躺在这里，我要将你现在躺卧之地赐给你和你的后代，地上万族必因你和你的后裔得福。”

“多美的梦啊。我怎么就没有记住呐。”

“我也记得不怎么好，是图霞让我注意这个。别难过，叶菲姆。对于我们最主要的是，主通过犹太人祝福所有人，一个也不落下。假如把犹太人撵出这个世界，那就不知道是否还会有祝福这种事……”娜拉笑起来说。

1　德国作曲家巴赫的作品，被誉为西方古典音乐史上最具影响力的作品之一。

第四十五章

在米霍埃尔斯身边

（1946—1948年）

雅科夫·奥谢茨基和什廖马[1]·沃夫西是同龄人，但雅科夫进商学院要早一年。一个朋友请雅科夫参加文学晚会，正是这个什廖马在一帮文学爱好者面前用意第绪语朗诵了一首令人费解的冗长的史诗。雅科夫记住了他那张富有表情的、近乎丑陋的脸和演员般的激情。那是1911年的事情了，而1912年他们两人都已经离开了学院。

多年之后，大概是1925年，雅科夫和玛露霞已经是首都居民，他俩去犹太剧院看剧。玛露霞那时已经彻底脱离戏剧，但年轻时代对演员生涯的梦想依然让她内心感到酸楚。

《旧市场之夜》一剧让玛露霞惶恐不安。一方面，她喜欢民间演出这个传统；另一方面死人复活的故事不合乎她的心意：她那时候已对神秘主义失去了兴致，“摒弃了”过去对戏剧的迷恋，也拒绝了没有什么思想内涵的艺术性，并在所有事物中寻找起政治的意义。她深入了解无产阶级国际主义思想并且感到愤愤不满，因为知道这个精湛的戏剧场面毫无思想内涵，而意第绪语本身就令人联想到资产阶级的民族主义。这个剧的内容毫无价值，却排演

1 “所罗门”的意第绪语称呼。

得相当不错：导演和舞台布景具有很高的专业水平，演员们的演技也十分精湛——表演轻松，动作到位，语调协调，配乐优美……

总之，这部剧的意识形态和艺术都让玛露霞感到不舒服，而有一种感觉阻碍了雅科夫得到满足，因为他总觉得自己不知在哪儿认识剧中的一位主要演员。他从玛露霞手中抽出节目单，但在黑暗中看不清楚那位出色的小丑的名字，这个小丑把引人注意自己的当地的幽默方式与意大利广场上的那种引逗身边人发笑的方法娴熟地结合起来……

第一幕结束后，大厅的灯光刚亮起来，雅科夫立刻看清了节目单上那个演员的名字。

“玛露霞，是米霍埃尔斯，你知道他吗？一张很熟悉的面孔，我与他在什么地方见过……一个天才演员。”

“是啊，是天才演员，”玛露霞不满地说，就好像他亲自夺走了她的工作，“这是他的艺名，他的本姓是沃夫西。”

“噢，是沃夫西，现在我想起来了，他曾经在基辅，在商学院念过书，后来就销声匿迹……”

“雅沙，是你销声匿迹了，是我销声匿迹了，而沃夫西好像并没有销声匿迹！已经有人开始评论他，评论文章很多！”

“你不喜欢吗？在我看来，很棒啊！”

“这个剧的场面是给小市民们看的，雅沙，给小资产阶级分子们看的。你瞧一下，我们周围是些什么人——全是一些犹太牙医！”

这时雅科夫明白自己出现了一个失误，不小心触到了她的痛处，但就在这一刻有个人从后边抓住他的一只手。他回过头一看，是一个医生，他一年前曾经去找他看过病。当然，不是牙医，而是皮肤病医生。

“喂，您认为米霍埃尔斯演得怎么样？这是我的堂兄！多么好的一对演员！米霍埃尔斯和祖斯金！”

“请认识一下，阿贝尔·伊萨科维奇，这是我的妻子玛利亚·彼得罗夫娜！玛露霞，这位是多布金医生，皮肤科医生！”

玛露霞笑得几乎要喷了出来，但她强忍住笑说：

“可我原以为您是牙医呢！”

他们一起去了小吃部。

演剧结束后观众不断地欢呼，之后又与阿贝尔·伊萨科维奇和他的妻子排队在衣帽间取衣服，观众几乎全都散去，可阿贝尔·伊萨科维奇的妻子还在折腾自己那双灰色毡靴，因为靴子上的锁扣怎么也扣不上。这时候从侧门走出了个头不高、脑袋挺大的米霍埃尔斯，他在找什么人，看到阿贝尔后便走了过来。他拍拍后者的肩膀，吻了他一下，然后看了雅科夫一眼——因为雅科夫目不转睛地盯着他，之后便带着疑问的目光冲着他笑了笑。

“雅科夫·奥谢茨基，是吗？哎呀，我可要感谢您！您知道，在年轻时代中肯的评论是非常重要的。”

“我完全不记得我给您写过什么评论文章……甚至此刻想向您道歉……”

“没什么可道歉的。您那时候说得完全光明磊落。请允许我提醒您一下：看出来他有很大的天赋，但显然不在诗歌领域！”于是，米霍埃尔斯自己的整张不漂亮的脸，向前凸出的下嘴唇和扁平的鼻子似乎都笑起来……“诗歌是可怕的东西！走吧！我们今晚有个小型晚会……我邀请你们大家……”

这时出现了一位上了年纪的高个子女士，他跟着她去了衣帽间，于是他们一大伙人都尾随米霍埃尔斯而去，边走边脱下了已经穿好的冬大衣……

打从那次之后他俩偶尔见面，有时候在大街上，在尼基塔大门，有时候在音乐学院，或去格涅辛学院听音乐会的时候。大家是莫斯科的一个五人小圈子。战前最后一次见面是在雅科夫第一次被捕前不久。他们在小盔甲匠街遇见了，互相握握手，米霍埃尔斯邀请雅科夫去看剧……

"要不，今天去看？正在上演多布鲁申的《法庭审判》……是部现代剧……"

这是1930年的事情，这个剧雅科夫到头来也没有看成，因为两个月后他被捕了，观看这种剧情已经不是从观众大厅，而是从被告的板凳上。

之后的一次偶然见面发生在十五年后，那是战后的1945年。这时，雅科夫已经结束在外省的多年漂泊，正是他人生中最幸福的几年：有人身自由，有书可看，能听音乐，还可以愉快地接近电影界人士，因为他在电影学院的经济系教统计学。

米霍埃尔斯那天正好在电影学院里有一个业务会面，有人请他在那里教表演艺术课。他俩在小吃部里相遇了。米霍埃尔斯就像一位密友向雅科夫扑过去，紧紧地搂住了他的肩膀。然后，他俩喝了豌豆汤，小吃部里的第二道菜已经没有了，他们只好就着面包喝茶。

米霍埃尔斯的长相不好看，可上天赐给他两只罕见的大手。雅科夫的眼睛一直盯着他那握着不透明玻璃杯的又长又有弹性的手指。他俩的谈话很活跃，谈到了雅科夫很早就感兴趣的犹太反法西斯委员会。米霍埃尔斯发现这位对谈者既健谈又拥有广泛的信息，于是邀请他有空去他家聊聊天，两人还交换了电话号码……

米霍埃尔斯的这种亲密的语气和热情让雅科夫有点不好意思，因为这与他俩这种久远的点头之交有点不相符，但是他为米霍埃尔斯的这种真诚找到了原因，更何况米霍埃尔斯在后来的几次交谈中也证实了他的这种猜测：在他俩战后最后一次见面过去的这十五年间，有多少人销声匿迹，杳无音信，死于饥饿或牺牲于战场，因此，能见到一张久未露面的面孔就好像是见到一个亲人从死人的世界归来……

他们开始了比较密切的交往。米霍埃尔斯对奥谢茨基颇感兴趣，因为演员很少能与这样一位博学多才和逻辑严密的学者型人士交流。此外，雅科夫在流放期间学会了读报纸的艺术，几乎能够从句子的结构、从属句和标点符号中捕捉一个通告的潜台词和潜在含义，发现其未公开宣布的意图和隐秘的倾向。米霍埃尔斯已经感觉到了这点：

那是一个过渡时期，是一个不稳定的年代，一些明显的和清楚的事物不知为什么罩上了一层雾障，变得有些模糊不清：犹太反法西斯委员会在战争期间为祖国做了许多工作，在1943年，当第二战线尚未开辟之前，它就曾经去美国、加拿大和墨西哥一趟，筹款来武装红军，可现在，在战胜了法西斯之后，这个委员会面临着一个新的、不大明确的任务——就在巴勒斯坦地区建立犹太国家的问题，向世界表明苏联的亲以色列政策，同时反对英国的外交政策。

米霍埃尔斯非常谨慎地谈到，与战争期间相比，比起第二战线开辟之前，犹太反法西斯委员会今天的处境更加复杂。他已经得到了一些不明显的暗示或信号，表明最高层不满意犹太反法西斯委员会的活动。雅科夫旋即对此做出反应并且以自己特有的准确说出那件让米霍埃尔斯也深感不安的事情：苏联对外政策和对内政策的逻辑完全不一致。

“对，是的，似乎就是这个意思……”米霍埃尔斯点头说。

“欧洲或多或少还是清楚的，其实已经确定了新的国界。但世界地理地图上面也将会重新进行一次新的划界。现在一个主要的问题是，战后巴勒斯坦将属于谁——是属于阿拉伯人及其身后的英国人，还是犹太人及其身后的苏联？能否按照社会主义模式，最好是按照共产主义模式建立这个犹太国家？这件事情很不简单：一方面，是犹太复国主义，这是民族主义的变种，众所周知，是资产阶级的思想潮流；另一方面，欧洲的犹太人完全渗透着共产主义精神。”雅科夫发表着自己的看法，而米霍埃尔斯听着，像鸟儿一样歪着脑袋。

米霍埃尔斯收到了犹太人，尤其是昔日前线战士的许多来信，他们表决心要为犹太人收回巴勒斯坦，米霍埃尔斯也认为应当这样。可该怎样回复他们？他感到茫然自失。以色列不是西班牙[1]，这点他十分明白。他没有得到来自政府的任何确切的指示。

“我认为，不会放苏联的犹太人去巴勒斯坦的……”雅科夫推测说。

“他对这种政治数学理解得十分确切。”米霍埃尔斯得出了结论。不久，他就建议雅科夫给犹太反法西斯委员会简要地述评一下西方媒体对巴勒斯坦问题的态度。为此，请他做顾问，还与他签订了一份劳务合同。

对于雅科夫来说，这份合同不仅意味着将有一份额外的收入，而且还能有幸去颇感兴趣地读书，获取新知识，并且深入了解整个这个热情的、滚烫的、具有现实意义的题材：在战后的欧洲，有几十万犹太人劫后余生，到处漂泊，他们希望有自己的国家，可不让他们去巴勒斯坦。他们的命运是几大战胜国赌盘上的一个微不

1 指 1936 年至 1939 年的西班牙内战，有大批国际纵队在苏联政府的支持下参战。

足道的筹码，那些大国尚未彻底完成对战后世界、各国国界、文化珍品、石油、粮食、淡水和空气的重新瓜分……

雅科夫同意了，但有一个保留条件——在观察“当前局势”的同时，至少必须要对从《贝尔福宣言》[1]以来的巴勒斯坦政治局势有个概念。这是其重要的历史背景……

米霍埃尔斯点着头……他随即递给雅科夫刚在伦敦出版的英国记者理查德·威廉姆斯-汤普森的《巴勒斯坦问题》一书。

雅科夫从这本书的提要开始了自己在犹太反法西斯委员会的工作。

这项工作一个主要的困难在于，一些非专家人士接近美国和英国媒体受到限制——其实根本就不可能接近。雅科夫最初使用的一些资料来源，是人所共知的——一些兄弟国家的报纸和西方国家的共产党出版物。尽管他善于从报纸中捕捉有用的信息，但依然缺少有充分价值的文献资料。

他回想起久远的时代，那时候他有西方报纸的一个确切的私人来源——英国女人艾薇·李维诺娃，昔日人民外交委员的妻子。他俩在20年代末相识，当时李维诺夫夫妇的女儿塔尼娅和雅科夫的儿子亨里希在同班学习。稍后些的时候，雅科夫甚至还去艾薇那里学过英语。在那个年代，他从他们家拿回一大堆报纸，就是在那时候学会了这种特殊的报纸语言。但是，他早就中断了与艾薇·瓦尔特罗夫娜的联系，就像与许多其他老朋友和熟人的关系一样。他经常从政府官员的住宅楼路过，战前李维诺夫夫妇就住在那里，可如今他不确信他们是否还住在那里。从报纸的报道来看，李维诺夫已经失去了自己的职位，被废黜了……但被废黜的

1　1917年11月2日，英国政府公开保证赞同犹太人在巴勒斯坦建立国家。这是世界主要国家正式支持犹太人回归巴勒斯坦的第一个宣言。

人有不少分级——从默默地领养老金到被无声无息地处死。当然，雅科夫不会知道，闻名全国的人民外交委员、列宁的战友正住在自己的别墅，他在枕头下压着一支手枪，随时等待着被捕……是的，他已经再不会从艾薇·李维诺娃那里得到英国报纸……可那些报纸他是需要的。

在莫斯科，那时候可以接触到英美媒体的总共只有几个地方，但去那些地方都需要有特许，就是需要一个特殊的证明，保证能去图书馆的特许部。米霍埃尔斯开始张罗这件事，确实他还张罗成功了。一个月后，奥谢茨基作为犹太反法西斯委员会的顾问，开始获许在外交部的图书馆看东西。他每周去一次，每逢周二早9点去图书馆，从家步行走七分钟，在那里待两小时，看一周前的新报纸，之后回家喝茶和消化刚看过的报纸材料。

雅科夫的第一份评述做得颇为艰难，他在1946年初交给了让他写的人。因为需要找到一种确切的叙述语言，结果弄出一种新的科研叙述体裁，那是政治分析、历史研究和特写的大杂烩——这是他心爱的、由三部分构成文章的形式：回顾过去，论述现在，展望将来可能的方案。

一向扮鬼脸的生活终于向他露出了笑容。在外省的一些城市辗转多年的磨难之后，他终于摆脱了叶戈里耶夫斯克、温扎、孔策沃和乌里扬诺夫斯克，摆脱了在规划科的、引不起他半点热情的实际经济工作，能够从事科研和写作工作了。经过一番忙乱，他的莫斯科户口也解决了，他在莫斯科的干草垛大街妹妹伊娃家落了户，住在她家里，与她的丈夫和两个儿子处得很好。母亲也从列宁格勒来了，住在妹妹拉雅家，几个弟弟也来了……流放和战争已成为过去，他感到生活开始变好，就连缠磨了他半生的湿疹也离开了他。如今生活唯一令他感到扫兴的是，他永远失去了妻子，还有不愿意理他的儿子。儿子已经结婚并且有了孩子，可雅科夫甚至谁都没有见过。

雅科夫成功地做了大量的工作——这在一定程度上要感谢有人指定他对报纸摘要进行加工整理这项工作。但他的工作已经安排成这种样子：他不善于搞清楚工作的限度，摊子铺得太散，旧的东西尚未搞完，又出现了新的需求，于是他把昨天的事情推到一边，搞起明天的工作来——研究巴勒斯坦及其历史，拟定其模糊的未来的方案。他尤为感兴趣的是巴勒斯坦脱离奥斯曼帝国的那段历史。恰恰是大英帝国被委任统治巴勒斯坦之后的那个时期，被第一次世界大战后的一些英国出版物阐述得十分明了。有回忆录，政治学、考古学和文化学研究，那些出版物藏于几家大型图书馆，可以公开阅读。也正是在这个时候，他为犹太反法西斯委员会做了一份该地区政治力量的通报：其中有社会主义的、共产主义的、工人的、阿拉伯的、犹太的、民族主义的和国际主义的……他还顺便分析了工会的运动。他给出的政治图像光怪陆离，令人害怕，并且充满火药味。

雅科夫有时曾强烈地感到自己还缺乏一种语言，即希伯来语，于是就开始学习它。现在，他带着感激的心情想起自己已故的父亲，后者在他小时候就请来一位教师，给他教犹太人的语言——意第绪语和希伯来语。那时候打下的一点基础就足够让他很快开始用那种未来会扎根在巴勒斯坦的、古老而迅速革新的语言阅读一些书报了。如今，他已有一幅中东的阿拉伯人和犹太人关系的相当详细的图像，并且他认为，一个最好的办法是建立统一的阿拉伯—犹太国家，而非分割巴勒斯坦。这个主张得到了社会主义的和亲共产主义倾向的犹太复国主义者的支持。但以色列的未来最终还是由克里姆林宫的一个人说了算……

奥谢茨基做的一些述评从犹太反法西斯委员会转到外交部的参赞施特恩那里，并继续往上转，最终被拿到了苏联驻联合国工作小组的桌子上。1947年春，阿拉伯人和犹太人的分歧已经十分尖锐了，因此建立巴勒斯坦国的问题需要迅速提上议程。

雅科夫仿佛着了迷似的工作。他通常要制订出工作的周计划、月计划和年计划，他恪守这些日程，当外界环境妨碍他完成自己的计划，他就懊恼不已。与犹太反法西斯委员会两年的共事有了成果——雅科夫已有计划要写关于这个地区的历史地理的一本书，还与出版社签了合同……

他也没有扔掉自己的人口学研究。他的一些想法够用好几年的。最后一份述评雅科夫送给了犹太反法西斯委员会的秘书海菲茨。米霍埃尔斯当时不在莫斯科，1947年的12月他几乎都在外地巡演。

那场灾难发生在1948年1月12日。按照官方说法，米霍埃尔斯在明斯克被汽车撞死了。他去了明斯克几天，要与白俄罗斯国立犹太剧院的领导和演员们见面，全体犹太演员（在战争中已大幅减少）都围着他转来转去，他们给他演了《送奶工泰维》一剧，陪同他观看了剧院、餐厅和演员宿舍，大家尊敬他，崇拜他，把他围得水泄不通，唯有一次他从人墙中冲了出去，那是回莫斯科的前夕。莫斯科戏剧学家戈卢博夫与米霍埃尔斯一起出差，他执着地邀请米霍埃尔斯去造访自己的一位明斯克好友，但米霍埃尔斯忙了整整一周，他们只能在明斯克待的最后一个傍晚去做客。就这样，他再没有回到旅馆。13日凌晨人们发现了他的尸体，身上多处骨折，脑袋也开了花。

雅科夫第二天才从广播中得知了这个不幸的消息。几天后举行了葬礼。那天去参加葬礼的人可谓人山人海，雅科夫几乎等了一小时才走到了米霍埃尔斯的棺材旁边。死者的头被撞得很厉害，但面容还可以认出来——脸色铁青，呆板僵硬。在旁边的小桌上放着他那副碎掉的眼镜……

雅科夫从剧院走出来。寒风袭人，街上的路灯就像在剧院里一样，很快就熄灭了，从小盔甲匠街他下意识地拐到厨师大街，向自己昔日住的那栋楼走去……后来他醒悟了，折回来沿着林荫道向干草垛大街走去……往事不会消失，只是沉到心底。也许，记忆嵌入大脑皮层的某个深处，在那里打盹……雅科夫毫不怀疑，这就是一场政治谋杀。当那些人谋杀米霍埃尔斯的时候，他想了什么，又想起来什么？

把一切抛掉，全都不要了，去外省教孩子们视唱练耳、钢琴或是单簧管，阅读狄更斯，学会意大利语和看但丁的作品……如果我还来得及……

第四十六章

莫斯科见面

（2003年）

自从维佳去了美国，瓦尔瓦拉·瓦西里耶夫娜开始喜欢上了娜拉。是她心理中哪些结构变化导致了她的这种转变，那不可得知。很明显，维佳根本没有介入她的这种转变。自从玛莎开始接手管理维佳的生活，他经常给母亲寄钱，这个任务本身并不简单，但玛莎成功地搞出了一种不太正规却经常用的办法——瓦尔瓦拉·瓦西里耶夫娜通过娜拉收到寄来的钱。玛莎偶尔还强迫维佳写封信，可他往往是在彩色明信片上签个名而已，之后玛莎通过邮局把明信片寄到莫斯科。瓦尔瓦拉这个人善于做一些突如其来的决定，也能产生一些突如其来的有时甚至是荒唐的想法，那时候她把自己多年的积怨从娜拉转移到玛莎身上，尽管她的床头墙上依然挂着儿子与自己再婚老婆的合影。

她对娜拉突然产生的这种爱是每周一次的。每逢周六，她就提着酥面黑豆果酱馅饼，还带着长辈的祝福到尼基塔林荫道来看娜拉。娜拉给她沏茶倒水，把馅饼切成小块，礼节性地咬一口，夸一句“做得很好”就把馅饼放到了一边。她走后，娜拉就把馅饼送给邻居们吃了。

瓦尔瓦拉·瓦西里耶夫娜从一些离奇古怪的信仰转到比较传统的东正教上来，她不再驱神弄鬼，也不再相信什么因果报应。

尤利克回到莫斯科后，如何处理馅饼的难题就很好解决了，因为尤利克很愿意吃那种馅饼。娜拉已习惯于在家里度过星期六早晨，什么事情都不安排，接待上午10点钟准时来的瓦尔瓦拉，从她手中接过热乎乎的馅饼，叫醒尤利克，让他当着奶奶的面吃下第一口馅饼。之后娜拉递给她五十美元——瓦尔瓦拉·瓦西里耶夫娜认为美元比卢布强，于是她就十分满意地走了。尽管娜拉经常强调，说这钱是维克多寄来的，可瓦尔瓦拉·瓦西里耶夫娜却深信这是娜拉对她的恩赐。她的思维逻辑很简单：既然娜拉把钱转给她，而没有留给自己，那娜拉就是品德高尚的人……不管怎样，这种馅饼换美元的交往一直持续了好几年，直到有一天娜拉发现瓦尔瓦拉已经有两个周六没来，并且她也不接打去的电话。娜拉赶紧收拾一下就去了婆婆的住宅。家里没有人，一个女邻居告诉她瓦尔瓦拉·瓦西里耶夫娜住进了医院。娜拉通过区医院很快就弄清楚，瓦尔瓦拉突发中风，正在住院治疗。

起初，娜拉和尤利克轮流去医院探望她，一个月后，又到郊外的康复中心看她。娜拉苦笑了一下：这才叫命运！到头来，甚至还弄出了这么一桩事，要照顾一个记恨了她多年的老太婆……

当然，这个老太婆值得可怜，但我现在根本不明白要从中得出怎样的教训。也许，是给自己的将来做准备？

尤利克不同于娜拉，他履行这种亲情的义务毫无怨言，每次来他都要用轮椅把祖母推到小花园，坐在她旁边的长凳上弹吉他给她听。他弹的是什么曲子？是披头士乐队的音乐……瓦尔瓦拉·瓦西里耶夫娜说话已经含糊不清，但从她那含糊的絮语中可以明白，她对尤利克以及他弹的曲子相当满意。娜拉已记不清瓦尔瓦拉·瓦西里耶夫娜在什么时候不再怀疑尤利克不是维佳的儿子。好像是在尤利克与他父亲下象棋的那几年……

两个月后，瓦尔瓦拉·瓦西里耶夫娜回了家。她的生活完全不能自理，很难确定什么是造成她残疾的原因：阿尔茨海默病，或是语言障碍，还是体力不支。一位退休女邻居承担起照看病人的工作，娜拉与她讲好了看护费用，并且在劳动簿上“照看瓦尔瓦拉”一行对面打了对钩。

尤利克弄了一个方便从房间到阳台的斜坡，这样就能推着坐在轮椅里的瓦尔瓦拉到阳台上打半天盹，女邻居给她喂饭，给她换尿不湿。半年后的7月初，离自己的八十大寿还有两星期，瓦尔瓦拉在这个阳台上彻底睡着了，再没有醒来。

维佳和玛莎原本是来参加瓦尔瓦拉·瓦西里耶夫娜的八十大寿，结果赶上了她的葬礼。

尤利克离开美国已过了三年。他三年没见父亲和玛莎。娜拉与他俩没有见面的时间就更长些，她与坦吉兹最后一次去接尤利克回国，根本就没有去长岛。维佳几乎二十年没有见母亲，见到死者那张陌生而委顿的面孔，好不容易才认出是母亲，他顿时哭了起来。娜拉完全以一种务实态度对待自己操办的这场葬礼的琐碎程序：把亡者送停尸间，在孔策沃的圣塞拉芬教堂做安魂祈祷，在孔策沃公墓买块墓地，这一切真让人烦心，因此她自己也哭了起来。她多少年来都认为维佳是自闭症患者，不懂得常人的情感，但要么是她判断有误，要么是他已不再是自闭症患者。这么说，是玛莎把他从自闭症中救了出来。玛莎的身材就像衣橱一样高大笨重，她的眼泪流到维佳的肩膀上……

他们四个人坐进了娜拉的汽车往她家开。娜拉开车，不想插入他们的谈话。因为有玛莎在场大家都讲英语。刚进门电话就响起来。娜拉还没来得及拿下话筒，自动应答机就接通了：

“娜拉！我是格里沙·利伯。我到莫斯科有几天了，是来看孙女。我儿子基里尔生了女儿。也很想见见你……请给我来个电话……”

他还没来得及报自己的电话号码，娜拉就抢在自动挂断之前一把抓起话筒说：

“格里沙！格里沙！……维佳和玛莎在莫斯科。快来吧！”

半小时后，就响起了一阵急促的门铃声。格里沙暂住在小尼基塔大街上父母的公寓，离这里步行十分钟。那曾经是一位著名外科医生的豪宅，后来成了格里沙的物理学家父亲的住宅，现在格里沙的第一任妻子柳霞住在那里，她很早之前就拒绝与他一起去以色列。现在，这套公寓住满了新的房客——柳霞的第二任丈夫、小女儿、格里沙的儿子基里尔和妻子，还有刚生下尚未起名的孙女。他们给这套豪宅昔日的合法主人格里沙在厨房里摆了一张折叠床。全家人，尤其是格里沙都因孙女的降生高兴不已，格里沙在以色列生了五个孩子，有一个儿子住在澳大利亚，另一个生活在美国，因此大家都盘算着他老的时候，世界各地需要给他置办多少张折叠床……

走进来一个像男孩的小老头，秃顶晒得黝黑像个橡子，头顶上盖着一顶黑色小帽，胡子刮得像过新年，他穿着一条短裤，手拿一瓶伏特加。娜拉见后强忍住笑容，一进门就说：

“我们从葬礼回来。今天把瓦尔瓦拉·瓦西里耶夫娜安葬了。”

“哎呀！最后的父辈走了。诚如在以色列人们都说，真相即是有福的[1]。上帝给了你生命，也将之拿走。这是天国的意旨。”

格里沙把那瓶酒放在桌子中央，然后站在维佳身边。他俩不再像堂吉诃德和桑丘·潘沙。维佳开始发福，因此个头儿显得矮了，

1 犹太谚语，在听到坏消息时表示祝福，现主要用作他人去世时的哀悼语。

格里沙则变成了瘦老头，根本不像从前那样大腹便便，身材滚圆。但除了娜拉，谁都不会对此做出评价。

“我的变化比所有人都小，”娜拉心里想，“但谁都没有发现。”

可维佳突然说了一句：

“格里沙，你看看娜拉，她这个人才丝毫没有变！”

“真不可思议！维佳发生了什么变化？他从前根本不会注意人的外表！”娜拉再次感到吃惊。

“不奇怪，维坚卡[1]，这并不奇怪！由于新陈代谢，你和我早就换掉了自己的全部物质成分。你浑身是由新世界物质构成的，我是由圣地物质组成的！而娜拉是凭着这里的物质分子结构渐渐恢复着自己的身体！所以她的样子不变！”格里沙哈哈大笑起来。

“我怀疑原子是否真的有这种记号！”维佳指出，他把格里沙的主张翻译给玛莎听，并且请求大家讲英语，这样玛莎就能明白大家在说什么。好一个自闭症患者！

“让我说！让我说完！不过有一种 DNA 程序，它把分子和原子排成一定次序，并且这个次序包括……”

这时候娜拉打断了他的话，请大家坐到桌边吃饭。尤利克把伏特加倒了几小杯，也礼节性地给瓦尔瓦拉·瓦西里耶夫娜倒了一小杯并且用一块黑面包盖住了杯口[2]。只有格里沙一个人喝了伏特加。娜拉只是出于礼貌喝了一口就再没动过杯。维佳、玛莎和尤利克滴酒不沾，他们只是轻轻端起酒杯，然后放到桌上。在座的人们没有碰杯。这次见面的葬后宴到此结束。随后开始了格里沙和维佳的对话，这种对话从中学时代开始，断断续续地持续了五十年。

1 同为维佳的爱称。

2 俄罗斯传统习俗，意在对死者表示敬意和缅怀。

这些年间，格里沙在自己的分子—福音书研究上有很大的进展，他完全脱离实验科学，与此同时却没有抛弃自己心爱的量子计算机思想，并且潜心于思辨领域，经常运用分子生物学的一切最新成果来佐证维佳根本无法接受的思想。

不过，这次吃饭毕竟是葬后宴，起初大家都按常规遵守应有的规矩。

格里沙像通常一样，总想谈些高深莫测的事。他举起酒杯说：

“今天，我真高兴看见你们大家，尽管这是个令人悲痛的日子。我现在想说的是：死亡并不是程序的间断，而是置于程序之中。创世主的任何东西都不会消亡。每个人的生命都是个文本。而出于某种原因上帝需要这个文本！”

“那好，我不知道我妈瓦尔瓦拉·瓦西里耶夫娜能奉献给上帝一种怎样他所不知道的文本。格里沙，我觉得你有些夸大其词。”

格里沙又喝了一杯酒。

“维佳，维塔夏！每个人都是一个文本！一些奥秘正在揭开！20世纪已解决了亘古存在的一半问题，只是人们没有想到这点！所有生命物都是文本，这个文本已经有三十五亿年，从第一个生命细胞起直到一周前出生的我的孙女，都在履行‘生殖和繁衍后代！’的训诫。这是阅读和再现神性文本的唯一方法，是实现它们的唯一方法！人一生中收集的全部信息，都要进入一个总的储藏库——上帝的记忆！瓦尔瓦拉·瓦西里耶夫娜生下了你，从而就参与了繁衍生命的伟大工作！”

格里沙擦去额头的汗珠，叹了口气，又把一杯酒一饮而下。

“行了，行了！让我母亲安息吧！”维佳笑着说。

尤利克也笑了起来。娜拉不太明白格里沙说的是什么，但又不想再问，也不愿意让人给她翻译。然而，她确切地知道了幽默感已经在维佳身上唤醒，这是她之前从未发现的。玛莎给人的印象也不是个机灵人。这是否就意味着，维佳就像菜园的一株向日葵，由于阳光充足、浇灌适宜，在妻子身边神采焕发了？

格里沙还在喝酒，他深深呼出了一口气，咬了一口黑面包。娜拉赶紧把炸好的布什鸡腿[1]递给他，他把盘子推到一边说："谢谢，不要了。"他觉得说话要比吃东西有趣得多。何况他已经吃了一块奶酪，犹太人认为奶酪不能与鸡肉同吃。

"瞧，谁都不吃这些鸡腿，唯有你……"尤利克轻声说了一句。

这是真的。这些鸡腿曾引起一场轩然大波，有人指控鸡腿里藏有某种病，那是美国人给塞进去的，可娜拉认为吃什么都无所谓，管他鸡腿有什么问题……

格里沙继续说：

"主创造了一种最好的计算机，这就是活体细胞！没有比这个更好的东西！"

维佳用叉子叉住了一只鸡腿，对于肉类食品和奶制品在道德上是否相互排斥，他从没什么偏见。更何况大自然无法给他提供比夹肠面包更好吃的东西……

"格里沙，还能做得更好些。可以制造出速度更快的计算机，并且这种计算机已经有了，你非常清楚这点。假如能编出很好的程序，现代计算机解决问题的速度就要比人脑的潜力大得多。何况如今有些计算机是自我学习系统的，因此它们自学的速度要比人快数倍。人的意识与计算机相比，有相当多的限制。"

听到这席话，格里沙跳了起来：

1 在苏联解体后，对从美国进口的鸡腿的一种普遍的叫法。这种说法出现在 1990 年。当时戈尔巴乔夫与美国总统布什签订了一项商业贸易协定，决定从美国进口冷冻鸡，以解决苏联商店鸡肉紧缺的状况。

“大脑不是由脑神经细胞的网状构成的，而是由最强大的分子计算机网络做成的！仅此一点就可以完全打破你的一些想象！不过，我要说另外一件事！恰恰是人的意识——是宇宙中唯一的地方，文本在那里能够相互接触，相互作用，并产生新的文本、新的思想！这就是‘照着自己的形象造人！’人之所以像创世主正是在于这点，即善于创造新的文本！”

格里沙用拳头使劲地敲了一下自己的脑袋，敲出了很大的响声。

“瞧这个！是唯一的地方！”

“你完全相信这是唯一的地方吗？”维佳甚至有点懒洋洋地反驳说，“在这个演化阶段会出现新一代人，超人，他们将是一种混合产品，这点你是否相信？你看，玛莎的母亲戴心脏起搏器已经有十几年；我的邻居杰里米用一只假手能点眼药；至于说今天的机器人能做的事情，我就不用给你讲了。如今，前景十分清晰，我不喜欢下什么定义，但就意思来说，世界已经进入一个新的阶段：进行着一种混合的进化。你当然知道，人的意识与计算机结合在一起，就是质的飞跃，是全新的产品……”

格里沙把半瓶酒喝下了肚，说得更加起劲。

“维塔夏！你没弄懂最主要的东西！请原谅我这么说，你只是个技术保养员而已！任何一个文本，都是信息存在的形式！地球上的生命应理解为一个文本。神性文本不是你我写成的！创世主——这是信息。圣灵——这是信息！人的灵魂——是信息片断！‘我’——也是信息片断！生命并不像恩格斯所说的那样，是蛋白质存在的方式，而是信息存在的方式。蛋白质可以变质，可信息是不可能消灭的。信息没有死亡！信息是永生的！但在你们美国，这种争取运算速度的斗争最终导致的结果是，谁的计算机运转得快，谁就能主宰世界。在这种竞赛的内部积存着一种消费本能，是自我残杀的本能！如今的人类已不能约束自己，而是渴望争得霸权，渴望发动战争！希望吞没一切！无论美国、俄罗斯，还是中国！这是一条虚假的道路！请睁大眼睛看吧！你们是为战争而工作！在这场屠杀中，存活下来的只能是西藏的隐士以及诸如此类的人……他们将繁衍成新一代人，这将是新一轮的智人演化，这种演化不是发生在毛象和剑齿虎中间，而发生在生锈的计算机中间，并且在高度辐射的情况下……”

这时候，玛莎终于向维佳转过身去，插了自己的一句话：

“维佳，他说话就像一位先知！”

维佳用娜拉所熟悉的那种手势抹了一下刮得精光的下巴，说：

“玛莎！他说话像个犹太人！是犹太人的热情让他能读到文本里没写出来的东西。”

“什么？”格里沙喊了起来，“写出来了！是用一些最明了的话写出来的——‘他们要把刀打成犁头’[1]！应当去读读原文！”

“我不明白他的引文意思，”娜拉悄悄对尤利克说，“请翻译一下。”

尤利克翻译了那句话。

格里沙愈是着急发火，维佳的神态就愈显得平静、快活。

“格里沙，我看过了这个文本，那还是在很久以前。我的妻子玛莎那时很想与我在教堂举办婚礼。我承认，至今我也不明白，对她来说那样做为什么很重要。我认为，我若要穿上一身黑西装，系上领带与她一起去一座她心爱的教堂，这件事将会耗掉我一天的时间，因此就不想去。但是最后拗不过她。神甫要求我预先把基督教教义过一遍，一句话，我花掉了大量时间，把《圣经》通读

1　见《以赛亚书》第二章第四节。

了一遍。《圣经》对于古犹太人也许是神圣的文本，可如今它对于我来说，完全是本古代文献……里面有许多残酷的行为、逻辑的疏忽、野蛮和矛盾之处。怪不得犹太人三千年来一直在反复解释，阐述那些文本，把它们翻过来倒过去，就是想除掉文本中的矛盾之处。我觉得，犹太人对科学的那种众所周知的爱好，恰恰源于对大脑的这种千年的磨炼。”

“你不会读！你不会读《圣经》！”格里沙喊了起来，“犹太人是人的模特。就像任何模特一样，是有所简化的。所有人在一定意义上都应成为犹太人。亚当这个人类始祖，是人类本质的一个精神现象，是精神世界和物质世界的原型。不过，今天我们知道，‘精神的’是‘信息的’同义词。因此，人是像拉比[1]阿基瓦[2]所认为的那样创造出来的，我同意他的说法，是按照亚当的形象创造的。就是说，这个模特在创世范围里得以实现。”

“妈，我有些东西也开始搞不懂了。”尤利克悄声对娜拉说。

“反正听得很有意思。”娜拉回答了一句。

“是的。”尤利克同意说。

他俩静静地坐在那里，观看这场由昔日的两个男孩进行的智商较量表演，如今他俩尽管已六十出头，可似乎尚未彻底长大成人。无论多么奇怪，维佳在两个人中间显得更为老成稳重。

娜拉突然想到了自己喜欢维佳。她之前从未喜欢过他，可现在喜欢他。喜欢他的镇静，喜欢他在遣词造句时的精打细算，甚至喜欢他在接受格里沙攻击时的那种可爱的客气态度。

1　拉比是犹太人中的一个特别阶层，指接受过正规犹太教育，系统学习过《塔纳赫》《塔木德》等犹太教（Judaism）经典，担任犹太人社团或犹太教教会精神领袖或在犹太经学院中传授犹太教教义者，主要为有学问的学者。

2　阿基瓦（50—135），活跃于1—2世纪的犹太拉比，在《塔木德》被尊称为“圣人之首”。

“这真奇怪，可我过去从未想到过这点，”娜拉思索着，“但我们的确身处一个彻底变化了的世界。也许，维塔夏是对的，可能两个人都对，因为人类已经跨过了一个大多数人都简直无法觉察的无形的界限。我们所接受的教育是，说存在着一个物质世界，说人是大自然的主宰，可人其实并不是大自然的主宰，而是大自然的孩子。二百年前进化论曾经被视为一种离经叛道的思想，可如今人们不仅揭示出这个理论的机制，而且转眼间不但成为它的产品，还成了其工程师……有人告诉我这点真好，我自己可能不会想到这里……维塔夏是我的孩子的父亲，这真好，也真碰巧了！也许，要是坦吉兹会更好。但老天不知为什么不希望那样……”

格里沙还与维佳在久久地争论些什么。尤利克跑去干自己的事情。娜拉听他们的谈话听累了，已经听不懂他们在说什么。玛莎坐在沙发椅里打盹。应当让她去床上睡觉。

娜拉打开了自己的记事本，上面罗列着一周要办的事情：应该与维佳和尤利克去瓦尔瓦拉·瓦西里耶夫娜的住宅一趟，要弄清楚她是否留有遗嘱；要见一下律师；还要去银行交房租……要尽快办完这些琐事，之后去干自己的事情。

第四十七章

影子剧

（2010年）

夺去了阿玛丽娅性命的正是那种病。她去世了这么多年，还没有找到治愈这种病的办法，但已能够延长患者的生命。有时候，癌症患者甚至能够活到因某种其他的、名字比较顺耳的疾病去世，或简直就是老死。娜拉在那时就已比阿玛丽娅多活了二十多年，每当自己生日那天，当她计算自己又活了一年，就记得在前一个数字上再加一年……在娜拉人生六十八岁那年，潜藏在母亲的某个遗传基因里的那种毛病显示出来，医生们给出的诊断正是那种病。全俄戏剧协会医院一向以自己的耳鼻喉专家和语音矫正专家，而不是肿瘤专家闻名，可不管多么怪，他们很早就发现娜拉得了这种病。让她去化验尿，发现尿蛋白有某种异常，于是，就开始了一场忙碌。她经过了一个有如实记录的疗程，半年后血液恢复正常了，放她出了医院，还让她定期检查，验血和做癌细胞标记。

在半年治疗期间，娜拉已不再考虑什么死亡近在咫尺，现在，当她把死亡推迟到了没有定期，便体验到了人生异常的鲜亮和强烈的求生欲望。她过去从来没有把生命当作一种馈赠，可现在它却变成了生活中每时每刻的节日。之前她几乎注意不到的区区小事，如今都熠熠闪光并让心里感到温馨——早晨的一杯咖啡，淋浴喷头下有力的水柱，铅笔在绘图纸上画出来的直线，从石头缝下面长出来的一簇小草；从前只是感到音乐的悦耳，如今成了亲自与巴赫或贝多芬的一次对话；从前让她生气的琐事、无聊的谈话和夹杂着脏话的吵嘴已不再引起她的注意……她只感到一种连续不断的欢乐，感到一种千倍增长的生活情趣。就连从前让她分心、视为浪费时间的电话也给她带来乐趣。从遥远的过去突然传来了虽说不是处得很近的朋友的声音：一个同班女生，她之前已彻底忘掉了她的存在；西伯利亚剧院缝纫车间的一个女裁缝，她二十多年前曾在那里排过剧；还接过尼基塔·特列古布斯基打来的一个彻底令人难以置信的电话，她上八年级时与他有过一场神魂颠倒的初恋……他要干什么？他早就移民到加拿大，回来想会会老朋友，他明白所有人中间最想见的是娜拉……真逗人，也可笑，完全没有见的必要嘛……格鲁吉亚演员大卫也从第比利斯打来了电话，他老早就从莫斯科回到自己的历史上的祖国……还邀请她去格鲁吉亚……

“我考虑一下，”娜拉回答说，“留下你的电话号码吧！”

她还真的考虑了。即使没有接到这个电话，她也打算做一次旅行，曾想到过去阿尔泰、彼尔姆，也许去伊尔库茨克，去她曾经工作过的那些城市。可就是没有想到去第比利斯。坦吉兹的影子，她几乎忘却，可他又重新在她的房间的角落里晃起来。他们已有十年没有见面。那是他做出了这种永远分手的决定……她很久没有听到他的任何消息。她在报上看到，他在法国和葡萄牙排剧，在艺术节上还得了某些奖励，又教过书……然后回到格鲁吉亚，之后，有关他的报道在戏剧杂志上就不见了。他比她大十五岁。“八十四岁？还是八十五岁？是否健在？那我去一趟！”娜拉下了决心，“我毕竟还喜欢旅游……”

与格鲁吉亚的战争成了一种慢性病，人们对之早已习惯，就像习惯于遇到坏天气一样。但天气恰恰还不错，正是让人感到充满期待的4月。去第比利斯的直达航班勉强还有，每周一次。娜拉买了一张往返机票，要在那里待一周。娜拉已习惯于公务出差，因此很轻松地就收拾好了小旅行箱，给大卫拿了一本图霞的回忆录，那是她去世后由弟子们整理出版的，又买了“红十月”糖果厂生产的一盒果仁糖和巧克力，她以一种久已忘却的轻松感，一种准备克服困难和去冒险的感觉登上了飞机。

飞机降落在鲁斯塔维里机场。机场外观总体上有了些变化，但人们还是老样子。就连海关人员都面带微笑。在接机的人群中，有些围着黑头巾的高加索寡妇和年纪并不老的戴便帽的机场工作人员。大卫已经谢顶，但并不显老，他手捧着三朵鸢尾花站在稍靠边的地方。他俩见面后拥抱在一起。之后，他把娜拉送到自己姑姑的那套空出来的公寓居住，他姑姑不知去什么地方做客了。桌子上摆着一个用餐巾纸裹着的面包，一小块苏尔古尼奶酪和一小碟蓝葡萄干。还有一瓶红葡萄酒。时间很晚了，已到了前半夜。

“明天早晨我开车来接你，我们去逛……”

那是美妙的一周。大卫是单身，没有工作，娜拉一直没有弄明白他靠什么生活。他好像是用自己那辆老丰田车挣点外快花。至少，他与剧院早就没有什么关系了。第一天，他们登上了姆塔茨明达山[1]，这是旅游者必定要去的地方，后来又在陡峭的山坡上漫步，山坡上小报春花斑斑点点，有白的，有黄的。树枝即将抽芽，远处的高坡上阳光充足，树木滋生的嫩叶连成一片蒙蒙的新绿……有一棵叫不出名字的大树枝头长出了香味浓郁的树花，盖过了那片新绿。大卫对于娜拉是个理想的导游，他几乎不说什么

1 姆塔茨明达山，格鲁吉亚语为“圣山”，第比利斯市内的一座山，是这座城市的象征。

话，可每当娜拉提问，他的答话三言两语，简单明了。他们下山没有坐缆车，而是步行走进了古老的圣大卫教堂……

在这个地方旅游真不错，是个干净、美丽的地方。古老的砖砌楼房，砌得既平直又好看，还有在名人墓地里也同样完美的普通墓碑，诸如瓦扎－普沙韦拉[1]、谢尔戈·扎卡里阿泽[2]和斯大林的母亲凯克·朱加什维利[3]的墓。所有墓碑中间，最好的一个是科捷·马尔贾尼什维利[4]的。他的墓地就像一块圆形舞台的平台，假如他的胸像雕塑不摆在那里的话……祖母玛露霞与他似乎曾在莫斯科艺术剧院共事过一段时间。这是一种多么令人愉快的衔接……但奇怪的是，一个善于塑造形象、有戏剧和演技才华的民族，还有这样一种令人难受的社会主义现实主义，在古老的、无可指摘的建筑背景上显得可怜而无辜……然而，那块土地是多么轻柔，多么温馨——一片刚抽芽的树枝搭成了绿色枝网，苏醒的大地散发出芳香，沿着山坡飘来葡萄酒的阵阵浓郁的香味，一切都在净化，溶解，发光……在这块大地上成为自己人，成为高加索人该多好，能置身于群山和峡谷的世界……

他们在人迹稀少、静谧但好客的城市里溜达了三天，后来大卫说应去大卫·加列加修道院[5]一趟，要把车往荒原方向开，只是他没有钱买汽油。

“汽油钱我出。”娜拉说。随后她心里想：“真可怜，看来日子过得真拮据，不然他就不会这么说。”

---

1 瓦扎－普沙韦拉（1861—1915），格鲁吉亚作家、诗人。

2 谢尔戈·扎卡里阿泽（1909—1971），格鲁吉亚著名的电影、戏剧演员。

3 斯大林的母亲全名为叶卡捷琳娜·格奥尔基耶夫娜·朱加什维利（1858—1937），家里人称她为“凯克”。

4 科捷·马尔贾尼什维利（1872—1933），格鲁吉亚著名电影、戏剧导演。

5 大卫·加列加修道院，公元6世纪格鲁吉亚洞穴修道院综合体，距第比利斯约六十公里。

娜拉对在荒原上的这座修道院一无所知，第二天一早大卫就开车来接上她，他们上路了。车走了很长时间，可车窗外的景色迷人，就像在看一部侦探小说。一个弹丸小国的景色如此丰富多姿：连绵的群山和山麓，葡萄园和乡村，暂时还没有看到任何荒原……他们把车停在修道院附近的停车场。走了没几步，眼前就展现出一片教堂群建筑。一座大修道院，还有一座悬崖修道院，由叙利亚修士在6世纪建成。在山坡上有几十处挖出来的隐士窑洞，那些隐士是早期的基督教徒，在公元6世纪从东方，从叙利亚来的。瞧，这又是伟大文化的一页，可从前我尚未涉及。人生剩下的时间已经不多……这是因为我一辈子都是从戏剧走过来的，漏掉的知识太多了。可通过戏剧这扇大门并非到处都能去，所以许多东西看不到……

他们先是进了一家教堂商店，里面摆着纸做的圣像、十字架和一些旅游商品。大卫买了两瓶萨佩拉维葡萄酒，是当地产的。又进了大修道院看了一眼，后来沿着一条小径上山。面前展现出一种美丽的景象，有点像明信片上的图片。开阔的平原一直延伸到地平线，那是一片真正的荒漠。不过，它在4月份长了绿草，上面还缀满了小花，影影绰绰。天边呈现出天蓝色的群山，这是一种异国情调之美。

“这里与阿塞拜疆接壤，那片荒原属于阿塞拜疆。而那些山脉已经是亚美尼亚了。”大卫不确切地挥手指了一下。

从这个角度可以看到有些教堂受到了不同程度的毁坏，还看到了在某处有些洞穴……从大修道院出来的路上，他们能听到教堂唱诗班的歌声。娜拉停下了脚步。这声音与在俄罗斯听到的不一样。她想起自己曾与之合作的那个民间合唱团。那完全是另外一种歌声。

他俩快到傍晚回到了第比利斯，就剩下一天了。大卫说要带她去另一个很远的农村，在南奥塞梯方向，不久前那里还在打仗，可那里有座修道院依然存在，有附属学校，还有个大厅，有时候在厅里演剧，剧组就是由坦吉兹领导……“太好了！要知道那个方向我还从来没有去过。”事情自然就这样决定了……她点了点头，“那我们去！”

第二天一早，他们重新出发，又是一番步行、观光和开车的乐趣。他们的车开得很慢，因为道路被炸毁，况且也不着急去什么地方，开车出来是打发富余的时间。他们看到了群山、峡谷和葡萄园，也看到一些几乎被毁掉的村庄和不久前战争留下的种种痕迹。大卫停车走了下来，娜拉随后也下了车。前方的道路要通过一个烧得焦黑的葡萄园，那是秋天被烧掉的，葡萄还没有摘。大卫摘下一串葡萄，用手掌捧到娜拉眼前。她动了动葡萄，它们顿时成了一堆粉末，是尚未酿成的葡萄酒的幻影……

“难道能见到坦吉兹？多奇怪啊，我们还活着。”娜拉想着，心里一点也不激动，“这也许是因为熬过了自己的死亡，开始步入老年。人生的暮年多美啊……人到老年有一种洒脱。”她笑了笑，回想起自己当年一听到他的声音心就跳到了嗓子眼，他只要一碰她就几乎失去了知觉……“我从前拼死拼活、发疯地爱他，这不能怨他。多年之后我才意识到，这让他多么受累。可怜的坦吉兹！但当他对我说他要结婚，对我来说那是一片多么暗无天日的黑暗……他已老态龙钟，可我那时觉得他的余生应当属于我……唉，我真傻！”娜拉笑了起来，或许患癌症是主的一种祝福，让她完全摆脱了独霸男人的心理……

“我们还是迟到了一点。”大卫说。

又是参观教堂、院落、修道院的建筑物。屋里户外都很干净敞亮。一间长长的石头屋子，年代久远，弄不清是哪个年代修建的，砖砌得很粗糙，墙基的石头也没有经过加工。有人给开了门。

他俩走进了一个黑洞洞的厅里。屋内漆黑，伸手不见五指，他们倚墙站在大门跟前。某种像昆虫发出来的轻微吱吱声传了过来，只有一个音调。这时候，一个屏幕亮了，屏幕相当长，但挂得不算高。有些模糊的影子像波浪一样掠过了屏幕，那些影子既不像水，不像草，也不像是显微镜镜头下的图像。很好看，但搞不清楚是什么，也没有解说词。后来，那些影子聚成了两个人影，一个男人和一个女人。他们在相互运动，这时已不是两个人影，而只是两双手在相互靠近，接触，这时只听得一声爆炸，在屏幕上的影子就不见了。没有任何音乐，只是有些模糊不确切的声音不时地响起，并不是立刻就能猜出来那是什么。随后，在什么都没有的屏幕上长出各种植物，有的奇花怒放，并很快就凋谢了，完全搞不懂这一切是用什么做成的。在一双手尚未出现之前，是一些道路、群山和风景，山上还有一座教堂和一条河。绝对搞不清楚这是怎么做的。一团团黑乎乎的影子和一些透明的影子……一大堆鱼游了过去，然后许多小鱼不见了，而出现了两条大鱼和一个巨大的怪物。它们不是搏斗，而是在跳舞。屏幕闪烁着光芒，除了一些影子，什么都没有，后来又出现了一些奇怪的动物：有一些是十分熟悉的狗崽和兔子、黑熊和大象；另一些是游动的章鱼和几条盘在一起的蛇……屏幕上有一种充实的、充满事件的生活，只是那些事件读不出来，只给人一些暗示，让人去推测……那些声音很神秘，不知是乐器声，还是人的声音，或是某个动物发出的一些信号……啊，对了，是一些信号……很能迷惑人。瞧，那些影子互相凑到一起，融为一团，之后散了开来。这时候出现了一个婴儿，有一双大手托着的婴儿……完全不明白，这是用什么材料做成的……没有任何的材料，这出剧根本不用材料。这是一幕理想的剧，除了影子不需要任何东西，并且没有音乐，只是声音的影子……

泪水流了下来。在世界上从未见过这样的空间，根本就没有这样的空间。这是坦吉兹从头到尾只用影子创造的世界，其内容用任何语言都无法表达，况且也没有任何一种这样的语言。根本就没有任何东西……这是创世，当然是啦。这不是在讲述如何创世，而是创世本身。这就几乎明白了……他为什么要抛开敦实的物质戏剧，为什么在最后共同工作的几年他让戏剧的愚蠢做法弄得苦不堪言，为什么他说过自己感到身心疲惫，这是由于戏剧的虚伪，人们说话的虚假，戏剧布景、服装和化装的失真，经常失误的手势，最初条件的错误以及达不到那个本来不费吹灰之力就可以达到的目的而造成的……他怎么能抛弃演员这个构成戏剧存在的最主要的条件呢？他怎么能找到一个其演员会同意放弃表现自己个性的剧组？这倒是个解决问题的简单办法……他彻底离开了戏剧！那干吗还要斯坦尼斯拉夫斯基？梅耶荷德往哪儿摆？为什么要布莱希特？要格罗托夫斯基做什么？他已离开了物质世界的界限，飞到一个除影子外什么东西都没有的地方……

突然，屏幕上的一切都变了，出现了一些小熊和兔子、长颈鹿和天鹅，它们表演一些逗人的场面，厅里的观众脸上露出了笑容，甚至大笑起来……他在嘲弄人？给飘飘然的观众指出一个地方？做出 ·只山羊的样了？确实，屏幕上呈现出一只山羊影子，头上长角，耷拉着肥大的乳头，样子很可笑……娜拉没发现自己流下了泪水，泪珠顺着凹下的面颊往下流，但她露出了笑容。唉，坦吉兹呀，坦吉兹！我俩年轻时曾待在一起，可我那时并不知道你所知道的东西……或者你那时候也不知道？难道说我因你备受痛苦，就是为了到老年时才明白，只剩下影子……这种唯一的本质，唯一的存在……

灯光亮了。观众厅并不大，观众也并没有坐得很满。他们鼓着掌，在厅里有许多孩子，但大人还是更多些。他们大声地说话，但听不懂，因为讲的是格鲁吉亚语。后来，有位体态臃肿的老头拄着拐杖登上了舞台。一个硕大的刮得锃亮的秃脑袋，他满面红光，向后挥了一下手，那些创造影子的人走上了舞台。娜拉笑了。原来，影子的影子是些青年男女，总共有七个人……

大卫轻轻地拍了一下娜拉的肩膀问："要去他跟前吗？"

坦吉兹只是向某个人挥了一下手，简洁而不失威严，一个年轻的女子便走到了他跟前。

那个女子的块头很大，长得很胖，满头鬈发。他轻轻抱了她一下，抚摸着她的满头浓发。这可能是她，是他的年轻妻子……她笑得很甜，有点像他已故的妻子纳捷拉。他俩的目光对视，含情脉脉。不，并没有什么东西动摇了。爱情的影子要胜过爱情本身……也更纯洁些。影子不会有占有感。

"我们过去吧！他一定会高兴的！"大卫悄悄说，"喂，过去吧！"

"走吧，走吧，大卫！我们去停车场吧！"娜拉说着就溜到了门外。

大卫跟在她身后去停车场。两人都没有说话。坐到车里就向第比利斯开去。夕阳西下，正是一天的最后时光，一天结束之前，要把能展示的一切全都展示出来，全部的美景和伤感的温柔，这就是从太阳升起后这短暂的一天所积攒下来的东西。

天色很快就暗下来。道路很差，路上几乎没有什么车辆。偶尔有汽车从暗处迎面开来，车前灯的两道光晃到路边的树丛和稀拉的建筑物上。娜拉似乎睡着了，当车开进了城，她好像自言自语：

“坦吉兹的这个年轻妻子很不错，配得上他。”

“什么妻子，娜拉？那是他的孙女，是尼诺的小女儿。他在纳捷拉死后没有再娶，一直孤身一人。他找不到合适的女人……”

“原来是这样。”娜拉只说了这么一句。

“可他曾说过要结婚。是他决心要让我自我解脱？……还是要他自己？……不，当然是从我这里解脱。现在已经不重要了……”

第二天，她返回了莫斯科。很少有人能像娜拉一样喜欢长时间飞行，你的身体不处在任何地方，而置身一个远离现实的空间和晃动的时间中，所有的义务、承诺一下子全都结束，一切都推到了一边，电话铃声、邮差的叫声、请求、建议和埋怨都听不到，你悬在空中，飞行和翱翔在天地之间，地球和月亮之间，地球和太阳之间，脱离了常规的坐标体系。你飞啊飞……就像坦吉兹那样，我灵魂的挚友，唯一能活着挣脱一切界限的人，把另一个世界——影子的世界变成了适合居住的地方……坦吉兹……没有接触的爱……

第四十八章

最后的刑期

（**1955年**）

雅科夫·奥谢茨基人生中住的最后的一个集中营是特殊的阿别济集中营[1]，这是个残疾人集中营。送到那里去的是些体弱力衰的犯人，他们在因塔矿井里挖煤丧失了劳动力，同时也有从科米共和国押来的犯人。阿别济是个临时修建的小镇，到处是奇形怪状的房子、作坊和草棚，还有两台报废的蒸汽机车，用它们的锅炉为办公大楼供暖。从火车头附近的机库里伸出来几根大得出奇的管子，外面裹着一层黑色的绝缘破布，从人们的头顶上通向四方，就像藏到一角的蜘蛛编出来的一张不祥的蛛网。

当他们看过雅科夫的档案材料并确切知道了他的业务水平之后，他最初被派到一个不错的技术处搞财会工作，但他与那位无赖的头儿大吵一架，后者也是个囚犯，那个家伙背着雅科夫打了小报告。雅科夫先是被关了五昼夜禁闭，后来被打发到劳教的文化科当图书管理员，他在那里与其说是管理员，莫如说是个看守。

这个城市住着一些政治犯，他们被指控对敏感的苏维埃政权进行污蔑和从事间谍活动。这里完全是个国际大家庭，有来自国内各地的俄罗斯人、立陶宛人、波兰人、犹太人和各种罕见民族的

1　1932—1959年在科米共和国阿别济镇设立的一个集中营，专门流放残疾犯人和丧失劳动能力的政治犯。

人……集中营边上有一道排水沟，沟里有时是一条小溪，有时又是一摊臭水，但从来没有干枯过，它对面是一片很大的墓地，占地约四公顷。一根废弃的枕木搭在排水沟上当作小桥，再往远，一直通到天边还有些深沟，但那已是墓坑。冬天，大雪无私地盖住了预先挖好的公用墓坑，每个墓坑里埋五十个人。春天积雪融化，在解冻的尸体上面就再加上一层土。隆冬季节，任何镐头都刨不动这块冻土，何况尚且存活的是些体弱无力的犯人。好几千具尸体长眠在那些坑里，死去的人毫无区别，既有身体衰弱死去的苏维埃政权的敌人，也有拥护苏维埃政权的人；既有文盲，也有高级知识分子；既有愚蠢的傻瓜，也有聪明绝顶的人士；既有具有世界声誉的大人物，也有无名鼠辈……他们都带着犯人的牌子葬在排水管下……

雅科夫知道一个秘密，那是朋友——医士科斯佳·戈沃鲁诺夫告诉的：在那些坑里，在成千上万被埋葬的死者中间，长眠着东正教哲学家卡尔萨文，不久前他还是维尔纽斯大学的教授。囚犯中有位立陶宛医生为死者做了解剖，打开尸体的时候，他把一个暗色小玻璃瓶塞到他的腹腔，玻璃瓶内装着一张小纸片，上面写着卡尔萨文的名字。科斯佳参加了这次尸体解剖，亲眼看见了这件事。这位医生希望有朝一日，倘若死者的后人能有机会挖墓验尸，在无数的无名尸体中会找到这张抛到人体遗骨大海中的纸条，为这位哲学家竖起一座纪念碑……

雅科夫老早就已让自己接受了一个很难接受的想法，他自己将要在此地葬身，长眠在北极圈附近的这个墓地，埋在排水沟下面……他的家庭，他的人民就遭到了这样的命运：在基辅的一个普通的墓坑里，在鲁基扬诺夫卡，已经长眠着他的弟弟、四个表妹……共有二十九个亲戚……在欧洲还有几百万死于非命，只不过他们与他并不沾亲带故。魔鬼是同一个人，只不过胡子蓄的样式不同而已……

自从左腿不听使唤只能拄着拐棍走路以来，他就住在阿别济，这已是第二个年头了。这个集中营是他待过的所有集中营中最差的一个。他现在回想起逝去的那些流放年代，那几乎像是天堂般的生活。那些年里他能积极思考，生活充实，内心充满了希望、计划和各种打算，那是能够工作的岁月……雅科夫如今唯一不感到缺乏的东西就是交往，与人们的交往。集中营关押着一部分注定要被消灭掉的人，是从一代人中被清除出来的。他们是科学家、艺术家和诗人，他们本来是俄罗斯知识分子里的精英，却被伟大的苏维埃国家的奠基人宣布为"民族败类"。这种各民族的"败类"曾给予雅科夫几次十分珍贵的会见：在简易住房里，他的一位上年纪的邻居原来是水文地质学家里夏尔德·约翰诺维奇·韦尔纳，与他谈话对于雅科夫既是一种放松，又是一种享受。他俩互相朗读德文诗，他向雅科夫介绍了奥地利诗人里尔克，雅科夫之前对这位诗人并不了解并且也评价不高。在认识的第三个月，他们谈起苏达克这个地方，里夏尔德·约翰诺维奇在幸福的年代里曾与妻子一起在那里休假……就这样一句赶着一句，玛露霞和小亨里希也从雅科夫的回忆深处跳了出来，尽管这种回忆对于他不一定必要。在集中营里，这种无关紧要的小事、遥远的命运的十字路口有了很大的意义。里夏尔德·约翰诺维奇好像成了雅科夫的亲人，这是他在集中营生活的一点快乐。半年之后，里夏尔德·约翰诺维奇得肺炎去世……于是，雅科夫开始为下一部书收集材料。虽然书名尚未定下来，但书的内容完全够了。这里应当对集中营的"败类"进行人口学分析，他们是社会上最有文化的一部分人，却要在阿别济结束自己的生命。

图书管理员这个职位最符合雅科夫的科研兴趣。不但是图书卡片，而且读者的职业和学位的个人卡片都归他管，那是他的前任在上面认真记下的……不过，他在两周内做完了人口学分析，更多的材料就没有了。他想到了要做一个专业人员受教育程度的索引，还想为集中营领导和保安做出同样的一份……可没有这方面的材料，因为集中营里的这一部分人不去图书馆，他们在红角[1]有自己的看报桌……

生活在这个底层，在某种意义上是集中营平安生活的顶峰。图书馆曾是一大堆无用之物的收藏所。主要的图书是从犯人们那里抄收来的。这里最好的一本书，是阿尔帕托夫专门写文艺复兴时代的第二卷，那本书寄到了集中营，给尼古拉·尼古拉耶维奇·普宁。这本书在普宁那里放了几乎一年，最后才转到了图书馆。雅科夫在书上加盖了图书馆章，做了资产编号，然后好几天都沉浸在文艺复兴之中，他抱怨作者对北方文艺复兴过于轻描淡写，而对意大利文艺复兴有明显的偏爱……在他的脑海里已梳理了意大利文艺复兴和北方文艺复兴时期的绘画作品中对人物形象理解的差异，但是他还记得小说手稿在最后关头被毁的教训，所以他就打住了思绪。他内心丢掉了自己心爱的事业——文牍工作。

不做点大事他就不会生活，于是他开始学习立陶宛语。这种语言很容易学，属印欧语系，况且，在身边可问的人多得很。

他人生的第六十二年即将结束，他来得及回顾了自己度过的所有岁月。“我的人生好像回环书写法”——他冷笑了一下，可就连这个想法也找不到人写信分享……玛露霞啊，玛露霞……就是现在，他大概也可以给她写封信，但就连这种单向的写信她都拒

1 苏联企业和机构中专门用于政治教育和宣传的房间或房间的一部分。

绝……他一边哈气暖着冻僵的双手，一边习惯地写些没有针对性的札记，用“文本”这个没有任何含义的词做标题。

在一天内，一切事情都变了。《真理报》先是刊登了领袖在1953年3月4日患病的通告，这张报纸像以往一样，送到集中营已晚了一天一夜，即5日那天送来的，这时广播已经播送了他去世的消息。科斯佳·戈沃鲁诺夫从卫生所跑到雅科夫那里，告诉他斯大林死了！

一场大型的、静悄悄的忙碌开始了。那天是工作日，但人们在岗位路上晃悠悠地走着，跑来跑去，大家都好像有事，好像被派去完成什么任务。

雅科夫让这个消息弄得激动不安，他瘸着一条腿走到萨穆伊尔·加尔金那里，后者是犹太诗人，雅科夫与他在犹太反法西斯委员会里相识，那还是在1947年。他想与他讨论一下这个振奋人心的消息，可加尔金挥挥双手，意思是住嘴，雅科夫，住嘴！千万别搞得不吉利！他像以往一样开始朗诵自己写的意第绪语诗作，以此填补停顿。他很珍视雅科夫，因为他几乎是那里唯一一个不需要翻译的听众。

但雅科夫已无心听他朗诵，因为脑海被业已尘封的回家想法占满了……难道说他能够回到妹妹家，见到母亲和侄儿们？他的心激动得都抖了起来，也许，还能见到亨里希，还有从未见过的孙女？他打住了自己的遐想，就想到此为止。

他彻夜未眠，左腿痛得很，膝关节也隐隐作痛。但头脑十分清楚。当然，现在要给各级写信，并且他已经盘算着写给谁、怎么写和写什么：要重新审理他的案件，给他平反，还是请求特赦？后来，他的思绪转向了另一个方向：他的人口学理论要付诸实践，斯大林去世应当成为新一代人产生的出发点。不管苏联历史今后如何转向，但从今天开启的时代，将会称为“后斯大林时代”，而1953年，在斯大林死后出生的婴儿，已不是“战后的”一代，而是“后斯大林”的一代人。我活不到，活不到了……要是现在能够把一切展开该多有意思啊！是的，我知道，现在应当立刻组织人口学研究，邀请乌尔拉尼斯[1]、科佩希科夫和佐托夫加盟……打住，打住，别想入非非……

3月6日，他们没有出工。大家全都坐在简易住房里，等待着生活的某种变化。这种变化不是今天就是明天。他们都几乎不说话。在6日到7日夜晚，有人用板皮搭了一个台子。昔日的神甫、如今的军需给养员悄悄说，集中营主任邦达尔下令把部队仓库里的黑布全都拿走了。还有人在半夜缝了几幅条幅，不知道是谁缝的，可能是指挥人员的妻子们，但第二天早晨，几幅红色条幅带着黑色的哀悼衬里，挂在大门两侧和台子上方。这一天没有出工，集中营所有的犯人都整队站在操场上。北方的早晨阴暗潮湿，大喇叭传出的音乐倾泻在一片朦胧的昏暗中。

雅科夫从最初几个音符就听出来，这是柴可夫斯基《第六交响曲》的尾声。这是一段多么亲切而熟悉的音乐，就连一个音符都没有忘掉：第四乐章的主声部是以第一乐章的副声部的那个主题开始……这个主题在拓展，表现出哀伤，预示着悲剧，最后转成一首安魂曲，一首葬礼般旋律的行板……

乐曲刚开始，雅科夫就泪流满面。他好久没有听到过音乐，真的想念了……他右边站的是来自撒马尔罕的毛拉[2]易卜拉欣，他好奇地看了雅科夫一眼。左边是立陶宛的民族主义者瓦尔季斯，他讥笑了一下：他这是为什么要哭？可雅科夫没有发现。他的双

1 鲍里斯·乌尔拉尼斯（1906—1981），苏联著名的人口学家。

2 对伊斯兰教学者的尊称。

眼紧闭，但泪水顺着脸颊往下流，这是在这个巨大的国家里在这一天内流下的所有眼泪中最奇怪的泪水。但对于雅科夫来说，这一刻流出的还不是最后的泪水，因为停顿片刻之后，几乎紧接着就播放了莫扎特的《D小调安魂曲》，第七个曲子，哀悼……

正在这一刻，他的孙女，十二岁的娜拉站在学校大厅里，领袖那尊石膏胸像的头顶已几乎让鲜花盖住，她站在那里感到痛苦，因为孤独，因为自己不合群，因为自己不能与其他哭得两眼红肿的同学和老师们分享那种普天的悲痛……她不想哭，就是打死她也哭不出来……

与此同时，在集中营的主席台上出现了一阵慌乱：斯维诺鲁普大尉和昆金中尉老早就坐定在自己的位置上，可主要的首长还没到——主席台中间依然空着，那是集中营主任邦达尔的法定位置，因此就无法开始预定的大会。天气很冷，不知何故，现场呈现出一派不安的气氛。大家都已冻得脸色发青，可除了播放的音乐，什么都没有发生……而正在此刻，一位吓得颤颤巍巍的医生正在用缬草药水抢救邦达尔少校，因为他的心脏病发作了。四十分钟后，脸色惨白、眼皮肿胀的邦达尔来了，音乐立刻停了……大会开始。

斯大林死了，但生活表面似乎没有任何变化。在这座原计划关押五千人的集中营里关押着一万一千多犯人，他们所有人都热情关心政治，以最认真的方式研究收到的报纸，以求有什么深刻的变化。但奇怪的是，斯大林死后有人承诺要扭转整个国家的变化，传到这里却已相当晚了。在雅科夫身边又聚集起一个小组，他们是些“智者”，是些爱好争论政治问题和提出新观念的人，知识分子的本性又复活了。于是，他们往上面写信……等待着结果……

3月末，古拉格[1]从内务部管辖转由司法部管理，这样做给了人

1　即劳动改造营管理总局。

们希望。可一年后，古拉格重新回到内务部的监护下。雅科夫给各种地址能写的所有信件都写好发走了，剩下的只是等待。好纸上谈兵的天性又在他身上苏醒。他常常在劳教文化科待到深更半夜，他面前又展现出生活的计划以及对诸多项目、分项的阐释，生活似乎重新获得了被“阿别济坑”掩埋掉的意义——他称自己在阿别济的岁月是“阿别济坑”。他用复杂的办法，通过雇的一个人，还通过妹妹伊娃成功地把几封信转寄给了自己的同事们，信中有他的一些科研思考和建议。还有一封信是写给玛露霞的。这封信写在他获释之后，当时他已动身去了莫斯科。

这是他俩通信的最后一封，他们的通信从1911年持续到1936年，这是一场保持了四分之一世纪的友谊、爱情和婚姻……

雅科夫给玛露霞的最后一封信

因塔—莫斯科

雅科夫致玛露霞

1954年12月10日

亲爱的玛露尼亚！

我们很久没有见面，有可能我们今生再也不会见面。我们两人已经步入晚年，度过人生的最后岁月，做着一生的最后总结。当然，我的思绪首先转到遥远的往事。先从主要的说起：我的整个青年时代，我们婚姻的全部二十五年是幸福的。我们的最初幽会，婚后的最初几年让我俩充满了无穷的欢乐，坦率地说，是无穷的幸福，以至于那些年代的反光甚至都能照亮随后的岁月，帮我们缓解一些不可避免的摩擦和不快。

我们一向互感兴趣，从没感到过夫妻生活的厌倦。当我有各种新的感受，产生一些新的想法和创作尝试，甚至在高兴和痛苦的时候，我首先想到的，就是要告诉你，写封信与你分享。我似乎扎根于这种做法。说起来也可笑，在漫长的别离年代里，直到今天我还未能摆脱这个习惯，如今还要不时地克服自己的这种首先想与你分享各种感受的想法和愿望。这不仅是婚姻的主要内容、婚姻的本质，也是它的珍贵和自豪之处。

我们共同生活其中的艺术世界呢？至今，我一听广播就激动不已。让我俩相识的拉赫玛尼诺夫的《第二钢琴协奏曲》，或是我给你伴奏多次的舒伯特的《船歌》，或是格林卡的《疑虑》，你能听到吗？这些都是令我俩在年轻时代陶醉的乐曲，我凭着老年的记忆再重复一遍："悲伤的时代会过去，我俩将会重逢。"但是否有可能？

严峻的命运为我准备了异常艰苦的一生。打击一个接着一个，从没有间断，漂泊的岁月接踵而至。丈夫和妻子应当生活在一起，婚姻不可能基于两人的通信。如今我们每个人都明白，是谁毁坏了我们的家庭。像我俩这样的夫妇，我发现在自己身边有成千上万。

斯大林格勒、比斯克，后来的矿井、叶戈里耶夫斯克和苏霍别兹沃德诺耶监狱，我在那里已看到了自己的未来命运，我感到了害怕，（唉，你怎么当时什么也不明白！）最后是阿别济。有怎样钢铁般的家庭能经受住这样的考验？不过现在这一切已经过去。我获得了自由，我如今在因塔，近日就会拿到获释证明书，之后回莫斯科。根据我的一些同事的经验，未必会让我在一些大城市里"合法居留"（是否还记得我们年轻时代的这个词），但我恰恰要在莫斯科领到一个派遣证，决定下一步我去向何方……

我如今是残疾人，拄着拐棍走路。我的生命即将走到尽头。我的理想是最后见你一面。我不会重新算起那些昔日的恩恩怨怨。

除了你，我从没有爱过任何人。

我能想象到，接到这封信你的反应会是一种苦涩的嘲讽。然而，谁若决定参加缺席的审判，谁若不愿意听无论是自白还是辩护，谁就没有嘲讽的权利。这确实是真话。就我目前的处境，无论虚情假意的表白，还是姗姗来迟的装假都没有用。我曾经多次尝试过和解，但一切毫无结果。最初的原因是两地分居，后来的原因是感情的疏远……

假如你同意见面，或哪怕打算给我写上一句友善的话，那将会让我的生活感到莫大的轻松，也许会从我的肩头卸掉多年的重负。我希望与你吻手告别，或是至少收到你的亲笔来信。

谢谢你过去给予我的一切。

如果在莫斯科能见你一面，我将感到幸福。伊沃奇卡还住在干草垛大街的那个楼内，六年前我就是从那里被抓走的。地址和电话你知道。如果愿意，你可以通过她联系。

雅科夫

这封信没有得到反馈。

1955年12月末，雅科夫来到了莫斯科。干草垛大街上的那个房间，在他被抓当天就被查封，后来转到扫院人手中。他不敢在妹妹家过夜。他的处境还是苏维埃政权经常赏给他的那种：不允许在莫斯科落户，但他又只能去莫斯科基洛夫大街上的检察院拿到派遣证，凭着那个证件他才能去一个新的、几乎像疗养院一样的流放地。

阿霞在奥尔登卡大街的那个几家人合住的公寓里接纳了雅科夫，那里没有扫院人，邻居也不多，他们屡次挨整也就不再打报告了：有个犹太老太太的女儿是著名女诗人，她获得了斯大林奖金并在护照上写上自己的民族，她教会母亲保持一种白痴式的、只点头表示赞同的沉默；还有一对老年夫妇一辈子都在隐瞒自己的贵族出身，隐瞒自己的东正教信仰以及1917年之前在国外所接受的教育，而不久前又有另一种新情况——他俩唯一的儿子因抢劫被抓进监狱……邻居们对这位没有登记户口的半夜来人睁一只眼闭一只眼，什么都没有问。

雅科夫双手搂着从前做梦都想不到的宝贝，一对硕大而白皙的乳房，像年轻姑娘的一样，摸上去柔软光滑，只是稍稍有点疲软，玛露霞曾经一直羡慕并嫉妒有这样乳房的人。雅科夫把自己的脸贴在阿霞的乳峰上，吸着女性胴体的芳香。阿霞用自己那双医生的小手抚摸着他的头，她的双手能切开脓疮，会把粗大的针头扎入静脉输血，还能做许多其他的事……这次，一切都和1936年阿霞去比斯克找他那次一样，那时他还不知道缺席判决离婚一事……一切做得甚至比战后，比他被捕前的最后三年，即他俩第二次同居时还要好。如今是第三次，也是雅科夫与这个女人彻底结合的一次，这份爱情曾让他在年轻时代感到难为情，后来，在比斯克又让他产生了尴尬和过失感，因为自己不能用同样的感情给予回报，可现在，她终身的爱情，几十年来都觉得不需要也不妥当，如今却成为他坍塌的人生中唯一的支柱。她随时准备离开自己的医院，办理退休手续与他去沃尔库塔、赤塔，哪怕去马加丹……

五天后，雅科夫拿到了证件和派遣证，去离这里不远的加里宁市[1]，距这里101公里。出发前夕他给儿子的住宅打去电话，接电话

1　即俄罗斯特维尔市，1931至1990年改称加里宁。

的是儿媳阿玛丽娅。当他自报家门后，阿玛丽娅吃惊地“哎呀”了一声。她从来没有见过自己的公公，只知道他流放在遥远的边疆。亨里希几乎从不讲有关雅科夫的任何事情，她也从不去问。阿玛丽娅请他任何一天去都行，只是要预先告知一声，她好来得及准备一些美食佳肴。可他只能今天去看他们，因为明天一早他就要去加里宁，这是他在莫斯科待的最后一天。

雅科夫走出了阿尔巴特地铁站，就像有块磁铁吸着他走向厨师大街，回自己家找玛露霞去。但这条心爱的路线已经永远取消，他心情沉重地拐向尼基塔林荫道。他从未去过自己儿子的住宅，其实距离他从前的住处只有十分钟的路程。阿玛丽娅尚未来得及告诉亨里希他父亲要来一事，因此他俩几乎是同时到的，亨里希比雅科夫只早回来五分钟。父子俩见面后拥抱在一起，又相互吻了吻。在大房间里摆好了餐桌，雅科夫被让到上座坐下，他把拐杖倚在桌旁。娜拉从侧面一间房走出来。雅科夫觉得这个女孩长得有点像玛露霞，就是长得不大好看。她迅速地瞥了祖父一眼就悄悄坐下来，雅科夫立刻发现小孙女很聪明。他还发现了阿玛丽娅并不爱亨里希，因为他觉察不到那种瞬间的眼神顾盼，这种眼神无须语言就能增进一对情侣的交流，况且他俩相互之间没有什么交流，就好像刚吵过架。他们其实并没有吵架，一直就是这样生活的，相互没有什么感情（她与安德烈·伊万诺维奇有感情）。他们在一年后离的婚。小孙女神情忧郁地坐在那里，眼睛盯着一个盘子。

“你上几年级了？”祖父问。

“四年级。”她答道，眼皮也不抬。

“女孩性格内向，也不很幸福。”雅科夫心里想。

“你喜欢吗？”

“您问什么？是学习吗？不喜欢，我不爱去上学。”小孙女回答，之后看了他一眼。她的眼睛和玛露霞的一样，是灰色的，眼边发暗。她的脖子细长，头发淡褐色，在额前分成两缕波浪卷，也像玛露霞的一样。但嘴和颧骨长得像我……基因，基因真厉害……

阿玛丽娅为人可爱，真诚，却以仆人的那种好奇看着他，因为雅科夫是一个“新获释自由人”，她的眼神里含着一些未提出的问题……亨里希的神情紧张，也没有向他提什么问题，甚至还试着开起了玩笑。娜拉听到他说的玩笑脸红了，尽管那些玩笑不值得她脸红。起初，他开玩笑说他的妻子用斧头熬的汤，汤里还添加了一些钉子，之后，又对烙的肉饼胡言乱语一通。后来，他自己哈哈大笑起来，可雅科夫心中感到了痛苦，因为明白了儿子绝不会问他那个多年来折磨自己的问题。

后来，雅科夫喝完茶就走了。告别时，他抚摸了一下娜拉的头，拍拍阿玛丽娅的肩膀，又摸了摸小猫穆尔卡的灰脊梁，还握了亨里希的手。之后，他们父子就再没有见过面。

第二天早晨，阿霞把雅科夫送到火车站。他背着背包，右手拄着拐杖，左手拎着套着粗麻布套子的小行李箱。他俩在站台上吻别。阿霞的那张小脸并不好看，从贝雷帽下露出来一缕衰老的灰发，但在黑呢大衣下面，在毛坎肩和白衬衫的里面，麻布乳罩紧紧兜住了唤起了雅科夫沉睡已久的欲望的魅力犹存的乳房。他知道阿霞的爱情是永恒的，取之不竭，足以让他在自己全部的余生享用。那是一段离开玛露霞的生活……

元旦后又过了两周，她把自己在莫斯科的事情处理完毕就去了加里宁。他把阿霞领到了诺维科夫大街的一座木屋，一路上给她讲了特维尔的历史，介绍了这座神奇的城市，一座保持着独立自由和英勇不屈的城市，它抗击过金帐汗国的蒙古人，还曾经与立陶宛人结盟……这里最早的居民比莫斯科的还要久远，他们是些令人敬重的大公……他还讲述了这座城市优越的地理位置，特维尔查河的历史，他还说夏天他们一定要顺着河道往上游，从河口去其源头……还说这里有个出色的图书馆，它似乎从来没有遭受过洗劫，所以他在那里找到了一些罕见的图书……最后，说他有可能在这里继续自己的工作……

那是一座木制的旧房子，一些附加的建筑把它弄得面目皆非，但依然保留了台阶、两个磨光的门柱和正面两扇窗户上的雕花饰框。房间相当大，也很整洁，像个好客的女主人在静等着他们。窗户似乎有些太低，因为这套旧屋的房基下沉了，然而那张床太高，边上还有凸起的小铁疙瘩，雅科夫拖着一条瘸腿很难爬上去，他立刻对阿霞说，已经找到了木工，答应给他俩打一张沙发床，上面再铺上床垫……

有一个封皮结实的漂亮的笔记本，那是1955年12月他到莫斯科第一天在铁匠桥大街的文具店买的，雅科夫已用自己漂亮的，但有点缺乏个性特征的笔迹密密麻麻地写了好几页。他打算在新的一年开始用这个新笔记本，因此在首页上记下了日期：1956年1月1日。

再往下是个清单，上面共有十八项内容，那是业务部分。在第二页上列出家务部分，项目较少，有些还画了一个对钩。在第一项下面写着茶壶。这个茶壶已经在桌上摆着，是个很好的搪瓷茶壶，可颜色绿得刺眼。

“绿得多么好看呀！”阿霞犹豫地说，她摸了摸新茶壶刺眼的一侧，笑了笑。

“阿霞，我可是色盲！我还以为它是柔和的灰色呢。”

业务部分中的十八项内容，构成了他余下来的生活计划。在卢比扬卡[1]毁掉的手稿，他已不想返回去找：阿别济集中营给予他一种人生经验，让他的全部小说习作或是部分地销毁，或是部分地失去价值——什么东西都没有留下来也是好事，不然的话，如今该如何去处置它们？

他的科研工作还可以继续下去，他在其中看到了潜在的社会效益，但不是现在，不是今天，也许要再过大约十年……他唯一想重操的旧业——是音乐。他在阿尔泰开始撰写的那一套世界音乐文化教科书（三卷集），如今也许会对很多人适用，学生用来增长知识，成年人用来扩大眼界。是的，不错，搞文化传播工作，这才是正确的方向……但是，他决定从他曾经在部队里干过的那项光荣的事业开始，他那时是士兵合唱团指挥，业余乐队的指导……

出于组织者的习惯，他从考察当地的几家图书馆（已打上了对钩）和走访距离最近的文化宫（已打上了对钩并记下了文化宫主任的名字、父称和姓——帕维尔·尼卡诺罗维奇·莫尔加切夫）开始履行自己的计划。在这页下面有一个简短的乐谱清单，应当到州立图书馆去预订，可是没有打对钩……

八个月后，雅科夫8月末死于心肌梗死。阿霞去莫斯科领养老金了，等她回来发现雅科夫躺在沙发床上，浑身已经冰凉。他的书桌上放着两份昨天的报纸，有几沓廉价的灰纸，已写得密密麻麻，还有从图书馆借来的四本书——立陶宛语教科书，列宁的《唯物主义和经验批判主义》，刚出版的爱因斯坦和因费尔德[2]合著的《物理学演化》，上面有密密的铅笔批注，再就是革命前出版的亨德尔的《弥赛亚》清唱剧总谱。

在列宁写的那本书中夹着一张灰纸条，上面写着："他阅读科

1　苏联和俄罗斯情报机构的办公地点。

2　利奥波德·因费尔德（1898—1968），波兰理论物理学家。

学文献总是落后。他在1908年写到物质存在于时空中，那已是相对论发现之后，他断言质量能转化为能量的说法是唯心主义，而早在1884年约翰·亨利·玻因廷[1]就证明了能量也像物质的质量一样，能被电磁场闭合和移动[2]，证明能流具有密度。”

这是雅科夫一生中最后的幸福岁月。

1 约翰·亨利·玻因廷（1852—1914），英国著名物理学家。

2 即电磁场能量守恒定理。

第四十九章

新的一位雅科夫诞生

（2011年）

丽莎这次也表现出了自己的组织才能。她决定把季莫沙和奥莉娅送幼儿园，还临时雇了家庭女工——五十岁的格鲁吉亚女人维多利亚，她养活自己住在库塔伊西的一家人，丽莎称她为“我们的燕子”。她全然不顾一些众所周知的偏见，为新生儿买了一大堆东西。现有的两个孩子似乎也有精神准备，他们整天待在母亲的大肚子周围，温柔地敲敲，与小弟弟说说话，让他们惊喜的是，小家伙在肚里不时地乱踹一通，让他们都能摸得到。1月1日，肚里的婴儿就做了来到人间的第一次尝试，但折腾了一会儿就变了卦。他做得对，因为还不是时候：维多利亚回家过节去了，洗碗池里积攒了一大堆碗碟和饭锅，新年圣诞树有一半针叶提前从树上掉了下来，不知是因为家里太热，还是悬在空中耐不住了。尤利克突然得了一种莫名其妙的过敏症，他把自己挠得就像个长了癞的猪崽，让自己回想起早已逝去的童年时代，那时娜拉给他描绘了这种细菌的可怕怪状，五岁的他被这种病吓得惊慌失措。可现在他不是为自己，而是为丽莎和孩子们担心。他自己有好几夜睡在厨房里一张窄小的沙发上。丽莎怀孕的最后几个月，已经习惯于夜晚让丈夫搂着肚子，这时担心起来。丽莎也感到困惑，因为最近两年她习惯了与丈夫同起同睡，就像个分不开的连体人。

元旦后不久，尤利克的那种不明其因的瘙痒症就传给了孩子们，季莫沙尤其深受其害。丽莎没请医生，也没有带他俩去医院看病，因为外面的人还在过着那个疯狂的、愚弄人的节日，他们喝酒喝得累了，也不知该去哪儿，并且也休息得累了。公交车运行得勉勉强强，医护人员工作得也是马马虎虎，况且，去医院那里很不容易，道路几乎不通，因为一会儿下雪，一会儿雪化了，那些塔吉克人愁容满面，没有把路清理出来，因为过节期间不给他们发工资……丽莎自作主张，决定给遭罪的孩子吃抗过敏的药片，于是那种恶毒的瘙痒症状有所缓解。

1月4日凌晨，肚里的婴儿给出了要来到人世的信号。丽莎的肚子开始阵痛。他们去了产院，找动作麻利、就像一把自动刀的医生伊戈尔·奥列格维奇。他正是这点博得了丽莎的好感，因此丽莎与他签了合同，由他负责她怀孕期间的诊断和接产。尤利克不喜欢这位医生，但丽莎解释了自己为什么选择他，因为他动作麻利，不像麦糁粥那么黏糊，他还办事利落，要知道我也是这种人，没事的……

动作麻利的伊戈尔·奥列格维奇从上往下摸摸肚子，瞥了一眼医疗卡，然后戴上一只手套，用一个生硬的指头伸进了疲惫不堪的丽莎下体内的软肉。随后告诉她，说肚子阵痛只有等到像“想把暖气片从墙里拽下来”那时再来产院分娩——总之，按照预产期大约在9日那天再来。而动不动就惊动医生，这样做显得缺乏教养！

丽莎乖乖地没有言语：怀孕让她的性格变柔和了，所以她没有以牙还牙去对待那个医生。不过说真的，肚子阵痛这时自然而然地停了，这对夫妇让等待分娩弄得疲惫不堪，他们慢慢地走到了莫斯科河的沿河街上，虽说两人心里都想着眼前的这件事，却顾左右而言他，就是不说这件事……

“在城市里有条河真好！我在纽约有一个心爱的住处，窗户正对着东河。我们三人租赁了一套公寓，每个人有个小窝。可只有我的房间窗户对着东河……还有我也很喜欢在纽约斯塔腾岛上的住宅。莫斯科的水域很少，我在纽约总争取住在靠近有水的地方……”

“你多讲讲吧。”丽莎请求说。

“你请娜拉讲吧。她爱讲这些事，说她在1994年或1995年怎么去美国找我……我记不清了。那是我租的第一套公寓。哦，不是我一个人，而是一帮人：有个吹萨克斯的小伙子，有个黑人，还有个英国女孩，她是某位著名女作家的孙女，那个女作家不是艾丽斯·默多克[1]，就是缪丽尔·斯帕克[2]……我们把家住得脏极了，光厨房娜拉就清洗了两天，后来又从我的小屋里弄出去四袋子垃圾……她什么话也没说。不对，她还是问了一个问题：尤利克，你穿的两只鞋怎么都是左脚的，并且两只都穿坏了？”

“是啊，娜拉当然很了不起。我要是处在她的位置上肯定要大闹一场……”

“不会的，她认为那样不合适。”

“你那时已经开始注射毒品了？”

“没有。只是稍稍吸点，但不多。就是说我那时还不明白自己已沾上了毒品。我依然觉得自己在玩。娜拉住在北曼哈顿自己的女友家里，那个阿姨真好……我第一年还向她借过钱，总想把钱还给她，但总是不能如愿……她的绰号叫齐帕……名字忘了……她住宅的窗户也对着河，面向哈得孙河。我真想永远抛掉那一段生活，可好像把自己不打算忘掉的东西都忘了。”

1　艾丽斯·默多克（1919—1999），英国女作家。

2　缪丽尔·斯帕克（1918—2006），英国女作家。

他们叫了一辆出租车，尤利克把丽莎扶到后座上。他俩回家后就开始等着1月9日那天，日历上还标着一个“×”。那天早晨，丽莎打电话问医生，是不是该生了。医生懒洋洋地让她再等一个星期。

“医生，”丽莎开始解释，“这一周我的阵痛就没有停过。当然，阵痛不是经常性的，但是真的痛，次数时而少些，时而多些。让我们哪怕拍个超声波片子吧，看看小家伙在肚子里怎么样了？”

“那好，您就自己花钱去拍超声波片吧。”那位动作麻利的医生无精打采地回答。

他们开车去城边拍了超声波片。排队等了一小时。一位头发好久没洗的大婶说胎儿的脐带缠绕了两圈。丽莎听后心情特别沮丧，感到疲累得要命。两个孩子整个傍晚哼哼唧唧，还吵了架，睡觉前还大声喊叫了一阵子。尤利克抓起吉他弹起来，但这种惯常的安慰方法也不管用。傍晚，帕沙打来了电话，问是否需要他帮忙，看来非常需要——天使般的维多利亚得了流感，去自己亲戚家休养几天。帕沙一小时后来了，两个孩子见面后抱着他的脖子悬起身来。尤利克与帕沙早就建立起了融洽的关系，他请帕沙去哄两个孩子睡觉，而他想与丽莎再坐一会儿。丽莎真希望这一切尽快过去，她喝了点镇静剂，为的是别哭出来，什么也别去想。这种药对抑制阵痛很少起作用，况且她也根本睡不着。快到早晨6点，丽莎做出最终的决定：立刻把孩子生出来。尤利克还试图开玩笑，说：

“想到了暖气片？”

但是，阵痛不是定时的，像产妇自然的规律那样，而是变成了长时间持续的剧痛。帕沙睡在儿童室里的折叠床上。7点差一刻，尤利克和丽莎几乎无声地把身后的门关上了，坐进了一辆出租车。刚走过了两个红绿灯，丽莎就觉得要生了。8点多一点车驶到了产院。大门前的横杆还关着，门卫的岗亭看上去好像无人。没有时间去检查那里是否有人了，要尽快地步行去候诊室。

丽莎下了出租车就一脚踩到一个冰窟窿里，她一步也走不动了。一切就像放映电影一样，只不过有一点不同：无论放慢镜头，还是"定格"都不可能。丽莎站在几乎齐膝深的冰窟窿里，两手紧紧抓住出租车门，可出租车司机大喊着他要开走，要赶快给他付钱。丽莎好不容易松开了车门，给尤利克下了一道确切的命令：

"你快去候诊室告诉他们，需要医生来，还要一辆推床，就说你老婆要生了。告诉他们已经宫缩了！"

尤利克从没有听过这个词。只是在危险的吸毒冒险中，他才体验过这种恐惧，还有完全脱离现实的感觉。但与此同时，他的举动却非常合理：一个小个子塔吉克人正用一根铁棍使劲捶着冻硬的路面，尤利克一把抓住了他的后衣领，对着这个吓坏了的人严厉地说：

"扶着她。"

他自己向候诊室跑去。

那个塔吉克人只知道两个俄语单词适合这种情况："小姑娘"和"病了"。

"小姑娘，病了。"他对丽莎说，同时抚摸着她的脊背。

丽莎身子靠住那根不知怎么到了她手中的铁棍。之前很厉害的那种疼痛完全攥住了她，因此浑身除了疼痛之外，再没有任何其他的感觉。这时她仿佛完全变成了一只只有本能的野兽。本能告诉她：躺下去生孩子吧。

丽莎把大衣往雪地上一扔，毅然地对塔吉克人说："我要生孩子了！"随后就四肢着地趴在那里。

"小姑娘，病了。"塔吉克人轻声说，之后就蹲在她身边，开始快速地轻声祈祷。这时候尤利克来了。

“丽莎，丽莎，别这样，他们正在往这儿跑，站起来，你做什么呀？”他害怕地喊起来。

这是他一生中见到的最吓人的场面。他弯下腰想要扶起自己的妻子，可看见她龇着牙，又急忙缩了回去……这时一个身穿褪色的绿大褂、浅色头发的女助产士跑过来。

“站起来，来，试着站起来。”她说。

丽莎的回答好像是一声“哎——呀”……

“来，站起来。”女助产士坚定地说，并且拽着丽莎的肩膀把她扶了起来。

“我走不过去。”丽莎也坚定地说。

女助产士放开了她，把一只手伸进了她的裤子，在那里摸了摸，几乎与塔吉克人同时说了一句：“妈的。”

还加了一句，“真他妈坏事了。”

这时候不知怎么所有人的目光都移开了，去看门卫的岗亭那边。肚里的婴儿又使劲往外冲了一下。

“你们倒是帮个忙啊，我要生了！”丽莎突然十分清醒地说。显然，婴儿在短暂地休息后，又要鼓足力量做一次新的冲刺。

他们所有人——尤利克、塔吉克人和女助产士——相互递了一个眼色，把丽莎抬起来向岗亭那边跑去。推床可能卡在了什么地方……

女助产士柳达把岗亭的门打开，门卫正在里面与一个光屁股的女人做爱。

“唉，真他妈的！”女助产士惊愕地骂了一句。

那位赤身裸体的女人对此并不介意，只是抱怨了一声，匆匆地穿好衣服，把地方腾开了。

“生孩子，大事啊！女人都生孩子，没什么可怕的！”

“求求你，千万别把孩子生在我的床上！”那个有洁癖的门卫祈求说，可已无济于事，因为丽莎已经躺在他的床上，尤利克把她的鞋也脱掉了。

后来，有人推来一辆吱吱扭扭的推床，又把丽莎抬到床上。丽莎只穿着一件绒线衫，下半身裸露着，白皙的屁股很显眼，她的鞋也没有穿，湿漉漉的头发上还别着几个儿童的小鹿发卡，塔吉克人、门卫、女助产士，还有一个昏暗中看不清的人，他们以尤利克为首组成一支疯狂的队伍，用那辆摇摇晃晃的推床推着丽莎，经过稍稍融化的冰面、结冰打滑的坑洼沟坎，上了楼梯，又穿过了铺满琉璃砖的走廊，把她送到了候诊室——去生孩子！在医院的走廊，丽莎还试图让女助产士知道婴儿的脐带双重缠绕……

“现在已经完全不重要了。”女助产士脸色阴沉地回答了一句。

他们终于跑进了产房。

尤利克根本不想在妻子分娩时在场，但他就在旁边。在场的有三个人：女助产士柳达，手端着茶碗跑来的值班护士古利娅——是她拖来了那张救命的推床，还有一个人就是尤利克。附近根本看不见那个办事利落的医生，更没有什么其他的医生。看来，医务人员还没有过完元旦佳节。

产房里，柳达请丽莎再忍一下，等一会儿再生，因为她需要准备一下医疗器具。只听得金属器具发出叮当的响声，护士戴上了手套，液体煮得咕咕地冒泡。丽莎痛得厉害，已经痛得不能再痛了。

“你喊，喊吧！”柳达劝道。丽莎也很想喊，但她不允许自己这样做。尤利克脸色惨白，在不远处某个地方晃来晃去，他几乎要晕倒了。

“好了，现在快他妈的生啊！”柳达很精神地命令说……

小家伙直接生在她的手里，还带着胎盘。柳达做的第一件事，就是把脐带从婴儿脖子上取下来，当时婴儿甚至还没有完全从胎盘剥离出来。之后她柔声细语地说：

“哦，小家伙挺好动呐！是生来就有福气啊！”

她让尤利克剪断脐带。但尤利克没有听到她的话，只是不断反复说：

“丽斯卡[1]，丽斯卡！雅沙生出来了！一切可怕都过去了！”

这一天是2011年1月10日，是玛露霞的生日，雅科夫·奥谢茨基一辈子都在纪念这个日子。一百年前开始的通信全都藏在那个小柳条箱里。

1 丽莎的爱称。

第五十章

一份档案

（2011年）

2011年，老年期突然到来了。不，娜拉还没有彻底到老态龙钟的年纪。确切些说，是她的年轻时代已一去不复返。娜拉成功地战胜了遗传性的癌症，至少暂时是这样。尤利克和丽莎很高兴这种来自自身的平稳的幸福。在娜拉的家庭记忆中还没有过这样的幸福，虽说阿玛丽娅和安德烈·伊万诺维奇的感情如胶似漆，可就连他俩也曾经为某种缺憾而苦恼，因为没有给自己留下后人。可尤利克和丽莎生下了儿子。娜拉的孙子给大家带来一种新鲜的幸福。娜拉仔细地观看着小家伙，想在他身上找到前辈人身上的一些特征——阿玛丽娅的柳叶弯眉，亨里希的绷紧的嘴唇，维塔夏的手指以及丽莎的淡褐色的眼睛，丽莎的眼睛长得像亚洲人，因为丽莎的祖母是布里亚特人[1]……这一切要追溯到遥远的过去，那时还没有发明用银盐成像。在照相技术发明之前的时代，那时候清晰的人像只能是画家画出来的，画家的眼睛具有不同的精度，且天赋多样，想象力丰富。在娜拉的家里没有保存下来先祖们的肖像，只有亨里希去世后留下的一沓照片。

人生的匆忙状态结束了，娜拉在其中度过了自己自觉的一生。

1　亦称“布里亚特蒙古人”，主要分布在俄罗斯境内。

第比利斯之行令一切各归其位：她在任何事情上都没有做错。坦吉兹不但没有让她失望，而且她最终发现，坦吉兹原来就是那个正确的人，带领她走过了她所需要的全部路程，引她到达了那个宁静而又意义非凡的时刻；她与他经历过一场暴风雨般的爱情，既没有留下苦恼，也没有留下痛苦，只留下一些丰富而鲜亮的回忆和小小的困惑：为什么让这些激素的烦恼占去了她的大部分人生？是女性机体构造的驱使？或是最后通牒式的遗传要求？还是繁衍种族的生物学规律所致？

娜拉这时已写完了一本讲俄罗斯先锋派戏剧的书，该书出版当年就被译成英文和法文。她愈来愈醉心于教育工作，在戏剧学校讲授戏剧史和舞台布景设计课程——就是图霞当年教过的那些课，娜拉也像图霞当年一样，成了学生们的偶像。

娜拉在一生中从来没有感到过这样幸福。唯一令她感到不安的，就是还有些未做完的事情。她给自己拟定了一个近期的工作清单。先从家务活儿做起，她换了浴室的浴缸，敲掉了旧瓷砖铺上新的，在小尼基塔大街的古董店里买了两个瑞典式书橱，把自己做的几个歪歪斜斜的书架搬走，还整理好了散乱的私人藏书，最后，当那个长长的清单上所有要办的项目均已画掉，她从写字台下面的抽屉取出一包从祖母玛露霞那里拿来的信件，自从祖母去世她就没有打开过这包信，但还记得最上面是祖父雅科夫写的两封信，落款年代为1911年。她撕开了那根年久发脆的胶带。那些陈旧的信件已有上百年的历史，娜拉意识到自己是世上唯一还记得两位早已过世的亲人的人。一个是祖母玛露霞·克恩斯，她在小时候很爱祖母，但后来不怎么爱她了；另一个是祖父雅科夫·奥谢茨基，她一生中只见过他一次，当时自己是个小姑娘，那是他在去世前不久，从一个流放地转到另一个流放地路过莫斯科时，曾经去尼基塔林荫道看望过他们……

信件按照年代整齐地放着，所有的信均装在带邮票的信封内，有收信日期、收信地址，笔迹相当漂亮，世界上谁都不再可能写成这样。

娜拉读那些信用去大概一周时间，中间几乎没有停顿。她边看边哭，边读边笑，一直感到困惑，有时还深表赞叹。在那个包里还发现了几个记事本，那是雅科夫从少年起就开始记的，是一部伟大的爱情史和思想探索史，是对生活的创造性认识，是对知识的极度渴望和对疯狂混乱世界的理解。许多家庭秘密在那里被揭开了，但也出现了一些问题找不到答案。

娜拉把一些老照片摊开，这是亨里希留下的遗产。照片相当多，一部分有签名，娜拉把它们放到了一边。还有许多照片，上面的人都不认识，那是些亲朋好友，已经无法确定他们的名字。在世纪之初，几乎没有什么爱好者拍摄的相片，所有这些照片均是照相馆拍摄的专业照片，背面贴在黄纸板上，上面有拍摄地址，往往还有照相师的名字。最早一张照片的落款年代是1861年，照片上是个蓄着大胡子的老头，头戴丝绸小圆帽。他很可能是玛露霞的祖父……

这时，她产生了一种奇怪的强烈感情：娜拉，唯一的娜拉在河里游泳，她的前辈们就像一把打开的扇面跟在她身后，他们是在照片上有名有姓的三代人，在河水深处，游在前辈们身后的又是一排望不到头、记不住名字的先辈，有男有女，他们凭着爱情、欲望、算计和父母之约相互择为伴侣，繁衍并抚育后代，于是千千万万的子孙后代住满了整个地球，住在所有的江河湖海的两岸，就是为了生出她，娜拉，而她生出了自己唯一的儿子尤利克，尤利克又生出来一个小男孩雅科夫，就这样形成了一部无穷无尽的历史，这部历史的意义很难捕捉，尽管它以一种纤细的线索在明显地搏动。几代人的一切劳作，所有偶然的角逐，仅是为了一个新的小男孩雅科夫的诞生，并且他也许会加入这个望不到尽头的、毫无意义的人流中。这部剧已经演了几千年，虽有所变化，但变化微乎其微，总的来说，都走的是出生—存活—死亡，出生—存活—死亡这条路……可在观察风景变幻的同时，为什么依然觉得游在这条河里韵味无限，魅力无穷呢？是否因为有人搞出一个狡黠的水泡，它精致的外壳能把游在河里的每个生命物、每个“自我”封闭在固定的范围内，一直到它砰的一声破裂，再回到河水的无穷深渊？这些奇迹般地保存下来的陈旧书信就是这个“自我”的不朽的内容，是他存在的痕迹……

“为什么我这么多年没有动这些信呢？”娜拉向自己提出这个问题。这是因为害怕，害怕知道关于雅科夫的某些骇人听闻的事情，因为他在流放地和集中营里待了至少有十三年；她害怕了解玛露霞，因为她总隐藏着什么，经常说漏点什么，并且装聋作哑沉默不语。她害怕了解他们曾经有过的种种欲望，经历的恐惧以及恐惧驱使他们干的那些坏事。但是，那些信把许多事情解释清楚了……

现在就剩下最后一步，要弄清楚信件内容之外的事情。娜拉把最后这一步也做完了：她给国家安全委员会档案馆打了电话。

档案存在铁匠桥大街，离城市的“黑色心脏”——卢比扬卡步行仅五分钟。娜拉说自己很想了解自己祖父雅科夫·奥谢茨基案件的材料，他于1955年末从集中营获释。那里的一位女工作人员问娜拉是否有证件能证明他们是亲属关系。

“我就姓奥谢茨卡娅，我这里有我父亲的出生证明，上面写着我祖父的名字。”

“那就没有任何问题。请留下自己的电话，我们调出您祖父的档案，在两周内给您打电话。”那位女工作人员客气地回答。

两周后，有人打来电话告知，说她可以去看祖父雅科夫·奥谢茨基的档案材料了。于是，娜拉动身去了铁匠桥大街的档案馆。

一位面貌可亲的妇女把一本档案夹摆在娜拉面前，封面上方写着：

雅·萨·奥谢茨基案件

1948年12月1日立案—1949年4月4日结案

交付 P-6649档案馆

克格勃档案 No. 2160

那本档案夹很厚，里面除了有缝在一起的泛黄的纸页，还有几个封着的大信封，女工作人员预先告诉她不能拆开那些信封，也不允许拍照和复印，但同意她摘抄其他的东西。在一个未封的信封里有一张照片，那是雅科夫·奥谢茨基在办理入狱手续时拍的，侧面像和正面像都是光头，留着小胡子，嘴唇紧闭。

看着这张脸，她喘不过气来。

娜拉从家里带来一个普通练习本，把它放在“案件”夹旁边，练习本的前三页已经让尤利克在1991年写满了，那是在他去美国前不久写的。在家里再找不到其他干净的写字本，而家附近的文具店又关了门。她把尤利克胡乱画的那几页翻了过去，开始摘抄……

出生年代……学习年代……在部队服役年代……工作年代……

1931年第一次被捕——三年流放（斯大林格勒拖拉机厂）

1933年第二次被捕——三年流放（比斯克）

1948年12月2日第三次被捕

有关前两次被捕的情况，娜拉已经在祖父的信件里看过了。关于最后一次被抓的情况，她只知道祖父于1948年被捕，1955年被释放。

有一张质量很好的厚纸跳入她的眼帘，上面用革命前当过文书的漂亮笔迹写着："逮捕令，1948年12月1日"。还按着一个手指印！

在其他几页上（订在一起并业已泛黄），一位文化水平很低的人记录下全部历史，文理不通，书法难看，但娜拉几乎没去注意这点。

搜查是在居住地干草垛大街41号32公寓进行的，是嫌疑人妹妹的住所。她叫伊娃·萨穆伊洛夫娜·列兹文斯卡娅，是五十七中的女教师，教德语和法语。

搜查时有妹妹伊·萨·列兹文斯卡娅和扫院人M. H. 索斯科娃在场，还有见证人A. A. 奇穆里洛。

接着是一长串被查封的财产明细单，娜拉起初还想抄下来，但后来停住了笔。

财产明细单：

1. 一张铁床；
2. 两个书架；
3. 一台进口"德律风根"牌收音机；

这里缺了一页的编码。再下面接着是：

17. 一个胶合板手提箱；
18. 一个办公算盘；
19. 一把安全刮胡刀；
20. 一个计算尺；
21. 一件春秋穿的人字形花纹男式大衣（二手的）；
22. 一件夏季穿的毛料男式大衣；
23. 一套男式毛料西服；
24. 一件旧式双件套；
25. 一件男式毛料夹克衫；
26. 三件旧衬衫；
27. 两件旧贴身衫；
28. 四条旧男式长衬裤；
29. 四条短裤（二手的）；
30. 一条毛巾（棉纱的）。

娜拉在脑海里把那张床、两个书架和桌子在那间窄小的房间里摆开，再把这些二手的东西摊开，这时她明白了自己正在排演一部剧……

搜家时没收的文件有：

1. 雅·奥谢茨基的答辩论文：《一代人的人口学概念》，共三卷，754页，1946—1948年；

2. 奥谢茨基的一本小册子：《欧洲经济的统计数据》；

3.《思想》杂志，1919年第6—11期，哈尔科夫；

4. 手稿材料《英国—巴勒斯坦手册》，577页；

5. 经济统计学札记，314页；

6.173封信，共190页；

7. 各种外文报纸（英、德、法和土耳其语——雅·奥谢茨基口供），共18件；

8. 为犹太反法西斯委员会做的关于巴勒斯坦问题的简单评述（通过奥谢茨基——不可能不指出这点），共四卷（打字机稿），每卷上均有米霍埃尔斯的签名；

9. 为苏联外交部做的关于巴勒斯坦问题的报告（标注为"送外交部参赞Б. 施特恩"）；

…………

总共有68项，接着是被没收的书，也是一个长长的书单。

被没收的书：

1. 波克罗夫斯基：《俄国史》；

2. 马尔托夫：《俄国社会民主工党史》，有注释；

3. 乌尔拉尼斯：《欧洲居民增长问题》；

4.《犹太民族史》，世界出版社，1915年；

5. 革命前出版的《犹太百科全书》，共17卷；

6. Л. 罗森塔尔：《政变前后》，有注释；

7. Ю. 拉林：《苏联的社会结构与农业移民的命运》，有注释；

8. 卡尔·马克思：《政治经济学批判》，有注释；

…………

娜拉瞅了一眼书单末尾，标号为980，其中有一半是外文书籍。

搜查时还没收了三十四个大开本的札记本、六十五个公文夹和一百八十个记着文学史和音乐史的练习本，还有银行存折上的四百卢布。

收据是莫斯科安全局内部监狱1948年12月2日开的，收据号为No. 1807/6。

还没收了随身带的东西（从枕套到几个衬衣领扣），又是一个清单。

在另外一页纸上，那已是二十多页之后，娜拉看到了一个决定：

1949年3月21日颁发的决定：

用焚烧方法销毁上述材料。签字：叶泽波夫少校

在另一页上记着“关于在国家安全部莫斯科安全局内部监狱里，有叶泽波夫少校在场进行的材料销毁的汇报”。还有少校的亲笔签名。

按照日期判断，专家们对祖父的藏书和笔记本研究了三个月，之后才将之销毁。

娜拉这时感到了一阵恶心，于是她停住了摘抄，之后把“案件”夹还给那位面容姣好的女工作人员就走了。第二天她又来了，就这样一直到周末，她把“案件”夹里的一些片段记在笔记本上，同时想不出自己为什么要做这件事。笔记本已经有一半抄满，可她还是停不下来。

还有几张医院证明。其中一张上写着——“曼性[1]神经根炎”，

1 这里可能是笔误，应为慢性。

在另一张上字写得比较有文化，还用拉丁文写着诊断结果——“eczema tybolicum[1]，慢性形式”。结论是：“具有从事体力劳动的能力”。

娜拉看了一眼自己的腕部：最近几年湿疹消退了，只留下一层发亮的薄皮，盖住了从前患病的部位。而小家伙从生下最初几天就有了湿疹。看来，这是一种家族疾病，是基因所致……

1948年12月2日的审讯记录

整整二十四页的手写记录。最后是签名：戈尔布诺夫中校。还有一个签名是奥谢茨基。

审讯的气氛温和，不疼不痒，一问一答的形式。

“在您的案件材料里有一篇《布尔什维克能保持国家政权吗？》的文章。您对这点难道还有过怀疑？”

“《布尔什维克能保持国家政权吗？》一文是列宁写的。这篇文章写于1917年9月，可我们讨论这篇文章是在1931年或1932年……确切时间我记不清……”

“我们，是指些什么人？请逐一说出他们的名字……”

“已经过去十六年之久了。我记不清……”

起初，娜拉把一切东西都统统地往下抄，后来她有所选择，只抄那些用红笔标出来的地方……

1　此处疑为误记，正确的写法为 eczema tyloticum，指胼胝性湿疹。

否认进行反苏活动（宣传）……

否认参加1918年在哈尔科夫的工兵代表苏维埃……

确认他父亲萨穆伊尔·奥谢茨基在革命前是面粉厂职工……

承认认识犹太反法西斯委员会主席所罗门·米霍埃尔斯和秘书海菲茨……

承认以雇佣职员身份参加过犹太反法西斯委员会的工作，并按照委员会的要求撰写过文章。

再往下就是他参加工作的一个长长的清单，地点之多令人感到惊讶。

1919年——市劳务交易所，统计师，基辅；

1920年——人民劳动委员会，劳务市场统计科长，基辅；

1920—1921年——工人合作社联合会统计处处长，基辅；

1921—1923年——全苏消费合作总社办事处，基辅；

1923—1924年——苏联人民委员会中央统计局，莫斯科；

1924—1931年——最高国民经济委员会，经济师，莫斯科；

1931年——被捕，罪名是从事破坏活动，国家政治保安总局委员会做出决定，禁止居住在苏联的十二座保密城市；

1931—1933年——斯大林格勒拖拉机厂的经济师，斯大林格勒；1933年被捕，被调查六个月；

1934年8月26日国家政治保安总局特别庭判处三年流放；在比斯克服刑至1936年12月，之后回到莫斯科州；

1937年——叶戈里耶夫斯克地区煤矿，法制科科长；

1938年——温扎劳教集中营计划科的编外科长；

1939年——回到叶戈里耶夫斯克，做音乐课私人家教；

1940年——孔策沃，克拉辛铅笔厂，生产组长；

1941年——矿山运输科研所，计划合同科科长；1941年10月疏散至乌里扬诺夫斯克，建筑安装管理处的生产计划员；

1943年5月——机关反迁回莫斯科；

1944年——季米里亚泽夫农学院的科研人员；

1945—1948年——电影学院经济系的统计学教师；

1948年9月1日起——无固定工作。

娜拉返回去查阅接近这个档案夹开始的地方，把第一次的审讯材料又看了一遍，然后看第二次的审讯材料，并将之做了比较。第二次审讯材料的页数要少一半，依然是那些问题，可回答是另外一些内容。为什么回答变了，在第一次审讯与第二次审讯之间六天内发生了什么事，只能去猜测。娜拉感到有点恶心。她不明白干吗要做这些杂乱无章的摘要，但又欲罢不能。

据B. И. 罗曼诺夫的供词揭发，“雅科夫·奥谢茨基对联共（布）和国家领导人进行恶毒的和有伤风化的污蔑”，О. И. 霍京斯基的供词还揭发，说奥谢茨基曾经对1932—1933年库班地区的大饥荒散布过流言蜚语。

雅·奥谢茨基认为自己“对任何人都没有过任何有伤风化的诽谤”，但承认对库班的大饥荒散布过流言蜚语。

雅·奥谢茨基承认父亲萨穆伊尔·奥西波维奇·奥谢茨基在革命前是位一等商人，面包商和面粉厂承租商，承认他经营过第聂伯河的轮渡运输和自己的驳船。1917年起，他的所有财产全被国有化。在新经济政策时期，他做点小生意。1922年因私藏黄金被起诉判刑。

雅·奥谢茨基承认自己积极地欢迎资产阶级的民主主义革命，后来曾在基辅的孟什维克和社会革命党的工兵代表苏维埃工作。1917年10月前，曾经在这个苏维埃里做法律部门的指导员。对十月革命怀恨在心，并进行过旨在破坏和推翻苏维埃政权的宣传活动。从1918年起，彻底脱离孟什维克的观点，因为这个政党不再让他感兴趣。

“我承认在1931—1933年，确实敌视过联共（布）实行农业集体化问题的政策，对自己身边的人们说过一些不满意见。”

“应当承认，是我主动与米霍埃尔斯认识的，目的是撰写有关巴勒斯坦问题的评述，为他提供服务……我总共为犹太反法西斯委员会提供了四篇评述，每篇评述的数量约150至250页。我写的评述受到了称赞，付给我三千多卢布稿酬。我阐述了亲英派在巴勒斯坦问题上的资产阶级—民族主义的观点。”

“您与米霍埃尔斯身边的哪些人还有过交往？”

“与外交部的中东部主任，昔日的孟什维克施特恩有过交往。我按照这些人布置的任务，拟定出一个所谓的政治问题并且给他们提供一些带有资产阶级—民族主义的、亲英的诽谤性材料，这些材料是从外国文献舶来的。”

这是一种“坦诚的自白”，从这一刻起他清楚自己的命运已经注定。问题只在于，他是会与第一批人一起被全部枪毙，还是与第二批人一起受到宽大处理，最少判十年徒刑……

下面有人把奥谢茨基的电话簿拿给他看。

“请说出您与这个电话簿里人们的关系。按照字母表来……阿巴希泽？尼古拉·阿塔罗夫？维克多·瓦西里耶夫？格尔丘克？德米特列娃？克龙豪斯？李维诺娃？卢基扬诺夫？列瓦绍夫？奈曼？波利扬斯基？波洛夫采夫？波塔波娃？乌尔拉尼斯？绍尔？什克洛夫斯基？……”

总共有几十个名字……

回答是：“是同事，从来没见过，没有他的家庭地址，没去过他家，没有消息，不记得他家地址……是邻居，在院子里一起遛过狗……不知道他家公寓的号码，也从没有去过他家……是基辅的一位点头之交……是编辑部成员……是同事，但不来往……”

“这位米哈伊尔·克恩斯是什么人？”
“基辅的熟人，从战前就没有见过面。他在前线阵亡了。”

克恩斯是玛露霞的亲哥哥，娜拉十分清楚这点，知道他的孙女，还认识其中的一个叫柳芭奇卡，是个女画家……雅科夫一句也没提自己与他是亲戚。他要保护玛露霞，保护所有亲人……说到玛露霞，他说自从1931年就与她中断了一切关系，再没有什么联系，也不知道她的任何信息……

调研的第四天，娜拉在夹子里发现了一些令她大为惊愕的文件。那是亨里希·奥谢茨基给他所工作的学院党委提交的一个声明，落款日期是1948年12月3日，即他父亲被捕后两天，还有第二份声明，内容相似，落款日期是1949年1月5日，是写给国家安全部部长的。

> 全苏工具科研学院实验室主任亨里希·雅科夫列维奇·奥谢茨基的声明，大谢苗诺夫大街，49号。
>
> 我向我所在的学院党委会声明，我父亲雅科夫·萨莫伊洛维奇·奥谢茨基已被国家安全部机关逮捕，逮捕是遵照1948年12月1日莫斯科国家安全部签发的No. 359逮捕令执行的。
>
> 在1948年12月24日召开的学院党委会会议上，在分析我的声明时，有人请我回忆一下是否发现过我父亲的某些敌视的言论或行动。因为我自从1931年就不与父亲一起生活，所以很少与他来往。然而我想起了一件事，学院党委也觉得这件事可疑，于是党委建议我把这件事通报给侦查机关。
>
> 战争之初，大概是1941年9月，我在街上偶然遇见了父亲，在讨论前线的形势时，父亲估计德国人很快就会到达莫斯科并占领莫斯科（我不记得他的这句话确切是怎样说的，但大概意思如此）。我当时对这句话并没有注意，只是后来才悟出了这句话是他的失败主义情绪的表现。
>
> 为了履行党委的决定，我想就这件事问问你们，在这种情况下请你们考虑，假如需要我的证词，那我将不以被捕者的儿子，而是以联共（布）党员的身份如实提供，因为我的政治信仰要高于自己的血缘亲情。

如果我的父亲成了人民公敌，那我就毫不犹豫地与他断绝关系，因为我是党和苏维埃政权培养的，它们对于我高于一切。

1949年1月5日

接下的一页就是对亨里希·雅科夫列维奇·奥谢茨基的询问记录。娜拉头痛得厉害，还有些恶心，嘴里也发干。她的偏头痛发作了——这种病好久没犯了。娜拉在那天做的最后一段摘抄，是“因保存反革命图书和宣传其内容，被送交苏联内务部的特别集中营劳教十年”……

她合上了夹子，把它送到领取台，值班的是位新来的女工作人员，她的年龄稍大，样子同样和蔼可亲，之后她走到外面……但出门前她犯了盗窃罪，偷出来一件东西——从“案件”夹里抽出了阿纳托尔·法朗士的《天使的叛变》一书，上面的题词是：

用偷来的夹子、破袜子和面包糊做了一个硬书皮。1934年3月4日至6日，在斯大林格勒监狱2号囚室最艰难的几天装订成册。

Résigne-toi, mon coeur

Dors, mon soleil![1]

这本书怎么落到了这里，为什么保存下来，这从来无人知晓。

小雨已滴滴答答地下了两天，今天终于停了，日落前的太阳闪了出来，可光线飘忽不定，并非霞光满天。娜拉头疼得要命，她想起应该吃那种“应急”药片，自己之前从没有从包里把它拿出来。

1 原文为法语，意为：“想着你，我的心肝，睡吧，我的阳光！”

药片找到了，可没有水。娜拉只好把苦涩的药片嚼着咽了下去。

她走到了卢比扬卡，在那座令人毛骨悚然的灰色大楼对面停下了脚步。门洞的几扇大门死死地关着，谁都不曾从那里进出。这个畸形的地狱从外观看是座样子并不美观的大楼，从那里散出一股阴森、恐怖、卑鄙、怯懦的气息，这种气息令人厌恶，令人窒息，任何柔和的霞光都无法将之缓解。那为什么天火之光不射到这里来？为什么焦油和硫黄不落在这受诅咒的地方？可怜的索多玛小城、微不足道的蛾摩拉均被当作淫乱之地烧毁，可为什么在这里没有上天的惩罚，还让这个地狱之窝在这座自鸣得意的冷漠城市中存在？还将永远存在下去吗？不会的，任何东西都不会永世长存……穿凿城门[1]没有了，维塔利喷泉[2]没有了，俄罗斯保险公司大楼[3]没有了，如今连捷尔任斯基的纪念碑[4]也没有了……娜拉折了回来，向剧院广场方向走去。

头疼还没有减轻，脑袋里始终有一个想法——“亨里希真可怜！”亨里希性格善良，不太聪明，对愚蠢的笑话也能笑起来，可他不害人，易与人相处，为什么在父亲被捕第二天就要宣布与之脱离关系，跑去告密，洗清自己，还要彻底把自己的父亲置于死地？这是要维护自己的仕途，给自己保住黯淡阳光下的一个职位，还是想保住自己的家庭，保住我和妈妈？唉，可怜的亨里希……

这是什么痼疾，还是什么毛病？是害怕，胆怯吗？……还是他知道一些我从来不知道的事……

娜拉往回家的方向走着，但走的并不是通常回家的那条路，而

---

1 莫斯科历史上的一座城门，位于列福尔托沃区。

2 莫斯科最古老的喷泉之一，建于 1835 年，1995 年重修时从位于卢比扬卡广场的原址迁走。

3 即卢比扬卡大楼，大楼曾属于俄罗斯保险公司。

4 纪念碑原址位于卢比扬卡广场，1991 年被拆除，之后被迁移到露天博物馆艺术公园。

是绕了一条弯路。她沿着德米特罗夫卡街，经由内侍小巷，穿过帕斯捷尔纳克的小说[1]里描写的那座拐角楼。就是“桌上燃着蜡烛，蜡烛在燃烧”那座楼……安季波夫在楼里租了一套公寓，而那时尤里·安德烈耶维奇·日瓦戈本人的多舛命运尚未开始，他从旁边经过时发现了一扇窗户上映出的那道毫无意义的烛光，并把它写进了永恒的文学作品中。

后来，娜拉拐进了桌布小巷。从前在这条小巷的每栋楼里都住着一些熟人，但如今许多人从这里迁走或死去了。当你一生都住在某个城市里，这个城市就会充满诸多的记忆点，永远抹不掉的回忆就像是在每个门槛、每个角落里砸进去的钉子……

葛斯默和达弥盎教堂里响起了钟声。从前文化部印刷厂就在这座建筑物里，有一次娜拉来这里办事，要印一些节目单和广告……她已经记不清印的究竟是什么，有什么用……她走过这里的时候，从教堂敞开的窗户传来了美妙的歌声。她停住了。几个乞丐聚集在教堂门口行乞。她也不知道怎么就走进了教堂，里面的人相当多，弥漫着苹果味和蜡烛味。在一侧摆着一张长桌子，上面摊放着苹果、葡萄和一些土耳其水果……教堂歌声与苹果味混合在一起，歌声相当好听。娜拉坐在靠门口的一条长凳上。身边还坐着两个老太婆和一位怀抱着已睡着的两岁女孩的妈妈。人们究竟唱的是什么，她听不清楚，但这并不重要。

娜拉突然哭了起来。她根本不信教，与东正教毫无关系，就像她与任何宗教没有关系一样。可这时她的心对教堂的歌声有了回应。我的天啊！这是外祖父，教堂合唱指挥亚历山大·伊格纳季耶维奇·科坚科给我发来了信号，这是他的合唱音乐，是他的生

1 指的是小说《日瓦戈医生》。

活。我对外祖父的人生一无所知，只是听阿玛丽娅说，他双目失明，为人凶狠，一直折磨外祖母……为什么这歌声如此撞击着心灵？真的，这是一种信号吗？……他们所有人都有音乐天赋，无论外祖父亚历山大，还是祖父雅科夫，还有亨里希……她心中突然升起了一种可怕的哭泣，就仿佛不是她，而是她心中的亨里希在哭泣……小亨里希，一个讨厌的小家伙扑倒在地板上，蹬着小脚丫，哭喊着要去驾驶滑翔机或者飞机，可他不能去从事自己心爱的航空事业，因为他的父亲是人民公敌，把他的一切都毁了，毁掉了他的理想、希望和美好的未来……唉，可怜的亨里希！娜拉与他，与这个小男孩，与自己未来的和昔日的父亲一起哭泣，因为父亲未能过上他所希望过的日子……他哽咽着，哭得哽住了气，哭累了就轻轻地呜咽，之后又放声大哭，歇斯底里，而娜拉只是默默地抹着眼泪。多么吓人哪！难道他的痛苦从不会在自己身上结束、退去和消亡，还要折磨着他，并且折磨娜拉和那个刚刚降生到人世的无辜的小雅科夫？……难道说我们犯下的一切罪恶不会融在时间长河中，还要悬在浮出这条河流的每个婴儿的头上？

娜拉走出了那座教堂。这是主易圣容节的前夜。“通常这一天要从他泊山射出来一束没有火苗的光……”是，是的，当然啦。是一束没有火苗的光……那束光暗淡下去，但主易圣容节并没有结束……她心里轻快了些，就好像有人从她身上卸掉了这一天的全部重负，她又跨过了某一条界线。

在旁边，几乎门对门曾是阿拉格维河饭店。她与坦吉兹很久以前常去那里，想到这件往事她笑了。就连坦吉兹本人也不知道他给娜拉演示了那场影子剧，它是个谜，谜就在于在他们生活的那个人口稠密、充满羞耻和恐惧的空间之外有一个异样的空间，从这里看到的只是它的一些模糊而美丽的影子……

娜拉从地下通道走到特维尔大街，上了特维尔林荫道，她总是以双重视角去观察这条林荫道，除了如今的样子，还看到其另外的、战后的样子，林荫道从普希金纪念碑开始，两侧长满古老的树木，在新普希金街心花园那里有一家药店，从这里还可以看到受难者修道院被毁掉的一堵院墙，还有一座早就不存在的大楼，院内曾经有过一个早已消失的音乐学校，她小时候被大人领着去那里学琴，如今那个地方是《消息报》的方形大楼……

她一边走在特维尔林荫道上，一边回忆曾在周边楼里居住过的熟人们，有妈妈的熟人，还有自己的同班同学和女友们。她路过了塔伊西娅曾住过的那栋楼，她在阿根廷早已去世；之后，她从特维尔林荫道转到尼基塔大街，在早就关门的那座放映旧片的电影院附近拐了个小弯，她在那家电影院里不知不觉地获得了自己最初的艺术教育；她又瞥了一眼极地工作者之家，还看了看果戈理的最后归宿以及维佳在半地下室里租的第一套公寓，他当年就是从那里跑过了林荫道来她这里——她唯一的丈夫和她独子的父亲……

天色暗了下来，可没有火苗的那束光依然在空中泛着微光。“可怜的亨里希！”娜拉最后叹了口气，走进了自己家的楼门洞，她在这栋楼里度过了整整一生。她没有叫电梯，而是步行爬到四楼，心里高兴的是自己还能轻松地步行上楼。她走到自己的房门跟前，心里想着生活里的一切其实还不错，自己还有时间勉强度日，并且把某些事情考虑清楚。具体考虑什么，就连她自己大概也不知道。也许，摊开一些旧信件写本书……要写这样一本书……这本书祖父或是没来得及写完，或是在卢比扬卡的内部监狱里被烧掉了……

但谁会是我书中的主人公？是雅科夫？玛露霞？亨里希？尤利克？还是我自己？不，不行！总之，任何一个生命物都不行，因为他能意识到自己的独立存在，意识到自己的诞生和设想中注定的死亡。

大概可以说，这不是生命物，而是带有特定化学成分的物质。但是能否把那种不朽的，可每当自己遇到某些转折和突变就会发生属性变化的物质称作生命物呢……这多半是一种本质，既不属于存在，也不属于非存在。是一种徘徊在几代人身上的东西，从一个人到另一个，创造了个人人格这种幻觉本身。是用一种密码记下来的不朽本质，这种密码构成毕达哥拉斯、亚里士多德、巴门尼德和柏拉图，甚至也可能是随便在电车、地铁和飞机邻座上遇到的某个人的身体……他是那个突然觉得似曾相识的人，也许，是从前在曾祖父、同村人或者完全在外国人身上隐约感到的特征、相似和不同……就是说，我的主人公——是一种本质，承载着人所具有的一切，这就是崇高和鄙俗、大胆和怯懦、残酷和温柔，还有对知识的欲望。

用某种次序把十万个本质连为一体，就构成人，一个所有人格的临时居所。瞧，它就是不朽。而你，一个人，白肤色男人和黑肤色女人，白痴，天才，尼日利亚的海盗，巴黎的面包师，来自里约热内卢的变性人或来自贝内布拉克的老拉比，都只是临时的住所而已……

雅科夫啊，雅科夫！这就是你想写却没写完的书吗？

尾　声

一切结局都很圆满：死亡往往跟在快乐结局之后。一切终归都得接受：无论是一个民族的灭亡，还是死于白血病的唯一孩子的葬礼……老雅科夫蹲在冥间的图书馆，看的是冥间的书，听的也是冥间的音乐。小雅科夫正在学习认字，他扒拉着键盘并倾听发出来的清晰的声音。玛露霞终于彻底获得了自我：请望一眼天上飘动的朵朵白云，它们时刻变幻自己的形状，变幻得相当随意，毫不顾及任何逻辑。玛露霞与影子和声音一起游动，这就是幸福……娜拉在生命晚年变得也像图霞那样，骨瘦如柴的手指上戴着几个大戒指，她在向青年画家们传授戏剧舞美艺术。维佳获得了一项大奖，这真正是实至名归，也是格里沙的梦寐以求。格里沙十分高寿，他会于21世纪30年代末在耶路撒冷寿终正寝，他的儿孙众多，要在他墓地竖起一块墓碑，遵照他的遗愿，他的名字并不镌刻在石碑上，而是在上面开辟一个"www……"网站。打开这个网站的有心人均可读到他的一篇热情洋溢的关于神性文本的致词，那是他留给后辈，同时也是留给全人类的。那篇文章冗长，也理不出头绪，但内容美在其中。尤利克像自己的曾外祖父雅科夫一样，全身心地投入音乐中。但他没有练单簧管，也没有去弹钢琴，更没有当吉他手，他试图倾听那种弥漫在整个宇宙中的音乐。

至于说他成了专业作曲家或依旧是那个总在问“妈妈，你还记得我在你肚子里怎样唱歌吗”的小男孩，这已完全不重要了。

这个故事使用了家族档案的信件片断和雅科夫·乌利茨基案件卷宗的摘录。（克格勃档案 No. 2160）

奥谢茨基家族的家族树

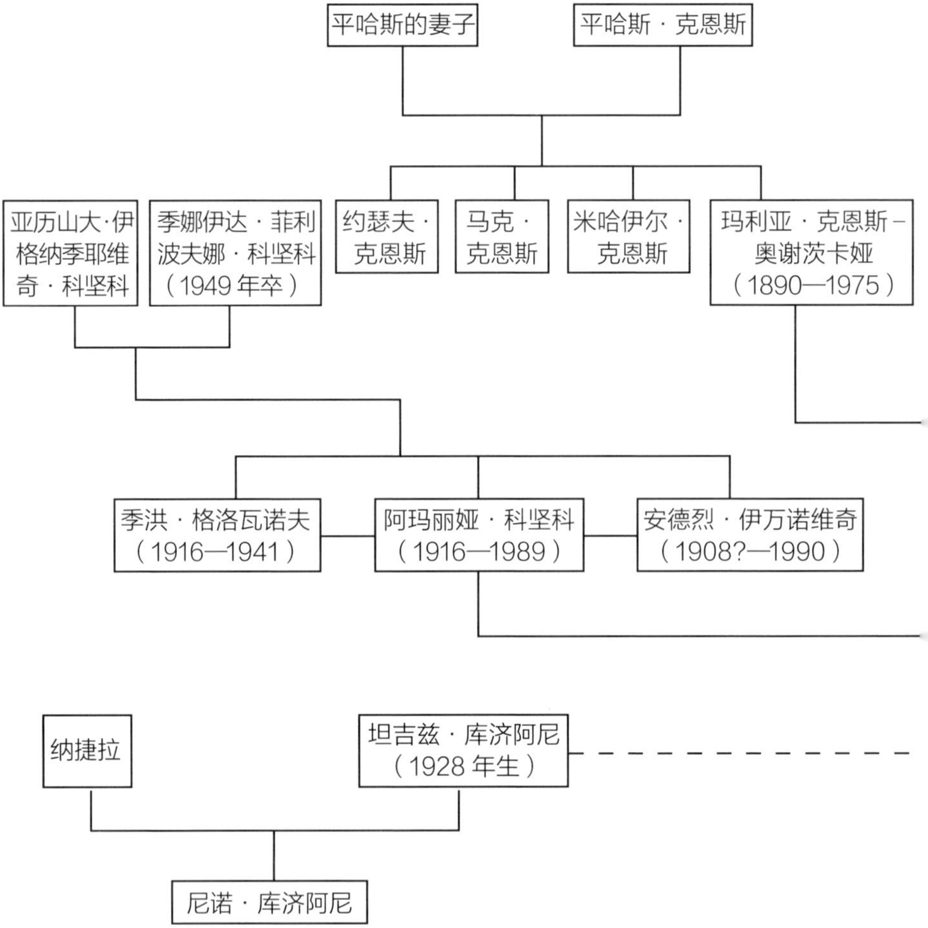
平哈斯的妻子
平哈斯·克恩斯
亚历山大·伊格纳季耶维奇·科坚科
季娜伊达·菲利波夫娜·科坚科（1949年卒）
约瑟夫·克恩斯
马克·克恩斯
米哈伊尔·克恩斯
玛利亚·克恩斯－奥谢茨卡娅（1890—1975）
季洪·格洛瓦诺夫（1916—1941）
阿玛丽娅·科坚科（1916—1989）
安德烈·伊万诺维奇（1908?—1990）
纳捷拉
坦吉兹·库济阿尼（1928年生）
尼诺·库济阿尼

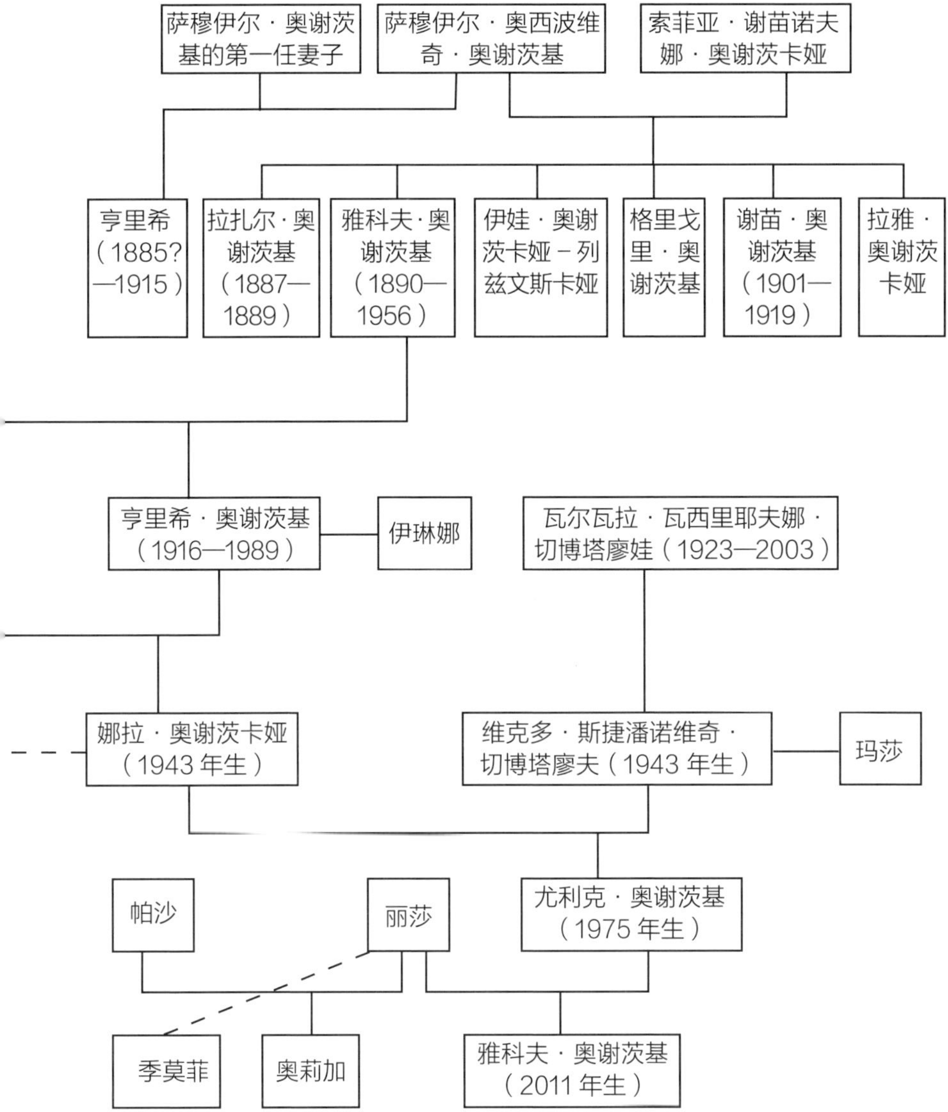
萨穆伊尔·奥谢茨基的第一任妻子
萨穆伊尔·奥西波维奇·奥谢茨基
索菲亚·谢苗诺夫娜·奥谢茨卡娅
亨里希（1885?—1915）
拉扎尔·奥谢茨基（1887—1889）
雅科夫·奥谢茨基（1890—1956）
伊娃·奥谢茨卡娅－列兹文斯卡娅
格里戈里·奥谢茨基
谢苗·奥谢茨基（1901—1919）
拉雅·奥谢茨卡娅
亨里希·奥谢茨基（1916—1989）
伊琳娜
瓦尔瓦拉·瓦西里耶夫娜·切博塔廖娃（1923—2003）
娜拉·奥谢茨卡娅（1943年生）
维克多·斯捷潘诺维奇·切博塔廖夫（1943年生）
玛莎
帕沙
丽莎
尤利克·奥谢茨基（1975年生）
季莫菲
奥莉加
雅科夫·奥谢茨基（2011年生）

致亲朋好友的感谢信

若离开我家人的帮助和支持，这本书就无法完成。感谢丈夫安德烈·克拉苏林的忍耐和宽容；感谢儿子阿廖沙，尤其是儿子别佳·叶夫根尼耶夫给予了我一切可能的支持和提供的信息；感谢表妹奥莉娅·布尔加科娃保住了我们的家庭气氛，因为除了她，家里几乎再无他人。

感谢我的朋友尼基塔·什克洛夫斯基，他花费了许多时间与我交谈并讨论书中涉及的一些生物学问题；感谢弗拉基米尔·安德烈耶维奇·乌斯片斯基，他在数学方面的问题开导了我。因此，他俩在一定程度上是本书的合著者。

要特别感谢卡佳·戈尔杰耶娃，因为她以最佳的方式参与了本书的撰写——在我写这本书的时候，她生下了儿子雅科夫，这个婴儿给这个局部杜撰的故事带来了真实性。

感谢我的几位闺蜜——利卡·努特凯维奇、伊拉·希帕乔娃、柳芭·格里戈里耶娃和塔尼娅·戈林娜，感谢她们在我情绪低落并感到无望的时刻一直关心我，忍耐我，并给予一切可能的支持。还要感谢季阿诺奇卡，她每天帮助我做生活中的那种让我尤感困难的事情。

感谢我的第一批读者和编辑们。他们是叶莲娜·舒宾娜、叶莲娜·柯斯丘科维奇、尤利娅·多布罗沃利斯卡娅和萨沙·克里明（尤其对他要表示感谢，他流的汗水比谁都多！）。感谢对小说文本做了许多修改的所有朋友！感谢季玛·巴韦利斯基，他让我学会了使用一些物主代词和某些烦人的动词；感谢伊拉·乌瓦罗娃和阿廖娜·扎伊采娃接受我有关戏剧问题的咨询；感谢米沙·格鲁波夫斯基接受我有关科学问题的咨询。我要感谢几位亲爱的、伴随着我一生的亚历山大：

感谢亚历山大·赫列姆斯基让我清楚了我一生都努力想弄明白的东西并且有所收获；

感谢亚历山大·戈林给予我计算机编程的辅导，多亏了他俩的帮助我如今比动笔时知道了许多东西；

感谢亚历山大·邦达列夫和亚历山大·斯莫里扬斯基给我挑出的毛病；

感谢亚历山大·奥库尼在关键时刻的支持；

感谢亚历山大·瓦尔沙夫斯基的宽容；

感谢亚历山大·鲍里索夫为我祈祷，让我能够活下来。

还要感谢同样可爱的一些朋友，他们没打扰我就是对我的帮助……

我要向在这个名单中忘记提及的一些人表示歉意！其实，我本应当按照记事本上的字母顺序把所有人过一遍，感谢我人生中所有的亲朋好友，感谢所有年代、不同年龄，还有一些已经去世的亲朋好友……大概这样做才对，但有些过分麻烦。

我要特别指出一点：当这本书已经完稿时，我的好友卡佳·格尼耶娃去世了。我来得及去与她的遗体告别，她走得如此理智，如此高尚，这就让我彻底安于在将来与我们这个惊人而美好的世界告别，这个世界有时令人十分痛苦，但我们暂时还得生活在其中。谢谢大家！

柳霞

译后记

2015年11月，俄罗斯女作家乌利茨卡娅的小说《雅科夫的梯子》问世，轰动了俄罗斯大众媒体，几乎成为2015年底俄罗斯文学界的一件盛事。我当时在莫斯科工作，近水楼台，先睹为快，觉得这是一部很有新意的小说，便写了一篇文章（见《外国文学动态研究》杂志，2016年第1期），及时向中国读者介绍了乌利茨卡娅的这部新作。

《雅科夫的梯子》是一部富有传奇色彩的家庭记事，涵盖着从19世纪末到21世纪初一百多年的俄罗斯历史。乌利茨卡娅以一种非线性的家庭记事形式，使用家庭记事体裁的诸多方法，再现奥谢茨基家族六代人的命运及其人生的各个阶段，着重描写主人公雅科夫·奥谢茨基命途多舛、奋斗不息的励志一生，还勾画出诸多的人物肖像、生活细节和内心世界，谱写了一部爱情、婚姻、家庭和生死离别的人生交响乐。

小说《雅科夫的梯子》问世后，立刻引起俄罗斯文学评论界的高度关注，读者好评如潮。翌年，小说就获得了俄罗斯“大书奖”并被读者在网上投票评为年度最佳小说。如今，这部小说一版再版，印刷高达10万多册，一时洛阳纸贵，供不应求，小说的这种印数在当今俄罗斯实属罕见，可见这部作品受读者欢迎的程度。

我与乌利茨卡娅有幸在18年前于北京相识。2005年，她的小说《您忠实的舒里克》获得中国颁发的“21世纪最佳外国年度小说”奖，她应邀来北京领奖。我作为小说的中文译者与她在颁奖仪式上初次见面。之后，我邀请她来北大参观并共进晚餐，席间我们就她的文学创作和俄罗斯文学在中国的译介问题有过一段较为深入的探讨。2016年，我又把乌利茨卡娅的“封笔之作”——小说《雅科夫的梯子》译成中文，由人民文学出版社出版。2018年末，我去莫斯科参加“21世纪视角下的索尔仁尼琴”国际学术研讨会，亲自登门把小说《雅科夫的梯子》中文版送给乌利茨卡娅。

我清楚记得，在她家中我俩的谈话始于她的2005年北京之行。她说那是她第一次来中国，美丽的北京给她留下了深刻的印象。之后，话题就转到她的小说《雅科夫的梯子》在中国的翻译出版上。她感谢我把这部小说译成中文介绍给中国读者。她说：“我很尊重翻译家，只有对文学热爱的人才会做这件事，因为翻译小说是份费力不讨好的工作。这份工作很辛苦，但所得报酬与付出的劳动并不匹配。”我认为她说得很对，只有亲自做过翻译工作的人[1]才会说出这种话，因为她有自己的切身体会。

《雅科夫的梯子》是我翻译乌利茨卡娅的第二部小说。在动笔翻译小说前，我就用电子邮件与乌利茨卡娅进行了沟通，她很高兴自己的这部新作能在中国问世，还说有位德国译者正在把这部小说译成德文，她已经回答了德文译者提出来的上百个问题，随后她就把那些解答发给了我，这解决了我翻译中的许多问题，也节省了我不少的时间。此外，在翻译小说过程中，我还给她写信求教，她及时地给我答疑解难，免除了我的“戴着镣铐跳舞”之苦。

1　我从乌利茨卡娅的简历中知道她本人曾经做过翻译工作，并且是把蒙古文译成俄文。

那天，就在我起身与她告别的时候，她提议我参观一下她的几个房间。首先，她把我领到一个较大的房间，房间正面的墙上挂着她的祖父雅科夫、父亲亨里希、祖母玛露霞及其父母等人的黑白照片。有的照片由于年代久远已经泛黄，但形象依然清晰可见。她祖父雅科夫的照片有两张，一张是被捕前的，另一张是出狱后的。两张照片上的雅科夫判若两人，被捕前的雅科夫风流倜傥，一表人才；出狱后的他面容消瘦，佝偻着身子，一副瘦骨嶙峋的样子。可见几十年的牢狱生活对他的折磨！倒是她的父亲亨里希很漂亮，虽满头银丝，但神采奕奕，要比小说中描写的亨里希强许多，真不知乌利茨卡娅为什么在小说里要把亨里希写得那么令人生厌……祖母玛露霞的父亲、钟表匠克恩斯在照片上显得文质彬彬，脸上透出一股灵气（乌利茨卡娅在小说里把他写成一辈子都在跟踪报纸的人），而玛露霞并没有像小说中写的那么俊美，就是一位普通的俄罗斯妇女，从她的眼神中看不出有什么才气。此外，还有几张中年男子的照片，我问他们是谁，乌利茨卡娅说那是她的几个叔叔，我记得乌利茨卡娅在小说里写的亨里希是雅科夫唯一的儿子，怎么又出现了叔叔？乌利茨卡娅笑着说："小说是艺术，不是自传嘛！我这样做可以减少不必要的叙述……"看来，乌利茨卡娅不愧是位编故事高手，不让多余的人物进入她的小说叙事中。

临离开乌利茨卡娅的家，我提出与她合影，她欣然同意。于是，她请丈夫安德烈给我俩拍照。安德烈年纪大，拍的时候手抖，因此我俩的照片人影模糊，有点像印象派艺术……不管怎样，这是我与乌利茨卡娅18年后的第二次合影，更何况是在她的寓所中，颇有纪念意义。

乌利茨卡娅收到照片后在回信中写了一句话："人与人的当面接触远比书面交往能更好地相互了解，因此这种交往很有意义。"

这是她对我们这次见面的一个言简意赅的总结。

《雅科夫的梯子》中文版的注释多为译者所加，以帮助读者阅读和理解这部小说。原书涉及音乐、舞蹈、戏剧、数学、法律、生物学、计算机等诸多领域的知识，还出现一些现代词汇，由于译者知识有限，译文中难免有谬误之处，欢迎读者批评指正。

在乌利茨卡娅的小说《雅科夫的梯子》在中国再次出版之际，我要感谢湖南文艺出版社编辑部慧眼选题，让更多的中国读者有机会阅读这部富有传奇色彩的家庭记事，领略当代俄罗斯文学的魅力以及获得审美的愉悦；其次，我对促成本书再次出版的所有人也深表谢意。

译者

2023年2月末于北京寓所